Dmitry Glukhovskys METRO 2033-UNIVERSUM:

Dmitry Glukhovsky: *Metro 2033*
Dmitry Glukhovsky: *Metro 2034*
Andrej Djakow: *Die Reise ins Licht*
Sergej Kusnezow: *Das marmorne Paradies*
Schimun Wrotschek: *Piter*
Andrej Djakow: *Die Reise in die Dunkelheit*
Sergej Antonow: *Im Tunnel*
Tullio Avoledo: *Die Wurzeln des Himmels*
Andrej Djakow: *Hinter dem Horizont*
Suren Zormudjan: *Das Erbe der Ahnen*
Sergej Moskwin: *In die Sonne*

Mehr Informationen auf:

diezukunft.de

SCHIMUN WROTSCHEK

PITER

Ein Roman aus Dmitry Glukhovskys
METRO 2033-UNIVERSUM

Aus dem Russischen
von Matthias Dondl

Deutsche Erstausgabe

WILHELM HEYNE VERLAG
MÜNCHEN

Titel der russischen Originalausgabe
ПИТЕР

Verlagsgruppe Random House FSC® N001967
Das für dieses Buch verwendete
FSC®-zertifizierte Papier *Super Snowbright*
liefert Hellefoss AS, Hokksund, Norwegen.

3. Auflage
Deutsche Erstausgabe 4/2012
Redaktion: David Drevs
Übersetzung des Vorworts von Dmitry Glukhovsky:
David Drevs
Copyright © 2010 by Dmitry Glukhovsky
Copyright © 2012 der deutschen Ausgabe und Übersetzung
by Wilhelm Heyne Verlag, München,
in der Verlagsgruppe Random House GmbH
Printed in Germany 2015
Umschlaggestaltung: Animagic, Bielefeld
Satz: Schaber Datentechnik, Wels
Druck und Bindung: GGP Media GmbH, Pößneck

ISBN: 978-3-453-52893-2

www.heyne-magische-bestseller.de

DMITRY GLUKHOVSKY

DAS METRO 2033-UNIVERSUM

METRO 2033 ist für mich mehr als nur ein Roman. Es ist ein ganzes Universum, und nur einen kleinen Teil davon habe ich in meinem Buch beschrieben. METRO 2033 handelt von unserer Erde, wie sie im Jahre 2033 aussehen könnte, zwei Jahrzehnte nach einem verheerenden Atomkrieg, der die Menschheit fast ausgelöscht und eine Vielzahl mutierter Ungeheuer hervorgebracht hat.

In Russland und vielen anderen Ländern haben sich Leser, aber auch Autoren für die in METRO 2033 beschriebene Welt begeistert. Schon bald nach Erscheinen des Romans bekam ich unzählige Angebote von Menschen, die darüber schreiben wollten, was 2033 in ihrer Heimat, ihren Städten und Ländern geschehen sein könnte. Gleichzeitig verlangten die Leser nach einer Fortsetzung meines Romans.

METRO 2033 ist, wie inzwischen bekannt, vor einigen Jahren als interaktives Projekt im Internet entstanden. Noch während ich den Roman schrieb, veröffentlichte ich jedes neue Kapitel auf einer eigens dafür geschaffenen, öffentlich zugänglichen Website. Die Reaktion der Leser war überwältigend: Sie diskutierten leidenschaftlich, kritisierten und korrigierten meine Arbeit, stellten Vermutungen an über den weiteren Verlauf der Geschichte – und wurden so in gewisser Weise zu meinen Koautoren.

Wie wäre es, dachte ich mir damals, zusammen mit meinen Lesern – und anderen Schriftstellern – eine ganze Welt zu erschaffen? Andere Städte, andere Länder im Jahre 2033 zu beschreiben?

Die Metro mit immer neuen Protagonisten zu bevölkern – und so eine große postapokalyptische Saga entstehen zu lassen?

Als Jugendlicher habe ich mir beim Lesen von Fantasy- oder Science-Fiction-Romanen oft gewünscht, die Abenteuer meiner Helden und die Magie der Fiktion würden niemals enden. Schon damals dachte ich, wie wunderbar es wäre, wenn mehrere Schriftsteller zugleich ein und dieselbe fiktive Welt beschrieben. Auf diese Weise würde eine andere »Wirklichkeit« entstehen, die man immer wieder aufs Neue besuchen könnte.

Viele Jahre später, als METRO 2033 bereits als Buch erschienen war und ein riesiges Echo hervorgerufen hatte, begriff ich plötzlich, dass ich mir meinen Jugendtraum selbst würde erfüllen können. Ich brauchte nur andere Autoren einzuladen, auf der Grundlage meines eigenen Romans die geheimnisvolle Welt der Metro gemeinsam weiter zu erforschen.

So ist schließlich das Projekt METRO 2033-Universum entstanden, von dem in Russland bereits neunzehn Romane erschienen sind. Deren Handlung umfasst so unterschiedliche Städte und Regionen wie Moskau, St. Petersburg, Kiew, aber auch Nowosibirsk und den Hohen Norden.

Nach »Die Reise ins Licht« von Andrej Djakow und Sergej Kusnezows »Das marmorne Paradies« liegt jetzt mit Schimun Wrotscheks »Piter« der dritte Band in deutscher Übersetzung vor.

Und es sind nicht nur Übersetzungen, die für die internationale Ausdehnung unseres Universums sorgen. Ein englischer Autor hat bereits seine Version der Metro-Welt veröffentlicht und auch Kollegen aus anderen Ländern stehen kurz davor, unseren postapokalyptischen Kosmos zu betreten. Es ist ein literarisches Experiment, das meines Wissens noch niemand zuvor gewagt hat. Umso großartiger wäre es, wenn auch deutsche Autoren, gleich ob bekannt oder unbekannt, ihre eigenen Geschichten aus dem METRO 2033-Universum zu unserer Reihe beitrügen.

Allmählich wird sich das METRO 2033-Universum so in einen lebendigen Kosmos verwandeln, den Menschen mit unterschiedlichen Nationalitäten und in unterschiedlichen Sprachen bevölkern. Umso mehr freut es mich, dass Sie unser Experiment nun auch in deutscher Sprache verfolgen können. Wer weiß, vielleicht nehmen Sie eines Tages sogar selbst daran teil?

SCHIMUN WROTSCHEK

PITER

INHALT

Anstelle eines Prologs   13

ERSTER TEIL: Feuchte Erde

1	Der Tiger	17
2	Das Geschenk	37
3	Krieg	64
4	Der General	97
5	Die *Majakowskaja*	134
6	Die Chemiker	162
7	Der Sieg	193
8	Der Verräter	212

ZWEITER TEIL: Wiegenlied

9	Der Herr der Tunnel	251
10	Venedig	287
11	Proswet	328
12	Die Engel	357
13	Die Hexe	377
14	Die Blockade	398

DRITTER TEIL: Radioactive Blues

15	Die *Technoloschka*	443
16	Die Argonauten	460
17	Der Passagier	492
18	LAES	520
19	Die Rückkehr	548
20	Blutige Hochzeit	575

Epilog   611

Anmerkungen   613

ANSTELLE EINES PROLOGS

Wir sind alle tot.
 Meine letzte Bitte richtet sich an diejenigen, die diese Botschaft lesen:
 Stellt euch vor, wir haben den Dschinn aus der Flasche gelassen.
 Und wir können ihn nicht mehr zurücksperren.
 Jetzt müssen wir uns etwas wünschen.
 Tausende, Millionen unserer Wünsche gehen gleichzeitig in Erfüllung.
 Wie lautet der größte, sehnlichste und am wenigsten egoistische Wunsch?
 Ich will, dass diese Welt einfach verschwindet.
 In einem atomaren Inferno verbrennt.
 Von der Pest dahingerafft wird.
 An ihrem eigenen Müll erstickt.
 Jetzt haben wir, was wir wollten.
 Alles auf einmal.
 Wahrscheinlich ist das überhaupt der einzige menschliche Wunsch, der in Erfüllung gehen konnte.
 Amen.
 Ruhe in Frieden.
 »… Glück für alle, umsonst, und niemand soll gekränkt fortgehen.«

ERSTER TEIL

FEUCHTE ERDE

Wie ein alter Hund mit eingezogenem Schwanz,
was will er jetzt, Baby, was will er dann?
Im frostigen Café träumt er den Wintertraum,
auf kalter Erde hat der Krieg keinen Raum.
Auf kalter Erde
Auf kalter Erde
Auf kalter Erde
Weine nicht, Schatz, denn Holz ist noch da,
auch Streichhölzer gibt's und in der Pfeife Gras,
ein bisschen Kohle und ein großes Bett,
auf feuchter Erde schläft sich's auch ganz nett.
Auf feuchter Erde
Auf feuchter Erde
Auf feuchter Erde

D. SERGEJEW,
frei nach dem Song »Cold Cold Ground«
von Tom Waits

1
DER TIGER

Iwan zögerte kurz und watete dann bis zur Hüfte ins Wasser. Im ersten Moment hatte er gar nicht das Gefühl, ins Nasse zu steigen, da die schwülwarme Luft des Tunnels von ganz ähnlicher Konsistenz war. Iwan hob sein Sturmgewehr über den Kopf und ging langsam weiter. Der schmale Lichtkegel seiner Lampe wanderte mal über die nackte Tunnelwand, mal über die Reste verrotteter Kabel. Die Wasserfläche vor ihm schien endlos und wirkte bedrohlich. In dieser grünlichen, trüben Brühe verbarg sich etwas. Sie lebte. Iwan spürte, wie sich Tangwedel um seine Hüften schlangen. (War es wirklich Tang?) Seine Hose war bereits durchnässt, und allmählich drang die Kühle des Wassers an seine Haut. Iwan watete weiter. Im Widerschein der Lampe warf seine Kalaschnikow einen verschwommenen Schatten.

Klonk! Iwan erstarrte.

Das kam von irgendwo da vorn.

Er legte das Gewehr über die Schulter und schaltete mit der frei gewordenen Hand die Stirnlampe aus. Klick. Das Licht verlosch. Undurchdringliche Finsternis. Geräusche. Ein Platschen, Schnüffeln, Schmatzen und Kauen. So als würde jemand von messerscharfen Zähnen in Stücke gerissen. Dann wieder Stille.

Am liebsten hätte Iwan seine Lampe wieder eingeschaltet und eine Salve abgefeuert, doch er beherrschte sich und wartete ab.

Ausgerechnet jetzt fielen ihm die Geschichten ein, die man sich über Krokodile in der Kanalisation erzählte. Und über die wilden Tiere, die aus dem Zoo an der *Gorkowskaja* entlaufen waren. Ruhig bleiben. Die Begegnung mit einem Tiger hätte ihm jetzt gerade noch gefehlt.

Nach einigen Minuten schaltete Iwan die Lampe wieder ein. Das war wie heimkommen. Der Mensch ist ja genügsam. Er kommt auch mal ohne Essen und Wasser aus. Aber ohne Licht legt er sich einfach hin und wartet auf den Tod, als würde die Finsternis ihm jeglichen Lebenswillen rauben. Iwan bewegte den Kopf hin und her. Träge schwappte die grünliche Brühe im engen Lichtkreis der Lampe vor sich hin. In etwa zweihundert Metern Entfernung erblickte er den Ausgang zum Bahnsteig der *Primorskaja*.

Hoffentlich ist die Leiter noch da, dachte Iwan.

Die wilden Tiere. Das Kuriose daran war, dass man die *Gorkowskaja*, wo sich der Zoo befand, erst kurz vor der Katastrophe wieder eröffnet hatte. Als es passierte, flüchteten die verängstigten Besucher nach unten in die Metro und niemand kümmerte sich um die Tiere. Was sich dort oben inzwischen abspielte, darum rankten sich die wildesten Gerüchte.

Iwan schüttelte den Kopf. Synchron spukte der Lichtstrahl seiner Stirnlampe durch die Röhre.

Wo habe ich dieses Ding nur gesehen?

Egal, das finden wir schon raus.

Die Stationen der Sankt Petersburger Metro wurden in der Regel auf sogenannten »Anhöhen« errichtet. Deshalb stand das Wasser an der tiefsten Stelle des Tunnels hüfthoch, in unmittelbarer Nähe der *Primorskaja* dagegen ging es ihm nur bis zum Knöchel. Iwan verlangsamte den Schritt. Die LED flackerte kurz und das Licht wurde schwach.

Super. Die Batterien machen schlapp.

Als er eine einigermaßen trockene Stelle erreicht hatte, holte Iwan sein Feuerzeug heraus und begann, die erste Batterie über der Flamme zu wärmen. Bis sie so heiß war, dass er sie nicht einmal mehr mit dem Handschuh halten konnte. Dann setzte er sie wieder in die Lampe ein und nahm sich die nächste vor. Nach der ganzen Prozedur würden die Batterien noch zwanzig Minuten halten – bis sie wieder auskühlten.

Ein bisschen Ahnung von Physik kann nie schaden.

Früher oder später musste er ohnehin auf Karbid umsteigen. Vor einiger Zeit hatte Iwan zufällig ein Karbidlager entdeckt, das noch aus den Zeiten des Metrobaus stammte. Bestimmt fünfhundert Kilo in Metalltonnen. Karbid ist eine feine Sache, nur leider schwer zu tragen. Dafür macht es das beste Licht. Eine Karbidlampe blendet nicht und erzeugt ein warmes, gleichmäßiges Rundumlicht. Selbst seine geliebte LED-Leuchte konnte, was die Lichtqualität betraf, mit einer gewöhnlichen Karbidlampe nicht mithalten.

Iwan sog zischend die Luft ein, als das Metallgehäuse der Batterie heiß wurde. Er steckte das Feuerzeug weg und setzte die Batterie wieder in die Lampe ein. Erst dann wedelte er mit der Hand. Mist. Jetzt hatte er sich doch tatsächlich die Finger verbrannt.

Immerhin, die LED leuchtete jetzt wieder anständig. Iwan verzog das Gesicht und blies auf seine Hand, ballte sie zur Faust und öffnete sie wieder. Es tat weh – aber egal. Er musste weiter, solange er noch Licht hatte.

Iwan setzte den Helm auf und zog den Riemen an. Mit den versengten Fingern war das gar nicht so einfach. Beeilung jetzt! Seine Schläfen pochten.

Er hatte höchstens zwanzig Minuten. Dann wieder aufwärmen. Mit etwas Glück brachte das noch mal fünfzehn Minuten.

Er musste es schaffen.

Iwan schulterte die Kalaschnikow und stapfte im Laufschritt durchs knöcheltiefe Wasser. Bis zu der Metallplanke, die das Ende des Bahnsteigs markierte, kannte er den Weg gut, danach musste er vorsichtiger sein.

Die ständige Feuchtigkeit setzte den Tunnelwänden zu. Der Putz fiel herab und man musste aufpassen, dass man keine größeren Stücke auf den Schädel bekam. Gut, dass die Entwässerungspumpen der Tunnel noch funktionierten. Das sagte Onkel Jewpat immer, und ihm glaubte Iwan. Es war dieses Raunen in manchen Tunneln. »Hörst du's?«, pflegte Onkel Jewpat dann zu sagen und hob dabei wichtig den knorrigen Finger.

Endlich. Die Markierung.

Iwan senkte den Kopf und beleuchtete das schwarz-weiße Muster der verrosteten Planke. Wasser tropfte davon herab. Plopp. Plopp. Früher hatte sie als Orientierungsmarke gedient. Wenn man vom Bahnsteig aufs Gleis gefallen war, konnte man sich dahinter in Sicherheit bringen, denn der Zug hielt genau davor.

An dieser Stelle musste auch die Leiter sein. Iwan leuchtete umher. Ah, dort war sie.

Nicht weit von hier hatte er beim letzten Mal dieses Ding gesehen.

Iwan klemmte sich die AKSU unter den Arm und ging bis zum Fuß der Leiter. Bevor er hinaufstieg, reckte er vorsichtig den Kopf und spähte auf den Bahnsteig. Ein schwarzer Fleck huschte durch den Lichtkegel der Lampe. Iwan griff reflexartig zur Waffe – Fehlalarm. Nur eine Ratte. Sogar eine in normaler Größe. Harmlos. In den verlassenen Stationen trieb sich ja alles mögliche Getier herum. Wovon sich die Biester wohl ernährten? Von Algen? Schimmel? Oder von dem Moos, das die Decke der Station überwucherte und an manchen Stellen auf die Säulen und Wände übergriff?

Ein seltsames Moos, übrigens. Am nördlichen Ende des Bahnsteigs hing es in regelrechten Girlanden herab, besonders im rechten Tunnel, dort reichten sie bis zum Wasser hinunter.

Nein, da bringen mich keine zehn Pferde durch.

Nachdem Iwan sich vergewissert hatte, dass auf dem Bahnsteig alles ruhig war, schob er sein Gewehr auf den Rücken und griff in die Sprossen. Unter den Handschuhen blätterte feuchter Rost ab. Alles verkommt. Alles ist vergänglich.

Dabei war diese Station früher bewohnt gewesen. Iwan erinnerte sich: Noch vor nicht allzu langer Zeit hatten unter der gewölbten Decke Natriumlampen gebrannt und die quadratischen, mit grauem Marmor verkleideten Säulen beleuchtet. Zugegeben, die Marmorplatten waren stellenweise abgebrochen und von den Lampen brannte auch nur jede zweite. Dennoch war es eine schöne Station gewesen.

Wenn man am nördlichen Ende die Stufen hinaufging, gelangte man linker Hand zu den drei Rolltreppen. Die hermetischen Tore waren verschlossen – davon hatte sich Iwan überzeugt.

Hier riecht es nach Meer. Aber es ist nicht mehr die angenehme Brise des Finnischen Meerbusens, wie früher, als hier noch Menschen lebten. Es ist der Geruch eines unheilvollen, schwarzen Meeres, in dessen Tiefen riesige graue Fische und grässliche, halb durchsichtige Kreaturen hausen. Eines Meeres, das in der Dunkelheit leuchtet. Tagsüber, wenn die Sonne scheint, traut sich sowieso niemand in die Stadt hinauf. Wer wäre schon so blöd?

Obwohl, es gibt solche Leute. Aber so wie es aussieht, werden sie bald unter die Haube kommen.

Iwan grinste sarkastisch.

Er kletterte über das Gitter und landete auf einer Wartungsrampe. Iwan hatte die *Primorskaja* schon mehrfach aufgesucht, sowohl in der Zeit, als sie noch bewohnt war, als auch später, nachdem man sie aufgegeben hatte. Wenn er sich recht entsann, musste er noch ein Stück auf dem schmalen Streifen des Bahnsteigs weitergehen und würde dann rechter Hand auf eine Tür stoßen, die zu den Diensträumen der Station führte.

Stopp. Nur nichts überstürzen.

Erste Regel: In der Metro gibt es nichts Beständiges. In kürzester Zeit kann sich alles verändern.

Zweite Regel: Jegliche Veränderung bedeutet Gefahr.

Er blieb auf dem Bahnsteig stehen und bewegte den Kopf hin und her, um die Umgebung auszuleuchten. Im Lichtkegel erschienen die Überreste der Wandverkleidung. Wo die Marmorplatten herabgefallen waren, gähnten quadratische schwarze Löcher. Am Boden lagen halb verrottete Sandsäcke herum – die hatte man seinerzeit zwischen den Säulen gestapelt. Überall Wasserlachen. Und dort – na, das fehlte noch ...

Von der gewölbten Decke hing eine Girlande des allgegenwärtigen grauen Mooses herab. Iwan hatte sogar den Eindruck, dass es in der Dunkelheit schwach phosphoreszierte. Radioaktive Strahlung? Wohl kaum.

Dem Geigerzähler nach zu schließen, war die Radioaktivität hier nicht allzu hoch. Doch was war das für ein Geruch?

Vorsicht ist besser als Nachsicht.

Iwan trat einen Schritt zurück und holte die Gasmaske aus der Tasche.

Eine GP-9, fast neu. Hatte zwei volle Magazine gekostet – nicht gerade ein Schnäppchen. Und jeder Filter noch mal zwanzig Patronen. Bei den derzeitigen Preisen konnte einem schwindlig werden. Dafür hatte sie anstelle von zwei runden Okularen, wie bei einer normalen PG-5, und der Gummischnauze mit Rüssel zwei große dreieckige Sichtscheiben mit großem Blickfeld und zwei seitliche Anschlussstücke – man konnte den Filter also links oder rechts anbringen. Sehr praktisch, das Teil.

Iwan löste den Riemen des Helms. Die LED verströmte reines, weißes Licht – schade, dass die Batterien schon ziemlich am Ende waren. Blieb noch die Ersatzlampe, dann nichts wie zurück. Verdammt. Iwan kniete sich hin, rollte die Matte aus, legte den Helm darauf und richtete ihn so aus, dass die Lampe den Bahnsteig ausleuchtete. Dann setzte er die Gasmaske am Kinn an und zog sie sich über den Kopf. Das Atmen fiel nun schwerer und bei jedem Atemzug entstand ein Geräusch wie bei einem Grundwassereinbruch durch eine Tunnelwand. Die Luft hatte einen eigenartigen Geruch: steril und irgendwie chemisch.

Der Filter trug eine rote Markierung: gegen Aerosole und radioaktiven Staub. Eineinhalb Stunden.

Hoffentlich keine Fälschung. In der Metro gab es Typen, die vor nichts zurückschreckten. Früher hatten sie gefaktes *dur* verkauft, heutzutage fälschten sie Atemschutzfilter und Kalaschnikowpatronen. Die Schweine.

Einmal hatte man Iwan eine Doppelflinte angeboten mit fünfzig Schuss Munition. Schrot- und Kugelpatronen. Der Preis war so günstig, dass Iwan sofort Verdacht schöpfte. Und prompt entdeckte er an den Patronen Spuren, die da nicht hingehörten. Aus dem Kauf wurde nichts.

Schade eigentlich. Eine Doppelflinte hätte er gut brauchen können. Gegen die Biester, die manchmal plötzlich aus der Dunkelheit auftauchen, ist eine Schrotladung aus nächster Nähe genau das Richtige. Eine Kalaschnikow ist zwar eine hervorragende Waffe – selbst der kurzläufige »Bastard«. Doch für ein Gewehr braucht man eine gewisse Distanz. Aus der Nähe tut man sich mit einer Schrotflinte leichter. Man muss nicht so genau zielen, und die Wirkung ist verheerend.

Iwan machte einige tiefe Atemzüge. Keine Fälschung, der Filter war in Ordnung. Der Befestigungsriemen der Gasmaske schnitt im Nacken ein. Er hatte ihn noch nicht richtig eingestellt. Egal.

Iwan setzte den Helm mit der Lampe wieder auf und lauschte.

In der Ferne tropfte Wasser. In der Nähe auch. Irgendetwas raschelte leise – vielleicht die Ratte, die er aufgescheucht hatte. Jeder Tropfen, der aufs Wasser fiel, erzeugte ein hallendes Echo.

So weit alles im grünen Bereich. Das Ächzen des Tunnels war er schon gewohnt, das hörte man permanent.

Die Erde drückt, wie Onkel Jewpat immer sagte. Er hatte mal in einer U-Boot-Einheit gedient und verstand etwas von Druck. Onkel Jewpat wusste überhaupt viel.

Zum Beispiel, warum jener Krieg ausgebrochen war. Gerechtigkeitshalber muss man sagen, dass in der Metro eigentlich jeder den Grund für die Katastrophe kannte. Nur, dass jeder dazu seine eigene – und natürlich die einzig richtige – Version hatte. Sobald irgendwo »Veteranen« aufeinandertrafen, wurde bis zum Erbrechen gestritten: Wer ist schuld?

Die Antwort war einfach: Ihr selbst seid schuld.

Viel wichtiger war: Was machen wir jetzt?

Man erzählte sich die Legende von einem Tiger, der aus dem Zoo ausbrach und in die Metro flüchtete. Der hatte es geschafft, der Streuner. Die Alten beteuerten, sie hätten mit eigenen Augen gesehen, wie er über den Bahnsteig lief, aufs Gleis hinuntersprang und im Tunnel verschwand. Die einen behaupteten, er sei in Richtung *Newski prospekt* gelaufen, andere sagten, in Richtung *Petrogradskaja*.

Wahrscheinlich nur eine schöne Legende, dachte Iwan bedauernd.

Ein Märchen.

Genauso wie Wodjaniks Erzählungen von Spanien, wo er sich kurz vor der Katastrophe aufgehalten hatte. Iwan hatte dem Professor seinerzeit zugehört und bei sich gedacht: noch so ein Märchen. Dein Spanien, Wodjanik, gibt es nicht mehr, und die grünen Parks von Barcelona auch nicht. Die Paläste von Gaudí (Wer soll das überhaupt sein?) sind zu Staub zerfallen und die Spanier krepiert.

Aber sah es hier etwa besser aus?

Beim Anblick der ausgestorbenen Prachtstraßen von Sankt Petersburg lief es einem kalt den Rücken herunter. In Kronstadt spukten die Geister von Marinesoldaten. Von Zarskoje Selo mit seinem weitläufigen Park und dem Palast waren nur Erinnerungen geblieben.

»Es gab damals so Bonbons, die hießen Batontschiki«, hatte Wodjanik erzählt. »Wenn man jemanden fotografieren wollte, sagte man nicht ›lächeln‹ zu ihm, sondern: ›Sag mal: Meine Lieblingsbonbons heißen Kis-Kis.‹ Dabei kam dann immer ein Lächeln heraus. Das Nilpferd aber – wie war das gleich wieder in dem Witz? Ach ja. Das Nilpferd war groß und sagte: ›Meine Lieblingsbonbons heißen Bato-ontschiki.‹ Kapiert? Wieso nicht? Habe ich irgendwas ausgelassen? Jedenfalls waren das seine Lieblingsbonbons. Sehr lecker. Und das Nilpferd sagte eben: ›Bato-ontschiki‹. Lustig, oder? Nein? Seltsam.«

Iwan lächelte gequält. Die Bato-ontschiki – auch so ein Märchen.

Er betrachtete den Bahnsteig. Das war die harte Realität. Eine tote Station.

Plötzlich hörte Iwan hinter seinem Rücken ein dumpfes Knurren. Langsam drehte er sich um. Ihm stockte der Atem.

Vor ihm stand ein Tiger.

Ein echter, wie auf der Abbildung im Kinderlexikon. Riesig. Schön. Und weiß. In seinen grünlichen Augen verlor sich das dämmrige Licht der Lampe.

Da hast du dein Spanien, dachte Iwan.

Im ersten Moment wusste er nicht, wie ihm geschah. Erst als die Wand auf ihn zustürzte, ihn an der Schulter traf, dass er umkippte und in die trübe, dreckige Brühe stürzte, begriff er: Hier läuft etwas schief.

Der Tiger, dachte er.

Er lag auf der linken Seite. Die untere Sichtscheibe war zur Hälfte mit Wasser bedeckt. Wie durch ein Wunder war die Lampe nicht ausgegangen. Iwan beobachtete, wie jemandes Beine in den Lichtkegel traten ... nein, keine Beine. Iwan hörte sich atmen. Glück gehabt. Er war kurz davor gewesen, in Panik zu geraten, doch das Wasser blockierte seinen Filter, Iwan bekam keine Luft, und das brachte ihn wieder zur Besinnung.

Plötzlich wurde ihm klar, dass nicht die Wand ihn umgeworfen hatte.

Jemand hatte ihn angegriffen, verflucht.

Bumm, bumm, machte es in seiner Brust. Hilflos lag er in der Wasserlache. Nicht einmal das Gewehr konnte er anlegen. Scheiße!

Der gewaltige Adrenalinstoß schärfte seine Sinne. Er sah, wie sich im Schein der Lampe bewegte, was er für die Beine eines Menschen gehalten hatte. Es waren Tentakel. Durchsichtige Fangarme, die sich geschmeidig wanden, als wären sie aus weichem Glas.

Iwan handelte instinktiv. Im nächsten Moment stand er auf den Beinen, das Gewehr im Anschlag. Und noch ehe er einen Gedanken fassen konnte, knatterte die Kalaschnikow los: Ta-ta-ta! Ein Geräusch, als würde man Nägel in ein Eisenfass schlagen.

Eine Reihe kleiner Fontänen jagte über das Wasser und streifte den durchsichtigen Tentakel. Der zuckte zurück, als hätte er sich verbrannt. Iwan riss das Gewehr weiter nach links und drückte abermals ab. Quälend langsam legte der »Bastard« los. Eins, zwei, zählte Iwan und ließ den Abzug los. Wie in Zeitlupe beobachtete er, wie die erste Fontäne aufspritzte, dann die zweite und wie das dritte Geschoss in dem durchsichtigen Fangarm einschlug. Tschock! Das sich windende Gebilde, das wie ein überdimensionaler Gasmaskenschlauch aussah, wirbelte durch die Luft und war im nächsten Augenblick verschwunden.

Du täuschst mich nicht, du Mistvieh.

Iwan legte das Gewehr an der Schulter an. Vor seinen Augen erschien die Kimme. Einatmen. Ausatmen. Jetzt war er bereit für einen gezielten Schuss. Brennend wie Säure pulsierte das Blut in seinen Adern. In der rechten Schläfe pochte sein Herzschlag.

Poch. Poch.

Poch.

Im nächsten Moment kroch der Tentakel wieder um die Ecke. Iwan wartete ab. Sein Herzschlag wurde ohrenbetäubend. Ihm blieb höchstens noch ein halbes Magazin. Als er vorhin zu feuern begann, hatte er die Schüsse nicht mitgezählt. Idiot.

Die Bestie hauste vermutlich noch nicht lange hier – ob sie aus dem Meer gekommen war? Jedenfalls hatte er im Moment keine Chance, sie tödlich zu treffen. Wenn er jetzt abdrückte, würde er nur seine letzten Patronen verschwenden. Er hatte am eingesteckten Magazin zwar mit Isolierband ein Ersatzmagazin befestigt, doch das Wechseln dauerte einige Sekunden. Und so viel Zeit hatte er möglicherweise nicht.

Was also tun?

Iwan bewegte sich langsam nach rechts. Den Fangarm behielt er dabei stets im Visier. Ob es derjenige war, den er zuvor angeschossen hatte? Oder schon wieder ein anderer? Plötzlich spürte Iwan einen seltsamen Druck auf der Stirn, als hätte sich die Schwerkraft der Erde mit einem Mal vervielfacht. Er hatte sogar den Eindruck, dass die Decke der Station sich langsam herabsenkte. Iwan verspürte das Bedürfnis, den Kopf einzuziehen und sich auf den nassen Boden zu legen, damit dieser gewaltige Druck ihn nicht zerquetschte.

Ach, du bist das, du Bestie. Iwan wurde zornig und das seltsame Gefühl verging. Eine Psychoattacke, verdammt. Ihm fiel die Geschichte von den Blokadniks ein, die einen Angreifer aus der Entfernung psychisch so manipulieren konnten, dass er vor ihnen stehen blieb wie das Kaninchen vor der Schlange. Das hatte ihm ein Bekannter von der Station *Newski prospekt* erzählt, auch ein Digger, dem konnte man glauben. Manchmal.

Ich bin aber kein Kaninchen, dachte Iwan. Und auch kein Meerschweinchen.

Er begab sich so weit wie möglich nach rechts und lehnte sich mit der Schulter gegen die Marmorwand. Der Tentakel schwenkte plötzlich zu der Stelle, wo er eben noch gestanden hatte.

Aha, kluges Tier. Aber ich bin auch nicht dumm. Wie kriege ich dich nur? Wo hast du deinen verdammten Kopf?

Möglichst leise löste Iwan den Riemen seines Helms. Es war ein ursprünglich orangefarbener und dann grau umlackierter Metrobauerhelm. Geschafft. Der Fangarm tastete rastlos den Boden ab, dann die Wand. Wie die Hand eines Blinden. Iwan schauderte. Was für eine Vorstellung! Das Greiforgan näherte sich dem Lichtkreis von Iwans Lampe.

Iwan ging in die Knie, legte den Helm auf den Boden und richtete ihn so aus, dass der Lichtstrahl auf den Fuß der Säule fiel. Dann stand er wieder auf und machte mit dem Gewehr im Anschlag einen Schritt nach rechts. Und noch einen Schritt. Der Tentakel tastete immer noch die Säule ab und machte sich an den Marmorplatten zu schaffen. Eine brach ab und zerbarst am Boden.

Der Fangarm zuckte kurz und tastete dann weiter. Iwan wartete ab. Seine Schulter tat nicht sonderlich weh. Der Schmerz würde sich vermutlich erst später einstellen. Er war doch sehr unsanft zu Boden gegangen.

Dann schien die Bestie die Geduld zu verlieren. Aus dem Tunnel kam ein zweiter Fangarm um die Ecke gekrochen und gesellte sich zum ersten. Iwan rückte noch ein Stück weiter in Richtung Bahnsteigrand. Es fehlte nicht mehr viel, und er hätte einen Blick in den Tunnel werfen können.

Allerdings hätte er dort nichts gesehen. Denn das Licht brauchte er jetzt für die Tentakel. Dort lag der Helm. Und die Batterien würden vielleicht noch fünf Minuten durchhalten. Bestenfalls zehn. LEDs fressen nicht so viel Strom wie Glühlampen, aber irgendwann gehen auch sie aus.

Er musste abwarten.

Die Heimsuchungen der *Primorskaja* hatten vor einem halben Jahr begonnen. Davor war sie eine gewöhnliche bewohnte Station gewesen, wenn auch eine Grenzstation, wegen des Tunnels, den man in Richtung Meeresküste gebaut hatte. Dort sollte auf einer künstlichen Aufschüttung eine weitere Metrostation errichtet werden. Während der Tunnel schon fast fertig war, hatte man mit der Station noch nicht einmal begonnen. Schon bald nach der Katastrophe drang durch den toten Tunnel Meerwasser ein, das nicht gerade sauber war. Es kam immer mehr. Die Radioaktivität stieg an, erreichte aber keine gefährlichen Werte. Das Problem lag woanders ...

Zuerst kamen die Algen aus dem Tunnel.

Und dann die Bestien.

Solange sie nur vereinzelt auftauchten und blindlings ans Licht drängten, war das kein Problem. Man knallte sie einfach ab. Doch dann wurden es immer mehr. Und vor allem stieg der Wasserpegel. Das war das Schlimmste. Irgendwann kam der Punkt, an dem man die *Primorskaja* aufgeben musste. Die Bewohner kämpften bis zum Letzten um ihre Station, aber am Ende war alles vergebens.

Seit der Katastrophe gab das Meer sowieso Rätsel auf. Der ganze Ozean war ein einziges unheilvolles Mysterium. Wer weiß, was in dieser modernen Ursuppe alles ausgebrütet wurde?

Zum Beispiel dieser durchsichtige Oktopusverschnitt.

Iwan schob sich immer näher an den Rand des Bahnsteigs heran, ohne die Tentakel aus den Augen zu lassen. Obwohl sie nur zum Teil herausragten, maßen sie mehrere Meter. Man konnte sich also ungefähr vorstellen, was für ein Monsterkrake sich dahinter verbarg.

Mit dem Tiger hat er mich schön drangekriegt, dachte Iwan.

Aber vielleicht war daran auch gar nicht der Krake schuld, sondern das vermaledeite Moos? Iwan erinnerte sich an den aufdringlichen, leicht süßlichen Geruch. Vielleicht wirkte das Zeug so ähnlich wie *dur* und verursachte Halluzinationen? Hatte er die phosphoreszierenden Flecken an den Tentakelenden für die Augen des Tigers gehalten?

Weiß der Geier.

Vielleicht hätte ich nicht allein herkommen sollen, dachte Iwan. Zum Diggen geht man nicht allein. Andererseits suche ich ja nicht nach irgendwelchen Vorräten, sondern nach etwas ganz Bestimmtem. Einem richtigen Juwel.

Eigentlich wäre es vernünftig gewesen, von hier zu verschwinden. Wäre Iwan mit einem Partner unterwegs gewesen, hätte er längst zum Rückzug geblasen. Man durfte andere nicht gefährden, indem man unnötige Risiken einging.

Aber jetzt war er allein. Und er musste unbedingt in diesen Raum gelangen und dieses Ding finden.

Morgen wäre es schon zu spät.

Nachdenken, Iwan, nachdenken.

Die Tentakel gingen inzwischen getrennte Wege. Der eine war auf einen aufgeplatzten Sandsack gestoßen. Im Nu packte er ihn und hob ihn übers Gleis. Iwan konnte gar nicht so schnell schauen, wie das geschah.

Platschend rauschte der Sand ins Wasser. Der Fangarm zuckte kurz und schwenkte sofort wieder zurück. Der schmutzige Sack fiel in die Wasserlache am Bahnsteig.

Der andere Fangarm wandte sich von der Säule ab und näherte sich Iwans Helm.

Der Lichtstrahl der Lampe lag in den letzten Zügen. Ein Jammer. Es blieb wohl nichts anderes übrig, als auf die Karbidlampe zurückzugreifen. Warum auch nicht. Schließlich schleppte er nicht umsonst einige Kilo trockenes Karbid mit sich herum.

Plötzlich durchfuhr Iwan ein Gedanke. In der Tat. Das Karbid.

Iwan kniete nieder, schob das Gewehr auf den Rücken und holte die Lampe aus seiner Tasche heraus. Eigentlich ein total simples Teil: kleiner Brenner, Spiegel, Zündstein und Reibrad zum Anzünden, ein Kunststoffbehälter mit zwei Kammern, die obere für das Wasser, die untere für den Brennstoff. Alles ganz einfach.

Das Wasser tropft durch ein Röhrchen auf das Karbid. Dabei entsteht Acetylen, das durch eine Rohrleitung in den Brenner gelangt. Wir entzünden es und montieren die Lampe in der entsprechenden Vorrichtung am Helm. Fertig. Ohne Helm geht es nicht.

Acetylen kann nämlich explodieren.

Iwan griff abermals in die Tasche, tastete nach der Plastiktüte mit dem Karbid und zog sie heraus. Ganz schön schwer, vor allem mit einer Hand. Für drei Stunden Licht brauchte man ungefähr dreihundert bis vierhundert Gramm Karbid. Dazu kam ein Notvorrat für einige Tage. Insgesamt hatte er sieben Kilo dabei.

Normalerweise benutzte Iwan die Karbidlampe als Hauptlichtquelle, doch diesmal hatte er beschlossen, das wertvolle Material zu sparen und sich mit der LED zu begnügen. Batterien konnte man schließlich kaufen oder oben in der Stadt auftreiben. Selbst an der *Technoloschka* wurden welche hergestellt, wenn auch ziemlich miserable.

Mit dem Karbid war das schon wesentlich schwieriger. Der Wiederaufbau der chemischen Industrie war leider auch für die *Technoloschka* eine Nummer zu groß.

Iwan mühte sich am Knoten der Plastiktüte ab. Mit den Handschuhen fiel ihm das gar nicht so leicht, aber schließlich brachte er ihn doch auf. Der Rest war einfach.

Erst mal die Lampe befüllen. Iwan schüttete Karbid in den Lampenbehälter und regulierte die Wasserzufuhr. Sofort setzte ein leises, aber energisches Zischen ein. Die Reaktion lief.

Er betätigte das Feuerzeug. Die Flamme züngelte. Plötzlich entflammte das Acetylen so heftig und grell, dass Iwan unwillkürlich zurückschreckte. Mist.

Hastig blickte Iwan zu den Fangarmen der Bestie hinüber. Das warme, helle Licht ließ sie kurzzeitig erstarren, doch dann schlängelten sie wieder umher wie zuvor.

Mit der Lampe in der Linken und der Karbidtüte in der Rechten lief Iwan zum Bahnsteigrand und duckte sich. Die halb durchsichtigen Tentakel ragten etwa einen Meter oberhalb seines Kopfes um die Ecke.

Schepper, schepper. Iwan wandte sich um. Der eine Fangarm hatte sich den Helm mit der LED geschnappt und zerrte ihn über den Granitboden.

Wehe, du machst die Lampe kaputt, du Biest.

Iwan legte sich auf den Bahnsteigrand, streckte die Lampe vor und spähte um die Ecke.

Schon wieder eine Halluzination, dachte er im ersten Moment. So etwas Ähnliches hatte Iwan beim letzten Streifzug mit Kossolapy an der Oberfläche gesehen, als sie extra ans Meer gegangen waren, um sich dort mal genauer umzuschauen.

Am Ufer hatte der Kadaver einer durchsichtigen Kreatur gelegen.

Damals waren sie nur ein kleines Stück an der Uferstraße entlanggegangen. Ins Wasser traute sich normalerweise niemand. Außer Kossolapy natürlich, aber der war schon immer ein bisschen durchgeknallt.

Und ein Glückspilz. Unversehrt stieg der Digger aus den schwarzen Wellen, die an die Uferbefestigung aus Granit rollten. Hinter ihm durchpflügten wenig vertrauenerweckende Rückenflossen das Wasser des Hafenbeckens. Und weiter entfernt, drüben am Damm, spritzte ein gewaltiges Ungetüm leuchtende Wasserfontänen empor. Entweder wurde da jemand gefressen oder begattet.

Iwan erinnerte sich noch gut an Kossolapys strahlend weißes Lächeln, das wie ein Halbmond aus der Finsternis herausleuchtete. Was für ein Duselbruder.

Auf dem Rückweg stellte sich dann allerdings heraus, dass er sein Glück aufgebraucht hatte.

Iwan betrachtete den langgestreckten Körper des Kraken. Er maß etwa zweieinhalb Meter und war stromlinienförmig wie ein U-Boot. Durch die transparente Haut konnte man die Innereien sehen. Grünliche Kiemen, ein blassrosa Nervenknoten (das Gehirn?), ein gelbliches Knäuel aus Gedärmen. Die reinste Eingeweideschau. Der Anblick ekelte Iwan an. Ein Klarsichtbeutel mit Innereien. Aus dem Plastikmonster ragten Dutzende dünner Tentakel, die ständig in Bewegung waren. Als hätte jemand einen riesigen Teller Nudeln mit Brühe aufgegossen und dann ausgeschüttet.

Onkel Jewpat hatte erzählt, dass im Ozean in großer Tiefe, wo kein Licht mehr hinkommt, durchsichtige Fische leben.

Aber was, zum Henker, hatte dieses Tiefseeungeheuer hier in der Metro verloren? Warum wir Menschen hier sind, war ja klar, aber wieso diese Bestien? Sind wir hier die Arche Noah oder wie?

Die großen, rosafarbenen Augen zu beiden Seiten des Krakenkopfs blickten ungerührt. Sogar mit einer gewissen Ironie, wie Iwan schien.

Doch das Licht der Karbidlampe brachte die Bestie in Rage. Sie begann zu zappeln und ihre Fangarme wanden sich nach allen Seiten, offenbar auf der Suche nach dem Störenfried.

Der Rumpf des Monsters ragte zur Hälfte aus dem trüben Wasser heraus. Jetzt bist du fällig, dachte Iwan. Er holte aus und warf den Beutel mit dem Karbid in Richtung der Kreatur. Im Flug öffnete er sich und das Karbid regnete ins Wasser. Pschsch! Die Brühe im Tunnel begann sofort zu zischen und zu blubbern wie ein gewaltiger Topf Suppe. Dampf stieg auf und verhüllte die Umrisse der Bestie.

Iwan zog sich zurück. Wenn genug Acetylen entstand, genügte ein Funke, und die ganze Chose würde in Flammen aufgehen.

Oder sogar explodieren.

Aber ob das Karbid dafür reichte? Scheiß drauf – er würde schon sehen.

Plötzlich züngelte ein Fangarm aus dem Dampf. Iwan warf sich zur Seite, um ihm auszuweichen. Im Tunnel zischte und blubberte es noch immer.

Jetzt? Nein, lieber noch einen Augenblick warten.

Mit der Karbidlampe in der Hand rappelte sich Iwan auf und lief zu seinem Helm. Dabei sprang er über den nächsten Fangarm – langsam wurde es brenzlig. Er packte den Helm und machte einen Satz zur nächsten Säule. Dabei stolperte er. Verflucht. Im letzten Moment zog er das Knie hoch und stemmte es gegen die Säule. Irgendwie schaffte er es, auf den Beinen zu bleiben, ohne die Lampe fallen zu lassen. Die Kniescheibe jubelte. Iwan wandte sich wieder zum Tunnel, von wo dicker Acetylendampf heranwaberte.

Plötzlich packte ihn etwas an der Schulter.

Scheiße.

Es fühlte sich an, als würde sich ein glühender Stab in seine Muskeln bohren. Iwan versuchte sich loszureißen. Sein Gewehr fiel scheppernd zu Boden. Der Fangarm schwang zurück und schleuderte ihn mit dem Rücken gegen die Säule. Dann drückte er ihn langsam immer fester gegen den Marmor.

Iwan schaute auf seine Hand mit der Lampe, dann auf den Fangarm.

»Meine Lieblingsbonbons«, sagte er zu dem Fangarm. »Hörst du? Bato-ontschiki.«

Iwan beugte den Oberkörper zurück, riss seinen Arm los und warf die Karbidlampe mit aller Kraft in den Rachen des Tunnels. Friss!

Der Fangarm schlang sich um seinen Brustkorb und drückte zu.

Iwan blieb die Luft weg und der Schmerz schoss aus der Brust in den Kopf. Die *Primorskaja* verschwamm vor seinen Augen und er hörte nur noch gedämpfte Geräusche, wie unter Wasser.

In dieser pulsierenden Stille beobachtete Iwan, wie die Lampe in einem schönen, gleichmäßigen Bogen durch die Luft flog und langsam aufs Gleis hinunterfiel. Iwan schloss die Augen. Das war's.

Ein greller Lichtblitz.

Kurz darauf spritzte kochendes Wasser in Iwans Gesicht.

Als er die Augen wieder öffnete, war alles vorbei. Rauchschwaden zogen über den Bahnsteig. Ihm dröhnten die Ohren und seine Brust schmerzte, als hätte man sie mit einem Vorschlaghammer malträtiert.

Iwan blickte zu Boden. Zu seinen Füßen wand sich der abgerissene Fangarm. Kaum totzukriegen, das Scheißvieh.

Er zog sich die Gasmaske vom Kopf und sog gierig die Luft ein. Der Gestank der *Primorskaja* schlug ihm in die Nase wie ein Fausthieb. Auf seiner Zunge klebte der Geschmack von verbranntem Gummi. Angewidert spuckte Iwan aus. Er tastete sich ab. Arme und Beine waren unversehrt und der Rest – hm, auch noch an seinem Platz. Sein Gesicht brannte und die Schläfen pochten.

Iwan sah sich um.

Die Lampe am Helm brannte immer noch. Ein paar Minuten blieben ihm also noch. Er stieg über den Fangarm, bückte sich und holte seinen Helm aus einer Wasserlache. Direkt daneben lag sein Gewehr. Er richtete sich wieder auf, atmete durch und setzte den Helm auf. Er öffnete den Verschluss seines »Bastards«, entnahm die Patrone und goss das Wasser heraus. Zu Hause standen Gewehr putzen und Patronen trocknen an. Gut, dass die Kalaschnikow so robust war, mit der konnte man notfalls auch so schießen. Für alle Fälle wechselte Iwan das Magazin, lud durch und sicherte die Waffe.

Die Oktopussuppe hatte ihn seine Karbidlampe gekostet. Und die LED pfiff aus dem letzten Loch.

Jetzt aber schnell.

Iwan begutachtete sein Werk am Tunnelausgang. Die Decke war versengt, die Marmorplatten verrußt, das Moos verbrannt und das Wasser dampfte. Von dem Kraken war nur noch ein verkohlter Brei übrig. Kein Wunder, die Flammen waren über tausend Grad heiß gewesen. Mit einem Acetylenbrenner konnte man Metall schneiden. Iwan blieb nicht länger stehen, um keine Zeit zu verlieren. Raschen Schrittes ging er am Bahnsteigrand entlang. In der Wand zur Rechten befand sich eine Stahltür mit der Aufschrift »W2-PIIA«. Iwan hob das Gewehr und zog die Tür zu sich heran. Die rostigen Angeln quietschten jämmerlich.

Die Luft war rein.

Iwan trat über die Schwelle. Früher war dies ein Ruheraum für das Stationspersonal gewesen, später richtete man ihn als Kommandantenzimmer ein. Drinnen stand ein durch die Feuchtigkeit völlig verzogener Schreibtisch. Darauf lagen einige alte, mit Schimmel überzogene Zeitschriften. Bei anderer Gelegenheit hätte Iwan sie sich genauer angesehen, doch dafür war nun keine Zeit. Der Schein der Lampe wanderte weiter. An der Wand hing ein Schild mit der Aufschrift »Raucherzone«. Weiter! Entlang der Wand – graue Schränke, ein Regal …

Endlich, der grüne Metallkasten, ursprünglich wohl für Zivilschutzausrüstung gedacht. Iwan versuchte ihn zu öffnen – keine Chance, eingerostet. Er schlug das Schloss mit dem Gewehrschaft auf und schaute hinein.

Immerhin, er hatte sich nicht geirrt.

Endlich. Iwan griff in den Kasten und holte heraus, was sich darin befand. Dann betrachtete er seinen Fund lange und vergaß dabei völlig seine schwächelnde LED.

Sie war wunderschön.

2
DAS GESCHENK

Als es nur noch fünfzig Meter bis zum Kontrollposten der *Wassileostrowskaja* waren, hauchten die Batterien endgültig ihr Leben aus. Der verloschene Lichtschein der Lampe spukte noch kurz vor Iwans Augen. Beim Weitergehen orientierte er sich an einem schwachen gelben Lichtfleck, den die Nachtbeleuchtung der Station in die finstere Röhre warf. Das Platschen seiner Stiefel im seichten Wasser hallte durch den Tunnel.

Man bemerkte ihn spät, obwohl er sich nicht verbarg. Waren die dort alle eingeschlafen?

»Stehen bleiben! Wer da?!«, bellte jemand und ein Scheinwerfer leuchtete auf.

Iwan drehte den Kopf zur Seite und hielt sich schützend den Unterarm vor die Augen. Hatten die sie noch alle?! Der weiße Scheinwerferstrahl bohrte sich in seinen Körper wie die Flamme eines Schneidbrenners.

»Eigener Mann!«, rief Iwan.

Er spürte instinktiv, wie sich das auf einem zusammengeschweißten Rohrgestell montierte Maschinengewehr in seine Richtung drehte, und hörte das metallische Klicken des Verschlusses beim Spannen der Waffe.

Der Lichtstrahl war verheerend. Iwan bedeckte die Augen mit den Händen und drehte sich mit dem Rücken zum Scheinwerfer, doch es half nichts. Das erbarmungslose Licht durchdrang Kleidung, Haut, Muskelfasern, Blutkörperchen und Knochen und traf seine Augen. Unter Iwans Lidern brannte es lichterloh.

»Halt, oder ich schieße«, drohte der Typ am Maschinengewehr. Iwan erkannte die sich überschlagende, fast hysterische Stimme. Es war ausgerechnet Jefiminjuk. Schöner Mist.

»Nicht schießen«, rief Iwan mit ruhigem Befehlston. »Die Parole! Hörst du? Die Parole lautet Hochzeit!«

Keine Reaktion.

Die Sekunden dehnten sich zur Ewigkeit. Iwan überlief es kalt bei dem Gedanken, dass Jefiminjuk imstande war, ihn trotzdem zu erschießen.

Ausgerechnet jetzt, das passt ja prima, dachte er wütend, dabei hatte ich extra darum gebeten, keine Psychopathen zur Wache einzuteilen.

»Wir haben eben zu wenig Leute, Iwan, das weißt du doch selbst«, hatte Postyschew gejammert. »Ich weiß nicht, wie ich die Löcher im Dienstplan stopfen soll.«

Na toll, wenn dieser Idiot mich jetzt mit einer Salve ummäht, habe ich jedenfalls mehr Löcher als du in deinem verdammten Dienstplan. Das NSW mit seinen 12,7-Millimeter- Stahlkerngeschossen ist schließlich kein Spielzeug, das man einem x-beliebigen Trottel in die Hand drückt. Solche Maschinengewehre wurden an Kontrollposten der Armee eingesetzt, und von so einem Posten war es sicher auch abmontiert worden.

»Parole: Hochzeit!«, wiederholte Iwan ohne große Hoffnung, dass man ihm überhaupt zuhört.

Schweigen.

»Wer da?«, fragte Jefiminjuk endlich.

»Der Bräutigam!«, erwiderte Iwan.

Abermals Schweigen. Dann wurde das MG mit einem leisen Klacken entspannt.

»Bist du das, Iwan?«

Am liebsten hätte Iwan laut geflucht, aber er war zu erschöpft und seine Erleichterung doch größer als sein Zorn.

»Ja.«

»Uff«, seufzte der Wachposten.

Von wegen »uff«, dachte Iwan. Was soll ich da sagen?
»Mach den Scheinwerfer aus, das Ding blendet wie Sau!«
Von Kopf bis Fuß mit lehmigem Matsch verschmiert, überwand Iwan die letzten Meter bis zum Kontrollposten und sah Jefiminjuk vorwurfsvoll an.
»Wer hat hier das Kommando? Warum bist du allein?«
»Ich ... äh ...«, stammelte Jefiminjuk. »Also ...«
»Wer hat heute das Kommando über den Posten?«, fragte Iwan lauter.
Jefiminjuk senkte den Blick. »Sasonow«, gab er endlich zu. »Tut mir leid wegen dem Maschinengewehr, Chef, war echt keine Absicht. Sasonow war vorhin schon da, aber dann musste er mal kurz weg.«
Sasonow also.
»Und wohin?«
»Woher soll *ich* das wissen? Keine Ahnung.«
»Schlamperei«, grummelte Iwan. »Ihr hört noch von mir.«
Er schob Jefiminjuk zur Seite, stieg über die Sandsäcke und trat ins Licht der Station.

Die *Wassileostrowskaja* war eine Metrostation geschlossenen Typs. Nachts waren alle Stationstüren geschlossen bis auf zwei, wobei eine aufs linke und eine aufs rechte Gleis führte. Manchmal wurde auch etwas tiefer im Tunnel, in Richtung *Primorskaja*, ein Posten eingerichtet – in der Regel während der »Hauptblütezeit«, wenn massenhaft Getier aus dem Meer durch den Tunnel kroch und man mit dem Abknallen kaum hinterherkam.

Heute hatte der gewöhnliche Posten am Tunnelausgang versagt. Wie konnte ein mit allen Wassern gewaschener Kämpfer wie Sasonow nur so fahrlässig sein? Im Digger-Jargon nannte man so etwas »Phänomen Bo« – wenn jemand einen Bock schoss, von dem man es am wenigsten erwartete. Andererseits: So etwas konnte immer mal passieren.

Die *Wassileostrowskaja* hatte nie zu den schönsten Metrostationen gehört wie zum Beispiel die *Ploschtschad Wosstanija* mit ihrer hohen

Gewölbedecke, dem prunkvoll ausgestalteten Saal, den schweren Bronzeleuchtern und stuckverzierten Säulen. Die »*Waska*«, wie die Nachbarn von der *Admiraltejskaja* und vom *Newski prospekt* sie familiär nannten, war eine ausgesprochen asketische Station und insofern bestens darauf eingerichtet, Hunger, Kälte, die Überfälle von Monstern und die Spermatoxikose ihrer Verteidiger zu ertragen. Mit anderen Worten: eine typisch Sankt Petersburger Festung.

Noch bevor Iwan die Bahnsteighalle betrat, hörte er das Dröhnen der Belüftungsanlage. Das Geräusch verursachten die Filter, durch die die Luft von der Oberfläche gepresst wurde. Ihr zentrales Beleuchtungssystem hatte die *Wassileostrowskaja* wie die meisten anderen Stationen längst eingebüßt, die Luftfilteranlagen und die Grundwasserpumpen funktionierten dagegen immer noch. Das war allerdings kein billiges Vergnügen, denn die »Masuten« von der *Technoloschka* ließen sich ihre Ingenieurdienste teuer bezahlen.

Aber was blieb einem anderes übrig?

Dafür waren die Tunnel beinahe trocken. Und selbst in der nachts verschlossenen Station hatte man genug Luft zum Atmen.

Iwan kniff die Augen zusammen. Nach dem langen Aufenthalt in der Dunkelheit blendete ihn selbst die dezente Nachtbeleuchtung. Egal wo er hinschaute, überall tanzten bunte Flecken.

An der Station herrschte Nacht. Die von einem Dieselgenerator gespeiste Hauptbeleuchtung war zu dieser Zeit ausgeschaltet. Es brannten nur die Nachtlampen – mit Akkus betriebene chinesische Lichterketten, die man über den Türnischen verlegt hatte. Nachts wirkte die Station deshalb behaglicher als sonst. Eine friedvolle Atmosphäre: das leise Atmen schlafender Kinder, durchsetzt vom Husten und Schnarchen der Erwachsenen, dazu das milde, bunte Licht der roten, blauen und gelben Lämpchen.

Iwan schritt durch den schmalen Gang zwischen den Zelten, die den größten Teil des Bahnsteigs einnahmen. Dieser Gang war die Hauptstraße der *Wassileostrowskaja*, sozusagen ihr Newski-Prospekt, der nur nachts existierte. Tagsüber wurden die Zelte abgebaut und zusammengelegt, um Platz zu schaffen: an Werktagen für die Arbeit, am Wochenende und an Feiertagen für Freizeitaktivitäten. Am südlichen Ende der Station befanden sich hinter einem Eisengatter die Käfigreihen der Tierzucht. Manchmal wehte von dort ein strenger Geruch herüber. Kinder ab vier Jahren schliefen in einem eigenen Zelt – dem Kindergarten.

Iwan ging an den ausgeblichenen, vielfach geflickten Zelten vorbei und lauschte dem nächtlichen Schnaufen, Husten und Schnarchen. Manch einer brummelte etwas im Schlaf, bevor er sich auf die andere Seite drehte und wieder verstummte. Die gute, alte *Wassileostrowskaja*.

Morgen würden sie den Bahnsteig freiräumen und Tische aufstellen. Es stand eine Feier ins Haus. Bis dahin blieben noch ... Iwan wandte sich um und blickte zur Stationsuhr, die über dem Ausgang zu den Rolltreppen hing. Die gelben Ziffern zeigten vier Uhr dreiundzwanzig. Noch drei Stunden.

Iwan war lange unterwegs gewesen. Während er den Bahnsteig entlangging, hatte er manchmal den Eindruck, im grauen Granitboden zu versinken. Dann hob er schnell den Kopf und wachte wieder auf.

Nichts wie ins Bett.

Doch vorher musste er seine Ausrüstung abgeben und sich waschen.

»Wo bist *du* denn gewesen?«, fragte Katja, die Leiterin von Ausrüstungsdepot und Sanitätsstation, mit vorwurfsvoll funkelnden Augen.

»Komische Frage. Sieht man das etwa nicht?«, erwiderte Iwan, während er seinen »Aladin« ablegte.

Der ABC-Schutzanzug L-1 war ein unentbehrliches Utensil, ohne das man an vielen Orten aufgeschmissen gewesen wäre. Vor allem wenn man ein bisschen Wert auf das legte, was sich unterhalb der Gürtellinie befand.

»Ich bin ja nicht blind. Du starrst vor Dreck. Schlimmer als ein Zombel.«

Iwan warf den »Aladin« in den Metallcontainer für die Dekontamination, dann zog er seine Gummistiefel aus und legte sie dazu. Jetzt waren die Fußlappen an der Reihe. Iwan wickelte sie ab und rümpfte die Nase: Was für ein Aroma. Seine Füße durchströmte ein sanfter, fast wohliger Schmerz, als würden sie aufatmen. Iwan stopfte die Fußlappen in den Container und machte schleunigst den Deckel zu.

»Jetzt sag schon, wo hast du dich rumgetrieben?«, fragte Katja, während sie ihn weiterschob.

Unausgeschlafen und gereizt sah sie noch viel hübscher aus als sonst.

»Was glaubst du?«

Jetzt musste er noch seine Ausrüstung zurückgeben. Ihm gehörte nur ein Teil der Sachen, der Rest war Gemeinschaftseigentum. Als er sich das dünne Sweatshirt über den Kopf ziehen wollte, seufzte Iwan laut auf und griff sich an die Seite. Verdammt! Er krümmte sich vor Schmerz. Offenbar war doch eine Rippe gebrochen. Katja eilte herbei und half ihm, das Sweatshirt auszuziehen.

Frauen, dachte Iwan. Ihr seid so berechenbar. Am liebsten würdet ihr von früh bis spät Katzenbabys retten. Oder Tiger.

»Mit wem hast du dich geprügelt?«, erkundigte sich Katja und drückte ungeniert mit dem Finger auf den Bluterguss an seiner Brust.

Iwan biss die Zähne zusammen und sog geräuschvoll die Luft ein.

»Tut's weh?«, stichelte Katja mit unverhohlen sadistischem Tonfall.

»Nein.«

»Und so?«

Diesmal langte Katja fester zu und Iwan blieb buchstäblich die Luft weg. Er krümmte sich zusammen und stöhnte.

»Aha«, sagte Katja. »Sehr schön. Das werden wir behandeln.« Kurz darauf kam sie mit einer Waschschüssel und Verbandszeug zurück. Iwan richtete sich auf und wollte etwas sagen, doch er kam nicht dazu. Katja stützte die Hände in die Hüften und warf den Kopf in den Nacken. »Wenn du mir jetzt mit deinen Bato-ontschikis kommst, ziehe ich dir die Schüssel hier über den Schädel, verstanden?«

Nachdem die Wunden und Schrammen gereinigt waren, ging Katja die Schüssel ausleeren. Auf dem Rückweg brachte sie Iwan Wasser mit. Er trank zwei volle Gläser hintereinander. Das tat gut. Der Missmut in Katjas Blick war inzwischen verflogen. Während sich Iwan wusch, holte sie eine frische Garnitur Wäsche aus einem Sack und legte sie auf das Feldbett neben Iwan.

»Dann also morgen?«, fragte sie wie beiläufig.

»Du bist schön«, sagte Iwan. Katja sah ihn an. »Und sehr klug. Aus uns hätte wirklich etwas werden können.«

»Ist aber nicht«, entgegnete Katja. »Nimm mich noch mal in den Arm, mein Odysseus.«

Iwan schüttelte den Kopf. »Das kann ich nicht, sei mir nicht böse.«

»Warum?«

Er strich ihr eine Strähne aus dem Gesicht und lächelte nur mit den Augen.

»Ich bin so gut wie verheiratet. Wahrscheinlich ist das eine Dummheit, nicht wahr?« Er griff ihr ans Kinn, hob sanft ihren Kopf und schaute ihr in die Augen. »Ist es eine Dummheit?«

»Nein«, sagte Katja. »Du Hundesohn. Du weißt überhaupt nicht, was für ein Glück du hast. Du solltest ihr zu Füßen liegen und Gott dafür danken, dass du sie hast, du Dummkopf. Verstanden?«

»Jawohl.«

Hinter der Wand hörte man jemanden schnarchen. Die Lampen über dem Eingang schalteten auf einen anderen Leuchtmodus um. Nun tauchten sie das ganze Zelt in blutrotes Licht.

»Du bist meine Königin von Saba. Meine Judith.«
»Schmeichler«, kommentierte Katja. »Wie ich sehe, hast du die Bibel sorgfältig gelesen.« Sie wandte sich um, kramte geräuschvoll in ihren Utensilien und holte eine Bandage hervor. »Heb den Arm hoch.«
»Geschichten über Frauen kann ich mir eben gut merken.«
Katja musste unwillkürlich schmunzeln, während sie die Rippenbandage anlegte. Abermals klapperten medizinische Gerätschaften, dann breitete sich eine angespannte Stille im Zelt aus.
»Und sie?«, fragte schließlich Katja.
»Was soll mit ihr sein?«
Katja hielt inne und sah ihn an. »Wer ist sie für dich? Bibelmäßig.«
»Meine zukünftige Frau«, erwiderte Iwan schlicht.
Katja schluchzte oder schluckte heftig – Iwan war sich nicht sicher. Sie verschwand für einen Augenblick und kam mit einem Döschen mit gelber Salbe zurück.
»Was für ein unverschämtes Glück du hast. So, jetzt den Kopf zurück!«
Iwan legte den Kopf in den Nacken und sah in Katjas Pupillen die Silhouette eines in den Tunnel flüchtenden Tigers ... Er blinzelte. Nur Einbildung.
Katja beugte sich vor und begann, seine Stirn mit der stinkenden, kalten Salbe einzureiben. Er spürte ihren Atem über sein Gesicht streichen.
Plötzlich waren ihre Lippen ganz nah.
»Iwan, schau, was ich organisiert habe!«
Pascha kam ins Zelt gestürmt – und blieb wie angewurzelt stehen. Katja ließ von Iwan ab und wich reflexartig einen Meter zurück. Pascha ging zwischen den beiden hindurch, stellte mit Getöse ein kleines Fass auf den Tisch und drehte sich um. Es entstand eine peinliche Pause.
Pascha musterte die beiden, dann fragte er: »Was ist denn mit deiner Visage passiert?«

»Kannst du nicht anklopfen, Mensch?«, schimpfte Katja.
Pascha winkte nur ab.
Iwan legte sich die Hand auf die Stirn. Das tat weh. Seltsam, dabei hatte er doch die Gasmaske aufgehabt.
»Eine Brandwunde.«
»Was, echt?« Pascha sah ihn mit einem seltsamen Gesichtsausdruck an, den Iwan nicht deuten konnte. »Und wie ist das passiert?«
Die ganze Geschichte zu erzählen hätte zu lange gedauert.
»Wie schon ... Meine Karbidlampe ist hochgegangen«, antwortete Iwan wahrheitsgemäß.
»Ach?!« Pascha schlug theatralisch die Hände zusammen. »Ist ja der Hammer. Hast du sie etwa geküsst? Deine Karbidlampe?«
»Pascha!«, zischte Katja.
»Was ›Pascha‹?«, giftete der Angesprochene zurück.
Iwan wusste schon lange, dass die beiden sich nicht ausstehen konnten. Schon seit der Zeit, als er die Beziehung mit Katja anfing. Als er dann Tanja kennenlernte, beruhigte sich Pascha seltsamerweise. Eigentlich kannte Iwan Tanja schon lange, er hatte sie nur nie richtig wahrgenommen. Idiotisch. Erst damals, nach Kossolapys tragischem Tod ...
Lassen wir das.
Iwan stand auf und begutachtete seine Rippenbandage. Der Verband war vergilbt, alt und mehrfach gewaschen. Recyclinggesellschaft, verdammt, oder wie hatte Professor Wodjanik das genannt? Außerdem hatte er erzählt, dass früher, Mitte des Jahrhunderts, in klösterlichen Krankenhäusern Verbandszeug mit alten Blut- und Eiterflecken aufbewahrt wurde, das vom vielen Waschen schon völlig durchlöchert war. Damit habe angeblich schon der Heilige Thomas oder weiß der Geier wer Verletzte verbunden. Das konnte man natürlich nicht wegwerfen. Schließlich hatten es die Hände eines Heiligen berührt, was ihm zweifellos wundersame Heilkraft verlieh ...

Wodjanik hatte aber auch gesagt, dass sich Heiligkeit offenbar schlechter überträgt als Mikroben. Sonst würden wir in der Metro alle schon mit einem Heiligenschein herumlaufen.

Iwan ging zu dem großen, ramponierten Spiegel, der auf dem Tisch stand, und betrachtete sich. Der Bluterguss auf der Brust war nicht von schlechten Eltern. Der rote Brandstreifen auf der Stirn auch nicht. Iwan drehte den Kopf hin und her. Genau richtig für die morgige Feierlichkeit.

Der Wortwechsel hinter seinem Rücken wurde unterdessen hitziger.

»Zu deiner Information, Pascha küsst keine Karbidlampen«, ätzte Pascha. »Er hat nämlich – was?«

»Was schon?«, fragte Katja gallig.

»Eine LED-Lampe! Eine ehrliche Digger-LED und keine Karbid-Schlampe!«

Katja versteinerte. Ihr Gesicht war blass und unbeschreiblich schön. Wie ein Double der Gorgone Medusa.

»Pascha«, sagte Iwan gedehnt. »Bitte geh raus.«

»Was habe ich ...«

»Geh.«

Nachdem Pascha gegangen war, kehrte Iwan zum Feldbett zurück, zog die Hose aus, die er unter dem Schutzanzug getragen hatte, und zog die frische an. Er setzte sich auf das Feldbett, schlüpfte in das Hemd und begann es zuzuknöpfen. Katja hantierte mittlerweile wieder mit ihren Döschen und Fläschchen. Iwans Blick fiel auf ihren schönen, schlanken Nacken. Als er mit dem Hemd fertig war, stand er auf. Er hatte ein schummriges Gefühl im Kopf, wie bei einem leichten Rausch. Wahrscheinlich die Müdigkeit.

»Fertig?«, fragte Katja, ohne sich umzudrehen.

»Ja«, bestätigte Iwan und ging zu ihr. »Sei Pascha nicht böse.«

»Ach wo. Er hat ja recht. Ich bin eine Schlampe.«

»Pascha ist ein Trottel«, sagte Iwan. »Für ihn gibt es nur Schwarz und Weiß.«

»Für mich doch auch. Entweder ich lasse einen ran oder nicht. Ist doch so, oder?«

Sie drehte sich zu Iwan um und klammerte sich so heftig am Tischrand fest, dass ihre Finger weiß wurden.

»Nein, so ist es nicht.« Iwan streichelte Katjas Wange und spürte dabei, wie sie zitterte. »Du bist schwer in Ordnung. Pascha ist auch in Ordnung, aber er ist ein Trottel.«

»Warum habe ich einfach nie Glück?« Sie sah zu ihm auf, als erwartete sie tatsächlich eine Antwort auf diese Frage.

Iwan seufzte.

Ich bin kein guter Tröster.

»Ach Katja«, sagte er. »Das glaubst du doch selbst nicht. Dein Glück liegt ganz nah, Penelope, du siehst es nur nicht. Davon bin ich überzeugt.«

Katjas Augen füllten sich mit Tränen. »Du bist ein Dummkopf, Odysseus. Und ein Herzensbrecher. Das wusste ich sofort, als du an der Station aufgetaucht bist.«

Ich pfeif auf die Regeln, dachte Iwan, legte den Arm um Katjas Taille und zog sie an sich. Die Berührung ihres warmen Körpers erfüllte ihn mit einem überwältigenden Gefühl von Zärtlichkeit. Es fühlte sich immer noch genauso an wie früher, obwohl so viel Zeit vergangen war.

»Alles. Wird. Gut.«

»Du bist ein schöner Mann«, sagte Katja. »Und deine Tanja ist ein kluges Kind. Während alle anderen um dich herumscharwenzelten, war sie sich immer selbst genug. Genau so muss es sein. Und so hat sie dich auch gekriegt.« Katja wurde plötzlich ernst. »Eins sage ich dir: Wenn du Tanja betrügst, schneide ich dir höchstpersönlich die Eier ab. Mit dieser Schere hier. Haben wir uns verstanden?«

»Ja.«

Iwan drückte Katja fest an sich und spürte, wie die Anspannung aus ihrem Körper wich. Ihre festen Brüste verströmten Wärme. Iwan atmete durch. Frauen. Ihm schwindelte noch immer. Das rote Licht schmerzte in den Augen.

Ab in die Falle, dachte Iwan. Nur …

»Weißt du, ich habe heute …«, begann Iwan, als plötzlich Pascha wieder ins Zelt kam.

Ohne das überraschte Ex-Liebespaar eines Blickes zu würdigen, marschierte er zum Tisch, nahm das Bierfass, das noch immer dort stand, grummelte: »Sorry, hab ich vergessen«, und ging wieder hinaus.

»Scheiße.« Mehr fiel Iwan nicht ein, während er seinem davoneilenden Freund hinterherschaute.

Katja blickte auf, und als sie Iwans verdattertes Gesicht sah, fing sie plötzlich zu lachen an.

Iwan verließ die Sanitätsstation. Er nahm nur seine Tasche und das Sturmgewehr mit. Seine gesamte übrige Ausrüstung ließ er dort, zur Dekontamination. Iwan verzog das Gesicht. Die Tasche stank nach verbranntem Gummi.

Jetzt noch Wasser organisieren, waschen, das Gewehr reinigen und schlafen gehen. Obwohl, gleich schlafen gehen wäre noch besser.

Iwans Augen brannten, als hätte man ihm eine Handvoll Sand hineingeworfen. In seinem Kopf dröhnte die bleierne Schwere eines Kanaldeckels.

Aber halt, eine Sache noch.

»Pascha!«, rief Iwan und stutzte. Sein Freund war nicht mehr in der Nähe. Wahrscheinlich beleidigt.

»… In gewisser Weise ist das die Antwort auf das berühmte Dostojewski-Zitat: ›Weit ist der russische Mensch, weit! Ich hätte ihn enger gemacht.‹«

Iwan blieb stehen, als er die bekannte Stimme hörte.

Er schaute um die Ecke des Zelts. Neben einem künstlichen Tannenbaum, der mit selbst gebasteltem Baumschmuck und sogar einigen echten Glaskugeln behängt war, saß die Runde der Nachtschwärmer. Die Lichterkette am Baum brannte, die bunten LEDs brauchten wenig Strom, und für die Nachtschicht reichte das Licht völlig aus – zum Herumsitzen, Rauchen und Lesen. Wenn nötig auch zum Essen.

»Jetzt sind wir so weit. Wir haben unsere Welt verengt«, sagte ein korpulenter, älterer Mann mit struppigem schwarzem Bart. »Verengt auf diese jämmerliche Metro, auf – noch! – bewohnte Stationen. Und das bedeutet das Ende, meine Lieben. An der Oberfläche können wir nicht mehr leben, und ich fürchte, das wird auch so bleiben. Die sogenannten Digger haben den gefährlichsten Beruf bei uns, nach ...«

»Nach den Elektrikern«, warf jemand aus der Dunkelheit ein.

»Völlig richtig«, pflichtete Wodjanik bei. »Nach den Elektrikern.«

Der Professor litt an Schlaflosigkeit, und deshalb wunderte sich Iwan nicht sonderlich darüber, ihn hier anzutreffen. Bei der Tanne hatte sich so eine Art nächtlicher Stammtisch etabliert, an dem sich alle trafen, die nicht schlafen konnten.

Kommt schon mal vor, dass es einen umtreibt. Man sollte eigentlich schlafen, aber die Seele kommt nicht zur Ruhe. Manche sind dann lieber für sich und gießen sich einen hinter die Binde, andere kommen zum Tannenbaum, erzählen sich gegenseitig Geschichten oder singen Lieder.

Sich mit Wodjanik zu unterhalten war übrigens immer ein Gewinn. Wenn man den Professor auf dem Weg zur Toilette traf, konnte es einem passieren, dass man unterwegs einen Universitätsabschluss erwarb. So scherzten die Leute, die ihn kannten.

Außerdem erzählte man sich über Wodjanik, dass seine Witze es durchaus mit einem kleinen Atomkrieg aufnehmen konnten, wegen ihrer verheerenden und unumkehrbaren Folgen. Der Professor konnte partout keine Witze erzählen, tat es jedoch mit großer Leidenschaft.

»Erzählen Sie von Saddam, Grigori Michailowitsch!«, bat einer.

Iwan konnte nicht erkennen, wer. Doch von Saddam dem Großen hatte Iwan schon gehört. Nun, eigentlich hatten alle schon von ihm gehört.

Ganz zu Anfang, als die Katastrophe passierte und die hermetischen Tore geschlossen wurden, fielen die Leute in eine Art Schockstarre. Wie Kaninchen im Lichtstrahl eines Autoscheinwerfers. Und dann begannen die Kaninchen, die Löffel abzugeben. Es stellte sich nämlich heraus, dass man die hermetischen Tore nicht öffnen konnte. Die Automatik war auf eine bestimmte Zeitspanne eingestellt. Dreißig Tage. Die Apokalypse hatte also doch begonnen. Die Radioaktivität an der Oberfläche war so hoch, dass man ein Grillhähnchen hätte braten können, indem man es unter dem Arm spazieren trug.

So brach das Unglück über die Menschen herein.

Onkel Jewpat erzählte, damals habe so ein großer Chef, so einer mit Mantel und Hut, mitten unter ihnen auf dem Bahnsteig gesessen. In den Händen hielt er eine Aktentasche, eine teure, aus braunem Leder. Dieser große Chef saß also einfach nur da und schwieg. Aus heiterem Himmel holte er eine Pistole aus seiner Aktentasche, steckte sie sich in den Mund und drückte ab. Blut, Gehirnmasse, alles spritzte herum. Die Leute saßen so dicht gedrängt, dass sie nicht ausweichen konnten. Alle, die in der Nähe waren, wurden besudelt.

»Und wie die Leute dann zu lachen anfingen«, erzählte Onkel Jewpat, »so ein schauderhaftes Gelächter hatte ich noch nie gehört. Stellt euch vor, da sitzt ein Mann mit halb weggeschossenem Kopf, der nicht einmal Platz zum Umfallen hat, und die fangen einfach zu lachen an. Völlig hysterisch natürlich. Situationskomik von der heftigen Sorte. Das Seltsame daran ist ...«, erzählte Onkel Jewpat weiter. »Ich habe ja schon viele Leute sterben sehen. Aber an diesen Mann muss ich immer wieder denken. Er schien innerlich völlig ruhig und zappelte nicht herum. Er schaute nur ständig auf die Uhr. Wie ferngesteuert. Erst schaute er auf die Uhr, dann in die Richtung, wo sich das hermetische Tor befand – und saß wieder ruhig da. Ich frage mich die ganze Zeit, worauf er wohl gewartet hat? Hat er gehofft, das Ganze sei nur ein Übungsalarm? Da wäre er jedenfalls nicht der Einzige gewesen. Ich habe das auch gehofft.«

Nachdem die dreißig Tage vergangen waren, griffen Depression und Panik um sich. In allen Stadien, die auftreten, wenn man dem Patienten mitteilt, dass er todgeweiht ist. Anfangs wird noch die Diagnose angezweifelt, dann beginnt die Suche nach einem Ausweg, es folgen Wut, Verzweiflung und Tränen, bis das unausweichliche Ende schließlich akzeptiert wird.

Man öffnete von Hand den Notausgang und schickte zwei Freiwillige hinauf. Sie kamen nicht mehr zurück. Man schickte einen Fünfertrupp. Einer davon kam zurück und berichtete: Dort oben ist die Hölle, die Geigerzähler spielen verrückt. Dann starb er. An der Strahlenkrankheit. Ein Dosimeter, das man an den Leichnam hielt, zeigte haarsträubende Werte an. Das war der Punkt, an dem die Phase der Wut und Verzweiflung einsetzte.

Chaos brach aus.

»… Chaos brach aus«, erzählte Wodjanik. »Und in dieser Situation trat Saddam auf den Plan. Saddam den Großen taufte man ihn erst später. Vor der Katastrophe war er Klempner gewesen. Oder Bauleiter. Hatte Tadschiken herumgescheucht, genau. Oder ein Hauptmann der Armee. Die Geschichte schweigt sich darüber aus. Wie auch immer: Der Hauptmann a. D. nahm jedenfalls die Geschicke der Metro in die Hand. Und zwar energisch. Da muckte keiner auf. Als er befahl, die hermetischen Tore wieder zu schließen, wurde dieser Befehl anstandslos ausgeführt.«

Iwans Beine knickten ein. Wenn er jetzt nicht zu seinem Zelt ging, würde er hier auf dem nackten Boden einschlafen, so viel stand fest.

»Spielst du ein Monopoly mit?«, flüsterte jemand laut hinter der Zeltplane. »Finger weg, ich darf aussuchen!«

»Nicht so laut, ihr Dödel. Wer hat die Taschenlampe?«

Im dem großen Zelt, in dem alle Heranwachsenden schliefen, verlief die Nacht offenbar recht unterhaltsam.

Die müssten doch eigentlich wie Tote schlafen, dachte Iwan und schüttelte den Kopf. Genau in dem Alter hatte ich den tiefsten Schlaf. Außerdem konnte ich zwei oder drei Tage am Stück aufbleiben. Und war trotzdem topfit. Das waren noch Zeiten. Jetzt bin ich gerade mal eine Nacht auf den Beinen und schlafe buchstäblich im Stehen ein.

Iwan wollte sich gerade zum Südende der Station aufmachen, als ihn plötzlich jemand anblaffte:

»Stehen bleiben! Parole!«

Iwan zögerte den Bruchteil einer Sekunde, dann fuhr er herum, ging in die Knie und griff nach seinem Gewehr.

»Keine Panik«, sagte Pascha und grinste frech. »Ich bin's nur.« Poch! Das Herz. Poch!

»Pascha, ich bitte dich, musste das sein?« Iwan ließ die Kalaschnikow sinken und richtete sich auf. Das Adrenalin war ihm in den Kopf geschossen und er atmete schwer. Verdammt.

»Du siehst vielleicht aus.« Pascha saß auf dem Boden und neben ihm stand das kleine Bierfass, ein bemerkenswert schönes Fass übrigens.

Iwan sah es sich genauer an. Ein Fünf- oder Sechsliterfass aus weißem Steingut. Das Etikett war ausgeblichen, doch die Aufschrift konnte man noch erkennen: »Kölsch«. Deutsches Bier. Wo hatte Pascha das aufgetrieben? Zwanzig Jahre Lagerung – das war für Wein schon viel, aber für Bier …?

»Wieso, wie sehe ich denn aus?«

»Na ja, bräutigammäßig eben«, erwiderte Pascha. »Ich hab dich übrigens gesucht. Den ganzen Abend bin ich an der Station herumgelaufen und hab nach dir gefragt, aber niemand wusste, wo du steckst. Auch Sasonow nicht. Dabei warst du – dort.«

Iwan zögerte. »Ich war an der *Primorskaja*«, sagte er schließlich.

»Was, echt?!« Pascha schüttelte den Kopf und sah Iwan prüfend an. »Warst du etwa wegen eines Geschenks dort? Cool. Nun zeig schon her. Hast du was gefunden?«

Ich habe so einiges gefunden, dachte Iwan. Ein Geschenk unter anderem.

»Ja. Habe ich. Du siehst es ja ohnehin morgen. Nicht hier.«

»Fiesling!« Pascha sprang auf. »Da macht man alles für ihn – und *er*!« Als Pascha wieder einfiel, was *er* getan hatte, verfinsterte sich seine Miene. »Mann … Vielleicht entscheidest du dich endlich mal, welche Frau du willst?!«

»Ich habe mich längst entschieden«, entgegnete Iwan.

»Das habe ich gesehen.«

Iwans Wange zuckte. »Pascha, lassen wir das, mir geht's auch so schon beschissen genug«, brummte er und besann sich: »Ach … Vergiss es.«

»Jaja«, sagte Pascha gedehnt. »Wahnsinn. Ich an deiner Stelle würde Tanja auf Händen tragen. Was willst du denn mit dieser Katja? Bei dir ist doch alles im Lot, aber nein, der Herr muss mutwillig alles kaputt machen. Spinnst du jetzt komplett?«

»Das Thema scheint dich ja sehr zu beschäftigen.«

Pascha richtete sich auf. »Allerdings. Dir muss doch klar sein, dass du eine Kiste Patronen für eine Dose vergammeltes Fleisch hergibst.«

»Pascha!«

»Was Pascha?! Glaubst du, es macht mir Spaß, dabei zuzusehen, wie mein bester Freund sich sein Leben verpfuscht?«

»Ich habe nichts mit Katja.«

»Toll. Das habe ich gesehen, wie ihr beide nichts miteinander habt!«

»Wir haben uns nur verabschiedet.« Iwan druckste ein wenig herum. »Wie auch immer, mach dir keinen Kopf deswegen.«

Einige Sekunden lang musterte Pascha seinen Freund streng, dann seufzte er tief. »Zeigst du mir jetzt wenigstens das Geschenk?«

Iwan schmunzelte. Er öffnete die Tasche und nahm das Objekt heraus, dessentwegen er die Expedition zur *Primorskaja* unternommen hatte. Vorsichtig nahm Pascha das Fundstück in Empfang.

»Wow! Und nicht mal ausgetrocknet, oder?«

»Nein«, bestätigte Iwan. »Gefällt's dir?«

»Obergeil«, schwärmte Pascha und betrachtete das Geschenk von allen Seiten. »Ohne Scheiß. Obergeil. Nimm sie wieder, nicht dass ich sie noch kaputt mache. Du kennst mich ja.«

Das Geschenk wanderte in Iwans Hände zurück. Es handelte sich um eine Glaskugel, die mit farblosem Glycerin gefüllt war. Darin befand sich auf einer verschneiten Lichtung ein Häuschen mit rotem Dach und Kamin, umgeben von kleinen Tannen und einem Zaun. Iwan schüttelte das Kleinod, und schon begann es zu schneien. Die weißen Flocken rieselten auf das Dach des Häuschens und auf die Bäume herab.

»Was meinst du, wird es ihr gefallen?«, fragte Iwan und blickte zu Pascha, der wie hypnotisiert auf die Kugel starrte.

»Sei mir nicht böse, aber du kannst manchmal idiotische Fragen stellen. Das ist ein geniales Geschenk!«

Ein Gittertor mit der Aufschrift WASSILEOSTROWSKAJA trennte den Wohnbereich der Station vom Wirtschaftsbereich. Die Lettern waren aus eloxiertem Aluminium und glänzten schwach.

Iwan öffnete die Tür und nickte dem Wachmann zu, einem sechzehnjährigen, hoch aufgeschossenen Kerl. »Wie geht's, Mischa?«

»Danke gut, Chef.« Am Gürtel trug Kusnezow eine Makarow in einem abgewetzten Halfter. Die Pistole hatte er von seinem Vater geerbt. Dieser war bei der Metromiliz angestellt gewesen, als die Katastrophe passierte. »Nur herein.«

Eigentlich war Iwan überhaupt nicht Kusnezows Vorgesetzter. Der Junge gehörte zur Stationsmiliz, während Iwan die Aufklärer befehligte. Die Milizionäre bildeten eine eigene Kaste, genauso wie Iwans Digger. Und eine Kaste zeichnet sich eben gerade dadurch aus, dass man schwer hineinkommt und schwer wieder hinaus.

Doch Iwan verzichtete darauf, den Jungen zu verbessern. Man wird ja schließlich noch träumen dürfen.

»Ist Tanja hier?«

»Ich weiß nicht, Chef«, erwiderte Kusnezow etwas verlegen. »Ich habe gerade erst meinen Posten bezogen.«

Iwan nickte. Schon in Ordnung.

Die Tierzucht.

Die Käfigreihen türmten sich bis unters Dach der Station. Mit Maschendraht verschlossene Kisten aus Holz und Metall. Der Körpergeruch der Nager mischte sich mit dem Gestank uringetränkter Sägespäne und alten Kots zu einem deftigen Cocktail. Iwan schlenderte zwischen den Reihen hindurch und grüßte die ihm wohlbekannten Schnauzen. Das ständige Knuspern, Rascheln, Fiepen und Schmatzen hatte etwas Archaisches. Hauptsache fressen.

Wie es sich wohl anfühlt, ein Meerschweinchen zu sein, fragte sich Iwan. In diesen Käfigen haben sie kaum Platz, können eigentlich nur fressen und scheißen. Ein lausiges Leben.

In einem separaten Käfig, einer weißen Plastikschachtel mit der Aufschrift »Quartz grill«, saß ein fettes, weiß geflecktes Meerschweinchen und beäugte den Besucher. Iwan steckte ihm ein Bündel Tang durch den Maschendraht.

»Hallo, Boris, wie geht's?«

Das Meerschweinchen hörte kurz zu mümmeln auf. Seine schwarzen Knopfaugen schienen zu sagen: »Mann, du hast mir gerade noch gefehlt.«

In Liebesdingen war Boris kompromisslos, im Übrigen aber ein heilloser Opportunist. Er mochte niemanden außer Tanja und fraß dennoch ratzeputz alles, was ihm andere Leute brachten. Typisch Mann.

»Tanja!«, rief Iwan. »Bist du hier?«

Seine Stimme ging im Knabbern und Rascheln der Meerschweinchen unter. Iwan trottete weiter bis zum abgetrennten Dienstkabuff. Dort stand ein großer Schreibtisch, an dem Tanja die Dienstpläne schrieb und statistische Daten in eine Art Stallbuch eintrug: »Gewichtszunahme«, »Fleischleistung« und wie das alles hieß. Im selben Raum standen auch die Säcke mit dem Futter: Heu, Tang, Kartoffel- und Rübenkraut, Essensreste und was die Nager sonst noch verputzten. Und sie verputzten einiges.

Hinter einer Sperrholzwand begann das Territorium der »Fazenda«. Dieser ironisch-liebevolle Ausdruck, der in den glücklichen Tagen vor der Katastrophe zur Bezeichnung eines privaten Kleingartens gedient hatte, wurde hier unten für die Gewächshäuser der Station verwendet. Ein schwüler, erdiger Geruch zog von dort herüber. Durch die von Tageslichtlampen erhellte Luft schwirrten kleine Fliegen, die unvermeidlichen Begleiter des Gartenbaus. In der Fazenda wurden Karotten, Kraut, Kartoffeln, Zwiebeln, Sauerampfer und sogar Blattsalate angebaut. Außerdem gab es einen einzigen Zitronenbaum, um den die Nachbarn von der *Admiraltejskaja* die *Wassileostrowskaja* heftig beneideten.

Die Nahrungsmittelproduktion lief im Grunde sehr praktisch ab: Die Hinterlassenschaften der Nager dienten als Dünger und mit einem Teil der damit produzierten Pflanzen wurden wiederum die Meerschweinchen gefüttert. Und wo Letztere landeten, war auch klar: in der Pfanne oder im Topf.

Früher hatte man versucht, auch die Lüftungsschächte für die Nahrungsmittelproduktion nutzbar zu machen, doch bekam man das Problem mit den Ratten nicht in den Griff. Verdammte Lebensmittelterroristen! Die knabberten ja sogar Metall an. Außerdem scheiterte das Vorhaben auch an der Stromversorgung; die Kapazität des Generators reichte nicht aus.

Im Lüftungsschacht wurden deshalb Pilze angebaut – die fühlten sich wohl in der Dunkelheit. Austernseitlinge, Champignons und sogar Shiitake. Die Regale mit den Pilzkulturen verloren sich in der Finsternis des Schachts – ein unheimlicher Ort, fand Iwan.

»Stell dir vor«, dozierte Onkel Jewpat, »so ein Pilzmyzel verfügt über einen kollektiven Verstand. Es kann sich über viele Hundert Meter erstrecken und Abertausende Pilze zu einem gemeinsamen Organismus verbinden. Und weißt du, was das Unheimlichste ist?«

»Was denn?«

»Wir haben keinen blassen Dunst, was sie denken.«

Onkel Jewpat. Erinnerungen. Sprenkel aus einem schwarz-weißen Mosaik.

Ich werde alt, dachte Iwan. Eine tolle Zeit habe ich mir da ausgesucht, um zur Ruhe zu kommen und mir eine Familie anzuschaffen. Eine gute Ehefrau, eine gute Station, ein guter Job – Postyschew hat mich als Stationsoberst vorgesehen, wenn es stimmt, was man sich erzählt. Was braucht ein Mensch sonst noch, um das Alter in Würde zu tragen? Tja.

»Tanja, wo steckst du?«

Iwan betrat den Vorraum zwischen Tierzucht und Fazenda. Auf einem langen Tisch, der aus alten Stühlen und einer Holzplatte zusammengezimmert war, stand eine altertümliche Waage. Die Waagschalen glänzten wie poliert und die Gewichte standen säuberlich aufgereiht. Hier wogen Tanja und ihre Kollegin die Meerschweinchen. Neben dem Tisch stand ein Stuhl, auf dem eine ältere Dame friedlich döste. Ihr graues Haar hatte sie zu einem Dutt zusammengesteckt. Als Iwan hüstelte, zuckte sie zusammen und fuhr herum.

»Iwan! Mein Gott, hast du mich erschreckt.«

»Guten Abend, Marja Sergejewna. Entschuldigen Sie, dass ich Sie geweckt habe. Wissen Sie zufällig, wo Tanja steckt?«

Marja Sergejewna hielt sich die Hand auf die Brust, als wollte sie verhindern, dass ihr das Herz heraussprang. »Ich weiß nicht, Iwan.« Sie schüttelte den Kopf. »Obwohl, wahrscheinlich in dem Zelt, wo der Brautmoden-Laden ist. Aber lass dir nicht einfallen, dorthin zu gehen«, fügte Marja Sergejewna geschäftig hinzu. »Es bringt Unglück, wenn du das Brautkleid vor der Hochzeit siehst.«

»Versprochen.«

»Eigentlich müsste sie doch längst schlafen? Und was ist mit dir? Warum schläfst du noch nicht? Ach stimmt«, fiel ihr ein. »Sie hat dich gesucht. Und dein Freund war auch hier, dieser große ...«

»Sasonow? Das habe ich schon gehört. Na gut, ich gehe dann auch schlafen.«

»Tu das, du bist ja schon ganz blass um die Nase ... Warte!« Marja Sergejewna stutzte. »Was ist denn mit deinem Gesicht passiert?«

An der *Wassileostrowskaja* (wie an vielen anderen Stationen auch) legte man großen Wert auf Rituale, die noch aus der Zeit vor der Katastrophe stammten. Dies galt insbesondere für das Hochzeitsritual, aus dem eine regelrechte Wissenschaft gemacht worden war. Die heilige Kuh der Stationsgemeinde.

Iwan drehte noch eine Runde auf dem Bahnsteig, doch er konnte Tanja nicht finden. Ob sie tatsächlich schlief? Schließlich kehrte er in sein Zelt zurück, legte das Gewehr ab und verstaute die Tasche am Kopfende seiner Schlafstatt. Die Armbanduhr zeigte halb vier Uhr morgens. Er war todmüde. Doch das Gewehr ging vor. Iwan seufzte. Bei der Waffenpflege durfte man nicht schlampen, selbst wenn es sich um eine unverwüstliche sowjetische Kalaschnikow handelte. Das war wie Zähneputzen. Obwohl – wichtiger als das, denn ohne Zähne konnte man weiterleben, aber nicht ohne Waffe.

Also: Öl, Lumpen, Putzstock, und los geht's!

Iwan döste immer wieder ein, während er mechanisch das Gewehr putzte. Manchmal wachte er auf und wunderte sich, was er da machte. Als er schließlich feststellte, dass er den Lumpen vollständig in den Lauf gestopft hatte, wurde ihm klar, dass das so nichts werden würde. Er legte die Einzelteile sorgfältig auf den Nachtkasten und ließ sich aufs Bett fallen, ohne sich auszuziehen. Er vergrub das Gesicht im Kissen. Endlich schlafen! Er drehte sich auf den Rücken und ...

Tanja schaute ihn an. Iwan lächelte. Was für ein schöner Traum. Nun war wirklich alles bestens.

»Wo hast du dir das Hirn verbrannt, du Dussel?«, fragte sie.

»Macht nichts, bis zur Hochzeit heilt es wieder«, erwiderte Iwan spontan und erst dann fiel es ihm wieder ein. »Ach so. Na ja, vielleicht nicht ganz ...«

»So, so. Bis zur Hochzeit. Wie schön, dass du noch daran denkst. Apropos ...« Tanja legte gleichsam den Schalter um. »Hast du den Anzug schon anprobiert?«

Verdammt. Richtig. Iwan wurde sogar für einen Augenblick wieder richtig wach.

»Natürlich«, log er.

Den Anzug hatte er doch tatsächlich vergessen. Ist aber auch kein Wunder, dass man in einer so verrückten Nacht alles vergisst, dachte er. Macht nichts. Das mit dem Anzug kann ich auch morgen früh machen. Ich stelle mir eben den Wecker. Aber wenigstens zwei Stunden muss ich schlafen, sonst überlebe ich das morgen nicht. Den ganzen Tag feiern. Die Hochzeitszeremonie durchstehen. Am schönsten wäre es aufzuwachen, wenn schon alles vorbei ist. Feierliche Rituale kann ich auf den Tod nicht ausstehen. Auf einer fremden Hochzeit feiern – das geht ja noch, aber auf der eigenen – ein Albtraum. Eine Expedition an die Oberfläche ist die reinste Erholung dagegen. Das war was, als ich damals mit Kossolapy den Dieselgenerator organisiert habe, Wahnsinn, wie wir uns abgeschleppt haben ...

»Hast du schon geschlafen heute?«, fragte Iwan.

»Natürlich. Ich bin die Ruhe selbst.«

»So, so. Lügnerin.«

»Ich muss gehen, ich habe noch so viel zu erledigen.«

»Jaja, geh nur zu deinem fetten Boris.«

»Boris ist so süß!«, entrüstete sich Tanja. »Ich verstehe überhaupt nicht, warum du ihn nicht magst.«

Jeder hat seine Fehler, dachte Iwan. Ich fackle Ungeheuer mit Karbid ab und küsse Verflossene, und Tanja verwöhnt dicke Meerschweinchen.

»Zwischen uns beiden herrscht bewaffnete Neutralität. Wir sind eben eifersüchtig aufeinander wegen dir.«

»Wanja, er ist ein Schlachttier!«

»Tja, fressen und gefressen werden«, räsonierte Iwan und verschränkte die Hände unter dem Kopf.

Von wegen Schlachttier. Nie im Leben würde Tanja es erlauben, dass jemand ihren Liebling verspeist.

Iwan schwindelte vor Müdigkeit. Sogar die Zeltwände drehten sich im Kreis. Doch es war kein unangenehmes Gefühl.

»Ich bleibe noch einen Augenblick bei dir«, sagte Tanja und setzte sich an den Bettrand. Er spürte ihren warmen Schenkel.

»Na gut, bleib noch einen Augenblick«, erwiderte Iwan gnädig. Ohne die Augen zu öffnen, hob er den Arm und legte ihn zwischen Tanjas Beine. Warm und geborgen. Zum ersten Mal seit einer Ewigkeit spürte er so etwas wie inneren Frieden. Ich bin genau am richtigen Ort, dachte Iwan und gähnte dann so breit, dass sich ein Krokodil erschreckt hätte. »Ich habe nichts dagegen.«

»Frechdachs!«

»Ich habe einen Tiger gesehen«, sagte Iwan im Halbschlaf, doch weiter kam er nicht mehr mit seiner Geschichte. Die Welt verlor ihre Stofflichkeit und er sank durch Kissen und Boden hindurch nach unten, ins Reich der Bewusstlosigkeit.

»Schlaf gut«, flüsterte Tanja. »Morgen wird ein schwerer Tag.«

Iwan öffnet die Augen. Im Zelt ist es dunkel. Er steht auf. Seltsamerweise hat er Tarnanzug und Stiefel an. Er verlässt das Zelt und bleibt stehen. Wo bin ich?

Ein Bahnsteig mit Reihen gewundener, schwarzer Säulen. An den Wänden Reliefs. An einer Wand steht der Name der Station. Er beginnt mit dem Buchstaben A, den Rest kann Iwan nicht lesen. Doch das Wichtigste ist ihm klar.

Dies ist eine andere Station, nicht die *Wassileostrowskaja*. Und hier ist niemand. Überhaupt niemand. Alles verwaist.

Iwan geht den Bahnsteig entlang.

Auf dem Gleis steht ein Zug.

In einem der Waggons ist Licht. Iwan nähert sich ihm. Die Fenster sind ausgeschlagen, die Leisten an den Rahmen verrostet. Man kann noch erahnen, dass der Waggon ursprünglich blau lackiert und die Sitze früher mit braunem Kunstleder bezogen waren.

An den verrußten Innenwänden des Waggons tanzt flackerndes Kerzenlicht. Es zieht. Die Zugluft aus dem Tunnel bläst durch die Waggons und streicht durchs schüttere Haar auf der trockenen Stirn einer Mumie. Verkarstete Augenhöhlen. Die Haut wie dünnes Pergament, um das Gerippe gespannt. Ein Brillantring im Ohr – Erinnerung an eine vergangene Zeit.

Auf den Knien der großen Mumie liegt eine zweite. Sie hat sich eingerollt und ihre Finger sind gekrümmt. Wenn ein Mensch stirbt, trocknen die Sehnen aus und verkürzen sich. Deshalb sind bei der großen und bei der kleinen Mumie die Hände gleichermaßen gekrümmt. Als würden sie auf Hundeart schwimmen. Außerdem schneiden sie die gleiche grinsende Grimasse. Das kommt auch von den Sehnen. Und vom Tod.

Auf den spitzen Knien der großen Mumie eine kleine, schlafende.

Die große Mumie hält eine dicke, brennende Kerze in der Hand. Die Flamme züngelt im Luftzug. Über die Finger rinnt Paraffin.

Um die beiden Mumien herum sitzen noch Dutzende weitere. Alle Sitze sind belegt.

Neben jeder großen Mumie eine kleine, manchmal auch zwei.

Jede große Mumie hält eine Kerze in der Hand. Es riecht nach Verwesung und verbranntem Paraffin.

Der Waggon der brennenden Kerzen.

Iwan tritt ein und bleibt stehen.

Der Waggon der Mutterliebe.

Es heißt, gemäß den Vorschriften über die Schutzbunker ließ man Frauen mit Kindern unter zwölf Jahren schon früher hinein, schon bevor der Atomalarm ausgelöst wurde. Sie hatten das Recht, in der Station zu bleiben oder in einem Zug, der an der Station hielt. Und sie blieben dort. Alle. Iwan würgt an einem Kloß im Hals. Dann bemerkt er etwas, was ihm zuvor entgangen ist. Durch die Haut der Mumien bohren sich an manchen Stellen graublaue Triebe. Wie bei keimenden Kartoffeln. Iwan streckt die Hand aus …

»Nicht anfassen«, sagt eine Stimme.

Iwan dreht sich nach der Stimme um. Vor ihm steht ein groß gewachsener Greis. Die Augen des Greises leuchten grün, wie bei dem Tiger letztens.

»Ein anderes Ökosystem«, sagt der Greis. Während er Iwan ansieht, beginnen seine Augen zu schmelzen wie Kerzen und laufen ihm als wächserne Rinnsale über die Wangen. »Verstehst du? Ver…« Das Gesicht des Greises verschwimmt und fällt ein.

»Merkulow!«
Jemand rüttelte ihn an der Schulter. Iwan öffnete die Augen und sein erster Gedanke traf ihn wie ein Hammerschlag: Verdammt, verschlafen!
»Habe ich verschlafen?« Noch halb blind, setzte er sich auf. Sein Schädel schmerzte, als steckte ein nasser, schwerer Ziegelstein darin. Vom Gefühl her hatte er höchstens eine Minute geschlafen. »Was ist los? Die Hochzeit. Oder was?«
Iwan sah immer noch unscharf. Den Menschen, der ihn geweckt hatte, erkannte er nur als dunkle, verschwommene Silhouette, und er begriff nicht, was der von ihm wollte. Sein Herz schlug heftig und schnell.
»Merkulow, du sollst dich beim Kommandanten melden!«, sagte die Silhouette. »Dringend.«
Auf dem Bahnsteig brannte nur die Nachtbeleuchtung. Während er seinem Begleiter mechanisch folgte, versuchte Iwan sich darüber klar zu werden, wie spät es war. Hatte er lange geschlafen? War womöglich schon wieder Nacht? Wie an den meisten Stationen wurde auch an der *Wassileostrowskaja* der Tag-Nacht-Rhythmus künstlich aufrechterhalten. Iwan blinzelte, um endlich den Schleier vor seinen Augen loszuwerden. Verflucht. So elend hatte er sich schon lange nicht mehr gefühlt.
Reiß dich zusammen, Idiot, und wach endlich auf!
In dem kleinen Raum, in dem der Kommandant und seine Familie lebten, brannte eine Karbidlampe und beleuchtete dessen große Hände, die auf der hölzernen Tischplatte ruhten.

»Du hältst es wohl nicht aus auf deinem Hintern«, sagte Postyschew.

»Äh ...«

»Ich hatte dich ausdrücklich gebeten, nicht allein zu gehen. Korrekt?«

Iwan nickte.

»Und?« Mit seinen klugen Augen, deren Blick so bohrend war wie Sirenengeheul, sah Postyschew ihn an und wartete auf eine Antwort. Er hatte einen mächtigen Schädel und gelbliches, schütteres Haar.

»Und ich habe es trotzdem getan.«

»Und wozu? Was bitte soll ich deiner Tanja erzählen, wenn dir etwas passiert?«

Iwans Wangen zuckten, doch er schwieg und schaute starr geradeaus.

»Willst du mir nicht sagen, wozu das nötig war? Du könntest wenigstens *einmal* eine Antwort geben.«

»Ist das ein Befehl?«

»Ach, hab mich doch gern!« Postyschew winkte ab. »Wenn du nichts sagen willst, dann lass es. Du bist ein erwachsener Mensch, Offizier, Bräutigam und was weiß ich. Hast du wenigstens mitbekommen, dass es hier einen Zwischenfall gab, während du dich herumgetrieben hast?«

»Ja. Wir haben kein Licht mehr.«

»Kein Licht?« Postyschew schnaubte verächtlich und stand auf. »Komm mit. Ich werde dir zeigen, was wir nicht mehr haben.«

3
KRIEG

Iwan wusste nicht mehr genau, wie das damals passiert war. Die Kindheitserinnerungen waren so bruchstückhaft wie die zerborstenen Fensterscheiben eines ausrangierten Zugs und ergaben kein stimmiges Gesamtbild. Da war der Zoo, das wusste Iwan noch. Manchmal, wenn er die Augen schloss, sah er den Himmel vor sich, gleißend hell wie auf einem überbelichteten alten Foto, dazu die schwarzen Umrisse der Blätter und die Schnörkel des gusseisernen Gatters. Es musste im Sommer gewesen sein und die Sonne schien. In der Nähe stand ein Kiosk mit der Aufschrift »ZUCKERWATTE« und verströmte einen süßen, heißen Duft. Damals konnte er schon lesen. Oder auch nicht. Iwan konnte sich nicht erinnern. Dafür wusste er noch, wie lautlos er ging – oder lief er? Wenn er den Kopf senkte, sah er seine Füße, die in Sandalen steckten. Wenn er ihn hob, war über ihm ein einziges Leuchten, Singen und Zwitschern und alles so riesig, dass es mit den Armen nicht zu umfassen war. Nicht einmal mit dem Blick. Dann sah er diese Frau. Dieses Bild hatte er von allen am deutlichsten vor Augen.
    Seine Mutter.
    Er lief und sah, wie der Asphalt schwarze, mäandernde Risse warf. Der Boden unter seinen Füßen schwankte. Iwan – der damalige Iwan – lief zu seiner Mutter. Sie trug einen langen dunklen Rock und eine weiße Bluse. Oder ein Kleid? Sie breitete die Arme aus und beugte sich vor, um ihn aufzufangen. Und während er mit rudernden Armen auf sie zulief, begann die Erde sich zu neigen.

Auf diesem schiefen, brüchigen Boden konnte er seine Mutter nicht erreichen.

Und während die Welt allmählich zur Seite kippte, fiel auf die Stufen hinter dem Rücken seiner Mutter, auf das Gebäude mit dem lustigen Flusspferd an der Wand, auf das Eisengatter und auf das niedrige Café ein gigantischer Schatten, der alles verschlang. Iwan rannte so schnell er konnte, denn er wusste, wenn er es in Mamas Arme schaffte, dann würde ihm nichts geschehen.

Ihm würde nichts geschehen.

Wie eine schnalzende Feder peitschte Sirenengeheul durch die Luft und schraubte sich in den Himmel. »Atomalarm!«, brüllte ein Lautsprecher. »Begeben Sie sich in die Schutzbunker. Die Metrostationen sind nur für den Zugang geöffnet. Ich wiederhole ... nur für den Zugang.« Das peitschende Sirenengeheul verzerrte ihre Gesichter, zerknitterte sie wie Folie. Iwan und seine Mutter rannten. In einem Strom von Menschen mit genauso fratzenhaften Gesichtern.

»In dreizehn Minuten werden die hermetischen Tore geschlossen«, verkündete die Stimme.

»In zwölf Minuten ...«

»Gehen wir, ich zeige dir, was wir jetzt nicht mehr haben.« Postyschew ging voraus.

Am Maschinenraum waren zwei Mann postiert. Der eine hielt eine Kalaschnikow in Händen, der andere eine Flinte Marke Eigenbau. Abermals bereute es Iwan, dass er seinerzeit die Doppelflinte nicht gekauft hatte. Er hätte sie doch kürzen können.

Abgesägte Flinten sind eine feine Sache. Der Lauf ist dasjenige Bauteil eines Gewehrs, das sich am schnellsten abnutzt, und mit Eigenbau kommt man beim Lauf nicht weit, dazu braucht es eine spezielle Werkzeugmaschine und einen versierten Waffenschmied. Deshalb erfüllt das Kürzen einen doppelten Zweck. Wenn man die Läufe einer Jagdflinte sauber absägt, erhält man einerseits eine ausgezeichnete Nahkampfwaffe und andererseits zwei Reserveläufe mit passendem Kaliber.

Im Moment war es bei den Streifzügen an der Oberfläche noch relativ einfach, Patronen aufzutreiben. Doch früher oder später würde diese Quelle versiegen. Es sei denn, man plünderte irgendein Armeelager. Ein verlockender Gedanke, übrigens. Iwan schüttelte den Kopf. Das Problem war nur, dass man ein solches Lager erst einmal finden musste.

Eigentlich verfügten nur Iwans Kämpfer und die Stationsmiliz über eigene Gewehre, die übrigen Waffen wurden beim Kommandanten unter Verschluss gehalten. Für den Fall einer Invasion. Vor diesem Hintergrund verwunderte es, dass hier gleich zwei bewaffnete Posten standen, noch dazu Männer, die eine Waffe unter normalen Umständen nicht einmal zu Gesicht bekommen hätten.

»Wo ist Sasonow?«, erkundigte sich Iwan.

»Hat die Verfolgung aufgenommen.«

»Die Verfolgung?«

Iwan kratzte sich am Kopf. So kurz nach dem Aufwachen waren seine Sinne offenbar noch benebelt. Vor Müdigkeit klapperten ihm die Zähne und seine Knie schlotterten jämmerlich. Am liebsten hätte sich Iwan einfach auf den Boden gelegt und die Augen zugemacht. Seine Umgebung nahm er immer noch wie durch einen Schleier wahr: Umrisse erschienen verschwommen, blasse Farben grell, und selbst schwaches Licht blendete ihn. Seine Brust schmerzte und die Augen brannten.

Iwan war bewusst, dass im Augenblick nicht viel mit ihm anzufangen war, doch er riss sich zusammen.

»Was für eine Verfolgung denn?«, bohrte er nach.

Statt zu antworten, marschierte Postyschew an den Wachposten vorbei in den Maschinenraum. Iwan folgte ihm.

»Siehst du?«, fragte Postyschew, ohne sich umzudrehen.

Iwan betrachtete den breiten Rücken des Kommandanten: So was, seine Jacke ging ja völlig aus dem Leim, dass seine Frau das nicht sah?! Dann schaute er sich um. Den Maschinenraum hatte man einst in demselben grauenhaften Grün gestrichen wie die meisten Dienst- und Technikräume. Die ursprünglich weiße Decke war inzwischen gelblich-grau und mit schwarzen Rußstreifen überzogen. An der Wand standen Metall- und Plastikkanister mit Diesel.

Von der Decke wand sich ein Rohr in mehreren Biegungen zum Dieselgenerator herab. Durch dieses Rohr wurden die Abgase abgeleitet. Ein weiteres sorgte für die Luftzufuhr von der Oberfläche.

Der Verteilerschrank stand offen und aus seinem Inneren ragten lose Kabel wie Haare aus einer Nase.

An der Wand hing eine Holztafel mit dem handschriftlichen Hinweis »Raucherzone«. Der Schriftzug war durchgestrichen und darunter stand in Postyschews Handschrift »Wenn ich einen von euch erwische, bringe ich ihn um!«, unterschrieben mit »Der Kommandant«. Genau unter der Holztafel stand eine Blechdose mit Zigarettenkippen am Boden – Leichen waren allerdings keine zu sehen. Er hatte wohl noch keinen erwischt.

Dann fiel Iwans Blick auf einen Schreibtisch, auf dem ein dicker grüner Ordner mit verschiedensten technischen Vorschriften lag. Neben dem Tisch stand ein Stuhl.

Ein zweiter lag umgeworfen auf dem Boden.

Jetzt ging Postyschew beiseite, stellte den umgekippten Stuhl auf die Beine und setzte sich darauf.

Bis zu diesem Augenblick hatte Iwan gedacht, dass der breite Rücken des Kommandanten den Generator nur verdeckte. Verdammte Scheiße. So schnell konnten Illusionen platzen. Sprachlos wandte er den Blick zu Postyschew.

»Und?«, fragte der Kommandant.

»In welche Richtung sind sie gegangen? Sasonow und seine Leute? Sind sie schon lange weg?« Wenn Sasonow die Diebe verfolgte, konnte er gewiss Unterstützung brauchen. »Stopp. Wir müssen bei der *Admiraltejskaja* anrufen. Die sollen die Tunnel sperren.«

»Habe ich schon versucht«, erwiderte Postyschew, kratzte sich am Kinn und sah von seinem Stuhl zu Iwan auf. Der Kommandant schien auf einen Schlag um zwanzig Jahre gealtert. Er lächelte gequält. »Keine Verbindung.«

»Mit niemandem?«

»Mit niemandem.«

Die Sache sah übel aus. Erst jetzt, als er die Überreste der Verankerungen betrachtete, wurde Iwan allmählich bewusst, wie beschissen doch alles in diesem Leben war.

»Verdammt«, sagte er. »Was wollen diese Arschlöcher bloß mit unserem Generator?«

Es gibt keine unmotivierten Entscheidungen.

Es gibt verborgene Wünsche, die früher oder später zutage treten.

»Wohin jetzt, Chef?« Jegor Gladyschew sah ihn fragend an. *Suchend.* Natürlich noch nicht so, wie er Iwan ansah – Iwan, Diwan, Dummwan –, doch die ersten Anzeichen blinden Glaubens an den allwissenden Anführer waren bereits zu erkennen. Sasonow ließ sich Zeit mit der Antwort. Auch das hatte er von Iwan gelernt.

Lass deinen Untergebenen dabei zusehen, wie du eine Entscheidung fällst.

Lass ihn spüren, wie schwierig das ist.

Wenn er den ganzen Gedankengang auf deinem Gesicht mitverfolgt, wird ihm klar werden, dass er dazu selbst gar nicht imstande wäre.

Denn das ist die Wahrheit.

Die meisten Menschen sind nicht in der Lage, eigenständige Entscheidungen zu treffen. Sie fürchten sich vor der ungebändigten Kraft, die dem Prinzip »Ich tue, was ich für richtig halte« innewohnt. Ich will es, also tue ich es. Die Menschen haben Angst, Fehler zu begehen, und befürchten, alles nur noch schlimmer zu machen. Das ist schwach und kindisch. Schlimmer noch, es ist dumm! Wer ein Anführer sein will, muss fähig sein, Entscheidungen zu treffen und damit einhergehende Verluste zu akzeptieren. Er muss fähig sein, die Welt nach seinem Willen zu gestalten.

»In den linken«, sagte Sasonow.

Zuerst musst du dir von dem Menschen, der du sein möchtest, ein Bild machen, ihn gedanklich skizzieren und formen, als würdest du ihn mit bloßen Händen aus Ton modellieren. Dann musst du dich selbst, der aus Fleisch und Blut besteht, diesem Modell angleichen. Wo nötig, ein wenig abfeilen, wo nötig, ein bisschen Watte unterlegen. Ganz einfach. Und das ist keine Autosuggestion, oh nein. Der schöne Schein ist nur was für Monter! Ich nenne das: sich selbst neu erfinden. Wenn du willst, dass man dich als Machtmenschen wahrnimmt, dann benimm dich auch wie ein Machtmensch.

Verstell dich nicht.

Die Leute haben ein gutes Gespür für Unaufrichtigkeit. Wenn du dich aber neu erfindest und tatsächlich ein Machtmensch wirst, wird niemand Betrug wittern.

»In den linken«, wiederholte Sasonow.

»Und wenn sie durch den rechten Tunnel getürmt sind?« Gladyschew kratzte sich unter dem Helm. »Was dann?«

»Dann schauen wir mit dem Ofenrohr ins Gebirge«, antwortete Sasonow und dachte bei sich: Dieser verdammte Hosenscheißer muss immer seinen Senf dazugeben.

»Aha«, sagte Gladyschew, und als er endlich begriff, öffnete sich abermals sein hässlicher, mit verfaulten Zahnruinen besetzter Mund. »Und ... Was machen wir?«

»Möchtest du vielleicht selbst entscheiden?«, fragte Sasonow honigsüß.

Diesen Kniff hatte er sich nicht bei Iwan abgeschaut, sondern bei Jakow Orlow, dem Geheimdienstchef der *Admiraltejskaja*. Die letzte Begegnung mit ihm war Sasonow, nun ja, in nachhaltiger Erinnerung geblieben.»Warum nicht? Entscheide du.«

Gladyschews Mund klappte zu. Er murmelte etwas Unverständliches, dann sah er Sasonow hoffnungsvoll an:»Dann also in den linken?«

Sasonow zuckte mit den Achseln.»Hatte ich etwas anderes gesagt?«

»Verstanden.« Gladyschew nickte. Dann spuckte er geräuschvoll aus, wischte sich mit dem Ärmel über die unrasierte Visage und marschierte in den linken Tunnel. Der Schein seiner Lampe spukte durchs Dunkel der Röhre.

Iwan lehnte die Stirn gegen die Wand und schloss die Augen. Das Gefühl der nahenden Katastrophe verstärkte sich. Sie rollte heran wie ein gigantisches, schepperndes Monster aus kaltem, poliertem Metall und altem Kupfer. Iwan konnte das Quietschen und Ächzen der ausgeleierten Scharniere förmlich hören.

Denke an was anderes, befahl Iwan sich selbst. Denke konstruktiv. Wer hat das getan und wie hat er es angestellt?

Und vor allem: wozu?

Sie haben das wertvollste Gut der *Wassileostrowskaja* gestohlen. Unseren Schatz. Unsere Sonne. Der Dieselgenerator sorgte für die Beleuchtung am Tag und lud die Akkus für die Nacht. Auch jetzt brennen die Lichterketten, gespeist von der Restenergie in den Batterien. Und man wird sie brennen lassen, damit keine Panik ausbricht.

Doch früher oder später kommt die Wahrheit ans Licht. Und dann ist eine Panik vorprogrammiert. An Lichtmangel eingegangene Gemüsepflanzen werden den Todeskampf der *Wassileostrowskaja* einläuten. Durch das Absterben der Plantagen fallen etwa die Hälfte der Nahrungsmittel und fast sämtliche Vitamine weg. Das bedeutet Hunger. Und Skorbut.

Eine Katastrophe.

Jetzt ist klar, warum Sasonow verschwunden ist. Besser gesagt, nichts ist klar. Wo steckt er jetzt? Wenn seine Verfolgungsjagd erfolgreich war, wo ist dann der Generator?

Mein Gewehr ist auseinandergebaut, fiel Iwan ein. Um den Digger herum herrschte geschäftiges Treiben. Leute gingen ein und aus. Alle schienen es sehr wichtig zu haben und wuselten herum wie Kakerlaken.

»Schaut«, rief einer von hinten.

»Was denn? Was ist dort?«

Es waren die Milizionäre, die in den Maschinenraum drängten und Hektik verbreiteten. Die Kaste, verdammt. »Der Wachdienst hat versagt!« – »Wahnsinn! Das gibt's doch nicht!« Ihre Stimmen verschmolzen zu einem bedrohlichen Raunen.

Iwan lehnte an der Wand, den Ellenbogen leicht ausgestellt, um die lädierten Rippen zu schonen. In seiner linken Seite pulsierte ein beständiger Schmerz.

Was konnte er tun? Iwans Leute waren Aufklärer, Digger, und als solche darauf spezialisiert, Vorstöße auf feindliches Gebiet zu unternehmen, sei es zu einer fremden Station oder an die Oberfläche in die zerstörte Stadt. Es lag ihnen nicht, intern für Ordnung zu sorgen. Und es war gewiss nicht ihr Job, herauszufinden, wer bei der Bewachung des Maschinenraums (und damit der gesamten Station) versagt hatte.

»Schaut!«, rief abermals einer von hinten.

Iwan, der immer noch seinen Gedanken nachhing, wandte sich um. In der Ecke des Raums stand ein Milizionär. Als er bemerkte, dass Iwan schaute, ging er in die Hocke und schlug eine Plane zurück. Selbst aus der Entfernung konnte man erkennen, dass dort am Boden etwas aufgemalt war. Iwan stieß sich von der Wand ab und schleppte sich auf seinen müden Beinen in die Ecke hinüber. Als er das »Kunstwerk« aus der Nähe sah, blieb er perplex stehen.

»Chef!«, rief ihm jemand zu.

Iwan nickte nur, während er das Symbol auf dem Boden betrachtete. Was das wohl zu bedeuten hatte?

»Hat sich bei euch etwa auch einer künstlerisch betätigt?«, fragte er.

»Wie bitte?« Kusnezow stutzte. »Äh ... nein. Aber einer von unseren Leuten wurde ermordet.«

Iwan drehte langsam den Kopf und sah Kusnezow an: »Machst du Witze?«

Der Mann lag leblos auf dem nackten Boden. Die Unschuldsmiene, die auf seinem Gesicht festgefroren war, kannte Iwan. Genau so hatte der Mann ihn vor ein paar Stunden angeschaut und entrüstet gefragt: »Woher soll *ich* das wissen?«

Jefiminjuks Schläfe zierte ein säuberliches Loch. Und ein dünnes Rinnsal Blut.

»Wir wollten ihn ablösen, und dann so was«, berichtete ein Milizionär und fügte mit einer wegwerfenden Handbewegung hinzu: »Ach, die Menschen ...«

Iwan ging in die Hocke und schaute sich den Toten genauer an. Warum hatten sie auch diesen Trottel zur Wache eingeteilt? Aus Jefiminjuks Schläfe ragte ein Metallstift, der bei dem schlechten Licht kaum zu erkennen war.

»Er wurde aus nächster Nähe ermordet«, konstatierte Iwan. »Offenbar hatte er nicht damit gerechnet, dass man ihn attackiert. Vielleicht hielt er die Angreifer gar nicht für Feinde?«

»Ach, weiß der Geier, wer für den Freund oder Feind war«, kommentierte Solocha, ein Digger aus Iwans Einheit, der heute Stationsdienst hatte. »Der war doch immer schon ein komischer Kauz. Was ich nicht kapiere: Wieso haben sie das MG nicht mitgenommen?«

Iwan zuckte mit den Achseln. »Wozu? Es mitzuschleppen wäre viel zu beschwerlich gewesen.«

»Aber den Dieselgenerator haben sie doch auch geschleppt.«

»Stimmt.«

Wer hat dich umgebracht?, fragte Iwan in Gedanken den Toten und las im selben Moment in dessen Gesichtsausdruck die Antwort: »Woher soll *ich* das wissen?« Logisch. Waren es tatsächlich dieselben, die den Generator gestohlen haben?

Denk nach, Iwan.

Wenn ja, dann sind die Diebe mir quasi auf dem Fuß gefolgt. Nachdem ich den Kontrollposten passiert hatte, haben sie Jefiminjuk kaltgemacht und sind dann in den Maschinenraum eingedrungen. Dann kamen sie also durch den Wendetunnel? Oder durch den Lüftungsschacht? Das wohl kaum. Die Leitern dort sind schon längst weggerostet. Im Maschinenraum haben die Diebe den Generator abmontiert, und wohin sind sie dann? Zur *Admiraltejskaja*. Eine andere Möglichkeit gibt es nicht.

Iwan stand auf.

Wo, zum Teufel, steckt Sasonow? Verdammt, wenn man ihn einmal braucht ...

Solocha bückte sich und schlug Jefiminjuks Jacke zurück. Iwan traute seinen Augen nicht.

Auf dem weißen T-Shirt des Toten war mit roter Farbe ein Zeichen aufgemalt, das Iwan bereits kannte. Erstaunlich. Um die Nadel aus der Schläfe zu ziehen, hat ihnen die Zeit gefehlt, aber zum Symbolemalen reichte es dann doch noch.

Kuriose Geschichte.

Ein schlampig gezeichneter Stern in einem Kreis. Was mochte dieses Symbol bedeuten?

»Seltsam, als wollten sie sich auch noch über uns lustig machen«, sagte Solocha.

Postyschew stürmte herein und inspizierte sofort den Leichnam.

»Die Kommunisten? Die von der *Kuptschino*, die den Tunnel graben?«

Iwan schüttelte den Kopf. »Glaube ich kaum. Der Stern passt nicht. Er sieht nicht wie ein Sowjetstern aus, sondern eher wie ein Pentagramm. Und er ist von einem Kreis eingefasst. Und hier – diese Zeichen, siehst du? Ich denke, da müssen wir Wodjanik holen, der kennt sich damit besser aus als ich.«

»Na gut«, sagte Postyschew. »Fragen wir den Professor.«

Nachdem Wodjanik den Stern eine Weile betrachtet hatte, forderte er die Schaulustigen höflich auf, sich zum Teufel zu scheren. Diese dachten jedoch nicht daran, freiwillig das Feld zu räumen. Postyschew hob die Augenbrauen. Nach einem prüfenden Blick auf des Professors Gesicht nickte er. Der Kommandant erhob sich, schwerfällig und machtvoll wie ein Bär, und jagte die Gaffer mit einigen deftigen Flüchen hinaus. Im Maschinenraum blieben nur die beiden und Iwan.

»Also, Prof?« Der Kommandant wandte sich wieder Wodjanik zu.

»Ausgezeichnet. So kann man viel besser arbeiten. Niemand stört und niemand steht im Weg herum.«

Postyschew sah den Professor etwas ungnädig an: »Mir ist nicht zum Scherzen zumute, Grigori Michalytsch.«

»Davon kann auch überhaupt keine Rede sein, Gleb Semjonytsch, oder glauben Sie, ich hätte die Leute zum Spaß hinauswerfen lassen?«

»Ich warte immer noch auf eine Antwort«, entgegnete Postyschew. Auf seiner Stirn bildeten sich tiefe Furchen. »Was bedeutet dieser Stern? Und weshalb mussten die Leute hinaus?«

Iwan zog ein Feuerzeug aus der Tasche hervor. Nicht, dass er sich das Rauchen angewöhnt hätte ... Tabak musste von der Oberfläche beschafft werden und war entsprechend teuer. Eingefleischte Raucher trockneten Tang und manch einer baute Marihuana an. Iwan brauchte das Feuerzeug für seine Expeditionen, wo es ein unverzichtbares Hilfsmittel war. Dieses hatten ihm findige Bastler aus einer Patronenhülse angefertigt. Ein gutes Stück.

Iwan zündete das Feuerzeug und betrachtete die Flamme.

»Schon mal was von Nebukadnezar gehört?«, fragte Wodjanik.

Iwan nickte, ohne von der Flamme aufzusehen. Auch wenn die Menschheit bei der Katastrophe so gut wie ausgelöscht wurde, verkörperte die Bibel immer noch eine ihrer kulturellen Säulen und war als solche eines der wichtigsten Lehrbücher. Jedenfalls hier, an der *Wassileostrowskaja*. Dort, wo Iwan herkam, gab es keine Bibel und für den Unterricht verwendete man ein altes Schulbuch. Das Versäumte hatte er hier nachgeholt – genauer gesagt: nachholen müssen. Denn das politische System der *Wassileostrowskaja* verlangte es, dass man sich mit der Bibel vertraut machte und ihre Rituale und Prinzipien akzeptierte. Alle Kinder wurden hier nach einem einheitlichen Lehrplan unterrichtet. Erst danach griff das System der Kastentrennung.

»In Wirklichkeit haben wir bei uns einen aufgeklärten Feudalismus«, pflegte Professor Wodjanik zu sticheln, »mit einem leichten Anflug von Anarchie.« Jeder andere hätte mit so einem Statement erheblichen Ärger riskiert. Der Professor konnte es sich erlauben.

Ein Kastensystem plus ein vom Volk gewählter Feudalherr. Dazu die erbliche Weitergabe gesellschaftlicher Pflichten. Im mittelalterlichen Japan wurde der Sohn eines Schauspielers ebenfalls Schauspieler und erbte dabei nicht den Beruf an sich, sondern eine konkrete Rolle, erzählte Wodjanik. Jeder von uns spielt seine Rolle, sei es als Bauer, Milizionär oder Digger. Und das Theaterstück »Wassileostrowskaja« geht immer weiter.

»Und?« Postyschews schon von Natur aus nicht eben heiterer Blick lastete tonnenschwer und bekam einen gefährlichen, bleiernen Glanz.

»Nebukadnezar, König von Babylon, eroberte Jerusalem, doch er unterwies auch den Propheten Jeremia. Weiter. Belsazar war auch König von Babylon. Als er einmal mit einem rauschenden Fest einen Sieg feierte, erschien an der Wand seines Palasts eine geisterhafte Schrift, die ihm prophezeite, dass seine Herrschaft in dreißig Tagen zu Ende gehen werde. Mene mene tekel u-parsin ... Gewogen wardst du auf der Waage und zu leicht befunden.«

Postyschew hörte geduldig zu, doch es war ihm anzumerken, dass er nur Bahnhof verstand. Sein ganzes Äußeres schien zu sagen: 'Mann, komm endlich zur Sache!

»Und?«, warf diesmal Iwan ungeduldig ein.

»Nur die Ruhe, Wanja«, erwiderte der Professor und hob beschwichtigend die Hand. »Ich erkläre es gleich. Der Dieselgenerator, den wir jetzt nicht mehr haben, bedeutete für uns das Goldene Zeitalter. Ich fürchte, es ist heute zu Ende gegangen. Und dieses Zeichen hier auf dem Boden ist eine verschlüsselte Botschaft. König Nebukadnezar wurde dadurch berühmt, dass er das judäische Königreich zerstörte und den Juden dadurch zu verstehen gab: Ihr seid auf dem falschen Weg. Die Geschichte von Belsazar ist ohnehin klar. In beiden Fällen geht es um eine göttliche Botschaft. Es ist ein religiöses Moment im Spiel. Derjenige, der unseren Generator geraubt hat, ist offensichtlich mit dem Alten Testament vertraut und hegt den Glauben, dass er eine heilige Mission erfüllt. Tja ...« – der Professor kratzte sich am Bart – »die Warnung haben wir vernommen. Aber was nun?«

»Ja sind wir denn jetzt Juden oder wie?«, fragte Iwan. Es war das Originellste, was ihm in diesem Augenblick einfiel.

»Wanja!«

»Ich bin ja schon still.«

»Mit anderen Worten«, resümierte Postyschew, »wir haben es mit ... ja mit wem eigentlich zu tun?«

»Jedenfalls nicht mit Kommunisten«, erwiderte Wodjanik lapidar.

»Vielleicht sind die Japaner ja auch noch am Leben – wenn Japan nicht von einem Tsunami weggespült wurde«, spekulierte der Admiralze. »Die haben doch eine viel bessere Metro als wir. Ich weiß nur nicht, ob sie für einen Atomkrieg ausgelegt ist. Die Metro in Tokio zum Beispiel ist riesig, gar kein Vergleich mit der Moskauer. Zweihundert oder dreihundert Stationen, könnt ihr

euch das vorstellen? Vielleicht leben die Schlitzaugen ja immer noch unter der Erde. Und eine geniale Technik hatten die – da ist die *Technoloschka* gar nichts dagegen.« Der Admiralze überlegte einen Augenblick. »Aber wer weiß, vielleicht sind sie schon längst abgesoffen. Das geht schnell bei denen in Japan.«
»Wie bei uns auch«, kommentierte Sasonow und grinste. Was soll man auch machen, wenn man nur von Idioten umgeben ist. Wir fragen nach dem Generator, und der Typ labert uns über Japan voll. Toll. Einfach toll.

Über dem Kontrollposten der *Admiraltejskaja* lastete eine feuchte, tintenschwarze Dunkelheit, die von den Strahlen zweier Mega-Scheinwerfer wie Käse durchschnitten wurde.

Die *Admiraltejskaja* musste eine ziemlich reiche Station sein, wenn sie sich hier solche Scheinwerfer leisten konnten. Die Admiralzen waren in letzter Zeit ohnehin auf dem aufsteigenden Ast, was man von der *Waska* nicht gerade behaupten konnte. Obwohl man ja eigentlich derselben Allianz angehörte. Aber schau schau ...

Die Karbidlampe verströmte mildes, gelbes Licht. Die Vorstellung, wieder aufzustehen und durch die feuchte Finsternis des Tunnels zu stapfen, fand Sasonow alles andere als verlockend.

Er hätte ewig sitzen bleiben und sich Geschichten über die Tokioter Metro anhören können. Und aufs Wasser schauen.

Der Tunnel führte hier in einem Winkel von vierzig Strich nach unten, machte dann einen Knick und verlief praktisch horizontal bis zur *Admiraltejskaja* sowie ein Stück darüber hinaus, um dann wieder anzusteigen. Hundertfünfzehn Meter, die tiefste Metrostation der Welt. Ein Drittel des Weges dorthin musste man schwimmend, in Booten, bewältigen. Der Kontrollposten vor der *Admiraltejskaja* diente gleichzeitig als Hafen. Der Paralleltunnel unterschied sich kaum von diesem, war jedoch durch eine hermetische Sperre blockiert.

Erst kürzlich hatte man darüber verhandelt, diesen Tunnel zu öffnen, doch man war zu keiner Einigung gekommen. Kommt vor. Dabei verstand niemand, wovor die Admiralzen Angst hatten. Davor, dass die *Wassileostrowskaja* Meerschweinchenfleisch in die Restaurants an den Stationen *Gostiny dwor* und *Sadowaja-Sennaja* schmuggelt?

Sasonow musste schmunzeln. Eigentlich keine schlechte Idee. Beim Meerschweinchen-Zoll kassierten die Admiralzen ordentlich ab, Allianz hin oder her. Und leider konnte man die *Admiraltejskaja* nicht umgehen.

»Ihr habt also niemanden gesehen?«, fragte Sasonow noch einmal nach.

Der Wachleiter des Kontrollpostens schüttelte den Kopf.

Nichts gehört, nichts gesehen, ganz bestimmt nicht.

»Tut uns leid, Jungs«, beschied der Anführer der Admiralzen, kratzte sich am Hinterkopf und stellte einen uralten, abenteuerlich verbeulten Wasserkessel auf den Spirituskocher. »Jetzt trinken wir Tee.«

Schnösel.

Die Ausrüstung der Admiralzen war eine Augenweide. Da konnte man vor Neid erblassen. Hochwertige Tarnanzüge und Kampfmittelwesten, solide Stiefel. Und das Wichtigste – die Waffen. Beim Wachleiter des Postens hatte Sasonow einen Colt Python ausgemacht, brüniert, mit langem Lauf und einem Griff aus schwarzem Gummi mit Fingerrillen.

Einer der Kämpfer hatte eine »Krücke« (AK-103 mit abklappbarer Schulterstütze), ein anderer eine Saiga Selbstladeflinte, der dritte eine englische Repetierbüchse.

Gut ausgestattet, die Herrschaften, alles Fabrikware und fast neu, das sah man. Dabei waren es doch einfache Kämpfer. Oder etwa nicht? An der *Wassileostrowskaja* waren selbst die Digger nicht so gut ausgerüstet. Hier dagegen schien solches Zeug Standard zu sein.

Reiche Säcke!

Sasonow verzog das Gesicht.

Neid ist dumm, dachte er. Vor allem der Neid auf fremden Reichtum. Solange er denken konnte, hatte er noch nie jemanden um seinen Wohlstand oder irgendwelche Sachen beneidet – höchstens vielleicht um Waffen. Niemals und niemanden. Wäre ja noch schöner gewesen. Aber dieser Admiralze mit seiner Python ...

Sasonow grinste.

Sollte er sich ruhig mal in zwanzig Schritt Entfernung aufstellen, dann würde man ja sehen, ob er gegen seinen alten Nagant ankam.

Niemals bin ich auch nur auf irgendwen neidisch gewesen, dachte Sasonow mit einer gewissen Verbissenheit. Habt ihr gehört?

»Darf ich mal?«, fragte er den Wachleiter der Admiralzen.

Der überlegte kurz und nickte.

»Geiles Teil«, schwärmte Sasonow, streckte den Arm mit der Python aus und zielte in die Finsternis. »Einfach vom Feinsten. Magnum-Patronen, sagst du?«

Auf niemanden! Höchstens auf Iwan. Dem laufen die Weiber hinterher. Iwan, Diwan, Dummwan.

Und auf noch jemanden.

»Wie geht's eurem Herrn General?«, fragte Sasonow wie beiläufig. »Immer feste am Kriegführen?«

Der Wachleiter schaute ihn misstrauisch an. »Memow? Was hast du mit unserem Memow am Hut?«

»Das wollte ich die ganze Zeit schon mal fragen. Ihr lebt doch an der *Admiraltejskaja*, nicht wahr? Euer Anführer ist aber ein General. Ist doch seltsam, oder?«

»Das kann dir doch egal sein.«

»Ich mein ja nur.«

In diesem Augenblick blies sich Gladyschew geräuschvoll die Nase durch, räusperte einen dicken Schleimbatzen aus dem Rachen und spuckte ihn auf den Boden. Dann guckte er mit seinen schwarzen Glupschaugen in die Runde.

Was für ein Widerling, sagenhaft! Und eine Visage – einfach zum Reinschlagen.

Die Admiralzen verzogen das Gesicht und schwiegen beredt.

»Is was?«, erkundigte sich Gladyschew und zog dabei neckisch eine Schulter hoch. »Gefall ich euch nicht?«

»Nicht so besonders«, antwortete der Admiralze mit der »Krücke« wahrheitsgemäß.

»Tut mir wirklich furchtbar leid! Aber ich bin ja auch nicht zum Schmusen gekommen.«

Zum ersten Mal im Leben war Sasonow Gladyschew dankbar für sein unflätiges Benehmen. Was für eine Fügung, dass dieser Trottel ihm einen Dienst erwies – wenn auch unfreiwillig.

»Ruhig bleiben, Männer«, sagte Sasonow und erhob sich ohne Eile. »Keinen Streit. Er wird sich entschuldigen. Nicht wahr, Jegor?«

»Was?!«

Die Admiralzen tauschten angespannte Blicke. Der Wachleiter streckte die Hand nach seinem Revolver aus.

»Und da ist noch was«, sagte Sasonow bedächtig, der immer noch den fremden Revolver in Händen hielt. »Wollte ich gerade fragen ...«

»Die Kommunisten waren es nicht, aber vielleicht kriegt Sasonow was raus«, sagte Wodjanik.

»Stimmt, die Kommunisten waren es nicht«, wiederholte eine andere Stimme, die Iwan ebenfalls bestens kannte. »Es waren die Moskowiter.«

Iwan fuhr herum. Am Eingang zum Maschinenraum stand ein groß gewachsener, breitschultriger Mann mit wohlproportionierten Gesichtszügen, schmaler Nase und eisgrauen Augen. Sein langer Mantel war schmutzig und so zerrissen, als hätte jemand versucht, ihn aus diesem herauszuprügeln. Um seine Schulter hing ein Riemen mit einem Halfter, aus dem der Griff eines Revolvers ragte.

»Wenn man vom Teufel spricht«, sagte Iwan. Der Mann verzog den Mund zu seinem gewohnten, etwas schiefen Lächeln. »Hallo Sasonow! Willkommen zurück.«

Wadim Sasonow entstammte dem »Stationsadel«. So nannte man scherzhaft die Leute, die seinerzeit als Bauarbeiter und Angestellte bei der Metro beschäftigt gewesen waren. An der Station bildeten sie (zusammen mit den Milizionären) die Elite, die herrschende Klasse. Als Sohn eines Zugführers war Sasonow eine steile Karriere quasi in die Wiege gelegt. Vom Brigadier bei der Tunnelinstandhaltung hatte er es bis zum Assistenten des Kommandanten gebracht. Nicht viel hätte gefehlt, und er wäre mit knapp dreißig Jahren selbst zum Kommandanten aufgestiegen.

Doch Sasonow vollzog eine Kehrtwende – er wollte unbedingt zur Einheit der Aufklärer. Man versuchte ihn davon abzubringen, doch er blieb stur. Anfangs war Kossolapy gegenüber dem Neuling ziemlich skeptisch, zog ihn ständig auf und versuchte seine Schwächen auszuloten. Kein Wunder, als Blaublüter galt Sasonow schließlich als Snob und Emporkömmling. Und so einer wollte zu den Diggern? Ein Unding! Doch nach einer Expedition ins Warenhaus Andrejewski, bei der der Neuling den Rückzug des Trupps gedeckt und kaltblütig einen Pawlow'schen Hund nach dem anderen abgeknallt hatte, gab sich sogar Kossolapy geschlagen, und Sasonow wurde als gleichwertiges Mitglied der Einheit akzeptiert.

So kam es, dass aus ihm weder ein Stationsfunktionär noch ein Milizionär, sondern ein eingefleischter Digger geworden war.

Eine Abreibung bekommt er trotzdem von mir, dachte Iwan. Auf Diggerart …

»Was gibt's Neues?«, erkundigte sich Postyschew mit mürrischem Blick.

»Leider nichts Erfreuliches, Gleb Semjonytsch«, antwortete Sasonow. »Wir haben die Tunnel durchkämmt. Keinerlei Spuren, niemand hat irgendwas gesehen. Selbst in den Lüftungsschächten und Entwässerungsstationen – überall Fehlanzeige. Wir sind bis zum Kontrollposten der *Admiraltejskaja* vorgerückt. Die Admiralzen schwören Stein und Bein, dass sie niemanden gesehen haben. Tja – beschissene Nachrichten.«

»Was ist mit Karawanen?«

Sasonow schüttelte den Kopf. »Karawanen gab es schon länger keine mehr, das wissen Sie ja. Höchstens dass sie durch einen Kanalisationsschacht durchgeschlüpft sind, aber das glaube ich nicht. Ein Dieselgenerator ist ganz schön sperrig, den kann man schließlich nicht in der Hosentasche abtransportieren.«

»Verstehe. Wie haben sie das bloß hingekriegt? Das würde ich zu gern wissen. Na, die Herren Digger, keine Ideen?« Postyschew seufzte und stand auf. »Schöne Pleite. Moment mal ...« Er besann sich plötzlich. »Du hattest doch von den Moskowitern gesprochen? Woher weißt du das?«

»Ich war ja auch noch nicht fertig, Chef«, erwiderte Sasonow mit einem triumphierenden Grinsen.

»Dann lass hören!«

»Eine Frage noch ...« Sasonow fasste dem Wachleiter des Postens an den Kragen. Ganz behutsam, als wollte er ihn zurechtrücken.

Dann packte er plötzlich zu und zog den Mann zu sich heran. Der verdutzte Anführer der Admiralzen erblasste. Sasonow trat mit dem Fuß gegen den Spirituskocher. Der Wasserkessel fiel scheppernd herab und das kochende Wasser ergoss sich zischend über den Boden. Die Admiralzen schrien auf.

»Wo?!«

»Was wo?« Der Wachleiter versuchte sich loszureißen und griff reflexartig an seinen Gürtel. In seiner Verwirrung dachte er nicht daran, dass er seine Waffe hergegeben hatte.

»Wo sind deine dreißig Silberlinge?!«, brüllte Sasonow ihm ins Gesicht. »Los, du Schwein, leere deine Taschen aus!«

»Was soll das? Was willst du?«

»Deine Taschen sollst du ausleeren!« Sasonow hob den Revolver und drückte die Mündung des Laufs gegen das Kinn des Wachleiters. »Und keine Faxen!« Mit dem Daumen spannte er den Hahn. Klick. Was für ein angenehmes Geräusch. »Wadim!«

»Zu Befehl!«

Endlich begriffen die Admiralzen den Ernst der Lage, doch als sie zu ihren Waffen greifen wollten, hatte sich Gladyschew bereits mit seiner Kalaschnikow vor ihnen aufgepflanzt.

»Hoppla, wer wird denn …«, sagte Gladyschew und streichelte zärtlich über den Vorderschaft seiner AKSU. »Braves Hündchen.« Während er die Admiralzen mit wachem Auge fixierte, bleckte er die gelben Zahnstumpen, die aus seiner unrasierten Schnauze ragten wie bei einem Dachs. »Wir haben doch nur eine kleine Frage. Was machen wir mit ihnen, Chef? Gleich abknallen oder vorher noch ein bisschen quälen?«

Der ist gar nicht so dumm, wie er aussieht, dachte Sasonow und gab Gladyschew mit einer Geste zu verstehen, dass er die Admiralzen in Schach halten solle. Dann schleifte er ihren Anführer zur Bootsanlegestelle.

»Möchtest du ein Bad nehmen?«, flötete Sasonow.

Die schwarze Wasseroberfläche kräuselte sich und glitzerte.

»Du kannst mich mal!«, fauchte der Wachleiter, der sich allmählich wieder fing, und schlug den Revolver an Sasonows Arm zur Seite.

Sasonow schleuderte den Anführer der Admiralzen mit voller Wucht auf den Bretterboden. Das Holz ächzte. Entlang des schmalen Stegs waren vier Boote an Pfählen angebunden. Sie schaukelten sanft, und im Licht des Scheinwerfers tanzten ihre Schatten an den Tunnelwänden.

»Wie viel haben sie dir bezahlt?«, fragte Sasonow ruhig und fasste den Revolver am Lauf. »Das ist deine letzte Chance. Rede!«

»Ich weiß nicht, wovon du sprichst«, beteuerte der Wachleiter und versuchte aufzustehen.

Sasonow schlug ihm mit dem Revolvergriff gegen das Schlüsselbein. Knack. Vermutlich gebrochen. Mit kraftlos herabhängendem rechtem Arm stürzte der Admiralze auf die Knie und stöhnte vor Schmerz: »Aah, du Schwein ... Wir haben doch eben noch Tee mit dir getrunken. Verdammt, tut das weh ... Ich habe nichts ...«

»Deine letzte Chance.« Sasonow trat einen Schritt zurück und zielte mit dem Revolver auf die blasse Stirn des Wehrlosen. »Ich zähle bis fünf. Eins!«

Der Admiralze begann zu heulen. Tränen rannen ihm über die Wangen und tropften von seinem Kinn.

»Bitte nicht! Bitte nicht!«

»Wie alt bist du?«, fragte Sasonow.

»Was?«

»Nimm die Waffe runter«, befahl eine Stimme.

Sasonow drehte langsam den Kopf. Verflucht. Wo kam der denn auf einmal her? Er blickte in die Laufmündung einer Pistole, die ein schwarz gewandeter Mann auf ihn gerichtet hatte.

»Wer bist *du* denn?«, erkundigte sich Sasonow.

»Kapitänleutnant Kmiziz«, antwortete der Mann und lud seine Waffe durch. Seine Ärmelaufschläge glänzten silbrig. Sasonow war so überrascht, dass ihm beinahe der Revolver aus der Hand gefallen wäre. Kmiziz trug eine schwarze Marineuniform, wie sie Sasonow bislang nur aus Büchern kannte. »Geheimdienst der *Admiraltejskaja*«, fügte der Kapitänleutnant hinzu. »Nehmen Sie die Waffe runter, darauf muss ich bestehen.«

»Okay, okay«, sagte Sasonow, »aber erst soll der Typ mir zwei Dinge erklären. Erstens, wo er das Zeug da herhat.« Sasonow wies mit einer Kopfbewegung auf herumliegende Zigarettenschachteln und Packungen mit Antibiotika. »Und zweitens, wie der an der *Waska* geklaute Generator durch diesen Tunnel gelangt ist.«

Kmiziz wandte sich dem Wachleiter zu, der immer noch auf dem Bretterboden kniete. »Erklären Sie das dem Mann«, befahl er unaufgeregt.

Der Mann wand sich. »Das ... äh ... Das gehört mir nicht.«
»Und wem dann?!«, herrschte Sasonow ihn an. »Drei!«
»Ich ... Ich habe nichts genommen. Nicht für ...«
»Nicht für dich selbst, schon klar«, ergänzte Kmiziz milde. Sasonow bemerkte im Blick des Kapitänleutnants einen Anflug von Verständnis. »Aber für wen?«
»Vier!«, zählte Sasonow.

Der Wachleiter heulte wie ein Schlosshund. Aus seinen verklebten Lidern strömten die Tränen über sein Gesicht und auf seiner Brust bildete sich ein feuchter Fleck. Ein erbärmlicher Anblick.

»Meine Mutter ... Sie ist krank ... Sie braucht sie.«

Rührende Geschichte, dachte Sasonow. Antibiotika wurden mit Patronen aufgewogen. Sogar abgelaufene.

Kmiziz wandte sich von dem flennenden Wachleiter ab und forderte Sasonow mit einem flüchtigen Kopfnicken auf weiterzumachen.

»Wer hat dich bezahlt?«, fragte Sasonow, der den Wink des Kapitänleutnants verstanden hatte. »Jetzt red schon, dann hast du's überstanden.«

»Ich ...«

»Zwinge mich nicht, bis fünf zu zählen.«

Der Wachleiter hob sein rotes, verquollenes Gesicht. »Einer hat gesagt«, sagte er schluchzend, »dass sie es heute noch bis zur *Majak* schaffen müssten. Das habe ich gehört.«

Sasonow atmete durch und ließ den Revolver sinken. Endlich. Mann, das hat gedauert. Ein edles Stück, so ein Python. Und mit dem gummierten Griff liegt er gut in der Hand.

»Zur *Majak*. Du meinst, zur *Majakowskaja*«, präzisierte Sasonow, obwohl das eigentlich überflüssig war. »Es waren also Moskowiter?«

»Ja.«

»Ganz sicher?«

»Ja!«

»Verstehst du jetzt?«, fragte Sasonow den Kapitänleutnant, der noch einen Augenblick zögerte und dann die Waffe sinken ließ.

»Absolut.« Kmiziz blickte sich um. »Ich muss telefonieren. Befehlen Sie Ihrem Untergebenen, dass er nicht mehr auf diese Leute zielen soll. Und diesen ...« Er verzog angewidert das Gesicht. »Dieses korrupte Schwein wird verhaftet. Wir werden versuchen, die Diebe an der *Gostinka* abzufangen.«

»Meinst du, das klappt?«

Kmiziz zuckte mit den Achseln. »Keine Ahnung. Wir werden es versuchen.«

»So sieht's aus«, beendete Sasonow seinen Bericht und ging zum Tisch hinüber. Er sah erschöpft aus, sogar seine Wangen waren ein wenig eingefallen. »Und wer ist das?« Er wies mit dem Kopf auf den mit der Plane abgedeckten Leichnam.

»Jefiminjuk«, antwortete Iwan. »Kannst du mir eines sagen: Wozu brauchen die Moskowiter unseren Generator?«

Sasonow hob die Schultern. »Keine Ahnung, Wanja. Vielleicht haben sie Probleme mit ihrer Zentralbeleuchtung?«

Iwan nickte. Logisch. Als Arbeitshypothese taugte diese Erklärung.

»Und was schlägst du vor? Sollen wir gegen die *Ploschtschad Wosstanija* einen Krieg anfangen?«

»Ja«, erwiderte Sasonow. »Und für den Anfang die *Majak* erobern. Wenn wir uns beeilen, schaffen wir das bis morgen früh.«

»Stimmt«, pflichtete Iwan bei.

Die im Jahre 1955 eröffnete Station *Ploschtschad Wosstanija* war eine der ältesten der Sankt Petersburger Metro und wurde noch im prunkvoll-monumentalen Empire-Stil der Stalinzeit erbaut.

Damals sparte man bei der Ausgestaltung der Stationen weder an Geld noch an Material. Für den Fall eines Atomkriegs hatte man der Station eine zentrale Rolle zugedacht. Aus diesem Grund befanden sich dort in den Tunneln alle zweihundert Meter Toiletten, Entwässerungsstationen und Belüftungsanlagen. Außerdem jede Menge Geheimgänge sowie zivile und militärische Bunker. In puncto Kompliziertheit konnte es das Labyrinth der *Ploschtschad Wosstanija* locker mit einer Moskauer Metrostation aufnehmen – und das musste man erst einmal schaffen.

Im Allgemeinen waren die Sankt Petersburger Metrostationen relativ schlicht, ja sogar ein wenig eintönig gehalten – der instabile, moorige Untergrund und andere Tücken machten den Metrobau schon aufwendig genug. Vor diesem Hintergrund zeichnete sich die *Ploschtschad Wosstanija* durch eine beinahe Moskauer, wenn nicht gar asiatische Raffiniertheit aus.

Von daher war es kein Zufall, dass sich ausgerechnet dort eine große Fraktion aus Moskau niedergelassen hatte. Dahinter steckte ein höherer Sinn.

»Wollt ihr nicht gleich noch das Imperium der Veganer unterwerfen?«, erkundigte sich Postyschew bissig. »Ich sehe es förmlich vor mir, wie ihr das macht. Zu zweit. Die Herren Oberkrieger, verdammt.«

»Aber darum geht es doch, Kommandant«, rechtfertigte sich Sasonow. »Wir würden nie allein mit denen fertigwerden.«

»Und?« Postyschew blies die Backen auf. »Was schlägst du vor?«

Sasonow blickte in die Runde: »Wir müssen die Allianz einschalten.«

Schweigen.

»Na toll«, kommentierte Postyschew schließlich. »Schöner Schlamassel.«

Die Primorski-Allianz umfasste ursprünglich sechs Stationen: *Primorskaja*, *Wassileostrowskaja*, die beiden Stationen der *Admiraltej-*

skaja sowie *Gostiny dwor* und *Newski prospekt*. Seit der Aufgabe der *Primorskaja* waren es nur noch fünf. Und die Gewichte verschoben sich. Die Bewohner der *Primorskaja* mussten sich eine neue Bleibe suchen und ließen sich größtenteils an der *Admiraltejskaja* nieder, nicht zuletzt, weil man sie dort mit besonderen Anreizen köderte. Natürlich zogen einige auch zur *Wassileostrowskaja* um, doch das waren die wenigsten: Wer wohnte schon gern an einer ärmlichen, beengten Station, an der es nicht einmal sicheren Schutz vor Ungeheuern gab?

Schon damals hatte man darüber nachgedacht, die hermetischen Sperren im Tunnel zwischen der *Wassileostrowskaja* und der *Primorskaja* zu schließen, und letzten Endes tat man das auch. Bei seinem letzten Streifzug hatte Iwan das hermetische Tor durch eine spezielle Seitentür umgangen.

»Also Folgendes, Iwan«, sagte Postyschew leise. »Deine Hochzeit müssen wir vorläufig verschieben. Tut mir leid. Aber du weißt ja selbst, in welchen Zeiten wir leben.«

Iwans Wange zuckte leicht. Tanja. Er schwieg und nickte.

»Haben wir uns verstanden?«

»Ja, sicher«, erwiderte Iwan. »Der Generator geht vor.«

»Und noch etwas«, fügte Postyschew hinzu. »Die Telefonverbindung ist wiederhergestellt. Übrigens war die Leitung durchgeschnitten, falls es jemanden interessiert.« Postyschew wurde laut: »Interessiert das jemanden?!«

Sasonow und Pascha verstummten betreten. Schwätzer.

»Also, Jungs ...« Der Kommandant beugte seinen mächtigen Oberkörper über den Tisch. »Dann hört mir mal gut zu.«

Nachdenkliche Gesichter bei Pascha und Sasonow.

»Ich habe mit der *Admiraltejskaja* telefoniert. Die Admiralzen werden jemanden herschicken, um das gemeinsame Vorgehen zu koordinieren. Und während der hierher unterwegs ist ... Nein, stopp, anders: Während wir hier mit ihrem Gesandten verhandeln, müsst ihr schon im Anmarsch auf die *Majakowskaja* und die *Wosstanija* sein. Ist das klar?«

»Ja«, antwortete Iwan für alle.

»Gut. Ihr habt drei Stunden zur Vorbereitung. Und zusätzlich eine halbe Stunde zur Verabschiedung. Abmarsch, die Zeit läuft.«

Während sie zu Iwans Zelt gingen, hatte Tanja kein Wort gesprochen.

»Du hast dich also entschieden?«

Iwan sah sie an und sein Blick bedeutete ihr: »Ja.«

»Warum sagst du nichts?«

Er wusste nicht, was er sagen sollte. Es war mehr als verständlich, dass die jüngsten Ereignisse Tanja zu Herzen gingen. Sie hatte sich schon beinahe als Ehefrau gefühlt und nun war sie wieder verlobt. Für wie lange? Das wusste niemand. Bis Iwan aus diesem Krieg zurückkehren würde, konnte viel Zeit vergehen. Für manchen eine Ewigkeit. Ganz zu schweigen davon, dass man froh sein musste, wenn er überhaupt zurückkam.

Ob Tanja zum Rohrbaum gegangen war? Iwan blinzelte.

Sie gehen doch alle hin.

Der Herr der Tunnel.

»Gut, wie du meinst. Ich habe mehr als genug zu tun«, verkündete Tanja, machte auf dem Absatz kehrt und ging über den Bahnsteig davon.

Iwan schaute ihr nach. War sie jetzt beleidigt?

Er schlüpfte in sein Zelt. Es blieb nicht viel Zeit. Zusammenpacken und noch zwei Stunden schlafen. Das war's. Iwan setzte sich aufs Bett, lehnte den Oberkörper aufs Kissen zurück, schloss die Augen und legte die Hände unter den Kopf. Dann riss er die Augen wieder auf.

Nein, das war's noch nicht.

Hinter seinem Rücken schnurrte ein Reißverschluss und die Zeltwand raschelte. Sie war also doch zurückgekommen. Hatte es nicht ausgehalten.

»Du brauchst mir nicht beim Packen zu helfen«, sagte Iwan, ohne sich umzudrehen. »Das mache ich lieber selbst.«

»Wanja«, sagte sie mit beinahe weihevollem Unterton.

»Was ist?« Iwan richtete sich auf und drehte sich nach ihr um.

In diesem Augenblick stürzte der ganze vergangene Tag auf ihn nieder. Zum Henker mit diesem Tag! Und mit dem ganzen vergangenen Jahr.

Tanja, Tanja, was tust du da? Ich glaube nicht an Vorzeichen.

»Wozu?« Iwan brachte nicht mehr als diese dürre Frage heraus.

Vor ihm stand Tanja in einem schulterfreien, schneeweißen Hochzeitskleid. Sie war unfassbar schön. Das Haar hatte sie zu einer hohen Frisur aufgesteckt, und eine Strähne, die sich gelöst hatte, fiel anmutig auf ihre Schulter herab.

Die Braut.

Warum nur, Marjuschka, hast du dich nicht in den Fluss gestürzt ...

»Wozu?«

Sie trat näher und blieb unmittelbar vor ihm stehen. Iwan fröstelte auf einmal und seine Knie wurden weich. Die schweigsame Tanja. Die zielstrebige Tanja. Die genau weiß, was sie will.

»Wozu?«, wiederholte Iwan. »Verdammt!«

»Das musste sein«, erwiderte Tanja.

Sie nahm seine Hand und legte sie auf ihre Taille. Unter seinen Fingern spürte Iwan das Muster des Stoffs. Und die Wärme des weiblichen Körpers.

»Du hast eiskalte Hände«, sagte er.

Am Wartungsstützpunkt brannte nur ein einziges Licht. Iwan ging zielstrebig darauf zu. Seinen Weg säumten Berge von Säcken mit versteinertem Zement, leere Kabeltrommeln, haufenweise Bauschutt und rostige Stahlstangen, die aus Betonteilen ragten.

»Nur alte Männer ziehen in den Kampf«, sagte Jewpat und sah auf. »Hallo, Iwan! Na, mordwinische Helden, zeigen wir dem Jungvolk, wie wir es zu unserer Zeit krachen ließen?« Er blickte sich um. »Warum seid ihr so still? Ich höre nichts!«

Iwan schaute. Doch hinter dem Rücken seines Onkels war niemand. Nur ein weißer, an einer rostigen Fahnenstange befestigter Lappen flatterte im Wind. Onkel Jewpats Einsamkeitsflagge. Der ehemalige Wartungsstützpunkt war sein selbst gewähltes Exil. Selbst sein Neffe besuchte ihn hier nicht allzu oft, genauer gesagt: ziemlich selten.

Manchmal hatte Iwan den Eindruck, sein Onkel sei ein bisschen verrückt. Vielleicht auch nicht nur ein bisschen. Aber jeder hat schließlich Fehler.

»Hallo, Onkel!« Iwan ließ sich erschöpft auf einer geborstenen Kabeltrommel nieder. »Ich bleibe ein paar Minuten bei dir sitzen, in Ordnung?«

»Tu das. Ich habe nicht vor, dich zu vertreiben.«

Onkel Jewpat gähnte geräuschvoll und kratzte sich am Ohr. Beide schwiegen. Von der Decke lösten sich Wassertropfen, einer nach dem anderen, und fielen in eine Blechwanne. Die Spritzer trommelten gegen die verzinkte Wandung. Die Karbidlampe verströmte behagliches Licht, und über ihrer Flamme stand ein rußiger Topf, in dem das Wasser bereits zu sieden begann – bald würde der Tee fertig sein. Eine unterirdische Idylle. Onkel Jewpat nahm seine Brille aus dem Etui, setzte sie sich auf die Nase (die Plastikbügel waren mit Klebeband umwickelt) und musterte den Neffen durch die Gläser.

»Geht's dir nicht gut, Iwan?«, erkundigte er sich.

Iwan zuckte mit den Achseln. Es hätte ihm auch schlechter gehen können.

»Doch, doch. Geht schon.«

Der Onkel nickte. »Verstehe. Gleich kocht das Wasser …«

Iwan wärmte sich die Hände an der verbeulten Blechtasse und hörte dem Geschwätz seines Onkels zu. Jewpat war sein einziger noch lebender Verwandter, ein entfernter zwar, aber immerhin.

Manchmal tat es not, die Gesellschaft der Frauen und der Männer zu verlassen, um einem hässlichen alten Mann zuzuhören.

»Kennst du die Geschichte mit den Engeln?«, fragte Jewpat. »Nein? Dann hör gut zu und dir wird einiges klar werden über die Geschehnisse in der Metro. Die Geschichte handelt von einem folgenschweren Fehler, den Saddam der Große beging, schon mal gehört? Damals waren die Metrostationen so übervölkert, dass eine Hungersnot drohte, wenn man nichts unternahm. Die Leute hatten alles Mögliche mit in die Metro genommen, aber an Präser hatte niemand gedacht.

Da ließ Saddam der Große die Kinder einer Station – ich glaube, es war die *Jelisarowskaja* – zusammenbringen und führte sie vorgeblich zum Schulunterricht in einen abgelegenen toten Tunnel, weil sie dort angeblich vor den Ratten geschützt waren. Dort wurden die Kinder betäubt und entsprechend präpariert. Ausnahmslos Jungs. Einige starben sogar bei der Prozedur. Als die Mütter bemerkten, was geschehen war, zettelten sie einen Aufstand an. Wie bei Nero, der sich als Gott aufspielte. Es waren die Frauen, die Saddam vom Thron stießen, niemand sonst. Sie rissen ihn förmlich in Stücke. Seine Wache versuchte, sie mit Schüssen zu vertreiben – lächerlich! Als ob man Weiber aufhalten könnte.

So endete Saddams Herrschaft. Doch wie sollte es weitergehen?

Die Kinder waren verstümmelt. Man unterrichtete sie in Gesang. Kastraten. Lauter kleine Farinellis, Scheiße. Einer besser als der andere.

Die singen übrigens immer noch. Ich habe das schon mal gehört. Kannst du dir das vorstellen, Iwan? Da kriegst du eine

Gänsehaut. Als würde der ganze Tunnel vibrieren. Reine, kraftvolle Stimmen, kristallklar. Sie singen wie Engel.«

Onkel Jewpat verstummte für einen Moment und rückte den Topf zurecht.

»Es gibt Leute, die behaupten, dass es Saddam gar nicht um die Geburtenrate gegangen ist. Sondern um den Himmel auf Erden. Und für diesen Himmel hat er die Engel gebraucht.«

»Wie soll ich das verstehen?« Iwan stutzte.

»Wie ich es sage, Neffe«, erwiderte Jewpat grinsend. »Saddam hat Engel gemacht und keine Krüppel. Er hat's gut gemeint, der komische Vogel. Doch niemand hat ihn verstanden. Das ist überhaupt ein Grundproblem der Menschheit, findest du nicht?«

Iwan schwieg.

»Und was ist aus der Station geworden?«, fragte er schließlich.

»Aus der *Jelisarowskaja*?«

»Wieso, was soll aus der geworden sein?« Jewpat zog verwundert die Brauen hoch.

»Na, nach alledem ... Ist sie nicht ausgestorben?«

»Wie kommst du denn darauf?« Der Onkel schüttelte verständnislos den Kopf. »Die haben sofort Nachschub produziert. Das geht doch ratzfatz. Weiber bleiben Weiber, wenn man sie lässt. Die haben ihr demografisches Programm in einer Nacht abgespult. Die Sprösslinge dürften inzwischen auch schon wieder um die zwanzig sein.«

Verabschiedung der Kämpfer.

Zuerst sollte es eine Hochzeit werden, dann ein Krieg. Zuletzt beschloss man, das Ganze zu verbinden.

»Also«, begann Postyschew und ließ den Blick über die Versammelten schweifen, »falls jemand noch nicht auf dem Laufenden sein sollte: Wir werden Krieg führen gegen die Station *Ploschtschad Wosstanija*, also gegen die Moskowiter. Die Gründe sind euch bekannt: Mord, Diebstahl, Grenzverletzung. Alle Stationen der Allianz werden Truppen abstellen. Aber die Hauptlast liegt natürlich auf unseren Schultern. Das ist unser Kreuz und wir werden es tragen.«

Kämpferisches Geraune in der Menge.

Postyschew warf einen Blick zu Iwan, schloss kurz die Augen und wandte sich wieder den Versammelten zu. Er seufzte. »Ich hoffe, dass unser Dieselgenerator bald wieder an seinem Platz stehen wird. Ich baue auf euch, Männer. Lasst uns nicht im Stich. Maestro, den Marsch!«

Solocha drückte auf den Knopf und aus den Lautsprechern einer alten japanischen Stereoanlage erklang muntere Marschmusik, wenn auch etwas scheppernd in den Höhen:

Hab acht, Bourgeois, es kommt zum letzten Kampf!
Die verarmte Klasse erhebt sich gegen dich ...

Die Klänge fluteten über den Bahnsteig und eine forsche Stimme versprach der Liebsten das Blaue vom Himmel herunter:

Ist schon gut, ist schon gut, ist schon gut,
Säbel, Kugeln, Bajonette – hin oder her.
Liebste, wart auf mich, ich bitte dich,
und ich komm zurück zu ...

Ein Knall. Und ein blauer Funke. Die Musik brach ab. Die finsteren Kämpfer der *Wassileostrowskaja* marschierten an der verstummten Stereoanlage vorbei, stiegen aufs Gleis hinab und verschwanden im Schlund des Tunnels. Es roch nach durchgeschmorten Kabeln.

Iwan betrachtete die Menge, die sich zum Abschied versammelt hatte: Frauen, Kinder und Greise, die schon zu alt waren, um eine Waffe zu tragen. Viele weinten. Fast alle Männer verließen die Station. Sogar Professor Wodjanik zog in den Krieg. Zurück blieben Onkel Jewpat – der wäre nicht weit gekommen mit seinem kaputten Bein – und Postyschew, denn der Kommandant wurde an der Station gebraucht.

Iwan sah sich um.

Schwermütige Stimmung. So kann man sich doch nicht verabschieden. Beim Abschied muss man fröhlich sein.

»Hey, Jegor«, raunte Iwan Gladyschew zu. »Sing was!«

»Was denn?«

»Unseres.«

Gladyschew verstand sofort und bleckte sein verfaultes Gebiss zu einem breiten Grinsen. Dann grölte er los:

Wenn ich betrunken bin, stopp ich einen Wagen,
fahr mich nach Hause, Chef, den Weg kann ich dir sagen.

Der Funke sprang sofort über, und in den Refrain stimmten alle anderen ein:

WeWeWe, Leningrad! EsPeBe, Punkt ru!
WeWeWe, Leningrad! EsPeBe …

Iwan blieb stehen und leuchtete mit seiner Lampe umher. Pascha wandte sich nach ihm um und sah ihn fragend an.

»Geh weiter«, sagte Iwan. »Ich komme nach.«

Was die Bewohner der *Wassileostrowskaja* Rohrbaum oder Baum der Wünsche nannten, war in Wirklichkeit ein rostiges Rohrknäuel, das sich aufgrund der Feuchtigkeit von der Wand gelöst hatte und nun bedrohlich in den Durchgang ragte. Es hatte tatsächlich eine frappierende Ähnlichkeit mit einem Baum. Ein bizarres Gebilde.

An jedem »Ast« und jedem »Zweig« des Rohrbaums hingen weiße und rote Bänder wie tibetische Gebetsfahnen. Sie flatterten im Luftzug des Tunnels und bei jedem stärkeren Windstoß knarzte das rostige Metall.

Um sich einen Wunsch zu erfüllen, musste man nachts hierherkommen, sich etwas wünschen und ein farbiges Band aufhängen. Das besagte ein Volksglaube der *Wassileostrowskaja*.

Wichtig war nur: Man musste es sich wirklich leidenschaftlich und aus tiefster Seele wünschen.

Dann würde der Herr der Tunnel diesen Wunsch erfüllen.

Wenn er denn Lust dazu hatte.

Ob Tanja hier gewesen war? Iwan schüttelte den Kopf.

Das geht dich nichts an, Odysseus.

Odysseus und Penelope – dieses Spielchen hatte er mit Katja gespielt, ganz am Anfang ihrer Beziehung. Seltsam. Er hatte sie Penelope genannt, aber nicht sie, sondern eine andere würde nun auf ihn warten.

Du bist ein Dummkopf, Odysseus. Katja hat schon recht.

Eine feuchte Böe blies durch den Tunnel. Die bunten Bänder am Baum der Wünsche flatterten raschelnd umher und die Rohre heulten mit rostiger Stimme.

»Du wirst nicht zurückkehren. Niemals.«

4
DER GENERAL

Zu Anfang marschierten sie lange hinter der Draisine her, auf der sie ihre Sachen transportierten. Das alte Vehikel quietschte erbärmlich, während seine Räder über die rostigen Schienen eierten. Der Tunnel hatte an dieser Stelle ein spürbares Gefälle. Die *Admiraltejskaja* der Linie 3 war die am tiefsten gelegene Station der Sankt Petersburger Metro. Iwan spürte, wie der Trupp immer weiter unter die Erde hinabstieg, vielleicht geradewegs zu ihrem Mittelpunkt. In die Unterwelt.

»Ins Vorzimmer zur Hölle« hätte man auch sagen können – Iwan hegte keine große Sympathie für die *Admiraltejskaja*.

Der Vormarsch gestaltete sich zunehmend nass. Mit jedem Schritt versanken ihre Stiefel tiefer in der dunklen, schmatzenden Brühe. Anfangs reichte ihnen das Wasser bis zu den Knöcheln, zuletzt bis zu den Knien. Ihre Lampen leuchteten nur einen kleinen Gleisabschnitt aus, der Rest des Tunnels verlor sich in der Finsternis.

Iwan rutschte auf einer glitschigen Schwelle aus und verzog vor Schmerz das Gesicht. Scheiße. Keine ruckartigen Bewegungen machen, hatte ihm Katja mit auf den Weg gegeben. Sollte das etwa die Devise für sein restliches Leben sein?

»Tut's weh?«, erkundigte sich Pascha mitleidig.

Iwan schüttelte den Kopf.

Schon seit zwei Stunden marschierten sie auf den Schwellen durch die Dunkelheit des Tunnels. Quietschend, ratternd und hoppelnd quälte sich die Draisine über die verzogenen, rostigen

Schienen. Schon mehrfach hatten sie das Gefährt ein Stück weit tragen müssen, da das Gleis stellenweise völlig hinüber war. Iwans Versuche, sich dabei nützlich zu machen, wurden mit einem freundschaftlichen, aber unmissverständlichen »Hau ab mit deiner lädierten Rippe!« abgeschmettert.

An der Stelle, die sie gerade passierten, gähnte ein regelrechtes Loch im Gleisbett, als wäre hier irgendeine Kreatur aus der Erde gekrochen und hätte die Schwellen herausgerissen. Eine lag meterweit entfernt am Tunnelrand, eine andere war in der Mitte durchgebrochen wie ein Streichholz. Doch wohin hatte sich diese Kreatur davongemacht? Den Tunnel hinunter oder gar in die Decke?

Iwan legte den Kopf in den Nacken und leuchtete mit der LED-Lampe die Decke aus. Dort entdeckte er tatsächlich eine Art Loch, das aber auch von einem Grundwassereinbruch herrühren konnte.

»Tut's echt nicht weh?«, erkundigte sich Pascha erneut. Mann, dachte Iwan, der könnte beim Geheimdienst anfangen.

»Lass mich zufrieden«, nölte er. »Das fragst du mich jetzt schon zum hundertsten Mal. Benimm dich nicht wie meine Frau. Erstens bin ich gar nicht verheiratet und zweitens ...«

»Hab mich doch gern!«, blaffte Pascha und stapfte beleidigt zu Solocha zurück, der die kleine Kolonne beschloss.

Eine halbe Stunde später erreichten die Männer den Bootsanlegeplatz. Hier standen mit Kalaschnikows bewaffnete Admiralzen. Nettes Empfangskomitee, dachte Iwan. Ihre Gewehre waren augenscheinlich ziemlich neu. Oder sehr gut gepflegt, so wie sie glänzten. Die Blicke, mit denen die Admiralzen die Ankömmlinge beäugten, strahlten indes wenig Freundlichkeit aus.

Besten Dank, Sasonow, dachte Iwan. Die Kunde von deinen Heldentaten hat sich wohl schon herumgesprochen.

Die Admiralzen trugen alle die gleichen grünen Marinejacken, wie Soldaten in Uniform. Einige von ihnen hatten Panzerhelme auf. Noch ein Armeeposten weniger, konstatierte Iwan bedauernd.

Doch wo hatten sie den aufgetan? Womöglich an der Englischen Uferstraße?

Am Tag der Katastrophe starben alle, die an der Oberfläche geblieben waren. Und Piter war damals voll von Soldaten. Onkel Jewpat erzählte, dass eine ganze Division im Einsatz gewesen sei. Andererseits – was ist schon eine Division für Sankt Petersburg? Mindestens dreihundert Maschinengewehre vom Typ NSW und Kord, zählte Iwan in Gedanken, mehrere Tausend Kalaschnikows AK103 und AK74, Patronen, Verpflegungspackungen (die musste man in Panzerfahrzeugen mit ABC-Schutz suchen), Dosimeter und sogar Granaten. Und viele andere nützliche Dinge.

Nur leider hatten in der Nähe der Metrostationen die Digger und Zombel schon alles geplündert, das Zeug war längst verkauft, weiterverkauft, verschlissen oder aufgegessen.

Doch einen ertragreichen Posten schien es irgendwo noch zu geben, und den Helmen der Admiralzen nach zu schließen stand dort auch ein Panzer.

Auf Iwan kam ein Mann in einem schwarzen Mantel zu.

»Iwan Danilytsch, freut mich«, grüßte er und reichte ihm die Hand.

»Ganz meinerseits«, erwiderte Iwan und musterte den Unbekannten.

Du bist also der Kapitänleutnant Kmiziz, von dem Sasonow erzählt hat. Ganz sympathischer Typ. Entschlossener Gesichtsausdruck, ein wenig asiatisch anmutende Züge, dunkle Augen, hellbraunes Haar.

»Es ist alles vorbereitet«, sagte Kmiziz. »Die Boote warten. Wie viele sind Sie?«

»Ich habe fünf Mann dabei«, antwortete Iwan. »Digger. Bei Kulagin, dort hinten« – er wies mit dem Daumen hinter sich – »sind es einunddreißig.«

Kmiziz nickte. »Da reicht es, wenn wir zweimal fahren. Kommen Sie an Bord.«

Die Boote fuhren einen schmalen Korridor entlang, der von Pfählen begrenzt war. An einigen waren Lampen befestigt, die für eine notdürftige Beleuchtung sorgten. Das Wasser war schwarz wie Öl und stank bestialisch nach Ammoniak.

Iwan tauchte den Riemen ein und begann gleichmäßig zu rudern. Und eins und zwei und ... Verdammt! Dieser stechende Schmerz in den Rippen. Er bekam keine Luft mehr und alles um ihn herum verschwamm.

Der Tunnel kippte auf die Seite.

»Halt ihn fest! Mensch, halt ihn doch fest!« Stimmen aus der Ferne.

Als Iwan das Bewusstsein wiedererlangte, umgab ihn eine seltsam friedvolle Stimmung. Das Boot glitt lautlos durch den Tunnel, zwischen hölzernen Pfählen hindurch, die offenbar aus Eisenbahnschwellen angefertigt waren. Auf dem nassen Holz schimmerten weißliche Pilze.

Ein Stück weiter vorn mündete der Tunnel in eine Station. Die untere *Admiraltejskaja*. Eine unvollendete Station. Man hatte noch nicht einmal mit dem Innenausbau begonnen, als die Katastrophe geschah. Eine Station geschlossenen Typs wie die *Wassileostrowskaja*. Nur größer. Und natürlich um vierzig Meter tiefer gelegen.

»Mischa«, sagte Iwan zu Kusnezow, der sich seltsamerweise in einem Boot mit ihm befand. »Wo sind denn alle?«

»Alle?« Mischa lächelte plötzlich. Ein völlig fremdes Lächeln, das sich auseinanderzog wie Gummi. »Die sind alle tot, Chef. Im Tunnel hat es einen Deckeneinsturz gegeben und du wurdest verschüttet. Alle anderen sind umgekommen.«

»Und du?«

»Ich auch«, bestätigte Kusnezow. »Kannst du dich an irgendwas erinnern?«

»Unser Generator wurde gestohlen.«

Der fremde, unbekannte Mischa begann zu lachen. Sein bellendes Gelächter, in dem rostiges Eisen dröhnte und schwarze

Vögel herabfielen, schallte von den Tunnelwänden und vom schwarzen Wasser zurück, bevor es in den Tiefen der Röhre verhallte. Und irgendwo in der Ferne hörte Iwan noch einen zweiten fremden Mischa lachen, dumpf und schauderhaft.

»Nein, Chef«, sagte der fremde Mischa, der neben ihm saß. »Das hast du dir nur eingebildet.«

»Wie?« Iwan war perplex. »Unser Generator wurde gar nicht gestohlen?«

»Nein.«

»Und Jefiminjuk?«

Der fremde Mischa schüttelte den Kopf: »Die einzigen Toten hier sind wir beide, Chef. Tut mir leid. Das Karbid an der *Primorskaja*. Erinnerst du dich?«

Iwan beugte sich vor. »War es zu viel Acetylen?«

»Nein«, erwiderte der fremde Mischa. »Es war genug Acetylen. Du hast das Ungeheuer vernichtet. Aber du hast nicht an die rissige Tunneldecke gedacht, Chef. Sie ist eingestürzt und hat dich verschüttet. So was kommt vor. Tut mir wirklich leid.«

Iwan überdachte die Lage.

»Bin ich tot?«, fragte er schließlich.

»Nicht ganz. In Wirklichkeit liegst du gerade unter einem Schutthaufen, aber du lebst noch. Bald wird dein Gehirn keinen Sauerstoff mehr bekommen, dann stirbst du endgültig. Genauer gesagt …«, der Fremde Mischa lächelte, »dieser Prozess ist bereits im Gange. Was du jetzt wahrnimmst, ist das Absterben deiner Gehirnzellen. Ich bin in Wahrheit gar nicht da. Das ist der Sauerstofftod deines Gehirns. Das Ganze dauert nur Bruchteile von Sekunden.«

»Und Tanja? Was ist mit Tanja?«

»Es wird ihr gut gehen«, sagte der fremde Mischa. »Sie wird dich beweinen und schon bald einen anderen heiraten.«

»Wen?«

Der fremde Mischa zog die Brauen hoch und schaute Iwan an. Seine dunklen Augen funkelten.

»Willst du das wirklich wissen?«
»Ja.«
»Wie du möchtest. Uns bleibt noch eine Nanosekunde. Sie wird ...«
Was der fremde Mischa sagen wollte, bekam Iwan nicht mehr mit. Denn diesmal wachte er wirklich auf.
Er lag bequem. Jemand hatte ihm eine zusammengerollte Decke unter den Kopf geschoben. Pascha?
Iwan blieb erst einmal liegen. Sein Herz schlug heftig.
Ganz ruhig, sagte er in Gedanken zu seinem Herz. Alles wird gut. Es war nur ein dummer Traum.
Sie schwammen noch immer zwischen Pfählen hindurch. Die Boote trieben lautlos durchs tintenschwarze Wasser, dessen Oberfläche so glatt war wie nasser Asphalt.

Die *Admiraltejskaja-2* empfing sie mit geschäftigem Geraune und mit einem bemerkenswerten Desinteresse. Ramponierte Betonstufen führten in einen Korridor, den Verbindungsbau zwischen der unteren und der oberen Station. Unterwegs beschlich Iwan das Gefühl, dass alles zu Ende sei. Die goldene Friedenszeit ging vorüber. Früher hätte er sich das Leben in einer Konservendosen-Familien-Idylle überhaupt nicht vorstellen können; das war doch sterbenslangweilig, wozu brauchte er das? Doch jetzt, da das Unheil unmittelbar vor der Tür stand, wäre er am liebsten wieder umgekehrt und hätte mit der Aussicht auf ein langes, beschauliches Leben nicht das geringste Problem gehabt.

Nach einer weiteren Biegung kamen sie an ein hermetisches Tor, wo ein mit einer Pumpgun bewaffneter Wachposten Haltung annahm. Als er Kmiziz erblickte, richtete er sich noch gerader auf, obwohl er ohnehin schon wie ein Spargel dastand, und legte beflissen die Hand an die Schläfe.
»Rühren«, sagte Kmiziz.
Komische Sitten haben die hier, dachte Iwan.

»Gut angekommen?« Der Kommandant der *Admiraltejskaja* kam auf sie zu. Offenbar hatte ihn der Wachposten herbeigerufen. »Gretschnikow, Trofim Petrowitsch«, stellte er sich überflüssigerweise vor, denn diesen Mann kannte jeder.

Allgemeines Händeschütteln. Iwan schaute Gretschnikow ins Gesicht und hatte das Gefühl, einen unglücklichen Menschen vor sich zu haben. Die Männer von der *Wassileostrowskaja* sprühten zwar auch nicht gerade vor Lebensfreude, doch bei denen war es verständlich, schließlich hatte man ihren Generator geklaut. Aber warum schaute dieser Typ so deprimiert drein?

»Wer ist der Anführer bei euch?«, erkundigte sich Gretschnikow.

»Ich bin der Anführer«, sagte Iwan und präzisierte: »Anführer der Aufklärer. Der oberste Boss ist er.« Er deutete mit dem Kopf auf Oleg Kulagin.

Hauptmann Kulagin hatte formal den Oberbefehl, doch bei militärischen Operationen sollte Iwan das Kommando führen – das hatten sie im Vorfeld so abgesprochen.

Der Kommandant nickte. »Willkommen an der *Admiraltejskaja*!«

Ganze vier Leutchen. Was für ein Empfang! Besuche bei Nachbarstationen waren normalerweise ein festlicher Anlass für alle. Da gab es Geschenke, gemeinsames Essen und Trinken und es wurde getanzt. Doch wem war jetzt nach Tanzen zumute?

Iwan sah sich um.

»Wo kann man bei euch was zu beißen bekommen?«

»Keine Sorge«, winkte Gretschnikow ab. »Ich kümmere mich darum. In der Zwischenzeit sollen sich eure Leute erst mal ausruhen.«

Die *Admiraltejskaja* war eine imposante Station. Iwan kannte sie eigentlich, schließlich war er nicht zum ersten Mal hier, doch sie beeindruckte ihn stets aufs Neue.

Sie war ungefähr fünfzig Meter länger als die *Wassileostrowskaja* und nicht, wie diese, als »horizontaler Aufzug«, sondern mit offenen Säulenreihen ausgeführt. Anstelle der mit Stahltüren verschlossenen Nischen in durchgängigen Wänden befanden sich zwischen den Stützsäulen des Gewölbes hohe, offene Bögen. Dies vermittelte einen Eindruck von Leichtigkeit, Weite und Raum.

Die Bahnsteighalle war hoch, hell und mit goldfarbenem Marmor verkleidet. Zwei Reihen von Säulen aus schwarzem Marmor rahmten den Mittelbahnsteig ein. Die Lampen waren hinter einer Aluminiumblende angebracht. Auch an Vergoldungen hatte man nicht gespart.

Am südlichen Ende sah man einen dunklen Fleck – ein schwarzes Mosaikbild, das Peter den Großen zeigte, umringt von schwedischen Kriegsgegnern. Oder von Mitstreitern? Iwan erinnerte sich nicht mehr.

Jeder Winkel der *Admiraltejskaja* zeugte von Wohlstand und Luxus. Selbst der kleine Markt auf dem Bahnsteig machte einen äußerst zivilisierten Eindruck im Vergleich zu den chaotischen Trödelmärkten an anderen Stationen.

Die Männer von der *Wassileostrowskaja* brauchten keine Minute, um ihre Basis aufzuschlagen. Nun, Basis ist hier vielleicht zu viel gesagt – sie warfen einfach ihre Sachen auf einen Haufen und verstreuten sich über die gesamte Station. Wie Touristen, verdammt.

Das galt jedoch nicht für Iwans Digger. Er hatte ihnen eingeschärft, zusammenzubleiben und sich nicht weit zu entfernen. Schließlich konnte schon in den nächsten Stunden die Anweisung kommen, zum *Newski prospekt* vorzurücken. Die Digger bildeten nun einmal stets die Vorhut.

Iwan sah sich um. Seine Leute hatten ihre Sachen separat abgelegt und Solocha als Posten aufgestellt. Sie kannten das hiesige Volk, da konnte ein wenig Vorsicht nicht schaden. Zumal die *Admiraltejskaja* als Umschlagplatz für Karawanen von der Linie 5 diente und sich entsprechend illustres Publikum an der Station herumtrieb.

In der Bahnsteighalle herrschte ein ziemlicher Lärm. Iwan war an einen solchen Geräuschpegel nicht gewöhnt und empfand ihn als ausgesprochen anstrengend.

Man hatte ihnen versprochen, sie »bald« mit Essen zu versorgen, doch dieses »bald« zog sich immer mehr in die Länge. Admiralzen, dachte Iwan verächtlich. Schlecht organisiert und unzuverlässig. Daran konnte nicht einmal ihr toller General etwas ändern.

Nachdem die versprochene Verpflegung auch nach einer Stunde noch auf sich warten ließ, begannen die Männer allmählich zu murren. Ihre Mägen knurrten schlimmer als Pawlowsche Hunde.

»Die Konserven werden nicht angerührt!«, verfügte Kulagin für alle Fälle.

Iwan schüttelte den Kopf. Seine Digger waren unregelmäßige Mahlzeiten gewöhnt – offensichtlich im Gegensatz zum Rest der Truppe.

»Sind alle da?« Iwan sah sich nach seinen Leuten um. Er bemerkte Wodjanik, der seinen buschigen schwarzen Bart mit den Fingern kämmte. »Professor, kommen Sie mit uns?«

Wodjanik nickte.

»Na dann, los.«

Wenn du keinen Ärger suchst, dann kommt der Ärger eben zu dir.

In diesem Augenblick kam ihnen der Ärger in Gestalt eines rothaarigen Mannes entgegen, der eine knielange Daunenjacke trug. Die Jacke war sorgfältig mit Klebeband geflickt und Iwan konnte es sich nur mit Mühe verkneifen, den Dosimeter zu zücken, um die Strahlung zu messen.

»Hallo, ihr Elche!«, rief der Mann.

»Wieso Elche?« Pascha war eher überrascht als entrüstet.

»Weil eure Wassiljewski-Insel auch Elch-Insel heißt«, erklärte der Admiralze bereitwillig. »Und wer seid ihr demnach? Richtig! Ein Elch-Klan. Also immer schön den Ball flach halten, ihr Elche.«

Iwan empfand beinahe so etwas wie Bewunderung für die erstaunliche Dreistigkeit, die sich in letzter Zeit bei den Admiralzen breitmachte. Der Nährboden für diese Überheblichkeit waren lediglich einige erfolgreiche Operationen gegen Plünderer, die sich in den Tunneln jenseits der *Uniwersitetskaja* eingenistet hatten. Es hielten sich auch hartnäckige Gerüchte, dass die Admiralzen vorhätten, sich die ganze Station unter den Nagel zu reißen.

»Pass auf, dass dir der Elch nicht noch leidtut«, warnte Sasonow spöttisch.

Auch er fand die Situation offenbar eher amüsant, und die Szene entbehrte in der Tat nicht einer gewissen Komik: ein einzelner Zivilist, der sich mit einem ganzen Trupp von Diggern anlegte.

»Der Elch ist ein edles Tier«, mischte sich Professor Wodjanik ein, der notorische Friedensstifter. »Er ist klug und stark ...«

»Hat aber Hörner auf«, stichelte der Admiralze.

Wumm!

Nachdenklich betrachtete Iwan den Körper, der flach hingestreckt auf dem Boden lag. Dann hob er den Blick zu dem alten Digger und seufzte.

»Warum hast du's denn immer so eilig, Jegor?«

»Ich? Ich hab doch gar nichts gemacht«, entgegnete Gladyschew mit Unschuldsmiene und rieb sich die Faust. »Ich bin nur so an ihm vorbeigegangen, da lag er schon da.«

Die Patrouille ließ nicht lange auf sich warten.

Selbstredend glaubte man ihnen nicht. Angesichts von Gladyschews unrasierter Visage konnte man das Vertrauen in die Menschheit auch wirklich verlieren.

Iwan richtete sich auf. Jetzt ging's los.

»Meine Lieblingsbonbons«, sagte er. »Macht euch bereit ... Bato-ontschiki!«

... Im Büro des Geheimdienstchefs der *Admiraltejskaja* summte ein Tischventilator. Wenn er um seine Achse schwenkte, begannen seine Flügel zu rascheln wie die Gebetsfahnen am Baum der Wünsche. Iwan spürte den kühlen Luftstrom an der Haut. Er trat von einem Bein auf das andere und wippte auf den Zehenspitzen, um das taube Gefühl in den Beinen loszuwerden.

So ist es immer. Plötzlich fällt einem zur Unzeit etwas ein und schon ist es vorbei mit der Seelenruhe: »Du wirst nicht zurückkehren. Niemals.«

»Was habt ihr euch nur dabei gedacht, Iwan Danilytsch?« Orlow, der Geheimdienstchef der *Admiraltejskaja*, sah ihn mit mildem Vorwurf an. Iwans Wangenmuskel zuckte. »So was kann man doch nicht machen«, setzte Orlow fort. »Erst eine Schlägerei anfangen, dann einen Verkaufsstand demolieren ...«

»Das mit dem Verkaufsstand war keine Absicht«, entgegnete Iwan heiser. »Die Schlägerei ... äh ... na gut, das gebe ich zu. Dieser Dreckskerl ...«

»Dieser Dreckskerl, wie Sie ihn zu nennen belieben, hat einen Kieferbruch erlitten.« Orlow schüttelte den Kopf, als würde er einen Schulbuben rügen, der etwas angestellt hat. »Und eine Gehirnerschütterung.«

»Kommt vor«, kommentierte Iwan lapidar.

Orlow nickte ironisch, als wollte er sagen: Jaja, ich verstehe schon, der langweilige Diggeralltag ...

»Nun gut, angenommen, Herr Schtschetinnik W.L., Bürger der Allianz, ist selbst schuld, obwohl das natürlich Ansichtssache ist – nun schauen Sie mich doch nicht so schief an, Iwan Danilytsch, ich bitte Sie! Aber die Patrouille. Könnten die Herren Digger mir bitte verraten, was ihnen die Patrouille angetan hat?«

Iwan schwieg.

»Oder war das mit der Patrouille etwa auch keine Absicht?«

»Natürlich nicht«, erwiderte Iwan. »Wir hatten sie gewarnt ...«
»Und wovor, wenn ich fragen darf? Davor, dass ihr die Absicht habt, Widerstand gegen die Staatsgewalt zu leisten? Was für ein nobler Zug. Ihr habt dabei nicht zufällig vergessen, wo ihr euch hier befindet? Was ist denn das hier für eine Station – eurer Meinung nach?«

Eure *Admiraltejskaja* kann mir gestohlen bleiben, dachte Iwan grollend. Seine Schulter und seine Hand schmerzten immer noch. Natürlich war es ein Fehler gewesen, dass er diesem Admiralzen höchstpersönlich die Fresse poliert hatte, aber andererseits: Dass der Typ Kommandeur einer Patrouille war, gab ihm noch lange nicht das Recht, frech zu werden. Iwan legte die Stirn in Falten. Wie auch immer, die Sache war ziemlich hässlich ausgegangen.

Verflucht, Gladyschew! Da hast du mir eine schöne Suppe eingebrockt. Wenn wir hier rauskommen, werden wir beide mal ein Hühnchen rupfen, und zwar auf Digger-Art.

»Es war ein Fehler«, sagte Iwan. »Ich bin bereit, die Konsequenzen zu tragen.«

»Ach, hören Sie doch auf, Iwan Danilytsch.« Orlow winkte ab. »Das ist ja wohl lächerlich. Wir haben gerade einen Krieg an der Backe. Was erwarten Sie von mir? Dass ich Sie erschießen lasse? Nach Kriegsrecht?«

»Gibt's denn schon eine offizielle Kriegserklärung?«

Orlow verzog keine Miene. Er nahm einen Bleistift vom Tisch und drehte ihn zwischen den Fingern. Solche Stifte mit schwarzgrünen Kanten wurden zurzeit in der ganzen Metro benutzt.

»Darf ich Ihnen mal eine Frage stellen?«, fragte Orlow endlich.

Iwan sah den Geheimdienstler befremdet an und zuckte mit den Achseln. »Warum nicht?«

»Woran glauben Sie?«

»Bitte?«

Orlow seufzte und fasste den Bleistift mit beiden Händen. »Das ist ja das Leidige an Ihrer Generation. Verstehen Sie? Diese

Frage bringt jeden von euch aus dem Konzept. Woran glauben Sie, Iwan Danilytsch? An Gerechtigkeit vielleicht? An Lohn und Vergeltung? An grüne Männchen? An ein Leben nach dem Tod? An Gott? Glauben Sie verdammt noch mal wenigstens an irgendetwas?«

Schweigen. Stille. Nur das Rascheln des Ventilators.

Iwan hatte den Geheimdienstler noch nie so erlebt. Er traf Orlow nicht zum ersten Mal und hatte sich auch schon ein paarmal mit ihm unterhalten. Doch heute zeigte er sich in einem völlig neuen Licht. Als ganz anderer Mensch.

Lass dich nicht täuschen, besann sich Iwan. Womöglich zieht Orlow hier nur eine Nummer ab. Du weißt schließlich nicht, wie er arbeitet, wenn er seinen eigentlichen Dienstpflichten nachgeht.

»Ich glaube an mich selbst und an meine Freunde.«

»Und an die Zukunft der Allianz?« Orlow beugte sich vor. »Glauben Sie an die Zukunft?«

»Was wollen Sie von mir?«

»Ich brauche Leute.«

Endlich begriff Iwan, was Orlow im Schilde führte. Der Sack wollte ihn abwerben!

»Mit den Schnüfflern habe ich's nicht so«, sagte Iwan. »Und mein Horoskop rät mir davon ab. Ich habe extra nachgeschaut.«

Orlows Finger wurden weiß. Der Bleistift in seinen Händen brach knackend entzwei.

»Sehr witzig. Und im Ernst?«

»Das ist mein voller Ernst. Lassen Sie mich zufrieden damit.«

Orlows Blick war bohrend. Er zuckte nicht einmal mit den Wimpern. »Sie sind sich da ganz sicher?«, fragte er schließlich.

»Ganz sicher«, bestätigte Iwan.

»Sie sind ein unbequemer Mensch, Iwan Danilytsch.«

»Muss man denn unbedingt bequem sein?« Iwan stellte die Beine etwas auseinander, beugte sich leicht vor, ließ die Arme locker herabbaumeln und sah dem Geheimdienstchef gerade in die Augen.

»Sie müssen gar nichts, Iwan Danilytsch«, sagte Orlow so milde und souverän wie am Anfang des Gesprächs. »Mir persönlich jedenfalls sind Sie absolut nichts schuldig. Sie stehen bei anderen in der Schuld.«

Iwan begriff nicht, worauf Orlow hinauswollte, doch der Ton des Geheimdienstchefs gefiel ihm kein bisschen.

»Ich pflege meine Schulden zurückzuzahlen«, entgegnete er bedächtig.

»Daran habe ich keinen Zweifel, Iwan Danilytsch.« Orlow lächelte gnädig. »Nicht den geringsten. Aber nehmen wir einmal an, in Ihrer dunklen Vergangenheit ...«

»Bitte?!« Iwan horchte auf.

»Ich weiß viel über Sie«, sagte Orlow. »Sie müssen schon entschuldigen, aber mein Job bringt das so mit sich. Sie sind doch zum Beispiel kein Einheimischer, nicht wahr? Also nicht aus der Allianz?«

»Na und? Ist das ein Verbrechen?«

»Gott bewahre, nein. Rein interessehalber. Der Stempel in Ihrem Pass ist jedenfalls nicht von der *Wassileostrowskaja*. Und in den heutigen Zeiten ist es nun mal so, dass selbst der Stationsstempel eine Menge über einen Menschen aussagt. Zum Beispiel ...«

»Sprechen Sie nicht so schnell, ich kann Ihnen nicht folgen.«

Orlow hob den Kopf und sah Iwan scharf an. »Der Herr findet sich wohl besonders witzig, was?!« Seine buschigen Augenbrauen bebten. »Wissen Sie, bis wohin mir Ihr verdammter Humor steht?« Er hielt sich den Handrücken unters Kinn. »Genau bis hier. Ihr könnt mich alle mal, ihr Schmalspurkomiker ...«

Am Ende gab man ihm die Patronen doch wieder zurück. Und sein Gewehr. Das war ja wohl auch das Mindeste. Iwan biss die Zähne zusammen. Seine Gesichtsmuskeln waren völlig verspannt.

Ganz ruhig, Iwan. Komm runter.

Eine halbe Stunde lang war Iwan auf der Station herumgerannt und hatte sich den Mund fusselig geredet, um seine Leute freizubekommen. Doch zunächst hatten die Admiralzen nur grimmige Gesichter geschnitten und ihn eiskalt abblitzen lassen. Als er es schon fast aufgegeben hatte, traf er Kmiziz. Der hörte ihn an, nickte und sagte: »Mal sehen, was sich machen lässt.« Besonders optimistisch hatte der Kapitänleutnant allerdings nicht geklungen.

Umso überraschender war es, wie schnell er die Situation wieder einrenkte. Tja. Ein einziger anständiger Mensch an der ganzen Station – und der war Orlows Stellvertreter.

Nachdem die Sache geregelt war, beschloss Iwan, sich ein wenig umzusehen. Binnen kürzester Zeit entdeckte er, wonach sie gesucht hatten, bevor sie mit den Admiralzen aneinandergeraten waren. Eine kleine Verkaufsbude, über der in großen Lettern stand: »SCHAWARMA«. Genau das, was er jetzt brauchte. Hätten sie diesen Laden ein bisschen früher gefunden, wäre ihnen der ganze Ärger erspart geblieben.

»Was kostet ein Schawarma?«, erkundigte sich Iwan, während er die Auslage begutachtete.

Keine schlechte Auswahl. Zehn verschiedene Sorten Salat, eingelegte Pilze, gedünsteter Seetang, marinierter Knoblauch, sogar Salzkartoffeln (allerdings so teuer wie ein Maschinengewehr).

»Zwo«, sagte der Verkäufer und streckte Iwan zwei gespreizte Finger entgegen.

Also zwei Patronen.

»Okay. Und dann nehme ich noch Seetangsalat«, sagte Iwan. »Und Asu. Obwohl, nein, das Asu lassen wir weg.«

»Habe ich noch Fleisch auf französische Art. Möchtest du?«

Iwan hob den Kopf und sah den Verkäufer skeptisch an.

»War der Franzose wenigstens frisch?«

»Na, was denkst du? Ist frisch wie Kuss von schöne Mädchen.«

»Was du nicht sagst. Und was ist da alles drin?«

»Meerschweinchenfleisch, Käse, Mayonnaise – selbst gemacht. Schleckst du Finger ab.«

Was den Käse anbelangte, hatte Iwan so seine Zweifel. Der konnte bestenfalls aus alten, eingeschweißten Vorräten stammen. Oder er war aus der Büchse. Auch bei der Mayonnaise schien Vorsicht angebracht. Und dennoch, das Zeug sah lecker aus ...

»Wo stammt das Fleisch her? Es ist hoffentlich nicht mit einem langen, nackten Schwanz herumgelaufen?«

»Willst mich beleidigen?«, entrüstete sich der Verkäufer. »Ist beste Schweinefleisch, wo gibt. Von der *Waska*. Delikatesse!«

Ach, von der *Waska*?, dachte Iwan. Hallo, Boris, wie geht's immer?

»Okay, überredet«, sagte er. »Lass rüberwachsen, deine Delikatesse.«

Eine halbe Stunde später rückten Iwans und Kulagins Männer von der *Admiraltejskaja* ab, satt und mit einem Lied auf den Lippen. Kurz nach ihnen setzte sich auch der erste Trupp der Admiralzen in Bewegung.

Der Krieg nahm langsam Fahrt auf.

Die Station *Gostiny dwor* war Iwan wesentlich vertrauter als die *Admiraltejskaja*. Kein Wunder. Alles erinnerte an zu Hause: dieselbe Bauweise (der »horizontale Aufzug«), der gewohnte helle Marmor und die Stahltüren zu beiden Seiten des Bahnsteigs. Die Station war nur breiter und wesentlich länger als die *Wassileostrowskaja*, und die Türen zum Tunnel standen offen. Was hatte man hier auch zu befürchten? Höchstens ... Iwan sah sich um. Tatsächlich. Am Eingang entdeckte er die wohlbekannten Marinejacken. Auch hier wimmelte es von Admiralzen. Ob sich die wohl durch Teilung vermehrten?

Die Männer von der *Wassileostrowskaja* wurden freundschaftlich und ohne überflüssiges Brimborium empfangen. An der

Gostinka – wie man diese Station gemeinhin nannte – fühlte sich Iwan wieder als vollwertiger Bürger der Allianz. Ein älterer Mann reichte ihm lächelnd die Hand. Seine Zugführeruniform war blau und so alt wie der Auszug der Israeliten aus Ägypten. »Schlechte Zeiten – dafür angenehme Gäste«, sagte er. »So der Herr der Tunnel denn will, werden wir euren Dieselgenerator zurückholen.«

Auch die Stationsbeleuchtung war Iwan vertraut: Natriumlampen hinter Aluminiumblenden. An manchen Stellen hingen gewendelte Energiesparlampen herab. In den letzten Jahren vor dem Jüngsten Tag, erzählte Wodjanik, war das halbe Land auf diese Lampen umgestiegen. Anders als an der *Admiraltejskaja* ging man hier mit dem kostbaren Strom sparsam um. An der Station herrschte ein behagliches Halbdunkel. Nur am nördlichen Ende des Bahnsteigs drang helles weißes Licht aus dem Durchgang zum *Newski prospekt* – dort hingen, wie sich Iwan erinnerte, Tageslichtlampen von der Decke, und darunter befanden sich auf der ganzen Länge des Durchgangs Gemüseplantagen und Kinderspielplätze. Die Kinder kamen in den Genuss der UV-Strahlung und halfen gleichzeitig bei der Versorgung der Station mit Grünzeug mit.

Die Digger betraten den Bahnsteig. Gladyschew pfiff beeindruckt durch die Reste seiner Zähne. Pascha legte den Kopf in den Nacken und starrte mit offenem Mund auf den bis zur Decke reichenden Wohnblock, der aus vier Stockwerken bestand. Dort pulsierte das Leben. Auf Leinen, die über dem Bahnsteig gespannt waren, hängten Frauen Hemden, Unterhosen, Leintücher und Windeln auf. Wasser tropfte herab. Überall liefen spielende Kinder herum. Im dritten Stock reckte eine ganze Horde die Köpfe, um die Ankömmlinge von der *Wassileostrowskaja* zu beäugen. Der Wohnblock nahm etwa ein Drittel der Station ein und erzeugte einen beachtlichen Lärmpegel: Erwachsene riefen geschäftig durcheinander, Kinder krakeelten und irgendwo ganz oben schrie ein Säugling. Im Anschluss an den Wohnblock befand sich der Markt, dahinter die Gästezelte für Besucher und ein paar Cafés.

Alles so, wie es sich gehört, dachte Iwan. Wäre das nicht auch ein schöner Fleck für die Flitterwochen? Ob es Tanja hier gefallen würde?

Wenn es nur nicht so laut wäre ...

»Folgt mir«, sagte der Mann in der Zugführeruniform und führte sie über den ganzen Bahnsteig.

Unterwegs betrachtete Iwan die Abwärtstreppen, die in den Durchgangstunnel zum *Newski prospekt* führten. Unglaublich, wie riesig diese Station war. Hier hätte man problemlos Fußball spielen können.

Iwan und seinen Leuten kamen zwei junge Frauen entgegen, die auf schier endlos langen Beinen über den Bahnsteig schwebten. Beide trugen Kopftücher, die eine ein rotes, die andere ein gelbes.

»Sieh mal einer an«, sagte Sasonow und blieb stehen. »Ich glaube, wir sind im Paradies gelandet, Leute!«

Die jungen Frauen lächelten und die mit dem gelben Kopftuch schenkte Sasonow sogar einen aufreizenden Blick. Er war ja auch ein stattlicher, gut aussehender Kerl. Iwan wollte schon bedauern, dass die Aufmerksamkeit nicht ihm galt, als ihn plötzlich die mit dem roten Kopftuch ins Visier nahm. Dann senkte sie kurz den Blick und schaute abermals. Pures Feuer. Iwan war sofort bester Stimmung.

Was will man mehr als Mann?

Eben.

Es hieß, dass an der *Gostinka* und am *Newski prospekt* die hübschesten Frauen der gesamten Metro lebten.

»Für das Paradies hier gibt es eine ganz einfache Erklärung«, schlaumeierte Pascha. »Vor der Katastrophe gab es hier an der Oberfläche Einkaufszentren für Superreiche. Und das Verkaufspersonal wurde natürlich so ausgewählt, dass sich die Kunden beim Einkaufen wohlfühlten und was zu gucken hatten – also lauter attraktive junge Frauen. Und dann landeten all diese Schönheiten hier unten, an der Station. So ein Glück muss man erst einmal haben!«

»Tatsächlich?!« Iwan runzelte die Stirn.

Pascha wurde verlegen. »Na ja, das habe ich zumindest so gehört. Aber schau dich doch um, es scheint zu stimmen! Zu gucken gibt es hier einiges.«

»Aber nur gucken«, warnte Sasonow. »Auf Nötigung stehen hier angeblich die härtesten Strafen in der gesamten Metro. Man kann sich ja vorstellen, was nach der Katastrophe hier los war.«

»Ich nehm's mir zu Herzen«, erwiderte Pascha.

»Dann ist es ja gut.«

»Erinnert ihr euch, die Wissenschaftler haben behauptet, dass nach einem Atomkrieg nur Ratten und Kakerlaken überleben werden? Ich weiß es noch ganz genau. Und wo sind jetzt die ganzen Kakerlaken? Habt ihr auch nur eine einzige in der Metro gesehen? Ich nicht. Deswegen sage ich ja: Wieso sollte man diesen Wissenschaftlern überhaupt noch glauben?«

»Na, mit den Ratten hatten sie ja immerhin recht«, entgegnete Kusnezow. Der junge Milizionär hatte sich zwanglos zur Jugend der Station *Newski prospekt* gesellt.

»Und ich habe gehört«, mischte sich ein dürrer Einheimischer ein, »dass die Ratten an der *Frunsenskaja* verschwunden sind. Spurlos.«

»Machst du Witze? Und wieso?«

Der Einheimische grinste. »Das ist ja das Kuriose. Niemand weiß es. Sie sind einfach nicht mehr da. Angeblich frisst sie jemand ...«

Iwan nickte Kusnezow zu. Der schaute und nickte zurück. Mit einem Augenwink versuchte Iwan ihn zu sich zu lotsen, doch es dauerte einen Moment, bis Mischa das kapiert hatte. Dann stand er auf und ging ums Feuer herum auf den Digger zu. Iwan beobachtete unterdessen, wie jemand eine mit Aufklebern verzierte Gitarre ans Feuer brachte und sie einem glatzköpfigen Typen in die Hand drückte. Der griff in die Saiten und begann das Instrument zu stimmen.

Kusnezow stand vor Iwan stramm. »Zu Befehl?«

»Rühren, Mischa. Hast du eine Minute Zeit?«

Die muntere Unterhaltung am Feuer ging inzwischen weiter: »Wenn ich an der *Lisa* bei den Veganern leben würde, hätte ich mich an der Stelle der Ratten längst aus dem Staub gemacht. Wisst ihr überhaupt, was die essen? ... Eben! Und ihr redet von Ratten ...«

Er sprach nicht zu Ende, denn schon ertönten die ersten Akkorde. Iwan verzog das Gesicht. Die Gitarre war so verstimmt, dass es in den Ohren wehtat.

»Gehen wir ein Stück beiseite, Mischa.«

»Der Rattenkönig«, drang es vom Feuer herüber. »Nein, der Rattenwolf! Eine Ratte, die nur andere Ratten frisst. Doch, das weiß ich sicher ... Nein, der Rattenkönig, das ist, wenn ihre Schwänze verknotet sind. Ich habe übrigens gehört, dass an der *Puschkinskaja* so ein Vieh aufgetaucht ist ...«

Die Stimme ging in einer neuen Welle von Akkorden unter.

»Folgendes, Mischa«, sagte Iwan. »Ich habe eine verantwortungsvolle Aufgabe für dich ...«

Iwan warf einen Blick über seine rechte Schulter und stutzte: Diesen Rücken kannte er doch.

»Sascha!«, rief er.

Der Hüne wandte sich um. »Wanja!«

Sie umarmten sich und klopften sich auf die Schulter. Iwan war schon ewig nicht mehr am *Newski prospekt* gewesen, wo Sascha Schakilow mit seiner Familie lebte. Der riesenhafte, kräftige Mann betätigte sich ebenfalls des Öfteren als Digger.

Plötzlich ertönte das typische hochfrequente Knacken eines Geigerzählers.

»So ein Mist«, schimpfte Schakilow. Er war erst kurz vor der Katastrophe nach Sankt Petersburg umgezogen und sprach immer noch mit leichtem ukrainischen Akzent. »Heute spinnt er total. Dauernd am Meckern.«

»Was ist das denn für ein Teil?«, fragte Iwan.

Ein solches Gerät hatte er noch nie gesehen: graues, gummiverkleidetes Gehäuse wie bei einer Petzl-Stirnlampe, dazu ein kleines Bedientableau mit LCD-Monitor.

»Ein Strahlenmessgerät. Aus NATO-Beständen, versteht sich. Wir haben eine ganze Kiste davon zusammengeklaut. Kaum zu glauben, aber das Ding schlägt schon bei unserem normalen Strahlungsniveau aus. Wenn du willst, kann ich dir ein paar davon organisieren.« Schakilow kratzte sich am kurz geschorenen Hinterkopf und schaute Iwan an, als sähe er ihn zum ersten Mal. »Was machst du überhaupt hier?«

»Weißt du das etwa nicht? Wir sind im Krieg.«

Schakilow schnalzte mit der Zunge. »Richtig. Jetzt verstehe ich auch, warum man uns heute schon so früh herumgescheucht hat.«

Iwan sah sich um. *Gostiny dwor* und *Newski prospekt*. Die beiden Nachbarstationen gefielen ihm. Wenn er die *Wassileostrowskaja* jemals verlassen müsste, dann würde er hierherziehen wollen.

»Wo versteckt ihr eigentlich eure Monster?«, erkundigte sich Iwan.

»Hey, hey«, entrüstete sich Schakilow künstlich. »Pass auf, was du sagst.«

Im unterirdischen Durchgang zwischen den Stationen *Gostiny dwor* und *Newski prospekt* gab es früher Stahltüren in der Wand. Eigentlich waren es keine richtigen Türen, sondern einfach nur massive Abdeckungen irgendwelcher supergeheimer Räume. Gerüchten zufolge wurden dort vor der Katastrophe in biologischen

Labors monströse Menschen gezüchtet, sozusagen Supersoldaten – zuerst für die sowjetische, später für die russische Armee. Wenn man das Ohr gegen die Stahlplatten im Durchgang hielt, konnte man angeblich hören, wie diese Opfer verbotener Experimente in der Dunkelheit umherwandelten.

»Und was machen die sonst noch?«, hatte Iwan seinerzeit den Typen gefragt, der ihm die Geschichte erzählte.

»Nichts. Sie gehen einfach nur herum«, hatte der erwidert und nach kurzem Nachdenken hinzugefügt: »Das war ja das Unheimliche daran. Dieses Schlurf, Schlurf, Schlurf. Dann Stille. Und abermals: Schlurf, Schlurf, Schlurf. Als würden sie beim Gehen die Füße nicht heben.«

Iwan fasste Wodjanik am Ärmel, der gerade an ihnen vorbeieilte. »Professor, was war hier eigentlich früher?«

»Früher? Das heißt wann?«, fragte Wodjanik. Er hatte ein Handtuch über der Schulter und ein Buch in der Hand.

»Na, vor dem Krieg.«

»Eine Filiale des Chlopin-Radiuminstituts.« Der Professor zuckte mit den Achseln. »Ein unterirdisches Labor, das gegen Fremdstrahlung jeglicher Art abgeschottet war. Angeblich suchte man dort nach der Dunklen Materie des Weltalls. Wieso?«

Iwan und Schakilow sahen einander verblüfft an.

»Ach nichts«, sagte Iwan. »Ist nicht wichtig. Vergessen Sie's.«

Nachdem der Professor seines Weges gegangen war, trat Schakilow von einem Bein auf das andere wie ein Teddybär und schaute Iwan mit listigen Augen an.

»Denkst du dasselbe wie ich?«, fragte er verschwörerisch.

»Ich weiß nicht, Sascha. Ich hätte schon auch Lust auf eine kleine Expedition, aber …«

Iwan verstummte. Erneut hatte er einen Admiralzen in der Nähe entdeckt. Schakilow folgte seinem Blick und seufzte.

»Gestern wurde die Wache abgezogen«, berichtete er leise. »Und heute ist die Ablösung angetreten, zur Hälfte Leute von uns, zur Hälfte von denen.«

Die Männer der Patrouille marschierten am Bahnsteigrand entlang und kletterten dann einer nach dem anderen aufs Gleis hinab. Drei trugen Grün, die anderen nichts Einheitliches – das waren die Einheimischen, klar. Die Admiralzen schienen sich hier wie zu Hause zu fühlen.

Iwan sah der Patrouille argwöhnisch hinterher. »Gestern, sagst du, wurde die Wache abgezogen?«, fragte er zerstreut.

Schakilow sah Iwan prüfend an. »Traust du den Admiralzen nicht?«

»Nein. Und du? Nach dieser seltsamen Geschichte?«

Schakilow rieb sich den mächtigen Stiernacken und runzelte die Stirn. »Du hast recht. Das mit eurem Generator ist eine hässliche Geschichte. Ich traue ihnen auch nicht über den Weg. Dein Sasonow hat das genau richtig gemacht. War ein klasse Auftritt von ihm. Das kannst du ihm ausrichten.«

»Schau dir mal die feinen Pinkel dort an«, sagte Schakilow.

Iwan wandte sich um.

»Was sind denn das für welche?«, fragte er und verzog befremdet das Gesicht.

»Ökos.«

»Bitte?«

»Das Imperium der Veganer lässt grüßen.«

Iwan schaute ihnen nach. Die Veganer trugen edle grüne Uniformen, Lederhandschuhe und polierte Stiefel. Mit sämtlichem Schnickschnack herausgeputzte Hochglanzoffiziere – sogar Reitgerten hatten sie dabei. Im Vergleich zu ihnen wirkten die Admiralzen wie Abkömmlinge einer heruntergewirtschafteten Provinzstation.

Also Ökos?

»Sie haben ein Nachtsichtgerät«, bemerkte Schakilow, der die Veganer aufmerksam musterte. »So ein Ding wollte ich mir schon lange mal organisieren, aber irgendwie klappt es nicht. Siehst du, der dort?«

Iwan nickte. Auch er hätte gegen eine solche Errungenschaft nichts einzuwenden gehabt.

Ein Nachtsichtgerät. Das Leben in grünem Licht.

»Was haben die hier verloren?«, fragte Iwan.

»Ob du's glaubst oder nicht, ich habe nicht die geringste Ahnung«, erwiderte Schakilow achselzuckend. »Vielleicht ist das irgendeine Delegation?«

»Schöne Uniformen haben sie.« Iwan musterte die Veganer völlig ungeniert. »Komisch, ich werde das Gefühl nicht los, dass an den Typen irgendwas faul ist. Ich weiß nicht, was, aber wenn ich sie mir so anschaue, kriege ich fast eine Gänsehaut.«

Schakilow nickte. Unter Diggern war es üblich, die Intuition eines anderen zu respektieren.

»Ich habe schon viel von denen gehört«, sagte Schakilow. »Gefangene bringen sie angeblich ohne viel Federlesen als Dünger aus. Na ja. In der Metro kursieren die unmöglichsten Gerüchte. Man muss ja nicht alles glauben, was erzählt wird.«

»Natürlich nicht«, pflichtete Iwan bei, obwohl er wusste, dass eben jenes Gerücht der vollen Wahrheit entsprach.

»Und noch eine schräge Geschichte über sie fällt mir ein«, fuhr Schakilow unbeirrt fort. Er beobachtete einen Offizier der Veganer, der vor einer Auslage stehen geblieben war. »Sie machen einem Menschen ein Loch in den Schädel und pflanzen ihm ein spezielles Pilzmyzel ein. Dieses Pilzmyzel produziert Psilocybin, ein Halluzinogen. Das ist so ähnlich wie Acid, wenn nicht besser. Das Myzel durchwächst allmählich das gesamte Gehirn. Der Typ, der es im Kopf hat, läuft ständig mit verklärtem Blick durch die Gegend, weil er einen Trip nach dem anderen hat. Und sobald das Myzel Fruchtkörper treibt, ernten die Veganer die Pilze und verwenden sie als Rauschmittel. Der Typ, dem die Pilze aus dem Kopf wachsen, geht dann allerdings ziemlich schnell vor die Hunde. Der Pilz ernährt sich ja von seinem Gehirn, und von dem ist dann früher oder später nicht mehr viel übrig.«

Iwan richtete den Blick auf Schakilow. »Und das glaubst du?«
»Weiß der Geier«, erwiderte der achselzuckend. »Ich hatte schon mit diesen Typen zu tun. Ich würde es ihnen zutrauen.«
Iwan nickte. »Ich kann dich verstehen. Und weißt du was? Du hast sogar untertrieben.« Er deutete mit dem Kopf in die Richtung der Veganer. »Das Ding, das der eine hat, ist kein Nachtsichtgerät, sondern eine Wärmebildkamera.«
Schakilow stieß einen leisen Pfiff aus.

Kusnezow kam zurück und erstattete Bericht.
»Da sind ein paar Leute aufgetaucht, Chef. Noch nicht lange her. Die Männer des Oberführers – so heißt ihr Boss. Hihi.« Auf Mischas Gesicht erschien ein dümmliches Grinsen. »Der Oberführer – wie in den alten Filmen ...«
An der *Wassileostrowskaja* wurde einmal pro Woche ein Film gezeigt. Es ging fast zu wie im Kino: Die ganze Station versammelte sich in Reihen vor dem Fernseher und schaute.
Beim letzten Mal hatte Iwan »Zwei Kämpfer« gesehen. Ein uralter Kriegsfilm in Schwarz-Weiß. Nicht übel. Alles war wie in der Metro: dunkel und mit Liedern. Nur dass die Leute ohne Gasmaske auf die Straße gingen. Das war der einzige Unterschied.
Rein vom Verstand her war Iwan sich klar darüber, dass jener Krieg lange vor der Katastrophe stattgefunden hatte und mit den Ereignissen der Gegenwart in keinerlei Zusammenhang stand. Doch gefühlsmäßig war ihm, als gäbe es doch eine Verbindung. Im Film flohen unsere Leute nach dem Abspann in die Metro, während die schwarz uniformierten Feinde mit ihren kurzen Sturmgewehren die Oberfläche stürmten. Und dort alles Leben auslöschten.
»Und was sind das für Typen?«, erkundigte sich Iwan.
»Weiß ich nicht.« Kusnezow hob die Schultern. »Kmiziz hat sie hergebracht. Er sagt, dass sie für uns kämpfen werden. Äh ... ich meine natürlich zusammen mit uns. Gegen die Moskowiter.«

»Und warum haben sie das nötig?«, fragte Iwan skeptisch. »Sind das Söldner?«

»So was in der Art. Faschisten, anscheinend.«

Iwan knetete sein Kinn.

Und wenn schon, dachte er. In der derzeitigen Lage müssen wir um jede Unterstützung froh sein. Da sind mir auch Faschisten recht. Sind doch nicht schlechter als zum Beispiel Hare-Krishna-Leute, oder? Zumindest sind sie auch glatzköpfig.

»Und wo hast du sie, deine Faschisten?«

»... Anton, Kusma«, zählte der Oberführer auf, als er seine Leute vorstellte. »Und das ist der Graue.«

»Der Graue?«, staunte Kusnezow treuselig. »Er hat doch eine Glatze.«

»Das eine schließt ja das andere nicht aus.«

»Genau«, sagte der angeblich grauhaarige Skinhead grinsend und fuhr sich mit der Hand übers kahl geschorene, speckig glänzende Haupt.

Es waren insgesamt acht Skins. Für einen Digger-Trupp fast ein bisschen zu viele. Doch der Oberführer gefiel Iwan sogar – ein skurriler Typ undefinierbaren Alters. Er hätte sechsundzwanzig sein können wie Iwan, aber auch fünfundvierzig.

»Weißt du, warum in der Metro keine Neger leben?«, fragte der Oberführer nach der kleinen Vorstellungsrunde.

»Weil ihr sie nicht lasst«, mutmaßte Iwan.

»Fast«, erwiderte der Oberführer. »Aber in Wahrheit haben wir damit nichts zu tun. Wenn jemand schuld daran ist, dann Darwin.«

»Darwin? Wer soll das denn sein?« Iwan stellte sich dumm. »Gehört der etwa auch zu eurem Haufen?«

Der Graue wieherte los.

»Nein, der gehört nicht zu unserem Haufen«, erläuterte der Oberführer geduldig. »Aber er hat die Evolutionstheorie in die

Welt gesetzt. Ich habe schon ein paar Bücher gelesen, mir kann man so leicht nichts vormachen. Und diese Theorie besagt, dass wir vom Affen abstammen. Wir sind Arier. Das bedeutet, dass wir von irgendeinem arischen Uraffen abstammen. Vermutlich hat sich dieser arische Uraffe eine Menge auf sich eingebildet. Und die Sache mit den Negern ist ganz einfach. Hier unten gibt es kein Sonnenlicht, richtig? Und ohne Sonnenlicht wird in der Haut kein Vitamin D gebildet. Das heißt, sogar bei uns Weißen wird nur sehr wenig gebildet, selbst unter Tageslichtbeleuchtung wie an der *Wosstanija* oder an der *Sadowaja*. Und bei den Negern überhaupt keines. Die Ärmsten sind eben die südliche Sonne Afrikas gewohnt, ihre heimatlichen Elefantendschungel. Und so kommt das eben«, schloss er, als ob damit alles erklärt wäre.

»Und so kommt was?«

»Weißt du denn, wozu das Vitamin D gebraucht wird?«

Iwan zuckte mit den Achseln.

»Tja, Mann, es ermöglicht uns die Orientierung im Raum. Unsere armen Neger sind in der Metro einfach verloren gegangen. Sie haben sich verlaufen, weil sie den einfachsten Weg nicht finden konnten. Und so haben sie eben mit der Zeit alle den Löffel abgegeben. Klarer Fall von Sussanin-Syndrom.«

Kusnezow hatte also doch recht, dachte Iwan. Trotzdem brauche ich unbedingt Verbündete. Der Zweck heiligt die Mittel. Am besten, ich rede einfach Klartext mit denen.

»Ich kann Faschisten nicht leiden«, sagte Iwan kühl. »Beschränkte Dumpfbacken – meine Meinung.«

Der Gesichtsausdruck des Oberführers geriet aus den Fugen.

Jetzt gibt's was auf die Mütze, dachte Iwan und machte sich abwehrbereit. Stattdessen begann der Oberführer zu lachen. Das war – vorsichtig ausgedrückt – überraschend. Besonders, als auch die übrigen Skins in Gelächter ausbrachen. Wie eine Herde monströser Meerschweinchen. Fehlte nur noch, dass sie zu fiepen anfingen.

»Hast du dich erschreckt?«, fragte der Oberführer. »Keine Angst.«

Iwan zog die Augenbrauen hoch. »Habe ich irgendwas Witziges gesagt?«

»Der Witz ist der, dass wir Faschisten auch nicht leiden können.«

Juden, die Juden hassen?, dachte Iwan. Sachen gibt's.

»Wir sind anders«, sagte der Oberführer.

»Anders?« Iwan ließ den Blick über die Skinheads schweifen. Acht Mann. Alle glatzköpfig und mit aggressiven Visagen. »Ihr seht aber gar nicht so anders aus.«

Der Oberführer schmunzelte. »Wir sind dir richtigen Skinheads. Rote Skinheads. Schau mal …« Der Oberführer krempelte den Ärmel hoch, und auf seinem Oberarm kam eine Tätowierung zum Vorschein: Hammer und Sichel, von einem Lorbeerkranz umrahmt. »Siehst du? Wir sind nicht irgendwelche Nazischweine. Sagt dir der Name Che Guevara was? Hasta siempre, Comandante. Bis in alle Ewigkeit. Ja, das war ein Kämpfer! Skin – das ist die Haut. Und weißt du, welche Funktion unsere Haut erfüllt? Sie schützt unseren Körper vor allem möglichen Mikrobengesocks und warnt uns mit Schmerzen, wenn größeres Unheil naht. Zum Beispiel, wenn man sich die Flamme eines Feuerzeugs an den Arm hält. Klar?«

Iwan nickte.

»Wenn du Schmerz empfindest, heißt das, dass du noch lebendig bist, Mann«, setzte der Oberführer fort. »So sieht's aus. Die Haut stirbt immer zuerst. Und wir sind nichts anderes als die Haut der Metro. Wenn es uns nicht gäbe, wärt ihr längst gefressen worden. Oder ihr würdet auf euren dicken Kapitalistenärschen hocken und darauf warten, dass ihr endlich aussterbt. Aber wir treten euch in den Arsch. Ob ihr wollt oder nicht. Sind wir schlechte Menschen? Bastarde? Beschränkte Dumpfbacken, wie du sagst? Mag sein. Aber wir lassen uns nicht unterkriegen.«

Iwan brauchte einige Sekunden, um den Wortschwall zu verdauen.

»Und wie nennt sich eure ... äh ... Mission?«

»Er ist gar nicht so dumm«, sagte der Oberführer zu dem grauhaarigen Skinhead und wandte sich dann wieder an Iwan: »Die Bürde des Weißen Mannes – das ist unsere Mission. Kipling, Mann. Jetzt weißt du, woran du mit uns bist.«

Er steht an der Spitze eines gigantischen, halb zerstörten Gebäudes. Die Höhe ist schwindelerregend. Ringsum erstreckt sich tosende, unermessliche Leere. Böiger Wind heult um das kolossale Bauwerk und bringt es zum Schwanken. Iwan schaut nach unten. Er steht am Rand einer vornübergeneigten Aussichtsplattform. Einige Stockwerke tiefer wird das Gebäude von niedrigen grauen Wolken umsäumt. Der Fuß des Bauwerks ist nicht zu sehen.

Wäre wohl ein ziemlich langer Flug von hier bis nach unten.

Iwan wendet den Blick nach vorn. Ein Wasserlauf. Er folgt ihm. Das ist die Newa. Schweigsam und pechschwarz liegt sie in ihrem Bett. Die steinernen Ufer sind mir grauer Vegetation bewachsen. Die Begrenzungsmauer der Uferstraße ist an manchen Stellen von Bäumen durchbrochen. Wenn man so etwas überhaupt als Bäume bezeichnen kann. Fleischige graue Stämme, eingerolltes Laub.

Eine Brücke. Noch eine Brücke, zerstört.

In der Ferne schimmern Gebäude. Die vertraute Spitze der Admiralität.

Ein Stück weiter entdeckt Iwan ein fast kreisrundes Ruinenfeld. Dort hat sich die Druckwelle ausgebreitet und die Gebäude dem Erdboden gleichgemacht. Professor Wodjanik würde wahrscheinlich sagen, dass hier eine atomare Luftexplosion stattgefunden hat. Eine Neutronenbombe. Die Zerstörungen sind nicht ganz so verheerend, dafür ist die Verstrahlung für die nächsten fünfzig Jahre garantiert.

Endlich realisiert Iwan, wo er sich überhaupt befindet. Es ist die Gazprom-»Kerze«. Das Ochta-Center. Ein Phallussymbol, das aus der Skyline der Stadt heraussticht. Der leblose Wolkenkratzer unter Iwans Füßen heult schauderhaft und schwankt mit einer Amplitude von mehreren Metern hin und her. Iwan erinnert sich, dass das Bauwerk seinerzeit nicht ganz fertig wurde. Es stand nur eine leere Hülle. Die Fenster waren schon drin, doch die Druckwelle hat sie wieder ausgebaut. Innerhalb des Gebäudes gibt es kein Leben. Zum Zeitpunkt des großen Knalls waren hier keine Menschen – höchstens ein paar Bauarbeiter vielleicht.

Iwan lässt den Blick schweifen und erblickt am anderen Newa-Ufer das blassblaue Gebäude der Smolny-Kathedrale. Ihre eleganten Türmchen sind verblasst und teilweise eingestürzt. Aus der Höhe des Ochta-Centers sieht alles winzig aus, wie Spielzeug.

Wamm!

Da ist irgendwas, im Gebäude. Irgendetwas Lebendiges. Iwan dreht sich um und sieht ein Auge.

Durch ein Loch in der Aussichtsplattform und zwischen rostigen Trägern hindurch schaut ihn ein schwarzes, rundes Auge an.

Iwan läuft es kalt den Rücken herunter.

Kein Vogelauge.

Und dennoch. Der kehlige Ruf eines Raubvogels. Aus dem Aufzugschacht ragt ein zahnbewehrter, zuckender Rachen. Der lange schlanke Hals ist mit grauem Flaum bedeckt. Die Zähne sind klein und spitz.

Iwan weicht panisch zurück. Die Bestie klappert mit dem Schnabel und stößt krächzende Schreie aus. Iwan wird von einem Windstoß erfasst und verliert das Gleichgewicht. Er stürzt übers Geländer und hält sich im letzten Augenblick an der Querstange fest. Mit einer Hand. Der Wolkenkratzer schwankt langsam hin und her. Iwan spürt das feuchte Metall unter den Fingern. Schmieriger Rost.

Mit aller Kraft krallt er sich fest, doch seine Finger rutschen ab. Einer nach dem anderen.

Iwan spürt keine Angst. Stattdessen erfasst ihn eine merkwürdige Apathie, so als würde ihn das alles nichts mehr angehen.

Er hängt nur noch an zwei Fingern. Sie sind weiß vor Anstrengung.

Im nächsten Moment zückt Iwan mit der freien Hand ein langes Messer, holt aus – die Klinge blitzt – und schlägt zu. Die Schneide durchtrennt die Finger unterhalb des zweiten Gliedes.

Schweigend beobachtet Iwan, wie es spritzt – doch nein, da kommt kein Blut. Nicht ein einziger Tropfen.

Die Finger entfernen sich langsam von der Hand. Der Spalt zwischen Fingern und Hand wird größer und größer, verwandelt sich aus einem schmalen Kanal in das breite Bett der Newa.

Iwan lässt das Messer los. Es fällt trudelnd hinab und verschwindet im Nebel.

Iwan sieht die sauberen rosa Schnittflächen mit zwei weißen Punkten in der Mitte – den Knochen.

Und beginnt zu fallen.

Der Wind pfeift um die Ohren und im Magen breitet sich ein flaues Ziehen aus. Die Stockwerke fliegen vorüber. Sie entfernen sich immer weiter, denn der Turm steht schief.

Dann taucht Iwan in den grauen feuchten Nebel ein.

Er ist auf einen Schlag blind.

Im Magen gähnt die Leere des Alls.

Der Aufprall.

»Hörst du mich, Wanja?!« Solochas Stimme. »Dort hinten am Bahnsteig gibt es Ärger.«

Iwan öffnete die Augen und schob die Strickmütze in die Stirn zurück. Normalerweise trug er sie als Kälteschutz unter dem Helm. Diesmal hatte er sie bis zur Nase herabgezogen, um ungestört vom Schein der Lampen ein Nickerchen zu machen.

Das war keine gute Idee. Unglaublich, was man manchmal für einen Mist zusammenträumt.

»Eine Schlägerei!«, rief jemand in der Nähe.

Das Volk an der Station kam in Bewegung – wellenartig, als hätte jemand einen Pflasterstein in einen Teich geworfen.

Pascha kam zurück: »Da gibt's Stunk. Offenbar haben sich die vom *Newski* wieder mal geweigert, irgendwas mit den Admiralzen zu teilen. Die werden sich gleich gegenseitig abstechen!«

Iwan erhob sich und stöhnte auf: schneidender Schmerz in der Seite. Verflucht. Im Grunde ging ihn das ja nichts an, doch seine Leute waren dort.

Als er ankam, hatte sich bereits eine Menschentraube am Bahnsteig versammelt, und eine vertraute Stimme bemühte sich um Deeskalation.

»Ich schlage vor, dass wir das friedlich regeln«, sagte Schakilow.

»Und wie stellst du dir das vor?«

Schakilow lächelte und gab sich plötzlich friedfertig wie ein Teddybär. Nur das Gewehr und seine blutige Nase passten nicht so ganz ins Bild.

»Wir verlegen die Auseinandersetzung auf eine andere Ebene, mein Freund.«

»Aha.« Der Kraftprotz pumpte sich auf. Unter seinem Auge leuchtete ein gewaltiges Veilchen. »Und – was schlägst du vor?«

»Fußball.«

Die Mannschaften waren schnell zusammengestellt. Einen Ball auftreiben, Platz schaffen, Tore aufstellen, Linien ziehen – in einer halben Stunde war alles erledigt. Am längsten dauerte es, sich auf die Namen der Mannschaften zu einigen.

Warum? Alle wollten Zenit sein. Logisch. Es wurde lange diskutiert, bis einer vorschlug, die Mannschaften Zenit-1 und Zenit-2 zu nennen. Spontan waren alle dafür, doch dann stellte sich heraus, dass niemand die Nummer zwei sein wollte. Also wurden noch andere Namen Sankt Petersburger Fußballclubs ins Spiel gebracht.

»Petrotrest!«

»Selber Petrotrest, bei dir piept's wohl. Womöglich kommst du mir noch mit den Scharlachroten Segeln! Dann schon lieber Dynamo.«

Schakilow zog sich mit seiner Mannschaft zur Beratung zurück und verkündete daraufhin, dass sie auf jeden Fall als Zenit auflaufen würden.

»Na meinetwegen.« Der Kraftprotz winkte ab. »Dann sind wir eben Manchester United. Los geht's.«

»Fußball, oder was?«, erkundigte sich Iwan.

»Nein, Eiskunstlauf«, gab sein Nachbar zurück. »Natürlich Fußball, was denn sonst.«

Anpfiff.

Begeistert knuffte der Nachbar Iwan in die Rippen. Der Digger krümmte sich vor Schmerz.

Der Schiedsrichter rannte am ballführenden Spieler vorbei und nahm ihm sofort mehrere Meter ab. Alle Achtung, dachte Iwan, ein pfeilschneller Schiri. Im Vergleich zu ihm wirkten die jungen Kicker wie lahme Enten. Das Gesicht seines Nachbarn war inzwischen rot angelaufen und seine Augen glänzten fanatisch. Wahrscheinlich betrunken, mutmaßte Iwan. Oder eingeraucht.

»Hast du das gesehen?«, fragte der Nachbar.

»Ja«, erwiderte Iwan. Sollte er diesem Typen eins auf die Nase geben? Die maladen Rippen brannten wie Feuer.

»Ach ja«, seufzte der Nachbar melancholisch. »Vor dem Krieg hätte man sich so etwas nicht träumen lassen. Weißt du, wer der Schiedsrichter ist? Der berühmte Gaifullin!«

»Wer soll das denn sein?« Iwan vergaß für einen Augenblick seine Rippen und blickte aufs Spielfeld. Sonderlich berühmt sah dieser Gaifullin eigentlich nicht aus. Ein ganz normaler älterer Herr mit kurzer schwarzer Hose und einer Pfeife im Mund. Er wieselte über den freigeräumten Bahnsteig und fluchte vor sich hin. Bemerkenswert nur, wie flink er auf den Beinen war. Erheblich flinker als die Spieler. »Jedenfalls gäbe er einen tollen Stürmer ab«, kommentierte Iwan.

»Also bitte!«, entrüstete sich der Nachbar. »Den musst du doch kennen! Das ist Dschochar Gaifullin, ein FIFA-Schiedsrichter. Er hat zweitausendzehn bei der Weltmeisterschaft gepfiffen. Italien gegen Brasilien. Jetzt bist du platt, was? Kannst du dir das vorstellen? Ein Spielfeld, dreimal so groß wie diese Station, mit saftig grünem Rasen. Und hunderttausend Fans auf den Tribünen. Im Fernsehen haben Hunderte von Millionen zugeschaut, was sage ich, Milliarden! Und jetzt pfeift er diesen Amateurkick ...«

Plötzlich hörte Iwan ein Schluchzen hinter sich und wandte sich um.

»Was ist mit Ihnen, Professor?«

»Wir sind jetzt alle Profis«, sagte Wodjanik mit brüchiger Stimme.

Die Augen des Professors waren leer. Er strich sich durch den Bart, stand auf, entschuldigte sich unbeholfen und ging davon. Iwan sah ihm hinterher.

Was war denn mit *dem* los? Iwan überlegte kurz, dann drückte er seinem verdutzten Nachbarn die Tüte mit den Tangchips in die Hand und ging dem Professor nach.

Er fand ihn hinter einer Säule am anderen Ende der *Gostinka*. Wodjanik stand am Bahnsteigrand an einer offenen Tür und sein Rücken bebte. Unten am Gleis wurde unter Flüchen eine Transportdraisine entladen.

»Was ist mit Ihnen, Grigori Michalytsch?«

»Eigentlich mache ich mir gar nichts aus Fußball«, stammelte Wodjanik völlig aufgelöst. »Bei ›Was? Wo? Wann?‹ habe ich die Fußballfragen nie beantworten können. Das ist nicht so meins. Und jetzt schaue ich hier zu und mir bleibt fast der Atem stehen.

Kannst du dir das vorstellen, Iwan? Besonders wenn ...« Der Professor hüstelte verlegen. »Ach, vergiss es. Entschuldige, das geht gleich vorbei ... Geh zurück, ich komme gleich nach.«

Iwan kam gerade in dem Augenblick zurück, als ein Spieler von Manchester United den Ball ins Zenit-Tor beförderte. Die Menge tobte.

Beim nächsten Spielzug stürmte der hünenhafte Schakilow mit hochrotem Kopf auf den Torwart von Manchester zu und rammte ihn um.

Foul. Iwans Nachbar sprang auf.

»Da war doch nichts!«, schrie er entrüstet, obwohl selbst Iwan, der kein großer Fußballexperte war, genau gesehen hatte, dass da sehr wohl etwas gewesen war.

Der berühmte Gaifullin entschied jedenfalls anders als Iwans Nachbar: Rote Karte!

Geraune unter den Fans.

»Hängt sie auf, die schwarze Sau!«, schmetterte plötzlich ein Sprechchor aus den Zuschauerreihen.

Der Schiedsrichter blieb wie vom Donner gerührt stehen und wandte sich um. Sein Gesicht fiel förmlich in sich zusammen. Das gibt's doch nicht, dachte Iwan.

Der Schiedsrichter weinte. Iwan sah, wie ihm die Tränen über die Wangen kullerten.

»Hängt sie auf, die schwarze Sau!«, brüllte abermals einer.

Der »berühmte« Gaifullin hob den Kopf und ließ den Blick über die Zuschauer schweifen. Noch nie habe ich einen so glücklichen Menschen gesehen, dachte Iwan unwillkürlich. Gaifullin reckte die Rote Karte in die Luft und begann, langsam an den Zuschauerreihen entlangzulaufen.

Als würde er wieder Italien gegen Brasilien pfeifen.

Er drehte eine Runde. Und dann noch eine.

Das Spiel endete zwei zu zwei. Unentschieden.

»Haben Sie das gesehen?« Der junge Polizist war ganz zappelig vor Aufregung. »Was ist denn in den Schiri gefahren?«

Iwan nickte. »Ja, bei Wodjanik war es dasselbe«, sagte er. »Irgendwas hat den Prof völlig aus der Fassung gebracht.«

»Alte Leute sind ständig am Heulen«, sagte Kusnezow. »Stimmt's, Chef?«

»Das ist nicht wahr, Mischa«, entgegnete Iwan und sah den jungen Schlaumeier kopfschüttelnd an.

Iwan fand Kulagin in den Lagerräumen unterhalb des Bahnsteigs.

»Oleg, wir verlieren zu viel Zeit«, sagte er.

»Wanja, mach keinen Stress. Ich weiß auch so schon nicht, wo mir der Kopf steht.« Dann blaffte Kulagin den glatzköpfigen Lageristen an: »Was hast du mir da gebracht?! Ich hatte dir doch ausdrücklich gesagt, dass ich Fünfer brauche. Und was ist das hier?!«

Iwan spähte über Kulagins Schulter und sah einen Karton mit 12-mm-Patronen.

»Wahnsinn, wie sich die hier aufführen«, grummelte der Lagerist mit finsterer Miene.

»Hast du was gesagt?« Kulagin explodierte endgültig. »Passt dir irgendwas nicht?!«

»Ruhig bleiben, Oleg«, beschwichtigte Iwan und wandte sich an den Lageristen. »Der Herr Lagerverwalter hat uns bestimmt mit Admiralzen verwechselt. Dabei kommen wir von der *Wassileostrowskaja*. Und mein Freund« – Iwan klopfte Oleg auf die Schulter – »stammt eigentlich von der *Primorskaja*. Als sie aufgegeben wurde, hat er sich bei uns niedergelassen. Entschuldige bitte, dass wir hier so einen Stress machen, aber wir sitzen eben ziemlich in der Tinte wegen des geklauten Generators, verstehst du?«

Das Gesicht des Lageristen hellte sich auf.

»Warum habt ihr das denn nicht gleich gesagt?«, fragte er. »Ich dachte tatsächlich, dass ein Admiralze meint, er könnte hier rumkommandieren. Ich bringe euch gleich die Fünfer.«

Iwan und Oleg sahen einander an. Iwan breitete die Arme aus. Tja, mit Diplomatie geht eben alles leichter.

Kaum waren sie mit den Patronen fertig, als Kmiziz auftauchte. Er sah mitgenommen aus und hatte vor Müdigkeit rote Augen.

»Ich suche euch schon überall ... Ihr sollt zum Kriegsrat kommen.«

Das Erste, was Iwan auffiel, war die weiße Narbe an der Schläfe. Dann die perfekt sitzende graue Uniform.

Und dann ...

Ein klein gewachsener, untersetzter Mann mit kurzem Igelschnitt. Er trat vor und zog die Anwesenden mit seiner charismatischen Ausstrahlung sofort in seinen Bann.

Im Raum kehrte Stille ein.

»Für alle, die mich noch nicht kennen: Ich bin Memow.«

In den Reihen wurde getuschelt: »Der General, der General, der General.«

Iwan nahm den legendären General der *Admiraltejskaja* neugierig in Augenschein. »So siehst du also aus, Hirsch des Nordens«, dachte er. Der Ausspruch stammte von Onkel Jewpat, doch irgendwie passte er zur Situation.

»Ich fasse mich kurz«, sagte Memow. »Soldaten, ihr kehrt sofort in eure Truppenteile zurück und haltet euch bereit. Eure Befehle bekommt ihr innerhalb der nächsten Stunde. Die Kommandeure bleiben hier.«

Nachdem er die einfachen Kämpfer hinauskomplimentiert hatte, musterte Memow das kleine Grüppchen der Kommandeure.

»Also, meine Herren«, sagte er schließlich. »Wie gehen wir vor? Gibt es irgendwelche Vorschläge bezüglich der Stationen *Majakowskaja* und *Ploschtschad Wosstanija*?« Pause. »Keine Vorschläge?« Der General schaute von einem zum anderen und grinste. »Dann hört meine Befehle.«

5
DIE *MAJAKOWSKAJA*

Vor der Katastrophe war die Station *Ploschtschad Wosstanija* durch einen unterirdischen Gang mit dem Moskauer Bahnhof verbunden gewesen. Als der Atomalarm ausgelöst wurde, zog ein gewisser Achmetsjanow, ein schneidiger Tatare und Major der Metromiliz, seine Pistole und trieb die Passagiere unerbittlich in die Station hinunter. Zwar hielten es die Moskauer gemäß ihrer hauptstädtischen Attitüde für geboten, Einwände gegen die Maßnahme vorzubringen, doch der Major wusste zu überzeugen. Gegen eine Pistole und mehrere Kalaschnikows konnten die Leute nicht viel ausrichten. Auf diese Weise füllte sich die Station hauptsächlich mit Abkömmlingen aus Moskau und anderen, in südöstlicher Richtung gelegenen Städten.

Der Major Achmetsjanow wurde automatisch Diktator und seine Nachfolger regierten diese Monarchie (oder sollte man eher von einer östlichen Despotie sprechen?) mit bemerkenswerter Brutalität.

Da das Verhältnis zwischen Petersburgern und Moskauern noch nie wirklich herzlich gewesen war, nannte man die Bewohner der Station etwas abschätzig ›Moskowiter‹.

Soweit Iwan wusste, waren die Moskowiter felsenfest davon überzeugt, dass sich die Bewohner Moskaus alle gerettet hätten, indem sie die zerstörte Stadt durch die geheime Metrolinie D6 verließen. (Dass auch die Hauptstadt mit Atombomben ausgelöscht worden war, stand außer Frage.)

Die überlebenden Regierungsmitglieder hatten sich angeblich zu einer Ausweichbasis zurückgezogen, von wo aus sie nun die Geschicke des Landes lenkten. Dieser geheime und unterirdische Stützpunkt befand sich irgendwo in den Bergen des Ural und war nicht einmal durch einen direkten Atombombeneinschlag auszuschalten. Kurzum, die Regierung hatte die Lage unter Kontrolle und Hilfe war nah.

Das würde ich auch gern glauben, dachte Iwan.

Denn ohne Generator wurde es hier unten langsam ungemütlich.

Die Lüftungsanlagen laufen noch nicht. Deshalb hängt feuchter Nebel über dem Bahnsteig und jedes Geräusch versiegt in der bleiern-schwülen Luft, die man bissenweise hinunterschlucken könnte.

Iwan erwacht und steht auf. Im Zelt ist es dunkel. Er macht einen Schritt und verharrt vor dem Ausgang. Durch den dicken Stoff schimmert flackerndes Licht. Eine Karbidlampe, denkt Iwan, dann schlägt er die Plane zurück und tritt auf den Bahnsteig hinaus.

Das Erste, was er sieht: Beine in Gummistiefeln, deren Sohlen fast bis zum Fleisch durchgelaufen sind. Dann folgen Tarnhose, Gürtel und ein nackter, mit Hämatomen übersäter Oberkörper. Iwan erschaudert und greift sich selbst an die linke Seite. Ah! Die ramponierten Rippen.

Iwan schaut weiter.

Der Mann, der mit abgestreckten Armen vor ihm auf dem Boden liegt, ist er selbst, Iwan. Sogar der riesige Bluterguss links ist genau an derselben Stelle wie bei ihm ...

Mach die Augen auf.

Neben der leblosen Hand des Mannes steht eine Karbidlampe. Die gelbe Flamme züngelt und wirft warme Lichtflecken auf das Gesicht des Mannes.

... Und dieser Mann ist tot.

Mach die Augen auf, verdammt!

Iwan schlug die Augen auf, schob seine Mütze zurück und sah sich um. Neben ihm döste, mit dem Rücken an eine Säule gelehnt, Pascha. Gladyschew schnarchte, was das Zeug hielt. Sasonow war in Gedanken versunken. Solocha las.

In jedem Traum sehe ich mich als Toten.

Es war die Zeit des Wartens. Im Gegensatz zu den abgebrühten Diggern, die noch aus jeder Sekunde etwas Schlaf »herauspressen« konnten, waren es die Zivilisten nicht gewohnt, vor dem Kampf zu schlafen. An der Station herrschte Unruhe. Die Kämpfer der Allianz saßen auf dem Bahnsteig aufgereiht, die Waffen in der Hand, und warteten. Über ihren Köpfen waberte bläulicher Rauch, in dem der süßliche Duft von Marihuana lag. Ein bizarrer Anblick, dachte Iwan. Hatte er das nicht irgendwo schon mal gesehen?

»Was können uns die Moskowiter schon anhaben«, hörte Iwan jemanden sagen. »Die erledigen wir mit links!«

Jaja, dachte Iwan. Große Klappe und dann ...

Aus den Reihen der Männer vom *Newski prospekt* erhob sich ein älterer, kräftig gebauter Mann.

»Na, ihr Achäer«, sagte er scherzhaft zu den Sitzenden. »Sollen wir die Mauern Trojas mal auf ihre Standfestigkeit prüfen?«

Als Antwort erntete er nur betretenes Schweigen.

Er blickte um sich und ließ die Schultern hängen.

»Ach so, ihr wisst ja gar nicht, wovon ich rede«, sagte er melancholisch. »Woher auch? Arme Kinder. Ach ja. Als die dämmernde Eos mit Rosenfingern erwachte ...«, rezitierte er. »Homer, die Odyssee ...«

»Setz dich lieber wieder hin, Opa«, empfahl einer aus der Menge. »Sonst erkältest du dich noch.«

In diesem Moment trat Kmiziz mit raschen Schritten hinzu.

»Gespräche einstellen! Wir brechen auf.«

Die verheerenden Faktoren einer Kernwaffenexplosion sind erstens der Feuerball, zweitens die Druckwelle und drittens die radioaktive Strahlung. Iwan wusste das alles auswendig. Doch es war nutzloses Wissen. Als würde man sich in der Steinzeit mit den ballistischen Eigenschaften einer Gewehrkugel des Kalibers 5,45 beschäftigen. Mit an Sicherheit grenzender Wahrscheinlichkeit gab es auf der Erde noch einsatzfähige Kernwaffen, doch gegen wen, zum Henker, sollte man sie einsetzen? Gegen die Bestien an der Oberfläche? Für die ist eine Atomexplosion doch wie ein warmer Regen. Unsereins verreckt bei solchen Strahlendosen. Wir bekommen Krebs, werden von Metastasen zerfressen, bluten aus allen Körperöffnungen, erblinden und unser Immunsystem bricht zusammen. Die Bestien dagegen fühlen sich unter solchen Bedingungen pudelwohl, sind fruchtbar und mehren sich. Wie hatte der Greis aus Iwans Traum das genannt: »Ein anderes Ökosystem«. Ganz genau.

Selbstgespräche.

»Macht euch fertig«, sagte Iwan. »Gehen wir mit Gott.«

Gegeben ist ein Tunnel, der zur Station *Majakowskaja* führt. Länge: etwa zwei Kilometer. Marschgeschwindigkeit: zwei bis drei Kilometer pro Stunde. Frage: Wie lange braucht man bis zur Station? Antwort: Weiß der Geier.

Die Vorhut der Allianz marschierte. Auf ihrem Weg griff sie einzelne Händler und sogar ganze Karawanen auf. Im Lüftungsschacht Nr. 312 stieß man auf Zombel. Fünf ... na, wie soll man sie nennen. Ja wohl kaum Menschen? Fünf Individuen. Jedenfalls wurden die auch einkassiert. Iwan und seine Digger beobachteten, wie man sie mit Schafthieben durch den Tunnel trieb. Sie wurden in die Etappe verfrachtet.

Als die mit Schlamm und Schorf bedeckten Zombel vorbeigeführt wurden, begannen die Dosimeter zu knistern. Kein Wunder. Irgendwo (aber wo?) fanden diese Kreaturen Gänge an die Oberfläche und holten sich von dort alles, was nicht niet- und nagelfest war, selbst wenn das Zeug in der Dunkelheit leuchtete.

Das Seltsame war: Die Zombel strotzten zwar vor Dreck, doch wenn man genau hinschaute, stellte man fest, dass sie fast alle Zähne, Haare und normale Augen hatten. Sie wirkten überhaupt verdächtig gesund, obwohl sie strahlten wie ein Atommülllager. Waren sie womöglich auch an jenes andere Ökosystem angepasst? Iwan schüttelte den Kopf. Die Strahlendosen, die sie aufgenommen hatten, waren mit Sicherheit horrend. Ein normaler Mensch wäre da längst hopsgegangen. Den Zombeln schien die Strahlung nichts auszumachen, die sprangen auch mit einer vierfach tödlichen Dosis noch munter herum. Hat man überhaupt schon jemals einen kranken Zombel gesehen? Iwan lief es kalt den Rücken herunter. Die natürliche Auslese, verdammt. Wer krank ist, wird gefressen. Nicht umsonst gab es ja auch diese Gerüchte ...

Iwan und seine Leute erreichten eine Stelle, an der rechter Hand ein Seitengang vom Tunnel abzweigte. Dort erwartete sie bereits ein Admiralze.

»Kontrollieren«, befahl der Admiralze und stapfte davon.

Iwan blickte in den finsteren Schlund des Gangs und spuckte aus.

Toll. Wir dürfen also das Scheißhaus sauber machen.

»Jegor geht voraus, ich als Zweiter und Wadim als Letzter.« Iwan dehnte seinen verspannten Hals. Ein Wirbel knackte. »Eine Granate wäre jetzt nicht schlecht ... Egal, vorwärts.«

Eine Toilettenanlage bestand aus einem Duschraum, einem Waschraum und je einem WC-Bereich für Damen und Herren. Licht gab es hier natürlich keins. Was soll's, dann wollen wir mal, dachte Iwan.

Die Digger hatten ihre Lampen an den Gewehrläufen festgebunden. Sasonow nahm seine Flinte von der Schulter und signalisierte mit einem Kopfnicken, dass er bereit war.

Mit katzenhafter Behändigkeit schlüpfte Gladyschew durch die Türnische. Iwan warf noch einen Blick nach vorn in den Tunnel. Dort sah man die Lichtkegel der Lampen. Die Vorausabteilungen näherten sich dem Kontrollposten der *Majakowskaja*.

Iwan atmete durch, zählte bis drei und folgte Gladyschew in die Finsternis.

»Die Station *Ploschtschad Wosstanija* ist ein Fall für sich. Die Admiralzen und die gesamte Primorski-Allianz hegen ja schon lange einen Groll gegen sie. Warum? Weil sie was Besonderes ist.

Rund um die Station gibt es jede Menge unterirdische Bauwerke und Tunnel, die in keiner Karte eingezeichnet sind: unzählige Bunker und sonstige Zivilschutzeinrichtungen. Allein Toilettenanlagen gibt es so viele, dass man zwei komplette Divisionen dort verstecken könnte.

Und in dieses tückische Labyrinth um die *Ploschtschad Wosstanija* dringen wir arme Irre nun vor. Die Verteidiger werden uns zertreten wie junge Kätzchen. Sie werden über uns herfallen wie Ratten über Meerschweinchen.«

Iwan biss grimmig die Zähne zusammen.

»Was, ein schlechtes Beispiel?« Onkel Jewpat grinste. »Da musst du durch, Soldat. Denk nach.«

»Alarm«, signalisierte Gladyschew, Auge und Ohr des Trupps.

Er zeigte drei Finger: »Ich sehe drei Mann.«

Iwan bedeutete ihm: »Verstanden«, und legte das Sturmgewehr an. Jetzt ging's los.

Die Toilettenanlagen in der Metro waren ein eigenes Kapitel. Beim Bau der Metro hatte man ihre Anzahl so kalkuliert, dass die Kapazitäten für alle reichten, die sich im Katastrophenfall in die Tunnel flüchteten. Im Augenblick lebten vergleichsweise wenige Menschen in der Metro, und deshalb wurde der Großteil der Toilettenanlagen nicht genutzt. Der Strommangel spielte dabei natürlich auch eine Rolle. Ganz zu schweigen vom Reinigungsaufwand. Fäkalien und Leichen sind generell das Hauptproblem in einem abgeschotteten Lebensraum.

Am schlimmsten hatten die Menschen diesen Notstand unter Saddam dem Großen zu spüren bekommen und kurz danach, als die Bevölkerung an den Stationen auf ein Drittel bis ein Fünftel sank. Genaue Zahlen kannte niemand. Nach Saddams Tod wurde die Metro nämlich von einer Welle der Gewalt erschüttert. Die Menschen verrohten und töteten für nichts und wieder nichts. Es trieben sich so viele geistesgestörte Bastarde herum, dass die Leute bei jeder x-beliebigen starken Hand Schutz suchten. Kriminelle Klans erlebten damals eine Blütezeit, denn nur sie boten ein gewisses Maß an Sicherheit. Was allerdings nicht für alle galt ...

Es gab kein Entrinnen.

Die Gewalt gegenüber Frauen und Kindern war zügellos.

In der Metro türmten sich Berge von Leichen auf. Doch wohin damit? Aufessen konnte man sie nicht. Wer Menschenfleisch aß, überschritt eine verbotene Grenze. Solche Leute galten als abartig und wurden kurzerhand erschossen. An die Oberfläche konnte man die Leichen jedoch auch nicht bringen. Erstens wegen der Strahlung. Zweitens wegen der tiefen Lage der Sankt Petersburger Metro: Versuch mal, eine Leiche siebzig Meter an einem Seil hochzuziehen. Und drittens, weil man oben Gefahr lief, selbst zur Leiche zu werden.

Es war also alles nicht so einfach. Noch dazu stieg durch die verwesenden Körper die Gefahr von Seuchen, denen man in der Metro ziemlich hilflos ausgeliefert war.

Zu jener Zeit begann man damit, ganze Stationen als Friedhöfe zu nutzen. Bestattungskommandos sammelten die Toten ein und transportierten sie ab. Angeblich wurden die Leichen verbrannt.

Die Friedhofsstationen lagen im Süden, an der Linie 5. Die *Bucharestskaja*, die *Meschdunarodnaja* – alles Friedhofsstationen. Gerüchten zufolge war der tote Tunnel zur geplanten Station *Prospekt Slawy* vollständig mit verkohlten Gebeinen aufgefüllt.

Ach, Unsinn, dachte Iwan. So viele Leichen gibt es nicht einmal in der Metro, als dass man einen ganzen Tunnel damit füllen könnte.

Iwan seufzte. Sein Herz schlug schnell und heftig.

»Entwarnung«, signalisierte plötzlich Gladyschew.

Iwan richtete sich auf. Der Schein der Lampe wanderte über einen schmutzigen Spiegel, in dem für einen Augenblick die finstere Gestalt des Diggers erschien. Iwan blinzelte und wandte sich um.

Die Kabinentür stand offen.

Drinnen lehnten und saßen Tote. Vertrocknet.

Iwan ließ das Gewehr sinken. Seine Schläfen pochten. Wahnsinn, was für ein Anblick …

»Seltsam«, murmelte Gladyschew.

Iwan schaute zu ihm hinüber. Der normalerweise unerschütterliche Haudegen stand mit hängendem Kopf da. In seine niedrige Stirn gruben sich tiefe Furchen.

»Was ist seltsam?«

»Hier ist es feucht, Chef. Aber die Toten sind staubtrocken.«

»Tja«, sagte Iwan.

Er ging zur Kabine und lehnte sorgfältig die Tür an. Die rostigen Angeln quietschten. Selbst Tote haben ein Recht auf eine gewisse Privatsphäre.

»Gehen wir«, sagte Iwan, als sie wieder im Tunnel waren.

Der verdammte Admiralze. Jetzt mussten sie am Ende der Kolonne marschieren.

»Nieder mit den Moskauern!«, schrie plötzlich eine einsame Stimme in der Ferne.

»Hurra!«

»Killt die Petersburger!«, brüllten andere zur Antwort.

Am Kontrollposten, den die Angreifer nun fast erreicht hatten, zuckten Feuerblitze auf, und ein dumpfes, ohrenbetäubendes Geknatter rollte durch den Tunnel. Als würde die ganze Röhre bis zur *Gostinka* mit Kanonenkugeln eingedeckt. Dazu das Geschrei der Kämpfer, das Pfeifen der Geschosse und das Kreischen der Querschläger.

Iwan hatte keine Zeit zum Nachdenken. Er ging instinktiv in die Hocke und legte das Gewehr an.

Abermals flammten Lichtblitze auf.

Vom feindlichen Posten feuerte ein Kord-MG in den Tunnel. Kaliber 12,7 – klein, aber wirksam: Selbst wenn man es nur in den Arm bekam, ging man am Schmerzschock zugrunde.

»Hinlegen!«, kommandierte Iwan, doch im selben Moment wurde ihm klar, dass das keine gute Idee war. Man würde sie buchstäblich zertrampeln. »Zurück zum Klo, schnell!«

Sie hatten den Vorraum der Toilette gerade erreicht, als draußen im Tunnel bereits die ersten Kämpfer vorbeirannten. In panischer Flucht. Am Eingang zischten mehrere Leuchtspurgeschosse vorbei und hinterließen grelle Flecken auf der Netzhaut.

Scheiße.

Jetzt können wir froh sein um die Toilette, dachte Iwan, und ich hatte mich noch beschwert.

Tatsächlich konnten die Digger von Glück sagen, dass der Admiralze sie zur Kontrolle der Anlage verdonnert hatte. Andernfalls wären sie in das verheerende Maschinengewehrfeuer geraten. Die Moskowiter mähten die erste Welle der Angreifer förmlich um, als würden sie Pilze ernten. Zurück blieb nur das nackte Myzel.

In der Ferne hörte man eine Explosion. Eine heiße Welle rollte durch den Tunnel. Eine Granate! Am Eingang der Toilettenanlage rannten immer noch Kämpfer vorbei, getrieben von knatternden MG-Salven.

Einer der Flüchtenden stürzte und krümmte sich auf dem Boden.

Abermals ein Blitzlichtgewitter. Als würde ein Irrer in rasender Geschwindigkeit einen Scheinwerfer ein- und ausschalten.

Ta-ta-ta-ta. Ta-ta-ta-ta.

»Zieh dich hoch!«, rief Iwan, beugte sich hinaus und packte den Gestürzten am Ärmel seiner Tarnjacke.

Es war ein semmelblonder, etwa fünfzehn Jahre alter Bursche mit völlig gläsernen Augen. Er schrie und versuchte sich loszureißen. Verflucht. Iwan zog ihn mit Gewalt hoch und schleuderte ihn in den Vorraum der Toilette. Gladyschew fing ihn auf und nahm ihm das Gewehr ab. Der Junge wusste überhaupt nicht, wie ihm geschah, und schlug wie ein Verrückter um sich. Gladyschew bog ihm den Arm auf den Rücken und drückte ihn zu Boden. Der Junge fing auf einmal wie am Spieß zu schreien an. Iwan biss die Zähne zusammen. Einen so markerschütternden Schrei hatte er schon lange nicht mehr gehört.

Durch den Tunnel zischten Kugeln. Ein Querschläger schlug direkt über Iwans Kopf in der Wand ein. Putz regnete herab. Mit erheblicher Verspätung zog Iwan den Kopf ein. Verdammt. Das hätte ins Auge gehen können.

Der junge Kerl krähte unaufhörlich weiter. Gladyschew drehte ihn herum und verpasste ihm eine Ohrfeige. Nicht allzu fest, doch der Kopf des Jungen wurde heftig zur Seite geschleudert. Und dann noch eine …

»Das reicht!«, befahl Iwan.

Plötzlich verstummte das Maschinengewehr. Im ersten Moment hatte Iwan das Gefühl, er wäre taub. Als hätte man den ganzen Raum mit Watte ausgestopft. Die Ohren dröhnten. Iwan zog sich die Mütze vom Kopf. Die Haare standen ihm zu Berge. Nacken, Hals und dann weiter die Wirbelsäule entlang bis zum Hintern – alles fühlte sich an, wie mit einer Eiskruste überzogen.

»So eine Scheiße«, kommentierte er. Die Digger schwiegen. Seine Stimme klang fremd.

Das ging schief, dachte er. Wird jede Menge Blut kosten, unseren Generator zurückzuholen.

Aus der gesprungenen Feldflasche tropfte Wasser. Es sickerte durch einen feinen Riss, der sich bis zum Flaschenhals zog. Schade um das gute Stück, dachte Iwan. Früher oder später geht eben alles mal kaputt.

Er bückte sich und streckte die Hände vor.

»Wasser marsch«, sagte er zu Pascha.

Der neigte die Flasche. Ein Schwall Wasser ergoss sich auf Iwans Hände und benetzte die Ärmel seiner Militärjacke. Mit schnellen Bewegungen rieb er seine Hände ab und schüttelte sie kräftig aus, dass es nur so spritzte.

»Mehr«, kommandierte er.

Beim Anblick des durchsichtigen Wasserstrahls, der gleichmäßig in seine Hände rann, musste Iwan plötzlich an Katja denken. Prustend wusch er sich das Gesicht. Das Wasser war kalt und sauber. Beim dritten Mal formte er die Hände zu einer Schale und trank. Welch köstliches Nass!

Die Bewohner des *Newski prospekt* hatten Glück mit ihrer Station. Zwei artesische Brunnen plus zwei Reservebrunnen. Was wollte man mehr? Ihr Dieselgenerator war immer noch der ursprüngliche. Schon ein alter Herr, aber immer noch rüstig. Außerdem brachte er viel mehr Leistung als der von der *Wassileostrowskaja*. Es handelte sich um einen standortgebundenen, speziell für den Fall eines Atomkriegs vorgesehenen Generator. Die ganze Anlage war großzügig dimensioniert: Maschinenraum, Ab- und Zulufteinrichtungen, Treibstofflager, Werkzeug- und Ersatzteillager, Dienstraum für das Betriebspersonal. Da konnte man nicht meckern.

Einziger Nachteil: Er schluckte Diesel ohne Ende. So viel Treibstoff hätte man an der *Wassileostrowskaja* gar nicht beschaffen können.

Iwan nickte Pascha zu: genug einstweilen. Dann trocknete er sich die Hände an einem Handtuch ab, ging zu seinen Sachen zurück und kramte seine Blechtasse hervor. Es war höchste Zeit, den Durst richtig zu löschen.

Er stand am Bahnsteigrand und trank in kleinen Schlucken. Die Kämpfer der Allianz rasteten. Manche unterhielten sich, manche aßen, die meisten schliefen. Die Männer in ihren grünen und schwarzen Jacken lagen dicht an dicht.

Gut so. Schlaf ist die beste Medizin.

Das Atmen und Schnarchen der Männer füllte den Raum. Weiter rechts, hinter den einst weißen, von Aluminiumleisten gesäumten Säulen, hörte man ab und zu jemanden stöhnen. Dort befand sich das Lazarett mit den Verwundeten.

Der Angriff auf die *Majakowskaja* war gescheitert. Die Moskowiter waren auf den Überfall vorbereitet gewesen.

Die Einheiten, die durch den Paralleltunnel vorstießen, hatten mehr Glück. Sie wurden »nur« aus Gewehren und Büchsen beschossen, denn die Moskowiter hatten nur ein Kord.

Zusammen mit den Männern vom *Newski prospekt* war es Kulagin gelungen, den ersten feindlichen Vorposten einzunehmen – mit vergleichsweise geringen Verlusten. Er bereitete gerade den Sturm des zweiten vor, als er den Rückzugsbefehl bekam.

Der gescheiterte Angriff hatte die Allianz vierzehn Tote und gut dreißig Verwundete gekostet.

»Merkulow, zum General!«

Was wollte denn der schon wieder? Iwan drehte sich absichtlich langsam um, seufzte und sah genervt auf. Vor ihm stand ein wohlgenährter junger Mann mit rosigen, runden Bäckchen.

»Hey, Merkulow!«, rief dieser abermals. »Bist du taub, oder was? Du sollst zum General kommen.«

»Nervensägen«, brummelte Iwan, gähnte hingebungsvoll und streckte sich. »Was willst du?«

»Du bist wohl auch noch blind, Merkulow«, erwiderte der Pausback. »Übertreib es nicht. Der General will dich sprechen. Er hat gesagt, dass es sehr dringend ist.«

»Wenn's sehr dringend ist, kann's in die Hose gehen«, kommentierte Gladyschews heiserer Bass aus dem Hintergrund. »Und wir spielen Herz – zack! Und den kann auch keiner mehr – zack! Da guckt ihr, was?«

Genüsslich knallte der Digger die speckigen Spielkarten auf den Tisch.

»Wie bitte?!« Das runde Gesicht des jungen Mannes lief puterrot an und sein Brustkorb blähte sich bedrohlich auf. Noch ein bisschen mehr, dann wäre er wohl geplatzt …

»… und zack! Siebentausend und ein paar Zerquetschte!«

»Nehmen Sie gefälligst Ihre Leute an die Kandare, Digger!«, brüllte der Pausback völlig außer sich.

»Schon gut«, beschwichtigte Iwan. Erst jetzt bemerkte er bei dem jungen Mann das Rangabzeichen eines Obersten an der Schulter. Wie bei der alten Miliz. Hatten die womöglich schon Dienstgrade eingeführt? Dabei waren sie doch erst seit vier Tagen hier. Iwan drehte sich zu seinen Leuten um. »Macht mal ein bisschen leiser, Jungs«, tuschelte er. Der Oberst hinter seinem Rücken bebte. »Ist doch auch schon Schlafenszeit.«

»Warum flüstern Sie so, Digger?«

Iwan sah den Oberst verständnislos an.

»Ich kann doch hier nicht herumschreien wie ein Geisteskranker«, beschied er höflich und fügte extra leise hinzu: »Stimmt doch, oder?« Iwan drehte sich zu Gladyschew um. »Jegor, haben wir noch Granaten übrig?«

Oberst Pausback wurde von einer neuen Welle der Entrüstung gepackt.

Gladyschew hob lässig die Hand und kratzte sich im unrasierten Gesicht. Die wuchernden Bartstoppeln knirschten metallisch.

»Ich glaube schon …«

»Wie bitte?«, sagte Iwan.

»Ja, doch …«

Gladyschew wandte sich zerstreut um. Als ihn Iwans Blick traf, sprang er auf wie von der Tarantel gestochen, schlug die Hacken zusammen, stand stramm, dass die Wirbel knackten, reckte das Kinn in die Luft und starrte ins Leere.

»Jawohl, Chef!«, schmetterte er und sein Speichel spritzte bis zum anderen Ende der Station.

»So ist es schon besser«, lobte Iwan. »Rühren, Soldat. Was wollten Sie gleich wieder, Oberst?«

»Äh ... Sie sollen zum General kommen«, sagte der Pausback, der gleichermaßen verwirrt wie beeindruckt war. »Folgen Sie mir bitte.«

Iwan lächelte und stand auf.

»Das Wort des Generals ist für mich Gesetz«, flötete er. »Nach Ihnen, Oberst.«

»Wir führen einen Stellungskrieg«, sagte Orlow.

Iwan stand auf.

»Einen *was* bitte?«, entgegnete er scharf. »Da waren Sie aber auf einer anderen Veranstaltung. Was dort stattfindet, ist ein sinnloses Gemetzel. An den Posten im Tunnel kommen wir so nicht vorbei. Unsere Leute werden einfach abgeknallt. Ich habe schon zwei Mann verloren. Von wegen Stellungskrieg, lachhaft ...«

Memow sah den Kommandeur der Digger ruhig an. »Und was schlagen Sie vor, Iwan Danilytsch?«

Mit Vor- und Vatersnamen, wie förmlich, dachte Iwan gereizt und blickte sich unter den Anwesenden um. Die Männer vom *Newski prospekt* wirkten völlig desinteressiert, manch einer döste oder bohrte in der Nase. Bei den Admiralzen war es dasselbe. Zum Reinschlagen, diese jämmerlichen Visagen.

»Einen Sturmangriff«, sagte Iwan.

Der Vorschlag zeigte Wirkung. Nun kam Bewegung in die Versammlung. Wie in ein Rattennest, wenn man einen Brandsatz hineinwirft.

Memow zog die Augenbrauen hoch und nickte.

»Verstehe. Sie können sich wieder setzen, Sergeant«, sagte er und wandte sich an Iwans Nachbarn. »Und Sie? Was schlagen Sie vor?«

Der Typ vom *Newski prospekt* stand erschrocken auf und druckste unbeholfen herum. Memow wartete gelassen ab, bis er sich in seinen eigenen Worten verheddert hatte und betreten verstummte. Dann wandte er sich an den Nächsten.

Iwan hörte zu. Die meisten sprachen sich für eine »langsame« Kriegsführung aus – der Gegner solle zermürbt werden. Das unrühmliche Scheitern des ersten Angriffs hatte sie offenbar abgeschreckt.

Mich ja auch, dachte Iwan. Von wegen »die erledigen wir mit links«.

»Dann kommen wir mal zu einer Entscheidung. Was würde uns ein sofortiger Sturmangriff bringen?« Memow schaute in die Runde und ließ den Blick genüsslich auf jedem Einzelnen ruhen. Als würde er Fotos an eine Pinnwand heften oder Käfer für eine Sammlung aufspießen. Nummer eins – Woinowitsch, Nummer zwei – Taras, Nummer drei – Kulagin, Nummer vier ... Iwan fühlte sich äußerst unwohl, als der Blick des Generals auf ihm lastete.

Wodjanik hatte im Unterricht vom Nördlichen Eismeer erzählt. In Memows Augen stand der Nördliche Eisblick: zähflüssiges, schwarzes Wasser mit dicken Eisschollen darin.

»Nun, hat es den Herren Befehlshabern die Sprache verschlagen?«, fragte der General mit süffisantem Grinsen. »Was sagt ihr? Wie könnte ein Sturmangriff auf die *Wosstanija* aussehen?«

Iwan spannte gedanklich sein Gehirn an – beide Großhirnhälften inklusive Kleinhirn. Schade, dass die Hirnlappen keine Muskeln sind, dachte er. Dann wäre es einfacher. Man müsste sie nur anständig trainieren und könnte dann denken wie geschmiert. Aber so?

Ihm fiel nichts ein.

»Iwan Danilytsch, bitte sehr.« Der General hatte den Blick wieder unmittelbar auf ihn gerichtet.

Iwan seufzte. Aufstehen und es möglichst schnell hinter sich bringen – das war die einzige Möglichkeit. Und bloß nichts Überflüssiges sagen. Die Herren Befehlshaber sollten die Suppe ruhig allein auslöffeln.

»Erstens: Wir streuen das Gerücht, dass wir in drei Tagen angreifen werden«, begann Iwan. »Zweitens: Wir stellen den Moskowitern ein Ultimatum von ebenfalls drei Tagen. Innerhalb dieser Zeit müssen sie unseren Dieselgenerator zurückgeben und Jefiminjuks Mörder ausliefern. Andernfalls drohen wir entsprechende Konsequenzen an. Drittens ...« Iwan stockte.

Unter den Anwesenden erhob sich empörtes Geraune und es gellten Zwischenrufe: »Wozu denn verhandeln?!« – »Der spinnt doch!« – »Wer ist der Typ überhaupt?« – »Recht hat er!« – »Blödsinn!«

Nur Memow verzog keine Miene. »Fahren Sie fort, Iwan Danilytsch«, forderte er ihn auf, als sich die Pause in die Länge zog.

»Drittens: Nach diesen Vorbereitungsmaßnahmen greifen wir noch in dieser Nacht an.«

Das Geraune verstummte mit einem Schlag.

Die Anwesenden tauschten verdutzte Blicke.

»Während des Ultimatums?« Memow sah Iwan prüfend an. »Habe ich das richtig verstanden?«

»Ja.«

Was rede ich hier für einen Stuss zusammen?, dachte Iwan.

»Und wie soll der Angriff vonstattengehen?«

»Die Kontrollposten schalten wir mit Digger-Trupps aus«, erläuterte Iwan. »Und unmittelbar danach erfolgt der Sturmangriff. Die überfallartige Einnahme der *Majakowskaja* ist unsere einzige Chance. Wenn die Moskowiter fliehen, können wir sie direkt bis zur *Wosstanija* verfolgen. Dort werden sie sich nicht halten können. Wenn wir ihnen dagegen zu viel Zeit geben, schließen sie die hermetischen Tore in den Durchgangstunneln.« Iwan hob die

Schultern. »Und dann wird das eine langwierige Geschichte. Ich weiß ja nicht, wie es euch geht ...« Er blickte provozierend in die Runde. »Ich persönlich habe jedenfalls nicht das Bedürfnis, hier ewig herumzusitzen.«

Als der Kriegsrat zu Ende war, wurden geräuschvoll Stühle gerückt, und die Teilnehmer strömten aus dem Raum. Auch Iwan wollte sich gerade entfernen, doch der General pfiff ihn zurück.

»Iwan Danilytsch, bleiben Sie bitte noch einen Augenblick.«
Mist, dachte Iwan. Hätte ich bloß die Klappe gehalten.

Als die beiden allein waren, stellte Memow eine Flasche Kognak und zwei Zinnbecher auf den Tisch. Er schenkte ein und forderte Iwan mit einem Kopfnicken zum Trinken auf.

Die braune Flüssigkeit rann hinunter wie Öl und verströmte eine wohlige Wärme im Magen.

»Mein Sohn wäre jetzt ungefähr so alt wie du«, sagte der General. »Vielleicht wärt ihr sogar Freunde. Leider kann ich mich kaum an ihn erinnern. Er war immer bei seiner Mutter und ich immer unterwegs. Im Nachhinein tut es mir leid. Und du bist mir ähnlich. Nur dass ich in deinem Alter ein bisschen ruhiger war.«

»Na und?« Iwans Wange zuckte. »Soll ich jetzt vor Rührung vergehen und Ihnen den Sohn ersetzen?«

»Du bist ein Hitzkopf, Iwan Danilytsch«, entgegnete Memow kopfschüttelnd. »Das ist im Grunde gar nicht so schlecht, aber manchmal geht es einem auf die Nerven. Vor allem, wenn die Hitzköpfigkeit in Dreistigkeit umschlägt. Ich kann Rüpel nicht ausstehen.«

»Ich auch nicht.«

Memow grinste. »Geh, Sergeant.«

Nette Unterredung, dachte Iwan. So offenherzig. Als er schon in der Tür stand, drehte er sich unwillkürlich noch einmal um.

»Wissen Sie, wie viele solcher Beichten ich schon gehört habe, General?«, fragte er. »Jeder Dritte Ihrer Generation erzählt eine solche Geschichte. Und das ist die Wahrheit. Ihr hattet alle Kinder – das weiß ich. Sie sind alle umgekommen – das weiß ich auch. Ihr habt alle damit zu kämpfen – das verstehe ich. Aber wissen Sie, was ich wirklich denke? Ganz ehrlich?!« Iwan ging auf Memow zu, als wollte er ihn gegen die Wand drücken. Die Augen des Generals funkelten. »Ihr selbst seid schuld daran, dass eure wunderbare alte Welt den Bach runtergegangen ist. Und jetzt versucht ihr, unsere neue Welt, die keineswegs so wunderbar ist, in ein Abbild eurer alten Welt zu verwandeln. Kein Bedarf! Das ist jämmerlich und widerwärtig, wie ein Zombel, der in Abfällen wühlt. Wir kommen auch ohne euch zurecht. Wir brauchen eure Hilfe nicht. Hören Sie?!«

»Schrei hier nicht rum.« Memow verzog das Gesicht. »Ich bin ja schließlich nicht taub. Sag mir eines ...« Er zögerte. »Du hast vorhin bei der Besprechung so einiges von dir gegeben. Meinst du das alles im Ernst?«

Iwan dachte nach. »Das Böse muss bestraft werden«, erwiderte er schließlich. »Mag sein, dass die Gerechtigkeit manchmal ein hässliches Gesicht hat – aber Strafe muss sein. Das ist meine Meinung. Die Moskowiter müssen für das, was sie getan haben, bezahlen.«

Pause.

»Mein Revolver ist schnell«, sagte Memow nachdenklich und schaute dem Digger in die Augen.

»Was soll das heißen?«, fragte Iwan scharf.

»Das ist ein Zitat aus einem amerikanischen Film«, erklärte der General. »Aus einem Western.« Memow schüttelte den Kopf. »Du hast recht, Iwan Danilytsch, wir leben jetzt in einer neuen Welt. Oder besser gesagt in einer Zwischenwelt. Im Niemandsland zwischen der alten Welt und der neuen, die vor unseren Augen entsteht. Die Eroberung Amerikas. Neuland unterm Pflug. Eine junge Bande, die uns vom Antlitz der Erde hinwegfegt. Die Metro ist zur Frontier geworden.«

»Das verstehe ich nicht.«

Memow sprach einfach weiter, als hätte er Iwans Einwurf nicht gehört.

»Dass ich da nicht schon früher draufgekommen bin ...« Er kratzte sich nachdenklich am Kinn. »Die Frontier. Der Grenzbereich. Der Ort, an dem der Revolver regiert. Dann ist also alles ganz einfach. Vielen Dank für das aufschlussreiche Gespräch, Iwan Danilytsch. Sie können jetzt gehen, Sergeant!«

Iwan nickte energisch und ging zur Tür. An der Schwelle zögerte er abermals. Jetzt lass es doch endlich gut sein!, dachte er und ärgerte sich über sich selbst. Dennoch drehte er sich noch einmal um.

Der General saß an seinem Schreibtisch und hatte sich in Papiere vertieft.

»Hast du was vergessen?«, erkundigte sich Memow und sah auf.

»Nicht der Revolver«, sagte Iwan.

»Was?«

»Sie irren sich, General. An diesem Ort regiert nicht der Revolver.« Iwan wartete, bevor er weitersprach. Kapierte der Typ das etwa nicht? »An diesem Ort regiert der Mut.«

Memow richtete sich auf und musterte Iwan.

»Ich werde an deine Worte denken, Sergeant.«

Der Vormarsch zur Station begann gegen Morgen, als die Moskowiter noch friedlich schlummerten. Die »Stunde des Stiers« nannte Professor Wodjanik diese letzte Phase der Nacht. »Die Zeit, in der sich das Vieh niederlegt.« Die Stunde der Monter, in der die bösen Mächte noch stärker sind als sonst.

Im Tunnel lag der dichte Nebel von Rauchgranaten. Die Digger-Trupps von Schakilow und Sonis tasteten sich ohne Beleuchtung voran. Sonis war ein klein gewachsener, sarkastischer Jude, der mit der Handkante einen Menschen töten und den Übrigen mit seinem Mundwerk den letzten Nerv rauben konnte. Na gut, das war vielleicht ein wenig übertrieben, entsprach aber doch fast der Wahrheit.

Iwans Männer hatte man in die Sturmabteilung beordert. Ihr Eingreifen war für den Fall geplant, dass es den Voraustrupps nicht gelingen sollte, die Posten lautlos auszuschalten und so der Hauptstreitmacht der Allianz den Weg zu bahnen.

Wir schleichen durch die Finsternis wie die Zombel, dachte Iwan. Bei dem Gedanken überkam ihn eine leichte Gänsehaut.

Sein kleiner Trupp war mit zwei Granaten pro Mann ausgestattet, also insgesamt zehn, plus eine Reservegranate für Iwan. Für Operationen auf engstem Raum wären vier Mann eigentlich optimal gewesen, doch Iwan konnte sich das nicht aussuchen. Den Beobachter der Admiralzen hatte man ihm aufgedrängt.

Der Digger kontrollierte nochmals seine Ausrüstung. Das Metallgehäuse der Granate fühlte sich kalt an. Eine Schockgranate aus OMON-Beständen. Sprenggranaten waren schwer zu beschaffen in der Stadt. Zusätzlich hatte man Iwan eine Leuchtpistole mit zehn Patronen ausgehändigt. Das war der Plan: Den Feind mit Granaten und Raketen eindecken, ihn betäuben und blenden, in Panik versetzen. Und dann die Station im Sturm erobern. Ohne Rücksicht auf Verluste.

Iwan spähte so angestrengt in die Dunkelheit, dass seine Augen schmerzten. Kein Lichtschimmer – nirgends. Die Zeit verging langsam.

Der Kämpfer neben ihm trat nervös von einem Bein auf das andere. Es war Koljan von der *Admiraltejskaja* – der Fanatiker. So nannte man ihn wegen seiner glühenden Leidenschaft für asiatische Kampfsportarten. Er konnte es kaum erwarten, sich in die Schlacht zu stürzen.

Heute wird sich alles entscheiden, dachte Iwan. Der Rauch im Tunnel bildete einen dichten Schleier, durch den die Verteidiger der Station die Angreifer nicht erkennen konnten. Hoffentlich. In Iwans Magen breitete sich eine saugende Leere aus, als würde er in eine tiefe Grube springen. Sollte es den vereinigten Streitkräften der Allianz gelingen, die *Majakowskaja* zu erobern, wäre es bis zur Einnahme der *Ploschtschad Wosstanija* nur noch ein kleiner Schritt. Doch die *Majakowskaja* war eine Festung. Wie die *Wassileostrowskaja*.

Iwan seufzte. Er musste plötzlich an Tanjas Gesichtsausdruck denken, als er ihr sagte, dass er wegen des Krieges gehen müsse. Ein Ausdruck des Befremdens. Nicht, weil er ging. Vielmehr verbarg sich darin die Frage: Kann das denn sein? Dass der Krieg genauso wichtig ist wie das Glück?

Frauen haben ihre eigene Vorstellung von Glück. Für uns Männer sind Symbole nicht so wichtig. Was bedeutet uns schon ein Ring am Finger? Wenn eine Frau zu uns gehört, dann wissen wir das auch so. Der Ring spielt dabei keine Rolle. Hochzeitskleid, Ring, feierliche Zeremonie – weibliche Flausen. Frauen! Sie trauen sich erst, glücklich zu sein, wenn sie den offiziellen Segen dafür haben.

In unmittelbarer Nähe scheppterte Metall. Iwan hätte dem Schuldigen am liebsten einen Tritt in den Hintern verpasst.

So ein Trottel, verdammt! Der Tunnel verläuft kerzengerade. Wenn die Moskowiter so paranoid sind, wie man ihnen nachsagt, haben sie ihre Maschinengewehre gewiss schon eingeschossen, um notfalls blind feuern zu können. Oder sind die Posten womöglich gar nicht mehr am Leben? Wo bleibt dann Schakilow?

Und wo bleibt das Angriffssignal?

Iwans Hände schwitzten. Er wischte sie an seiner Jacke ab.

Pläne gehen nie hundertprozentig auf. Irgendeiner baut immer irgendeinen Mist. Trotzdem – es musste einfach klappen!

Iwan sah auf die Uhr. In der Dunkelheit schimmerten die Zeiger grün. Er hatte die Uhr aus dem Geschäft an der Linie 5 besorgt. Eine gute Mechanik war das A und O – einfach aufziehen und das Ding funktionierte zuverlässig. Vor Beginn der Aktion hatte Memow einen Uhrenvergleich angeordnet. Jetzt standen die Zeiger exakt auf vier Uhr zweiunddreißig.

Schakilow war vor zwanzig Minuten aufgebrochen – eine Ewigkeit.
Doch es kam immer noch kein Signal.
Was tun?

»Ist es so weit?«, flüsterte jemand. »Chef, ist es so weit?« Da brauchte wohl schon wieder jemand einen Tritt in den Hintern.

»Ruhe!«, zischte Iwan.

Die hermetischen Tore waren eine unverzichtbare Einrichtung, um die Tunnel der Metro gegen drohende Überflutungen zu schützen. Dabei handelte es sich um quadratische, einen halben Meter dicke Stahltore, die in den Tunneln und an den Ausgängen zu den Rolltreppen installiert waren. In jedem Tunnel gab es zwei bis vier davon.

Die automatischen Schließmechanismen funktionierten nicht mehr, doch die Tore ließen sich auch von Hand bedienen. Mithilfe eines Spezialschlüssels und eines Hebels konnte ein solches Tor innerhalb von acht bis neun Minuten geschlossen werden.

Iwan schätzte die Lage nüchtern ein: Wenn die Moskowiter Wind von der Sache bekamen und sich lange genug hielten, um die hermetischen Tore am Tunnelausgang (etwa zwanzig Meter vor der Bahnsteighalle) und im Übergang von der *Majakowskaja* zur *Ploschtschad Wosstanija* zu schließen, dann hatten sie den Krieg so gut wie gewonnen.

Denn eine Sprengung war keine realistische Option. Wer war schon so verrückt, ein hermetisches Tor zu sprengen? Andererseits, wer war schon so verrückt, einen Dieselgenerator zu stehlen?

Diese verdammten Bastarde. Wegen ihnen steh ich mir hier die Beine in den Bauch.

Die Anspannung wurde allmählich unerträglich. Iwan schloss für ein paar Sekunden die Lider, um seinen überanstrengten Augen eine kurze Pause zu verschaffen. Sein Sturmtrupp wartete immer noch auf Befehle.

Als sie die Station verließen, hatte Wodjanik sie als Grenadiere Peters des Großen betitelt. Der Professor selbst hielt sich bei den Hauptstreitkräften auf. Er war nicht allzu schnell auf den Beinen und allein mit seinem flinken Verstand hätte er gegen die Moskowiter nichts ausrichten können – die standen eher aufs Abknallen als aufs Zuhören.

Iwan seufzte. Er hatte plötzlich Kossolapys Gesicht vor Augen – sein in die Finsternis gestanztes Abschiedslächeln.

Verdammt, ausgerechnet jetzt.

Iwan zuckte zusammen. Das Signal!

Im nächsten Moment stürmte er mit vorgehaltener Kalaschnikow los.

»Granaten klarmachen!«, kommandierte er.

Das deutlich vernehmbare Stampfen einzelner Stiefel erinnerte ihn daran, wie klein sein Trupp war. Neben ihm hörte er ein heiseres, angestrengtes Schnaufen. Der Admiralze Koljan rannte wie besessen. Er war mit einer Simonow SKS Kaliber fünf bewaffnet – die Jagdversion, ein Halbautomat. Ganz spaßig zum Schießen und beileibe kein schlechtes Gewehr. Doch zu diesem Admiralzen hatte Iwan nicht das geringste Vertrauen.

Wenn der mal nicht alles verdirbt, dachte er.

Iwan presste die Kiefer zusammen. Vor ihm zuckten Feuerblitze auf. Schüsse knallten. Ein markdurchdringender Schrei. Iwan legte einen Zahn zu und trieb seine Leute an.

»Hurra!«

Endlich war das Versteckspiel vorbei.

Am ersten Kontrollposten trafen sie auf keinerlei Widerstand und sprangen mühelos über die Sandsäcke hinweg. Dahinter lagen einige Körper in grauer Uniform auf dem Gleis. Moskowiter, klarer Fall. Tot. Was sonst. Im Augenwinkel bemerkte Iwan einen weiteren Moskowiter, der sitzend an der Tunnelwand lehnte. Seine Kehle war durchgeschnitten, seine Brust blutgetränkt. Neben ihm lag ein weißer Becher, der aus seiner leblosen Hand gefallen war.

Vorwärts!

Der zweite Kontrollposten. Hier lagen noch mehr Leichen. Weiter vorn gellten Schreie und Schüsse krachten. Überall Rauchschwaden. Und der Gestank von verbranntem Gummi.

Sie stürmten auf den Bahnsteig. Iwan schwindelte von dem grellen Licht. Als Erster lief ihnen ein älterer Mann in einer orangefarbenen Daunenjacke entgegen – völlig kopflos und mit einer Bockflinte in den Händen. Iwan schoss auf ihn – pock! Daneben. Noch einmal: Pock! Treffer.

Im Näherkommen sah Iwan, wie der Mann einknickte. Sein entgeisterter Blick starrte ins Leere.

Vor dem Angriff hatten sie mit Glaswolle gefüllte Plastikflaschen über ihre Gewehrläufe geschoben. Schalldämpfer Marke Eigenbau – trotzdem ziemlich effektiv. Schakilow, der ein alter Waffenexperte war, hatte ihnen diesen Kniff verraten.

Der Mann in Orange fiel um. Iwan sprang über seinen leblosen Körper hinweg. Plötzlich rannten dem Digger drei Mann entgegen. Sie trugen graue MTschS-Uniformen – fast so alt wie die Metro selbst. Ein Schuss. Die Kugel pfiff und schnalzte gegen den Granit. Funken sprühten. Iwan machte einen weiten Satz zur Seite, rollte zur dunkelroten Wand ab und ging hinter einem Vorsprung in Deckung. Eine äußerst praktische Station. Hinter jedem Wandvorsprung konnte sich ein Schütze verstecken. Doch zum Zurücklehnen war keine Zeit. Iwan griff an seinen Gürtel und nahm die kalte Stahlkugel heraus. Ring, Bügel, eins, zwei!

»Augen zu!«, brüllte Iwan und warf die Granate.

Er kauerte sich auf den Boden, hielt sich die Ohren zu und schloss die Augen. Wumm! Der Lichtblitz drang selbst durch die geschlossenen Lider.

Iwan öffnete die Augen und sprang auf die Beine.

»Vorwärts!«

Er lief auf die Treppe zum Durchgangstunnel zu. Diese war mit Sandsäcken verbarrikadiert, und aus einem Spalt zwischen den Säcken lugte ein Gewehrlauf heraus.

»Hinlegen!«, schrie Iwan.

Der vorausstürmende Koljan wurde von der Salve buchstäblich umgemäht. Iwan schaffte es im letzten Moment, sich auf den Boden zu werfen und zur Seite zu rollen.

Er tastete nach der zweiten Granate am Gürtel. Ring, Bügel ...

»Augen zu!«, schrie Iwan und warf.

Wumm! Rotes Licht flutete durch seine Hände und drang in seinen Schädel. Zurück blieben bunte Flecken vor den Augen.

Immer noch im Liegen legte Iwan seinen »Bastard« an. In diesem Lärm wirkten die Schüsse fast lautlos. Der Schaft des »Bastards« hämmerte gegen seine Schulter. Getroffen oder nicht? Iwan hatte keine Ahnung. Los jetzt, keine Zeit verlieren!

»Hurra!«, gellte es neben ihm. Schwarze Silhouetten huschten über den hellen Granit.

Das Krachen der Schüsse war ohrenbetäubend.

Iwan lief an Koljan vorbei, der – wohl hinüber – auf dem Boden lag, und warf sich vor die etwa hüfthohe Wand aus Sandsäcken vor der Treppe. Mehr oder weniger auf allen vieren kroch er an der Barrikade entlang, dann hob er das Gewehr und schoss blind darüber hinweg. Querschläger spritzten über den Granit. Stöhnen. Hatte er getroffen?

Iwan kroch ein Stück zurück und spähte blitzschnell über die Barrikade. Ein lebloser Körper. Glück gehabt. Mit einem mächtigen Satz versuchte Iwan, die Barriere zu überspringen, blieb jedoch hängen und landete bäuchlings auf den Sandsäcken. Scheiße.

In diesem Augenblick beschlich ihn das bekloppte Gefühl, als würde er seine eigene Station, die *Wassileostrowskaja*, erstürmen.

Nicht nachdenken jetzt, weiter!
Iwan rappelte sich wieder auf und ...
... sah sich plötzlich einem Kämpfer in grauer Uniform gegenüber, der die Treppe heraufstürmte.
Rotes Haar, grobporige Haut, blasses Gesicht. Der Moskowiter hob den Kopf und riss die Augen auf. Iwan legte die Kalaschnikow an. Klick. Keine Patronen mehr. Iwan drückte noch einmal ab, als würde es davon besser werden. Sein Finger verkrampfte sich.
Nun hob der Rotschopf seinerseits das Gewehr. Reflexartig sprang Iwan auf ihn zu und rammte ihm den Gewehrschaft ins Gesicht. Zähne splitterten. Der Moskowiter taumelte zurück und warf den Kopf in den Nacken. Ein Augenblick wie eine Ewigkeit. Der Rotschopf starrte Iwan an und öffnete den Mund, als wollte er etwas sagen. Aus seiner Nase quoll ein dicker Strahl Blut. Erstaunt blinzelte er mit den Augen. Iwan riss seinen »Bastard« herum und schlug noch einmal zu. Unter seinen Fingern das nasse Metall. Und noch ein Hieb. Nun fall schon um! Endlich sank der Rotschopf zu Boden.
Iwan blickte sich um.
Rot.
Von der dunkelroten Wand starrte Iwan das weiße Gesicht Majakowskis entgegen – riesig und gespenstisch, so als würde es aus einer dicken Schicht trockenen Bluts hervorquellen.
Die halbe Station war von Rauchschwaden verhüllt. Eine Feuerwehrsirene heulte. Und wie unglaublich hell es hier war!
Aus dem Durchgang knatterte eine Gewehrsalve herauf. Kugeln rissen Stücke der dunkelroten Mosaikkacheln aus der Wand. Eines der Geschosse schlug in die Beleuchtungsblende ein. Krachend explodierte die Lampe darunter und es wurde schlagartig dunkler.
Iwan duckte sich. In der Wolke aus Rauch und Splittern erblickte er die Silhouette eines laufenden Tigers. Er schüttelte sich. Nicht schon wieder. Nicht jetzt. Männer in Tarnanzügen liefen

an ihm vorbei. Iwan erschrak kurz – und atmete durch: seine Leute.

Stechender Pulvergestank und metallischer Blutgeruch. Rauch. ROT.

Aus dem allgegenwärtigen Qualm trat Schakilow, der sich mit schmerzverzerrter Miene an die Backe fasste. Die linke Hälfte seines Gesichts war ein einziger riesiger Bluterguss.

»Was ist denn mit dir passiert?«, erkundigte sich Iwan.

Schakilow spuckte Blut.

»Bin auf der Treppe ausgerutscht«, berichtete er. »Und voll auf die Fresse gefallen. Da ist ein bisschen was kaputtgegangen, siehst du?« Sein Mund öffnete sich zu einem schaurigen Grinsen. Zwei Schneidezähne fehlten völlig, einige andere standen spektakulär schief. Und überall Blut. »Lustig, was?«

»Na, ich weiß nicht«, erwiderte Iwan. »Was ist mit der Station?«

Statt zu antworten, griff sich Schakilow mit Daumen und Zeigefinger in den Mund und pulte mit schmerzverzerrtem Gesicht einen der lädierten Zähne heraus.

Er warf den Zahn auf den Boden und spuckte aus. Auf dem hellen Marmorboden leuchtete ein Blutfleck und daneben lag der weiße Zahn wie ein Stück Plastik.

»Gefafft«, lispelte Schakilow. »Die *Majak* gehört unf.«

Abermals griff er sich in den Mund und machte sich am nächsten Zahn zu schaffen.

»Und die *Ploschtschad Wosstanija*?«, fragte Iwan. »Seid ihr durchgekommen?«

Schakilow schüttelte den Kopf. Er nahm die Hand aus dem Mund und spuckte erneut aus. Seine Jacke war mit Blut und mit etwas Grauem beschmutzt – vermutlich Lehm. Er mümmelte mit den Lippen, während er mit der Zunge den Sitz der übrigen Zähne prüfte. Ein urkomischer Anblick. Dann verzog er das blutverschmierte Gesicht zu einem bitteren Grinsen.

»Die Dreckskerle haben es rechtzeitig geschafft«, berichtete er. »Das sind halt auch keine Anfänger. Sie haben eine Barrikade errichtet.«

»An beiden Ausgängen?«

»Ja.« Schakilow winkte ab. »Scheiß drauf. Nimmst du deinen Gewehrschaft neuerdings zum Prügeln her?«

6
DIE CHEMIKER

Bestattungen sind für die Lebenden gedacht.

Iwan sah zu, wie die Leichname auf dem Bahnsteig nebeneinandergelegt wurden. Plötzlich besann er sich und nahm rasch die Mütze ab. Sein Haar klebte – er hatte es ewig nicht mehr gewaschen. Der Luftzug aus den Tunneln strich kühlend um seinen Nacken – ein ungewohntes Gefühl.

Die Männer vom Bestattungskommando trugen schwarze Mäntel und weißen Mundschutz. Einige hatten Atemschutzmasken auf. Sie sahen unheilvoll aus, wie es sich für postatomare Siechknechte gehörte. Sie hüllten jeden einzelnen Körper in Plastikfolie und verschlossen die Bündel mit Klebeband. Zuletzt breiteten sie Planen darüber. Sie verrichteten ihr Werk ohne Eile und würdevoll – fast ein wenig affektiert.

An diesem Tag stand ihnen viel Arbeit bevor. Allein an der Station wurden über dreißig Tote gezählt. Und das waren noch nicht alle.

Man erzählte sich, dass die Bestatter in einem alten Lüftungsschacht an der Station *Prospekt Slawy* ein gigantisches Leichen-Krematorium errichtet hatten, mit Luftzufuhr von der Oberfläche und natürlich mit einem Rauchabzug. Das Rohr maß stolze fünfzig Meter. Der Ofen entwickelte einen solchen Zug, dass man das Brüllen der Flammen noch zwei Stationen weiter hörte, behauptete Onkel Jewpat.

Ein richtiges Krematorium war es trotzdem nicht, da die Knochen nicht verbrannten. Dazu hätte es viel höherer Temperaturen bedurft.

Deshalb stapelten die Bestattungstrupps die verkohlten Gerippe in einem toten Tunnel hinter der Station. Inzwischen waren es Tausende. Eine ganze Stadt aus Skeletten.

Jetzt kamen noch einmal gut dreißig dazu.

»Lasst uns den Toten die letzte Ehre erweisen«, sagte der Chefbestatter trocken, als alle Leichname vorbereitet waren. »Eine Schweigeminute für die Gefallenen.«

Iwan senkte den Kopf. Stille legte sich über die Station und verschluckte ein paar letzte Geräuschherde.

Die Männer von den Stationen *Wassileostrowskaja, Admiraltejskaja, Newski prospekt, Gostiny dwor* und einige Söldner – alle standen und schwiegen. Das ist es, was die Menschen wirklich verbindet, dachte Iwan. Der Tod.

Ich will nach Hause.

Iwan stand reglos und spürte den kühlen Wind im Nacken.

Ich. Will. Nach. Hause.

»Die Minute ist vorbei«, verkündete der Chefbestatter. »Der Augenblick des Abschieds ist gekommen.«

Iwan setzte seine Mütze wieder auf und beobachtete, wie der Leichenzug im Tunnel verschwand. Dann ging er zu seinen Leuten.

Hunger hätte er schon gehabt, aber keinen Appetit.

Aus dem Edelstahlbecher mit den dicken Wänden stieg Dampf auf. Iwan sog ihn begierig ein – er war feucht und heiß. Dann führte er den Becher zum Mund und trank vorsichtig ab, um sich nicht zu verbrühen. Nur mit gutem Willen ließ sich aus dem heißen Wasser ein Schuss Süße herausschmecken. Der Becher selbst war nicht heiß, denn er verfügte über eine Doppelwand mit Vakuum dazwischen – Hightech aus den Zeiten vor der Katastrophe. Vor langer Zeit, als Kossolapy noch lebte, hatte Iwan den Becher in einem alten Supermarkt gefunden, zusammen mit etlichen anderen nützlichen Dingen: einem Klappbeil zum Beispiel und einer Thermoskanne in Tarnfarbe.

Zu den Fundstücken gehörte damals auch ein riesiger Globus aus gelbem Naturstein. Nachdenklich war Iwan mit dem Finger über das Relief der Erde gefahren und hatte die Namen von Städten gelesen, die es nicht mehr gab: New York, Mexiko City, Buenos Aires, Santiago de Chile, Twer, Bologoje, Nischni Nowgorod, Moskau. Ein Geschäft für Globetrotter, hatte Kossolapy gesagt. Besser gesagt, für Leute, die sich gerne als Globetrotter fühlen, während sie zu Hause sitzen.

Tja, Moskau ...

Die Moskauer schienen es nicht eilig zu haben, ihren Genossen an der *Majakowskaja* zu Hilfe zu eilen. Das wäre ja auch noch schöner, dachte Iwan.

Seit der Eroberung der *Majakowskaja* waren fünf Tage vergangen. Alle weiteren Vorstöße der Allianz hatten die Moskowiter zurückgeschlagen und sogar einen Gegenangriff versucht. Was hatten sie beim letzten Mal herübergebrüllt? »Zar Achmet fordert euch auf zu kapitulieren. Dann werdet ihr begnadigt.« Aha. Sonst noch Wünsche?

In Wahrheit herrschte eine Patt-Situation. Und nun war auch noch der Tee ausgegangen. Großartig.

Iwan trank noch einen Schluck und stellte den Becher auf den Boden. Man hatte seinen Trupp zum *Newski prospekt* verlegt, damit sie sich ausruhen. Iwan tauchte einen Hartkeks in den Becher, biss das getränkte Stück ab und begann zu kauen.

Ein Becher heißes Wasser, ein Stück Zucker und ein paar steinharte Kekse – die kulinarischen Freuden des Soldatenlebens.

Einige hatten nicht einmal mehr das. Das Bild der auf dem Bahnsteig aufgereihten Toten ging Iwan nicht mehr aus dem Kopf.

»Ich habe eine Idee«, sagte Sasonow.

Iwan schluckte das halb zerkaute Stück Keks hinunter und drehte sich zu seinem Freund um. »Was für eine Idee denn?« Er verstand nicht sofort, wovon Sasonow überhaupt sprach. Seine Gedanken kreisten immer noch um die Bestattungszeremonie.

Die in Plastikfolie gewickelten Körper. Die Schweigeminute. Die Gläser mit dem Fusel, jedes mit einem Hartkeks abgedeckt. Er wollte sich an der Stirn kratzen, doch in seiner Rechten hielt er den angebissenen Keks. Er kratzte sich mit der Linken. »Ach, du meinst wegen der *Wosstanija*?«

»Ein Gasangriff«, sagte Sasonow.

»Und wie?«

»Wir könnten zum Beispiel alte Autoreifen anzünden. Dann stellen wir einen anständigen Ventilator auf, verlegen ein Stromkabel zur *Gostinka* und blasen denen ein bisschen Gummiqualm in den Hintern.«

»Die haben doch Gasmasken«, entgegnete Iwan, der immer noch nicht verstand, worauf Sasonow hinauswollte.

»Wie? Etwa alle?«

Iwan sah seinen Freund beinahe ehrfürchtig an. Natürlich nicht alle! Die hatten bestenfalls zwanzig Gasmasken für zweihundert Leute. Frauen, Kinder ...

Endlich kapierte er.

Ausräuchern. Meine Fresse.

»Einen so niederträchtigen Plan hätte ich dir gar nicht zugetraut.«

»Ich diene nur der Primorski-Allianz!« Sasonow verzog das Gesicht. »Tut mir leid, Wanja. Ich bin wohl einfach übermüdet.«

Iwan nickte. Übermüdet waren sie alle.

»Weißt du was, mein Freund?«, sagte er. »Lass uns noch mal in Ruhe darüber nachdenken.« Er hörte Schritte und wandte sich um. »Jegor, hast du sie mitgebracht?«

Gladyschew stellte einen Korb auf den Boden. Darin lagen alte Tennisbälle. Früher waren sie einmal gelb gewesen, doch der Zahn der Zeit und eine Unzahl schwitziger Hände hatten sie grau werden lassen. Der Digger nickte. Sein plattes Gesicht war von tiefen Canyons zerfurcht und wirkte völlig emotionslos – bestenfalls gelangweilt.

»Ja.«

»Danke«, sagte Iwan und stand auf. »Dann wollen wir mal. Aufstellung, Jungs.«

»Schon wieder?«, nölte Pascha, während er sich widerwillig erhob.

»Was heißt hier schon wieder? Endlich wieder. Auf geht's! Solocha, brauchst du eine Extra-Einladung? Solocha!«

»Ich komme ja schon«, erwiderte der Angesprochene und legte sein Buch weg.

Solocha, ein groß gewachsener, etwas ungelenker Typ mit dunkelblondem Haarschopf, las halb im Liegen, mit dem Rücken an seinen Rucksack gelehnt. Seine kleine, randlose Brille saß stets ganz vorn auf der Nasenspitze. Er nutzte jede freie Minute zum Lesen. Eigentümlicherweise bevorzugte er Bücher mit schwer verdaulichen Titeln wie: »Die Lehren des Don Juan. Ein Yaqui-Weg des Wissens«. Iwan selbst wäre nicht im Traum eingefallen, so etwas zu lesen. Ein einziges Mal hatte er es versucht, war jedoch über die ersten paar Seiten nicht hinausgekommen.

Obwohl man nicht sagen kann, dass er generell nicht gerne las. Es war nur ...

Der Sinn des Lebens, der ihm aus diesen Seiten entgegenblickte, hatte ihn ein wenig überfordert.

Solocha dagegen fand offenbar Gefallen daran.

»Fertig?« Iwan blickte von einem Digger zum anderen. Natürlich wäre es besser gewesen, das Training etwas abseits vom Trubel der Station durchzuführen, doch unter den derzeitigen Bedingungen hatten sie keine große Wahl. Außerdem konnte es nicht schaden, wenn die Jungs lernten, sich auch unter schwierigen Bedingungen zu konzentrieren. »Los geht's! Im Kreis aufstellen!«

Zuerst übten sie mit einem Ball. Iwan warf ihn sanft zu Pascha, und während er durch die Luft flog, sagte er »I«. Pascha fing ihn auf, warf ihn zu Gladyschew weiter und sagte »Iw«. Der Nächste musste »Iwa« sagen und so weiter, bis der Name »Iwan« vollständig war. Dann kam der nächste Name an die Reihe. Und anschließend alle Namen noch einmal umgekehrt, mit dem letzten Buchstaben zuerst. Dann kam ein zweiter Ball ins Spiel. Und ein dritter. Die Übung hatte ihnen Kossolapy beigebracht. Sie schärfte Konzentration, Koordination und das Gefühl für den Partner. Kossolapy hatte sich eine Menge solcher Übungen ausgedacht. Zum Beispiel den »Spiegel«. Dabei standen zwei Digger einander gegenüber und einer vollführte Bewegungen, die der andere spiegelbildlich wiederholen musste. Tuchfühlung halten, blindes Verständnis mit dem Partner – das gehörte zu den wichtigsten Fähigkeiten eines Diggers.

»Zuerst Blickkontakt herstellen«, dozierte Iwan wie gewohnt. »Und dann werfen. Aber sanft. Mit Gefühl. Immer mit Rücksicht auf den Partner.«

Die Tennisbälle flogen von einem Digger zum nächsten. Mit einem Ohr hörte Iwan die Stimmen und das Gelächter der Umstehenden. Inzwischen hatte sich ein regelrechter Pulk von Menschen versammelt, um das Training der Digger zu beobachten. Es gibt sicher Spannenderes als das, doch im Krieg ist man für jede Abwechslung dankbar.

An diesem Tag wollte es mit dem Training nicht so recht klappen.

»Wadim!«, donnerte Iwan, als Sasonow zum x-ten Mal den Ball fallen ließ. »Was ist denn heute los mit dir? Schläfst du, oder was? Konzentrier dich gefälligst.«

Kurz darauf wäre ihm beinahe selbst ein Ball aus der Hand gefallen. Er flog mit solcher Wucht auf ihn zu, dass ihm beim Fangen das Handgelenk brannte und die Finger taub wurden.

»Mist!«

In der Menge brach Gelächter aus.

»Tut mir leid, Wanja«, sagte Sasonow ohne sonderliche Reue. »Irgendwie stehe ich neben mir, sorry.«

»Okay, okay. Für heute ist's genug.« Iwan winkte ab. Seine Pfote schmerzte immer noch. »Jegor, du sammelst die Bälle ein. Feierabend, die Show ist zu Ende.« Die Menge raunte enttäuscht.

Während Gladyschew die Bälle einsammelte, knöpfte Iwan sich Sasonow vor. »Alles in Ordnung mit dir? Du wirkst irgendwie angeschlagen.«

»Schau doch mal in den Spiegel, Wanja. Im Vergleich zu deiner Visage ist ein Urwald gepflegt.«

Sasonow grinste schief, drehte sich um und ging davon. Sein beiger Mantel leuchtete im Halbdunkel der Station.

Wo er nur immer hingeht?, fragte sich Iwan. Ob er sich an der *Gostinka* ein Mädel angelacht hat? Der ist doch völlig von der Rolle.

Während er seinem Freund hinterhersah, fuhr sich Iwan mit der Hand über die Wange. Sasonow hatte recht: Rasieren war mal wieder überfällig.

Iwan nahm den Kessel mit heißem Wasser und tauchte das Rasiermesser ein, um es zu erhitzen. Er versuchte, sich so hinzustellen, dass er in dem kleinen, etwa handtellergroßen Spiegel mit Plastikrahmen wenigstens einen Teil seines Gesichts sehen konnte. Dann nahm er das Rasiermesser aus dem Wasser und zog es vorsichtig über die eingeseifte Wange. Knirschend schabte die heiße Klinge die Bartstoppeln ab.

In diesem Moment tauchten sie auf. Aus dem Übergang zur *Gostinka* stürmte beinahe im Laufschritt der hünenhafte Kulagin. Verfolgt wurde er von einem kleinen, dicken Männchen, das einen Anzug trug. Typen laufen hier rum, dachte Iwan.

»Warum, zum Teufel, folgst du mir?!«, fuhr Kulagin den Dicken an.

Der Zivilist geriet für einen Moment in Verlegenheit, doch dann blickte er direkt in das zornige Gesicht des Kommandeurs der *Wassileostrowskaja*.

»Ich ... äh ... ich fordere ...«

»Was forderst du?!«, blaffte Kulagin.

Der Zivilist nahm all seinen Mut zusammen und pumpte sich zu maximaler Größe auf.

»Ich fordere ein sofortiges Verbot der Blendgranaten! Es handelt sich um eine inhumane Waffe! Der Friedensrat der Metro ...«

»Dein Friedensrat geht mir am Arsch vorbei«, sagte Kulagin wahrheitsgemäß.

»Menschen haben ihr Augenlicht verloren.«

Die Blendwirkung der Granaten hatte sich in der Tat als problematisch erwiesen. Insbesondere für die Angreifer selbst. An den Stationen der Allianz gab es keine Zentralbeleuchtung. Grelles Licht wie an der *Majakowskaja* waren die Bewohner nicht gewohnt. Von den Blendgranaten ganz zu schweigen. Etliche Kämpfer waren mit lädierter Netzhaut zum *Newski prospekt* zurückgeschickt worden. Manche hatten ihre Sehkraft wiedererlangt, andere nicht. Iwan schabte über seine Wange und spülte das Rasiermesser im Wasserkessel aus.

»Wer bist du überhaupt?« In seinem schmutzigen, am Ellenbogen zerrissenen Tarnanzug baute sich der baumlange Kulagin drohend vor dem Zivilisten auf. »Was hast du hier verloren? Hier herrscht Kriegsrecht, Bürschchen, und weißt du, was das heißt? Stell dich an die Wand!«

»Dazu haben Sie kein Recht!«, entrüstete sich der Dicke mit seiner dünnen, nervtötend piepsigen Stimme. »Ich bin ein Beobachter des Friedensrats! Ich bin neutral!«

»Wir brauchen hier keine Beobachter«, beschied Kulagin kaltblütig, zog seine Pistole und lud durch.

»Das ist Willkür!«, schrie der Zivilist verzweifelt. Sein Gesicht war schlagartig totenblass geworden.

So ist es immer, dachte Iwan, während er sich weiter die Stoppeln von der Wange schabte. Sobald die Idealisten mit realer Gewalt konfrontiert werden, verflüchtigt sich ihr Enthusiasmus augenblicklich.

»Oleg«, rief Iwan leise.

Kulagin wandte sich um und ihre Blicke trafen sich. Iwan schüttelte unmerklich den Kopf: Lass das.

Kulagin besann sich. Er spuckte aus, fluchte, steckte seine Pistole ins Halfter zurück und ging. Finita la commedia. Der Dicke indes blieb. Iwan schwante Übles. Zu Recht.

»Da erkennt man doch sofort den kultivierten Menschen«, plapperte der Zivilist, trippelte herbei und streckte Iwan die Hand entgegen.

Iwans Blick wanderte vom Wasserkessel in seiner Linken zum Rasiermesser in seiner Rechten und verharrte dann zerstreut auf dem pausbäckigen Gesicht des Zivilisten.

»Entschuldigen Sie«, sagte dieser betreten. »Kann ich mit Ihnen sprechen?«

Es bleibt einem auch nichts erspart, dachte Iwan resigniert.

»Sie haben eine friedliche Station angegriffen! Wie konnten Sie so etwas tun?«

»Jaja«, erwiderte Iwan gedehnt und winkte ab. »Aber dass sie unseren einzigen Generator geklaut haben, ist völlig in Ordnung. Verstehe. So was kann schließlich jedem passieren.«

»Das ist überhaupt nicht bewiesen!«

Natürlich nicht, dachte Iwan. Das wird erst bewiesen, wenn die Bewohner der *Wassileostrowskaja* verreckt sind. In der Zwischenzeit sollen sie sich doch in der Dunkelheit amüsieren, das sind sie ohnehin gewohnt. Was soll's. Dieser Pseudofunktionär mit seinen Hamsterbacken begreift das sowieso nicht.

»Sie gehen mir auf die Nerven«, sagte Iwan ehrlich. »Verdammte Wahrheitsfanatiker. Aber von Tuten und Blasen keine Ahnung.«

»Sie verstehen das nicht!«

Iwan hörte gar nicht mehr zu. Stattdessen winkte er den jungen Milizionär zu sich. »Kusnezow!«

Der kam sofort angetrabt. Hurtig wie ein Pawlowscher Hund mit Frühlingsgefühlen. Fehlte nur noch, dass er mit dem Schwanz wedelte.

»Zu Befehl!«

Kusnezow stand stramm und seine Augen strahlten. Ob er diesen Übereifer wohl jemals ablegen würde? Iwan schüttelte den Kopf. Er fragte sich, ob er selbst auch so ein enthusiastischer Grünschnabel gewesen war, bereit, für ein anerkennendes Lächeln von Kossolapy durchs Feuer zu gehen? Nein, war er nicht. Als er zur *Wassileostrowskaja* kam, hatte er bereits jeglichen Enthusiasmus verloren. Kossolapy war ihm ein Freund und ein erfahrener Kollege gewesen, aber kein Idol.

»Folgender Befehl«, sagte Iwan. »Du führst diesen Zivilisten hier weg.«

»Verstanden! Und ... äh ... wohin?«

Kusnezow nestelte am Tragriemen seines Gewehrs und blickte unsicher umher.

Der Funktionär machte ein argwöhnisches Gesicht. Offenbar hatte er ein gutes Gespür für Gefahr. Wie ein geprügelter Hund für den Stock seines Herrn.

»Nicht weit.« Iwan warf einen hämischen Seitenblick auf den Dicken. »Du bringst ihn in den Tunnel. Hinter dem Kontrollposten gibt es eine Entwässerungsstation. Die ist zwar außer Betrieb, aber das macht nichts.«

»Was ... was haben Sie ...« Der Zivilist gluckste, als bekäme er keine Luft mehr.

»In die Entwässerungsstation«, wiederholte Kusnezow dienstfertig und seine Augen erstrahlten in naivem Glanz. Kindskopf, verdammt. »Verstanden. Und was weiter?«

»Dort erschießt du ihn«, sagte Iwan lapidar. »Dann kommst du zurück und erstattest Bericht. Abmarsch.«

Unbemerkt von dem Zivilisten zwinkerte Iwan Kusnezow zu. Hatte er verstanden? Dieser besann sich kurz, dann zwinkerte er zurück.

»Zu Befehl!«

Der Zivilist traute seinen Ohren nicht. Sein entsetzter Blick wanderte von Iwan zu Kusnezow und wieder zurück.

»Ist das ... Ihr Ernst? Ich ...«

»Selbstverständlich«, bestätigte Iwan. »So können Sie mal sehen, was Willkür im Krieg bedeutet. Willkür in ihrer reinsten Form.«

»Aber ich ...! Ich bin vom Friedensrat!«

»Dann wollen wir mal, Herr Friedensrat«, sagte Kusnezow und nahm geschäftig das Gewehr von der Schulter.

Als sie gingen, trottete der Dicke so gefügig vor Kusnezow her, als hätte er sein ganzes Zivilistenleben auf nichts anderes gewartet.

Iwan setzte die Rasur fort und seine Laune besserte sich spürbar.

»*Lass uns singen, Kampfgenosse* ...«, stimmte er leise an. Es war wieder dieses Lied aus dem Film »Zwei Kämpfer«. »*... zum Ruhme Leningrads.*«

Er schaute in den Spiegel und drehte den Kopf, um sich die zweite Hälfte seines Gesichts vorzunehmen.

Plötzlich durchfuhr es Iwan: Und wenn doch?

Verflucht. Er warf das Rasiermesser in den Kessel und rannte los. Im Vorbeilaufen drückte er Solocha den Kessel in die Hand. Der Digger sah seinem Kommandeur völlig verdattert hinterher. Iwans halb rasierte Visage sorgte für einige Verwunderung auf dem Bahnsteig und veranlasste die Leute, ihm zügig den Weg freizumachen. Er sprang aufs Gleis hinab, stolperte, fing sich und sprintete in den Tunnel. Das Stampfen seiner Stiefel hallte bedrohlich durch die Röhre.

Hoffentlich kam er nicht zu spät.

»Kommando zurück!«, brüllte er, als er in den Raum der Entwässerungsstation stürmte.

Kusnezow blinzelte verwirrt und ließ das Gewehr sinken. Wollte der tatsächlich schießen?

»Mischa!« Er stützte sich mit den Händen auf die Knie und rang um Atem. »Na, du machst mir Spaß ...« Er richtete sich wieder auf. »Ich habe das doch nicht ernst gemeint! Ich dachte, du bringst ihn bis zum Kontrollposten und lässt ihn dann laufen.«

Kusnezow starrte entgeistert auf sein Gewehr und wandte den Blick dann zu Iwan.

»Und ich dachte …«, stammelte er. »Oh verdammt, ich hätte ihn beinahe …«

»Macht nichts«, sagte Iwan. »Das ist meine Schuld, tut mir leid. Geh zurück zur Station, ich komme gleich nach, dann reden wir. Ich regle das hier mit dem Herrn.«

»Sie!«, fauchte der Zivilist, der seine Fassung ziemlich schnell wiedergewann. »Wie können Sie es wagen!«

Schon seltsam. Wenn man ihn ohne viel Federlesen an die Wand stellt, fügt er sich klaglos in sein Schicksal, doch kaum rettet man ihn, macht er schon wieder einen Aufstand.

»Wie heißt du mit Vornamen?«, fragte Iwan, nachdem Kusnezow gegangen war.

»Boris Jewgenjewitsch … Borja.«

Ich kenne einen Boris, dachte Iwan. Er sieht ihm irgendwie sogar ähnlich.

Iwan reichte ihm die Hand. Der Zivilist sah ihn etwas misstrauisch an und schluckte. Dann streckte er zögerlich die Hand aus. Iwan drückte sie kräftig. Die dicklichen Finger des Zivilisten packten überraschend fest zu, als steckten Federn darin. Iwan nickte.

»Angenehm, Borja. Tut mir leid wegen dem dummen Scherz. Trinkst du einen Schluck? Zu medizinischen Zwecken, sozusagen.«

»Äh … der Friedensr…, hm.« Boris Jewgenjewitsch besann sich. »Da sage ich nicht Nein.«

»… und gigantische Regenwürmer treiben sich da herum. Über zwei Meter lang. Manche sogar mit Zähnen. Die fressen sich durch Erde, Beton und Schotter. Holz ist eine leichte Übung für die. Nur die Stahltübbings schaffen sie noch nicht, zum Glück. Die gefährlichsten Würmer sind die, die auf die Schwingungen von Schritten reagieren. Wenn du nur ein bisschen zu plump gehst, bist du geliefert. Die holen dich ein und reißen dir die Beine ab. Deshalb gehen die Leute dort, wo es sie gibt, an der *Udelnaja* zum Beispiel, ganz langsam und vorsichtig, als ob sie durch Wasser waten.«

»Das ist doch alles Käse«, sagte eine andere Stimme. »Zwei Meter – nie im Leben. Höchstens eineinhalb. Und nicht dicker als ein Finger. Ein bisschen heller vielleicht, aber sonst sehen sie genauso aus wie vor der Katastrophe. Ich hab sie doch selbst gesehen, kannste mir ruhig glauben. An dieser einen Station da machen sie Frikadellen oder Pelmeni daraus und trinken Wodka dazu. Sollen angeblich sehr lecker sein.«

Was für ein Blabla. Iwan hörte nur mit halbem Ohr zu. Er drehte sich auf die andere Seite und zog sich die dünne Decke über den Kopf. Das Palaver nervte. Die schmutzige Decke stank nach Urin.

»Bei uns war so ein Typ«, erzählte eine dritte Stimme. »Einen größeren Dickkopf findest du in der ganzen Metro nicht. Wir haben ihm hundertmal gesagt, wenn er sich hinlegt, soll er was Hartes unterlegen. Aber er musste sich natürlich direkt auf die Erde legen. Ich weiß noch, bevor er einschlief, hat er sich auf die linke Seite gedreht. Am nächsten Morgen wachten wir auf, Wecken, Waschen und so weiter – alle waren schon aufgestanden, nur der lag noch genauso da. ›Ich hab mich irgendwie verlegen, Jungs‹, sagte er. ›Mein Bein ist wahrscheinlich eingeschlafen, helft mir mal eben auf.‹ Als wir ihn hochzogen, fing er plötzlich wie am Spieß zu schreien an. Was war da los? Als wir die Decke zurückgeschlagen haben, da war schnell klar, warum er nicht aufstehen konnte. Durch seinen Oberschenkel schlängelte sich ein Wurm. Meine Fresse, ich seh das heute noch vor mir: Das Vieh kommt aus der Erde raus, geht durch sein Bein durch und wieder in die Erde. Wir wollten den Wurm natürlich rausziehen, aber so leicht war das nicht, so ein Vieh ist dünn und windet sich, außerdem ist es eklig zum Anfassen ...«

Schwätzer. Iwan verzog das Gesicht. Von der gestrigen »Versöhnung« mit dem Funktionär Borja hatte er leichtes Kopfweh.

Würmer?

Iwan seufzte.

Eure Probleme möchte ich haben.

Ein so eigentümlich geformtes Messer hatte Iwan noch nie gesehen. Seine breite, lanzettförmige Klinge war nach innen abgewinkelt und bemerkenswert massiv. Der Griff aus rauem Holz lag gut in der Hand, nur das Ornament störte ein bisschen. Iwan fuhr mit den Fingern über den Klingenrücken. Mit so einem Messer konnte man jemandem den Kopf abschlagen. Problemlos.

»Wie heißt das, sagst du?«

Der Oberführer grinste wie ein Lausbub. »Khukuri.«

»Komischer Name«, kommentierte Schakilow und beugte sich neugierig vor.

»Solche Messer benutzten die Gurkha«, erklärte der Oberführer stolz, als wäre er selbst mindestens so eine Art Ehrengurkha. »Das war eine Eliteeinheit in der britischen Armee, die aus Nepalesen rekrutiert wurde. Ausgezeichnete Soldaten. Die besten, die die Briten hatten.«

»Wo hast du es her?«, erkundigte sich Schakilow mit leuchtenden Augen.

»Dort, wo ich es herhabe, gibt es keine mehr«, erwiderte der Oberführer. »Ich habe es mir schon vor der Katastrophe organisiert. Aus nepalesischer Fertigung. Die hacken dort Holz damit. Und im Krieg Köpfe.« Er besann sich und fügt hinzu: »Früher natürlich, jetzt nicht mehr. Höchstens, dass in der Londoner Metro noch ein paar Gurkha überlebt haben. Ich hoffe es jedenfalls.«

»Sind das nicht auch Neger?«, stichelte Iwan.

»Nein, die haben irgendwas Indisches …« Der Oberführer runzelte die Stirn. »Hab ich vergessen.«
»Bist du echt ein Rassist?«, fragte Schakilow treuherzig. »Deine Ansichten kommen mir verdächtig liberal vor.«

»Eine Panzertür, siehst du?« Schakilow deutete mit dem Kopf nach oben. »Und das dort in der Decke? Was ist das deiner Meinung nach?«
Iwan kniff die Augen zusammen. Verdammt, bald würde er sich eine Brille besorgen müssen. Er sah immer schlechter.
»Bewehrungsstahl?«, mutmaßte er. »Oder ein Rohr?«
Schakilow schüttelte den Kopf. »Was Besseres.«
»Dann ein Maschinengewehr. Womöglich auch noch automatisch gesteuert?«
»Vermutlich, immerhin ist das hier ein Sonderobjekt«, flüsterte Schakilow. »Wir machen schließlich keinen Spaziergang zum Markt an der *Sennaja*. Früher waren hier mal einflussreiche Leute zugange. Untergrundeinheiten. Die ehemalige 15. Hauptverwaltung des KGB, später dann die SSO GUSP. Angeblich schießen die ohne Vorwarnung. Keine Ahnung, ich hatte noch nicht das Vergnügen. Dem Urdigger sei Dank.«
»Und was ist hinter dieser Tür?«
»Keine Ahnung«, erwiderte Schakilow achselzuckend und lehnte sich an die Steinmauer.
»Hast du mal versucht, es herauszufinden?«
Schakilow grinste. »Keine Zeit. Ich habe schließlich Frau und Kind …«
»… und immer noch Hummeln im Hintern«, ergänzte Iwan launig.
Schakilow war jedoch nicht der Einzige hier, den es nicht auf seinem Hintern hielt, sonst hätte ihm Iwan nicht Gesellschaft geleistet, sondern sich gemütlich an die *Gostinka* gesetzt und den hübschen Mädchen hinterhergeschaut.

Iwan seufzte. Den Hang zu halsbrecherischen Abenteuern hatten sie zweifellos alle beide. Dafür waren sie ja auch Digger. Manische Digger.

»Nun rück schon raus mit der Sprache«, drängte Iwan. »Was hast du gesehen?«

Schakilow zog eine Augenbraue hoch und grinste breit. Unschuldig wie eine Ausgeburt der Hölle.

»Nichts, stell dir vor. Einmal saß ich zwei Tage am Stück auf Beobachtungsposten.«

»Und?«

»Nichts. Es ist keiner reingegangen und keiner rausgekommen. Ich habe dann beschlossen, die Tür abzutasten. Na, du weißt schon. Um zu schauen, ob da was geht.«

»Und?«

»Nichts und. Bis zur Tür bin ich gar nicht gekommen. Ich hatte Schiss.«

Iwan traute seinen Ohren nicht. Gab es überhaupt etwas, das Schakilows Neugier bremsen konnte? Selbst wenn: Die Hummeln im Hintern waren ihm jedenfalls geblieben.

Während an der Front Ruhe herrschte, hatten Iwan und Schakilow beschlossen, die alten Zeiten aufleben zu lassen und einen kleinen Streifzug zu starten. Einfach, um nicht ganz aus der Übung zu kommen.

Iwan befestigte die Lampe am Handgelenk. Jetzt noch das Brecheisen und den Schraubenzieher in die Tasche und das Gewehr auf den Rücken.

»Was machst du denn da?«, fragte Schakilow, obwohl er schon wusste, was sein Kumpel vorhatte.

»Einen Spaziergang«, erwiderte Iwan.

»Mach keinen Blödsinn.«

»Keine Sorge, ich pass schon auf.«

»Na, ich weiß nicht …«

Iwan spähte um die Ecke. Der Lichtstrahl der Lampe beleuchtete den kleinen Vorraum. Iwan konnte Kratzer in der grau gestrichenen Tür erkennen. Er warf einen Stein und beobachtete, was passierte. Der Stein flog und fiel etwa zwei Meter vor der Tür zu Boden. Zunächst geschah nichts. Plötzlich schwenkte der Lauf des Maschinengewehrs etwa fünfzehn Grad zur Seite und zielte in Richtung des Steins.

Schau einer an, das Ding funktionierte.

Gleich würde es losfeuern. Doch das Maschinengewehr schwieg. Es zielte einfach nur.

Womöglich saß hinter der Tür ein Offizier im grauen Overall der GUSP-Untergrundtruppen, hielt den Finger an einen Knopf und fragte sich: drücken oder nicht drücken?

Iwan warf den nächsten Stein. Er flog etwas weiter als der erste. Wiederum geschah erst einmal gar nichts. Iwan zählte die Sekunden: eins, zwei, drei ... Bei vier schwenkte das Maschinengewehr abermals. Wenn man die Linie des Laufs gedanklich fortsetzte, endete sie genau bei dem zweiten Stein.

Der dritte Stein landete noch einen Meter näher an der Tür. Das Maschinengewehr schwieg. Wieder richtete sich der Lauf neu aus und verharrte.

Iwan trat einen Schritt näher. Und noch einen. Das Maschinengewehr rührte sich nicht. Das Gehen fiel ihm mit jedem Schritt schwerer, als kämpfte er sich durch zähen Matsch, in dem die Stiefel stecken blieben.

Iwan fiel plötzlich ein, wie das an der *Primorskaja* gewesen war, als diese Bestie ihm die Sinne vernebelte. Oder war doch das Moos schuld gewesen? Dieser eigenartige, stechende Geruch.

Und dann dieser Tiger ... Stopp!

Das musste er sich durch den Kopf gehen lassen. Iwan blieb stehen und blickte langsam nach oben. Der Lauf des Maschinengewehrs war nun genau auf ihn gerichtet. Er hatte den Eindruck, als würde das schwarze Mündungsloch sich weiten und ihn buchstäblich ansaugen. Das war so ähnlich wie bei einem vertikalen Schacht. Du stehst davor und schaust hinunter in die Finsternis. Dann überkommt dich der zwanghafte Drang, einen Schritt nach vorn zu tun und allem ein Ende zu machen.

»Und?«, erkundigte sich Schakilow, als Iwan wieder zurückkam.

»Nichts.« Iwan hatte sich der mysteriösen Tür bis auf wenige Schritte genähert, war dann jedoch umgekehrt. »Mein lieber Freund, was wir beide hier machen, ist völlig daneben. Wir haben schließlich Familie. Du sowieso. Und ich habe Tanja.«

Schakilow wiegte das kugelrunde, kurz geschorene Haupt, auf dem sich erstes Grau ins schwarze Haar mengte, und auf seinem Gesicht erschien ein triumphierendes Grinsen.

»Dann hast du es also endlich kapiert. Willkommen im Klub.«

»Sieht so aus«, sagte Iwan. »Es war ja auch höchste Zeit.«

Iwan springt über die niedrige Einzäunung des Bahnsteigs, landet weich in der Hocke und sieht sich um. Die am Lauf des Gewehrs befestigte Lampe lässt er ausgeschaltet. Das vorhandene schwache Licht muss reichen.

Wenn das bloß keine Falle ist, denkt er. Ein unangenehmer Gedanke.

Iwan schwenkt das Gewehr von links nach rechts. Nichts. Dann legt er es auf den Granitboden – ganz vorsichtig, damit das Metall nicht klirrt. Er zieht das schwere nepalesische Khukuri-Messer mit der gekrümmten Klinge und macht sich bereit. Das Khukuri hat er vom Oberführer geerbt – man kann es wie ein Beil benutzen.

Dann viel Glück ...

Mit angehaltenem Atem späht er um die Ecke der Säule. Im ausgeleuchteten Raum rührt sich nichts. Der bordeauxrote Marmorboden der *Ploschtschad Wosstanija* ist gut zu sehen, obwohl der Leuchter mit der schweren Messingeinfassung, der am Übergang zur *Majakowskaja* steht, die einzige Lichtquelle ist.

Wo sind nur ihre Wachposten?

In der Linken hält Iwan einen langen Stab, an dessen Ende ein kleiner Spiegel befestigt ist. Er schiebt sich bis zum Rand der Säule vor und streckt vorsichtig den Arm aus. Im Spiegel sieht er den leeren (!) Bahnsteig in Richtung *Tschernyschewskaja*. An der entfernten Wand ein Mosaikbild: irgendwelche Leute, seltsam gekleidet. Iwan richtet den Spiegel anders aus. Wieder nichts. Alles leer.

Da stimmt doch was nicht.

Wo sind die denn alle?

Eine Falle?

Iwan will schon zu seinem Gewehr zurückgehen und versuchen, auf die andere Seite des Bahnsteigs zu gelangen (ohne Deckung, verdammt), als sich im Spiegel plötzlich etwas bewegt.

Ganz sicher, da hat sich etwas gerührt.

Iwan kniet lautlos nieder, dann streckt er den Spiegel abermals vor. Er muss aufpassen, dass ihn die Lichtreflexe des Spiegels nicht verraten. Andernfalls kommt er wohl nicht mehr lebend hier weg. Iwan hält die Luft an.

Als er schon aufatmen will, sieht er einen schwarzen Schatten, der sich bewegt, und bemerkt ein schwaches Schimmern: brüniertes Metall. Eine Waffe.

Wollen wir mal sehen, wer schneller ist.

Iwan geht um die Säule herum. Die vorgestreckte Klinge des schweren Khukuri zerteilt die schwüle Luft.

Iwan tritt aus der Deckung und verharrt. Unglaublich. Er reibt sich die Augen.

Vor ihm liegen schlafende Menschen. Viele Menschen. In Decken gehüllte Moskowiter. Ohne Bewachung. Dutzende, wenn nicht sogar alle zweihundert.

Er tritt einen weiteren Schritt vor und holt zum Schlag aus.

Köpfe abschlagen, sagt ihr?

Wie ein Beil saust das Messer herab. Dunkelrotes, fast schwarzes Blut spritzt.

Iwan erwachte mit einem tonlosen Schrei. Er stand völlig neben sich. Die grauenhafte Vorstellung, soeben eigenhändig Frauen, Kinder und Greise getötet zu haben, ging ihm lange nicht aus dem Kopf.

Was war das?

Was, zum Teufel, war das?

»Halluzinogene?« Solocha wirkte leicht befremdet. »Du meinst LSD-Trips? Pilze?«

»Äh ... ja, so was in der Art.« Iwan rieb sich die Nase. Er hatte dauernd das Gefühl, niesen zu müssen. »Erzähl mir davon.«

Solocha überlegte und trat von einem Bein auf das andere. »Na gut, also in aller Kürze. Halluzinogene sind schon seit Langem bekannt. Man teilt sie in zwei Gruppen von chemischen Stoffen ein. Frag mich bloß nicht, in welche, das hab ich vergessen. Das bekannteste Halluzinogen ist LSD, eine psychedelische Droge. Davon hast du sicher schon gehört. Unter unseren Bedingungen kommt man allerdings am leichtesten an Pilze ran. Der Spitzkegelige Kahlkopf und der Mist-Kahlkopf zum Beispiel enthalten Psilocybin. Die Pilze werden gegessen, und die psychoaktive Substanz gelangt durch die Darmwand ins Blut.«

»Vergiftet man sich da nicht?«

Solocha schmunzelte. »Na ja, wenn du ein paar Kilo davon isst, schon.«

»Verstehe«, sagte Iwan. »Also, das Zeug gelangt ins Blut, und was passiert dann?«

»Grob gesagt, stellt sich ein Zustand der Euphorie ein. Man hat den Eindruck, dass der Körper bewusst seine Größe verändern kann. Manchmal treten auch heftige Angstattacken auf. Aber das kommt nur selten vor. Außerdem tritt Synästhesie auf, das bedeutet, dass man Farben hört und Geräusche sieht. Oft sieht man geometrische Figuren von magischer Schönheit, und das sogar mit geschlossenen Augen. Allerdings wird so was hauptsächlich durch LSD ausgelöst, das turnt stärker. Ach ja, bei manchen Leuten löst der Trip auch intensive religiöse Erfahrungen aus. Der ›Montagepunkt‹ verändert sich ...«

Iwan winkte ab. Religiöse Erfahrungen interessierten ihn im Augenblick am wenigsten.

»Und was ist mit Halluzinationen? Visionen?«, fragte er.

»Das gibt es natürlich auch.« Solocha sah Iwan neugierig an.

»Warum interessierst du dich denn plötzlich so dafür, Chef?«

»Nur so. Ich sag's dir vielleicht ein andermal. Und was ist mit Aggressionen?«

»Geh doch zu den Leuten, die *dur* anbauen, und frag die«, erwiderte Solocha beleidigt. »Da erklärt man ihm alles, und er ...«

Iwan kratzte sich am Hinterkopf.

»Und wo finde ich die?«

»An der Station *Uliza Dybenko*. Dort haben sich die Pilzzüchter angesiedelt. Das *dur* für die gesamte Metro kommt von dort. Weißt du das etwa nicht? Neuerdings nennen sie die Station ›Fröhliche Siedlung‹.«

»Wer nennt sie so?«

»Die Pilzzüchter natürlich«, antwortete Solocha und schüttelte verständnislos den Kopf.

»Hat jemand schon mal was von der Linie 7 gehört?«

Schweigen in der Runde. Die Frage hatte eingeschlagen wie eine Bombe.

Kusnezow fand als Erster die Sprache wieder: »Die Goldene Linie?«

»Genau«, sagte Professor Wodjanik. »Man nennt sie auch Paradiesgleis. Oder einfach D7.«

»Wie bitte?«

»Jaja.« Der Professor schnitt eine wichtige Miene. In seinen Augen loderte Feuer. »Genau davon spreche ich. Die geheime Sankt Petersburger Metro – sie existiert!«

Abermals betretenes Schweigen. Der Oberführer erhob sich, ging zum Professor hinüber und legte ihm die Hand auf die Stirn. »Komisch, ganz kalt.«

»Was machen Sie da?«, entrüstete sich Wodjanik und stieß die Hand des Oberführers weg.

»Sie haben nicht zufällig zu heiß gebadet?«, erkundigte sich dieser süffisant.

»Junger Mann!« Wodjanik sah den Oberführer zornblitzend an. »Was erlauben Sie sich?!«

Der Oberführer konnte sich nur mit Mühe das Lachen verkneifen. »Das ist es, warum ich Piter so mag: Hier bleibt man bis ins hohe Alter ein ›junger Mann‹. Und was die geheime Metro betrifft ...« Er schmunzelte. »Das ist doch alles bekannt. Es gibt Bunker, geheime Labors – unter den Kirow-Werken zum Beispiel, und was weiß ich noch alles. Das US Datschnik zum Beispiel. Wissen Sie, was das ist? Sie haben doch früher bei ›Wo? Was? Wann?‹ mitgespielt, nicht wahr? Tja, also bei dieser Frage haben Sie versagt, Professor. Der Preis geht leider an die Fernsehzuschauer.«

»Also bitte ...« Der Professor wurde rot.

Für Iwan klang das ganze Gewese um »Wo? Was? Wann?« wie die Mantras der Krishna-Jünger: Hare Krishna, Hare Krishna, Krishna Krishna, Hare Hare, und dann setzt das Akkordeon ein.

Doch über die geheime Metro wusste Iwan mehr als der Professor. Er hatte sogar mehrmals »Untergrundlern« gegenübergestanden, Auge in Auge. Komische Jungs. Sehr verschlossen und fürchterlich geheimnistuerisch. Sie schauten einen nur an und grinsten orakelhaft. Als wären sie mit einem silbernen Löffel im Hintern auf die Welt gekommen, den sie lebenslang mit den Pobacken festhalten müssen.

»Das ist alles Quatsch«, sagte der Oberführer. »Eine Metro-2 als solche hat es in Piter nie gegeben, Professor. Einzelne unterirdische Labors, Luftschutzbunker, Luftabwehrstützpunkte, Sonderobjekte – das ja. Aber keine geheime Metro. Tut mir leid, Prof, aber der Preis geht diesmal an einen Herrn aus Elendski-Kaffskoje hinterm Ural.«

»Und der Tunnel nach Kronstadt?«, fragte Kusnezow. »Angeblich soll es …«

»Märchen!«, unterbrach ihn der Oberführer. »Da kann ich ja gleich behaupten, dass es einen Geheimgang zu den Moskowitern gibt. Wir brauchen nur durchzukriechen, dann kommen wir direkt im Schlafzimmer von Zar Achmet heraus. Wir blasen ihm das Licht aus und der Krieg ist vorbei. Totaler Schwachsinn, da sind wir uns doch einig, oder?«

»Hmm«, machte Iwan.

Warum eigentlich Schwachsinn?, fragte er sich.

Außer Sasonows Plan A haben wir also auch noch einen Plan B.

Bei den Befragungen kam zunächst nichts Vernünftiges heraus.

»Vielleicht weiß Specht …«, sagte der Mann vom *Newski prospekt* und stockte.

Doch Iwan bemerkte sofort, dass der Befragte sich verplappert hatte, und bohrte nach: »Specht? Wer soll das denn sein?«

Der Mann wand sich. Am liebsten hätte er sich auf die Zunge gebissen. »Ein Philosoph aus der Gegend. So eine Art Dorftrottel. Aber rückt ihm nicht auf die Pelle, das gäbe nur Ärger. Er ist so eine Art Heiliger.«

»Also ein Narr«, warf Sasonow ein, der hinter Iwan stand.

»Selber Narr«, entgegnete der Mann giftig. »Er ist ein Prophet. Aber lasst ihn in Ruhe, verstanden?«

»Verstanden«, sagte Iwan. »Wo, sagst du, finden wir ihn?«

Die Behausung des Heiligen erinnerte an ein Pharaonengrab. Oder an ein Elsternnest.

Specht lebte zwischen den Stationen *Majakowskaja* und *Ploschtschad Alexandra Newskowo* in einem alten Betriebsraum. Iwan blickte sich um. An der Wand warnte ein Schriftzug: »Halt! Lebensgefahr!« und daneben stand in grünen und roten Lettern das sakrale: »Enigma ist ein guter Mensch TM«. Dieser zweite Spruch war in der ganzen Metro allgegenwärtig. Der Legende nach stiegen die allerersten Digger – noch vor der Katastrophe – heimlich in die Metro hinab, um diese Ehrenbezeigung für den Urdigger überall zu verewigen. Gejagt wurden sie dabei von den Montern, den Dienern des Urmonters. Na ja. Auch wieder so ein Märchen. Iwan seufzte.

An einem Gitter, das über verrosteten Messgeräten angebracht war, hingen auf eine Schnur gezogene Kronkorken und Girlanden aus Münzen, außerdem allerlei Krimskrams aus Folie, Steinen und Glas.

Der Prophet saß in einer Ecke auf einer durchgelegenen Matratze. Es roch ganz annehmbar in seinem Quartier – offenbar wusch dem Heiligen jemand die Wäsche.

Auf einem kleinen Tischchen vor ihm stand ein Spiritusbrenner. Die bläuliche Flamme züngelte und ihr Lichtschein tanzte an den Wänden.

Specht sah auf. Sein Haar war zu Zöpfchen geflochten. Er musterte Iwan und blinzelte argwöhnisch.

»Du wolltest zu mir?«

»Ganz recht«, bestätigte Iwan.

Er setzte sich zu ihm und hielt die Hände an die Flamme des Brenners. Die Wärme tat gut. Dann griff Iwan ohne Eile in seine Tasche und holte eine Flasche heraus: Selbstgebrannter von der *Wassileostrowskaja*, angesetzt mit Shiitakepilzen. Ein Killergesöff. Der Anblick des trüben Elixiers vertrieb augenblicklich jeden Argwohn aus dem Gesicht des Propheten.

»Ein Mensch«, sagte Specht inspiriert. »Fürwahr, ein Mensch.«

»Amen«, erwiderte Iwan und öffnete die Flasche. »Hast du irgendwo Gläser, heiliger Mann?«

»Was für eine Frage! Selbstverständlich.«

»Die Metro ist überhaupt ein Monster«, dozierte Specht. »Die Menschen haben das immer noch nicht verstanden. Denkst du etwa, wir hätten den Krieg gewollt? Nein, mein Junge. Und du, wolltest du den Krieg?«

»Natürlich nicht. Das heißt, ich war damals erst fünf oder sechs.« »Und ich wollte ihn auch nicht. Verstehst du jetzt?« Specht sah Iwan an, als erwartete er eine richtige Antwort von ihm. So wie ein Lehrer einen Schüler ansieht, bei dem zwar im Prinzip Hopfen und Malz verloren sind, der aber ab und zu doch mal einen Geistesblitz hat. »Na, fällt der Groschen?«

»Noch nicht so ganz.«

»Niemand wollte den Krieg. Natürlich gab es diverse Survivalisten, Goths und so weiter. Aber auch sie wollten keinen Krieg. Sie spürten lediglich *ihren* Willen.« Specht reckte die Arme empor wie ein betender Muslim. »Schwache Menschen, aber sehr sensibel. Wenn ein Wunsch nur stark genug ist, kann er jeden hypnotisieren. *Sie* wollte den Krieg. *Sie*, nicht wir.«

»Wer ›sie‹?«, fragte Iwan, obwohl er schon wusste, dass ihm die Antwort missfallen würde. Mist, dachte er, schon wieder so ein Psychopath.

»Die Metro«, antwortete Specht ernst. »Verstehst du? Alle, die darin fuhren, Millionen von Menschen weltweit. Die Metro gab es schließlich überall, in Moskau, in London, in New York, angeblich sogar in Mexiko. Die Metro wollte diesen Krieg. Sie ist gierig und dumm. Heimtückisch zwar, das schon, sonst hätte sie ihr Ziel nicht erreicht, aber dumm. Früher sind die Menschen einfach ihres Weges gegangen. Jetzt hat die Metro es so eingerichtet, dass sie ständig in ihr gefangen sind. Und sie frisst die Menschen auf, nach und nach, ganz ohne Eile. Wir alle verschwinden, sie dagegen bleibt.«

»Die Metro?«, fragte Iwan noch einmal nach.

»Die Metro«, bestätigte Specht. »Warst du schon mal im Lüftungsschacht Nummer zweihunderteins? Das ist einer mit Luftfilteranlage.«

»Eher nein«, erwiderte Iwan.
Die Lüftungsschächte, vor allem die alten, noch vor den Siebzigern erbauten, waren mit Luftfilteranlagen ausgerüstet. Die Luft wurde durch ein ganzes System von Kohlefiltern gereinigt, außerdem gekühlt und so weiter. Der Nummer nach zu schließen war der von Specht erwähnte einer der ältesten überhaupt.
»Die Metro hätte eigentlich längst verrotten und auseinanderfallen müssen«, sagte der Prophet. »Aber sie ist wie neu. Und das hat alles mit dem Lüftungsschacht Nummer zweihunderteins zu tun. Verstehst du?«
»Gewiss«, sagte Iwan und erhob sich. »Danke für deine Gastfreundschaft. Es gibt also einen Schacht, sagst du?«
Specht nickte.

So ist es immer: Nach anfänglicher Begeisterung kommen einem rasch die ersten Zweifel.
Iwan prüfte die Schachtwand mit der Hand. Feucht. Er fuhr an dem rauen Beton entlang und betrachtete seinen Handschuh. Nass.
Der Skizze nach zu schließen, die Specht aufgezeichnet hatte, führte dieser Schacht am Gleistunnel vorbei und endete in ebenjenem ominösen Lüftungsschacht Nummer zweihunderteins, der sich kurz hinter der Station *Ploschtschad Wosstanija* beim Verbindungsgang zwischen den beiden Röhren befand.
Hoffentlich haben die dort keine Patrouillen, dachte Iwan. Bei diesen paranoiden Moskauern kann man nie wissen.
Iwan musste schmunzeln. Schakilows Meinung über die Moskowiter hatte sich mit der Zeit nicht geändert, sondern eher einen leicht holzigen Beigeschmack angenommen. Wie alter Whiskey. In der Sankt Petersburger Metro gab es allerdings nur noch Wodka.
Iwan schaltete die Stirnlampe ein und legte sich auf den Boden.

Wenn man in so ein Rattenloch schon hineinkriecht, dann mit den Füßen voran. Man kann sich dann wieder zurückschieben, wenn man stecken bleibt. Kriechst du andersherum hinein, findet man später irgendwann deine vertrocknete Leiche – oder auch nicht. Weiß der Geier, wann diese Schächte gebaut wurden, da kann man sich schnell mal drin verirren. Hier ist bestimmt schon seit Ewigkeiten keiner mehr rumgekrochen. Nicht einmal Zombel.

Iwan verzog das Gesicht. Zombel. Wieder mal ein Gedanke zur rechten Zeit, verdammt. Die Zombel hausten an verlassenen Stationen, in Tunneln, alten Lüftungsschächten und ungenutzten Toilettenanlagen. Wovon sie sich ernährten, wusste keiner so genau: vermutlich von Abfällen, von den Pilzen, die in den Tunneln wuchsen, und von allem, was sie bei den Bewohnern zivilisierter Stationen erbettelten oder klauten. Hartnäckigen Gerüchten zufolge aßen Zombel auch Menschenfleisch.

Schon mehrfach war Iwan auf menschliche Knochen gestoßen, die fein säuberlich abgenagt waren und manchmal Spuren spitzer Gegenstände aufwiesen. Ratten waren sein erster Gedanke gewesen. Aber nicht sein letzter ...

Über die Zombel kursierten allerlei unappetitliche Geschichten. Angeblich entführten sie Kinder, die sie dann in Fässern einsalzten. An der *Frunsenskaja* hatte es offenbar mal einen richtigen Aufstand gegeben, als sich dort eine ganze Horde von ihnen in einer Entwässerungsstation einnistete. Das Volk reagierte aufgebracht, rannte die Stationspolizei über den Haufen und räucherte das Zombelnest kurzerhand aus.

Und schon war es so weit. Iwan blieb mit der Schulter an der Schachtwand hängen. Eine Engstelle.

Verdammt, dachte er. Hoffentlich komme ich da durch.

Seine Füße stießen plötzlich gegen etwas Hartes. Iwan hob den Kopf und leuchtete mit der Lampe – Scheiße. Eine Sackgasse. An dieser Stelle war der Schacht zubetoniert worden. Feierabend.

Aus dem Überraschungsbesuch in Achmets Schlafzimmer wird leider nichts, dachte Iwan zerknirscht. Plan B können wir also abschreiben. Bleibt nur noch Plan A. Der ist zwar auch nicht gerade genial, aber was bleibt uns übrig? Iwan seufzte und kroch den ganzen Weg wieder zurück.

»Du hattest von einem Gasangriff gesprochen, weißt du noch?« Sasonow war sofort im Bilde und drehte sich ruckartig um, dass sein langer beiger Mantel aufwirbelte. Seine gelblich-grauen Augen glänzten. »Was hast du ausgeheckt?«

Auf Iwans Gesicht erschien ein listiges Grinsen. »Was glaubst du?«

»Raus mit der Sprache«, forderte Sasonow.

»Sag mal ...« Iwans Grinsen wurde noch breiter. »Was haben wir eigentlich an Feuerlöschausrüstung zur Verfügung?«

Sasonow stutzte. »Spaten, Feuerhaken, Sand, Wasser, Eimer, Planen – was halt so dazugehört. Als ob du das nicht selbst wüsstest. Was willst du denn mit dem Zeug?«

Iwan wiegte den Kopf. »Ich hab da so eine Idee ...«

Das Bild des Mannes blieb unvollständig. Einzelne Fragmente konnte Iwan mühelos einblenden: das fleischige Doppelkinn, das grau melierte, ums Ohr herum kurz rasierte Haar, die auffallend hellen Augen mit dem dunklen Saum und der winzigen, wie mit einer Nadel gestochenen Pupille, die kräftigen, behaarten Finger, die Hemdtasche der ausgeblichenen Tarnjacke. Für sich genommen wirkte jedes dieser Details ebenso klar wie abstoßend, doch ein Gesamtbild wollte sich einfach nicht einstellen.

Iwan schloss die Augen. Er erinnerte sich, wie er sein visuelles Gedächtnis unter Kossolapys Anleitung trainiert hatte, und versuchte sich Memow vorzustellen. Doch es klappte nicht. Die Fragmente des Generals der *Admiraltejskaja* ließen sich nicht zusammenfügen.

Der Prozess der Konzentration auf ein Objekt besteht aus drei Etappen, pflegte Kossolapy zu sagen. Erstens: festhalten. Zweitens: zu sich heranziehen. Drittens: gedanklich durchdringen. So hatte Kossolapy es ihnen erklärt und dabei des Öfteren die Technik des legendären Schauspielers Michail Tschechow erwähnt. Doch Iwan hatte sich nicht besonders dafür interessiert, über die Blokadniks dagegen hätte er gern mehr erfahren. Doch von den Blokadniks erzählte Kossolapy damals nichts.

Jetzt also Memow.

Wenn man sich einen Menschen richtig vorstellt, kann man ihm Fragen stellen. Und das Bild dieses Menschen antwortet dann, als wäre es der Mensch selbst. Nicht mit Worten. Es gibt mit Gesten zu verstehen, was es tun würde.

Iwan konzentrierte sich noch einmal neu. Vor seinem inneren Auge erschien das Bild des Generals: die dicken Finger, das krause Haar. Die Finger ruhten auf dem Tisch, doch aus irgendeinem Grund blieben sie unscharf, als sähe Iwan sie durch einen Schleier.

Memow machte ein skeptisches Gesicht.

»Also, was hast du für eine Idee? Aber mach es kurz.«

»Moos«, sagte Iwan.

Die buschigen Augenbrauen des Generals wanderten in die Stirn.

»Wie bitte?« Seine Verwunderung schlug in Befremden um. »Was denn für Moos?«

»Ein äußerst interessantes Moos. Also, die Idee ist folgende ...«

»Mutig«, urteilte Memow, nachdem Iwan geendet hatte.

Der General rieb sich das mächtige, frisch rasierte Kinn, auf dem ein leichter Bartschatten bläulich hindurchschimmerte.

Was für eine Fratze, dachte Iwan. Leute mit einem solchen Gesicht prügeln normalerweise wahllos auf Passanten ein. Ob es eine gute Idee ist, dass so jemand eine Armee befehligt? Andererseits ist er ein kluger Kopf. Sogar beängstigend klug.

»Und du bist sicher, dass das klappt?«, fragte der General mit einem Blick so scharf wie eine Rasierklinge.

Sicher ist nur der Tod, dachte Iwan und sah Memow gerade in die Augen. »Probieren wir's aus.«

»Deine Art zu denken gefällt mir«, sagte der General. »Unbefangen, ohne Angst vor dem Risiko.«

»Ich bin eben ein Digger«, erwiderte Iwan achselzuckend.

»Von diesen Diggern habe ich so viele, dass ich die ganze Metro damit pflastern könnte«, lästerte Memow. »Aber du bist anders.« Pause. »Hättest du Lust, mein Stellvertreter zu werden, sobald wir diese Sache hier hinter uns haben? Du verfügst über beachtliches Talent, Iwan. So energische Typen wie dich findet man nicht alle Tage. Ich wüsste es zu schätzen, so jemanden an meiner Seite zu haben.«

Im ersten Moment wusste Iwan überhaupt nicht, was er sagen sollte. Die Perspektive, die sich da gerade für ihn auftat, war geradezu atemberaubend. Stellvertreter des Oberkommandierenden der Allianz! Krass. Einfach nur krass.

Tanja könnte ich ja hierher mitnehmen, dachte Iwan. Die würde sich auch wundern. Heiratet einen Digger und findet sich dann als Ehefrau eines hohen Tiers wieder. Das nennt man Familienglück.

»Und wenn es schiefgeht?«, fragte er.

»Das spielt dann schon keine Rolle mehr, Iwan. Glaubst du mir das?«

Iwan sah Memow prüfend an.

Der Typ log nicht, verdammt, der meinte es ernst.

»Ja, ich glaube Ihnen.«

Zwei Tage später traf die Bestellung von der *Wassileostrowskaja* ein.

»Meinst du, es klappt?«, fragte Pascha mit dumpfer Stimme.

Er hob den Schlagstock und schlug kräftig zu. Eine Wolke violetten Staubs stieg auf. Sie mussten mit Atemschutzgeräten oder zumindest Staubmasken arbeiten, andernfalls hätten sie sich alle längst mit einem verklärten Lächeln in die Horizontale verabschiedet. Paschas »Schnauzenwärmer« war schon völlig mit dem violettgrauen Zeug verklebt.

Iwan drehte den Kopf hin und her. Der Riemen seiner GP-9 drückte wie immer im Nacken.

Kossolapys Lächeln.

»Ich bin ein Glückspilz.«

Iwan holte aus und schlug zu. Staub wölkte empor und schlug sich auf der Sichtscheibe der Gasmaske nieder.

Tanja. Ich komme bald nach Hause. Bitte warte auf mich. Iwan.

7
DER SIEG

Diese Stadt.
Ein grauer, frierender Elefant.
Es regnet.
Wasserfontänen klatschen gegen die durchtränkten Fassaden. Viele wurden bei Bränden zerstört, haben jedoch eine seltsame Farbe behalten ... Eine Nachfarbe. Als das Haus starb, starben auch seine Bewohner, aber das Gebäude steht immer noch.
Bei Regen tendiert die Sicht durch die Gasmaske gegen null. Auf der Sichtscheibe liegt ein Wasserfilm wie ein Schleier. Tropfen prasseln auf die Gummimaske und auf den imprägnierten Stoff des Regenmantels.
Iwan bleibt stehen und holt den Dosimeter heraus. Er prüft die Anzeige. Um überhaupt irgendetwas zu sehen, muss er das Messgerät direkt vor die Sichtscheibe halten. Das Knistern des Messgeräts geht im Rauschen des Regens unter. Es gießt wie aus Kübeln. Doch der Regen hat immerhin den Vorteil, dass die Bestien ihn nicht mögen – zumindest die Pawlowschen Hunde meiden ihn. Außer man läuft ihnen direkt vor die Schnauze.
Fünf Röntgen pro Stunde. Iwan pfeift durch die Zähne. Nicht ohne. Da muss ganz in der Nähe eine Strahlenquelle sein. Iwan geht an der Hauswand entlang bis zur Ecke. Die Strahlung nimmt noch um zwei Röntgen zu. Da ist irgendwas. Iwan steckt das Dosimeter unter den Mantel und entsichert seinen »Bastard«. Tropfen zerplatzen auf dem schwarzen, zerkratzten Vorderschaft.

Iwan wartet ab. Durch den prasselnden Lärm des Regens dringt ein verzerrtes, melancholisches Geheul. Ein Mensch? Oder ein Tier? Schwer zu sagen.

Er traut sich nicht an der Hausecke vorbei.

Iwan betrachtet das sich aufbäumende Pferd aus Bronze. Es ist durch und durch grün und nass. Schwere Tropfen hageln auf seinen Rücken. Die Brücke ist fast völlig eingestürzt, doch die Pferde sind immer noch heil. Seltsam.

Endlich fasst sich Iwan ein Herz. Die Schwere im Hinterkopf fühlt sich auf einmal bleiern an, doch er reißt sich zusammen und macht einen Schritt nach vorn. Und dann noch einen.

Er späht um die Ecke – und zuckt vor Schreck zusammen.

An der Brüstung der Uferstraße sitzt weit vornübergebeugt, die knochigen Ellenbogen weit abgespreizt, ein Blokadnik. Mit seinen unverhältnismäßig langen Fingern zerrupft er einen Hundekörper. Blut spritzt. Der Regen rinnt in Bächen über den Bürgersteig und schwemmt das Hundeblut fort. Irgendwo in der Ferne rollt ein Donner.

Jetzt ist es aus, denkt Iwan.

Der Blokadnik reißt ein weiteres Stück Fleisch aus dem Kadaver und dreht den Kopf. In seinen schwarzen Augenhöhlen liegt kosmische Weisheit. Tropfen klatschen auf die graue, glatte Haut des Ungeheuers.

»Hallo, Iwan«, sagt der Blokadnik. Seine knarzende Stimme jagt dem Digger einen eisigen Schauer über den Rücken. »Auf dich warte ich schon die ganze Zeit ...«

Iwan öffnete die Augen. Der erste Gedanke: verschlafen. Er schwang die nackten Füße auf den Boden und sprang auf.

»Aufstehen!«, wollte er schon schreien, doch dann hielt er inne und sah auf die Uhr mit den grün schimmernden Strichmarken. Halb fünf. Noch zu früh.

Iwan setzte sich wieder. Das Feldbett knarzte. Sie übernachteten in der Tunnelentwässerungsstation, um ohne Zeitverlust arbeiten zu können.

Alles ruhig. Und kein Blokadnik weit und breit. Gott sei Dank. Iwan schauderte bei dem Gedanken. Doch der Spuk war vorüber. Auf dem Feldbett rechts von ihm schnaufte Mischa Kusnezow, linker Hand sägte Pascha. Weiter hinten in der Station schnarchte und brabbelte Solocha. Von der Arbeit des gestrigen Tages waren die Männer so platt, dass sie vermutlich nicht einmal eine Sirene geweckt hätte, geschweige denn das Knarzen von Iwans Feldbett.

Die Lagerstatt des Professors war leer. Den trieb wohl wieder die Schlaflosigkeit um.

Ansonsten – alle da, alle am Leben. Eine halbe Stunde konnte er sie ruhig noch schlafen lassen. Auch heute stand ihnen jede Menge Arbeit bevor.

Iwan betastete seinen Brustverband. Schon wieder feucht. Die Rippen, die ihm die Bestie an der *Primorskaja* gebrochen hatte, wollten einfach nicht zusammenwachsen. Was war da los?

Sollte er sich noch mal hinlegen? Aber nicht mit dem Druck auf der Blase. Fröstelnd zog sich Iwan die Hose an, schlüpfte in seine Schuhe und schlappte aus dem Raum hinaus.

Die Aufbereitung dauerte den ganzen Tag. Zum Glück fanden sie an einer der Stationen einen Kompressor, um die Flaschen mit Pressluft zu befüllen. Diese mussten in den Feuerlöschschränken, in den Kästen mit der Feuerlöschausrüstung und in der Belüftungsanlage der *Majakowskaja* untergebracht werden. Außerdem brauchten sie noch Zeitschaltuhren.

Sie arbeiteten wie die Verrückten. Dass alles geheim bleiben musste, machte die Sache nicht leichter.

Und da war noch ein kleines Problem.

»Eigentlich müsste man das Zeug testen«, sagte der Professor und betrachtete nachdenklich die Flasche mit der violetten, trüben Flüssigkeit.

In der Entwässerungsstation, die in ein geheimes Chemielabor umfunktioniert worden war, hatte sich die Obrigkeit eingefunden, um die Früchte der wissenschaftlichen Anstrengungen in Augenschein zu nehmen.

»Wir brauchen einen Freiwilligen«, sagte Memow.

Iwan trat vor. »Ich mache das.«

Memow schüttelte den Kopf: »Nein. Du nicht. Das soll ein Gesunder machen.«

Der General wusste also von Iwans Wehwehchen. Sieh mal an.

»Und wer?«, fragte Iwan.

»Und wieso ausgerechnet ich?«, fragte Solocha verwundert.

Der Professor lächelte freundlich, trat näher und versperrte dem Digger wie beiläufig den Weg zur Tür.

»Das muss sein«, flötete er. »Nehmen Sie bitte die Brille ab.«

»Nur, dass Sie es wissen: Bestimmte Medikamente vertrage ich nicht«, protestierte Solocha und nahm widerwillig die Brille ab.

»Eine Allergie?«, erkundigte sich Wodjanik geschäftig. »Doch hoffentlich nichts Lebensbedrohliches?«

»Nicht dass ich wüsste … Äh … was machen Sie da?«

»Wir machen die Probe aufs Exempel«, sagte Wodjanik und setzte sich die Gasmaske auf. Er nahm die Druckflasche und richtete den Zerstäuber auf den Digger. »Fertig?«, fragte er dumpf.

»Mama«, jammerte Solocha.

Ein kurzer Strahl pfiff aus der Flasche und zerstäubte zu feinsten Tröpfchen. Die nahezu farblose Wolke trieb durch die Luft und verflüchtigte sich rasch wieder.

Zögerlich atmete Solocha ein. Alle starrten ihn neugierig an. Doch nichts passierte.

Der Digger ließ den Blick über die Anwesenden schweifen und grinste vergnügt.
»Sagen Sie mal, Prof: Josef Mengele war nicht zufällig Ihr Kindheitsidol?«

»Also, ich bin zufrieden mit dem Verlauf des Experiments«, sagte Memow. Er blickte auf die Matratze am Boden. »Und er anscheinend auch.«
Iwan nickte zerstreut mit dem Kopf.
Solocha lag rücklings auf der Matratze und lächelte verklärt. Abgesehen von den erweiterten Pupillen unterschied er sich kaum von dem alten Solocha. Allerdings hatte Iwan den Digger noch nie derart entspannt erlebt.
Solocha strahlte reinste Glückseligkeit aus. Schwer zu entscheiden, wer in der kleinen Rumpelkammer intensiver leuchtete: Solocha oder die Karbidlampe.
»Null Aggression«, konstatierte der Professor. »Unser Moos hat offenbar eine gewisse Ähnlichkeit mit LSD, das ebenfalls die Adrenalinausschüttung blockiert. Der Proband weist eine erhöhte Suggestionsempfänglichkeit auf, außerdem gibt es Anzeichen für Synästhesie. Nach einem raschen und relativ sanften Coming-up haben sich vorübergehend Symptome von Muskellähmung eingestellt. Insgesamt kann man von einer ziemlich starken Reaktion sprechen, wenn man bedenkt, dass ein Zehntel der vorgesehenen Dosis bereits genügt hat, um ...«
»Alles klar, Professor«, unterbrach ihn Iwan, obwohl er maximal die Hälfte der Diagnose verstanden hatte. »Na?!« Er wandte sich an den General. »Räumen wir die *Majakowskaja*?«
»Ich glaube, ich habe den ›Montagepunkt‹ gefunden«, verkündete Solocha, ehe Memow antworten konnte. »Hört ihr? Das kann man nicht beschreiben ... Aber ich werde es versuchen. Der Sinn des Lebens. Ich sehe ihn klar und deutlich.«
Der General hüstelte.

»Wunderbar«, jubilierte der Professor und stürzte mit gezücktem Notizblock zu Solocha, als wollte er dessen Sinn des Lebens umgehend zu Papier bringen.
Memow schmunzelte.
»Meine Herren, wir schreiten unverzüglich zur Umsetzung des Merkulow-Plans.«

»Die Geschichte von der Station der Auswanderer ist natürlich legendär«, erklärte Professor Wodjanik. »Eines Tages versammelten sich all ihre Bewohner – Männer, Frauen, Kinder und Greise – und beschlossen den Auszug aus der Station. Sie öffneten die hermetischen Tore und stiegen über die Rolltreppen an die Oberfläche. Worauf hofften sie? Darauf, dass sie es durch die verstrahlte Zone schaffen würden? Dort oben sind ihnen wahrscheinlich vom Knattern der Geigerzähler die Ohren abgefallen.
Hofften sie darauf, außerhalb der Metropole zu überleben? Ich weiß es nicht. Keiner von ihnen ist je zurückgekehrt. Wir haben nie wieder von ihnen gehört. Vielleicht haben sie es geschafft, in eine mehr oder weniger unverstrahlte Gegend zu gelangen, und sich dort niedergelassen. Vielleicht stießen sie dort sogar auf Gleichgesinnte. Oder sie sind alle zugrunde gegangen, an der Strahlenkrankheit, an Epidemien und Hunger. Vermutlich werden wir es nie erfahren.« Der Professor schüttelte den Kopf. »Wir sind Kinder einer technokratischen Zivilisation. Tschuktschische Eskimos oder australische Aborigines haben größere Überlebenschancen als wir. Wesentlich größere. Allein schon deshalb, weil sie nicht in dem niederschmetternden Gefühl leben müssen, alles – absolut alles! – verloren zu haben. Selbst das Internet gibt es nicht mehr.« Der Professor warf einen Blick zu Iwan und den anderen, die noch als Kinder in die Metro gekommen waren. »Aber das wird euch sowieso nichts sagen. Jedenfalls ist alles zu Ende. Und schuld daran sind wir selbst. Wir alle, die ganze Menschheit, haben einen kollektiven Selbstmord begangen. Wir

haben die Pistole in den Mund gesteckt und abgedrückt. Peng! Ich weiß nicht, worauf man in einer solchen Situation hoffen soll.«

»Sie sind ein Pessimist, Professor«, kommentierte Sasonow ironisch.

»Ach, was Sie nicht sagen«, entgegnete Wodjanik gallig. »Eine ganze Station von Optimisten hat sich aufgemacht, um ein besseres Leben zu finden. Eine Chance für die Menschheit. Und wo sind sie jetzt? Nein, mein Lieber, Sie müssen entschuldigen, aber da bleibe ich doch lieber Pessimist.«

»Ich kann mir schon vorstellen, dass sie es gefunden haben«, warf plötzlich Kusnezow ein. »Ein besseres Leben, meine ich. Jedenfalls würde ich das gern glauben.«

Niemand sagte etwas darauf.

»In Wirklichkeit«, dozierte der Professor in das betretene Schweigen hinein, »ist diese Geschichte ein Lehrstück darüber, wie gefährlich Hoffnung ist.«

»Trügerische Hoffnung?«, fragte Iwan und sah Wodjanik aufmerksam an.

»Jede Art von Hoffnung.«

Die Moskowiter durfte man nicht unterschätzen. Eine längere Inaktivität vonseiten der Allianz wäre ihnen gewiss verdächtig vorgekommen. Aus diesem Grund entschloss man sich zu einem weiteren Sturmangriff auf die Station *Ploschtschad Wosstanija*, obwohl die Vorbereitungen für den Gasangriff bereits in vollem Gange waren.

Gesagt, getan.

Als Iwan zur *Majakowskaja* zurückkam, drängten sich dort finstere, nach Pulver stinkende Kämpfer, die soeben aus der Schlacht zurückgekehrt waren. Verwundete stöhnten. Man verlud sie eilig auf Draisinen und brachte sie durch den Tunnel zur *Gostinka*. Die Toten lagen separat. Neun Mann waren gefallen. Verdammt viele für ein Ablenkungsmanöver.

Iwan traf Schakilow. Er war schmutzig und abgekämpft. Sie grüßten sich per Handschlag. Iwan sah sich um. Auf einer Bank bei einer Säule hatten die Skinheads ihr Lager aufgeschlagen. Iwan erkannte den Grauen – er hatte eine Narbe am Hinterkopf. Gerade war er dabei, seinen Kumpels aus einem Flachmann einzuschenken.

Die Skinheads hoben die Tassen und tranken schweigend, ohne anzustoßen. Sehr merkwürdig.

»Was ist passiert?« Iwan deutete mit dem Kopf auf die Skinheads. »Ist jemand gestorben?«

Schakilow schlug sich nach wie vor mit einem Auge durch. Das zweite war nach seinem üblen Sturz immer noch zugeschwollen. Seine linke Gesichtshälfte sah aus wie ein bunter Flickenteppich: violett, schwarz und gelb. Ein verheerender Anblick.

»Nicht dass ich wüsste«, nuschelte Schakilow durch seine Zahnlücken. »Aber ihr Kommandeur ist offenbar drüben geblieben. Ob er getötet wurde oder nicht, kann ich nicht sagen. Aus dem Durchgang ist er jedenfalls nicht mehr zurückgekommen, das weiß ich sicher.«

Tolle Nachricht. Ein Verbündeter weniger. Der Oberführer war zwar ein schräger Vogel – ein Faschist, Rassist oder weiß der Henker was –, aber eigentlich ganz in Ordnung. Im Prinzip kam Iwan mit ihm viel besser aus als mit den Gockeln von der *Admiraltejskaja*. Und auf sein Wort war Verlass.

Iwan knirschte mit den Zähnen. Dass die Versorgung beschissen war – geschenkt, das war halt so im Krieg.

Aber um den Skinhead mit seinem Kipling war es schade.

Leb wohl, Oberführer.

Barrikaden, Barrikaden.

Iwan ging hinter dem Hauptmann vom *Newski prospekt* die Treppen hinunter. Der Mann hieß Woinowitsch, doch alle nannten ihn Hauptmann Kostja. Hauptmann Kostja hatte mit den Moskowitern ein Treffen vereinbart.

Hauptsache, der Plan klappt, dachte Iwan.

Unten waren die Durchgänge zwischen den Säulen bis oben hin mit Sandsäcken zugebaut. Aus kleinen Schießscharten ragten Gewehrläufe. Iwan taxierte die Neigung des Bodens – nein, mit einer Granate ging hier gar nichts, die würde wegrollen. Abgesehen davon war das ja auch nicht der Zweck seines Besuchs.

»Stehen bleiben!«, kommandierte jemand hinter den Sandsäcken.

»Ramil, ich bin's, Kostja«, rief der Hauptmann.

Die Tageslichtlampen an der Decke waren ausgeschaltet, dafür wurden Iwan und Kostja von den Strahlen zweier Mega-Scheinwerfer geblendet.

Pause.

»Wer ist der Typ neben dir?«, fragte jemand hinter der Barrikade.

»Ein Freund von mir. Er möchte dich nur was fragen, Ramil.«

Keine Antwort.

»Du hast mein Wort, wir wollen nur mit euch reden«, versicherte Hauptmann Kostja.

»Okay.«

Durch einen schmalen Spalt schlüpfte ein groß gewachsener Mann. Sein Gesicht war kaum zu sehen. Die Scheinwerfer blendeten gnadenlos.

»Setzt euch«, befahl der Mann.

Sie ließen sich auf dem Boden nieder. Iwan zog eine Patronenhülse unter seinem Hinterteil hervor und warf sie beiseite. Der ganze Boden war damit übersät. Im Unterschied zu den Toten, die man beim letzten Mal mitgenommen hatte, waren die Patronenhülsen liegen geblieben.

Der Mann kam auf sie zu und setzte sich ihnen gegenüber.

»Wer bist du und was willst du?«, fragte er Iwan.

»Ich bin ein Digger. Mein Name ist Iwan. Ein Freund von mir ist verschwunden.«

»Und jetzt möchtest du wissen, ob er bei uns ist?«

»Er war nicht unter den Gefallenen«, erwiderte Iwan.

»Und warum sollte ich dir etwas über deinen Freund erzählen?« Der Mann sprach leise und ruhig. Gleichgültig.

»Ich denke, wir könnten uns einigen«, sagte Iwan.

Der Mann schüttelte bedächtig den Kopf. »Das glaube ich kaum.«

Endlich konnte Iwan ihn sehen. Er trug eine graublaue Marinejacke. An seiner Brust haftete das Abzeichen des MTschS mit dem achtstrahligen Stern. Seine Gesichtszüge waren ebenmäßig, wie gestochen.

»Wie sieht dein Freund aus?«

»Kahl rasiert, relativ groß. Zwischen dreißig und vierzig Jahre alt, lässt sich schwer sagen. Blaue Augen. Er nennt sich Oberführer. Und er hat eine Tätowierung – hier.« Iwan legte die Hand auf seinen Oberarm. »Ein Hammer und so ein rundes Messer, mit einem Kranz außenrum. Ziemlich auffällig.«

»Nie gesehen.«

Iwan schloss für einen Moment die Augen.

Ewiges Gedenken, Oberführer. Auch wenn du ein Rassist bist.

»War das alles?«, fragte der Mann.

»Noch eine Frage ...« Iwan zögerte kurz. »Was wollt ihr mit unserem Generator?«

Pause.

»Du glaubst, wir hätten ihn?« Der Mann schüttelte den Kopf. »Da täuschst du dich. Wir haben euch nichts gestohlen.«

Schon wieder eine Lüge, dachte Iwan.

»Geht jetzt«, befahl der Mann. »In zwei Minuten eröffnen wir das Feuer.«

Sie standen auf. Iwan stellte fest, dass er völlig nass geschwitzt war. Er nahm seine Mütze ab und wischte sich übers Gesicht.

»Wer war das?«, fragte er Hauptmann Kostja auf dem Rückweg.

»Ramil Kandagarijew. Ein hohes Tier bei denen. Der Chef von Achmets Leibwache. Ganz in Ordnung, meistens. Aber nicht immer.«

Tja.

Ihr wolltet es so, dachte Iwan verbittert.

Das Böse muss bestraft werden.

So ist das.

Am Abend vor der geplanten Aktion wurde Iwan zum General bestellt.

»Was ist das?«

Iwan betrachtete das Abzeichen. Er hatte es bereits bei einigen Admiralzen gesehen. Ein weißer Kreis mit grauem Saum. Darin eine stilisierte Faust. Fünf graue Finger.

»Ein Symbol«, erklärte Memow. »Jedes Imperium hatte ein eigenes Symbol. Und dieses hier ist unseres.«

Er hob seine fleischige Hand und ballte sie Finger für Finger zur Faust.

»Fünf Stationen. Jede für sich genommen ist schwach. Doch zusammen sind wir stark wie eine geballte Faust. Das ist unser Symbol. Für dich.«

Iwan nahm das Abzeichen entgegen.

»Und jetzt geh schlafen«, sagte der General. »Morgen ist ein schwerer Tag. Ich zähle auf dich.«

Öffne dein Leben wie einen Umschlag mit dem Vermerk »dringend«.

Vertraulich.

Persönlich.

Lesen und dann verbrennen.

»Fangen wir an«, sagte Iwan leise.

Mit düsteren, deprimierten Mienen marschierten die Kämpfer von der *Admiraltejskaja*, vom *Newski prospekt* und von der *Wassi-*

leostrowskaja an ihm vorbei. Die vereinigten Truppen der Allianz verließen die Station *Majakowskaja*. Und sie hatten keine Ahnung, warum.

Aus ihren Reihen löste sich Kulagin und kam auf Iwan zu.

»Wanja, erkläre du mir wenigstens, was hier verdammt noch mal los ist«, lamentierte er. »Warum ziehen wir ab? Das ist doch völliger Schwachsinn!«

Iwan zog die Schultern hoch. Vermaledeite Geheimhaltung. Nicht mal den eigenen Leuten durfte er etwas sagen.

»Ich weiß es nicht, Oleg«, log er widerwillig. »Geh weiter.«

»Und unser Generator?« Kulagin presste die Lippen aufeinander. »Was wird aus unserem Generator?«

»Geh, Oleg. Glaub mir, es muss sein.«

Kulagin sah Iwan bohrend an.

»Ein abgekartetes Spiel, nicht wahr?«

»Was?« Iwan traute seinen Ohren nicht.

»Ich sehe schon, der General hat dich gut bearbeitet«, sagte Kulagin bitter. »Ach, Digger. Du warst immer ein Zugereister. Und wirst auch immer einer bleiben.«

Iwan versteinerte. Vor Zorn schoss ihm das Blut ins Gesicht.

»Oleg.« Iwans Wangen zuckten. »Wenn ich dir das jemals verzeihe, dann nur, weil du es bist. Mal sehen. Und jetzt gehst du zu deinen Leuten und tust gefälligst, was man dir gesagt hat. Verstanden?!«

Kulagin rührte sich nicht von der Stelle. Stur wie ein Bock. Iwan sah ihn mit eisigen Augen an. Der Kommandeur der *Wassileostrowskaja* schluckte. Öffnete den Mund …

»Noch ein Wort«, warnte Iwan leise. »Du wirst es bereuen, Oleg. Glaub mir.«

»Ich …«

»Hau ab«, zischte Iwan und fügte in offiziellem Ton hinzu: »Befolgen Sie den Befehl des Generals, Hauptmann!«

Kulagins mächtiger Brustkorb bebte. Der Riese kämpfte mit sich. Schließlich winkte er ab und trollte sich.

Iwan atmete schwer. Die Wut schnitt ihm immer noch die Kehle zu. Er fuhr sich mit der Hand übers Gesicht. Es fühlte sich an wie eine Gasmaske. Gummiartig und gefühllos.

Macht nichts, sagte sich Iwan. Das ist ganz normal. Du kannst dir noch so den Arsch für sie aufreißen, ein Zugereister bleibst du trotzdem. Für immer.

Die *Wassileostrowskaja*.

Das ist mein Zuhause.

Ich werde zurückkommen und jedem das Maul stopfen, der etwas anderes behauptet.

In diesem Augenblick tauchte Sasonow auf, wie gewohnt im beigen Mantel und mit seinem Revolver im Schulterhalfter.

»Es ist alles vorbereitet, Wanja«, berichtete er. »In der Lüftungsanlage mussten wir eine Zeitschaltuhr austauschen, das Drecksding hatte nicht richtig funktioniert. Im zweiten Feuerlöschschrank ist eine Flasche undicht, aber der Professor hat gemeint, dass sie bis zur Stunde X nur geringfügig an Druck verlieren wird.« Sasonow sah Iwan plötzlich prüfend an. »Was ist denn mit dir?«

»Wieso?«

»Du siehst tierisch genervt aus.«

Iwan blies die Backen auf. »Ach, scheiß drauf«, sagte er schließlich. »Habe ich recht, Wadim? Wir beide kriegen unser Leben allein auf die Reihe.«

Sasonow lächelte.

»Aber hundertpro, Wanja. Was ist, fangen wir an?«

Iwan sah sich um. Die letzten Trupps der Allianz verließen gerade die Station.

Er nickte. »Fangen wir an.«

»Chemiewaffen?« Der Professor legte die Stirn in Falten. »In größerem Umfang wurden sie eigentlich nur im Ersten Weltkrieg eingesetzt. Schon im Zweiten wurde weitgehend darauf verzichtet.«

Iwan konnte damit nicht viel anfangen. Bei der Katastrophe waren auch keine Chemiewaffen eingesetzt worden. Und? Hatte das irgendwas besser gemacht?

»Was waren die Gründe dafür?«, fragte Iwan.

»Erstens sind sie inhuman, zweitens sind sie auch für diejenigen gefährlich, die sie anwenden ...«

»Und drittens?«

»Sie sind nicht effektiv«, erklärte Wodjanik. »Das ist wahrscheinlich der Hauptgrund für den Verzicht auf Chemiewaffen. Laut statistischer Auswertung des Ersten Weltkriegs benötigte man etwa fünfzig Artilleriegeschosse mit Senfgas oder ähnlichen Stoffen, um einen feindlichen Soldaten kampfunfähig zu machen oder zu töten. Bei Verwendung gewöhnlicher Munition brauchte man nur dreißig Geschosse, um denselben Effekt zu erzielen. Ein simples Rechenexempel. Außerdem ist konventionelle Munition einfacher herzustellen und zu lagern. Nüchterne Buchhaltung ist in diesem Fall wirksamer als sämtliche Haager Konventionen zusammen.«

»Aha. Und weiter?«

»Die Amerikaner haben im Koreakrieg versucht, Chemiewaffen einzusetzen – es war ein Fiasko.«

»Und sonst?«

Der Professor überlegte.

»Die CIA hat eine Reihe von Experimenten durchgeführt im Rahmen des Programms MK ULTRA. Das Ziel bestand darin, die Kontrolle über das Bewusstsein von Menschen zu erlangen. Dazu wandten die Wissenschaftler verschiedene Methoden an, zum Beispiel Gehirnwäsche, psychische Folter, Elektroschocks, Psychochirurgie, Gedächtnislöschung, ja sogar elektronische Geräte zur Verhaltenskontrolle. Später bezeichnete man das alles mit dem Begriff Psychotronik. Es wurde zum Beispiel erforscht, ob Präparate wie LSD-25 zur Manipulation der Persönlichkeit eingesetzt werden können. Erhöhung der Suggestionsempfänglichkeit und so weiter. Bei einem Experiment, das damals durchgeführt wurde, versprühte man LSD über eine Entfernung von hundertzwanzig Kilometern, unter anderem auch über einer amerikanischen Kleinstadt. Natürlich hatte man die Leute vorher nicht informiert. Ehrlich gesagt, weiß ich nicht, wie das Experiment ausging – ich habe mich nicht näher damit befasst. Ich kann mir jedoch kaum vorstellen, dass die Bewohner des Orts im Kriegsfall noch in der Lage gewesen wären, ernsthaften Widerstand zu leisten. LSD muss man nicht unbedingt einatmen oder trinken. Es kann theoretisch auch über die Haut aufgenommen werden.«

»Das heißt ...«

»Dein Plan ist gar nicht so abwegig, Iwan«, sagte Wodjanik. »Mal ganz abgesehen vom ethischen Aspekt ... Aber schließlich wollen wir die Zahl der potenziellen Opfer möglichst gering halten, nicht wahr?«

Iwan überlegte. Unter diesem Gesichtspunkt hatte er die Sache noch gar nicht betrachtet.

»Im Prinzip ja.«

»Das ist interessant.« Der Professor griff in seinen Bart und zerrte daran, als wollte er ihn ausreißen. »Hochinteressant.«

Iwan sah den Professor an. In jedem Wissenschaftler steckt ein kleiner Junge, der einer Heuschrecke die Beine ausreißt, um zu sehen, wie sie nachher hüpft.

Fanatische Wissenschaftler treiben die Forschung viel schneller voran als friedensbewegte.

Sie liefen durch den Tunnel. Ständig mit dem unguten Gefühl, dass hinter ihnen in jedem Moment Schüsse krachen könnten.

Wie lange es wohl dauern würde, bis die Moskowiter ihren Abzug von der Station bemerkten?

Die *Majakowskaja* hinter ihnen lag nun in einem schummrigen Halbdunkel da, denn aus den Beleuchtungsblenden hatten sie einen Teil der Lampen ausgebaut. Das Licht war unheilvoll rot, als hätte jemand ihre Wände mit frischem Blut getüncht. Außerdem war sie von Rauchschwaden vernebelt; Iwan und sein Digger-Trupp hatten den Admiralzen die verbliebenen Marihuanavorräte abgenommen und ein hübsches Feuer damit entfacht. Der General hatte seine Leute so gut dressiert, dass niemand wagte, gegen die Maßnahme zu protestieren. Das musste man Memow lassen: In diesen zwei Wochen war es ihm gelungen, eine funktionierende Kriegsmaschinerie auf die Beine zu stellen. Ob das gut war oder schlecht, stand auf einem anderen Blatt.

Im Augenblick waren andere Dinge wichtig: Der Qualm, der Gestank und das Halbdunkel hatten nur einen Zweck: die Zerstäubung der violetten Substanz zu tarnen.

Sie liefen bis zu einem mit Sandsäcken gesicherten Kontrollposten. Hier mussten sie die Moskowiter so lange aufhalten, bis der Zeitpunkt zum Angriff gekommen war.

Iwan schaute auf die Uhr und spielte das weitere Geschehen durch.

Wenn alles wie vorgesehen läuft, dann ist es in vier Stunden so weit. Bis dahin nehmen die Moskowiter die verlassene Station wieder in Besitz, und die Zeitschaltuhren lösen die Zerstäubung der Substanz aus.

Die Wirkung des violetten LSDs hält ungefähr zwölf Stunden an, der Höhepunkt des Trips tritt etwa drei Stunden nach der Verabreichung ein. Zum Zeitpunkt unseres Angriffs sollten die Moskowiter sanft wie Lämmer, orientierungslos und zu koordinierten Handlungen nicht mehr in der Lage sein. Man kann nur abwarten.

Und die Daumen drücken, dass es klappt.

Am Kontrollposten bezogen sie hinter der Infanterie der Admiralzen Stellung. Iwan schwenkte mit der Stirnlampe langsam von links nach rechts. Im Lichtkreis erschienen plumpe Gestalten mit runden Visierhelmen. Solche Kämpfer hatte er bei den Admiralzen noch nie gesehen. Sie waren mit schusssicheren Westen ausgerüstet und an ihren Sturmgewehren waren Granatwerfer montiert. An den Ärmeln trugen sie alle den Aufnäher mit der grauen Faust.

Einer der Kämpfer hatte einen Zinktank auf den Rücken geschnallt. Der Gestank des Brennstoffs hinderte ihn nicht daran, genussvoll an einem Keks zu kauen.

»Ein Flammenwerfer.« Sasonow deutete mit dem Kopf auf den Soldaten. »Der versprüht Kerosin und zündet es an. Eine verheerende Waffe.«

Iwan stutzte. Interessant. Flammenwerfer waren in der Metro schon seit Saddams Zeiten verboten.

Der General kannte offenbar keine Skrupel.

»Möchtest du was essen, Wanja?« Pascha drückte ihm eine Blechschüssel in die Hand.

Brei mit Pilzen – dem Geruch nach zu schließen. Iwan wollte schon ablehnen, doch dann überlegte er es sich anders. Eine kleine Mahlzeit konnte nicht schaden. Irgendwie musste man ja die Zeit totschlagen. Vier Stunden noch, Wahnsinn, eine Ewigkeit. Iwan schüttelte den Kopf.

Und wenn der Merkulow-Plan scheitert, ziehen dann diese Prachtkerle mit ihren SEK-Helmen und Flammenwerfern in den Kampf?

Schöne Aussichten.

Zum Henker damit.

Iwan zog einen mit einem Lappen umwickelten Aluminiumlöffel aus dem Stiefel. Der leistete ihm schon seit Ewigkeiten treue Dienste, schon seit der Zeit, als er zur *Waska* gekommen war. Der Brei schmeckte ein bisschen angebrannt, aber trotzdem nicht übel. Es dauerte nicht lang, bis der Löffel am Boden der Blechschüssel schabte.

Als er fertig gegessen hatte, bat Iwan um einen Becher Tee. Onkel Jewpat fand, dieses Surrogat sei so weit von richtigem Tee entfernt wie Sankt Petersburg von Wladiwostok. Aber was sollte man machen. In Supermärkten und Lagern gab es noch vakuum-

verpackten Tee in Blechdosen. Man nahm eben den, der am wenigsten strahlte. Natürlich auf eigenes Risiko.
Kehlkopfkrebs ist immer noch besser als Hunger.
Die meisten Vorräte an der Oberfläche waren schon in den Zeiten der Hungersnot geplündert worden. Damals waren die Digger Tag und Nacht unterwegs. Und nicht nur Digger.
Iwan nippte an seinem Becher und hustete. Verflucht heiß, das Zeug.
Er blickte abermals zur Uhr. Erst zwanzig Minuten vorbei.
Iwan stieß einen tiefen Seufzer aus.
Die Warterei war zum Wahnsinnigwerden.

Zum Zeitpunkt X verteilte sich das Gas mithilfe der Lüftungsanlage über die gesamte Station *Majakowskaja*.
Zum Zeitpunkt X plus zwei Stunden gingen die Truppen der Allianz zum Angriff über. Es stellte sich heraus, dass ein Großteil der Moskowiter nicht in der Lage war, ernsthaften Widerstand zu leisten, doch die übrigen kämpften bis zum Ende. Sie trugen Atemschutzmasken und waren der Wirkung des Gases deshalb nicht ausgesetzt. Es waren Kämpfer in schwarzen Marinejacken, die sich besonders verbissen zur Wehr setzten.
Die schwere Infanterie der Admiralzen trieb sie in eine Sackgasse und tötete sie bis zum letzten Mann. Flammenwerfer loderten auf. In den Tunneln breitete sich der Gestank verkohlter Leichen aus.

Kämpfer von der *Wassileostrowskaja* trieben einen letzten versprengten Trupp der Moskowiter in einen Verbindungstunnel.
»Wir ergeben uns!«, riefen sie von dort. »Nicht schießen!«
Kulagin blickte Iwan fragend an. Was machen wir? Wirkt das Gas noch?
Iwan bedeutete ihm: alles in Ordnung. Kulagin nahm die Gasmaske ab und formte die Hände zu einem Trichter.

»Waffen rüberwerfen und mit erhobenen Händen rauskommen!«

Eine 103er »Krücke« fiel scheppernd vor Kulagins Füße. Zwei weitere Gewehre schlitterten über den Granit.

Iwan zog sich die Gasmaske vom nass geschwitzten Gesicht. Der Kampf war zu Ende.

Die *Majakowskaja* und die *Ploschtschad Wosstanija* ergaben sich den Siegern auf Gnade und Ungnade.

8
DER VERRÄTER

Iwan setzte sich auf den Boden und lehnte sich mit dem Rücken an die Betonwand. Das grelle Licht der Stationsbeleuchtung störte ihn hier kaum, denn eine seltsame Konstruktion aus Aluminiumrohren, eine Art Hebebühne, schirmte ihn dagegen ab. Normalerweise benutzte man solche Türme, um Lampen auszuwechseln, doch dieser war mit einer Plane abgedeckt, und Iwan war dankbar dafür. Der Schatten der Plane lag zu seinen Füßen.

Iwan streckte die Beine aus. Sein Rücken fühlte sich an, als wären sämtliche Muskeln und Sehnen darin versteinert. Vorsichtig bog Iwan die Schultern zurück und biss die Zähne zusammen. Der Schmerz strahlte in den ganzen Körper aus. Langsam drehte er den Kopf bis zum Anschlag – knackend renkte sich ein Wirbel ein.

Die Luft in der Bahnsteighalle hatte ihren Namen nicht verdient: Betonstaub, stechender Pulverdampf und dazu der säuerliche Geruch ungewaschener, verschwitzter Körper. Der Gestank von Angst und Hass.

Das war aber auch ein Tag. Verdammte Moskowiter, zur Hölle mit euch! Iwan lehnte den Hinterkopf gegen die raue Wand und hörte auf einmal das sanfte Spiel eines Akkordeons. Ruhe. Frieden. Ein Frieden, wie er ihn nicht mehr empfunden hatte, seit er zuletzt an der *Wassileostrowskaja* in seinem Zelt gelegen und Tanja die Hand zwischen die Beine gelegt hatte. Tanja. Die Gedanken zerbröselten und verloren sich irgendwo in der Ferne. Iwans Bewusstsein verfiel in einen wohligen Dämmerzustand. Gedankenlosigkeit.

Der Hals schmerzte. Iwan schluckte. Sollte er sich erkältet haben? Oder hatte er einfach nur zu viel herumgeschrien? Egal. Ausruhen. Nur ausruhen. Diesen Moment auskosten. Wir haben gesiegt. Alles ist zu Ende. Wir haben gesiegt. Zu welchem Preis? Auch schon egal.

Nur noch ein Weilchen im Schatten sitzen, bevor die Mühle wieder von vorne losgeht: Befehle geben, Wachen einteilen, Aufräumarbeiten …

Iwan hatte plötzlich die verängstigten, in sich zusammengefallenen Gesichter der gefangen genommenen Moskowiter vor Augen. Tja. Sie hätten eben den Generator nicht klauen sollen. Er empfand keinen Zorn bei dem Gedanken, höchstens einen müden Ärger. Und einen seltsamen Beigeschmack.

Als hätte er etwas getan, was nicht ganz richtig war.

Nicht nachdenken. Ausruhen.

Die Leiche des Feindes riecht angenehm. Oder ist das in der Metro etwa anders?

Iwan überlief ein Schauer. Er zitterte und Tränen traten ihm in die Augen. Die Nachwehen der Anspannung? Seine Bauchmuskeln krampften sich so heftig zusammen, als würden sie sich für immer verknoten.

Wenn das nur schnell vorbeigeht, bevor jemand was mitbekommt.

Endlich. Er spürte, wie die letzten Wellen schwarzen, animalischen Zorns allmählich verebbten. Erleichtert lehnte sich Iwan zurück und in seinem Körper machte sich das wohlige Gefühl der Entspannung breit.

Ihr hattet eure Chance.

»Chef!«, rief jemand.

Iwan reagierte nicht sofort. Er gönnte sich noch ein paar Sekunden in der Dunkelheit der geschlossenen Augen. Sein Gesicht brannte. Die Ohren auch.

Was war da los? Doch krank geworden? Das fehlte noch.

Iwan fielen die Epidemien von früher ein, als man die Stationen dichtmachte und auf jeden Fremden, der im Tunnel auftauchte, sofort geschossen wurde. Das Problem eines abgeschlossenen Systems. Jede ernsthafte Epidemie konnte die gesamte Bevölkerung auslöschen.

Iwan öffnete die Augen. Vor ihm stand Solocha.

»Was willst du?«, fragte Iwan und legte die Stirn in Falten.

Solocha wippte von einem Bein auf das andere. Bei seiner Bohnenstangenfigur sah das furchtbar komisch aus. Wie eine Zirkusnummer. Ein Mann auf Stelzen.

Iwan fiel die letzte Zirkusvorstellung ein. Fahrende Artisten waren zur Station gekommen. Das Mädchen auf der Kugel, Jongleure, Kartenleser. Ein Zauberer. Seltsam übrigens, er hatte sie schon lange nicht mehr gesehen. Normalerweise waren sie ständig auf Tournee durch die gesamte Metro, das hatten die Zirkusleute selbst gesagt. Wie hieß gleich wieder dieser weißblonde Typ? Signor Antonelli? Genau, er hieß Anton.

»Scheiße.« Solocha verzog das Gesicht, als hätte er Zahnweh. »Echt voll die Scheiße ...«

Iwan zögerte. Wie schön wäre es gewesen, wieder in die Dunkelheit zurückzusinken und an die Artisten zu denken. An dieses geschmeidige Wesen auf der Kugel zum Beispiel ...

»Na schön«, sagte Iwan und rappelte sich mühsam hoch. »Dann zeig mir mal, wo die Scheiße am Dampfen ist.«

Ein Feuerwerk der Farben in völliger Stille. Und der lautlose Flug der Kugel unter das Gewölbe der *Wassileostrowskaja*.

Rosabraune Rauten. Iwan erinnerte sich. Das Mädchen auf der Kugel trug ein eng anliegendes Trikot mit einem Muster aus rosabraunen Rauten. Sie war grazil, biegsam und gar nicht mal so jung. Zwischendurch spielte Musik. Ein Zirkusmarsch, wie Iwan sich ihn immer schon vorgestellt hatte. Temperamentvoll und traurig. Mit Pauken. Die fahrenden Artisten hatten einen chinesischen, mit Klebeband umwickelten Radiorekorder dabei, der die Musik ab und zu mit krachenden Geräuschen unterbrach. Den Zuschauern war das egal, sie konzentrierten sich auf die Vorstellung. Die Artistin balancierte auf der Kugel, dann tanzte sie über ein gespanntes Seil und lief auf den Händen. Ein Muskelmann mit einfältigem Gesicht hob sie hoch und stellte sie auf seine Schultern. Sie reckte ein Bein und zog es am Fuß hinter den Kopf, als wäre sie aus Gummi.

Als sie wieder auf dem Boden stand und sich verbeugte, brandete tosender Beifall auf. Erst jetzt wurde Iwan bewusst, was für eine Totenstille zuvor geherrscht hatte. Besser gesagt, eine lebendige Stille, die im Spannungsfeld zwischen Zuschauern und Artistin förmlich vibrierte.

Sie hieß Eleonora von Waiskaize. Kurz: Lera. Nach der Vorstellung ging Iwan zu ihr, um zu gratulieren, nun ja, eigentlich um sie aus der Nähe zu sehen, denn er litt schon damals unter Kurzsichtigkeit. Als er ihr gegenüberstand, bemerkte er auf ihrem glatten Gesicht in den Augenwinkeln feinste Fältchen.

Er bedankte sich für die Vorstellung und überreichte ihr eine Blume – aus Papier. Und er sah in ihre Augen. Dunkle Augen, die schon vieles erlebt hatten. Durch den Glanz, den die Begeisterung der Zuschauer in sie hineingezaubert hatte, schimmerten Einsamkeit und Müdigkeit.

Sie kamen ein bisschen ins Gespräch.

Tatsächlich war Eleonora schon über dreißig. An die Zeiten vor der Katastrophe erinnerte sie sich wesentlich besser als Iwan. Wenn auch nur an bestimmte Dinge.

Es ist generell erstaunlich, wie das Gedächtnis von Frauen funktioniert.

Eleonora, Lera, erinnerte sich an Gerüche und Geräusche. An die Melodien von damals. Sie erinnerte sich dagegen an nichts von dem, was Iwan interessiert hätte.

Außerdem erzählte sie von der Station *Parnas* – einem Paradies für Künstler. Angeblich waren dort alle gut und edel.

Jung und schön.
Kunstfertig und voller Inspiration.
Dort herrschten Ruhe und Frieden.
Ob sie ihr Paradies wohl gefunden hat?, fragte sich Iwan, während er hinter Solocha her trabte.

Und was für eine Scheiße da am Dampfen war ...
»Legt an!«, kommandierte der Oberst.
An der Schulter trug er das Abzeichen, das Memow Iwan gezeigt hatte.
Das sind doch eigentlich ganz normale Menschen, dachte Iwan bitter. Und jetzt so was.
Die Salve knatterte und die Menschen an der Wand zuckten. Das Krachen von zehn Gewehren war ohrenbetäubend in dem engen Raum. Im Augenwinkel sah Iwan den Reigen der Feuerblitze und dann, wie die Menschen im Trommelwirbel der Salve zu Boden sanken, sich zusammenkrümmten ...
Und starben.
Ihre Schreie dröhnten noch in seinen Ohren, als er den Ort des Geschehens verließ. Iwan würgte.
Wenn er die Augen schloss, sah er aufs Neue, wie die Kämpfer der Allianz die Überlebenden erledigten.
Auf welcher Seite stehst du, Soldat?
Verdammt.
Warum macht man aus einem normalen Krieg ein solches Blutbad?
Obwohl, dachte Iwan übergangslos, gibt es überhaupt einen normalen Krieg?
Gibt es so etwas?

An der Station *Ploschtschad Wosstanija* dominierte die Farbe geronnenen Bluts. Die Vorfahren hatten das dunkle Rot offenbar mit Bedacht ausgewählt. Iwan lehnte die Stirn gegen den kalten Marmor und kniff die Augen zusammen. So verharrte er und hoffte, wie so oft, dass alles nur ein Albtraum sei.

Wach auf!, sagte er zu sich. Wach endlich auf!

Die Geschichte wiederholte sich. Mit geschlossenen Augen sah er das Geschehen in der Vergangenheit noch einmal ablaufen.

»Das ist das Lazarett!«, sagte der Leutnant.

Den Raum erhellte grelles elektrisches Licht. Die Verwundeten lagen oder saßen auf Feldbetten und hoben die Köpfe, als die Ankömmlinge eintraten. Sie schauten finster und doch voller Erwartung. Am anderen Ende des Zelts standen einige Krankenschwestern und ein Arzt in einem blutverschmierten weißen Kittel.

Der Leutnant ging durch die Reihen der Feldbetten und musterte die Verwundeten. Einige wandten sich ab, andere glotzten. Iwan ging hinter ihm her. Er hatte keine Ahnung, was er hier sollte.

»Was machen wir mit ihnen?«

Der Leutnant blieb stehen. Der Arzt kam auf ihn zu und sah ihm gerade in die Augen. Er hatte ein kantiges, unebenmäßig geformtes Gesicht.

»Veranlassen Sie, dass wir Wasser bekommen«, sagte der Arzt. »Wir haben hier schließlich Verwundete.«

Der Leutnant blickte sich um. »Verwundete?«, fragte er mit verständnisloser Miene.

Der Arzte schluckte. Der Adamsapfel unter seiner blassen, faltigen Haut hüpfte auf und ab. Sein Hals war mit grauen Bartstoppeln übersät.

»Wo, bitte schön, sind hier Verwundete? Ich sehe nur Feinde des Imperiums.«

Der Arzt war wie vor den Kopf geschlagen. Man konnte förmlich dabei zusehen, wie die Farbe aus seinem Gesicht wich.

»Das hier sind kranke Menschen. Sie brauchen Hilfe! Geht das nicht in Ihren Kopf?! Ich habe weder Wasser noch Medikamente, noch Verbandmaterial. Meine Helferinnen ...«

»Ihre Helferinnen«, sagte der Leutnant in eigentümlichem Ton. Der Arzt verstummte mitten im Satz. Der Leutnant betrachtete die Krankenschwestern in ihrer weißen Kleidung. »Tatsächlich, Ihre Helferinnen.«

»Ich verstehe nicht, was hier ...«

Ein Feuerblitz. Ein Schuss. Der Leutnant blinzelte. Die Miene des Arztes gefror, als hätte man sie mit farblosem Klebstoff übergossen. Er geriet ins Schwanken. Die Krankenschwestern begannen zu schreien. Immer lauter.

»Mund halten«, befahl der Leutnant leise. Nachdenklich betrachtete er seinen Revolver, als sähe er ihn zum ersten Mal. Er drehte ihn zerstreut hin und her und steckte ihn dann ins Halfter zurück.

Der Arzt stürzte zu Boden. Iwan beobachtete, wie er fiel und wie auf seiner Brust ein kleiner roter Fleck erschien, der sich langsam durch den weißen Stoff des Kittels fraß. Das Lazarett und die Menschen verschwanden. Iwan sah nur noch dieses Blut. Sein Herz schlug bis zum Hals. Er war so geschockt, dass er nicht wusste, was er tun sollte. Vorwärts oder rückwärts gehen?

Was ist hier eigentlich los?

Was tue ich hier?

Das muss ein Albtraum sein.

Iwan sah auf. Der Leutnant verzog keine Miene. Sein Blick war so kalt und gleichgültig wie der einer Riesenschlange, die sich an einem sonnigen Plätzchen eingerollt hat, um zu dösen.

In dem lichtdurchfluteten Raum herrschte eine beklemmende Stille.

Die Lippen des Leutnants bewegten sich plötzlich. »Alle töten«, sagte er knapp. Dann wandte er sich an die Krankenschwestern und sagte mit einem fratzenhaften Grinsen: »Meine Damen, wenn Sie mich bitte entschuldigen.«

Der Arzt war auf die Seite gefallen. Iwan machte einen Schritt nach vorn. Die Gliedmaßen des Toten schlugen noch einmal unkontrolliert in die Höhe, als stünde er unter Strom. Dann rührte er sich nicht mehr. Seine Augen waren weit aufgerissen und starrten ins Leere. Befremdet. Ungläubig.

Der Leutnant streckte die Hand aus, an der noch die Kälte des Revolvergriffs haftete.

»Meine Damen?«

Erst jetzt schrien die Krankenschwestern wirklich.

Iwan schüttelte den Kopf, um die ungebetenen Erinnerungen zu verscheuchen. Das alles war schon lange her und außerdem nicht wahr.

Einbildung.

Oder doch keine Einbildung?

Natürlich nicht. Bittere Realität.

Damals war die Station *Ploschtschad Alexandra Newskowo* von den Veganern erobert worden. Und dann hatte das Gemetzel begonnen. Iwan war damals siebzehn Jahre alt und diente seit gerade mal drei Monaten als Söldner in der veganischen Armee. Es war sein erster Kampf nach der Ausbildung. Und auch sein letzter.

In der folgenden Nacht schnitt Iwan dem Leutnant die Kehle durch und floh.

Iwan konnte sich noch gut daran erinnern, wie ihn die »Grünen« durch den Tunnel jagten und ihm dann in den Lüftungsschacht folgten. Ein Kampf in der Finsternis. Feuerblitze, Schüsse. An die Oberfläche trauten sie sich dann aber doch nicht. Iwan dagegen ging das Risiko ein. Was hätte er auch sonst machen sollen? Die Alternativen waren die sofortige Erschießung oder ein elendes Sklavendasein, womöglich mit einem halluzinogenen Pilz im Kopf. Nein danke.

Mörder.

Iwan seufzte. Auf diese Weise war er zur *Wassileostrowskaja* gekommen, ans andere Ende der Metro.

Und jetzt holte ihn diese Geschichte wieder ein.

»Wanja!« Es war Solocha, der nach ihm rief. Iwan drehte sich um. Das Gesicht des Diggers war so weiß wie der Schnee auf der Kuppel der Isaaks-Kathedrale. »Da hinten ... Gladyschew ...«

Iwan wurde klar, dass das alles erst der Anfang war.

Scheiße. Anders konnte man das wirklich nicht nennen.

»Wo ist unser Dieselgenerator?«, fragte Gladyschew mit gefletschten Zähnen und tätschelte zärtlich das Brecheisen in seiner Hand.

Der Moskowiter sah ihn hilflos an. Schlag ihm doch in die Eier, dachte Iwan, während er im Laufschritt herbeieilte. Einen im Weg stehenden Admiralzen rammte er einfach zur Seite. Der Mann fand das nicht in Ordnung und krallte sich an seinem Ärmel fest. Iwan schlug ihm kurzerhand den Ellenbogen ins Gesicht. Der Admiralze ging zu Boden. Sorry, mein Freund.

»Was für ein Dieselgenerator denn?«, fragte der Moskowiter mit angstverzerrtem Gesicht.

»Ich zähle bis drei.« Gladyschew holte aus. »Eins, zwei ...«

»Ihr Piter-Leute seid alles Schweine!«, schrie der Gefangene verzweifelt.

Tschok! Knirschen.

Die Umstehenden schrien auf.

»Falsche Antwort«, sagte Gladyschew. Er lockerte das Brecheisen und zog es aus dem toten Körper. Blut spritzte ihm ins Gesicht und auf seine Kleidung.

»Der Nächste bitte«, sagte er lapidar.

»Aufhören!«, brüllte Iwan und marschierte mit geballten Fäusten auf Gladyschew zu. Sein Gesicht glühte vor Zorn.

Der alte Digger stutzte und wich zur Wand zurück. Iwan entwand ihm das Brecheisen und warf es auf den Boden. Gepolter. Iwan fackelte nicht lang und schlug zu. Gladyschew taumelte, krachte mit dem Rücken gegen die Wand und begann abwärts zu rutschen. Iwan stürzte zu ihm, packte ihn am Kragen und zog ihn hoch.

»Was machst du da, du verdammter Idiot?!«
Gladyschew legte seine verfaulten Zahnstumpen frei und grinste.
»Wieso, Chef? Ich verhöre nur die gefangenen Bastarde.«
Iwan schob sein Gesicht unmittelbar vor das von Gladyschew.
»Ich – bring – dich – um«, sagte er, Silbe für Silbe betonend. Er schüttelte den alten Digger und schlug ihn mit dem Hinterkopf gegen die Wand. Gladyschew grinste immer noch.
»Chef. Was ist denn los mit dir, Chef?«
Aha. Will nichts verstehen!
Iwan zog Gladyschew die Makarow aus dem Gürtel, spannte den Hahn und setzte ihm die Pistole an die Stirn. Er drückte so fest zu, dass die Haut um die Laufmündung herum weiß wurde.
»Verstehst du es so besser?«, fragte Iwan. »Ich lass dich erschießen, verstanden?!«
»Verstanden.« Gladyschew sah Iwan ungerührt an. »Da gibt's nicht viel zu verstehen, Chef. Du hast doch nie wirklich zu uns gehört. Was interessiert dich schon unser Generator? Du kommst prima ohne zurecht, nicht wahr?«
Iwan zog die Hand mit der Makarow zurück und versetzte dem Digger einen Schlag auf die Schläfe. Gladyschew verstummte und sackte zu Boden.
»Was stehst du hier blöd rum«, herrschte Iwan einen Wachposten an. »Du sammelst alle Gefangenen ein und bringst sie zum Kontrollposten. Dort lässt du sie frei. Kapiert? Und dass du mir ihnen kein Haar krümmst! Ich kontrolliere das persönlich. Verstanden?!«
»Verstanden«, stammelte der Mann, bleich vor Schreck.
Am Bahnsteig hörte man plötzlich Schreie – eine Frauenstimme. Und dann das vertraute Gebrüll von Schakilow.
Was ist denn das heute für ein Irrenhaus?!
»Solocha, du kommst mit mir«, kommandierte Iwan.

Explodierte Luft ist dünn.

Manch einer erstickt fast daran, manch einer nicht.

»Stoppen Sie sofort Ihre Leute!«, forderte Iwan. Er lockerte seine Arme und nahm eine drohende Haltung an. Rechts von ihm stand Solocha, links von ihm Schakilow.

Gut, dass wir Kusnezow nicht mitgenommen haben, dachte Iwan beiläufig. Sieht nicht so aus, als würde das hier ein Spaziergang werden.

»Wer bist du überhaupt?!«, blaffte der Admiralze.

Auf der Schulter trug er die graue Faust im Kreis – wie fast alle inzwischen, die reinste Uniform.

»Ein Digger«, erwiderte Iwan kurz angebunden.

»Willst du eine aufs Maul, Digger?«

»Versuch's ruhig.«

Der Admiralze fletschte die Zähne. Seine Untergebenen richteten die Aufmerksamkeit auf das sich anbahnende Duell und ließen von der jungen Frau ab. Die entfernte sich auf allen vieren ein Stück weit vom Ort des Geschehens, blieb dann auf dem Boden sitzen und verfolgte von dort aus alles.

Ihre Bewegungen wirkten eigenartig gehemmt.

»Die Hände vorstrecken«, befahl Iwan. »Sonst mach ich dich gleich hier platt, damit alle Bescheid wissen. Haben wir uns verstanden?«

Unter den Admiralzen erhob sich empörtes Geraune. Sie fanden es überhaupt nicht komisch, dass ihnen wegen eines Diggers die Beute durch die Lappen ging. Außerdem waren sie in der Überzahl – fünf gegen drei.

Suboptimal, dachte Iwan. Aber bei Vergewaltigern und Plünderern kann man auf solche Nebensächlichkeiten keine Rücksicht nehmen.

Der Admiralze grinste siegessicher. Der hatte natürlich auch längst gecheckt, wie die Kräfteverhältnisse verteilt waren.

Iwan seufzte. Was soll's. Augen zu und durch.

Die Admiralzen griffen blitzschnell zu ihren Waffen. Schau an, wie mutig.

»Na, wie gefällt dir das?«, fragte derjenige, der zuvor die junge Frau festgehalten hatte – ein widerlicher Typ mit aufgedunsenem Gesicht und einer dicken Warze auf der Wange.

»Meine Lieblingsbonbons«, sagte Iwan. »Hörst du? Bato-ontschiki.«

»Hä?«

Iwan schlug ansatzlos zu. Der Warzige taumelte und rollte irr mit den Augen. Während Iwan ihn als Schutzschild nutzte, nahm er ihm das Gewehr ab und stellte es auf Dauerfeuer ein. Iwan fasste die Waffe mit beiden Händen und zielte auf seine Gegenüber.

Pause.

Sieben aufeinander gerichtete Gewehrläufe.

Die Situation war aufs Äußerste gespannt. Eine falsche Bewegung konnte ein Blutbad auslösen. Iwan erlebte so etwas nicht zum ersten Mal.

»Ruhig bleiben!«, schrie er und richtete den Lauf des Gewehrs gegen die Decke. »Schluss jetzt, das reicht! Alle nehmen die Waffen weg!«

Der erste Schuss lag förmlich in der Luft. Die junge Frau, wegen der die Kontrahenten aneinandergeraten waren, saß mit völlig teilnahmsloser Miene daneben. Als wäre nicht sie es, die man gerade vor einer Vergewaltigung zu retten versuchte.

»Wer bist du überhaupt?«, fragte einer der Admiralzen, ein dürrer Glatzkopf.

Ein anderer trat zu ihm und flüsterte ihm etwas ins Ohr.

»Was, echt? Merkulow?« Der Admiralze machte den Rücken gerade. »Okay, Jungs. Lasst uns das Ganze friedlich regeln.«

Der andere beugte sich wieder zu ihm und sprach auf ihn ein. Iwan konnte nicht verstehen, was er sagte, doch im Gesicht des Glatzkopfs trat erneut eine Veränderung ein.

»Wer von euch ist Sasonow?«, fragte er.

Dabei hatte alles so gut angefangen, dachte Iwan frustriert.

»Ich vertrete ihn«, nuschelte Schakilow zahnlos und so undeutlich, dass man kein Wort verstand.

»Was, du bist Sasonow?«, fragte der Glatzkopf nach. »Wirklich? So fett hat man mir den aber nicht beschrieben.«

»So, Jungs«, entgegnete Schakilow. »Ihr werdet's nicht glauben, aber jetzt bin ich richtig beleidigt.«

An das darauffolgende Geschehen konnte sich Iwan nur noch schemenhaft erinnern. Fliegende Fäuste, Fußtritte, Geschrei und durchs Bild huschende Schatten. Und der stechende Schmerz, der ihm bei jedem Schlag, den er austeilte, in die Rippen fuhr.

Dann war der Kampf endlich zu Ende. Die Admiralzen, die noch stehen konnten, machten sich aus dem Staub.

Iwan suchte seine vier Buchstaben zusammen und fuhr sich mit der Zunge über die blutige Oberlippe. Na, immerhin waren die Zähne noch an ihrem Platz. Die Sache hätte auch schlimmer ausgehen können. Zum Glück waren die Admiralzen letztlich Feiglinge und Schakilow eine erbarmungslose Kampfmaschine.

Plötzlich – ein Schuss.

Schakilow erstarrte und sank kraftlos zu Boden. Sein Gesicht wurde kreidebleich.

»Sascha ...«

Iwan hob den Arm. Seine Hand war rot. Wie das?

»Es ist nichts«, wiegelte Schakilow ab. »Das geht vorbei. Ich bin einfach nur furchtbar müde.«

Iwan sah sich auf dem Bahnsteig um. Den Admiralzen mit der Warze hatten seine Begleiter mitgenommen und auch die junge Frau war verschwunden.

»Solocha, ruf den Doc!«, schrie Iwan. »Aber schnell!«

Iwan fand den General auf der Stirnseite der *Ploschtschad Wosstanija* in einem winzigen Raum, den man in einen provisorischen Kommandostand umfunktioniert hatte. In einer Ecke stand ein in der Mitte durchgebrochener Tisch – das musste während des Sturmangriffs passiert sein – und daneben ein Holzstuhl, der einzige im Raum.

An einer Pinnwand hing ein Plan der Metro, der mit buntköpfigen Reißwecken gespickt war. Iwan kniff die Augen zusammen. Der untere Teil der Linie 3 – von der Station *Ploschtschad Alexandra Newskowo* bis zur *Obuchowo* – war mit grünen Reißwecken markiert: das Imperium der Veganer. In der *Rybazkoje* steckte eine schwarze Reißwecke. Klarer Fall, die Station lag oberirdisch, dort existierte kein Leben mehr. Das heißt, natürlich gab es dort noch Leben, doch das gehörte zu einem »anderen Ökosystem«. Die *Majakowskaja* und die *Ploschtschad Wosstanija* waren grau markiert. Wie übrigens auch die *Wassileostrowskaja*.

Wir breiten uns aus, nicht wahr?

»Stoppen Sie die Erschießungen«, sagte Iwan.

»Schon geschehen«, erwiderte Memow knapp. »Die Schuldigen werden bestraft. Sag mal, habt ihr eigentlich euren Generator wiedergefunden?«

Der General hatte wieder seinen bohrenden Blick aufgesetzt.

»Nein. Wir suchen noch. Dabei könnten wir durchaus Unterstützung gebrauchen.«

»In Ordnung«, sagte der General und nickte. »Ich werde einige Männer dafür abstellen.«

Iwan fuhr sich mit der Hand übers Gesicht. Er war müde.

Wo konnten die Dreckskerle den Generator nur versteckt haben? Dreckskerle, allesamt! Die Moskowiter sowieso und unsere Leute sind auch nicht viel besser.

Iwan ging zum Tisch hinüber und setzte sich auf den einzigen Stuhl – Rangordnung hin oder her. Das alte Holz knarzte. Er schloss die Augen. Kurz darauf hörte er das Gluckern einer Flüssigkeit.

Iwan sah auf. Der General schenkte Kognak ein.

»Wir trinken einen Schluck und dann gehst du dich ausruhen«, verfügte Memow, als er ihm den Zinnbecher reichte. »Du siehst ja aus wie der Tod. Deinen Generator werden wir schon wiederfinden, keine Sorge.« Er hob sein Glas. »Also dann, auf unseren Sieg.«

Sie stießen an.

Der Kognak brannte in der Kehle. Gutes Zeug, dachte Iwan. Die Wärme, die der Alkohol von innen verströmte, wirkte entspannend und tauchte die Welt in rosarotes Licht. Das Leben schien auf einmal wieder – erträglich.

»Ich kann's selbst kaum glauben, dass es geklappt hat«, sagte Iwan und sah Memow beinahe vergnügt an. »Aber alles lief nach Plan, nicht wahr, General?«

»Nun ...« Der General druckste ein wenig herum. »Um ehrlich zu sein – nicht ganz.«

»Bitte?!«

»Dachtest du wirklich, dein Plan wäre der einzige gewesen?«

Diese Neuigkeit war eine kalte Dusche für Iwan.

»Aber ...«

»Dein Gasangriff war ein Ablenkungsmanöver«, erläuterte Memow. »Unsere Hauptstreitkräfte sind von der *Tschernyschewskaja* und von der *Wladimirskaja* her vorgerückt. Mit der Vorbereitung dieser Operation hatten wir schon vor einer Woche begonnen. Der erste Trupp ist gescheitert – er wurde schon beim Vormarsch entdeckt. Der zweite ist im Lüftungsschacht stecken geblieben beim Versuch, hinunterzusteigen. Ein Digger stürzte ab. Die andern versuchten, ihn rauszuholen. Sie wurden alle von den Moskowitern getötet. Eine Granate – und Feierabend. Doch der dritte Trupp hat seine Ausgangsposition erreicht. Und ihnen ist der Durchbruch gelungen, als die Moskowiter durch deinen Gasangriff abgelenkt waren.«

»Und wer hat sich das ausgedacht?«, fragte Iwan.

»Du kennst ihn. Kapitänleutnant Kmiziz.«

Iwan zog die Augenbrauen hoch. Erstaunlich.

»Einen einzigen anständigen Menschen gibt's bei euch und der ist Orlows Stellvertreter«, kommentierte Iwan spöttisch. »Ich werde Kmiziz zu seiner erfolgreichen Idee gratulieren.«

»Das wird leider nicht möglich sein«, erwiderte Memow.

»Wieso, wo sind sie denn jetzt ...« Iwan besann sich. »Ach so. Es hat sie erwischt?«

»Ja. Sie wurden bei dem Angriff getötet.« Memow schloss kurz die Augen und öffnete sie wieder. »Von den eigenen Leuten. Aus Versehen. Auch Kmiziz war dabei. Er hatte den dritten Trupp angeführt. Ewiges Gedenken.«

Plötzlich fiel es Iwan wie Schuppen von den Augen.

»Die schwarzen Marinejacken.«

»Ja.«

»Der Kmiziz-Plan«, sagte Iwan.

»Ja. Aber er wird als Merkulow-Plan in Erinnerung bleiben. Freu dich, Iwan. Der Sieger hat immer recht.«

Und wie ich mich freue, dachte Iwan bitter. Mir wird direkt schlecht vor lauter Freude.

»Ich ... Ich halte es hier nicht mehr aus! Verstehen Sie, Iwan?«

Der Professor tigerte durch die Entwässerungsstation – das ehemalige Chemielabor – und konnte sich überhaupt nicht beruhigen. Auf dem Tisch brannte eine Karbidlampe und verwandelte Wodjaniks Gesicht in die traurige Maske der wissenschaftlichen Tragödie.

Eines Morgens erwachten die Forscher und stellten fest, dass sie die Atombombe erfunden hatten.

»Verstehen Sie das?«

Iwan nickte. Natürlich verstand er.

Der Professor drehte sich um und ging. Müde wankte seine gebeugte Gestalt in die Dunkelheit hinaus.

Verdammt, wenn der sich mal bloß nicht verläuft.

»Kusnezow!«, rief Iwan.

Der Jungspund sprang auf und würgte noch im Gehen einen Bissen herunter.

»Zu Befehl?!«

»Geh ihm nach«, befahl Iwan. »Und pass auf, dass er heil an der *Gostinka* ankommt. Dann kommst du zurück. Und auf keinen Fall den Weg verlassen, verstanden? Es wäre nicht das erste Mal, dass der Prof sich verirrt.« Iwan überlegte kurz und fügte für alle Fälle hinzu: »Nicht dass ich euch hinterher bei den Kommunisten an der *Kuptschino* suchen darf.«

Kusnezow grinste. Der Grünschnabel hatte verstanden.

Wer weiß, vielleicht wird ja doch noch ein Digger aus ihm, dachte Iwan. Später mal, wenn er älter ist.

Zerstreut sah sich Iwan nochmals im ehemaligen Chemielabor um, dann ging er selbst in den Tunnel hinaus. Er musste den Dieselgenerator finden.

»Iwan«, rief jemand hinter der Säule.

Iwan stutzte. Er schob die Hand hinter den Rücken und zog die Pistole aus dem Gürtel. Eine erbeutete Makarow – besser als nichts.

»Wer ist da? Komm raus.«

Der Angesprochene gehorchte. Iwan betrachtete den kleinen Dicken im Anzug und seufzte. Der hatte noch gefehlt. Das menschgewordene Meerschweinchen Boris. Die bewaffnete Neutralität.

»Guten Tag, Iwan«, grüßte der friedensbewegte Zivilist. »Ich muss etwas mit Ihnen besprechen.«

Sein Gesichtsausdruck wirkte befremdlich. Iwan sicherte seine Makarow und steckte sie in den Gürtel zurück.

»Schon wieder ein Fall von militärischer Willkür?«, erkundigte er sich genervt.

Willkür hatte Iwan in den letzten beiden Tagen mehr als genug erlebt. In jeder Spielart. Bis zum Erbrechen.

»Was?« Boris blinzelte. »Nein, nein. Das heißt ja.«

Gar nicht so einfach, sich mit einem Meerschweinchen zu unterhalten, dachte Iwan.

»Was denn nun? Ja oder nein?«

»Wissen Sie …« Der Abgesandte des Friedensrats druckste herum. »Die Sache ist kompliziert. Könnten Sie bitte mit mir kommen? Es ist sehr wichtig.«

»Sehr?« Iwan hatte nicht die geringste Lust, irgendwo hinzugehen. Höchstens nach Hause. In aller Stille die Sachen packen und abhauen – nach Hause. Und alles vergessen. »Ich wollte gerade nach Hause fahren.«

»Die Angelegenheit ist wirklich ungeheuer wichtig«, insistierte Boris. Wie damals bei der Szene mit Kulagin fiel Iwan die eiserne Entschlossenheit auf, die sich in der weichen, molligen Hülle dieses kleinen Mannes verbarg. Ach, Borja. »Sie müssen mit mir kommen, Iwan. Sie und niemand sonst.«

Aber die, die nicht brav waren,
müssen auch schlafen.

»Meinetwegen«, sagte Iwan. »Wohin gehen wir?«

Tunnel, Übergänge, Schächte, Nischen.
Das Gesicht der Metro.
In der Finsternis glänzte plötzlich Metall, und aus dem Nichts erschien eine dunkle Gestalt.
»Hände hinter den Kopf«, kommandierte die Gestalt.
»Ist das Ihre ungeheuer wichtige Angelegenheit?«, fragte Iwan, ohne sich nach Boris umzudrehen. »Na dann, vielen Dank.«
Langsam hob er die Hände.
Boris, Boris, du verdammtes Arschloch, dachte Iwan. Wenn ich mich auf die Beine von dem Typen stürze, könnte ich es schaffen.
»Lass das«, warnte die Gestalt. Ihre tiefe Stimme klang so ruhig und unerschütterlich wie die Granitbrüstung einer Uferstraße. »Du hast keine Chance.«
Konnte der Dreckskerl etwa Gedanken lesen? Schweigend starrte Iwan vor sich hin, das Gesicht versteinert vor Wut.
»Aber Sie hatten mir doch versprochen, dass ihm nichts passiert!«, entrüstete sich Boris.

Die mit einer Pistole bewaffnete Gestalt trat ins Licht. Der Mann kam Iwan irgendwie bekannt vor. Flaches, ebenmäßiges Gesicht, leicht schielende Augen, dunkles, kurz geschorenes Haar, an der Wange eine Narbe. Graue Armeejacke mit Gürtel, an der Brust der weiße Stern, das Abzeichen des MTschS.

Verdammte Scheiße, dachte Iwan. Und ich war schon fast auf dem Heimweg.

»Das habe ich versprochen, stimmt«, sagte der Moskowiter und blinzelte. »Na und? Hände schön oben lassen, Beine auseinander – zack zack.«

Im nächsten Moment stellte sich heraus, dass der schielende Hüne keineswegs allein war. Zuerst tauchte ein Halbwüchsiger auf. Seine eine Hand war verbunden, in der anderen hielt er eine AK-103 mit abklappbarer Schulterstütze. Dann erschien ein älterer Mann mit einer abgeschnittenen Flinte. Und zuletzt noch ein bulliger Typ. Sie durchsuchten Iwan nach allen Regeln der Kunst, sogar seine Hoden tasteten sie ab.

»Alles okay, Ramil«, meldete der Kraftprotz.

Der Schielende nickte. Und in diesem Augenblick erkannte ihn Iwan. Natürlich!

Es war Kandagarijew, der Leiter der Wache der Station *Ploschtschad Wosstanija* und gleichzeitig der Ober-Bodyguard von Zar Achmet alias Achmetsjanow. Offenbar war er Tatare wie der Diktator selbst. Iwans Herz schlug auf einmal bis zum Hals. Jetzt saß er in der Tinte.

Kalte Erde ...

Kalte Erde ...

»Folgen Sie mir«, befahl Kandagarijew und fügte höflich hinzu: »Bitte.«

Wie zum Hohn verband man Iwan auch noch die Augen. Als ob er sich den Weg nicht auch im Dunkeln hätte merken können.

Nach einem kurzen Marsch durch verwinkelte Gänge stieß man ihn in einen beleuchteten Raum und nahm ihm die Augenbinde ab. Es handelte sich offenbar um ein altes Lager, das den Moskowitern jetzt als Stützpunkt diente.

Iwan sah sich einem nicht allzu großen, gut aussehenden Mann gegenüber. Seine Augen funkelten im Licht der elektrischen Lampen. Er trug eine schwarze Lederjacke. Vor ihm auf dem Tisch lag eine Pistole. Keine Makarow. Etwas Besseres. Möglicherweise eine Glock.

»Seine Majestät Achmet der Zweite«, sagte Ramil.

Der Zar nickte. Im Augenwinkel sah Iwan eine weitere Person. Eine Frau. Eine junge Frau, versteht sich. Sie trat näher und stellte sich hinter Achmet. Iwan sah sie bis jetzt nur im Profil.

Die junge Frau wandte sich ihm zu.

Iwan traute seinen Augen nicht, obwohl er es schon fast verlernt hatte, sich in der Metro über irgendetwas zu wundern.

»Das ist er«, sagte die junge Frau. »Der, der sich den Merkulow-Plan ausgedacht hat. Und der mir geholfen hat. Warum willst du ihn töten?«

»Er hat dir das Leben gerettet? Deine Ehre, deine Unschuld?«

»Er hat mich einfach gerettet.«

Achmet der Zweite nickte. »Sehr gut. Und warum sollte ich ihn nicht töten? Kannst du mir einen vernünftigen Grund dafür nennen?«

»Aus Dankbarkeit.«

»Dankbarkeit im Krieg?« Achmet schnitt eine erstaunte Miene. Sein Gesicht wirkte europäisch. Er sah eher wie ein Italiener aus. »Jemand rettet dir das Leben. Zum Dank treibst du ihm Nadeln unter die Fingernägel und zertrümmerst ihm mit einem Vorschlaghammer die Knie. Das ist ehrlich. So läuft es nämlich im Krieg.«

Iwan wartete ab und schwieg.

»Ich protestiere!«, eiferte sich Boris, der ohnmächtig in einer Ecke stand. »Das können Sie nicht machen!«

Achmet verzog gelangweilt das Gesicht. »Was ich machen kann und was nicht, entscheide ich selbst. Ramil, ist dieser Mann gefährlich?«, fragte er seinen Leibwächter.

»Ja«, erwiderte Ramil lapidar.
»Siehst du?«, sagte Achmet zu der jungen Frau. »Ich habe überhaupt keine Wahl.«
»Ihr könnt mich aus Rache töten«, sagte Iwan. »Das ist eure Sache. Doch vielleicht verratet ihr mir erst einmal, warum ihr mich überhaupt herbestellt habt. Wollt ihr euch ergeben?« Iwan seufzte tief. »Ich habe natürlich keine allzu weitreichenden Vollmachten. Aber gut, eure Kapitulation könnte ich entgegennehmen.«
Pause. Achmet sah Iwan mit großen Augen an – so einen dreisten Gefangenen hatte er noch nicht erlebt. Ramil konnte sich ein Grinsen nicht verkneifen und versteckte es hinter vorgehaltener Hand.
»Du traust dich was«, sagte Achmet ebenso beeindruckt wie amüsiert. »Respekt. Trinkst du einen Tee?«
Hatte er es sich doch noch anders überlegt?
Das wäre ja mal eine gute Nachricht.

Jetzt ist es so weit, dachte Iwan. Die Sache läuft aus dem Ruder.
»Ich weiß gar nicht, warum ihr keine Ruhe gebt«, schimpfte Achmetsjanow. »Weil wir hier eine Diktatur haben? Zugegeben, bei uns herrschen raue Sitten – das gehört eben zu einer Diktatur. Aber wir drängen uns niemandem auf. Oder haben wir schon mal eure Station überfallen, um dort eine Tyrannei aufzuziehen? Nein, haben wir nicht. Ihr dagegen kommt hier an und wollt uns eure alberne Demokratie aufs Auge drücken. Wie kommt ihr dazu?!«
Er sah Iwan an, als würde er darauf eine Antwort erwarten. Iwan zuckte nur mit den Achseln.
»Ich fürchte, ihr habt euch den falschen Ansprechpartner ausgesucht. Dieses Gefasel über Demokratie, Diktatur und weiß der Henker was noch interessiert mich einen feuchten Dreck. Ich will nur nach Hause.«

»Stell dir vor, das will ich auch«, entgegnete Achmet der Zweite wütend. »Nur dass sich in meinem Haus derzeit Besatzer breitmachen, die uns überfallen haben wie blindwütige Zombel. Ganz zu schweigen vom Bruch des Waffenstillstands und von dem heimtückischen Gasangriff.«

Iwan riss die Geduld. »Ihr hättet eben unseren Generator nicht klauen sollen!«, donnerte er.

»Wie bitte?« Achmet sah Iwan verwundert an. Er strahlte die Kraft und Eleganz eines Raubtiers aus. Nur die Gelassenheit fehlte ihm völlig. »Was für einen Generator denn?« Achmet blinzelte befremdet. »Wovon spricht er?«, fragte er seinen Leibwächter.

Ramil zuckte mit den Achseln.

»Ach, hört doch auf mit diesem Theater«, wetterte Iwan. »Ich lasse mich doch nicht für dumm verkaufen.«

»Pass auf, was du sagst«, warnte Ramil.

Iwan war klar, dass er kurz davor stand, sich erhebliche Schmerzen einzuhandeln. Ramil bewegte sich geschmeidig wie ein durchtrainierter Tänzer und war nicht bekannt dafür, zimperlich zu sein.

»Wozu denn?«, entgegnete Iwan spöttisch. »Wenn du mich erschießen willst, schieß doch, aber mach mir hier gefälligst keine Vorschriften.«

»Erkläre es ihm, Achmet«, bat plötzlich die namenlose junge Frau. »Bitte.«

»Was denn erklären?« Iwan wurde hellhörig. Ein eisiger Schauer lief über seinen Rücken – die verdammte Intuition. Ich würde es lieber nicht hören, dachte er und fragte dennoch noch einmal mit Nachdruck: »Was erklären?«

Seine Majestät Achmet der Zweite lächelte. Dabei entblößte er schneeweiße, gerade Zähne – ein seltener Anblick in der Metro.

»Wir haben euren Dieselgenerator nicht.«

»Das kannst du deiner Großmutter erzählen«, ätzte Iwan.

»Ich sage die Wahrheit. Ich weiß nichts von einem Generator. Was sollten wir auch damit? Dir ist wahrscheinlich aufgefallen, dass wir Zentralbeleuchtung haben.«

Zentralbeleuchtung gab es in der Metro nur noch an der Station *Ploschtschad Lenina*, am Knoten *Sadowaja – Sennaja – Spasskaja* und eben am Knoten *Majakowskaja – Ploschtschad Wosstanija*.

»Ich habe gehört, dass ihr Probleme damit habt.«

»Probleme?« Achmets schmale, ebenmäßige Augenbrauen wanderten in seine Stirn. »Was für Probleme denn? Unser einziges Problem seid ihr.«

Iwans Wangen pulsierten.

Du lügst doch hoffentlich, Achmet, dachte er aufgewühlt. Es kann nicht wahr sein, was nicht wahr sein darf!

»Dafür hatte ich vor Kurzem eine Delegation zu Gast«, sagte Achmet. »Man hat uns ein Bündnis angeboten. Friede, Freundschaft, Kooperation. Klingt gut, nicht? Dreimal darfst du raten, wer es war, oder besser gesagt, wer die Delegation geschickt hat.«

Iwan hob die Schultern und versuchte krampfhaft, nicht nachzudenken.

»Sagt dir der Name Orlow etwas?«

Iwan spürte, dass er langsam den Boden unter den Füßen verlor.

»Ich habe abgelehnt«, berichtete Achmet weiter. »In schöne Worte gehüllte Dinge sehen in der Realität oft hässlich aus. Die Allianz will sich erweitern? Bitte sehr. Aber nicht auf meine Kosten. Nicht auf Kosten meiner Station. Warum sagst du nichts, Digger?«

»Ich denke nach«, presste Iwan zwischen den Zähnen hervor.

»Da tust du gut daran«, lobte Achmet und verzog den Mund zu einem ironischen Grinsen. »Nachdenken ist gesund, da strömt das Blut ins Gehirn. Den Veganern habe ich übrigens dasselbe geantwortet: Vielen Dank für das Angebot – und jetzt verpisst euch.«

»Wollten die auch Frieden, Freundschaft und Kooperation?«, fragte Iwan.

»Genau«, erwiderte Achmet. »Wie bist du da nur draufgekommen? Ich hätte ihr Angebot annehmen sollen. Aber jetzt ...« Er besann sich und richtete seine schmalen Augen auf Iwan. »Jetzt, wo wir das alles geklärt haben, wirst du sterben.«

»Aber ...!«, protestierte Boris in seiner Ecke.

Achmet bedachte ihn mit einem vernichtenden Blick. Der Zivilist verstummte augenblicklich.

Tolle Freunde habe ich, dachte Iwan bitter. So mutig.

»Ramil.« Achmet gab seinem Leibwächter einen Wink.

Tja, das war's, Digger. Diesmal erwischt es dich.

Die junge Frau beugte sich zu Achmet, als wollte sie ihm etwas ins Ohr flüstern. Ihr langes, schwarzes Haar fiel dem Zaren auf die Schulter. Wie ein Wasserfall. Prachtvolles Haar.

Wenigstens ein schöner Anblick zum Abschied, dachte Iwan.

Im nächsten Moment hatte die junge Frau die Pistole in der Hand und zielte auf Achmets Schläfe. Der Hahn klackte.

»Lass ihn gehen.«

»Geht's dir noch gut?!« Achmet wollte schon aufspringen, doch er überlegte es sich anders. Die junge Frau zielte mit absolut ruhiger Hand und ließ keinen Zweifel daran, dass sie es ernst meinte.

Iwan sah sie ungläubig an. Es war noch gar nicht lange her, da hatte er sie für gehemmt gehalten.

»Du undankbares Biest!«, fauchte Achmet.

Die junge Frau schüttelte den Kopf. »Ganz im Gegenteil, ich bin zutiefst dankbar«, sagte sie und richtete ihre schönen Augen auf Iwan. »Achmet hat nicht gelogen. Sie haben euren Generator nicht angerührt. Er ist ein feiger, niederträchtiger Mensch, aber in diesem Fall hat er die Wahrheit gesagt. Geh jetzt.«

Iwan erhob sich. Ramil schaute ihn mit leeren Augen an.

»Er geht! Aber er muss doch bezahlen!«, stammelte Achmet mit zitternden Lippen.

»Schau doch mal in sein Gesicht«, empfahl die junge Frau. »Reicht dir das nicht?«

»Wie heißt du?«, fragte Iwan.
Die junge Frau zögerte kurz, bevor sie antwortete.
»Illjusa.«
»Du bist eine wunderschöne Frau, Illjusa«, sagte Iwan und ging.

Ramil streckte ihm die Makarow entgegen – mit dem Griff nach vorn. Das Magazin steckte. Aber vermutlich ohne Patronen. Schade.
»Sein Vater war ein echter Herrscher«, sagte der Leibwächter. »Stark, unnachgiebig, klug – und gerecht. Er dagegen ist schwach.«
Iwan nahm die Pistole. Im nächsten Moment wurde er von einem gewaltigen Faustschlag niedergestreckt. Ihm wurde schwarz vor Augen.
»Trotzdem ist er mein Gebieter«, räsonierte Ramil zerstreut.
Iwan stöhnte. Die Schmerzen waren abartig. So groß wie die Newamündung, ach was – so groß wie der Finnische Meerbusen. Größer als die ganze verdammte Metro. Größer als das ganze verdammte Sankt Petersburg.
»Mach's gut, Merkulow. Es wäre besser, wenn wir uns in Zukunft nicht mehr über den Weg laufen. Beim nächsten Mal bringe ich dich um.«
»Aah ...« Iwan rang nach Luft und wälzte sich auf den Rücken. »Leck mich ...«
Ramil grinste.
»In der Makarow sind übrigens Patronen. Falls du dich also erschießen möchtest – bitte sehr.«

Vor seinen Augen hing ein roter Schleier.
Iwan erinnerte sich nicht, wie er zur *Ploschtschad Wosstanija* zurückgekommen war. Hatte er die Kontrollposten passiert und die Parole genannt? Es musste wohl so sein.

Der Schmerz ließ erst nach, als er sich zu seinen Sachen geschleppt und vier Tabletten Benalgin auf einmal eingeworfen hatte. Der bittere Geschmack des Schmerzmittels klebte immer noch in seinem Mund.

Mist, eigentlich hatte ich die Pillen für den Notfall gebunkert, dachte Iwan. Andererseits, ist das hier etwa der Normalfall? Nicht wirklich.

Die ganze Seite war taub und sein Rücken fühlte sich an, als hätte man ihm eine Eisenstange in die Wirbelsäule getrieben.

Im Tunnel schallten abermals Schüsse und Hurra-Geschrei. Die Sieger. Die ganze Station stank nach Blut und Alkohol.

Iwan blickte sich um.

Pascha war nicht da. Nur Solocha hockte mit seinem unvermeidlichen Buch auf dem Boden und sah Iwan durch die Brille an. Völlig losgelöst, der Mann. Die allgemeinen Festivitäten interessierten ihn nicht die Bohne.

Iwan deutete mit dem Kopf auf einen Haufen gleichmäßig gebogener Metallplatten. Zwanzig Stück, wenn nicht mehr.

»Was ist das?«

Solocha winkte ab. »Ach, das waren diese Hohlköpfe von Reservisten. Sie hatten doch schusssichere Westen bekommen. Und damit sie nicht so schwer sind, haben sie die Platten rausgenommen. Vollidioten.«

»Kann man wohl sagen«, erwiderte Iwan. Er knöpfte seine Jacke auf, warf sie auf den Bahnsteig und wickelte seinen Verband ab. Jetzt musste er die Dinger noch anständig fixieren. Er schaute zu Solocha. »Kannst du mir kurz helfen?«

Memow musterte Iwan – völlig unbeeindruckt. Dabei war Iwan sich sicher gewesen, dass seine schwerwiegenden Vorwürfe den General treffen würden. Dass seine Worte diese undurchdringliche Maske des Anführers und Gönners aufbrechen würden.

Weit gefehlt, Iwan. Darauf kannst du lange warten.

»Du weißt also über alles Bescheid ...« Der General nickte. »Das macht es sogar noch einfacher.«

»Was macht es einfacher?«

Pause. Memows Miene mutierte zum Röntgenblick.

»Du musst dich entscheiden, Iwan«, sagte der General und rückte ihm auf die Pelle. »Entweder du vergisst alles, was du weißt, dann bleibt alles, wie es ist. Du kehrst zur *Wassileostrowskaja* zurück, heiratest eine wunderbare Frau und ziehst ein paar Kinder mit ihr groß. Oder du vergisst es nicht. Dann musst du dich mir anschließen. Ich brauche Männer wie dich.«

Was ist dir wichtiger, Iwan, die Zukunft oder die Vergangenheit?

»Sie haben Jefiminjuk getötet.«

»Ich?« Memow zog die Augenbrauen hoch. »Wozu?«

»Wer dann?«

Der General legte die Stirn in Falten.

»Wir verzetteln uns in Nebensächlichkeiten, Iwan. Das ist Zeitverschwendung. Entscheide dich rasch. Bist du für uns oder gegen uns?«

»Ich halte mich lieber an mich selbst.«

»Das ist Onanie und keine Lebenseinstellung.« Das souveräne Lächeln war aus Memows Gesicht verschwunden. Seine Eiswürfelaugen mit den Stecknadelpupillen funkelten bedrohlich. »Aus Respekt frage ich dich zum letzten Mal, Iwan. Bist du auf meiner Seite?«

Frage.

Pause.

Antwort.

»Nein«, sagte Iwan. »Ich bin konservativ, General, und schlage mich lieber auf die Seite meiner zukünftigen Frau. Tut mir leid.«

Endlich zerriss Memows undurchdringliche Maske.

»Komm zur Besinnung, Iwan! Wir machen hier keine Wortspielchen. Es geht um dein Leben.«

»Genau. Sie wollen also eine ehrliche Antwort?« Iwan lächelte plötzlich. »Gut. Sie werden sie bekommen. Doch vorher möchte ich eines wissen: Wozu war das alles nötig. Dieser Diebstahl, der Mord? Dieser ganze Krieg?«
»Jeder will immer alles erklärt haben.«
»Ich möchte begreifen, General. Sie wollen doch einen mündigen Adjutanten und keine Marionette, oder?«
Memow sah Iwan in die Augen.
»Du bist hartnäckig. Dich möchte ich nicht zum Feind haben.«
Das beruht auf Gegenseitigkeit, dachte Iwan.
»Bist du nun auf meiner Seite, Iwan?« Memow ließ nicht locker. »Aber ich warne dich: Lass dir nicht einfallen, mich anzulügen. Im Übrigen, selbst wenn du lügst ...« Er hielt inne. »Du musst wissen, ich habe so eine Art sechsten Sinn. Ich merke es sofort, wenn jemand lügt. Für einen Politiker ist das sehr nützlich. Also?«

Tut mir leid wegen des Maschinengewehrs, Chef.

Jefiminjuk. Ein Trottel vor dem Herrn.

Und wegen einem wie ihm soll ich jetzt mein Leben riskieren?

Schweigen.

»Wie hast du dich entschieden?«, fragte Memow.

»Ich bin auf Ihrer Seite.«

Memows bohrender Blick war kaum zu ertragen. Iwan spürte das Blut in seinen Adern pulsieren.

»Gut«, sagte Memow. Er drehte den Kopf hin und her, als würde sein Jackenkragen am Hals reiben. »Ich glaube dir.«

Iwan schaute den Schneeflocken zu. Er hatte diesen Augenblick mit Bedacht gewählt. Um ihn herum herrschte heitere Aufbruchsstimmung – Sieg, Sieg, und bald geht's nach Hause. Gladyschew packte seinen Rucksack. Im Augenwinkel sah Iwan seinen breiten Rücken.

Erstaunlich, dass die Natur ausgerechnet ein Monster wie ihn mit einem solchen Bewegungstalent ausgestattet hatte. Gladyschew war der geborene Mörder. Dank seiner perfekten Körperbeherrschung bewegte er sich beim Töten flink und geschmeidig, mit der Eleganz eines Balletttänzers. Dabei war er im Grunde ein primitiver, geistig ziemlich beschränkter Typ. Ein Vergewaltiger, Plünderer und Mörder, der im Ballett nichts zu suchen hatte. Eher schon am Galgen. Und am besten, man ließ ihn gleich drei Tage dort hängen, so wie man es am *Newski prospekt* mit Vergewaltigern machte. Iwan konnte gar nicht in seine Richtung schauen, so sehr widerte Gladyschew ihn an.

Das war's dann wohl mit deiner Digger-Einheit. Stimmt's, Iwan?

Kaum merklich nickte Iwan mit dem Kopf. Immer noch rieselten Flocken herab, langsam und anmutig. Sie fielen auf die verschneite Lichtung, auf die winzigen Tannen und auf das weiß überzuckerte Dach des Häuschens. Seltsam. Das Häuschen wirkte lebendig – im Gegensatz zur Stadt an der Oberfläche.

Iwan erinnerte sich plötzlich an den langsamen, leblosen Schneefall jenes Tages, als er mit Kossolapy in der Stadt oben unterwegs gewesen war. Die Newa hatte sich unter einem Eispanzer versteckt, die Straßen der Wassiljewski-Insel waren verschneit und mausetot.

Der gespenstische Eindruck erloschener Größe.

Sie gingen damals eine Allee entlang. Rechter Hand sah Iwan ein windschiefes Schild mit der Aufschrift »Weißrussische Schuhe«. Die Tür darunter stand offen und selbst im Laden lag Schnee.

Die Reihen der verkohlten Baumleichen verloren sich in der Ferne, in Richtung der Leutnant-Schmidt-Uferstraße.

Brunnen aus Granit, mit weißen Hauben überzogen.

Unter Iwans Schritten knirschte der Schnee. Es war kalt. Am warmen Lauf des Gewehrs schmolzen die herabfallenden Flocken. Links von sich hörte Iwan dasselbe gleichmäßige Knirschen, nur in einem anderen Rhythmus. Dort ging Kossolapy. Linker

Hand sah Iwan die Ruinen der St.-Andreas-Kathedrale. Eine der Kuppeln war vor langer Zeit auf die Allee herabgestürzt und hatte dabei einen Baum umgeknickt. Jetzt war sie zugeschneit und an manchen Stellen lugten verblasste Vergoldungen durch die weiße Decke.

Die beiden Digger marschierten und hielten ständig Tuchfühlung – praktisch ohne Blickkontakt. Es schneite unentwegt weiter. Der Himmel war schon beinahe schwarz, doch dank des Schnees konnte man immer noch ganz gut sehen.

Trotzdem, bald würden sie die Lampen brauchen.

Über der Kreuzung sah Iwan die schwarze Silhouette des St.-Andreas-Hofs. Um den sollte man lieber einen Bogen machen und – Iwan blickte nach rechts – um den kleinen Brunnen auch. Die Lutheranische Kirche befand sich direkt hinter der Kathedrale. Dort konnte ein Nest sein.

Man wusste das nicht sicher, doch es war durchaus möglich.

Von irgendwoher hatten die Bestien beim letzten Mal schließlich kommen müssen. Plötzlich bemerkte Iwan, dass Kossolapy seinen Gehrhythmus verändert hatte. Und dass er näher an Iwan heranrückte.

Das bedeutete wohl eine Veränderung der Marschroute. Oder etwas anderes. Iwan schluckte – seine Kehle war ausgetrocknet. Die Führung hatte an jenem Tag Kossolapy, doch eine nebulöse Vorahnung und eine eisige Leere im Magen sagten Iwan, dass dies keine einfache Expedition werden würde. Sondern eine Prüfung.

»Sei ehrlich«, sagte Kossolapys dumpfe Stimme.

Über den Winter hatte er sich einen Bart wachsen lassen, doch den sah Iwan in diesem Augenblick nicht. Durch die Sichtscheibe der Maske hindurch sah er nur Kossolapys Augen, die so blau leuchteten wie die fluoreszierenden Zeiger einer Uhr.

Es war so weit.

Iwan schaute auf die Sprechmembran, aus der Kossolapys Stimme drang. Schneeflocken fielen auf die Kunststoffmaske und schmolzen. Die Sichtscheibe war an den Rändern beschlagen. Iwan hörte Kossolapys gleichmäßige Atemzüge. Die Sprechmembran verstärkte das Geräusch.

»Sei ehrlich. Du kannst anlügen, wen du willst, sogar mich. Aber dir selbst gegenüber musst du ehrlich sein. Das ist einfach. Irgendwo im Hinterkopf wirst du immer spüren, ob das, was du tust, richtig ist. Dort hast du einen inneren Kompass. Du musst nur gut hinhören. Moral ist relativ, wird man dir entgegenhalten. Das ist wahr. Doch auf diesen inneren Kompass kannst du dich immer verlassen.«

Kossolapys Atem, seine Stimme.

Iwan beobachtete, wie die letzten Flocken in der Glaskugel herabrieselten, und erinnerte sich.

Was sagt dein innerer Kompass, Iwan?

»Gehen wir«, sagte Kossolapy. »Jetzt übernimmst du die Führung.«

Warum gibt es keine einfachen Antworten auf schwierige Fragen?

Das würde vieles leichter machen, nicht wahr, Iwan?

Was sagt dein innerer Kompass, dieser alberne moralische Imperativ?

Was ist in dieser Situation richtig und was ist falsch?

Denk nach, Iwan, denk nach.

Du kannst einfach vergessen, was du weißt, dann bleibt alles beim Alten.

Noch ein letztes Mal schüttelte Iwan die Glaskugel auf und wartete, bis die letzte Schneeflocke herabgefallen war. Dann räumte er die Kugel in seine Tasche. Er schloss die Augen, zählte bis fünf, öffnete sie wieder.

Und stand auf.

»Hast du Schakilow gesehen?«

Solocha ließ sein Buch sinken, rückte die Brille zurecht und sah auf.

»Hast du ihn gesehen oder nicht?!« Iwan verlor die Geduld.

»Er ist doch im Lazarett. Was ist denn los?«

Verdammt! Das hatte Iwan völlig vergessen.

»Und Pascha?«

Solocha schüttelte den Kopf und musterte Iwan mit einem seltsam entrückten Gesichtsausdruck, als sähe er ihn zum ersten Mal. Seit seiner »religiösen Erfahrung« wirkte er generell übermäßig ruhig und in sich gekehrt. Ob er Solocha mitnehmen konnte? Fraglich, ob er einer solchen Aufgabe gewachsen war.

Iwan überlegte.

»Hast du was verloren, Iwan?«, fragte eine bekannte Stimme hinter seinem Rücken.

Sasonow. Der kam gerade recht. Pascha war ohnehin viel zu anständig und in kritischen Situationen oft zu nachgiebig. Bei diesem Vorhaben war indes Härte gefragt, und ein Schuss Brutalität konnte auch nicht schaden.

Iwan wandte sich um. »Du bist genau der, den ich jetzt brauche. Hast du ein Schießeisen dabei?«

Auf Sasonows Gesicht erschien das typische schiefe Grinsen.

»Was hast du denn gedacht?«

In der Tat. Aus Sasonows Schulterhalfter ragte der glänzende Griff seines Revolvers.

»Sehr gut«, sagte Iwan. »Gehen wir. Wir müssen etwas regeln.«

»Sofort?«

»Ja. Die Zeit drängt.«

Sasonow lächelte.

»Verstanden, Chef. Wo gehen wir hin?«

»Mir nach.«

Die Würfel sind gefallen, dachte Iwan. Jetzt starten wir einen hübschen kleinen Putsch.

Tunnel, Tunnel, Tunnel.

Iwan atmete tief durch. Hier, in der Dunkelheit und hallenden Leere der Tunnel, fühlte er sich wieder wie er selbst.

»Geh zum General«, hatte er einem Admiralzen befohlen. »Sag ihm, dass Iwan Merkulow ihn im Zwischentunnel erwartet. In Sachen Zukunft.« Iwan konnte sich ein boshaftes Grinsen nicht verkneifen. »Sag ihm, dass ich weiß, wo sich Achmet jetzt aufhält.«

Hoffentlich beißt er an, dachte Iwan. Aber warum nicht? Schließlich bin ich jetzt auf seiner Seite.

Der Admiralze stutzte kurz und flitzte dann dienstfertig davon.

Warum nur läuft es jedes Mal auf so etwas hinaus? Warum?

»Iwan.« Sasonows Stimme in seinem Rücken.

Noch völlig in Gedanken versunken drehte Iwan sich um – und erstarrte.

Sasonow hatte den Revolver in der Hand. Und der Lauf des Revolvers zielte auf Iwan.

»Wirf dein Gewehr weg«, sagte Sasonow leise. »Du weißt, wie schnell ich schieße.«

Allerdings, das wusste Iwan. Langsam zog er den Tragriemen seines »Bastards« von der Schulter und ließ die Waffe aufs Gleis fallen. Das Scheppern des Metalls hallte durch den Tunnel.

Iwan richtete sich auf.

»Was soll das werden?«, fragte er.

»Du hast den General belogen, nicht wahr?« Sasonow lächelte. »Und der General hat dich belogen. Alles ganz einfach.«

Iwan schwieg.

Ich Idiot, dachte er. Ich hätte schneller handeln müssen. Aber dass ausgerechnet Sasonow …?

In diesen Sekunden wurden ihm die Zusammenhänge klar.

»Dann hast du also Jefiminjuk getötet?«, fragte Iwan und sah seinen ehemaligen Freund hasserfüllt an.

Deshalb war Sasonow auch nicht am Kontrollposten gewesen, wo er zusammen mit Jefiminjuk hätte Wache schieben sollen! Stattdessen half er zu jenem Zeitpunkt dem Kommando der Admiralzen, zum Maschinenraum vorzudringen. Danach kam er zurück und tötete Jefiminjuk. Aber wozu?

Logisch, die Admiralzen brauchten den Generator ja überhaupt nicht. Wieso hätten sie ihn durch sämtliche Stationen der Allianz schleppen sollen? Sie hatten ihn irgendwo in der Nähe der *Wassileostrowskaja* versteckt, vielleicht sogar an der *Primorskaja*. Und dabei war ihnen Jefiminjuk im Weg gewesen.

Schon damals hatte Sasonow ein doppeltes Spiel gespielt. Das »gelungene« Verhör des Admiralzen, der dann mit dem Finger auf die Moskowiter zeigte.

Und wir Idioten sind darauf reingefallen, dachte Iwan, und blindlings in den Krieg gestürmt.

Iwan presste die Zähne zusammen. Er kochte innerlich vor Wut. Und vor Scham.

Verdammt, wie konnte ich mich nur so ablinken lassen! Ach, Wadim, Wadim ...

»Jefiminjuk war ein Trottel«, entgegnete Sasonow. »Du mochtest ihn doch auch nicht, habe ich recht? Ich weiß, dass du ihn nicht mochtest.«

Iwan antwortete nichts.

»Tja, Iwan. Kein Pascha in der Nähe. Und Gladyschew ist auch nicht da. Ei-ei-ei.« Sasonow schüttelte den Kopf. »Pech für dich, Dummwan. Sieht ganz so aus, als würdest du die *Waska* nie wiedersehen.«

Iwan schwieg beharrlich. Der »Dummwan« berührte ihn nicht weiter, doch das herablassend familiäre »Waska« ging ihm gegen den Strich.

»Wanka kommt nicht mehr zur *Waska* zurück.«

Sasonow faselte. Ein kläglicher Versuch, seine Nervosität zu überspielen.

»Weißt du, was das Bemerkenswerte ist?«, sagte Iwan leise. Sasonow fing seinen Blick auf und verstummte. »Du bist eigentlich kein schlechter Mensch, Wadim. Nur verblendet. In diesem Augenblick bist du dir selbst zuwider. Das sehe ich doch.«

»Red du nur«, erwiderte Sasonow und lächelte, aber so gezwungen, dass Iwan beinahe Mitleid empfand.

»Aus Menschen, die ein Gewissen haben, werden die besten Henker, nicht wahr?« Iwan fixierte Sasonow mit einem hypnotischen Blick, streng und starr, ohne mit den Augen zu blinzeln. Sein Gesicht wurde zu einer harten Maske. Als könnte er dieses Gesicht abnehmen wie eine Gasmaske und alles wäre vorbei.

Nein, nein, dachte Iwan, Schluss mit dem Wunschkonzert. Das koste ich jetzt aus bis zum Ende. Bis zur letzten Sekunde.

»Dein Gewissen quält dich, Wadim. Du fühlst dich schlecht und bist völlig konfus im Kopf. Tut mir leid, dass ich dir solche Pein bereite. Du solltest vielleicht schießen, dann hättest du es hinter dir.«

»Weißt du was?« Sasonow trat plötzlich einen Schritt vor und zielte mit dem Revolver auf Iwans Stirn. »Genau das werde ich jetzt auch tun. Mach dich bereit, Wanja.«

Die Laufmündung befand sich in etwa einem Meter Entfernung von Iwans Kopf. Er sah sogar die gestutzten Geschossköpfe in der Revolvertrommel. Stopp. Iwan legte den Kopf schief. Das war doch nicht …

»Wo hast du denn deinen Nagant gelassen?«, fragte Iwan.

Das war nicht Sasonows alter Revolver. Sondern ein neuer aus brüniertem Stahl. Ein blitzblank funkelndes Ungetüm.

»*Eine süße kleine Kugel aus 'ner hübschen blauen Knarre …*«

Hallo, Tom Waits.

Du kommst wieder mal genau richtig.

»Verstehe«, sagte Iwan. »Das habe ich mir schon gedacht. Was meinst du, Wadim, ob ich mir, bevor ich sterbe, noch ein wenig Pathos erlauben kann? In deinem Nagant hast du deine Ehre getragen, Digger. Du hast deine Waffe verloren und deine Seele besudelt.«

»Ich war noch nie auf irgendjemanden neidisch«, entgegnete Sasonow kryptisch.

»So ist das also.« Iwan nagelte Sasonow mit den Augen fest. »Du …«

»Wer hat dir dieses hübsche Spielzeug gegeben?«, fragte Iwan. »Du brauchst nicht zu antworten. Ich kann es mir auch so denken. Orlow? Oder der General selbst? Ach, Wadim, Wadim. Schieß endlich. Du kotzt mich an. Du ...«

Iwan sprang. Schräg nach vorn. Der Lauf des Revolvers folgte seiner Bewegung.

Der Schuss.

Verdammt schnell, die Drecksau, dachte Iwan noch. Interessante Frage: Wann merkt ein Mensch, dass er tot ist?

Scheiße. Der lässt dir keine Zehntelsekunde Zeit. Sasonow ist schneller als alle, die ich kenne. Vielleicht sogar schneller als Gladyschew.

Denk nach, Iwan, denk nach.

»Worauf warten wir?«, fragte er.

Sasonow lächelte. Aus dem Schacht kam Orlow, der Geheimdienstchef der *Admiraltejskaja*. Nun war klar, worauf sie gewartet hatten. Orlow blieb stehen und sah Iwan an.

»Der General hat dir eine faire Chance gegeben, Iwan Danilytsch«, sagte er leise. »Eine Chance für deine Zukunft.« Jetzt wurde er laut. »Und du hast deine Zukunft einfach ins Klo gespült!«

»Wohin?«, fragte Iwan.

Orlows eisig-blaue Augen durchbohrten Iwan. Der Geheimdienstchef setzte zu sprechen an, doch dann hielt er inne und machte den Mund wieder zu.

»Egal«, sagte er schließlich und wandte sich an Sasonow. »Bring das zu Ende, Wadim.«

Mit dem Daumen spannte Sasonow den Hahn. Ekelhaftes Geräusch.

Sasonow sah Iwan an. »Sorry. Sag: Bato-ontschiki.«

Iwan schwieg.

»Na, sag schon!«

Orlow seufzte. »Was soll denn das Geplänkel?! Schieß endlich! Wir haben noch was anderes zu tun.«

Sasonow schüttelte den Kopf.

»Nein. Er soll es sagen. Wir töten hier schließlich nicht irgendeinen Zombel. Sondern eine lebende Legende, sozusagen. Merkulow-Plan und so.«

»Ich scheiß auf deine Legende. Wadim, ich ...«

»Er soll es sagen.« An Sasonows Stirn glänzten Schweißtropfen.

»Sag es! Wenn nicht, kehre ich zur *Wassileostrowskaja* zurück und erschieße deine Tanja.«

»Wadim!«, donnerte Orlow. »Es reicht jetzt!«

»Sag es!«, befahl Sasonow.

Iwan richtete sich auf. Der Moment der Abrechnung schien gekommen.

Einen tollen Nachwuchs habe ich mir da herangezogen, dachte er. Kossolapy wäre begeistert gewesen.

»Gut«, sagte Iwan. »Bist du bereit, Mörder?« Er grinste hasserfüllt. »Meine Lieblingsbonbons heißen Bato-o...«

Iwan sprang.

Alles wiederholte sich. Für einen kurzen Augenblick dachte er sogar, dass er es schaffen könnte.

Der Feuerblitz. Der Schuss.

Die herabstürzende Decke. Und die rostige Stimme des Baumes der Wünsche: »Du wirst nicht zurückkehren. Niemals.«

ZWEITER TEIL
WIEGENLIED

Kein Windhauch, keine Bö
schaukelt deine Wiege.
Deine Mutter ist perdu,
ich sing was dir zuliebe.

All die braven Kinder
ruhn in eignen Betten,
auch für die bösen wär's gesünder,
wenn sie eines hätten.

D. Sergejew,
frei nach dem Song »On the Nickel«
von Tom Waits

9
DER HERR DER TUNNEL

Klappernd schabte der Löffel die Reste von der Blechwand der Konservendose: festes Fett und Fleischsoße – mjam, lecker. Über verfaulte Zahnstumpen hinweg fuhr der Löffel in den Mund, wo die Zunge ihn sorgfältig entlud. Dann kehrte er wieder in die Konservendose zurück.

In der Metro gab es keine Zahnärzte.

Es gab Barbiere – so was wie die Scharlatane aus dem Geschichtsbuch, die den Leuten Zähne zogen und ihre Wunden und Beulen mit Beschwörungsformeln behandelten. Aber die Metro-Barbiere waren noch schlimmer.

Außerdem gab es die Militärärzte von der Station *Ploschtschad Lenina*. Doch nicht mal denen traute er über den Weg. Wieso auch?

Wenn man einundfünfzig ist, kann man schon mal über den Tod nachdenken. Fragt sich nur, wozu?

Der alte Mann schüttelte den Kopf. Als der Löffel wieder in die Dose tauchte, hörte er das typische, schabende Geräusch. Er ertastete das Fleisch, teilte säuberlich einen Happen ab und lud ihn auf den Löffel. Geschickt hob er das Stück Rindfleisch aus der Dose und führte es zum Mund.

Übung macht den Meister.

Er klemmte das Fleisch zwischen Zunge und Gaumen und ließ die Eindrücke auf sich wirken: die Form, die faserige Konsistenz, die Kälte. Er konnte den Bissen nun beinahe sehen. Es war ein wunderbares Stück Fleisch.

Nun ging es ans Kauen. Die stumpfen Zahnruinen waren kein guter Gegner für die zähen Fleischfasern. Mühsam pressten sie allen Saft aus dem Bissen und verwandelten ihn in einen gummiartigen Klumpen, der sich mit viel gutem Willen hinunterwürgen ließ. Nur nichts verkommen lassen.

Der nächste Löffel. Klapperndes Blech. Schaben.

Eine feine Sache, diese Notvorräte der Armee. Das Rindfleisch war bestimmt schon dreißig Jahre alt und immer noch genießbar. In den Geschmack mischte sich ein Schuss Nostalgie. Als wäre er wieder Anfang zwanzig, säße am Stolleneingang und spachtelte Dosenfleisch. Nach Expeditionen war er immer völlig ausgehungert gewesen.

Und durstig.

Tja, der Durst. Jetzt ein schönes dunkles Bier, das wär's.

Nüchtern hatte sich damals niemand in den Tunneln herumgetrieben. Das war nicht üblich gewesen. Man tastete sich voran, suchte, forschte. Grenzwertige Geschichte. Und überhaupt – er beförderte den nächsten Bissen in den Mund und kaute nachdenklich –, irgendjemand hatte das ja mit eigenen Augen sehen müssen ...

Wer hatte ahnen können, wie das alles enden würde?

Die Toilettenanlagen, die hermetischen Tore, die Entwässerungspumpen, die Dieselgeneratoren – wer hätte gedacht, wie nützlich sie einst werden würden?

Damals hatte er versucht, sich vorzustellen, wie es wohl wäre, wenn das ganze Zeug mal in Betrieb gehen würde.

Und wie das Zeug in Betrieb gegangen war. Obwohl es besser gewesen wäre, wenn nicht.

Schade nur, dass er es nicht mehr sehen konnte.

Er zuckte zusammen. Eine ungeschickte Bewegung – schon war der nächste Bissen vom Löffel gerutscht. Mist.

Um es zu sehen, hätte er Augen gebraucht.

Eine böse Sache, das mit seinen Augen.

Dafür konnte er nun am Geräusch erkennen, wo das Stück Fleisch hingefallen war. Echoortung, fast so gut wie bei Fledermäusen.

Das Labyrinth aus Tunneln, Schächten, Bunkern und Durchgängen war für immer in seinem Gedächtnis gespeichert. Er musste sich nur gedanklich an einen beliebigen Punkt versetzen und schon hatte er ein detailliertes Bild der Örtlichkeiten vor dem inneren Auge. Dieser Schacht hier wäre sicher interessant, dort drüben könnte man sich einmal umschauen ...

Aber jetzt? Alles passé.

Eine Weile saß er gebeugt und reglos am Tisch – wie paralysiert. Die verdammten Augen. Wieso hatte das passieren müssen? Bitter.

Mehrere Minuten verharrte er so. Dann richtete er sich wieder auf und der Löffel klapperte wieder in der Konserve. Das stumpfe Mahlen der Kiefer.

Touristenfrühstück, verdammt.

Diggerfrühstück.

»Sankt Petersburg ... also Leningrad, ist die am wenigsten sowjetische Stadt der Sowjetunion. In dieser Hinsicht kann ihr höchstens Tallinn das Wasser reichen. Tallinn mit zwei n. So sieht's aus.«

Das waren in etwa Kossolapys Worte gewesen.

Leningrader Gotik.

Trübes Grau in Grau, Matsch, Nebel, schattenhafte, verschwommene Konturen und Nieselregen. Häuser, die aus dem Dunst auftauchen. Verblasste Fassaden. Der Eherne Reiter auf dem gewaltigen Felsblock.

Der bronzene Puschkin, der nachts spazieren geht.

Der Newski-Prospekt, wie immer verstopft, jetzt sogar nachts. Verrostete ausländische Limousinen.

Hinter den grauen Nebelschwaden verbirgt sich etwas Grauenhaftes ...

Iwan geht am Newski-Prospekt entlang und zählt die Cafés.

Nummer eins: das Internetcafé »Cafemax«.

Nummer zwei: das Café »Schokoladniza«. Die Pfannkuchen müssen Sie unbedingt probieren!

Das Café »Idealnaja Tschaschka«. Die orangefarbenen Tische stehen verwaist in der Dunkelheit. Am schiefen Garderobenständer hängt immer noch ein vergessener Schirm.

Knurren und Bellen in der Ferne. Ein verhallendes Echo. Der monströse Bau der Kasaner Kathedrale mit seinen gebogenen Seitenflügeln, die einen umfangen wie ein hallendes, feuchtes Tellereisen.

Dingdong, dingdong.

Zar Peter der Große: »An dieser Stelle soll eine großartige Stadt entstehen.«

Der mit einem Grauschleier verhangene, niedrige Himmel. Die Kuppel der Kasaner Kathedrale versinkt im Nebel.

Unter den Füßen der rissige, graue Asphalt, aus dem hie und da weißgraue Triebe ragen. Vom Dach löst sich ein Stein und poltert in die Dachrinne. Eine Bewegung im Nebel. Nein – doch. Dort rührt sich etwas hinter dem dichten Schleier, weit weg von hier. Etwas Riesiges …

Wenn Iwan die Fassaden der Häuser betrachtet, kommt es ihm so vor, als könnte er keine Farben unterscheiden.

Wir sind alle tot.

In der Totenstille eines verlassenen Cafés singt Tom Waits. Er singt den Sankt Petersburger Blues von einer Regennacht am Newski-Prospekt.

Eine dickwandige weiße Tasse auf einem plumpen Untersetzer, auf dem Grund eine schwarze, eingetrocknete Kruste. Daneben ein vergessenes Tütchen Zucker am Tisch. Es ist aus Papier und trägt die Aufschrift: »Süß«.

Eine orangefarbene Serviette.

Seit Freitag klimper ich diesen Blues,
mal sauf ich, mal nicht, völlig abstrus.
Seit Jahren renn ich mit dem Kopf gegen die Wand,
sie schmeckt schon ganz salzig, wie meine Hand.

Iwan hat Tom Waits' schauderhaft krächzende Stimme im Ohr. In der bleiernen Stille knattern die Milliröntgen, und die Gammastrahlung dringt durch die dünnen Wände.

Ein Echo.

Iwan steht auf der Straße und hört den radioaktiven Blues. In seiner Hand hält er eine Doppelflinte.

Er geht zwischen den Autos hindurch über den Newski-Prospekt. Anstelle der Fenster gähnen schwarze Löcher in den Häusern – die blinden Augen, durch die Sankt Petersburg auf Iwan herabschaut. Ein trübes, gespenstisches Sankt Petersburg. Alt, wahnsinnig und furchtbar. Wie ein greiser, schwarzer, zahnloser Bluessänger in einem vergilbten Hemd.

Iwan hat eine ISch-43K in der Hand. Er legt den Hebel um – klack – und kippt die Läufe ab. Die Zündhütchen glänzen. Kaliber zwölf. Schrotpatronen. Mannstoppwirkung mit Schmerzverlängerung.

Iwan klappt die Läufe wieder hoch und spannt die Hähne. Klick, klick. Es sind keine eigentlichen Hähne, sie spannen nur die Schlagfedern. Trotzdem ein cooles Gefühl.

Iwan kommt an einem Buchladen vorbei. Hier am Newski-Prospekt gibt es sie an jeder Ecke. Wie die Cafés. Eigentlich gibt es fast nur Buchläden und Cafés. Höchstens mal noch einen Klamottenladen dazwischen. Als hätten die Leute vor der Katastrophe nichts anderes zu tun gehabt, als im Café zu sitzen und Bücher zu lesen.

Noch ein Geschäft. Die Scheibe ist eingeschlagen. Im Schaufenster steht eine Gliederpuppe mit einer Perlenkette um den Hals. Ein weißer Arm ist abgebrochen und liegt daneben. Am Handgelenk – ein violetter Armreif.

Klunker.

Iwan schlängelt sich zwischen den Autos hindurch, um auf die andere Straßenseite zu gelangen. Es muss viel los gewesen sein an dem Tag, an dem alles zu Ende ging. Jetzt stehen die Autos still. Hunderte. Tausende. Ihre Besitzer sitzen immer noch am Steuer, nur skelettiert und mit hängenden Schädeln. Iwan geht um einen weißen Skoda herum und erreicht den Bürgersteig.

Ein Stück weiter vorn hinter dem Eisenzaun befindet sich das runde Eingangsgebäude der Station *Ploschtschad Wosstanija* mit seiner Rotunde und der langen Spitze. Sieht lustig aus, wie ein hockender Zwerg.

Die einst senffarbenen Wände sind nachgedunkelt und heben sich nur wenig von der grauen Düsternis der Umgebung ab. Wie ein weiches Kissen legt sich der Nebel auf das runde Dach des oberirdischen Vestibüls.

Iwan hebt den Kopf. Über dem Eingangsgebäude der Metro erhebt sich ein fünfstöckiges Gebäude, auf dem in gigantischen weißen Lettern geschrieben steht: »Heldenstadt Leningrad«.

Ein Teil der Buchstaben ist heruntergefallen.

Was für ein Zufall, denkt Iwan. Dasselbe ist auch mit meinem Leben passiert.

»Iwan«, ruft jemand.

Er wendet sich um. Sein erster Gedanke: Ich wundere mich über nichts mehr.

»Iwan«, sagt Kossolapy. »Wach auf, Iwan.«

»Wozu? Ich bin doch tot«, erwidert er. »Ich weiß, dass ich gestorben bin. Ich wurde bei einer Explosion an der *Primorskaja* verschüttet. Und dann habe ich vom Krieg geträumt. Von Tod und Grausamkeit. Von Verrat. Von einer Station in der Farbe des Blutes. Von einem Dieselgenerator, der in einem alten Bunker vor sich hin rostet. Und jetzt sehe ich dich. Vielleicht ist das die allerletzte Nanosekunde meines Lebens. Der Sauerstofftod des Gehirns, nicht wahr?«

»Nein«, entgegnet Kossolapy. »Das ist alles tatsächlich passiert.«

Iwan denkt eine Weile über Kossolapys Worte nach, dann antwortet er: »Ich will nicht zurück.«

»Es muss sein, Iwan.«

Das Erste, was er sah, als er die Augen öffnete, war ein blauer Lichtschein. Die angenehme Farbe war jedoch das einzig Gute daran – das Licht wurde von einer Klinge reflektiert, die zu einem riesigen, rostigen Jagdmesser gehörte. Wenn Iwan nicht alles täuschte, hafteten sogar feine Härchen an dem ramponierten, fleckigen Stahl.

Ach, Sasonow! Der Idiot kann einen nicht mal ordentlich erschießen, dachte Iwan. Und so was will ein Digger sein.

»Lecker!«, sagte ein glatzköpfiger Zombel. »Du bist bestimmt lecker.«

Jetzt bin ich dran.

»Hau ab!«, zischte Iwan und robbte zurück.

Der ungebetene Feinschmecker schwang sein Jagdmesser …

»Was, zum Henker, habt ihr hier verloren?!«, polterte eine heisere, kraftvolle Stimme.

Der Zombel drehte sich um, öffnete den Mund und leuchtete mit der Lampe in die Dunkelheit. Ein graues Ungetüm wankte heran, das offensichtlich nicht zu Späßen aufgelegt war.

Der Feinschmecker ließ das rostige Jagdmesser sinken und zog den unförmigen, eigenartig fleckigen Schädel zwischen die Schultern. Die Zombel sahen einander unschlüssig an. Sie waren zu fünft: drei Männer und zwei Frauen. Wobei sich Letztere nur marginal von Ersteren unterschieden. Gemeinsam waren ihnen die Lumpen am Leib, die Bosheit im Gesicht und der abartige Gestank.

»Verschwindet!«, donnerte der alte Mann und ging direkt auf sie zu.

Zu Iwans Überraschung wichen die Zombel murrend zurück. Der Greis kam näher. Beim Gehen stützte er sich auf eine massive Krücke, die mit schmutzigem Isolierband umwickelt war. Seine graue Mähne wallte martialisch auf seine Schultern herab. Richard Löwenherz.

Oder irgendein Irrer.

»Ich mach euch fertig«, drohte der Alte. »Ihr kennt mich.«

Die Zombel knurrten böse und verteilten sich auf beide Seiten, um ihn einzukreisen. Die klassische Jagdstrategie eines Rudels Pawlowscher Hunde.

Der alte Mann holte aus.

Die Krücke zischte durch die Luft und traf einen der Zombel an der Brust. Das knackende Geräusch, das dabei ertönte, hörte sich nicht sehr gesund an. Der Zombel flog zwei Meter weit durch die Luft, landete auf dem Rücken und stöhnte auf.

Iwan staunte nicht schlecht.

Der Greis bewegte sich erstaunlich schnell auf seine am Boden liegende Waffe zu. Ein Zombel, der versuchte, ihm zuvorzukommen, bekam ein Knie in den Bauch gerammt und krümmte sich winselnd auf dem Boden. Dem dritten Angreifer schlug der wütende Alte mit dem Ellenbogen die Zähne ein.

Blieben nur noch die Frauen.

Der Alte bückte sich, schaute aber weiterhin geradeaus ins Leere. Dann wischte er mit der Hand über den Boden, als würde er nach seiner Krücke tasten.

Als er sie wieder in seiner riesigen Pranke hatte, ließ er sie drohend durch die Luft sausen.

»Na, wer ist der Nächste?«

Iwan atmete auf. Feige wandten sich die Zombel zur Flucht und ließen sogar ihre Lampe zurück. Im schummrigen Licht sah Iwan nur noch den alten Mann und hörte das Getrampel sich entfernender Schritte.

»Lasst euch nie wieder in meinem Lüftungsschacht blicken!«, rief der Alte den Zombeln hinterher.

Iwan wunderte sich erneut über die stattliche Erscheinung des Mannes. Er maß mindestens zwei Meter. Somit hatte sich also ein weiteres Vorurteil erledigt: dass nämlich nur kleine Leute Krüppel sein können. Abgesehen von seiner Gehbehinderung war der alte Mann augenscheinlich mit Bärenkräften gesegnet. Und mit einem vulkanischen Temperament.

In der Dunkelheit verhallten einige erregte Rufe. Es ging um einen »guten Menschen Enigma«.

»Die … äh …« Iwan räusperte sich. »Die kennen dich?«

»Mich kennt hier doch jeder Hund.« Die Augen des Alten blickten über Iwans Schulter hinweg. Der Digger blickte sich um, doch da war niemand. Was hatte er dort gesehen?

»Jeder Hund? Doch keine Pawlowschen, hoffentlich?«, fragte Iwan und besann sich sogleich. »Blöde Frage, tut mir leid, Großväterchen, ist mir so rausgerutscht.«

»Großväterchen?« Der alte Mann machte ein erstauntes Gesicht. »Meinst du damit etwa mich?«

Iwan wollte etwas erwidern, doch er kam nicht mehr dazu. Der Alte bückte sich zu ihm herab und drapierte ihm die Hand aufs Gesicht. Iwan schlug der Geruch von Isolierband und kaltem Schweiß entgegen. Der Alte betastete Iwans Nase, die Wangen, die Stirn und das unrasierte Kinn.

Mann, Großväterchen!

Iwan wollte sich entwinden, doch er hatte keine Kraft dazu. Jetzt wurde er heftig am Ohr gezogen.

»Nicht so fest«, jammerte er leise.

Direkt vor ihm schob sich nun das Gesicht des alten Mannes ins Bild. Er hatte weiße Augen ohne Pupillen. Sie blickten über ihn hinweg.

»Was faselst du da?«

Erst jetzt begriff Iwan, dass sein Retter blind war.

Die blaue Flamme des Spirituskochers züngelte gegen den Boden des rußigen Topfs.

»Und da hat mich Fjodor angerufen«, sagte der Alte.

»Angerufen?«, fragte Iwan verwundert.

»Ja. Per Telefon.«

Wie besessen rührte der Alte mit dem Kochlöffel in der Brühe.

Der stechende Geruch des brennenden Trockenspiritus wurde vom köstlichen Duft der Pilzsuppe übertüncht. Iwan lief das Wasser im Mund zusammen und sein Magen begann zu knurren.

»Als ich ihn an der Strippe hatte, dachte ich zuerst auch, dass ich spinne. Ich habe in meinem Leben ja wirklich alle möglichen Drogen probiert, aber so ein heftiger Trip ...«

Iwan legte den Kopf schief. Erzähl mir bloß nichts von Trips, dachte er. Du hast es quasi mit dem Vater der halluzinogenen Bombe zu tun.

»Wen hattest du an der Strippe?«, fragte Iwan nach.

»Fjodor. Hatte ich das nicht gesagt? Fjodor Bachmetjew, der lebt dort.«

»Dort? Wo dort?«

Einer von uns beiden steht neben der Spur, dachte Iwan.

»Im LAES, dem Leningrader Atomkraftwerk. Kennst du doch, oder?«

Geht's noch?

Iwan lehnte sich zurück und verschränkte die Hände hinter dem Kopf. Der »heftige Trip« des alten Mannes schien immer noch anzudauern.

»Ich weiß einiges darüber«, verkündete der Alte. »Mein Vater hat Atomkraftwerke gebaut. In meiner Kindheit habe ich mit Plänen für einen RBMK gespielt.«

»Was ist *das* denn?«

»Ein Reaktortyp«, erklärte der Alte achselzuckend. »Praktisch baugleich mit dem von Tschernobyl. Nur dass der Petersburger mehr Leistung hat.«

Aha. Das Leben wird mit jedem Tag spannender, dachte Iwan. Mal schießt dein bester Freund auf dich, mal kommt ein Telefonanruf aus einem Reaktor.

»Was für ein Telefon eigentlich?«, erkundigte sich Iwan.

»Bitte?«

»Ich meine, welches Telefon hast du denn benutzt?«

»Es steht drüben im Zimmer auf dem Tisch. So ein rotes.«

Iwan erhob sich. Das Aufstehen kostete ihn einige Anstrengung und in seinem Kopf begann sich sofort alles zu drehen. Mühsam schleppte er sich an der Wand entlang bis zur Tür und schob sie auf. Die Angeln quietschten.

Auf dem Tisch stand tatsächlich ein Telefon. Allerdings war es alles andere als rot. Und auch nicht grün. Iwan warf einen Seitenblick auf den alten Mann. Der griff gerade nach einem weißen Plastikfläschchen, öffnete es und begann die Suppe zu salzen. Der köstliche Duft der Pilze brachte Iwan völlig aus dem Konzept. Wieder meldete sich der Magen. Iwan konnte deutlich hören, wie er rumorte.

Du kommst schon noch zu deinem Futter, Digger, sagte sich Iwan. Jetzt mach erst mal.

Iwan schlurfte zum Tisch und ließ sich auf den Stuhl davor plumpsen. Dann wartete er ab, bis das Schwindelgefühl nachließ. Als das Zimmer aufhörte, sich um ihn zu drehen, ließ er seinen Blick über den Tisch schweifen, auf dem nichts weiter stand als das Telefon. Ein gewöhnliches Telefon aus mattgrauem Kunststoff. In der Staubschicht, die es überzog, waren Fingerabdrücke zu sehen. Offensichtlich war es schon lange nicht mehr benutzt worden.

Das Ding funktioniert nicht, dachte er. Dafür verwette ich meinen Kopf. Es kann nicht funktionieren! Höchstens, dass der Anruf von der nächstgelegenen Station kam. Wer weiß, vielleicht ist der Alte ein Verwandter des Stationskommandanten und man hat ihm eine Extraleitung gelegt. Na ja, nicht sehr wahrscheinlich, aber plausibler als die Version mit dem Anruf aus dem AKW.

Iwan griff nach dem Hörer. Er zögerte.

Und wenn doch jemand rangeht? Was sage ich dann? Egal, das probieren wir jetzt aus.

Er hielt sich den Hörer ans Ohr und lauschte.

Stille. Ein fernes, kaum vernehmbares Brummen.

»Hallo?«, sagte Iwan. »Eins zwo, eins zwo, bitte kommen.« Schweigen. War auch nicht anders zu erwarten gewesen. Dieser mysteriöse Fjodor Bachmetjew ... das Leningrader AKW ... alles erfunden.

Iwan legte den Hörer auf, schleppte sich zur Matratze zurück und sank hin wie ein gefällter Baum. Ihm war schwarz vor Augen.

»Du solltest zu ihm gehen«, sagte der Alte.

Iwan schüttelte den Kopf. Kein Wasser im Ohr. Er hatte sich nicht verhört.

»Meinst du das im Ernst?«

»Was hast du denn gedacht?! Bis zum Leningrader AKW sind es nur achtzig Kilometer. Kennst du Sosnowy Bor? Es gab mal eine Stadt, die so hieß. Dort befindet sich das Atomkraftwerk. Geh hin! Irgendjemand muss es doch machen, nicht wahr?«

Iwan verzog das Gesicht. »Und dieser Jemand soll ausgerechnet ich sein?«

»Wer denn sonst?«, entgegnete der Alte. »Machst du es?«

Iwan seufzte. »Tut mir leid. Das ist wohl nicht der richtige Zeitpunkt.«

Das Gesicht des Blinden versteinerte. Wie ein Stalagmit in einer Tropfsteinhöhle, der über Jahrtausende Tropfen für Tropfen gewachsen war. Eine Calcitkerze. Iwan hatte solche Gebilde in verlassenen Tunneln gesehen. Wunderschön. Aber bizarr.

»Ich dachte, du wärst ein Digger«, sagte der Alte enttäuscht.

»Das dachte ich auch.«

Nachdenklich wiegte der Alte den Oberkörper über dem Topf. Er wird die schöne Suppe noch anbrennen lassen, dachte Iwan. Schade.

»Was ist mit dir passiert, Digger?«

Iwan musste unwillkürlich schmunzeln. Eine gute Frage.

»Ich wurde erschossen.«

»Hm! Das kommt vor.«

»Und jetzt muss ich ein paar Dinge regeln.«

Der Blinde zog die weißen Augenbrauen zusammen. »Das müs-

sen wir alle. Dafür sind wir Menschen.«
»Gut gesagt«, erwiderte Iwan.
»Stress, nichts als Stress«, philosophierte der Alte. »Als ich noch in deinem Alter war, stand ich auch ständig unter Strom. Irgendwelche Sorgen, Streit, Freunde, Verbündete, Feinde ... Frauen.« Das letzte Wort betonte er so lustvoll, dass Iwan sich unwillkürlich fragte, ob der Alte das Thema tatsächlich schon abgehakt hatte.
»Frauen«, wiederholte der Blinde und seufzte. »Dabei sollte man an das Beständige denken. Und du? Woran denkst du, Digger?«
»Im Moment nur ans Essen«, antwortete Iwan. »Ich habe einen Mordshunger. Und mir ist schwindlig ...«

Iwan hatte gelogen. In jenem Moment hatte er keineswegs ans Essen gedacht. Als der Digger die Lider schloss, waren auf ihrer Innenseite drei Namen erschienen.
Memow.
Orlow.
Sasonow.
Ganz einfach.
Er wusste nur noch nicht, in welcher Reihenfolge er sie töten würde.
»Schläfst du?« Jemand rüttelte Iwan. »Oder hast du den Löffel abgegeben?«
Er öffnete die Augen. Der Blinde beugte sich über ihn. Von seinem bärtigen Haupt hingen schlohweiße Zotteln herab.
»Da, nimm, Grünschnabel.« Der Alte hielt ihm einen verbeulten Blechteller hin. Die Suppe dampfte in der kühlen Luft. »Hau rein.« Mit der anderen Hand reichte ihm der Alte einen Löffel.
Iwan sog den Dampf ein. Die Suppe roch deutlich verbrannt.
»Danke«, sagte Iwan.

Schon den zweiten Tag in Folge wurde Iwan von stechenden Rippenschmerzen und Fieberschüben geplagt. Sein gesamter Brustkorb fühlte sich wie ein Fremdkörper an. Wie ein eitriger Zahn, der sich nicht mehr wie ein eigener anfühlt, sondern wie ein grimmiger Feind, der sich im Kiefer eingenistet hat.

Nur dass man einen Zahn einfach ziehen kann ...

»Hier ist die Kugel eingedrungen«, erläuterte der Doktor, ein Militärarzt von der Station *Ploschtschad Lenina.* »Sie traf auf die Metallplatte und wurde abgelenkt. Die Schutzweste war deine Rettung.«

Der Militärarzt hatte ein längliches Gesicht, kurze Augenbrauen, einen nahezu kahlen Schädel und einen langen, dürren Hals. Kurzum, er sah aus wie ein Geier aus dem Zeichentrickfilm »Das Dschungelbuch«, den Iwan als Kind gesehen hatte. Allerdings war mit diesem Mann nicht zu spaßen, das merkte man sofort.

»Reiner Zufall«, sagte Iwan. »Meine Rippen sind lädiert, und an dem Tag hatte ich auch noch Rückenschmerzen. Da habe ich die Metallplatten angelegt und mit dem Verband fixiert, damit die Rippen ruhiggestellt werden. Das hält ganz gut.« Iwan überlegte. »Besser gesagt, es hielt.«

»Erstaunlich.« Der Arzt zog die Augenbrauen hoch. »Ich habe allerdings von noch verrückteren Zufällen gehört. Von Kugeln, die Bücher oder Amulette trafen. Und bei Ihnen war es eben eine improvisierte Rippenbandage.« Er sah Iwan mit seinen furchterregend blauen Augen an. »Es gab da mal so einen Film. ›Für eine Handvoll Dollar‹ hieß er, glaube ich. Mit Clint Eastwood. Egal, Sie werden ihn sicher nicht kennen. Jedenfalls hängt sich da einer eine Ofenklappe vor die Brust.«

»Ich war einfach nicht dazugekommen, die Dinger wieder abzunehmen«, erklärte Iwan, als müsste er sich dafür rechtfertigen, dass ihm ein glücklicher Zufall das Leben gerettet hatte.

Der Arzt lächelte und stand auf. Die Lampe hinter seinem Kopf erzeugte einen bläulichen Schein um seine Glatze. Für einen Augenblick sah er aus wie ein Heiliger auf einer Ikone. Als er den

Kopf wegzog, schlug Iwan das grelle Licht entgegen. Verdammt. Er kniff die Augen zusammen. Auf der Innenseite seiner Lider verloschen die Umrisse der Glühwendel.

»Ich lasse Ihnen Wasserstoffperoxid da, zum Reinigen der Wunde«, sagte der Doktor. »Und Sulfanilamid-Pulver. Ich würde Ihnen ja richtige Antibiotika verschreiben, wenn ich welche hätte. Aber ich denke, dass Sie auch so wieder auf die Beine kommen. Sie haben einen robusten Körper. Nur immer die Wunde schön sauber halten.«

»Danke, Doktor«, sagte Iwan.

Als der Arzt gegangen war, legte der Digger sich wieder aufs Bett und schloss die Augen. Der Schmerz in den Rippen pulsierte. Kurios. Wer hätte gedacht, dass ihn die Bestie an der *Primorskaja* vor einer Kugel retten würde? Verrückte Geschichte.

Kurz darauf hörte Iwan Schritte und das Pochen der Krücke. Er beschloss, liegen zu bleiben. Was sich der Alte wohl diesmal wieder einfallen ließ? Iwan öffnete die Augen einen Spalt und atmete tiefer, als ob er schlief.

Der Blinde beugte sich über ihn und horchte. »Macht sich's hier einfach gemütlich«, brummte er.

Dann hob er seine Krücke. Verdammt! Noch ehe Iwan reagieren konnte, bohrte sich schon ihr stumpfes Ende in seine gesunde Seite.

Iwan sprang auf.

»Was soll das?!«

»Ich wecke dich, weil du in meinem Bett liegst«, erklärte der Blinde lapidar. »Das geht ja wohl nicht.«

»Der Doktor hat gesagt, dass ich liegen soll!«

»Tu das, aber verpiss dich gefälligst auf deine Matratze.« Der Alte grinste schadenfroh. »Die im Übrigen auch mir gehört.«

Iwan musste lachen. Der schrullige Alte hatte einen gewissen Charme.

»Okay, überredet«, lenkte Iwan ein. »Wo ist denn deine Matratze?«

Das Stehen tat ihm überhaupt nicht gut. Schon fing das Zimmer wieder an, sich zu drehen.

Noch ein, zwei Tage liegen, dann breche ich auf, dachte Iwan. Ich werde schon nicht gleich krepieren unterwegs.

Nachts träumt Iwan wieder von dem Lazarett und dem Leutnant mit den eiskalten Augen. Abermals geht er im grellen Licht hinter dem Leutnant her, zwischen den Reihen der Feldbetten hindurch. Wieder glotzen die Verwundeten hasserfüllt oder wenden sich ab. Und wieder sieht er den Feuerblitz, als der Leutnant abdrückt und die Welt aus den Fugen gerät.

Der Doktor fällt elend langsam. Iwan sieht die grauen Bartstoppeln an seinem Hals. Doch sein Gesicht hat sich verändert. Jetzt ist es der Militärarzt von der Station *Ploschtschad Lenina*. Lautlos öffnen die Krankenschwestern ihre Münder. Eine von ihnen ist Tanja. Die andere jenes Mädchen namens Illjusa. Selbst im Traum wundert sich Iwan über ihr Erscheinen.

Illjusa schreit. Tanja schreit.

Iwan legt dem Leutnant die Hand auf die Schulter.

Schon im nächsten Augenblick ahnt er, dass er das lieber nicht hätte tun sollen. Der Leutnant dreht sich langsam um. Und dann – sieht Iwan sein Gesicht.

Es ist Sasonow.

»Hallo, Wanja«, sagt Sasonow vergnügt.

Ein Feuerblitz. Iwan zuckt zusammen und spürt, wie ihm die Kugel zwischen die Rippen dringt. Hat er dort nicht eine Metallplatte? Iwan senkt den Kopf und sieht, wie das Blut aus dem Einschussloch quillt. Er hat mich erschossen, denkt er und beginnt, langsam umzufallen.

Tanjas Gesicht entfernt sich.

Das weiße Hochzeitskleid.

Warum nur, Marjuschka, hast du dich nicht in den Fluss gestürzt ...

Iwan öffnete die Augen.

Höchste Zeit, sich auf den Weg zu machen, dachte er. Ich habe schon genug Zeit verloren. Gesund werden kann ich auch unterwegs.

Über ihm war die graue Decke mit dem Spalt zwischen den Platten.

Der Blinde lebte im Verbindungstunnel zwischen den Stationen *Ploschtschad Wosstanija* und *Tschernyschewskaja*, in einem kleinen, verlassenen Bunker. Zu welchem Zweck man ihn ursprünglich errichtet hatte, erschloss sich Iwan nicht, doch er verfügte über zwei Räume (in einem davon stand das Telefon) und eine Art Lager, das man durch einen kleinen Gang erreichte. Dort war es dunkel und eng. An der Wand standen graue Blechschränke und ein Turm aus übereinandergestapelten Gerätekästen.

Von der Decke des Bunkers hingen Lampen an Kabeln herab. Zwei davon funktionierten sogar. Doch an die schier unbegrenzte Verfügbarkeit von Strom hatte sich Iwan nach dem Aufenthalt an der *Ploschtschad Wosstanija* schon beinahe gewöhnt.

Dem alten Mann brachte die Beleuchtung nichts. Iwan konnte also durchaus von Glück sagen, dass er nicht im Dunkeln saß.

»Du willst gehen?«, fragte der Alte.

»Ja, sobald ich wieder einigermaßen auf den Beinen bin.«

»Deine Sache, du musst selbst wissen, was du tust. Hier, dein Pass.«

»Ernsthaft?«

Iwan nahm das abgegriffene Büchlein, das ihm der Blinde entgegenhielt, und öffnete es vorsichtig.

Iwan Sergejewitsch Gorelow. Geburtsdatum: 01.11.2008. Geburtsort: Sankt Petersburg, Leningrader Gebiet.

»Das ist nicht mein Pass«, sagte Iwan.

Der Alte zuckte mit den Achseln. »Wem gehört er dann? Er lag neben dir, als ich dich gefunden habe.«

Ob ihn einer der Zombel verloren hatte? Zufälle gibt's. Jedenfalls genau zur rechten Zeit. Ohne Pass hatte man es zurzeit schwer in der Metro.

»Und wie heißt du richtig?«

»Iwan. Aber mit anderem Nachnamen.«

»Passt doch.« Der Alte legte den Kopf in den Nacken, als wollte er die Decke betrachten. »Du musst dich nicht mal an einen neuen Vornamen gewöhnen.«

»Stimmt.«

Sasonow hatte Iwan alles abgenommen: die Waffe, das Messer, die Lampe und seine Papiere. Iwans übrige Habseligkeiten waren in seiner Tasche an der Station zurückgeblieben. Auch die Glaskugel. Das Geschenk für Tanja. Iwan seufzte. Tanja. Ihre funkelnden Augen.

»Ich muss nach Hause.«

Schweigen.

»Du willst, dass alles wieder so wird, wie es war?« Der Alte drehte den Kopf zu Iwan. »Ist das wirklich dein Ziel? Nicht besonders romantisch.«

»Ich will mein Leben zurückhaben«, verkündete Iwan trotzig.

»Blödsinn«, erwiderte der Alte. »Dein Leben hat es nie gegeben. Du bist in diesem Krieg gestorben, Digger. Du hast es nur immer noch nicht kapiert. Du bist tot, Iwan«, wiederholte er. Der leere Blick seiner weißen, pupillenlosen Augen war gespenstisch.

»Wer bist du?«

»Ich?« Der Blinde begann zu lachen. »Wir schlummerten und harrten der heiligen Frühe«, deklamierte er, »als die dämmernde Eos – kennst du sie? – mit Rosenfingern erwachte.«

Iwan stutzte. Wo hatte er gleich wieder von dieser »dämmernden Eos« gehört? Vor gar nicht so langer Zeit. Andererseits kam es ihm vor, als lägen die jüngsten Ereignisse bereits Jahre zurück.

»Mit welchem Namen soll ich dich ansprechen?«, fragte er.

Der Blinde überlegte.

»Nenne mich Ais«, antwortete er schließlich. »Obwohl, am besten wäre es, du würdest mich gar nicht mit Namen ansprechen.«

Nach zwei Tagen hatte Iwan sich so weit erholt, dass er kurze Spaziergänge unternehmen konnte. Der Alte begleitete ihn – widerstrebend und brummig. Warum er das tat, blieb Iwan ein Rätsel. Der Gesellschaft wegen? Ha, Pustekuchen. Die Ausflüge mit dem Alten waren eine Strafe. Er hatte eine höchst eigenwillige Vorstellung vom Spazierengehen. Meist rannte er mit seiner Krücke voraus, dann ließ er sich wieder zurückfallen und zockelte extra langsam hinterher.

Um sich von seinen Schmerzen abzulenken, erzählte ihm Iwan die Geschichte von dem Meerungeheuer an der *Primorskaja*.

»Als ich den Tiger sah, wusste ich sofort, dass da irgendwas faul war.«

»Einen Tiger?«, wunderte sich der Alte. »Was für einen Tiger denn?«

»Einen weißen.«

»Einen bengalischen, oder wie? Ach Gottchen.« Auf dem Gesicht des Blinden erschien plötzlich ein verklärtes Lächeln mit einem Anflug von Wehmut. »Ein schönes Tier. Doch wie kam es in die Metro?«

»Angeblich hat ein Mitarbeiter des Zoos ihn direkt vor der Katastrophe rausgelassen, und der Tiger ist sofort in die Metro gelaufen. Das ist natürlich ein Märchen. Andererseits, warum eigentlich nicht? Mir gefällt die Geschichte jedenfalls.«

»Ein Märchen, meinst du?« Der Alte kratzte sich an der Stirn. »Also wenn du es genau wissen willst: Ich war derjenige, der ihn rausgelassen hat.«

Pause. Hatte sich Iwan verhört? Oder war der Alte nun endgültig durchgeknallt? Genauso gut hätte er behaupten können, dass er die Welt in sieben Tagen erschaffen hat.

»Wo hast du ihn rausgelassen?«

»Was für eine Frage: aus dem Käfig natürlich!« Der Alte schwang die Krücke und legte einen Zahn zu. »Wo hätte man ihn denn deiner Meinung nach sonst halten sollen? Im Empire State Building? Du bist schon ein seltener Gipskopf.«

Das war beleidigend. Iwan blieb sogar stehen, um sich über seine Gefühle klar zu werden. Wirklich beleidigend. Er wusste gar nicht, wann er sich das letzte Mal so lächerlich gefühlt hatte. Vermutlich nach Kossolapys Tod. Nicht genug, dass man ihn erschossen hatte, als Dreingabe durfte er sich auch noch als Gipskopf verunglimpfen lassen.

»Oh, großer Guru, dann sage mir doch ...«

»Wie bitte?«, unterbrach ihn der Alte und wedelte drohend mit seiner Krücke.

»Verstanden«, beschwichtigte Iwan. »Aber im Ernst, warum hast du den Tiger eigentlich rausgelassen?«

An diesem Tag gingen sie weiter als sonst. Iwan hatte diesmal nicht zittrige Beine wie sonst, dafür stotterte sein Herz, als würde es nicht Blut, sondern Schweröl pumpen.

Stopp. Wo sind wir denn hier gelandet?

»Was ist das?«, fragte Iwan.

»Ein Lüftungsschacht, nichts Besonderes«, erwiderte der Alte achselzuckend und krückte weiter. Tock, tock, tock.

Iwan leuchtete mit der Lampe umher. Ein gewöhnlicher Eingang in einen gewöhnlichen Lüftungsschacht. Von drinnen wehte ihm ein kräftiger Luftstrom entgegen. Schau an, der funktionierte noch. Er trat ein.

Im Lichtkegel der Lampe erschienen übereinandergestapelte Behälter mit Kohlefiltern. Jetzt war klar, wozu der Schacht diente. Weiter oben im Schacht befanden sich ein hermetisches Tor und eine Schleusenkammer – der Ausgang nach draußen. Digger benutzten hin und wieder die Schächte der Luftfilteranlagen, um zur Oberfläche zu gelangen. Allerdings war dies ein mühseliges Unterfangen, selbst wenn sich noch eine intakte Leiter im Schacht befand: Immerhin musste man siebzig Meter Höhe überwinden. Wenn man dann noch Sachen schleppte oder die Leiter vereist war, wurde die Angelegenheit zur Strapaze.

Iwan hatte sich diese Tortur nur einmal angetan, damals, als ihn die Veganer verfolgten, und da war ihm nichts anderes übrig geblieben.

Er sah sich um. Die Luftfilteranlage war gut in Schuss. Offenbar wurde sie regelmäßig gewartet. Er leuchtete die Wand aus. Halb verwitterte Ziffern auf dem Beton – die Nummer des Schachts. Keinerlei Auffälligkeiten. Iwan ging zum Ausgang zurück.

Er wollte gerade wieder aufs Gleis hinuntersteigen, als es ihn plötzlich wie ein Stromschlag durchfuhr.

Verdammt. Das gibt's doch nicht!

Iwan ging noch einmal zurück. Sein Herz pochte heftig.

Sicher hatte er sich das nur eingebildet …

Vor der Wand stellte er die Tasche ab und hob die Lampe. Ganz langsam, als wollte er hinauszögern, dass sich seine Befürchtung bestätigte. Schließlich erschienen die roten Ziffern im Lichtkreis.

Iwan trat näher und fuhr mit der Hand über den Beton. Er war brüchig, trocken und rau. Auf seinem Handschuh blieb weißer Staub zurück.

»Und das hat alles mit dem Lüftungsschacht Nummer zweihunderteins zu tun«, hatte Specht zu ihm gesagt, der verrückte Philosoph von der Station *Ploschtschad Wosstanija*.

Iwan hatte soeben den Ort gefunden, um den sich alles in der Metro drehte.

An der Wand stand die Nummer 201.

Neben der Nummer stand ein Spruch. Iwan las ihn, schmunzelte und schüttelte den Kopf.

Na klar, der war ja quasi obligatorisch.

»Was steht denn da?«

Iwan erschrak. Er hatte nicht bemerkt, dass der Blinde ihm nachgegangen war. Und überhaupt – woher wusste er überhaupt, dass dort an der Wand etwas geschrieben stand? Manchmal hatte Iwan den Eindruck, dass der Alte in Wahrheit alles sah und aus unerfindlichen Gründen nur so tat, als wäre er blind.

»Enigma ist ein guter Mensch TM«, las Iwan. »Wer ist das?«

Was hatten die Zombel dem Alten auf ihrer Flucht hinterhergerufen? Iwan sah den Blinden prüfend an.

Der zuckte mit den Achseln, so als wollte er sagen: Höre ich zum ersten Mal.

»Kennst du ihn?«

Der Alte schüttelte flüchtig den Kopf, doch es war offensichtlich, dass er diesen geheimnisvollen Enigma sehr wohl kannte. Trotzdem tat er so, als wüsste er von nichts.

Na gut. Das war sein gutes Recht.

Jeder hat schließlich ein paar Leichen im Schrank.

Zurück am Gleis fiel Iwan auf, dass er seine Tasche vergessen hatte. Er ging wieder zurück. Der Alte stand immer noch im Raum und wippte mit dem Oberkörper hin und her wie in Trance. Sein weißes Haar leuchtete in der Dunkelheit.

»Sie mögen mich doch, die Gauner«, brummte der Alte, wischte sich mit dem schmutzigen Ärmel über die tränenden Augen und wippte weiter. »Sie mögen mich.«

Iwan hob leise seine Tasche auf und ging zum Ausgang. Er hatte Herzklopfen.

Was ging hier eigentlich vor?

»Ein weißer Tiger kann in der freien Natur nicht überleben«, sagte der Alte. »Das zu deiner Frage, warum ich ihn aus dem Käfig gelassen habe. Darin ähnelt er uns Menschen. In der Natur fallen Albinos zu sehr auf. Sie verhungern entweder oder fallen normal gefärbten Tigern zum Opfer. So ist es mit uns Menschen auch. In der wilden Natur, die uns umgibt, sind wir die Albinos. Stell dir

vor, man würde dich irgendwo aussetzen, wo dir alles fremd ist. Und wo du selbst fremd bist. Jetzt, wo sich draußen alles verändert hat, sind wir Menschen so etwas wie Tiger auf dem Mars. Schon mal von fremden Planeten gehört? Sogar die Metro bietet dem Tiger wenigstens ein bisschen Vertrautheit.«
Iwan schwieg. So war das also.
»Und es gibt keinen Ausweg?«
»Für den Tiger oder für die Menschen?«
»Für den Tiger. In der Stadt.«
Der Alte überlegte.
»Doch, es gibt einen.«
»Und der wäre?«
»Er kann zum Menschenfresser werden.«

Neunundsiebzig, achtzig. Iwan beendete die Liegestütze und stand schweißgebadet auf. Seine Arme zitterten vor Erschöpfung. Immerhin, das regelmäßige Training brachte ihn allmählich wieder in Form. Jetzt waren die Übungen mit dem Ball an der Reihe. Reaktion, Koordination, Gefühl für den Partner – Iwan besann sich.

Meinen Diggertrupp gibt es nicht mehr. Den Digger Iwan gibt es nicht mehr. Ich müsste komplett von vorne anfangen.

Ist es das wert?

Er nahm die Bälle und wiegte sie in der Hand. Tennisbälle hatte er hier keine, schade, aber die Stoffbälle mit den Gewichten drin taten es auch. Es war wieder Zeit für philosophische Gespräche. Iwan schmunzelte. Das Training mit dem alten Mann machte Spaß. Sie unterhielten sich über alles Mögliche, während sie einander die Bälle zuwarfen. Der Blinde fing sie geschickt und griff nur selten daneben. Wesentlich seltener als Iwan. Als hätte er ein lasergestütztes Ortungssystem im Kopf. Was ihm wohl zugestoßen war? Der Alte schwieg sich beharrlich darüber aus. Iwan schüttelte den Kopf. Gewiss eine entsetzliche Geschichte.

Es war ein eigenartiges Gefühl, mit einem Partner zu üben, der einen nicht sehen konnte.

Und dann diese ganze Philosophie.

Beim letzten Mal hatte der Alte erklärt, die Metro sei die Hölle. Heute behauptete er, die Metro sei das Paradies, aus dem die Menschen früher oder später vertrieben würden.

»Was ist denn nun die Metro, das Paradies oder die Hölle?«, fragte Iwan und warf den Ball.

Der Alte fing das Stoffbündel gekonnt und legte die Stirn in Falten: »Was ist denn deiner Meinung nach das Paradies?«

Er warf.

»Ein Ort, an dem Engel leben«, erwiderte Iwan und fing seinerseits den Ball.

Der Alte legte den Kopf schief. Seine weißen Augen schienen direkt in Iwans Seele zu blicken. Der Ball flog durch die Luft. Im letzten Moment schnellte seine faltige Hand empor und fing ihn unmittelbar vor seinem Gesicht.

»Auch eine Antwort«, konstatierte der Alte und warf. »Wenn du die Engel triffst, richte ihnen einen schönen Gruß von mir aus.«

Iwan musste springen, um den Ball zu erwischen, und landete problemlos wieder auf den Beinen. Seine Rippen schmerzten fast gar nicht mehr.

»Wird gemacht.«

»Quatschkopf!«, versetzte der Alte gutmütig. »Willst du hören, wie alles wirklich gewesen ist? Ich weiß es nämlich.«

»So?« Iwan grinste. »Warum eigentlich nicht ...«

Der Alte mümmelte mit den Lippen.

»Irgendwo in der Metro läuft ein alter Gott herum«, begann er leise. »Er hat einen langen weißen Bart, ein runzeliges, gütiges Gesicht und blaue Augen. Völlig schamlose Augen selbstverständlich.«

Iwan schluckte. Was für eine Beschreibung!

»Solchen Mist könnte ich ohne Ende erzählen«, verkündete der alte Haudegen. »In Wirklichkeit war alles weit weniger pathetisch. Es war einmal – lange vor der Katastrophe – der Urmonter. Eines schönen Tages (schon wieder ein Märchen, eigentlich war es ein grässlicher Tag gewesen) beschloss er, die Metro zu erbauen. Er rief seine Monter zu sich, drückte ihnen einen Plan in die Hand und befahl: Baut, ihr Nichtsnutze, so und so. Ich kontrolliere es dann. Die Monter stöhnten. Doch da ihnen nichts anderes übrig blieb, gingen sie ans Werk. Als sie fertig waren, begutachtete der Urmonter die Metro. Und er sah, dass sie ... lausig war, aber auch noch schlechter hätte werden können. Da sagte der Urmonter: Es werde Licht in der Metro. Und die Monter verlegten ein Stromnetz. Und dann ...« Der Alte machte eine dramatische Pause.»... dann kam der Urdigger.«

Urdigger, Urmonter. Da hat er wieder was gefunden, womit er mir auf die Nerven gehen kann, dachte Iwan.

Märchen für Nachwuchsdigger. Kossolapy hatte ihm solche Geschichten erzählt. Auch Iwan selbst hatte sie schon zum Besten gegeben, als er junge Digger trainierte.

Die Tür zum Zimmer des Alten war angelehnt. Iwan spähte durch den Spalt. Auf seine monströse Krücke gestützt, tigerte der Riese von einer Ecke zur anderen. Rastlos. Tock, tock, tock. Die graue Mähne wogte um das Gesicht mit dem verfilzten Bart.

Plötzlich blieb der Alte vor der Wand stehen und wippte auf den Zehen. Als stünde jemand vor ihm. Iwan schaute angestrengt, aber da war nichts. Nur der Schatten eines Geräteschranks.

»Was habt ihr hier verloren? Denkt ihr, das sei hier die Arche Noah?«

Iwan kniff die Augen zu, rieb sich über die Lider und schaute abermals.

Was für ein Quatsch. Das konnte doch nicht sein.

Ein normaler Schatten. Reglos, wie es sich für den Schatten eines unbewegten Objekts gehörte.

Doch Iwan wusste plötzlich ganz genau, dass dieser Schatten sich nach den Worten des Alten kurz bewegt hatte.
Halluzinationen?
Womöglich hafteten noch Reste des violetten Staubs an seiner Kleidung. Warum nicht?
Gewiss war es nur Einbildung. Und dass der Alte mit der Wand sprach – geschenkt. Jeder hat schließlich seine Marotten.
Iwan schüttelte den Kopf.
»Was wollt ihr von mir?«, fragte der Alte. »Sagt schon!«
Geh, Digger, und schlaf dich gründlich aus.

Das Telefon läutete. Ununterbrochen.
Schon im Schlaf hörte Iwan das monotone, aufdringliche Geklingel, das vor allem deshalb nervte, weil es so absurd war.
Rrring, rrring, rrring!
Das Läuten ging durch Mark und Bein. Iwan stöhnte, vergrub den Kopf im Kissen, wälzte sich auf die Seite und zog sich die Decke über den Kopf. Es half nichts. Das penetrante Geräusch drang mühelos durch den Stoff und bohrte sich in seine Ohren.
Rrring, rrring, rrring!
Als das Geräusch sich zur Größe der Station *Newski prospekt* aufgebläht hatte, hielt Iwan es nicht länger aus. Er rollte von der Matratze und öffnete die Augen. Es war ein äußerst unsanftes Erwachen. Aus der Welt der Träume kehrte Iwan auf einen Schlag in seine materielle Hülle zurück – und hätte beinahe nicht hineingepasst. Sein Herz schlug heftig und unregelmäßig. Er hatte einen säuerlichen Geschmack im Mund und seine Kehle war wie ausgedörrt. Mit fortschreitendem Alter passierte ihm das immer öfter, wenn er nicht ausgeschlafen hatte. Egal.
Rrring, rrring, rrring!
Iwan kniff die Augen zusammen und dehnte den verspannten Nacken. Das Läuten kam aus dem Nachbarraum. Telefon? Wieso Telefon? Iwan stand auf und taumelte zur Tür. Ihre Konturen ver-

schwammen ihm vor den Augen. So gnadenlos war Iwan schon ewig nicht mehr aus dem Schlaf gerissen worden. Er fühlte sich hundeelend.

Rrrring! Geh doch endlich einer ran!

Funktionierte das Telefon des Alten also doch? Mit wem hätte er telefonieren sollen? Hatte man ihm von der Station eine Leitung gelegt?

Iwan trat auf die Türschwelle und stützte sich am Rahmen ab. Er blinzelte fieberhaft, doch vor seinen Augen hing immer noch ein Schleier.

Noch ein Versuch. Endlich konnte Iwan etwas sehen. Auf dem Schreibtisch stand das graue Telefon und läutete. Nicht zu fassen. Iwan ging zum Tisch, nahm mit steifen Fingern den Hörer ab und hielt ihn sich ans Ohr.

Das Läuten hörte auf. Iwan betrachtete das graue Gehäuse mit den schwarzen Tasten. Das musste eine Sinnestäuschung sein.

»Hallo?«, sagte er.

Lange nichts.

Dann: ein Knacken.

»Wer ist am Apparat?«, fragte plötzlich eine gebieterische Stimme am anderen Ende der Leitung.

»Gorelow«, erwiderte Iwan – er musste sich schließlich an den Namen gewöhnen.

»Folgender Befehl, Gorelow. Linie zwei wird in den autonomen Betrieb überführt, GUS Datschnik in Kriegsbereitschaft versetzt. Allgemeine Bereitschaft – fünfzig Minuten. Verstanden? Allgemeine Bereitschaft – fünfzig Minuten. Die Hauptbunker sind für die Einquartierung der Bevölkerung vorzubereiten. Bestätigung von oben ist erfolgt.«

Während Iwan zuhörte, kroch die Kälte des eklig glatten Kunststoffhörers in sein Ohr, von dort in den Kopf und dann durch die Speiseröhre in den Magen hinunter. Dort verdichtete sie sich wie verschüttetes Quecksilber zu einem schweren, glitzernden Klumpen.

»Ich wiederhole. Startbefehl wurde erteilt. Bestätigen Sie den Empfang der Meldung. Gorelow, schläfst du?!«

»Verstanden«, sagte Iwan.

»Hör zu, Gorelow …« Die Stimme des Sprechers verlor plötzlich ihre eiserne Härte und wurde brüchig. Als hätte jemand den Stecker gezogen. »Es ist alles zu Ende. Vergiss das Objekt 30, rette die Menschen. Ich … Ich werde mich betrinken und mir eine Kugel in den Kopf schießen. Gorelow, ich flehe dich an: Rette die Menschen! Es ist so sinnlos. Wenn es irgendeinen Sinn hätte, würde ich es selbst versuchen. Aber es hat keinen Sinn.« Die Stimme verzerrte sich zu einem irren Lachen. Iwan hörte, dass hinter dem Sprecher jemand atmete. »Sie sind da. Weißt du, ich hatte gehofft, dass dieser Tag niemals kommen würde. Ich hatte gehofft, ihn wenigstens nicht zu erleben. Meinetwegen vorher an Krebs zu sterben. Warum nicht? Krebs ist nicht das Schlechteste. Da wäre mir wenigstens noch die Hoffnung geblieben. Aber wenn ich jetzt in die Zukunft schaue, sehe ich nur ein gähnendes schwarzes Loch. Wie bei den Atheisten. Nichts. Nothing. Ich kann den Menschen nicht in die Augen schauen. Das war's. Hast du den Befehl weitergeleitet?«

Iwan empfand auf einmal das Bedürfnis, den Mann am anderen Ende der Leitung zu beruhigen.

»Ja, habe ich.«

»Danke, Gorelow. Warum nur habe ich die Welt um mich herum nie richtig wahrgenommen? Weißt du, meine Frau hat sich immer beklagt, dass ich nicht einmal in der Lage bin, einen Spaziergang mit ihr zu machen. Mit ihr und unserem Töchterchen. Dass ich immer einen Grund finde, wegzugehen, um etwas angeblich sehr Wichtiges zu erledigen. Ich war immer so beschäftigt. Und jetzt sehne ich mich so sehr nach diesen fünf Minuten zurück. Nach diesen fünf Minuten im Park, damals, im Herbst. Es war ein trüber, windiger Tag und buntes Laub wirbelte durch die Luft. Das weiß ich noch, Gorelow. Und mein Töchterchen lief mit rudernden Armen auf mich zu. Durchs feuchte Laub. Meine

Frau stand daneben. Diese fünf Minuten fehlen mir so unsäglich. Ich wünsche mir, dass mein Töchterchen noch einmal auf mich zuläuft. Ich möchte sie betrachten, ihr Haar berühren. Dieses weiche Haar, vom Wind zerzaust. In solchen Augenblicken wie jetzt wird dir klar, wen du wirklich liebst. Und das sind keine leeren Worte. Wenn der Tod die Ewigkeit bedeutet, dann will ich eine Ewigkeit mit bunten Blättern. Und dass mein Töchterchen zu mir läuft und ›Papa!‹ ruft. Das ist wahnsinnig sentimental, nicht wahr, Gorelow? Gorelow, sag doch was. Ich habe sonst nichts mehr. Nur ein schwarzes Nichts. Wenn es Gott gibt, möge er ihnen Licht spenden, ich komme auch ohne aus. Die Dunkelheit macht mir nichts, wenn ich weiß, dass meine Liebsten Licht haben. Wir haben uns selbst vernichtet. Jetzt, solange die Raketen noch in der Luft sind, diese fünfzehn Minuten … Wenn ich könnte, würde ich vor Scham sterben. Vor Scham gegenüber meinem Töchterchen. Dumm, nicht, Gorelow? Sag was, Gorelow, bitte. Warum sagst du denn nichts?«

Besetztzeichen.

Iwan legte auf.

»Was war das?« Iwan trat zu dem Alten und packte ihn am Kragen. »Was – war – das?!«

Die blinden Augen des Alten schauten über Iwans Schulter hinweg ins Leere.

»Das Telefon?«

»Ja, verdammt! Das Telefon!«

Im nächsten Moment begriff Iwan, dass er flog. Der Alte hatte ihm einen heftigen Stoß versetzt. Iwan rollte über den Boden. Ihm wurde schwarz vor Augen. Als er endlich ruhig lag, krümmte er sich zusammen. Der alte Sack war nicht gerade zimperlich.

»Tief durchatmen«, empfahl der Blinde. »Das mit dem Telefon ist ganz einfach zu erklären.«

»W-wie ...« Iwan bekam keine Luft. Die Schmerzen strahlten vom Solarplexus aus wie heftige Stromschläge. »Wie ...«

»Eine Aufzeichnung«, sagte der Alte.

Er hatte den Kopf leicht angehoben, als würde er horchen. Seine weißen Augen wirkten abwesend.

»Was?«

»Eine gewöhnliche Aufzeichnung, nichts weiter«, wiederholte der Alte mit spöttischem Unterton. »Das ist hier ein halbmilitärisches Objekt. Da werden Gespräche üblicherweise aufgezeichnet.«

»Und wer hat dann angerufen?«, fragte Iwan, obwohl er die Antwort schon ahnte.

»Dein Schicksal«, verkündete der Alte weihevoll, bleckte die wenigen verbliebenen Zähne und brach plötzlich in Gelächter aus. »Quatsch. Der Anruf wurde automatisch ausgelöst. Das ist schon weiß der Henker wie lange her. Da hat sich irgendein Kontakt geschlossen. Anruf, Anrufbeantworter, nichts weiter.«

»Was?!«

»Das lässt sich alles erklären, Iwan. In der Metro gibt es keine Wunder. Schreib dir das hinter die Ohren, Grünschnabel.«

»Wie sehen deine weiteren Pläne aus?«

Iwan kratzte sich am Hinterkopf. Es kam ihm albern vor, darauf zu antworten. Andererseits wollte er den Alten nicht beleidigen. Schließlich hatte der eine ganz normale Frage gestellt.

»Lass mich raten«, sagte der Alte. »Du willst Rache nehmen, nicht wahr? Deine Feinde töten.«

Sasonow, Orlow, Memow.

Egal in welcher Reihenfolge.

»Ja«, erwiderte Iwan. »Damit liegst du nicht falsch.«

»Angenommen, es gäbe eine Aufgabe von globaler Bedeutung. Was würdest du tun? Eine Aufgabe, bei der es nicht um ein Einzelschicksal geht, wie in deinem Fall, sondern um das Überleben der Menschheit.«

»Aha, ich soll also die Welt retten? Toll.«

»Sehr komisch«, entgegnete der Alte barsch. »Aber es geht tatsächlich in diese Richtung. Machst du dir überhaupt eine Vorstellung davon, was das Leningrader AKW für die Menschheit bedeutet?«

An diesem AKW schien der Alte einen Narren gefressen zu haben.

»Bei allem Respekt – aber im Augenblick habe ich keinen Kopf dafür. Können wir uns darauf einigen, dass ich mich später damit befasse? Lass mich zuerst meine eigenen Angelegenheiten regeln, dann sehe ich, was ich für dich tun kann. Großes Digger-Ehrenwort. Einverstanden?«

Der Blinde schwieg eine Weile. Die Enttäuschung stand ihm ins Gesicht geschrieben. Iwan bedauerte selbst, dass für eine solche Expedition im Moment nicht der richtige Zeitpunkt war.

Der Alte nickte. Er hatte Iwans Standpunkt akzeptiert.

»Wirst du zur Allianz zurückkehren?«, fragte er schließlich.

»Der direkte Weg ist mir versperrt«, erwiderte Iwan. Er war froh, dass sein Gastgeber nicht schmollte. »An der *Wosstanija* komme ich nicht durch.«

Der Alte seufzte. »Wenn ich dich schon nicht davon abbringen kann, dann helfe ich dir eben. Geh bis zur *Wyborgskaja* hinauf. Dort gibt es einen Übergang zu den Tunneln der Ringlinie. Mit ihrem Bau wurde erst kurz vor der Katastrophe begonnen und sie sind nicht mehr fertig ...«

»Ich weiß, ich weiß.«

»Hättest du die Güte, mich ausreden zu lassen?«, ereiferte sich der Alte. »Du musst dir einen Führer suchen. Der bringt dich ... wo willst du eigentlich hin?«

Iwan überlegte. Von seinen Freunden waren ihm nur Pascha und Schakilow geblieben. Pascha war sicher längst zur *Wassileostrowskaja* zurückgekehrt und daher außer Reichweite. Aber Schakilow, der konnte ihm helfen. Auf Sascha konnte man sich verlassen – sofern er noch am Leben war.

»Erst mal zum *Newski prospekt*.«
»Also die Linie 2. Dann gehst du bis zur Station *Tschornaja retschka* und dann über die *Petrogradskaja* und die *Gorkowskaja* runter zum *Newski*.«
Das war natürlich eine Möglichkeit. Doch die Sache hatte einen Haken.
»Der Tunnel ist doch überflutet, oder?«
»Man kommt aber trotzdem durch. Das kannst du mir glauben. Schon mal was von Neu-Venedig gehört?«

Im hinteren Raum fand Iwan eine ganze Kiste mit alten sowjetischen Gasmasken, darunter mehrere GP-4 und eine isolierende IP-2M. Ein uraltes Ding, aber warum nicht? Außerdem lagen jede Menge Regenerierpatronen dabei. Iwan nahm eine davon und inspizierte den Boden des Behälters: »Verwendbar bis 2008«. Tja.
Könnte ich trotzdem gut brauchen, dachte Iwan. Was wohl der Alte dazu sagt?
Schritte. Das Pochen der Krücke. Wenn man vom Teufel spricht.
Der Alte blieb neben ihm stehen.
»Kann ich mir eine davon nehmen?«, fragte Iwan.
»So viele du willst. Ich brauche sie nicht mehr.« Die Augen des Alten schauten an Iwan vorbei. »Du willst wirklich schon aufbrechen?«
»Ja. Ich muss nach Hause.«
Der Alte nickte und verließ den Raum. Allmählich entfernte sich das Pochen der Krücke. Iwan schüttelte den Kopf und schmunzelte. Dieses Geräusch würde er vermissen.
Iwan suchte sich eine unbeschädigte Maske in seiner Größe heraus und probierte sie an. Sie funktionierte. Der Gummi lag dicht am Gesicht an und die Bänder passten.
So ein Ding müsste man aufsetzen, wenn man verkatert ist, dachte Iwan. Damit einem der Kopf nicht auseinanderfliegt.

Er nahm die Maske wieder ab, atmete durch und warf einen bedauernden Blick auf die GP-4. Es war schade, sie zurückzulassen, doch wollte er den Alten nicht zu sehr schädigen. Er legte noch zwei Filter mit dem jüngsten Haltbarkeitsdatum beiseite. Sie waren zwar auch schon abgelaufen, aber immer noch besser als nichts. Außerdem – was sollte mit der Kohle schon passieren? Er schloss die Kiste, dachte kurz nach, machte sie wieder auf und nahm doch noch eine zweite Maske heraus. Ohne Ersatzmaske ging es nicht.

Als er die Ausrüstung in seiner Tasche verstaut hatte, spürte er plötzlich, dass jemand in unmittelbarer Nähe war. Verdammt, wieso hatte er das nicht schon früher bemerkt?

Iwan fuhr herum und duckte sich – falls jemand auf ihn schießen wollte. Dann seufzte er erleichtert und richtete sich wieder auf. Der Alte stand in der Tür und schaute über Iwans Kopf hinweg. Einen schönen Schrecken hatte er ihm da eingejagt.

»Da, nimm«, sagte er lapidar und streckte ihm die Hand entgegen.

Iwan traute seinen Augen nicht: In der Pranke des Alten lagen zusammengefaltete und mit einem Gummi fixierte Tablettenstreifen. Für solche Kostbarkeiten hatte man in der Metro schon Leute umgebracht.

»Worauf wartest du, nimm schon. Der Arzt wollte sie dir sowieso verschreiben.«

»Vielen Dank«, sagte Iwan und nahm die Tabletten.

»Nimm gleich welche ein. Dort ist Wasser.«

Gegen Abend war Iwan bereit zum Aufbruch. Aus seinen Vorräten gab ihm der Alte noch eine Tasche, zwei Lampen, Batterien, eineinhalb Magazine Patronen und ein Messer mit. Das Messer war nicht schlecht, aber früher hatte Iwan ein besseres gehabt. Früher waren ja auch die Tunneldecken höher, wie die Alten zu sagen pflegten.

Eine Schusswaffe besaß der Alte nicht. Leider.

Der Blick seiner blinden Augen haftete an der Decke. »Willst du es dir nicht doch anders überlegen?«

Ich habe mich schon so an seine Marotten gewöhnt, dachte Iwan. Er wird mir fehlen.

»Du meinst wegen dem AKW?« Iwan schüttelte den Kopf. Der Sturkopf ließ einfach nicht locker. »Tut mir leid. Keine Chance.«

»Wenn du es dir anders überlegst«, entgegnete der Blinde, »und ich bin mir sicher, dass das früher oder später passieren wird – vergiss nicht: Du musst in Block 3. Kannst du dir das merken? Und noch etwas: Der direkteste Weg ist nicht immer der kürzeste. Darüber kannst du unterwegs nachdenken. Pass auf dich auf. Und jetzt setzen wir uns noch kurz, bevor du aufbrichst.«

Sie setzten sich hin und schwiegen eine Weile.

»Viel Glück bei deiner Expedition, Digger«, sagte der Alte schließlich.

Wenn man einundfünfzig ist, kann man schon mal über den Tod nachdenken.

»Du hast uns verraten, Enigma«, sagte einer der Schatten.

Der Alte konnte ihn nicht sehen, doch er wusste, dass dies nicht der Schatten eines Menschen war.

»Warum hast du ihm davon erzählt?«, fuhr der Schatten fort.

»Er ist ein Taugenichts«, erwiderte der Alte. »Was kann er schon ausrichten?«

Schweigen.

»Ich glaube, du versuchst uns hinters Licht zu führen. Wir werden ihn aufhalten.«

Der Alte wich zurück und erstarrte. Er spürte, wie kalter Schweiß auf seine Stirn trat. Diese Drohung musste er ernst nehmen. Sie waren zu allem fähig. Als die Schatten zum ersten Mal aufgetaucht waren, hatte er noch gedacht, er sei verrückt geworden. Das hätte alles erklärt. Doch inzwischen glaubte er nicht mehr daran.

Er wollte etwas erwidern, doch plötzlich war da wieder dieses Geräusch: Tsing!

Als würde eine Gitarrensaite reißen.

Jetzt ging es los.

Wenn er nicht blind gewesen wäre, hätte er die Augen zugemacht, um das nicht sehen zu müssen. Doch sogar er konnte es sehen, dank seiner Vorstellungskraft, die er in diesem Augenblick verfluchte.

An der Wand bildeten sich stinkende Eiterblasen und Krebsgeschwüre. Monströse, pulsierende Venen traten hervor. Die ganze Wand wölbte sich unter einem extremen inneren Druck. Dann schwollen die Blasen immer mehr an, wie bei einer fürchterlichen Brandwunde, sie wuchsen und es wurden immer mehr.

Der Alte wartete ab.

Es wusste, dass es unausweichlich war. Das hier war ihr Territorium.

Die Blasen begannen zu platzen. Dahinter schauten halb Gesichter, halb Fratzen hervor, die von entsetzlichen Wunden entstellt waren. Abgebissene Ohren, herausgerissene Nasenflügel, zerfetzte Wangen. Eigentlich hatten sie nichts Menschliches, doch der menschliche Verstand mühte sich unwillkürlich, irgendwelche bekannten Formen zu erkennen.

Hunderte schwarzer, ausdrucksloser Augen waren nun auf Enigma gerichtet.

»Um deinen Fehler auszumerzen, müssen wir den Dämon aussenden. Doch zuerst wird er sich um dich kümmern.«

»Schert euch zum Teufel«, befahl der Alte und richtete sich zu ganzer Größe auf. »Noch habe ich nicht ins Gras gebissen. Wenn es so weit ist, dann ...«

Er zuckte zusammen. Da war noch jemand.

Die Tür quietschte.

Aus der Dunkelheit trat eine kantige, riesenhafte Gestalt hervor und baute sich vor dem alten Digger auf. Die Haut dieses Menschen, wenn es denn einer war, schimmerte grau.

Enigma konnte hören, wie die Luft rasselnd durch die Lungen dieser Kreatur strömte und wie stinkender, verbrauchter Atem pfeifend aus ihnen entwich. Er vernahm sogar das Pulsieren des Bluts unter dieser grauen Haut, die hart und glatt wie Metall war. Er spürte, dass die Kreatur ihn anstarrte.

Die Bestie fuhr ihren langen Arm aus, oder wie auch immer man dieses Körperteil bezeichnen sollte. Der Alte wusste es nicht.

»Nimm die Flossen weg«, warnte Enigma, trat etwas zurück und sammelte sich.

Sieht fast so aus, als wärst du jetzt fällig, dummer alter Digger, dachte er.

Fertig?

Er fasste seine Krücke am unteren Ende und holte aus. Alles geht irgendwann einmal zu Ende.

»Ich sagte, ihr sollt euch zum Teufel scheren«, wiederholte er langsam. »Habt ihr das endlich kapiert oder muss ich deutlicher werden?«

Die graue Gestalt beugte sich vor. Der Alte schlug mit aller Kraft zu.

Hinter sich hörte Iwan ein dumpfes Heulen. Seinen Rücken überlief ein leichtes Frösteln. Der Wind wahrscheinlich. In der Metro weht immer ein Wind.

Deshalb ist es ja die Metro.

10
VENEDIG

Die Station der Militärärzte lag als schimmernder Lichtschein hinter ihm. In Gedanken zählte Iwan an den Fingern ab: die *Tschernyschewskaja*, die *Ploschtschad Lenina,* dann folgte als nächste bereits die *Wyborgskaja*. Richtig?

Im Gegensatz zu den Bollwerken der Allianz war der Kontrollposten der *Wyborgskaja* eher formeller Natur. Keine Sandsäcke, keine Maschinengewehre, keine Scheinwerfer. Mitten im Tunnel stand ein einfacher Schreibtisch, dahinter zwei Stühle. Auf den Stühlen lümmelten zwei Männer in grauen Uniformen, die mit Sturmgewehren bewaffnet waren. Hinter dem Posten befand sich ein abgesperrter Bereich, in dem alte Metrositze aneinandergereiht waren. Auf einem davon schlief ein Zivilist – vielleicht hatten sie den festgenommen. Die Beleuchtung des Postens bestand aus einer einzigen Lampe, die von einem Akku unter dem Tisch gespeist wurde.

Iwan grüßte die Zöllner und nannte seinen Nachnamen.

»Woher kommst du?«, fragte einer der Männer gelangweilt. Sein Gesichtsausdruck wirkte wie eingefroren.

»Von der *Wosstanija*.«

Iwan wusste, dass er mit dieser Antwort weitere Fragen provozieren würde, doch woher sonst hätte er schon kommen sollen?

Wider Erwarten ging der Zöllner nicht weiter darauf ein, sondern nickte nur.

»Was hast du dabei?«

»Gasmasken, die ich verkaufen möchte. Ansonsten nur Kleinkram, nichts von Belang.«

»Zeig mal.«

Iwan öffnete seine Tasche. Der Zöllner spähte hinein. Dann nahm er einen dicken, karierten Zettelblock zur Hand und feuchtete seinen Bleistift mit Spucke an.

»Als Zweck des Aufenthalts trage ich Handel ein. Macht zwei Patronen.«

Iwan seufzte. Klar, ohne Zoll lief in der Metro gar nichts.

»Warum so viel?«, erkundigte er sich.

»Die Zeiten sind eben so«, erwiderte der Zöllner. Er trennte den Zettel säuberlich aus dem Block und reichte ihn Iwan. »Wenn es dir zu teuer ist, kannst du ja umkehren.«

»Schwere Zeiten«, kommentierte Iwan.

»Da kannst du recht haben«, pflichtete der Zöllner bei. »Schon das Neueste gehört? Die Verrückten von der *Waska* haben die Moskowiter plattgemacht. Gnadenlos, auch Frauen und Kinder. Wie kann man nur so was tun? Aber was erzähle ich dir, du weißt wahrscheinlich mehr darüber als ich.« Er stutzte und sah Iwan befremdet an. »Warum bist du denn auf einmal so blass um die Nase? Sag bloß, du bist selbst ein Moskowiter?«

»Ja.«

Iwan schwankte, ihm war schwindlig. Vielleicht von dem langen Marsch. Oder einfach so.

»Verstehe«, sagte der Zöllner. »Tut mir leid, mein Freund. Um ehrlich zu sein: Früher konnte ich eure Sippschaft nicht besonders leiden, aber das ist nun wirklich der Hammer. So kann man mit Menschen doch nicht umgehen. Keine Ahnung, was die Typen von der *Wassileostrowskaja* geritten hat.«

Iwan hatte plötzlich wieder das Bild von Gladyschew vor Augen. Wie er die Zähne fletscht. Wie er einem Wehrlosen das Brecheisen in den Körper rammt, dass das Blut hervorspritzt.

»Die waren es nicht«, entgegnete Iwan halbherzig. »Es waren die Admiralzen.«

Diese handfeste Lüge kam ihm nur schwer über die Lippen.
»Ach was«, entgegnete der Zöllner, dessen Miene inzwischen vollends aufgetaut war. »Wer hat dir denn das erzählt? Die Admiralzen sind auch nicht von Pappe, da hast du schon recht. Aber im Vergleich zu denen von der *Waska* sind das Waisenknaben. Angeblich sollen die Angreifer von dort jetzt vor Gericht gestellt werden – als Kriegsverbrecher. Da müsstest du eigentlich als Zeuge aussagen. Diesen Bastarden gehören die Grenzen aufgezeigt. Ich habe gehört, dass sie dort mit Flammenwerfern Leute verbrannt haben. Das ist ja wohl das Allerletzte ...«

»Wie viel, sagtest du, bin ich schuldig?« Iwan hatte nicht die geringste Lust, dieses Gespräch fortzusetzen. »Zwei Patronen?«

Zu Iwans Überraschung winkte der Zöllner ab.

»Vergiss es. Gib mal her.«

Der Mann war auf einmal die Gutmütigkeit in Person.

»Was denn?«

»Na, den Zettel. Ich mach dir einen Stempel drauf.« Der Zöllner nahm den Zettel, hauchte den Stempel an, klatschte ihn zweimal auf das Papier, trennte die eine Hälfte ab und händigte die andere Iwan aus. »Du kannst durch, mein Freund. Und die Patronen behältst du besser, du brauchst sie dringender als wir.«

»Ja«, sagte Iwan. »Vielen Dank.«

Auf dem Zettel befand sich ein rechteckiger Stempel: »Medizinische Untersuchung absolviert«.

Die Zeiten ändern sich.
Die Tunnel ändern sich.
Die Menschen ändern sich.
Die Fragen ändern sich.
In Wirklichkeit bleibt alles beim Alten.
Die Geschichte – das sind Unannehmlichkeiten, die anderen widerfahren.

Iwan lag mit dem Gesicht nach unten und überlegte.

Bewegen? Im Moment ausgeschlossen. Wenn ich mich aufsetze, wird mir schlecht und ich muss kotzen. Wenn ich aufstehe, verliere ich das Gleichgewicht und falle wieder um. Wenn ich die Beine anziehe, liegt mein Kopf tiefer als das Herz, das Blut schießt in mein Gehirn und ich werde ohnmächtig.

Also lieber so liegen bleiben. Was für ein interessanter Boden. Grau, hart und eiskalt. Blanker Beton. Und ich liege darauf.

In seinem Bauch spürte Iwan einen Bleiklumpen: seinen Magen. Er schmerzte. Etwas weiter unten seitlich ein Ziegelstein: die Leber. Auf dem bocksteifen Hals der dröhnende Schädel, durch den diese zähe Gedankensoße floss. Mit einem Wort: Iwan fühlte sich hundeelend.

Er schloss die Augen, um weiterzuschlafen. Mit aller Willenskraft zwängte er sich in den Kokon des Schlafs zurück, so wie man eine Patrone bei offenem Verschluss ins Patronenlager schiebt. Es geht schwer, aber es geht. Iwan schlief wieder ein. Jetzt den Verschluss verriegeln.

Als Digger solltest du vor einer Expedition vierundzwanzig Stunden schlafen, besser achtundvierzig. Denn an der Oberfläche kommst du nicht dazu. Nach der Expedition kannst du dann schlafen, so viel du willst – sofern du zurückkommst. Und nicht vergessen: Ans hermetische Tor pinkeln. Das bringt Glück.

Diesmal hatten Iwans Schlafbemühungen nichts mit einer bevorstehenden Expedition zu tun. Sondern mit einer Alkoholvergiftung. Jede Menge Toxine im Blut, dafür zu wenig Kalzium und Vitamin C. Der Körper völlig dehydriert, der Herzrhythmus aus dem Lot. Das kommt davon, wenn man sich gnadenlos die Birne zulötet.

Iwan schlief und war doch gleichzeitig wach. Albtraumhafte Visionen und Kreaturen lauerten in unmittelbarer Nähe, wie hinter einer Glaswand, doch jetzt dachte Iwan nach.

Es ist alles zu Ende. Zu Ende.

Iwans Magen brannte, als hätte er nicht Alkohol getrunken, sondern Säure. Während er schlief, zogen die Gesichter seiner gestrigen Saufkumpane an ihm vorüber. Keine Gesichter, eher Fratzen.

»Trink, Moskowiter«, riefen die Fratzen immerfort und stellten ihm ein Glas nach dem anderen hin. Aus dem Mischbecher floss eine dunkle, nach Aceton stinkende Flüssigkeit.

Eine mit rotblondem Flaum bewachsene Hand. Unter den Fingernägeln Steinkohlevorkommen. Abermals hatte Iwan vor Augen, wie jemand – möglicherweise er selbst – kleine, bimetallische Zylinder und Tablettenstreifen in diese Hand legte. Die Patronen, durchfuhr es Iwan in einem verspäteten Anflug von Besorgnis. Und die Antibiotika. Verdammt. Beinahe wäre er in diesem Augenblick aufgewacht, doch er schlief weiter.

Iwan hoffte darauf, dass alles nur ein Traum war. Dass er nach dem Aufwachen die Patronen und die Antibiotika an ihrem Platz vorfinden würde, sich selbst angezogen und unversehrt, bereit, weiterzumarschieren. Immer weiter. Immer weiter.

Wieder die gefüllten Gläser, der Acetongestank, die brennende Kehle. Dann sah er sich in der Toilettenanlage, kotzend über die Schüssel gebeugt. Danach nichts mehr. Filmriss.

Iwan schlief und hoffte zu träumen.

Plötzlich Stimmen.

»Wo ist dein Moskowiter?«

»Da drüben. Er pennt.«

Die Stimmen kamen näher. Auch ein Traum.

»Wahnsinn, eine Luft ist das hier drin. Wie viele sind das eigentlich?«, fragte eine Stimme – gelangweilt und doch autoritär.

»Sechs Mann pro Zelt«, antwortete eine andere Stimme leicht pikiert. »Alles nach Vorschrift.«

»Schon recht. Ist es der hier?«

»Ja.«

In seinem Dämmerzustand überlegte Iwan, ob er wohl aufstehen sollte und etwas unternehmen. Weglaufen. Oder vielleicht kämpfen. Doch dann dachte er: wozu eigentlich? – und schlief weiter.

Plötzlich durchfuhr ihn ein stechender Schmerz. Ein höllisches Brennen in den Rippen. Iwan drehte sich auf den Rücken. Er konnte nicht einmal schreien, schnappte nur nach Luft wie ein Fisch. Vor seinen Augen ein Blitzlichtgewitter wie bei einer Gewehrsalve im Tunnel. »Vorwärts! Tod den Moskauern! Feuer!« Zur Antwort ein schallendes »Piterschweine!« und das ohrenbetäubende Geknatter eines Maschinengewehrs.

Iwan öffnete die Augen. Alles drehte sich und verschwamm. Plötzlich schob sich ein Gesicht ins Bild.

»Na, aufgewacht, mein Lieber?«, flötete das Gesicht.

Eine dicke Weichei-Visage. Hatte er die schon mal gesehen? Gestern? Iwan blinzelte. Über dem Gestern lag ein schwarzer Schatten. Da war nur die vage Erinnerung an einen Traum. Nur der Schmerz in der Seite und diese säuselnde Visage.

Iwan schaute und schwieg. Seine Gehirnzellen waren so leer wie die Stockbetten in einem verlassenen Luftschutzbunker. Durch sein Bewusstsein spukte der Geruch von Fäulnis und das plätschernde Geräusch von Gummistiefeln, die durch einen Tunnel stapfen.

Die dicke Visage beugte sich so weit herab, dass sie Iwans gesamtes Sichtfeld ausfüllte.

Noch ein bisschen näher, dachte Iwan, dann füllt sie die gesamte Metro aus und drückt mich an die Oberfläche. Und dann macht sie sich auch dort oben breit.

»Wer … Wer bist du?«, fragte Iwan mit zittrigen Lippen.

Seine Stimme hallte, als käme sie aus einer Wasserzisterne. Unmittelbar nach der Katastrophe hatten sie eine solche genutzt. Mit Kossolapy zusammen hatte Iwan sie Raum für Raum erkundet. Das war in einem Bunker an der *Primorskaja* gewesen. Oder doch nicht?

»Steh auf, mein Lieber«, sagte die Visage. »Ich komme dich abholen. Wir müssen aufbrechen.«

Iwan zwinkerte krampfhaft mit den Augen, um wenigstens ein bisschen schärfer zu sehen. Es funktionierte. Die Visage entfernte sich. Sie gehörte zu einem Mann in einem grauen Tarnanzug, der vor ihm hockte, die Hände auf ein Gewehr gestützt. Iwan schluckte. Die Arme des Mannes waren rotblond behaart.

»Wohin?«, fragte Iwan.

Der scheußliche Traum war also doch bittere Realität gewesen. Wie viel ich wohl verbraten habe?, fragte sich Iwan. Und wie gingen sie hier mit Schuldnern um? Züchtigung mit dem Kupferkabel wie an der *Sadowaja-Spasskaja*? Oder Schuldgefängnis? Iwan setzte sich auf, doch das erwies sich als Fehler. Sein Gehirn explodierte förmlich. Er stöhnte.

»Ei-ei-ei, du siehst aber gar nicht gut aus«, sagte der Mann und richtete sich auf. »Aber das wird schon. Wenn wir erst mal ein Stück gegangen sind, geht's dir sicher wieder besser.«

»Wohin denn überhaupt?«

Iwan kalkulierte, wie er springen musste, um den Mann von den Beinen zu holen. Wenn sein bleierner Schädel da überhaupt mitspielte ...

Ich muss nach Hause, dachte Iwan. Und dafür werde ich notfalls über Leichen gehen.

»Es ist gar nicht weit«, antwortete der Mann. »Wir registrieren dich, wie es sich gehört. Bei uns läuft alles seriös ab, keine Sorge.«

Diese Dreckskerle. Iwan tat so, als würde er aufstehen. Er stützte sich mit den Armen am Boden ab und zog die Beine an. Sein Magen rebellierte und ihm wurde schwindlig. Egal – jetzt oder nie! Meine Lieblingsbonbons ...

»Hier wird nicht betrog...«

Der Mann kam nicht mehr dazu, den Satz zu Ende zu sprechen. Der Digger zog ihm mit einer brachialen Sense die Beine weg. Die ruckartige Bewegung ließ Iwans Gehirn wie einen losen Klumpen in seinem Schädel umherwabbeln. Der Körper im grauen Tarnanzug schlug der Länge nach auf den Boden. Iwan rappelte sich blitzschnell hoch, warf sich auf ihn, entriss ihm das Gewehr (ein Abakan, ganz schön verwöhnt, die Halsabschneider) und zielte auf seinen Kopf. Unter den Knien, die er dem Mann auf die Brust gesetzt hatte, spürte er eine harte Platte. Eine schusssichere Weste, sieh mal einer an. Aus der runden Visage sprach blankes Entsetzen. Der Mund klappte auf und die Augen traten aus ihren Höhlen.

»Nicht ... Nicht schießen!«

»Wo wolltest du mich abliefern, hm?!«

Iwan entsicherte das Gewehr und legte den Finger an den Abzug.

»Was?!«

»Wo wolltest du mich hinbringen, raus mit der Sprache!«

Das Gesicht unter ihm verzog sich zu einer verständnislosen Grimasse.

»Aber du wolltest doch selbst dorthin!«

Meine Lieblingsbonbons heißen Bato-ontschiki ...

»Wo wollte ich hin?« Jetzt war es Iwan, dem der Mund aufklappte. »In den Knast?«

Der Mann blinzelte verstört.

»Wieso denn in den Knast? Du hast mich doch selbst darum gebeten, dich zur Linie 2 zu führen. Unter Umgehung der *Ploschtschad Wosstanija*, über die *Sampsonijewskaja* und die *Botanitscheskaja*. Ich habe mich doch nicht aufgedrängt, Mensch! Zuerst wollten wir zum Kommandanten gehen und einen Vertrag aufsetzen. Hast du das etwa vergessen? Du hast mir sogar einen Vorschuss bezahlt!«

»Ich?«

Iwan machte große Augen. Hatte er das tatsächlich? Er schwenkte den Lauf des Gewehrs ein Stück zur Seite.

»Ja, du! Wer denn sonst?!«, blaffte der Mann. »Du hast dir wohl die letzten grauen Zellen kaputt gesoffen. Und ich hab dir noch gesagt, dass du nicht so viel trinken sollst, weil wir einen weiten Weg vor uns haben.«

Scheiße. Der Typ hatte recht.

Iwan sicherte das Gewehr. Die Kopfschmerzen waren schon nicht mehr ganz so schlimm. Was so ein Adrenalinschub alles bewirken konnte ...

Iwan stand auf und streckte dem Rothaarigen die Hand entgegen.

»Steh auf«, sagte er. »Geht's wieder?«

Der Kommandant der *Wyborgskaja* war ein spitznasiger älterer Herr mit Strickjacke. Nachdem sie in seinem Büro den Vertrag unterzeichnet und auf die Schnelle einen Happen gegessen hatten, machten sich Iwan und sein rothaariger Begleiter auf den Weg. Für den Alkoholexzess des vergangenen Abends büßte Iwan bei jedem Schritt.

»Diese Stationen waren geplant, wurden jedoch nie gebaut«, erzählte der Rothaarige, der auf den Namen Violator hörte. »Die *Sampsonijewskaja* und die *Botanitscheskaja*. Ein hübsches Pärchen. Immerhin wurden die Tunnel fertig. Außerdem war noch die Station *Sredni prospekt* vorgesehen, mit einem Übergang zur *Waska*.«

»Ich weiß«, erwiderte Iwan. »Jedenfalls habe ich davon gehört.«

»Die wurde aber auch nicht fertiggebaut«, fuhr Violator fort. »Nicht einmal die Tunnel dorthin wurden fertig. Dafür kann man von dort auf die Wassiljewski-Insel gelangen, wenn die Tunnel inzwischen nicht völlig unter Wasser stehen. Es gibt dort einen Fahrsteig unter der Newa.«

»Einen was?«

»Ein Fahrsteig, das ist so eine Art Rolltreppe, nur in der Horizontalen. Ein Laufband. Du stellst dich drauf und fährst. Das Ding funktioniert natürlich schon lange nicht mehr.«

Der Gedanke, auf direktem Weg zur *Wassileostrowskaja* zu gehen, war verlockend. Doch was sollte Iwan dort?

Tanja. Iwan schloss die Augen, um den Schwindel loszuwerden. Nein. Zuerst zu Schakilow. So, wie er es sich beim Blinden überlegt hatte.

Das Gemetzel an der *Ploschtschad Wosstanija* hatte sich schon in der ganzen Metro herumgesprochen.
Seine Aufgabe bestand darin, zurückzukehren und am Leben zu bleiben.
Und Rache zu nehmen.
Ganz einfach.

Nach etlichen Stunden erreichten sie die Station *Tschornaja retschka*, die aus unerfindlichen Gründen beinahe menschenleer war. Auch Violator konnte sich das nicht erklären. Am Bahnsteig brannte ein einsames Lagerfeuer, an dem Menschen in bunten Gewändern saßen. Iwan hatte seit Ewigkeiten kein Lagerfeuer mehr gesehen. In der Allianz konnte man sich mit offenem Feuer handfesten Ärger einhandeln.

Außer es handelt sich um einen Flammenwerfer, dachte Iwan bitter.

Am Feuer erhob sich ein groß gewachsener Mann mit einem breitkrempigen Hut. Grau durchsetzter Vollbart. Dunkle Haut.

»Zigeuner«, erläuterte Violator. »Warte hier, ich komme gleich wieder.«

Mit offenen Armen und einem Lächeln, das vom einen Ende des Bahnsteigs bis zum anderen reichte, ging er dem Mann mit Hut entgegen.

Dieser machte jedoch keinerlei Anstalten, den Ankömmling in die Arme zu schließen. Stattdessen fuhr er den Rothaarigen barsch an und bedeutete ihm mit einer unmissverständlichen Handbewegung, er möge verschwinden. Violator redete auf ihn ein, doch der Zigeuner wiederholte die abweisende Geste.

Iwan wartete.

Als Violator zurückkam, zeigte er sich nicht im Mindesten beeindruckt von dem unfreundlichen Empfang.

»Er sagt, die Engel erlauben es nicht«, erläuterte er kryptisch.

Die Station *Petrogradskaja* durchquerten sie praktisch ohne Aufenthalt. Es war eine stille und merkwürdige Station. Auch die Leute dort waren still und merkwürdig. Iwan wusste nicht so recht, woran es lag, doch unter den Bewohnern der *Petrogradskaja* fühlte er sich völlig fremd.

»Das sind Dendrophile«, flüsterte Violator.

»Was?«

»Pflanzenfreunde«, sagte der Rothaarige, ohne näher darauf einzugehen.

Iwan war es auch herzlich egal. Wenn es nach ihm ging, hätten diese Leute auch Philatelisten sein können. Er wusste sowieso nicht, was diese komischen Wörter bedeuteten. Dendrophile. Philatelisten. Scheiß drauf.

Als sie einige Stunden später die Abzweigung zur *Gorkowskaja* erreichten, richtete Violator plötzlich sein Gewehr auf Iwan.

»Was soll *das* denn werden?«, erkundigte sich Iwan mit einer Seelenruhe, die ihn selbst überraschte.

»Du schuldest mir noch die zweite Hälfte des Honorars«, sagte Violator.

»Stimmt.«

»Dann lass rüberwachsen. Den Rest des Weges musst du allein gehen, sorry.«

»Okay.« Iwan nickte. »Verstehe.«

Bestrebt, keine ruckartigen Bewegungen zu machen, nahm er die Patronen aus seiner Tasche und zählte die vereinbarte Menge ab.

»Leg sie auf den Boden.«

Iwan zuckte mit den Achseln und tat, was der Rothaarige von ihm verlangte. Dann trat er zwei Schritte zurück. Violator verstaute die Patronen ziemlich hektisch in seinem Rucksack. Er zählte nicht einmal nach.

»Der Gang ist dort drüben.« Er leuchtete mit der Lampe auf einen Schriftzug über einem Schacht. »Viel Glück, Digger.«

»Woher weißt du denn, dass ich ein Digger bin?«

Iwan war ehrlich überrascht.

Auf Violators Gesicht erschien ein zufriedenes Lächeln. »Leute eures Schlages erkenne ich sofort. Ihr bewegt euch sogar gleich. Ich habe doch bemerkt, wie du immer auf Tuchfühlung geblieben bist. Das hat mich richtig nervös gemacht. Ich war mir nie sicher, ob du mich nicht im nächsten Moment in eine Ecke zerrst und kaltmachst.«

»Ich bin eigentlich ein ehrlicher Mensch«, sagte Iwan.

»Oh nein, mein Lieber.« Violator schüttelte den Kopf. »Du bist nicht ehrlich. Du hältst einfach nur dein Wort. Das sind zwei Paar Stiefel. Bei euch Diggern ist das so eine Art professionelle Deformation.«

»Was bitte?«, fragte Iwan verblüfft.

»Eine Berufskrankheit. Ich hab mich mal mit Psychologie beschäftigt. Na, du verstehst schon ...«

Iwan musste schmunzeln.

»Und worin unterscheidet sich, bitte schön, ein ehrlicher Mensch von einem Digger, der einfach nur sein Wort hält?«, fragte er neugierig.

»Das ist ein feiner Unterschied«, antwortete Violator mit einem triumphierenden Grinsen. »Ein ehrlicher Mensch ist grundsätzlich ehrlich, auch über ein gegebenes Wort hinaus. Ein Digger dagegen hält sich ausschließlich an das gegebene Versprechen. Darüber hinaus kann er tun und lassen, was er will. Zum Beispiel mir eins überziehen und mir das Gewehr abnehmen.«

»Klingt logisch«, pflichtete Iwan bei. Er hatte tatsächlich mit diesem Gedanken gespielt. Ein Gewehr konnte er nämlich dringend brauchen. »Wo muss ich jetzt also langgehen?«

»Da lang.«

»Wenn du mich ablinkst, finde ich dich«, warnte Iwan. »Das soll keine Drohung sein, nimm es nicht persönlich. Ich bin nur der Meinung, dass du es wissen solltest. Ich kann verdammt nachtragend sein.«

In der Tat. Iwan sah den Rothaarigen streng an. Auf dessen Stirn traten Schweißtropfen hervor. Er war sichtlich nervös.

»Das liegt an meiner – wie hast du dich ausgedrückt? – professionellen Deformation«, fügte Iwan spöttisch hinzu. »Hast du noch irgendwas dazu zu sagen?«
»Es ist nicht einfach, dort durchzukommen«, sagte der Rothaarige nach kurzem Zögern.
»Aber es ist möglich?«
Pause. Eine Schweißperle rann über Violators Gesicht.
»Ja.«

Die Betondecke wölbte sich direkt über seinem Kopf und wurde allmählich immer niedriger. Iwan machte den Rücken krumm und ging weiter. Dem Luftzug nach zu schließen, musste er nicht befürchten, in einer Sackgasse zu landen. Woher hätte sonst der Wind kommen sollen?

Als Iwan endlich eine Stelle erreichte, an der er wieder aufrecht stehen konnte, war sein Rücken so taub, dass er sich im ersten Moment gar nicht mehr aufrichten konnte. Verdammt. Bestimmt fünf Minuten stand er gebückt da und massierte sich das Kreuz. Dann endlich richtete er den Oberkörper auf, ganz langsam. Ein stechender Schmerz. Zischend sog Iwan die Luft ein.

Manchmal fallen einem Dinge ein, über die man besser nicht nachdenken sollte.

Warum, zum Beispiel, hatte Enigma Iwan das Leben gerettet? Die Zombel töteten doch immer wieder Menschen. Kam es da auf einen mehr oder weniger an?

Oder die Antibiotika. Hatte der Alte keine bessere Verwendung dafür?

Nach einer gefühlten Ewigkeit erschien im Lichtkreis der Stirnlampe ein Erdhaufen. Iwan leuchtete von unten nach oben. Tatsächlich. Der Erdwall begann zu seinen Füßen und reichte bis zur Decke.

Hier hatte man den Tunnel gesprengt, um dem Wasser den Weg abzuschneiden. Iwan kannte diverse Gerüchte über die *Gor-*

kowskaja. Eines davon besagte, dass das Wasser in der Station mit der Zeit so weit angestiegen war, dass die Bewohner sie räumen mussten. Einem anderen zufolge waren die Menschen zwar geflohen, aber nicht vor dem Wasser. Tja. In einer dritten, besonders kuriosen Version hieß es, die Menschen seien gar nicht geflohen, sondern lebten immer noch dort. Iwan schüttelte den Kopf. Das konnte wohl kaum sein. Das hätte sich sonst herumgesprochen.

Jedenfalls war der Tunnel an dieser Stelle verschüttet.

Ein Glück, dass ich weiß, wie ich trotzdem weiterkomme, dachte Iwan und grinste. Dem ehrlichen Herumtreiber Violator sei Dank.

Die uns vertraute Welt fällt auseinander.

Was empfinden wir, wenn das geschieht?

Die Welt gerät aus den Fugen, sie knirscht unter der Sohle wie eine Glaskugel.

Sie wird zerdrückt wie eine Patronenhülse von einem Stiefelabsatz.

Was empfinden wir dabei?

Nichts.

Außer der Erschütterung.

Nach ungefähr hundertfünfzig Metern endete der schmale Schacht im Wasser.

Interessant. Iwan leuchtete nach links und nach rechts: Tunnelwände. Vor ihm nichts als Wasser. Schöne Bescherung.

Violator hatte doch von einer Stadt auf dem Wasser gesprochen. Und? Wo war die jetzt?

Das Wasser im Lichtschein der Lampe kräuselte sich leicht. Es war schwarz und dickflüssig wie Öl. Und es stank erbärmlich.

Eure komische Stadt kann mir gestohlen bleiben, dachte Iwan. Aber ich muss hier irgendwie durch.

Zu Fuß konnte er nicht weiter, dafür stand das Wasser im Tunnel zu hoch. Schwimmen? Iwan nahm die Taschenlampe in die andere Hand, ging in die Hocke und beugte sich über die glitzernde Oberfläche. Typisches Metrowasser. Schmutzig. Überall schwamm Müll.

Stopp. In Iwans Hinterkopf machte sich bleierne Schwere breit. Die innere Stimme.

Ein vages Gefühl. Iwan rückte vom Wasser ab. Da, ein Plätschern. Und noch einmal.

Er trat zwei Schritte zurück, stolperte und fiel auf den Hosenboden. Mist. In seinen Ohren lag ein leises, pfeifendes Geräusch. Was ging hier vor?

Iwan fiel das Ungeheuer an der *Primorskaja* wieder ein. Auf eine weitere Begegnung dieser Art konnte er gerne verzichten. Die Bestie war damals auch aus dem Wasser gekommen.

Das Thema Schwimmen war damit vom Tisch. Andererseits konnte er auch nicht einfach hier sitzen bleiben und auf bessere Zeiten warten.

Wenn er hier irgendwo einen Lüftungsschacht fände? Dann an die Oberfläche klettern und zu Fuß durch die tote Stadt laufen. Tolle Idee. Allein, praktisch unbewaffnet, ohne Schutzanzug und Dosimeter. Eine ziemlich sichere Methode, Selbstmord zu begehen.

Dieser Durchgang zum Wasser musste doch irgendeinen Sinn haben! Ob er mal rufen sollte?

Iwan begann, die Tunnelwände abzuleuchten, und wurde schon bald fündig. Im Beton steckte eine rostige Öse, von der eine Schnur herabhing. Das andere Ende der Schnur verlief horizontal an der Tunnelwand und verlor sich in der Dunkelheit.

Iwan überlegte nicht lange und zog an der Schnur. In der Ferne hörte man etwas klingeln. Ganz leise. Iwan zog noch einmal kräftiger an der Schnur. Diesmal war das Klingeln schon viel lauter.

Klarer Fall: eine Rufvorrichtung. Fragte sich nur, wen er da gerade gerufen hatte. Iwan zog noch einmal an der Schnur, um sicherzugehen, dann hockte er sich auf einen Steinblock und wartete.

Nach einiger Zeit tauchte in der Ferne ein Licht auf. Jemand schwenkte eine Lampe. Ein Signal. Iwan erwiderte es, indem er seinerseits die Lampe schwenkte.

Es verging noch die eine oder andere Minute, dann hörte Iwan ein plätscherndes Geräusch, das langsam näher kam. Aus der Dunkelheit schälten sich die Umrisse eines Boots heraus, das beinahe lautlos über das Wasser glitt. Das plätschernde Geräusch kam von einem Ruder.

Im Boot stand ein etwa vierzigjähriger Mann mit einem schmutzigen Stirnband am Kopf und schaute Iwan grimmig an.

»Schätze, du willst zur Siedlung rüber?«, fragte er ohne Begrüßung.

»Ja.«

»Macht zehn Patronen.«

»Warum so teuer?«

»Der Herr möchte einen Sonderpreis? Kein Problem. Eine Patrone. Dann musst du aber hinter dem Boot herschwimmen.«

»Okay, okay«, sagte Iwan. »Ich steige lieber ein.«

Violator hatte Venedig zutreffend beschrieben. Es handelte sich um eine Stadt auf Pfeilern. Entlang des Tunnels erstreckte sich ein ganzes Wohnviertel auf dem Wasser. Aus Holzbrettern zusammengezimmerte Plattformen bildeten kleine Inseln. Dazwischen schwammen Boote und allerlei Unrat.

Neben dem Boot trieb eine Konservendose vorbei. Iwan wollte schon danach greifen, doch der Bootsmann schüttelte den Kopf.

»Wieso?«, fragte Iwan.

Der Bootsmann zuckte mit den Achseln. Das sollte wohl heißen: Tu, was du nicht lassen kannst, aber beschwer dich hinterher nicht.

»Ist da irgendwas drin?«

Der Bootsmann antwortete nicht. Stattdessen zog er kraftvoll das Ruder durchs Wasser und das Boot schwamm an der nächsten Hütte vorbei. Iwan fiel auf, dass die Plattformen nicht fest verankert waren, sondern lose auf dem Wasser lagen. Die Pfeiler fixierten sie nur in ihrer Position. Für den nötigen Auftrieb sorgten ganze Batterien von Plastikkanistern und -flaschen in allen nur erdenklichen Farben und Formen.

Aus dem Häuschen trat eine Frau mit geschürztem Rock und Kopftuch und schüttete einen Zuber Schmutzwasser aus – ohne Rücksicht auf das vorbeifahrende Boot. Iwan zuckte vor den Wasserspritzern zurück. Die Frau sah ihn ungerührt an, wischte sich mit dem Handrücken über die Stirn und ging ins Haus zurück. Auf dem Wasser blieben Essensreste, Papierfetzen und alte Lumpen zurück.

Hier geht's ja zu, dachte Iwan. Erstaunlich, dass die Leute noch nicht in ihrem Müll erstickt sind.

Ein weißes Papierknäuel schwamm an ihrem Boot vorbei, als würde es vom Wind getrieben. Iwan verfolgte es mit den Augen und fragte sich, ob es wohl untergehen würde. Plötzlich stach eine schwarze, einem Schlangenkopf ähnelnde Schnauze aus dem Wasser, verschluckte das Papierknäuel und verschwand wieder. Zurück blieben nur Ringe auf dem Wasser.

Iwan rieb sich die Augen.

Von wegen die ersticken in ihrem Müll. Unwillkürlich nahm Iwan die Hand von der Bordwand und legte sie in den Schoß. Der Bootsmann beobachtete ihn aus den Augenwinkeln und grinste.

»Was war das?«

Iwan sah den Bootsmann prüfend an, doch aus dessen Gesichtsausdruck konnte man rein gar nichts ablesen. Iwan seufzte. Ein schwieriger Mensch.

Die Behausungen, an denen das Boot vorüberglitt, waren sehr unterschiedlich, manche winzig, manche zehn bis fünfzehn Meter lang und offenbar für mehrere Familien gedacht. Auf den Plattformen spielten kleine Kinder, die von ihren älteren Geschwistern beaufsichtigt wurden. Ein halb nackter, vielleicht vierjähriger Junge machte sich einen Spaß daraus, ein Papierkügelchen an einer Angel ins Wasser zu halten und immer im letzten Moment hochzuziehen, wenn eines der schwarzen Mäuler zuschnappte. Die kleinen scharfen Zähne bissen ins Leere. Der Steppke kreischte vor Vergnügen und warf seine Angel abermals aus.

Gute Reaktion, dachte Iwan.

Die Wasserbestien waren ungefähr so dick wie der Arm des Jungen.

Der Bootsmann steuerte seinen Kahn in einen großen Seitentunnel, der zwei parallele Röhren verband. Dort befand sich auch die mit Abstand größte Insel. Auf ihr spielte sich anscheinend das öffentliche Leben der Siedlung ab. In der Mitte der Insel stand ein Aluminiumhäuschen, von dem eine Strickleiter zu einer Tür in der Tunnelwand führte. Über der Tür stand »ZAP – Öffnungszeiten von 5 bis 6«.

Zentrum für angewandte Psychologie, oder was? Schon möglich, dass die Leute das hier nötig hatten.

Zentrale Ausgabestelle für Patronen?

Iwan zuckte mit den Achseln. Weiß der Kuckuck.

Auf der Insel herrschte Hochbetrieb – und ein ohrenbetäubender Lärm. An der Anlegestelle drängten sich an- und abfahrende Boote. Leute riefen durcheinander und liefen geschäftig umher. Es schien sich um eine Art Marktplatz zu handeln.

»Kauf einen Aal! Ganz billig!«

Jemand packte Iwan am Ärmel. Beinahe hätte er so reagiert, wie man das als Digger fast unwillkürlich tut: den Arm abwehren und dann einen Schlag an die Gurgel setzen. Doch Iwan besann sich. Fast höflich schob er den Mann zurück, der mit einem Eimer in der Hand in einer kleinen Nussschale stand. In dem Eimer lag eine zusammengerollte, schwarze, glitschig aussehende

Kreatur. Iwan schauderte. Verdammt. Genau so ein Vieh hatte zuvor das Papierknäuel verschluckt.

»Danke«, sagte Iwan, »kein Bedarf.«

Über jeder Insel hing ein Lampenschirm aus Glas, unter dem eine Flamme brannte. Iwan fragte sich, welchen Brennstoff die Leute hier benutzten. Der Farbe der Flamme nach zu schließen keinen Spiritus. Vielleicht Öl? Über der großen Insel hingen mindestens zwanzig solcher Lampen.

Am Marktplatz wurden Aale gegrillt. Iwan hörte das Zischen des Fetts, das auf die Kohlen tropfte. Hinter dem Grill stand ein hünenhafter, rotgesichtiger Verkäufer mit einer fettigen Schürze.

»Schawarma! Schaschlik!«, brüllte er. »Kauft, Leute, kauft!«

Es roch so appetitlich, dass Iwan das Wasser im Mund zusammenlief. Bedauerlicherweise war er ebenso pleite wie hungrig. Egal, mit etwas Glück würde er es heute noch bis zum *Newski prospekt* schaffen.

Das Boot schwenkte nach links, zwängte sich durch einige dicht beieinanderliegende Kähne hindurch und legte mit einem sanften Stoß an. Von der anderen Seite der Insel ertönte lautes Geschrei und ein Gerangel. Was da wohl vor sich ging?

Der Bootsmann sah Iwan erwartungsvoll an. Er war groß gewachsen und dürr.

»Hier.«

Iwan drückte ihm die vereinbarte Anzahl Patronen in die Hand. Jetzt hatte er nur noch eine übrig, eine Pistolenpatrone für eine Makarow. Immerhin, besser als nichts.

Der Bootsmann nahm den Fahrpreis wortlos entgegen. Seine Miene verriet nicht einmal einen Anflug von Zufriedenheit. Er nahm das Ruder und stieß das Boot vom Anlegeplatz ab. Iwan schaffte es gerade noch, auf die Plattform hinüberzuspringen. Der Bretterboden unter seinen Füßen schwankte leicht.

Iwan sah sich um.

Nun war er also in Neuvenedig gelandet.

Ob es Tanja hier gefallen würde?

Der Gedanke überraschte ihn selbst.

Eine Stunde später hatte sich Iwan ein wenig gestärkt und einen ersten Eindruck von den hiesigen Gepflogenheiten gewonnen. In Neuvenedig drehte sich alles um den Aal. Ob es sich dabei tatsächlich um Fische oder um mutierte Regenwürmer handelte, wusste niemand so genau, und es kümmerte auch keinen. Man konnte sie braten, kochen oder einsalzen – das war die Hauptsache. Hin und wieder gerieten auch elektrische Exemplare in den Fang; für die hatte man sich eine andere Verwendungsmöglichkeit ausgedacht …

Das Oberhaupt der Siedlung war ein Doge – in Iwans Verständnis nichts anderes als ein Stationskommandant. Im Prinzip ging es in Neuvenedig ähnlich zu wie anderswo auch, abgesehen vielleicht von den sogenannten »Schuldnern«, die in Wirklichkeit Sklaven waren. Iwan hatte schon welche gesehen; zerlumpte, apathische Gestalten, die Plattformen kehrten, Lasten trugen, Boote lackierten oder einfach nur herumlungerten.

Iwan machte einen Rundgang und erreichte das andere Ende der Insel. Hier waren nur wenige Menschen zu sehen. Auf dem Bretterboden lag mit dem Gesicht nach unten ein Betrunkener. Oder ein Toter. Der Kleidung nach zu schließen hätte es sich auch um einen Zombel oder um einen der hiesigen »Schuldner« handeln können. Niemand rührte ihn an und niemand beachtete ihn. Wahrscheinlich war das hier so üblich.

Iwan ging weiter und setzte sich am Wasser auf eine Bank. Man hatte ihm gesagt, dass die nächste Fähre zum *Newski prospekt* erst in einigen Stunden ablegen würde. Der Fahrpreis betrug fünf Patronen. Iwan blieb nichts anders übrig, als seine Taschenlampe zu versetzen. Gut, dass er noch eine zweite hatte.

Irgendwie schlägt man sich immer durch.

Die Fähre fuhr nur bis zum hermetischen Tor. Das hatte man dichtgemacht, als das Wasser zu steigen begann. Doch ähnlich wie im Tunnel zur *Primorskaja* gab es auch dort einen Wartungsgang, durch den man das Tor umgehen konnte. Schlimmstenfalls wurde er ein wenig nass dabei.

Nun blieb also nichts als warten.
Warten. Iwan warf ein Steinchen ins Wasser. Plopp. Kleine Wellen zogen Kreise. Das Warten war das Schlimmste.
Memow, Orlow, Sasonow, wiederholte er in Gedanken, als bestünde die Gefahr, er könnte einen von ihnen vergessen. Bald werden wir uns wiedersehen.
Ein Haufen schmutziger Lumpen in der Nähe von Iwans Bank begann sich plötzlich zu bewegen. Iwan stutzte. Aus dem Haufen schlüpften Ratten hervor und rannten in sämtliche Richtungen davon. Eine lief direkt an den Füßen des Diggers vorbei. Iwan schüttelte den Kopf und spuckte aus.
»Wer ist da?«, fragte eine Stimme wie aus dem Nichts.
Iwan riss den Kopf herum. Die Stimme gehörte dem »Toten«. Seine blau unterlaufenen Lippen bewegten sich und seine Augen schienen direkt in Iwans Seele zu blicken. Dem Digger fuhr der Schrecken in die Glieder wie eine eiskalte Dusche aus heiterem Himmel. Seine Nackenhaare stellten sich auf und seine Schläfen pochten.
Und dann erkannte er ihn.
Unglaublich. Er schüttelte den Kopf.
Darwin ist schuld ...
»Hallo, Oberführer«, sagte Iwan. »Was für ein Zufall. Wie geht's dir?«
»Beschissen.«
Auf die Arme gestützt, versuchte der Skinhead sich aufzurichten. Das sah so ungelenk aus, als hätte er sich seinen Körper nur zur Anprobe ausgeliehen. Er schaute sich um. Sein Gesicht war platt und verquollen, als wäre eine Dampfwalze darübergerollt. Die Lippen waren aufgeplatzt und seine Augen geschlitzt wie bei einem Mongolen.
»Wo bin ich?«, fragte er und richtete den Blick wieder auf Iwan.
Der Digger musste unwillkürlich schmunzeln. Eine Frage zur rechten Zeit.
»Auf einer Insel.«

»Das sehe ich«, erwiderte der Oberführer. »Aber wo konkret?«
»Auf der zentralen Insel. Dort ist eine Leiter und oben an der Tunnelwand steht ZAP. Keine Ahnung, was das heißt. Zentrale Ausgabestelle für Patronen vielleicht?«
»Bestimmt«, pflichtete der Skinhead bei. »Was denn sonst? Und hier haben wir auch gesoffen.«

Das erklärte einiges. Unter anderem auch den erbärmlichen Alkoholgestank. Der Oberführer hatte eine Fahne bis hinunter zum *Newski prospekt*.

»Du machst Sachen.« Iwan pfiff durch die Zähne. »Ich dachte eigentlich, du bist tot und die Moskowiter haben deine Haut längst auf Trommeln aufgespannt. Und jetzt treffe ich dich hier.«

»Ich bin zäh wie eine Schuhsohle«, verkündete der Oberführer. Mit schmerzverzerrtem Gesicht richtete er sich auf und setzte sich zu Iwan auf die Bank. Seine verrenkte Pose erinnerte an Onkel Jewpat. Der krümmte sich auch immer so, wenn seine alte Beinverletzung schmerzte. »Diese Bastarde hatten Angst, sich die Zähne an mir auszubeißen.«

»Und wie hat es dich hierherverschlagen?«, erkundigte sich Iwan.

Bevor der Oberführer antwortete, starrte er sekundenlang mit offenem Mund ins Leere.

»Ich erinnere mich nicht mehr.«

Mit neunzehn Jahren hatte der Oberführer festgestellt, dass die Frauen auf ihn flogen. Daraufhin zog er sich aus dem schnöden Universitäts-Alltag zurück, um sich ganz den fleischlichen Genüssen des Lebens hinzugeben.

Das Institut am Lenin-Prospekt war nun nicht länger ein grauer, freudloser Klotz, sondern ein pulsierender Marktplatz der Leidenschaften. Das altehrwürdige Gemäuer atmete neuerdings den Reiz der Verführung, lockte mit schwingenden Hüften, flirtenden Blicken und klimpernden Wimpern, die so lang waren wie eine Polarnacht. Außerdem barg es eine gewisse Gefahr, denn Rivalenkämpfe um Frauen hielt der Oberführer damals für die natürlichste Sache der Welt.

»Wie bist du hierhergekommen?«, fragte Iwan aufs Neue.

»Ich weiß es nicht mehr.«

Immer wieder durchkämmte der Oberführer sein Gehirn auf der Suche nach versprengten Erinnerungsfetzen, doch er fand sich jedes Mal in einer Wüste des Vergessens wieder. Was immer sich auch ereignet hatte, seit der Angriffsbefehl erteilt und der Oberführer in den Tunnel gesprungen war – es war in seinem Gedächtnis wie ausgelöscht. Posttraumatische Amnesie, diagnostizierte er selbst und fand sich mehr oder weniger damit ab.

»Wo sind wir hier?«, fragte er interessehalber, obwohl es ja eigentlich egal war, wo er sein neues Leben begann.

»In Neuvenedig. Ganz in der Nähe der *Gorkowskaja*. Kannst du dich wirklich an gar nichts mehr erinnern?«

»Ich weiß nur, dass ich an ein hermetisches Tor gepinkelt habe, als ich wieder zu mir kam.«

Iwan zog die Augenbrauen hoch. »Nach einer Expedition?«

»Möglich. Vielleicht habe ich ja eine schwere Gehirnerschütterung?«

»Schau mich mal an«, befahl Iwan und inspizierte seine Augen.

»Nö. Die Pupillen sind gleich groß. Jetzt sag mal einen Zungenbrecher.«

»Krasse Katze kratzt kahle Glatze. – Nee, alles im Lot bei mir, Mann.«

»Sieht ganz danach aus«, pflichtete Iwan bei.

»Haben wir die *Wosstanija* nun erobert oder nicht?«

Iwan zögerte. »Tja, was soll ich dazu sagen ... Irgendwie schon«, sagte er schließlich mit vielsagender Miene.

Der Oberführer kratzte sich am Hinterkopf. »Wo sind wir denn nun, Mann?«, fragte er abermals.

»An der *Gorkowskaja*. Genauer gesagt, im Verbindungstunnel zwischen *Gorkowskaja* und *Newski prospekt*.«

»Wie soll *das* denn gehen?«, fragte der Skinhead erstaunt. »Der Tunnel ist doch verschüttet!«

»Ganz recht«, erwiderte Iwan. »Du musst schon übel eins auf die Rübe bekommen haben, wenn du nicht einmal mehr weißt, wie du hierhergekommen bist.« Der Digger stutzte plötzlich und beugte sich vor. »Zeig mal deine Hand!«

»Was?«

»Nicht die. Die andere!« Iwan schaute dem Oberführer in die Augen. »Wo sind deine Fingernägel, verdammt?!«

Der Skinhead neigte den Kopf, betrachtete seine Hand und zuckte zusammen. Auf seinen Fingerspitzen befanden sich anstelle der Nägel nur hässliche rosarote Fleischkissen, die frisch verheilt waren. Einzig den Daumennagel hatte er noch. Der Oberführer ballte die Hand zur Faust und öffnete sie wieder. In seine Stirn gruben sich tiefe Furchen. Wieder versuchte er krampfhaft, sich zu erinnern.

»Wer hat dich so zugerichtet?«, fragte Iwan.

»Ich finde den, der das gemacht hat.« Der Oberführer fletschte die Zähne. »Und ich werde ihm mit einer Zange die Eier abreißen. Ganz langsam.« Dann seufzte er und fügte hinzu: »Ich erinnere mich nicht. Aber das ist eigentlich auch schon egal.«

Iwan wachte auf. Irgendjemand befand sich ganz in der Nähe.

Vorsichtig öffnete er die Augen. Dort. Er zog das Messer, das ihm der Alte geschenkt hatte, und fasste es so, dass die Klinge unter dem Handgelenk verborgen blieb. Als Waffe konnte man dieses windige Spielzeug kaum bezeichnen. Gar kein Vergleich mit seinem früheren Messer. Oder mit dem Khukuri des Oberführers. Damit hätte er sogar eine kleine Bestie erledigen können.

Der Unbekannte machte sich an Iwans Tasche zu schaffen. Offenbar suchte er etwas. Den Sinn des Lebens vielleicht, dachte Iwan sarkastisch. Oder etwas zu beißen.

Iwan schlich lautlos hinter den dreisten Unbekannten und ging in die Hocke. »Wer bist du?«

Zu Tode erschrocken fuhr der Unbekannte herum. Doch das Entsetzen, das zunächst in seinen großen runden Augen flackerte, erlosch alsbald und machte einem freudestrahlenden Lächeln Platz.

»Chef!«

Iwan richtete sich auf.

Unglaublich. Die Welt ist klein. Egal wohin es einen verschlägt, überall trifft man auf bekannte Gesichter.

»Was machst *du* denn hier?«

Vor ihm saß der Stationsmilizionär Mischa Kusnezow. Nur ohne seine Makarow. Dafür mit einem blau geschlagenen Auge. Erst jetzt fiel Iwan auf, dass Mischas Kleidung zerrissen war und seine Hände in Ketten lagen. Der Krieg schlug manchmal Kapriolen.

»Wo ist der Professor?«, erkundigte sich Iwan, der bereits ahnte, dass der junge Mann sein nächstes Problem sein würde.

»Weiß ich nicht«, antwortete Kusnezow. »Er ist mir ... äh ... weggelaufen.«

Das kommt davon, wenn man einem Dummkopf einen Auftrag erteilt.

Kusnezow hatte Wodjanik durch den Tunnel zur *Gostinka* begleitet. Zum Ärger des Professors. Mit Schimpfkanonaden hatte Wodjanik versucht, den ungebetenen Begleiter loszuwerden, doch Kusnezow hatte sich als ausgesprochen hartnäckig erwiesen und strikt darauf bestanden, seinen Auftrag auszuführen. So waren die beiden – mal streitend, mal schmollend – ihres Weges gegangen.

Kurz vor der Station *Gostiny dwor* hatte sich Wodjanik eine Unaufmerksamkeit des Milizionärs zunutze gemacht. Dieser hatte sich nur für einen Augenblick umgedreht, und schon war der Professor verschwunden gewesen. Wie vom Erdboden verschluckt. Auf der Suche nach dem Flüchtigen war Mischa durch diverse Schächte geirrt. Als er schließlich wieder in einem Tunnel herauskam, war ihm klar geworden, dass er sich heillos verlaufen hatte.

Daraufhin hatte er die erstbesten Händler nach dem Weg gefragt, und als er wieder zu sich kam, befand er sich bereits in Neuvenedig – in Ketten. Wie sich herausstellte, war er angeblich eine bestimmte Summe schuldig und konnte nicht zahlen.

Auf diese Weise war Mischa zum Sklaven geworden, oder zum »Schuldner«, wie man sich hier auszudrücken pflegte.

»Was machen wir jetzt, Chef?« Kusnezow sah Iwan fragend an.

»Mein Herr wird mich schlagen, weil ich fortgelaufen bin.«

Wenn ich das nur wüsste, dachte Iwan. Womit habe ich das verdient? Was tun? Kusnezow hierlassen, zum *Newski prospekt* fahren, dort gewisse Dinge erledigen und wieder hierher zurückkehren? Oder soll ich ihm sagen: Tut mir leid, Mann, aber du musst dir schon selbst aus der Patsche helfen, wird ohnehin Zeit, dass du erwachsen wirst?

Das Knistern der Lautsprecher.

Tom Waits' heisere Stimme.

Kossolapys Lieblingsmusik.

»Chef?«

In Kusnezows Stimme lag Verzweiflung.

Iwans Wangen pulsierten. Er rang mit sich.

»Warte hier auf mich, Mischa«, sagte er schließlich. »Ich komme bald zurück. Geh nicht weg.«

Kusnezow blinzelte hoffnungsfroh.

So läuft das bei uns mit der Erziehung der Grünschnäbel. Wir füttern sie mit Träumen. Sie setzen Fett an, werden leichter als Luft und fliegen über den Rand der Welt hinaus. Nach Australien, das von der Katastrophe verschont geblieben ist. Wir haben alle Gasmasken mit rosaroten Sichtscheiben auf.

Wo hätte Kusnezow auch hin sollen mit seinen Ketten?

Iwan machte auf dem Absatz kehrt und entfernte sich. Er wusste noch nicht, was er unternehmen würde. Irgendetwas würde ihm schon einfallen.

Verfluchte Siedlung. Verfluchte Metro. Verfluchtes Leben.

Auf seinem Irrweg über die Insel kam Iwan am Hauptankerplatz vorbei. Dort wurden gerade unter großem Hallo Fischkäfige entleert. Ein dicker Neuvenediger in einem bunt gestreiften Frotteemantel hob gerade seinen langstieligen Kescher aus dem Wasser. Im triefenden Netz zappelten die schwarzen, biegsamen Körper der Aale.

Kurz darauf beobachtete Iwan, wie ein hagerer junger Mann beim Herausheben des Keschers das Gleichgewicht verlor und auf den Rand des Stegs zuwankte. Sein Gesicht versteinerte, und selbst aus zehn Metern Entfernung konnte Iwan die Todesangst in den weit aufgerissenen Augen des Mannes sehen. Der Digger zögerte keine Sekunde und sprintete los.

Der junge Mann taumelte.

»Lass los!«, riefen ihm die anderen zu, doch er reagierte nicht.

Iwan sprang über Fischkörbe hinweg, in denen sich schnappende Aale wanden, und rannte auf den jungen Mann zu. Dieser besann sich erst jetzt und ließ den Kescher los, doch es war zu spät: Er fiel. Im Wasser unter ihm wimmelte es von gierigen Aalmäulern.

Mit einem weiten Satz über den rechten Winkel, den der Steg an dieser Stelle beschrieb, erreichte Iwan den Fallenden im letzten Moment, packte ihn am Ärmel und riss ihn auf den Steg zurück. Dabei verlor er selbst das Gleichgewicht und schlug mit voller Wucht auf dem Bretterboden auf. Wie zum Hohn landete er ausgerechnet auf seiner lädierten linken Seite.

Der Schmerz war rasend. Das Bild der Umgebung zersprang in tausend Stücke und verschwamm.

Verdammt! Die ganze Welt schien sich gegen seine Rippen verschworen zu haben. Iwan blieb reglos liegen, biss die Zähne zusammen und wartete darauf, dass das pulsierende Stechen nachlassen würde. Der Bretterboden unter ihm schwankte sanft und Iwan konnte spüren, wie die gierigen Mäuler der Bestien von unten gegen das Holz trommelten.

Jemand fasste Iwan an der Schulter. »Ist dir was passiert?«

»Wie man's nimmt.«

Iwan drehte sich auf den Rücken. Abermals schoss ihm stechender Schmerz in die Rippen.

Über ihm schwebte ein weißer, runder Mond mit einem diffusen Hof. Bin ich womöglich schon oben?, fragte sich Iwan. Der Mond näherte sich und entfernte sich wieder, bis er endlich an einer Stelle verharrte. Iwan schloss die Augen. Das Liegen tat gut. Dann machte er die Augen wieder auf.

»Tanja?«

Im nächsten Augenblick realisierte er: nein, nicht Tanja. Eine andere, aber nicht minder hübsche Frau. Ihre Lippen bewegten sich, doch Iwan verstand kein Wort.

»Gleich ...«, presste er hervor.

Er versuchte den Oberkörper aufzurichten, wurde jedoch sanft wieder zurückgedrückt. Iwan versuchte, seine Aufmerksamkeit auf einen Punkt zu konzentrieren – vergeblich.

Sorry, Mischa. Du wirst dich etwas gedulden müssen.

Iwan unternahm einen erneuten Versuch, sich zu erheben. Diesmal leisteten die Frauenhände kaum noch nennenswerten Widerstand. Iwan stand auf. Sein Bein schmerzte, aber erträglich. Schlimmer war, dass es schon wieder seine Rippen erwischt hatte.

»Geht es wieder?«

Iwan sah auf. Der Anblick der bildhübschen jungen Frau ging ihm derart unter die Haut, als hätte sein ganzer Körper einen vertrauten Ton vernommen. Kossolapy hatte von einem komischen Vogel erzählt, der behauptete, Liebe sei nichts anderes als Schwingungsharmonie. Dieser Theorie zufolge kamen die Menschen nicht zusammen, weil es sich zufällig ergab, sondern weil ihre innere Schwingung auf derselben Wellenlänge lag. So wie es Konsonanz und Dissonanz gibt, wenn zwei Töne zusammen gut klingen oder eben nicht. Und daran ließ sich nichts ändern. Manch einer nannte es auch Schicksal.

»Hast du mich rausgezogen?« Vor dem Digger stand nun der hagere junge Mann und zog eine Miene, als hätte Iwan ihn nicht aus dem Wasser gezogen, sondern hineingestoßen.«»Wieso, verdammt?«

»Keine Ahnung«, erwiderte Iwan wahrheitsgemäß.

Die Mondfrau stand links von dem jungen Mann, doch so nah, als gehörten die beiden zusammen. Ein Paar? Kaum. Da war keine richtige Spannung zwischen den beiden. Keine ineinandergreifende Schwingung, sozusagen.

»Siehst du?«, sagte der junge Mann zu ihr. »Der spinnt, der Typ.«

»Artjom!«, entrüstete sich die junge Frau und lächelte dem Digger zu. Ihr Lächeln wirkte so vertraut, als würden sie sich schon ewig kennen. »Entschuldigen Sie meinen Bruder. Und vielen, vielen Dank. Sie haben eine gute Tat vollbracht.«

»Ihre Aale werden das vermutlich anders sehen«, entgegnete Iwan, dem seine eigene Stimme weit entfernt vorkam. »Ich habe sie um ihr Abendessen gebracht. Obwohl …« – er warf einen abschätzigen Blick auf den jungen Mann –, »besonders üppig wäre es ohnehin nicht ausgefallen.«

Die Miene des Dürren wurde noch finsterer, während die junge Frau herzhaft lachte.

»Es gefällt mir, wie Sie lachen«, sagte der Digger und sah ihr in die Augen. »So lachen nur Leute, die ein reines Herz haben. Wie heißen Sie?«

»Lali.«

»Wie?«

»La-li. Das ist ein georgischer Name.«

Lali und ihr Bruder lebten auf einer kleinen Insel, die etwa drei Meter von der großen Hauptinsel entfernt lag. Als Brücke diente ein am Ufer deponiertes Brett, das Lalis Bruder geschickt in Stellung brachte. Iwan warf einen skeptischen Blick auf den schmalen Behelfssteg, unter dem das unheildrohende Wasser plätscherte.

Lali balancierte behände darüber hinweg. Iwan beobachtete fasziniert, wie anmutig sich ihre Beine unter dem Rock bewegten. Äußerst ... leichtfüßig. Als sie drüben angekommen war, fasste er sich ein Herz und folgte ihr mit unbeholfenen Schritten. Nun saßen sie zu dritt in der kleinen Hütte, und Lali bewirtete den Digger mit Tee. Hinter Iwans Rücken tickte eine Uhr.

»Können ich und mein Bruder irgendetwas für Sie tun?«

»Sie für mich?« Iwan sah ihr in die Augen. Gleich wird sie den Blick senken, dachte er, doch nichts dergleichen geschah. »Vielleicht sollte lieber ich Ihnen helfen?«

Der junge Kerl ballte die Fäuste und verzog das Gesicht.

»Danke, kein Bedarf«, giftete er und verließ die Hütte.

»Nehmen Sie es meinem Bruder nicht übel«, sagte Lali. »Er steht in letzter Zeit völlig neben sich. Er war auf dem Jahrmarkt an der *Sadowaja-Sennaja* und hat sich dort unglücklich verliebt.«

»Oje«, erwiderte Iwan mitfühlend. »So was kommt vor. Und wie ist die Sache ausgegangen?«

Lali schmunzelte.

»Die Frau hat ihn abblitzen lassen, und seither ist er eifersüchtig auf alle Männer zwischen zwanzig und hundert. Stellen Sie sich vor, sie hat ihn einen Milchbuben genannt.«

Starker Tobak, dachte der Digger. So was kann man sich natürlich nicht bieten lassen.

»Du hast ein sehr interessantes Gesicht«, sagte Iwan, der einfach kein »Sie« mehr über die Lippen brachte.

Die junge Frau lächelte.

»Ich bin zur Hälfte Georgierin«, erklärte sie. »Und mein Bruder ist zur Hälfte Russe. Deshalb ist er auch so ungenießbar. Trinken Sie ruhig.« Sie schob Iwan den Becher hin. »Er möchte entweder Georgier oder Russe sein. Ein Mittelding geht ihm gegen den Strich. Sagt er jedenfalls selbst. In Wirklichkeit ist aber diese Frau der Grund für seine schlechte Laune.«

»Wer ist sie?«

Lali beugte sich verschwörerisch zu Iwan. Ihr langes Haar berührte seine Wangen.

»Eine Hexe«, flüsterte sie.

Der Hauch ihres Atems kitzelte an Iwans Ohr. In ihrer Stimme, die rein wie Quellwasser klang, lag dieser vertraute Ton. Sie war noch sehr jung und doch schon eine Frau. Nicht weil sie bereits irgendwelche Erfahrungen gemacht hatte, sondern aufgrund ihrer inneren Haltung und ihres Gespürs für sich selbst. Mädchen warten auf Männer, Frauen manipulieren sie. Sie ordnen sich unter, behalten jedoch stets die Zügel in der Hand.

Eine georgische Prinzessin, dachte Iwan.

Zum Abendessen gab es erwartungsgemäß Aal, gedünstet in dunklen Blättern, die dem Gericht eine säuerliche Schärfe verliehen. Danach brachte Lali Tee.

Iwan konnte sich überhaupt nicht an ihr sattsehen. Natürlich starrte er sie nicht ununterbrochen an, doch er behielt sie immer im Blickfeld, so wie man beim Diggen stets den Kontakt zum Partner hält. Doch anders als bei den beklemmenden Ausflügen an die Oberfläche war die Atmosphäre in Lalis Hütte mit einer prickelnden sexuellen Spannung eingefärbt. Wie ein bescheidenes Glas Wasser mit rosa Erdbeerbrause. Iwan gefiel alles an der georgischen Prinzessin. Ihre Bewegungen und Gesten waren ebenso weiblich und souverän wie temperamentvoll und kokett, ihre Ausstrahlung völlig natürlich und nicht im Mindesten aufgesetzt.

Zwischen Iwan und Lali herrschte eine stille, in sich ruhende Zuneigung, wie sie nur entsteht, wenn zwei Menschen einander gefallen und sich dessen gewiss sind. Sie bleiben sie selbst, gehen ihren alltäglichen Verrichtungen nach und halten doch ständig Tuchfühlung. Tuchfühlung halten. Iwan musste schmunzeln. In Lalis Hütte gewann dieser Begriff eine völlig andere Qualität als dort oben in der feindseligen, leeren Stadt.

Zwischen ihm und Tanja war das alles ganz anders.

Wie gern hätte Iwan in diesem Augenblick alles andere vergessen: Kusnezow, der drüben auf der Insel in Ketten herumlief.

Den Oberführer, der sich immer mehr ins Vergessen trank, anstatt sich zu erinnern. Und – Iwans Wange zuckte – Sasonow.

Beim Gedanken an Sasonow empfand der Digger keinen glühenden Zorn, sondern nur eisige Kälte.

Eine beklemmende Kälte, wie sie oft in der Stadt oben herrschte. Piter. Mit dicken Eispanzern überzogene Löwen aus Granit. Schneidende Winde, die wie gefrierender Atem durch die leeren Straßenschluchten heulen.

Diese Stadt. Ihr Kern ist verfault. Steinerne Insel der für immer Gestrandeten ...

Vor Iwans innerem Auge erschien der harschige Schnee in der Peter-und-Paul-Festung. Was hatten sie dort gesucht? Weiß der Henker. Er erinnerte sich nicht. Er erinnerte sich nur an die Kälte. Und an die vielen Spuren im Schnee.

Wenn ich zurückkehre, dann nicht nur wegen Tanja.

Ich kehre zurück, um Rache zu nehmen.

Das Böse muss bestraft werden.

Nur wusste ich früher nicht, wo es sich verbirgt, das Böse.

Memow, Orlow, Sasonow.

Ich weiß es noch immer nicht so genau.

In Neuvenedig hatte der Oberführer ein neues Hobby für sich entdeckt. Besser gesagt, er hatte ein altes Hobby ausgepackt, es ein wenig entstaubt und wieder in Betrieb genommen.

Der Oberführer soff wie ein Loch.

Zu dem Zeitpunkt, als Iwan ihn traf, war der Skinhead bereits restlos abgebrannt und besaß nur noch, was er am Leibe trug.

Mit einigen Instruktionen und einer einzigen Patrone für allfällige Ausgaben hatte Iwan den Oberführer losgeschickt, um auszukundschaften, wie sie Kusnezow aus seiner misslichen Lage befreien konnten.

Nun kam der Skinhead zurück. Grinsend und ein fröhliches Liedchen auf den Lippen.

»Und?«, fragte Iwan.
»Der Spaß kostet uns nur ein halbes Magazin«, berichtete der Oberführer. »Sie verscherbeln Kusnezow zum Schleuderpreis. Sind wahrscheinlich froh, wenn sie ihn loswerden. Wen wundert's. Er ist ein sturer Esel und hat keine Lust zu arbeiten. Ein Bulle eben.«
»Und wo sollen wir die Patronen hernehmen?«, fragte Iwan.
»Vielleicht die zweite Taschenlampe verhökern? Toll. Da können wir uns auch gleich selbst in die Sklaverei verkaufen.«
Der Oberführer strich sich über den rasierten, inzwischen schon reichlich stoppeligen Schädel.
»Also, ich wüsste da schon was ...«
»Lass hören.«
»Das wird dir gefallen«, versprach der Oberführer.

Wie Iwan befürchtet hatte, gefiel ihm die Idee überhaupt nicht.
Erstens: Um den Gewinn musste gekämpft werden.
Zweitens: Der Einsatz war er, Iwan, selbst.
Der Oberführer war wieder einmal über das Ziel hinausgeschossen, ließ sich jedoch nicht mehr davon abbringen.
Der Schiedsrichter hob zum wiederholten Mal die Hand.
»Los geht's!«
Mit beiden Beinen voraus sprang der Oberführer in seinen schmächtigen Gegner und stieß ihn zu Boden. Er rollte geschickt ab, stand sofort wieder auf und warf sich auf den Rücken des Gestürzten. Mit verschränkten Händen versetzte er ihm einen Schlag auf den Hinterkopf. Das Gesicht des ausgeknockten Gegners sank kraftlos in den Schlamm.
Der Oberführer stand auf und atmete durch. Gejohle von allen Seiten. Der Skinhead bückte sich, packte seinen Gegner an den Schultern und drehte ihn auf den Rücken. Prustend schnappte der Geschlagene nach Luft. Sein Gesicht hatte sich in eine Schlammmaske verwandelt.

Der Schiedsrichter trat zum Oberführer, fasste ihn am Handgelenk und reckte seinen Arm in die Luft.

»Du hast gewonnen!«

Applaus brandete auf und ebbte ebenso schnell wieder ab. Der Skinhead quittierte es mit einem stoischen Grinsen.

»Stark gemacht«, lobte Iwan, als der Oberführer zu ihrem kleinen Lager zurückkehrte.

»Wie viel haben wir gewonnen?«

»Fast zwei Magazine. Das reicht fürs Erste. Damit können wir Kusnezow freikaufen und uns eine Weile durchschlagen.«

Der Oberführer nickte. Sein Gesicht sah übel zugerichtet aus und seine Augen waren zugeschwollen bis auf einen schmalen Schlitz. Von seinem Kinn tropfte Blut.

»Wie fühlst du dich?«, erkundigte sich Iwan.

»Okay.«

Im nächsten Augenblick knickten die Beine des Skinheads ein. Iwan und Kusnezow konnten ihn gerade noch auffangen. Der Oberführer hatte sich wohl doch zu viel zugemutet. So lange kämpfen, ohne einen Bissen zu essen, das konnte ja auch nicht gut gehen. Ein Stück Fleisch hätte er gebraucht, wie der Boxer bei Jack London. Iwan hatte die Erzählung in der Bibliothek am *Gostiny dwor* gelesen.

Der Digger zahlte Kusnezows Herrn aus. Für ein halbes Magazin verabschiedete sich Mischa aus der Sklaverei.

»Mischa«, sagte Iwan, nachdem sie den bewusstlosen Oberführer provisorisch gebettet hatten. »Da hast du Patronen. Besorge was zu essen und sauberes Wasser. Aber kein Rattenfleisch. Etwas Einfacheres tut's auch. Alles klar?«

Kusnezow nickte. »Alles klar, Chef.«

Eine kleine gelbe Eule klimperte mit ihren Plastikaugen. Ticktack, tick-tack, tick-tack. Die Zeiger auf ihrem runden Bauch zeigten zwanzig nach vier. Daneben brannte eine Lampe. Ein Teil der Lampen in Neuvenedig wurde tatsächlich mit Zitteraalen betrieben. So auch hier: In einem Dreiliterglas, dessen Deckel innen mit Elektroden bestückt war, lag eines dieser glatten, schwarzen Tiere. Iwan beobachtete ihn. Manchmal wand er sich und zuckte. Wenn er die Elektroden berührte, loderten bläuliche Funken auf. Eine kuriose Erfindung.

Auf dem säuberlich bezogenen Bett an der Wand lag ein offenes Buch. Was so eine junge Frau wohl las? Iwan riskierte einen Blick. »Cetopolis. Stadt der Wale«, las er. Auf dem Einband stieß ein blauer Wal mit einem riesigen Kriegsschiff zusammen. Winzige menschliche Figuren stürzten ins Wasser.

»Wovon handelt es?«, fragte Iwan.

»Von einer Katastrophe«, antwortete Lali.

»Was?« Iwan sah auf.

»Nicht von unserer. In dem Buch wollten die Menschen alle Wale ausrotten. Und beinahe hätten sie es geschafft.«

Das sieht uns ähnlich, dachte Iwan. Ausrotten – davon verstehen wir was. Zuerst die Wale. Dann uns selbst ...

»Ich habe gesehen, wie dein Freund gekämpft hat«, erzählte Lali.

Iwan nickte und stand auf. Er musste nach dem Oberführer sehen und sich um einen Platz auf der nächsten Fähre zum *Newski prospekt* kümmern.

»Du verlässt uns bald«, sagte Lali leise.

Der Akzent in ihrer klaren, korrekten Sprache kam jetzt stärker durch als sonst.

Iwan sah sie schweigend an. Er wollte etwas sagen, doch sie stoppte ihn mit einer Geste.

»Warte.« Ihre Augen glänzten. »Ich muss dich etwas fragen. Ich weiß zwar, was du antworten wirst, aber trotzdem. Wenn ich dich nicht frage, würde es mir doch keine Ruhe lassen.«

Iwan betrachtete ihre Lippen. Sein Herz krampfte sich zusammen.

»Liebst du sie? Sie heißt Tanja, habe ich gehört.«

»Ja«, erwiderte Iwan. »Aber ich habe ihr nie ...«

»Schsch...« Lali legte ihm die Finger auf die Lippen. »Nichts sagen. Sonst hört es jemand und sorgt dafür, dass es nicht in Erfüllung geht. Ich weiß das.«

Auf seinen Lippen spürte Iwan den feinherben Geschmack ihrer Haut. Er fasste sie am Arm, zog sie an sich und – ließ sie wieder los.

»Du bist wunderschön«, sagte er, nahm ihre Hand und legte sie auf seine glühende Stirn.

Wohltuende Kühle. Lali war mit jeder Faser ganz bei ihm. Mit ihrer kühlenden Hand und ihrer Haut. Mit ihren langen Beinen, die fest auf dem Boden standen. Mit ihrem temperamentvollen Wesen. Und mit ihrer Zärtlichkeit.

Bei ihrem Anblick blieb Iwan förmlich das Herz stehen.

»Sag so was nicht«, erwiderte sie. »Sonst werde ich eifersüchtig. Nein. Werde ich nicht. Ihr Männer könnt viele Frauen lieben. Aber du bist anders. Für dich ist jede Frau die einzige auf der Welt. Das möchte ich auch sein.«

Iwan sinnierte.

»Wo nimmst du nur so viel Lebensweisheit her? Du bist doch höchstens ... sechzehn?«

»Jede Frau ist tausend Jahre alt«, sagte Lali. »Und jede ist siebzehn. Das ist doch ganz einfach.«

»Ja«, erwiderte Iwan. »Ganz einfach.«

Als Iwan zur Anlegestelle auf der Hauptinsel zurückkam, fand er dort außer dem Oberführer und Kusnezow noch einen dritten Akteur vor. Er nickte ihm freundlich zu, setzte sich und verriet mit keiner Miene seine Überraschung. Nicht dass er Lalis Bruder nicht ausstehen konnte, aber was, zum Teufel, wollte der hier?

»Habt ihr schon gehört? Die Caver sind inzwischen völlig durchgeknallt«, sagte Artjom geschäftig.

Kusnezow und der Oberführer tauschten erstaunte Blicke.

»Wer soll *das* denn sein?«, fragte Iwan.

»Mann, du bist ja echt ahnungslos«, kommentierte Artjom beinahe mitfühlend. Iwans Lächeln geriet etwas sauertöpfisch. Schon erstaunlich, was er sich alles anhören musste von diesem Grünschnabel, der nicht älter als Kusnezow war.

»Caver – das war früher ein bösartiger Spitzname für Digger, die nichts draufhatten. Inzwischen bezeichnet man als Caver diese Leute, die versuchen, einen Weg aus der Metro zu graben. Nach Finnland rüber. Die Typen glauben wahrscheinlich, dass niemand es für nötig hielt, Atomraketen nach Finnland zu schießen. Dabei vergessen sie leider, dass dort früher eine Radarstation des NATO-Raketenschutzschildes stand. Klar, dass unsere Streitkräfte die unbedingt zerstören mussten. Hat mir mein Vater erzählt. Er war Oberst bei den Strategischen Raketentruppen. Finnland ist also auch ausgelöscht, und die Caver graben völlig umsonst.«

»Die graben aber doch nicht nach Finnland«, entgegnete der Oberführer kopfschüttelnd.

»Wohin denn sonst?«

»Nach Moskau.«

»Wie bitte?«, platzte Iwan heraus. »Wozu das denn? Dort liegt doch kein Stein mehr auf dem anderen.«

»Du hast echt keine Ahnung, Mann«, erwiderte der Oberführer. »Die Moskauer Metro ist ein Atomschutzbunker vom Feinsten. Weißt du, wo ich studiert habe?«

»Wo denn?«

Alles hatte der Oberführer also doch nicht vergessen.

»In der Kerosinka. So nannte man die Uni für Erdöl und Gas am Lenin-Prospekt. Die fünftgrößte in Europa übrigens.«

»Wow. Und?«

»Die älteren Semester hatten uns erzählt, dass sich im Keller der Kerosinka ein Atomreaktor befindet. Das schauen wir uns doch mal an, hab ich mir gedacht und bin dort mal runtergestiegen. Uiuiui, keine gute Idee – alles streng bewacht. Die haben mich weggejagt wie einen räudigen Hund. Ich hatte noch Dusel, dass sie mich nicht eingebuchtet haben. Denn mit diesem Reaktor wird die Metro-2 mit Energie versorgt. Von der Metro-2 hast du aber schon gehört, oder? Du weißt schon, D6! Und du, schon gehört?«, wandte er sich an Artjom.

»Äh ... nein.«

»Alle reden doch davon, was die Moskauer für ein Glück hatten. Dass sie sich in ihre geheime Metro verkrochen haben und dort Ananas mit Kapern futtern.«

Artjom senkte verlegen den Blick. Es war ihm anzumerken, dass ihm eine Frage unter den Nägeln brannte.

»Was denn?«, erbarmte sich der Oberführer. »Na, sag schon.«

»Was sind Kapern?«

Als Artjom ihn bat, etwas Persönliches mit ihm zu bereden, nickte Iwan. Auf dieses Gespräch hatte er gewartet.

Sie gingen eine Weile am Seilgeländer entlang, das die Hauptinsel umgab, und blieben dann stehen. Die Laterne über ihren Köpfen knisterte leise. Es roch nach Ozon. Artjom bückte sich, hob eine große Fischgräte auf und warf sie ins Wasser. Er wartete, bis es an der Stelle von Aalen wimmelte, dann wandte er sich an Iwan.

»Lass meine Schwester in Ruhe, Digger«, sagte er barsch. »Verstanden?«

»Ich bin ja nicht taub«, erwiderte Iwan. »Sag mal, warum kannst du mich eigentlich nicht leiden? Ist es nur wegen deiner Schwester?«

»Nein, nicht nur deswegen ...« Er zögerte. »Du ... Du siehst unserem Vater ähnlich.«

Iwan zog die Augenbrauen hoch. Das Leben hielt doch immer wieder Überraschungen parat.

»Dem Oberst der Raketentruppen?«

»Ja. Unser Vater hat uns sitzen lassen«, erzählte Artjom verbittert. »Dem war das egal. Er ist einfach gegangen. Und wir sind geblieben.«

Irgendwie ähneln sich unsere Geschichten, dachte Iwan, als er den trübsinnigen Jungen betrachtete. Nur dass es bei mir umgekehrt war.

Iwans Mutter hatte seinerzeit den Vater ihres Sohnes verlassen. Sie hatte immer behauptet, es sei die beste Entscheidung ihres Lebens gewesen. Doch manchmal hatte Iwan sie nachts weinen gehört und gedacht, dass die Liebe daran schuld war. Damals hatten sie an der Station *Prospekt Bolschewikow* gewohnt.

»Wie heißt sie?«, fragte der Digger aus heiterem Himmel.

»Was?« Artjom erblasste. »Wie heißt wer?«

»Du weißt schon«, erwiderte Iwan. »Deine Hexe.«

Artjom ballte die Fäuste, presste die Lippen aufeinander, und seine Wangen pulsierten.

»Sie ist keine Hexe!«, entrüstete er sich. »Sie heißt Lachesis und sie ist die schönste Frau der Welt!«

Iwan nickte.

»Und weiß sie das auch?«

Artjom ließ wieder den Kopf hängen.

»Sie hat gelacht, als ich es ihr gesagt habe.«

Iwan seufzte.

»Du bist nicht der Erste und nicht der Letzte, dem so etwas passiert. Viele Frauen sind so, glaub mir. Sie lachen, wenn sie eigentlich weinen müssten – und umgekehrt.«

»So, so«, entgegnete Artjom und schaute Iwan eifersüchtig an. »Wenn du es ihr gesagt hättest, hätte sie bestimmt nicht gelacht. Das weiß ich genau.«

Komisch ist das mit uns Männern, dachte Iwan. Wir geraten selbst an Orten aneinander, an denen wir uns unter normalen Umständen nicht einmal begegnet wären.

»Ich verlasse Neuvenedig«, sagte Iwan. »Noch heute. Und für immer. Pass auf deine Schwester auf. Sie ist eine wunderbare Frau.«

Die Zeit des Abschieds war gekommen. An der Fähre – eigentlich nichts anderes als ein Floß – versammelten sich Menschen. Außer Iwan und Kusnezow fuhren noch sieben andere Passagiere mit: zerlumpte, bärtige Gestalten mit Taschen und Stöcken. Als er näher kam, bemerkte Iwan, dass sie blind waren. Ihr Blindenführer war ein dürrer, knochiger Mann, der eine gefütterte, viel zu große Jacke trug. Interessanterweise war auch er blind.

»Kommst du mit?«, fragte Iwan.

Der Oberführer schüttelte den ehemals kahlen Kopf, der inzwischen mit hellbraunen Haarstoppeln zugewachsen war.

»Nö, mir gefällt es hier gerade ganz gut. Ich bleibe noch ein bisschen, bevor ich die Fliege mache.«

Ihr fahrt weg, und ich fange wieder an zu saufen, übersetzte Iwan in Gedanken. Wirklich schade.

»Deine Sache«, erwiderte Iwan. »Willst du es dir nicht doch anders überlegen?«

»Nein, Mann. Gute Fahrt.«

»Ein Jammer, dass dir dein Khukuri abhandengekommen ist. War ein cooles Messer.«

Der Skinhead zuckte zusammen und sah irritiert auf.

»Also, macht's gut«, sagte er zerstreut.

Einer der Fährmänner löste das Ankerseil und warf es auf das Floß. Der Oberführer stand wie angewurzelt da. In seine Stirn gruben sich tiefe Furchen.

»Und der Herr sprach: Geh hin und blicke nicht mehr zurück«, rezitierte der Blindenführer mit angenehmer Stimme. »Doch Lots Weib glaubte nicht und blickte dennoch zurück. Da brannte ihr ein Atomblitz die Augen aus. So lasset uns beten, Brüder, auf dass wir das Augenlicht zurückerlangen mögen. Amen.«

»Amen«, antworteten die Blinden im Chor.

Iwan nickte. Dafür hätte er auch gebetet.

Blinde waren ihm in letzter Zeit ohnehin sympathischer geworden. Enigma sei Dank. Obwohl die Religiosität dieser Leute schon etwas Bizarres hatte.

»Wohin fahren wir jetzt?«, erkundigte sich Kusnezow. Er strahlte übers ganze Gesicht. Hinter ihm nahmen die Blinden ihre Plätze auf der Fähre ein. Ihr Anführer gab den Takt vor, indem er mit seinem Stock auf den Bretterboden pochte. Tock, tock, tock. Die Fährmänner gähnten.

Iwan dachte nach. Für Mischa war es natürlich das Beste, direkt zur *Wassileostrowskaja* zurückzukehren.

Doch für ihn selbst?

Der *Newski prospekt*. Schakilow.

Keine Frage. Er musste noch einen Umweg einplanen.

»Nach Hause«, antwortete er schließlich.

Die Fährmänner stemmten die Ruder gegen die Balken an der Anlegestelle, und das Floß setzte sich sanft in Bewegung. Ganz allmählich wurde der Spalt zwischen Fähre und Insel breiter und breiter.

Bumm!

Das Floß schwankte.

Iwan sah auf. Vor ihm hockte der Skinhead. Er hatte die Arme weit ausgebreitet, um nach dem Sprung das Gleichgewicht zu halten.

»Ich begleite euch ein Stück«, verkündete er, nachdem er sich aufgerichtet hatte. »Bis zum *Newski* oder so. Ein kleiner Spaziergang kann nicht schaden.«

Mischa traute seinen Augen nicht.

»Auch schon hier?«, stichelte Iwan. »Wieso hast du es dir jetzt doch noch anders überlegt?«

»Ach, weißt du ...« Die Züge des Oberführers verhärteten sich. »Mir ist da was eingefallen. Ich weiß jetzt, wer mein Messer haben könnte.«

11
PROSWET

In der rötlichen Finsternis hörte Iwan eine feierliche Stimme.
»Es kommt der Tag, da diejenigen, die zurückgeblickt haben, das Augenlicht wiedererlangen werden. Amen, Brüder!«
»Amen!«, echote der Chor.
Die Stimmen wurden gedämpft durch eine Woge aus Schmerz, der heiß und blutig heranbrandete. Iwan spürte jeden einzelnen Nervenstrang seines Gehirns. Wenn ihre zerfaserten Enden sich berührten, sprühten blaue Funken hervor und hinter seinen Augen pulsierte blendendes Licht.
»Lots Weib hatte sich durch ihren Unglauben versündigt und erstarrte zur Salzsäule«, verkündete die Stimme. »Uns hingegen hat der Herr die Möglichkeit gegeben, zu begreifen und zu bereuen; die Möglichkeit, die Welt nicht mit dem körperlichen Auge zu sehen, welches von Beginn an sündig ist, sondern mit dem geistigen, das sich zu gegebener Zeit öffnen wird. Hört mich an, Brüder! Der Gehörnte ist nah! Es kommt die Zeit der Prüfungen! Amen!«
»Amen!«, wiederholte der Chor.
In den Pausen zwischen den Schmerzattacken sickerten lose Gedanken in Iwans Bewusstsein: Wo bin ich? Was ist passiert? Es war doch alles gut gewesen?
War?

Zunächst war in der Tat alles glattgelaufen. Die Fähre hatte sie bis zum hermetischen Tor gebracht. Dahinter verlief der trockene

Teil des Tunnels, der zum *Newski prospekt* führte. Davor befand sich eine improvisierte Zollstation. Wie die Inseln in Neuvenedig schwamm auch sie auf Plastikbehältern, nur dass die Plattform nicht aus Brettern bestand, sondern aus Türen von Metrowaggons zusammengebaut war. Darauf standen ein Stuhl und eine Metalltonne als Schreibtisch. Als Lichtquelle diente eine Leuchtstofflampe, die so armselig flackerte, als wollte sie jeden Augenblick für immer verlöschen. Ab und zu trat der Zöllner mit dem Fuß gegen das Glasgefäß mit dem Zitteraal. Der zuckte dann kurz, riss das Maul auf, und die Lampe brannte für ein paar Sekunden heller.

Der Zöllner trug ein blaues Zugführerhemd. Die aufgekrempelten Ärmel entblößten dicke, stark behaarte Arme. Der Mann warf einen gelangweilten Blick auf die Ankömmlinge und winkte sie auf die Zollstation herüber. Nach Papieren fragte er nicht. Gut so, dachte Iwan.

Rechts vom hermetischen Tor befand sich der Einstieg in den Gang, durch den die Reisenden ihren Weg fortsetzen mussten.

Iwan fragte sich, wie wohl die Blinden mit der Umgehung des Tors zurechtkommen würden. Direkt nach dem Blindenführer sprang er auf die Zollinsel. Die Plattform schaukelte. Wasser spritzte.

Das war's. Leb wohl, Neuvenedig.

Als Nächster verließ der Oberführer die Fähre. Im Augenwinkel beobachtete Iwan, wie der Blinde mit dem Zöllner tuschelte.

»Wo bleibt denn Mischa?«

Iwan wandte sich um. Verdammt!

Der junge Polizist lag rücklings auf der Fähre – und rührte sich nicht. Um ihn herum drängten sich die Blinden. Einer von ihnen hielt seinen Stock in die Höhe. Offenbar hatte er Kusnezow damit niedergeschlagen.

»Mischa!« Iwan machte einen Schritt zum Rand der Zollstation, doch im selben Moment wurde ihm klar, dass das ein Fehler gewesen war. Ein bleischwerer Pfropfen bildete sich in seinem Hinterkopf. Er hätte dem Blindenführer niemals den Rücken zukehren dürfen.

Langsam drehte er sich wieder um.

Noch bevor der Blindenführer wieder ins Bild kam, traf den Digger ein heftiger Schlag. Ein stechender Schmerz, als würde sein Kopf gespalten.

Noch im Fallen hörte Iwan das Kampfgebrüll des Oberführers. Das bringt nichts, dachte Iwan.

Er fiel wie durch farblosen Sirup, lautlos und sanft. Schaukelnd federte die Plattform seinen Körper ab.

Nach einem weiteren Schlag gingen die Lichter aus.

Finsternis.

Iwan saß auf einem kalten Betonboden. Es war so dunkel, dass man die Hand vor Augen nicht sehen konnte. Abgesehen von ein paar flimmernden Lichtflecken, doch die waren nicht real – nur ein kleines Gewitter im Sehnerv.

Er stand auf und tastete sich mit ausgestreckten Armen vorwärts. Seine Hände stießen auf Metall: raue Eisenstäbe mit abblätterndem Rost. Er bewegte sich an dem Gitter entlang, um die Grenzen seiner Bewegungsfreiheit auszuloten. Wo befand er sich? In einem Verlies unter einem Bahnsteig? In einem Schacht?

Mit der Bewegungsfreiheit war es nicht weit her. Die Gitterstäbe erwiesen sich als geschlossene Zelle – etwa eineinhalb Meter lang und einen Meter breit. Auf der Suche nach einem Ausgang ertastete Iwan ein massives, glattes Schloss, das sich eiskalt anfühlte. Im Unterschied zu den Gitterstäben schien es nagelneu zu sein. In der Ecke der Zelle stand ein Eimer zur Verrichtung der Notdurft.

Wie fürsorglich, dachte Iwan sarkastisch. Was ist eigentlich passiert? Ich habe einen Schlag auf den Schädel bekommen, das Bewusstsein verloren, und jetzt sitze ich hier in einer stockfinsteren Zelle. Warum haben die Blinden uns angegriffen?

In der totalen Finsternis verlor Iwan jegliches Zeitgefühl. Er hätte nicht sagen können, ob seit seinem Erwachen Stunden oder

Minuten verstrichen waren. Doch damit nicht genug: Er verlor auch das Gefühl für seinen Körper. Irgendwann spürte er ihn einfach nicht mehr. Ein eigenartiger Zustand. Es war schließlich nicht das erste Mal, dass er sich für längere Zeit in völliger Dunkelheit befand. Doch bislang hatte er immer die Möglichkeit gehabt, sich frei zu bewegen und nach einem Ausweg zu suchen. Diesmal war er dazu verdammt, tatenlos in einer Zelle zu sitzen, zurückgeworfen auf sich selbst und die Gedankenmühle in seinem Kopf.

Wenn ich jemals den Verstand verliere, dann hier, dachte er.

»Oder bin ich schon verrückt?«, sagte Iwan laut.

In der Finsternis hörte sich seine Stimme fremd und ausgesprochen albern an.

Stille.

»Wer ist verrückt?«, fragte eine andere Stimme rechts von Iwan. »Könnten Sie sich vielleicht etwas präziser ausdrücken, junger Mann? Oder sich wenigstens vorstellen?«

Iwans Mund klappte auf.

»So was«, murmelte er. »Das kann ja wohl nicht sein. Völliger Unsinn.«

»Wovon reden Sie, wenn ich fragen darf?«, erkundigte sich die Stimme.

»Ich bilde mir gerade ein, dass Professor Wodjanik mit mir spricht«, antwortete Iwan ehrlich. »Aber das ist unmöglich!«

Schweigen. Langes Schweigen.

Sehr langes Schweigen.

»Iwan?!«

Wieder die Stimme des Professors. Das hatte gerade noch gefehlt.

»Professor, das können Sie jetzt nicht bringen. Ich war davon ausgegangen, dass Sie in Sicherheit sind und längst friedlich an der *Wassileostrowskaja* sitzen. Und so ist es doch auch, oder? Ich bilde mir das hier alles nur ein.« Das Reden verscheuchte ein wenig die Beklemmung. »Nun sagen Sie schon, Prof. Sind Sie an der *Wassileostrowskaja*?«

»Nein«, erwiderte der Professor aus der Finsternis. »Da muss ich Sie leider enttäuschen. Ich sitze in einer Zelle. Genau wie Sie offenbar auch. Tut mir leid, Wanja. Wie sind Sie hierhergeraten?«

Ich bin also doch nicht verrückt, dachte Iwan.

Verflucht. Dann ist alles noch viel schlimmer.

Wodjaniks Geschichte erwies sich als ebenso abstrus wie die von Kusnezow. Auf der Flucht vor dem jungen Milizionär hatte sich der Professor in einen schmalen Seitenschacht abgesetzt. Erstaunlicherweise war er sich völlig sicher gewesen, dass er im Labyrinth der Tunnel den richtigen Weg finden würde. Er hatte eine Taschenlampe, eine Karte, Wasser und Verpflegung dabeigehabt.

Während Wodjanik erzählte, fasste sich Iwan immer wieder an den Kopf. Wie konnte der erfahrene Professor nur die gleichen Fehler machen wie der Frischling Kusnezow?

Natürlich war alles so gekommen, wie es kommen musste. Der Professor folgte dem Seitenschacht, bog an der falschen Stelle ab, traf auf eine Gruppe von Blinden (das kam Iwan irgendwie bekannt vor), unterhielt sich über alles Mögliche mit ihnen (sie waren sehr gebildete Leute), ließ sich von ihnen zu einer Stärkung einladen, trank ein wenig Wasser und schlief kurz darauf ein.

Als er wieder aufwachte, saß er in einer Zelle.

Verdächtig viele Zufälle, dachte Iwan. Zuerst läuft mir in Neuvenedig der Oberführer über den Weg, dann taucht dort plötzlich Mischa auf, und jetzt treffe ich auch noch den Professor. Als würde uns eine unsichtbare Kraft zusammenführen.

Was soll man davon halten? Ein Wink des Schicksals?

In der Dunkelheit hörte er auf einmal ein lautes Stöhnen.

»Kusnezow!«, rief Iwan. »Hörst du mich? Antworte, wenn du da bist!«

Schweigen.

»Ist der etwa auch mit Ihnen unterwegs?«, erkundigte sich Wodjanik überrascht. »Wirklich ein bemerkenswert hartnäckiger junger Mann. Das muss man ihm lassen.«

»Dummheit ist ansteckend«, nölte eine Stimme aus der Finsternis. Es war die Stimme des Oberführers. »Ich wollte eigentlich nur einen Spaziergang machen. Das habe ich jetzt davon.«

»Hallo, Ober«, sagte Iwan. »Ist Kusnezow bei dir?«

Pause. Ein Rascheln in der Dunkelheit.

»Nö«, erwiderte der Oberführer schließlich. »Ich habe hier ein Einzelzimmer.«

»Kusnezow!«, rief Iwan abermals ohne große Hoffnung.

Niemand antwortete. Ob sie ihn getötet hatten?

Ach, Mischa, wärst du mal besser in Neuvenedig geblieben. Lieber versklavt und am Leben als frei und mausetot.

»Wo sind wir überhaupt?«, fragte Iwan. »Was ist das für eine Station hier, Professor?«

»Nach allem, was ich von unserem Gefängniswärter gehört habe, handelt es sich um die Station *Prospekt Prosweschtschenija*«, erklärte der Professor. »Im Volksmund auch *Proswet* genannt. Hier leben ausschließlich Blinde. Eine ganze Siedlung von Blinden, verstehen Sie? Nun, vermutlich wissen Sie ohnehin Bescheid. Sie hatten gewiss auch eine denkwürdige Begegnung mit ihnen, nicht wahr? Also bei mir war es jedenfalls so.«

»Ganz recht«, bestätigte Iwan. »Aber was wollen die von uns?«

Der Professor kam nicht mehr dazu, zu antworten.

»Oh mein Gott, mein Kopf ... Was ist passiert?«, jammerte eine junge, verschüchterte Stimme. »Wieso sehe ich nichts?«

Kusnezow. Na also.

»Guten Tag, Michail«, sagte die Stimme des Professors. »Nicht dass ich sonderlich begeistert darüber wäre, Sie hier anzutreffen, aber ...«

»Professor? Sie? Warum kann ich Sie nicht sehen? Was ist mit meinen Augen passiert?«

»Keine Panik, Mischa«, beschwichtigte Iwan. »Hier ist es einfach nur stockfinster. Mit deinen Augen ist alles in Ordnung.«

»Tatsächlich, ein Glück«, sagte der unsichtbare Kusnezow. »Jetzt sehe ich Leute in weißen Gewändern.«

»Wa-as?!«

Iwan schaute nach rechts und kniff die Augen zusammen. Verdammt! Selbst das schwache Licht blendete und ließ die Augen tränen. Der Oberführer fluchte leise.

Doch was war das für eine Wohltat, endlich wieder etwas sehen zu können! Ein unvergleichliches Glücksgefühl. Iwan atmete auf, als wäre mit dem Licht auch frische Luft in den Raum gelangt.

Im Schein einer Kerze erkannte der Digger zwei Reihen von Zellen. Im Gang dazwischen näherte sich eine kleine Prozession von Blinden. An ihrer Spitze ging derselbe Mann, der auch schon die Gruppe auf der Fähre von Neuvenedig angeführt hatte. Ein groß gewachsener, hagerer Mann mit eingefallenem, länglichem Gesicht und einem langen Rauschebart. Anstelle seiner Augen befand sich in tiefen Höhlen grauenhaft vernarbtes, rosarotes Fleisch.

»Seht ihr die Kerze?« Der Blindenführer hob die Kerze hoch und Wachs tropfte auf sein faltiges Handgelenk. »Schaut sie euch nur gut an. Denn sie ist das letzte Licht, das ihr in eurem Leben zu sehen bekommt.«

»Wie meinen Sie das?«, fragte der Professor.

Wodjanik stand in der Zelle rechts von Iwan. Im schummrigen Licht erkannte der Digger sein bärtiges Gesicht. Der Professor presste es gegen die Gitterstäbe, als wollte er dem ersehnten Licht so nahe wie möglich sein.

Kein Wunder, dachte Iwan. Er ist vermutlich schon viel länger hier als ich.

»Ich meine es so, wie ich es sage«, erwiderte der Blindenführer.

Die Brüder hinter dem Rücken des Blindenführers schwiegen. Im schwachen Licht konnte man nur einen Teil der Zellen sehen. Wie viele es wohl insgesamt sein mochten? In einem davon erkannte Iwan ein Skelett, das mitten auf dem Boden lag und im flackernden Schein der Kerze gespenstisch leuchtete. Hallo, mein Freund.

»Ja genau, das ist auch eine Möglichkeit«, sagte der Blindenführer, als hätte er Iwans Blick bemerkt. »Wisst ihr, meine lieben ... äh ... Gäste. Ihr habt keine allzu große Auswahl. Entweder ihr werdet so wie wir oder ...« – der Blindenführer schwenkte die Kerze zielsicher in Richtung des Skeletts – »... so wie er.«

»So werden wie ihr?« Die Zelle des Oberführers befand sich Iwan gegenüber auf der anderen Seite des Gangs. Der Skinhead stand breitbeinig da und hatte die Hände auf eine Querstrebe des Gitters gelegt. »Ihr meint, wir sollen Christen werden? Nichts lieber als das. Mach die Tür auf. Mein Glaube ist stark wie nie zuvor.«

»Rede keinen Unfug«, mahnte der Blindenführer. »Solltest du aber tatsächlich bereit sein ...«

»Logo, Junge, was hast du denn gedacht«, eiferte sich der Oberführer mit leuchtenden Augen. Die Ungeduld war ihm anzusehen. »Nun mach schon auf!«

»Nun gut, wenn du bereit bist, dann werde ich Bruder Simeon bitten, das Blendeisen vorzuglühen.« Einer der weiß gewandeten Brüder nickte – ein Hüne mit plattem Gesicht und einer Brandwunde an der Schläfe. »Oder würdest du eine Säurebehandlung vorziehen? Wenn ich dir einen Rat geben darf, Bruder, nach der chemischen Prozedur verheilen die Wunden schlechter und es dauert länger, bis die Schmerzen nachlassen. Ich an deiner Stelle würde deshalb das Blendeisen wählen.«

Mit versteinerter Miene presste der Oberführer die schmalen Lippen zusammen und schwieg.

»Nun, ich sehe schon, Bruder, es wäre wohl doch besser zu warten, bis dein Glaube etwas stärker geworden ist«, kommentierte der Blindenführer ätzend. »In zwei Tagen sehen wir dann weiter.«

»Dreckskerl«, fauchte der Oberführer.

»Das heißt also, wir haben nur die Wahl zwischen Blendung und Tod?«, fragte der Professor.

»Leider ja«, heuchelte der Blindenführer. »Die Kerze wird gleich verlöschen. Seid ihr bereit? Ich zähle bis fünf. Eins, zwei …«

Iwan schaute auf die züngelnde Flamme und sog sie in sich auf.

»… drei …«

Alles um ihn herum verschwand, nur die Flamme blieb.

Tanja legt ihm von hinten die Arme um den Hals. Iwan spürt gleichzeitig die Wärme ihres Körpers und die Kühle ihre Hände. Immer wenn er erschöpft ist, spendet ihm Tanjas aufgelegte Hand neue Kraft. So auch jetzt. Seine Stirn glüht. Iwan nimmt Tanjas Hand und legt sie auf seine Stirn. Die Kühle auf seiner Stirn verscheucht die Finsternis. Alles wird gut.

»Wann kommst du zurück?«, fragt Tanja.

Ihr Atem kitzelt an seinem Ohr. Sie beugt sich vor und sieht Iwan von der Seite an.

»Bald«, erwidert Iwan. »Ganz, ganz bald …«

Die Kerze flackerte. Durch den Raum wehte ein leichter Luftzug.

»Vier … Stopp.« Der Blindenführer drehte sich plötzlich nach seinen Brüdern um. »Ignatius, komm mal her.«

Aus dem Grüppchen der Blinden trat mit schlurfenden Trippelschritten ein kleiner, verhuschter Greis mit Halbglatze vor.

»Das ist Bruder Ignatius, euer Aufseher. Wenn ihr etwas braucht, wendet euch vertrauensvoll an ihn. Und wenn ihr Fragen bezüglich unseres Glaubens habt, wird sie euch Bruder Ignatius gewiss gern beantworten. Nicht wahr, Bruder?«

»Selbstverständlich«, bestätigte der Greis und nickte beflissen mit dem Kopf. »Jede Antwort ein ›Knaller‹.«

Der Professor wurde plötzlich hellhörig. Er richtete sich auf und schien etwas sagen zu wollen. Doch dann überlegte er es sich anders und schwieg.

»Vielen Dank, Bruder Ignatius. Und … fünf.« Der Blindenführer spitzte die Lippen und – puh – blies die Kerze aus.

Iwan verzog das Gesicht. In der schlagartig hereingebrochenen totalen Finsternis schimmerte noch für kurze Zeit die Silhouette der erloschenen Flamme.

»Nein!«, schrie Kusnezow. »Lasst bitte das Licht brennen! Bitte!«

»Geht in euch«, empfahl die Stimme des Blindenführers in der Dunkelheit. »Ihr habt zehn Mahlzeiten Bedenkzeit. Verpflegt werdet ihr zweimal pro Tag. Bruder Ignatius wird mitzählen. Nach der zehnten Mahlzeit werde ich kommen, um eure Entscheidung zur Kenntnis zu nehmen.«

Als die Schritte der Blinden in der Ferne verhallten, setzte sich Iwan auf den Boden.

Das konnte einfach nicht wahr sein. Er hatte einen Schuss aus nächster Nähe überlebt – und jetzt so was.

Aber ich werde auch das überleben, verlasst euch drauf. Denn ich muss unbedingt nach Hause zurück.

»Na prima!« Der Oberführer fing plötzlich zu lachen an. »Wissen ist Licht und Unwissenheit ist Dunkelheit. Ist doch völlig klar. Erst hauen diese Blinden uns die Hucke voll, und dann dürfen wir so werden wie sie. Super, oder?« Das Gelächter des Skinheads nahm hysterische Züge an, so als könnte er gar nicht mehr aufhören.

Verdammt. Iwan lehnte die Stirn gegen das Gitter.

Wenn es nicht so ernst wäre, könnte man tatsächlich darüber lachen, dachte er. Irgendwie werde ich das Gefühl nicht los, dass jemand hartnäckig versucht, meine Rückkehr zu verhindern. Aber das ist absurd. Mit solchen Gedanken mache ich mich nur verrückt. Ich muss mich irgendwie ablenken.

Iwan stieß sich vom Gitter ab und begann, ein paar Dehnübungen zu machen. Sollte sich eine Chance zur Flucht ergeben, würde er bereit sein.

Stunden vergingen. Oder Minuten?

Plötzlich schlurfende Schritte in der Dunkelheit. Und das quietschende Geräusch rollender Räder. Iwan lehnte sich gegen das Gitter und lauschte. Metallisches Knirschen. Jemand schob einen

Gegenstand durch den Spalt unter dem Gitter. Und noch einen. Iwan bückte sich und ertastete glattes Blech. Eine Schüssel. Und daneben etwas Kleineres, Rundes. Ein Becher. Er fühlte sich kalt an. Wasser.

»Was ist das?«, fragte er, obwohl er es schon wusste.

»Euer Frühstück«, brummte der unsichtbare Gefängniswärter. »Esst.«

Die Schritte und das Quietschen der Räder entfernten sich nach rechts. Iwan versuchte die Entfernung abzuschätzen. Etwa zwanzig Meter, dann eine Biegung – anscheinend nach rechts.

Sind wir in einem ehemaligen Schutzbunker? Vielleicht. Egal, Zeit fürs Frühstück. Mal sehen, was sie uns vorgesetzt haben.

Iwan griff in etwas Schleimiges, das sich bewegte. Er riss die Hand zurück und vor Schreck hätte er beinahe die Schüssel fallen lassen.

»Scheiße!«, fluchte der Oberführer in der Dunkelheit.

Eine Blechschüssel schepperte.

»Was ist *das* denn?«, fragte Iwan.

»Weinbergschnecken, wenn ich mich nicht irre«, verkündete Wodjanik geschäftig. Im Gegensatz zu seinen Mithäftlingen begriff der Professor seine Gefangenschaft als eine Art psychologisches Experiment. »Sehr interessant. Die jungen Herrschaften brauchen überhaupt nicht die Nase zu rümpfen. Schnecken sind eine wertvolle Eiweißquelle. Außerdem sind sie genügsam. Es muss nur warm und feucht genug sein, dann vermehren sie sich wie ... nun, sagen wir, wie die Schnecken, haha. Probieren wir mal ...« Aus der Finsternis drangen Schmatz- und Kaugeräusche. »Nicht schlecht«, befand Wodjanik mit vollem Mund. »Zitrone fehlt natürlich, aber dennoch ...«

»Ich muss gleich kotzen, Prof«, warnte der Oberführer.

Das fehlte noch, dachte Iwan.

»Ich bitte Sie, junger Mann, das ist doch eine Delikatesse! In früheren Zeiten wurden Schnecken in den feinsten Pariser Restaurants aufgetischt.«

»Ich weiß, ich weiß«, entgegnete der Oberführer. »Aber bei Licht. Bei Licht würde ich auch ein paar davon essen, aber in der Dunkelheit sind sie einfach nur schleimig und ekelhaft.«

Der Professor hustete. »Sie übertreiben maßlos«, sagte er dann. »Natürlich sehen Schnecken nicht besonders appetitlich aus und sie bewegen sich ...«

»Scheiße, die bewegen sich!!«, schrie der Oberführer panisch.

»Wer bewegt sich?«

Pause.

»Professor, haben Sie das gesagt?«, fragte Iwan, obwohl er wusste, dass dem nicht so war. Die Stimme, die da gesprochen hatte, kannte er nicht. Sie hatte einen ganz eigentümlichen, weichen Klang.

»Natürlich nicht«, entrüstete sich der Professor.

»Mischa, du?«

»Nö.«

»Mich musst du auch noch fragen«, spöttelte der Oberführer von gegenüber. »Hundertpro, dass hier noch jemand im Raum ist außer uns drei ... Verzeihung, Professor ... außer uns vier Idioten. He, Unbekannter! Sag was!«

Schweigen. Das Geräusch tropfenden Wassers.

»Ich möchte, verdammt noch mal, wissen, wer hier noch ist!« Dem Oberführer riss allmählich die Geduld. »Antworte gefälligst!«

Schweigen.

»Nun sag schon was«, flötete der Oberführer plötzlich mit einer Gänsehautstimme, die nichts Gutes verhieß. »Ich bin ja wirklich der friedlichste Mensch auf der Welt, aber wenn man mich reizt, kann ich auch ganz anders. Also: Wer ist hier noch?«

»Ich«, sagte jemand in der Dunkelheit.

Die Stimme kam aus einer Zelle, die sich näher am Ausgang befand. Als die Kerze brannte, hatte Iwan ihren Insassen nicht bemerkt.

»Wer ich? Wie heißt du?«, bohrte der Oberführer nach.

»Jura«, antwortete der Fremde. »Manche nennen mich auch Nelson.«

»Wie der britische Admiral?«, fragte der Oberführer.
»Äh ... Nicht ganz.«
»Ich hätte da noch ein paar andere Vorschläge«, warf Wodjanik ein. »Aber ich glaube nicht, dass sie unserem Freund gefallen würden.«
»Von welcher Station bist du?« Der Oberführer setzte das Verhör unerbittlich fort.
»Von der *Technoloschka*.«
»Ach nein! Dann bist du ja einer von den Masuten? Und wie bist du hierhergeraten?«
»Aus Dummheit.«
»Na ja, dass es nicht gerade ein Geniestreich ist, sich hier einsperren zu lassen, ist ja wohl klar«, seufzte der Oberführer. »Nicht wahr, Prof?«
Wodjanik schwieg beleidigt in die Finsternis.
»Keine Angst, Junge«, sagte der Oberführer. »Wir holen dich hier raus. Apropos ... Hat irgendjemand eine Idee, wie wir uns von hier absetzen könnten?«

Eine zündende Idee wollte sich nicht einstellen. Nicht nach der vierten Mahlzeit (zwei Tage, rechnete Iwan), nicht nach der fünften und auch nicht nach der sechsten.

Mit seinem unverkennbaren schlurfenden Gang brachte ihnen der Gefängniswärter regelmäßig ihr Essen. Es gab nicht immer Schnecken, manchmal auch Pilze oder eine völlig geschmacksneutrale gekochte Grütze. Die Stunde der Entscheidung rückte näher, und ihnen war immer noch nichts eingefallen. Was konnte man gegen die Blinden ausrichten – in völliger Dunkelheit? Was konnte man überhaupt unternehmen?

»Professor, ich wollte ja eigentlich nichts sagen«, jammerte Kusnezow. »Aber ich sehe schon seit einiger Zeit Lichter und höre Stimmen. Als würde jemand mit mir sprechen. Ich glaube aber, dass ich mir das nur einbilde. Was ist nur los mit mir?«

»Das ist ganz normal«, antwortete der Professor. »Das sind die Folgen der sensorischen Deprivation.«

»Die Folgen von *was*, bitte?«, versetzte Iwan.

»Wissen Sie noch, was uns den Sieg über die *Wosstanija* gebracht hat?«

Iwan kratzte sich am Kinn.

Ein eigenartiges Gefühl. Abermals fuhr sich Iwan mit den Fingern übers Kinn. Die Bartstoppeln knirschten. Es kam ihm so vor, als wäre sein Unterkiefer gewachsen und jetzt mindestens eineinhalb Meter lang. Dann wiederholte er dieselbe Bewegung mit der anderen Hand. Krass. Jetzt war sein Kinn auf Walnussgröße zusammengeschrumpft. Und nicht nur sein Kinn. Sein ganzer Körper fühlte sich auf einmal winzig an, als säße er in einer kleinen Schachtel.

»Wissen Sie noch?«, wiederholte der Professor.

»Sie meinen das Gas? Dieses violette Zeug, das wir hergestellt haben. Sie hatten doch selbst von diesem amerikanischen Projekt erzählt. Wie hieß das gleich wieder?«

»MK ULTRA«, antwortete der Professor und seufzte. Iwan hatte den Eindruck, dass dieser Seufzer sich materialisierte, durch den Raum flog und wie ein Ball sanft gegen die Wände prallte.

»Und wir sind jetzt Objekte dieses Projekts.«

»Das verstehe ich nicht«, sagte Iwan.

»Halluzinogene und ihre militärische Anwendung – das war ein Punkt des Programms MK ULTRA. Ein anderer Punkt war die sensorische Deprivation, eine Erfindung von Dr. Cameron, der den ganzen Zirkus geleitet hat.«

»Und was ist das?«

»Es handelt sich um eine subtile Foltermethode. Selbst extrem standhafte Menschen, die man mit konventionellen Foltermethoden höchstens umbringen hätte können, wurden damit gebrochen. Die Folteropfer leiden unter Halluzinationen, verheerenden Kopfschmerzen und Magenkrämpfen. Sie bekommen Depressionen, können sich nicht mehr konzentrieren und so fort. Und das alles ohne Anwendung physischer Gewalt.«

»Und worauf beruht diese ... Deprivation?«

»Auf dem Entzug von sämtlichen Sinneseindrücken. Zu diesem Zweck verfrachtete man die Probanden in Salzwasser, das exakt auf Körpertemperatur erwärmt war, setzte ihnen Kopfhörer auf und verband ihnen die Augen. In einer solchen Situation tritt ein sensorischer Mangel auf. Der Mensch spürt seine Arme und Beine nicht mehr und seine Sinnesorgane empfangen keinerlei Reize. Nach einigen Tagen kannst du mit einem solchen Menschen machen, was du willst. Manche Patienten hat Dr. Cameron bis zu einem halben Jahr diesem Zustand ausgesetzt.«

»Was für ein Sadist«, kommentierte der Oberführer.

»Allerdings. Sadismus ist ein Charakterzug, ohne den ein richtiger Wissenschaftler nicht auskommt.«

»Das bedeutet also, dass man versucht, unseren Willen zu brechen?«, fragte Iwan.

Iwan konnte buchstäblich sehen, wie Wodjanik mit dem Kopf auf und ab wackelte. Ein lustiger, kleiner Spielzeugprofessor, zusammengesetzt wie eine Ringpyramide, mit ausgemaltem Gesicht und Plastiknase. Und er nickte und nickte und nickte ...

Iwan schüttelte sich, um das Bild loszuwerden. Es ging also schon los mit den Halluzinationen.

»Ich denke, wir befinden uns gerade im Stadium der Vorbehandlung«, sagte Wodjanik.

Die Dunkelheit, die Iwan umgab, nahm bunte Farben an und begann zu pulsieren. Ihm wurde schlecht. Verdammt.

Iwan reckte den Kopf und schnappte nach Luft. Der Lichtentzug raubte ihm den Atem.

»Wissen Sie was, Professor?«, sagte die Stimme des Oberführers, die von irgendwoher aus der gekrümmten, gelbroten Dunkelheit herüberdrang. »Ich glaube, Sie haben recht. Seit der letzten Mahlzeit bin ich auf einem Trip, als hätte ich Magic Mushrooms eingeworfen.«

Der Klang seiner Stimme war länglich und hatte einen grünlichen Touch. Die einzelnen Buchstaben waren warm und wie aus buntem Schaumstoff ausgeschnitten. Sie flogen auf Iwan zu, prallten sanft gegen seine Stirn und stoben dann in sämtliche Richtungen davon. Puff, puff, puff.

»Verflucht«, sagte Iwan. »Was geht hier eigentlich vor?«

Puff.

»Nichts, Wanja.«

Die Worte des Professors schwebten träge herüber, mit hypnotischen Pausen, als würden sie irgendwo hängen bleiben. Buchstaben aus Kunststoff mit Edelstahlkanten. Iwan konnte die Nietenköpfe an ihren Seiten förmlich sehen. Und den weißen, matten Kunststoff. Nein, jetzt war es Kunstleder.

Nein, weißes Naturleder. Mit einem Reliefmuster.

Einer der Buchstaben, ein »K«, flog auf Iwan zu und schob ihn gegen die Wand. Dann federte er zurück und entfernte sich wieder.

»Wenn das in dem Tempo weitergeht, laufe ich bald die Wände hoch«, prophezeite Iwan erschrocken.

»Es gibt durchaus Gegenmaßnahmen«, sagte der Professor.

»Und die wären?«

»Erstens: Wir müssen miteinander sprechen. Auf diese Weise beschäftigen wir unser Gehör. Soll ich mal einen Witz erzählen?«

»Ähm ... Lieber nicht. Was weiter?« Iwan wedelte besorgt mit der Hand.

Wenn ich über einen Witz des Professors lache, ist alles zu spät, dachte er. Dann weiß ich hundertprozentig, dass ich verrückt geworden bin.

»Zweitens«, fuhr der Professor beleidigt fort, »ihr habt doch die Hände frei, nicht wahr?«

»Sollen wir uns einen runterholen, oder wie?«, fragte der Oberführer ohne jede Ironie. »Onanie ist nicht von der Hand zu weisen, habe ich recht, Prof?«

Die Entrüstung des Professors wuchs und ähnelte nun einem Elefanten. Iwan sah deutlich die graue, faltige Haut vor sich. Wenn so ein Dickhäuter auf dich drauftritt, bist du platt, dachte er.

343

»Sogar jetzt denken Sie nur an das eine!«
Der Elefant begann zu brüllen. Iwan wunderte sich. Der Elefant war nun der Professor.
»Mein Schädel brummt«, warf plötzlich Kusnezow ein. »Wenn ihr redet, fühlt sich das für mich an, als würde mir jemand einen Bohrer in die Schläfe treiben.«
»Das ist ganz normal«, beruhigte ihn der Elefant und wedelte mit dem Rüssel.
»Was ist denn nun mit unseren Händen?«, erkundigte sich Iwan. Seine Stimme klang wie von ferne. Teilnahmslos und fremd. Sein Körper wuchs und schrumpfte abwechselnd. Stimmen verschwammen.
»Ich weiß ja nicht, wie gewisse junge Herrschaften das sehen«, giftete Wodjanik, »aber in der Regel sind die Hände dazu da, taktile Reize aufzunehmen.«
»Habe ich etwa was anderes behauptet?«, rechtfertigte sich der Oberführer.
Die Stimme des Skinheads schwebte irgendwo über Iwans Kopf. Ein Quecksilberfleck, der unter der Decke hing.
»Tasten Sie den Boden ab, Iwan. Michail, das gilt auch für Sie. Versuchen Sie, mit den Fingerspitzen zu sehen. Beschreiben Sie Ihre Eindrücke. Damit hätten wir schon eine zweite Reizquelle aktiviert. Und drittens ...« Der Professor hielt kurz inne. »Lasst euren Gedanken freien Lauf. Wir haben hier optimale Bedingungen für Meditation. Religiöse Erfahrungen kann man nicht nur mit LSD oder violettem Staub herbeiführen.«
»Meinen Sie das im Ernst, Prof?«, fragte der Oberführer.
Seine Stimme wurde schwerer, verdichtete sich zu einem stromlinienförmigen Quecksilbertropfen und sank tiefer herab. Iwan spürte die Anwesenheit und Bewegung des Tropfens knapp über seinem Kopf, ein wenig in Richtung Wodjanik versetzt.
Der Professor war jetzt allerdings nur noch ein kleiner Elefant.
»Was sollen wir denn sonst tun?«, entgegnete Wodjanik. »Apropos! Wer kennt ein gutes Gedicht?«

»Ausgerechnet ein Gedicht?«, fragte Kusnezow verwundert. »Und wieso?«

»Reizentzug führt unweigerlich zu einer gehemmten Emotionalität. In diesem Zustand sehnt sich der Mensch zwar nach Zerstreuung, doch er kann sich nicht mehr dazu motivieren, Probleme anzupacken. Wir dürfen aber den Willen, uns zu wehren, unter keinen Umständen verlieren.«

Pause. Der Tropfen des Oberführers schwebte zum Professor hinüber, verharrte über ihm und betrachtete ihn.

»Wo er recht hat, hat er recht, der Prof«, verkündete der Oberführer. »Alle mal aufgepasst! Wer sagt das erste Gedicht auf?« Schweigen. »Gut. Dann fange ich an. Also – Rudyard Kipling: Die Hyänen.

Wenn der Bestattungs-Trupp das Schlachtfeld räumt
und die Geier die Segel streichen,
kommt der Hyänen Schar herbeigestreunt
und sucht nach vergrabenen Leichen.

Wie und warum sie zu Tode kamen,
das zählt nicht für die hungrige Meute.
Sie kümmert sich nicht um menschliche Dramen,
sondern nur ums Graben nach Beute.«

Der Oberführer rezitierte leise und ausdrucksvoll. Schon hatte Iwan die Hyänen vor Augen, wie sie mit geifernden Kiefern über den Todesstreifen trabten. Die herumliegenden Leichen waren von verkohlten Gummimänteln und Gasmasken verhüllt. In der Ferne stieg Rauch aus einem gigantischen Atomkrater.

»Einzig Fleisch ist der Hyänen Begehr
als gedeihlichen Lebens Quell.
Und sie wissen: Bei der Toten Verzehr
droht kein Unheil fürs eigene Fell.

Denn ein Bock schlüge aus, ein Insekt stäche zu,
selbst ein Kind würde aufbegehren.
Doch ein Soldat, gebettet zur ewigen Ruh,
erhebt nie mehr die Hand, sich zu wehren.

Nun heißt es wühlen, knurren und keifen,
bis die Zähne, die scharfen und weißen,
sich im Stoff des Armeehemds verbeißen
und den Toten aus der Grube reißen.

Noch einmal kommt dessen Antlitz ans Licht
im Schatten der zottigen Mähne,
doch lebende Menschen sehen es nicht,
nur Gott selbst und eben jene,

die seelenlos sind und frei von Scham
sich laben am Fleisch von Leichen,
des Toten Ehre rührn sie nicht an,
das ist Sache von seinesgleichen.«

Als der Oberführer geendet hatte, kehrte Stille ein. Iwan wusste im ersten Moment überhaupt nicht, wo er sich befand. Er sah immer noch diesen Todesstreifen und die Hyänenaugen, die im Mondlicht glänzten. Dabei hatte er noch nie Hyänen gesehen.

In der Tat, dachte Iwan, die Namen der Toten in den Schmutz zu ziehen, ist eine rein menschliche Gepflogenheit. Tiere sind anständiger.

Selbst die Bestien an der Oberfläche sind anständiger als Sasonow.

»Lasset uns beten, Brüder!«
Schon wieder diese Stimme in der Dunkelheit. Was soll das denn?! Nicht einmal schlafen lassen sie uns!

Iwan drehte sich auf die andere Seite und zog seine Jacke zurecht. Der nackte Betonboden strahlte lausige Kälte ab.

»Es gibt keine Hölle, weder im Himmel noch auf Erden«, fuhr die Stimme fort, »und auch kein Paradies. Geblieben ist nur das Fegefeuer, in dem die armen Seelen rastlos umherirren ohne Hoffnung auf Erlösung. Und der Name dieses Fegefeuers ist Metro. Amen.«

»Amen«, echote der Chor.

»Die Zeit wird kommen, Brüder. Der Gehörnte kommt näher und näher!«

Was für ein Gehörnter, zum Kuckuck?

In der Dunkelheit fiel es Iwan schwer, sich zu konzentrieren und seine Gedanken zu ordnen.

Reiß dich zusammen, wir müssen verdammt noch mal raus aus diesem Loch!

Doch Iwans Bemühungen waren vergeblich. Als die Stimmen für einen Augenblick verstummten, sank er wieder in den Schlaf.

»Hört mal zu, mir ist da was eingefallen«, sagte der Professor. »Hat er wirklich ›Knaller‹ gesagt?«

»Wer denn?« Iwan hob den Kopf. Er saß am Boden, den Rücken ans Gitter gelehnt.

»Unser Aufseher. Dieser Ignatius.«

»Ja, jede Antwort ein ›Knaller‹, hat er gesagt«, warf der Oberführer ein. »Sehr kryptisch. Und, Prof? Was ist daran so bemerkenswert?«

»Das bedeutet, dass der Mann ›Was? Wo? Wann?‹ gespielt hat!«

»Echt?«, fragte der Oberführer erstaunt. »Also sozusagen ein Kollege von Ihnen?«

»Was ist denn dieses ›Was? Wo? Wann?‹«, erkundigte sich Iwan.

»Das war so ein Wissensquiz. Und wenn jemand eine Frage spontan, ohne groß nachzudenken, beantworten konnte, sprach man von einem ›Knaller‹. Versteht ihr?«

»Nö«, entgegnete der Oberführer. »Aber sei's drum. Worauf wollen Sie denn überhaupt hinaus, Prof?«

Wodjanik hatte sich einen äußerst bizarren Plan ausgedacht. Er erklärte, dass bei dem ominösen Quiz jede Menge Adrenalin freigesetzt werde. Wer es einmal gespielt habe, sei für immer süchtig danach. So ähnlich wie bei Drogen. Die Idee bestand darin, den Gefängniswärter erneut auf einen Trip zu schicken und so vielleicht zu übertölpeln.

»Na toll«, kommentierte der Oberführer die Ausführungen des Professors. »Dann machen Sie mal. Aber ich garantiere Ihnen, dass das nie im Leben klappen wird.«

»Vielen Dank für Ihren Optimismus«, giftete Wodjanik.

»Keine Ursache.«

Beim nächsten Kontrollgang des Aufsehers legten sie den Köder aus. Als die schlurfenden Schritte sich näherten, hatte zunächst Iwan seinen Auftritt.

»Jetzt bin ich an der Reihe! Also: Aus der Metro kann man nicht nur über den Rolltreppenschacht an die Oberfläche gelangen, sondern auch durch das gesuchte Objekt. Doch selbst gut trainierte Leute verzichten in der Regel darauf, es als Ausgang zu benutzen. Wenn es sich allerdings in Moskau befinden würde, wäre es einfacher, denn dort ist es kürzer. Was ist das? Ihre Antwort, Professor?«

Angespannte Stille. Ignatius setzte seinen Rundgang fort. Schüsseln klirrten.

»Na, Professor? Geben Sie auf?«

Wasser plätscherte. Blechtassen wurden knirschend über den Betonboden geschoben.

»Äh ... könnte es vielleicht sein, dass es sich um eine Feuerleiter handelt?«

Abermals Schritte.

»Falsch. Die richtige Antwort lautet ...« Iwan legte eine dramaturgische Pause ein. »Ein Lüftungsschacht! In Moskau sind sie kürzer, vielleicht zwanzig oder dreißig Meter lang, in Sankt

Petersburg dagegen mindestens fünfzig. Außerdem sind hier meist die Leitern durchgerostet, was es auch nicht gerade leichter macht.«

Die Unterschiede zwischen der Moskauer und der Sankt Petersburger Metro wusste Iwan von Kossolapy. Die Frage hatte er sich zusammen mit dem Professor ausgedacht und sie dann auswendig gelernt, um im entscheidenden Moment nicht ins Stocken zu geraten.

Die Schritte des Gefängniswärters schlurften bereits in unmittelbarer Nähe.

»Aha, und die Frage beruht selbstverständlich auf persönlichen Erfahrungen des Fragestellers, sehe ich das richtig?«, stichelte Wodjanik.

Das Schlurfen hörte abrupt auf. Schweigen.

»Was hast du gesagt?«, fragte Ignatius.

»Reden Sie mit mir?«, erkundigte sich der Professor.

»Ja.«

»Dann aber per Sie, wenn ich bitten darf«, sagte Wodjanik kühl.

»Und was meine Bemerkung betrifft: Ich bin der Meinung, dass die Frage nicht sauber formuliert war. Wie soll man da vernünftig antworten?«

»Aha …« Pause. »Sie spielen hier also?«

Der Fisch hatte angebissen.

Iwan rechnete damit, dass es der Gefängniswärter bis zur nächsten Mahlzeit aushalten würde. Doch damit lag er falsch. Ignatius hielt es wesentlich länger aus. Erst nach der übernächsten Mahlzeit, als Iwan schon dachte, dass alles verloren sei, näherte sich plötzlich erneut das Schlurfen seiner nackten Füße auf dem Betonboden. Die Schritte endeten vor der Zelle des Professors.

»Sagen Sie, waren Sie in einem Klub?«, fragte der Blinde.

»Selbstverständlich. Wieso?«

»Ehrlich?«

Iwan horchte auf. Der Köder hatte also doch Wirkung gezeigt.

»Wieso sollte ich lügen?«, entrüstete sich Wodjanik. »Allerdings habe ich als Einziger von uns professionell gespielt und – um ehrlich zu sein – meine Freunde hier sind keine wirklichen Gegner für mich, bei allem Respekt.«

»Vielen Dank für das Kompliment«, ätzte Iwan.

»So?« In der Stimme des Aufsehers schwangen Zweifel. »Vielleicht könnten wir ... Ach nein, das geht natürlich nicht.«

»Haben Sie denn auch gespielt?«, fragte Wodjanik.

»Na ja, wenn Sie so wollen ...«

»Ich hatte gleich den Eindruck, dass Sie einer von uns sind«, erklärte Wodjanik. »Ich wollte Ihnen sogar ein Match anbieten, aber ich denke, das wäre nicht fair. Sie sind in der langen Zeit sicher etwas aus der Übung gekommen, während ich ...«

»Probieren wir's doch aus!«, schlug Ignatius vor.

»Sie fordern mich also heraus?«

»In der Tat! Nur, wo nehmen wir die Fragen her?«

»Wieso, wurde das Stepanow-Archiv etwa abgeschafft?«

Schweigen. Iwan konnte förmlich spüren, wie es in den grauen Zellen des Gefängniswärters arbeitete.

»Nicht dass ich wüsste«, erwiderte Ignatius. Der freudige Tonfall seiner Stimme verriet, dass er lächelte.

»Jeder von uns weiß doch bestimmt einige Fragen, die der andere nicht kennt«, sagte Wodjanik. »Einen Versuch ist es allemal wert. Aber bitte ohne Wortspielfragen, Sie wissen schon: ›Was ist groß, grau und telefoniert aus Afrika?‹ So was hasse ich.«

»Ich bitte Sie!«

Während die beiden Quizfanatiker einander wie besessen mit Fragen bombardierten, langweilte sich Iwan und nickte manchmal sogar ein.

»Ich denke, damit lassen wir es dann mal gut sein«, verkündete Wodjanik wie aus heiterem Himmel.

»Aber wieso?«, fragte Ignatius.

Iwan horchte auf. Bislang hatte der Professor dem Gefängniswärter keinerlei Anlass gegeben, misstrauisch zu werden. Aber früher oder später musste er ihn ja aus der Reserve locken.

»Ohne Stoppuhr macht es keinen Spaß.«
Wodjanik ging es vorsichtig an.
»Kann ich organisieren«, sagte Ignatius.
»Und außerdem ... außerdem brauche ich Licht.«
Nun ging es ans Eingemachte.
»Wozu *das* denn?«, fragte Ignatius argwöhnisch. »Jetzt? Auf einmal?«
»Die sensorische Deprivation«, sagte der Professor, als würde das alles erklären.
Pause.
Iwan trat kalter Schweiß auf die Stirn.
»Ha!«, rief der Gefängniswärter. »Ich weiß. Gehemmte Emotionalität. Das Experiment MK ULTRA?«
»Oje, eine ›Kerze‹«, seufzte Wodjanik.
Was für eine Kerze denn? Iwan verstand nur Bahnhof.
»Ganz genau!« Ignatius freute sich wie ein Schneekönig. »Natürlich eine ›Kerze‹. War aber auch eine einfache Frage.« Er dachte lange und angestrengt nach. »Also gut. Sie bekommen Ihr Licht. Ist Ihnen eine Karbidlampe recht?«
»Acetylen, die Additionsreaktion«, sagte Wodjanik wie aus der Pistole geschossen.
»Das war aber auch zu einfach. Nehmen wir etwas Schwereres: Der tschechische Architekt Jan Letzel hat viele Jahre in Japan gelebt und dort etliche Gebäude im europäischen Baustil entworfen. Nach dem Großen Kantō-Erdbeben kehrte er in seine Heimat zurück, wo er starb. Zwanzig Jahre nach seinem Tod erlangte eines der von ihm entworfenen Gebäude weltweite Berühmtheit. Frage: Wodurch wurde das Gebäude berühmt?«
Schweigen. Den Geräuschen nach zu schließen zappelte Ignatius vor Ungeduld.
»Na?«

Der Professor seufzte. »Ohne Licht kann ich nicht nachdenken, verstehen Sie, Kollege? Ich kann mich einfach nicht richtig konzentrieren. So kann ich nicht vernünftig weiterspielen.«

»Ich verstehe Sie schon«, erwiderte der Gefängniswärter. »Versuchen Sie trotzdem zu antworten.«

»Na ja, also sicher bin ich mir nicht. Aber könnte es sein, dass dieses Gebäude nach dem Atombombenabwurf in Hiroshima stehen geblieben ist?«

Iwan war platt. Unvorstellbar, welches Wissen man anhäufen musste, um auf eine solche Frage antworten zu können. Und mit dem blanken Wissen war es ja schließlich auch nicht getan …

»Richtig«, sagte Ignatius. »Es war das Gebäude der Handelskammer.«

»Das Stepanow-Archiv ist eine Datenbank, die sämtliche Fragen enthält, die jemals bei ›Was? Wo? Wann?‹-Turnieren oder TV-Quizsendungen wie ›Brain-ring‹ oder ›Swoja Igra‹ gestellt wurden«, erklärte Wodjanik. »Eine ›Kerze‹ ist sozusagen eine abgebrannte Frage, die bei einem früheren Spiel schon einmal gestellt wurde. Eine Frage ›überdrehen‹ bedeutet, eine komplizierte und falsche Antwort auf eine Frage zu geben, die im Grunde ganz einfach gewesen wäre. Ein ›Sarg‹ ist eine unbeantwortbare, tote Frage.«

Der Professor redete wie ein Buch, und Iwan wusste nicht mehr so recht, was ihn eher an den Rand des Wahnsinns trieb, die Dunkelheit oder Wodjaniks Gefasel. Gab es eine schlimmere Strafe, als sich mit einem Fanatiker über seine große Leidenschaft zu unterhalten? Iwan tröstete sich damit, dass es der Sache diente.

Zur nächsten Essensausgabe brachte der Gefängniswärter eine gummiverkleidete Taschenlampe mit.

Die gehört doch mir!, dachte Iwan. Verdammte Diebe. Aber sei's drum, Hauptsache unser Plan klappt.

Und außerdem: Licht! Im Augenblick gab es nichts Schöneres auf der Welt.

Die Augen des Professors leuchteten und seine Nasenflügel vibrierten. Selbst Iwan ließ sich ein wenig von seiner Begeisterung anstecken. Wodjanik und Ignatius hatten bereits zehn Fragen gespielt und es stand sechs zu vier für den Professor.

Die Stirn des Gefängniswärters war schweißgebadet. Sein Gesichtsausdruck strahlte eine Mischung aus Euphorie und Verklärung aus, wie bei einem Junkie, der gerade high war. Er schien nicht mehr weit davon entfernt, die Kontrolle über sich zu verlieren. Andererseits blieb ihnen auch nicht mehr viel Zeit: noch zwei Mahlzeiten.

»Achtung, es folgt die nächste Frage«, verkündete Wodjanik. »Beim Bau der Moskauer Metro wurden selbst bei der Planung der Stationen ideologische Ziele verfolgt. Während sich bei Untergrundbahnen in kapitalistischen Ländern die Bahnsteige am Rand und die Gleise in der Mitte befinden, verhält es sich bei der Moskauer Metro bekanntlich genau andersherum. Die Frage nun lautet: Was ist gemäß marxistisch-leninistischer Ideologie das Wichtigste in der Metro? Die Zeit läuft.«

Die Stoppuhr klickte.

Der Gefängniswärter versank in Gedanken, dann reckte er plötzlich den Daumen. Sein Gesicht glühte vor Leidenschaft.

»Ja ... Ja ... Gleich hab ich's! Also, das Wichtigste in der Metro ... nach marxistisch-leninistischer Ideologie ist ... die richtige Weichenstellung!«

»Also, Ihre Antwort?«, hakte Wodjanik nach.

»Äh ... Die richtige Weichenstellung.«

»Antwort angenommen«, sagte der Professor. »Achtung. Die richtige Antwort lautet ...«

Der Gefängniswärter stand wie ein Betrunkener da und schwankte. Er taumelte zur Zelle gegenüber und lehnte sich daran.

Im nächsten Moment packte ihn der Oberführer von hinten mit der einen Hand an der Stirn, mit der anderen am Kinn und schlug seinen Kopf mit voller Wucht gegen das Gitter. Ein grauenhaftes Knacken ließ Iwan erschaudern.

»Wo viel Weisheit ist, da ist viel Grämens«, rezitierte der Skinhead.

Der Gefängniswärter kippte vornüber, seine Beine knickten ein. Für einen Moment noch leuchtete ein irres Feuer in seinen Augen, dann verloschen sie und sein Körper schlug weich wie ein mit Lumpen gefüllter Sack auf dem Boden auf.

»Aber wir wollten ihn doch überreden ...«, stammelte der Professor bestürzt. »Warum denn so ...?«

Der Oberführer kniete sich hin, griff durchs Gitter, packte den leblosen Aufseher an der Hose und zog ihn zu sich heran.

»Er wollte Sie blenden«, sagte Iwan zu Wodjanik. »Haben Sie das schon vergessen?«

»Er war ...« Der Professor setzte sich auf den Boden und lehnte sich kraftlos gegen das Gitter. »Er war doch einer von uns.«

Der Oberführer nahm dem Toten den Schlüsselbund ab, stand auf und machte sich fieberhaft am Schloss zu schaffen. Es dauerte, bis er endlich den richtigen Schlüssel fand. Klick-klack. Qui-ietsch. Die Tür öffnete sich.

Mit einem Seufzer der Erleichterung schlüpfte er aus seiner Zelle und machte sich eilig daran, die übrigen Gefangenen zu befreien.

»War seine Antwort denn richtig, Prof?«, fragte Iwan.

Der Professor saß immer noch in seiner Zelle und starrte fassungslos seinen toten Quizpartner an. Langsam hob er den Kopf. Er sah gealtert aus.

»Nein«, antwortete er. »Er hat die Frage ›überdreht‹. Das Wichtigste in der Metro sind die Menschen. Ganz einfach.«

An die folgenden Ereignisse konnte sich Iwan nur bruchstückhaft erinnern. Nachdem alle Gefangenen befreit waren, schnappten sie sich die Taschenlampe und legten einen filmreifen Ausbruch hin – mit allem, was so dazugehört: Panik, Geschrei, Chaos.

Sie überrumpelten zwei Wachposten und erbeuteten ihre Gewehre. Gegen Sehende, die über eine Lampe verfügten, hatten die Blinden nicht die geringste Chance.

Wie Iwan vermutet hatte, befand sich ihr Gefängnis in einem kleinen Bunker, von dem man unmittelbar in den Haupttunnel gelangte. Dieser führte in südlicher Richtung zur Station *Oserki* und dann weiter zum *Newski prospekt*. Die Ausbrecher folgten dem Tunnel in dieser Richtung.

Die zurückeroberte Lampe förderte auch einige Überraschungen zutage.

»Na sooo was«, sagte der Oberführer gedehnt und leuchtete ihrem neuen Bekannten Jura Nelson mitten ins Gesicht. »Sieh mal einer an.«

»Was denn?«, erwiderte dieser und sah besorgt an sich herab.

Iwan konnte es sich nur mit Mühe verkneifen, in Lachen auszubrechen. Das gleichermaßen verblüffte wie entsetzte Gesicht des Skinheads sah zum Schießen komisch aus.

»Worüber wunderst du dich, Ober?«, fragte Iwan. »Er hatte dir doch gesagt, wie er heißt.«

Der Skinhead kratzte sich das unrasierte Kinn.

»Ich hatte eben eher an den Admiral Nelson gedacht, den einäugigen ...«

»Dann wäre es aber Kutusow gewesen«, wandte Iwan ein.

»... und einarmigen«, setzte der Oberführer unverdrossen fort. »Hm, das könnte man ja wenigstens noch korrigieren ...«

Jura, der mit Spitznamen Nelson hieß, war dunkelhäutig, was sich natürlich nur schlecht korrigieren ließ. Kommt vor, dachte Iwan.

Eine halbe Stunde später hatte sich der Oberführer immer noch nicht beruhigt.

»So, so«, murmelte er, während sie weiter in Richtung *Oserki* gingen, »dann also Nelson Mandela, oder wie? – Hey, Mandela!«, wandte er sich an Jura. »Bist du echt ein Neger? Oder sehe ich neuerdings schlecht?«

Schon möglich, dass den Oberführer seine Augen im Stich lassen, dachte Iwan, aber dann haben wir es hier mit einer Massenhalluzination zu tun. Haha.

»Lass ihn doch in Ruhe«, sagte der Digger.

»Ja, ich finde auch, dass es jetzt genug ist«, sprang ihm der Professor bei.

Der Oberführer fuhr herum und blieb stehen.

»Schnauze!«, blaffte er. »Oder sehe ich so aus, als ob ich's nötig hätte, mir von euch Klugscheißern Vorschriften machen zu lassen?«

»Selber Schnauze«, bellte Iwan zurück. »Oder meinst du, ich hätte es nötig, mich von dir blöd anmachen zu lassen?«

Die beiden durchbohrten einander mit Blicken. Es fehlte nicht viel, und es wäre eine handfeste Schlägerei ausgebrochen. Doch dann fluchte der Oberführer, spuckte aus und wandte sich ab. Schweigend gingen sie weiter.

»Ein kleiner Rassist bist du aber schon, nicht wahr, Ober?«, fragte Iwan in versöhnlichem Ton.

Der Skinhead überzog ihn mit einem eisigen Blick. Seine Nasenflügel bebten.

»Was hast du denn gedacht?«

»Und was ist mit Kipling?«, fragte Iwan.

»Der ist tot.«

12
DIE ENGEL

An der Station *Oserki*, über die Iwan schon viel Schlechtes gehört hatte, trafen sie erstaunlicherweise auf keine größeren Schwierigkeiten. Man bewirtete sie sogar mit Fleisch und grünem Tee. »Sabantui«, erklärte ihnen ein älterer Usbeke grinsend. »Frühlingsfest, verstehst du?«
Iwan nickte und bedankte sich. Nicht einmal die mittlerweile abenteuerlich verbuschte Visage des Oberführers hatte den Argwohn der Hausherren geweckt, und so verlief der kurze Aufenthalt zur beiderseitigen Zufriedenheit.
Wenn es nur immer so wäre, dachte Iwan.
Auch an der Station *Udelnaja* hielten sie sich nicht länger auf. Es war eine gespenstische, verlassene Station. Unter dem flachen Deckengewölbe rollte ein hallendes Echo über den einteiligen Bahnsteig. Im Lichtkegel der Lampe erschienen zertrümmerte Möbel, Sperrholzreste und zerquetschte Konservendosen. Es war unübersehbar, dass hier noch bis vor Kurzem Menschen gelebt hatten. Doch aus irgendwelchen Gründen waren sie nicht mehr da. Als sie die Wand jenseits der Gleise ausleuchteten, entdeckten sie Spuren einer Explosion und Einschusslöcher. Hier musste etwas Schlimmes passiert sein. Iwan spürte das intuitiv und trieb seine Begleiter zur Eile.
Lange bevor sie die *Pionerskaja* erreichten, hörten sie den Gesang eines Kinderchors. Oder waren es Frauen, die da sangen? Schwer zu sagen, die Stimmen klangen jedenfalls ausgesprochen schön.

Ihre Lampe schwächelte inzwischen. Iwan schüttelte sie mehrfach, doch das brachte nichts. Batterien erhitzen ging auch nicht, denn er hatte ja kein Feuerzeug mehr.

Am Kontrollposten der Station wurden sie von einer ganzen Delegation in Empfang genommen, als hätte man Iwan und seine Begleiter dort schon lange erwartet. Vier kräftige, mit Gewehren bewaffnete Kerle leuchteten ihnen mit Lampen ins Gesicht und kontrollierten ihre Papiere. Dass der Oberführer und Kusnezow keine Dokumente bei sich hatten, schien sie nicht weiter zu stören.

Die Wachposten, allesamt groß gewachsen und athletisch, kamen Iwan ziemlich seltsam vor. Doch was an ihnen so ungewöhnlich war, wusste er nicht zu sagen – einmal abgesehen von ihren auffallend hohen Stimmen.

Ihre Gesichtszüge hatten etwas Weibisches.

»Das sind Kastraten«, flüsterte ihm Wodjanik zu.

»Was?« Iwan zog die Augenbrauen hoch. »*Die* Kastraten?«

Der Professor nickte. »Ja, genau die, die Saddam der Große zu Engeln gemacht hat – oder zu Krüppeln, ganz wie man will.«

Einer der Kastraten sah plötzlich auf. Auf seiner Wange prangte ein großer Leberfleck. Er hielt Iwans Pass in der Hand und wandte sich an seine Kollegen. Einer davon – den Abzeichen auf seinem Kragen nach der Chef des Postens – nahm den Pass und betrachtete ihn aufmerksam. Dann musterte er den Digger.

Stimmte irgendwas nicht? Iwan schwante nichts Gutes.

»Saddams Blut!«, rief der Chefkastrat mit seiner hohen, kräftigen Stimme.

Die drei anderen waren auf einmal überhaupt nicht mehr freundlich und richteten ihre Kalaschnikows auf die Besucher.

»Mitkommen!«

»Na super«, kommentierte der Oberführer sarkastisch und nahm die Hände hoch. »Jetzt sind wir erledigt. Von einem solchen Tod habe ich schon immer geträumt.«

Während sie über den Bahnsteig gingen, nickten ihre Bewacher den anderen Bewohnern zu. Wie die *Udelnaja* bestand die

Station aus einer einteiligen Bahnsteighalle. Hinter der Beleuchtungsblende brannten einige Lampen. Teile der Station waren mit weißen Stoffbahnen abgeteilt. Welchen Sinn das hatte, erschloss sich Iwan nicht.

Der Kerl mit dem Leberfleck ging rechts von Iwan und rief immer wieder: »Saddams Blut! Saddams Blut!«

»Was haben sie denn dauernd mit ihrem ›Saddams Blut‹?«, fragte der Oberführer im Flüsterton.

»Keine Ahnung«, erwiderte Iwan. »Aber ich fürchte, es sieht eher schlecht für uns aus.«

»Mund halten!«, schnauzte der Leberfleck und blökte dann wieder sein »Saddams Blut!«.

Die umstehenden Kastraten gerieten in helle Aufregung, bildeten Grüppchen, tuschelten untereinander und zeigten mit den Fingern auf die Fremden.

Mist, dachte Iwan. Jetzt sitzen wir schon wieder in der Tinte. Was wollen die Typen überhaupt von uns?

Plötzlich machte der Oberführer einen Satz nach vorn und versuchte dann Haken schlagend zu entwischen. Keine Chance: Eine Welle aus Leibern überrollte ihn und begrub ihn unter sich. Iwan wollte ihm zu Hilfe eilen, doch ein Gewehrschaft streckte ihn nieder. Dreckskerle. Iwan schnappte nach Luft. Er fiel mit den Knien auf den Bahnsteig, stützte sich mit den Händen ab und kämpfte gegen die aufsteigende Übelkeit.

Mann, Ober!

Kurz darauf ging die Menge auseinander und gab den Blick auf den Skinhead wieder frei. Er lag rücklings auf dem Boden und schlug mit den Füßen um sich.

Vier Mann packten ihn an allen vieren und trugen ihn davon.

»Lasst mich los, ihr schwulen Säue!«, schrie der Skinhead außer sich. »Sofort loslassen!«

Seine Stimme hallte von der gewaltigen weißen Gewölbedecke wider und füllte den Raum wie in der Oper. Iwan spürte, wie es in seiner Brust vibrierte.

»Was für eine fantastische Akustik«, schwärmte Wodjanik. »Einfach unglaublich! Diese Leute haben hier ein perfektes akustisches System aufgebaut. Sehen Sie, die Leinwände dort dienen als Reflexionsflächen. Wenn ich das richtig sehe, ist hier alles bis ins kleinste Detail auf Operngesang ausgerichtet. Die Schallreflexion, der Nachhall, einfach alles! Die Geschichte von der Station, deren Bewohner wie Engel singen, ist also doch keine Legende.«

Iwan sah den Professor verständnislos an. Aus solchen Leuten sollte man Tübbings bauen, dachte er. Die wären dann völlig unzerstörbar.

Nach dem Vorfall führte man sie ins Gleisbett hinunter, trieb sie durch einen Schacht und stieß sie in einen Raum unter dem Bahnsteig. Die Tür wurde abgesperrt.

Iwan sah sich um. Am Boden lagen Matratzen, und von der Decke hing eine Glühbirne. Ihr greller Lichtschein brandete gegen die Netzhaut. Iwan wandte sich ab.

Kurz darauf hörte man draußen Lärm und Geschrei.

Die Tür wurde geöffnet und nach einem kurzen Handgemenge flog der Oberführer herein.

Die Tür wurde wieder zugesperrt. Stille.

»Auch schon hier?«, frotzelte Iwan.

Der Skinhead lag völlig geplättet auf dem Boden und sah übel zugerichtet aus.

»Die können nicht mal richtig zuschlagen«, lästerte er. »Weiber sind das, Weiber!«

»Für Weiber sind sie ganz schön kräftig geraten, eure Kastraten.« Der Oberführer stand ächzend auf, kratzte sich am Hinterkopf und spuckte Blut. »Warum ist das so, Prof?«

»Mit Ihren Weibern sind Sie auf dem falschen Dampfer«, sagte Wodjanik.

»Kein Wunder«, entgegnete der Oberführer. »Mit Weibern ist man immer auf dem falschen Dampfer.«

»Reden Sie keinen Unsinn, hören Sie lieber zu. Bei der Kastration im Knabenalter kommt es zu einer Störung des hormonellen Gleichgewichts. Normalerweise wird das Knochenwachstum bei Heranwachsenden durch die Wirkung des Testosterons rechtzeitig gestoppt. Bei Kastraten ist dies nicht der Fall. Deshalb werden sie sehr groß, haben lange Arme und blasse, glatte Haut. Diese Eigenschaften verdanken die Kastraten also ...«

»Dem Schlachtermesser, genau«, ergänzte der Oberführer.

»Würden Sie mich gütigerweise ausreden lassen?«, entrüstete sich Wodjanik.

»Entschuldigen Sie, Prof«, sagte Iwan. »Er wird es nicht wieder tun.«

»Während der Renaissance waren die kastrierten Knaben äußerst gefragt. Sie sangen in Kirchenchören und manche von ihnen wurden zu gefeierten Opernstars. Historiker haben hochgerechnet, dass damals bis zu fünftausend Knaben pro Jahr kastriert wurden.«

»Abartig«, kommentierte der Oberführer sichtlich beeindruckt.

»Die einzigen Tonaufnahmen vom Gesang der Kastraten stammen von Alessandro Moreschi, einem der letzten berühmten Kastraten der Oper.«

»Haben Sie diese Aufnahmen gehört?«, fragte Iwan.

»Ja. Um ehrlich zu sein, hatte ich zwiespältige Gefühle dabei. Wenn man sie dagegen hier leibhaftig singen hört ...«

Wodjanik versank in Gedanken.

Iwan ließ den Blick über seine Begleiter schweifen. Sie gaben kein allzu fröhliches Bild ab. Nach dem bedauerlich kurzen Intermezzo in der Freiheit saßen sie nun schon wieder fest und waren womöglich vom Regen in die Traufe gekommen. Kusnezow wirkte verloren, der Professor nachdenklich, Mandela eher gleichmütig. Der Oberführer leckte sich über die aufgeplatzte Lippe, knackte mit den Fingern und stierte grimmig vor sich hin.

»Wie geht's?«, fragte ihn Iwan.

»Super. Einfach fantastisch.« Der Oberführer zuckte mit den Achseln. »Dort wollten sie uns blenden und hier wahrscheinlich kastrieren, oder wie?«

Rosige Aussichten.

»Dann schon lieber blenden«, murmelte Iwan.

»Ich kann dich verstehen, Junge.«

Die Zeit dehnte sich endlos. Warum, zum Teufel, hatte man sie festgesetzt? Iwan begann im Raum auf und ab zu tigern.

»Ich hasse es, wenn man nicht erkennt, ob einer ein Männchen oder ein Weibchen ist!«, schimpfte der Oberführer.

»Geht mir genauso«, pflichtete Mandela bei.

Der Oberführer drehte den Kopf. Der bleierne Blick seiner blauen Augen bohrte sich langsam in den Dunkelhäutigen wie ein Messer in ein Stück Fleisch. Dann zog er das Messer wieder heraus und schloss die Augen.

Mandela schluckte.

»So sollte es auch sein«, sagte der Oberführer immer noch mit geschlossenen Augen.

»Nur mein Äußeres ist nicht ganz so, wie es sein sollte, oder?«, fragte Mandela provokant.

Der Skinhead zog die Augenbrauen hoch. »Siehst du, Selbsterkenntnis ist der erste Weg zur Besserung. Kluges Kind.«

»Du kannst mich mal«, konterte Mandela kühl.

Iwan stellte sich zwischen die beiden.

»Jetzt reicht's aber! Ihr geht mir langsam auf die Nerven. Wir sitzen hier alle im gleichen Boot, und wenn wir aus der Misere wieder rauskommen wollen, müssen wir zusammenhalten, ob euch das passt oder nicht. Ihr benehmt euch wie im Kindergarten, verdammt. Die da draußen hinter der Wand hören bestimmt zu und lachen sich kaputt.«

»Schwing keine großen Reden, Mann«, erwiderte der Oberführer. »Frag lieber mal Mandela, was er am *Proswet* verloren hatte.«

Iwan sah den Schwarzen fragend an. In der Tat ...

»Nichts Besonderes«, sagte Mandela ausweichend. »Ich hatte da nur was zu erledigen.«

So, so, das wollen wir dann aber doch genauer wissen, dachte Iwan bei sich und nahm sich fest vor, bei passender Gelegenheit auf das Thema zurückzukommen.

Eine Stunde später wurde Iwan zu einem Verhör abgeholt. Zwei baumlange Kastraten mit fülligen Oberschenkeln und femininem Gang führten ihn in einen winzigen Raum unter dem Bahnsteig. An der Decke brannte eine Energiesparlampe. Ihr kaltes Licht fiel auf das Gesicht eines Mannes, der an einem Tisch saß.

Auch ein Kastrat, dachte Iwan, aber einer, der vergleichsweise männlich aussieht.

»Nehmen Sie Platz.«

Iwan setzte sich. Der Stuhl unter ihm quietschte.

»Ist das Ihr Pass?«

Der Kastrat hielt ihm den aufgeschlagenen Ausweis unter die Nase. Das Passbild zeigte einen sieben- oder achtjährigen Jungen. Das Foto war miserabel und völlig verblasst. Man hätte darauf genauso gut den Oberführer erkennen können und notfalls sogar Mandela.

»Ja«, bestätigte Iwan.

»Gorelow, Iwan Sergejewitsch, korrekt?«

Der Kastrat sah ihn kühl an. Er wirkte gelassen und professionell. Irgendetwas an ihm erinnerte Iwan an Orlow, den Geheimdienstchef der *Admiraltejskaja*, und er ballte unwillkürlich die Fäuste.

Was kannst du mir schon anhaben, dachte Iwan. Ich habe schon mit ganz anderen Leuten unter vier Augen geplaudert. Mit Memow zum Beispiel.

Der Digger entspannte sich und lehnte sich zurück.

»Antworten Sie bitte auf die Frage«, sagte der Kastrat.

»Richtig.«

»Was ist richtig?«

»Dass mein Name Iwan Sergejewitsch Gorelow ist.« Iwan richtete sich auf. »Oder interessieren Sie auch andere Dinge? Ich sammle zum Beispiel Ansichtskarten von der Peter-und-Paul-Festung.«

»Sparen Sie sich Ihre Albernheiten«, warnte der Kastrat. »Das ist in Ihrem Interesse, glauben Sie mir. Nächste Frage: An welcher Station wurden Sie geboren?«

Iwan stutzte.

»Ich bin vor der Katastrophe geboren. Woraus wollen Sie mir eigentlich einen Strick drehen? Aus dem Stationsstempel? Das ist doch lächerlich.«

»Der Stempel ist von der Station *Ploschtschad Wosstanija*, nicht wahr?«

»Na und? Dort bin ich nach der Katastrophe gelandet«, log Iwan. »Ist das ein Verbrechen?«

»Nein, das nicht«, erwiderte der Kastrat, klappte den Pass zu und stand plötzlich auf. »Aber es ist ein bemerkenswerter Zufall.«

Ein Zufall? Iwan verstand nur Bahnhof. Dieser Kastrat spielte ein seltsames Spiel. Etwas Gutes führte er nicht im Schilde, das sagte Iwan seine innere Stimme.

Immer diese düsteren Vorahnungen. Die können einem den letzten Nerv rauben.

Der Kastrat ging zur Tür. Auf der Schwelle drehte er sich noch einmal um, als wäre ihm plötzlich etwas eingefallen.

»Wie heißt Ihr Vater?«, fragte er wie beiläufig.

»Sergej.«

Mit so einer billigen Falle kriegst du mich nicht, dachte Iwan.

»Erinnern Sie sich an ihn?«

Interessante Frage.

»Nur sehr dunkel«, antwortete Iwan. Er wollte es mit dem Lügen nicht übertreiben. »Er hat mich und meine Mutter weggeschickt, verstehen Sie?«

»Verstehe. Vielen Dank für Ihre Auskunftsbereitschaft, Iwan Sergejewitsch. Sie werden gleich in Ihren Ruheraum zurückgebracht.«

Ruheraum? Der will mich wohl verarschen. Aber was soll's. Nach dem finsteren Gastspiel bei den Blinden ist jeder Knast mit Licht die reinste Erholung.

»Und?«, fragte Kusnezow neugierig. »Was wollten sie wissen?«

Iwan winkte ab, setzte sich auf die Pritsche und lehnte sich mit dem Rücken gegen die Wand. Er wollte ein Nickerchen machen, solange noch die Möglichkeit dazu bestand.

Die Zeit verging – vielleicht eine Stunde. Iwan hatte damit gerechnet, dass auch seine Begleiter verhört würden, doch offensichtlich interessierten sich die Kastraten nur für ihn.

Der Oberführer hatte sich rücklings auf der schmalen Pritsche ausgestreckt und führte Selbstgespräche.

»Ich bin das Sprachrohr des Volks«, verkündete er.

Die eiskalten blauen Augen des Skinheads leuchteten wie Dioden und starrten an die Decke. Sein massiger, mit Platzwunden übersäter Schädel sah aus wie eine Kraterlandschaft mit spärlich sprießender Vegetation.

Iwan hörte ihm zu.

Die Rolle des Zuhörers war zwar nicht neu für ihn, doch er fand sie immer noch interessant. Die Fähigkeit zuzuhören war überhaupt eine der wichtigsten Tugenden eines Anführers. Oder eines Kommandeurs eines Diggertrupps. Wenn auch eines ehemaligen.

Bilder schossen Iwan durch den Kopf: der zähnefletschende Gladyschew mit blutigem Schaum vor dem Mund; Sasonow, der matte Glanz seines Python-Revolvers; der Schuss.

Ein ehemaliger Kommandeur eines ehemaligen Diggertrupps. Verdammt! Die Monter sollen alles holen!

»Was willst du sein?«, fragte Mandela spöttisch. »Noch mal langsam, zum Mitschreiben.«

»Von mir aus ...« Der Oberführer kniff das linke Auge zu, starrte an die Decke und begann zu diktieren. »Ich bin das Sprachrohr des Volks. Man könnte auch sagen, die Materialisation des Volkswillens.«

»Ich krieg die Krise«, warf Kusnezow ein und blickte sich stolz um – seht her, was ich mich traue. Grünschnabel.

»Ich auch«, pflichtete Iwan schmunzelnd bei.

Im Prinzip hatte Mischa aber recht. So eine Materialisation des Volkswillens wie den Skinhead mit seiner zerbeulten Visage würde man seinen schlimmsten Feinden nicht wünschen.

»Aber, aber«, empörte sich der Oberführer. »Hört schön zu, meine Kinder, und lernt was fürs Leben. Und du schreibst brav mit, Mann. Also. Das russische Volk, Punkt a, mag keine Ausländer. Punkt b, weil es Angst vor ihnen hat. Wobei Punkt b nicht ganz korrekt ist. Das russische Volk hat nämlich nicht vor den Ausländern Angst, sondern vor sich selbst. Besser gesagt, es befürchtet, dass es sich nicht mehr wehren kann. Was auch kein Wunder ist nach all den Erniedrigungen, die die Leute ertragen mussten. Jahrzehntelang hat man sie mal in die eine, mal in die andere Richtung gebogen, sie in die Nieren getreten und ihnen die Knochen gebrochen, sie auf die Knie gezwungen und ihnen eingebläut, zu fressen, wenn das Glöckchen klingelt. Und genau aus diesem Grund haben sie solche Angst vor Fremden. Wer weiß schon, ob diese Fremden die Güte des russischen Volks nicht als Schwäche auslegen und seine Gastfreundschaft als Einladung zu schamlosem Schmarotzertum? Die Dummheit und die Niedertracht der Obrigkeit, die ewigen Prügel und die Vertreibung der Besten haben Spuren hinterlassen. Wenn ein ganzes Volk sein seelisches Gleichgewicht verloren hat und einen latenten Minderwertigkeitskomplex mit sich herumschleppt, dann ist es doch kein Wunder, dass es Bedrohungen sieht, wo vielleicht gar keine sind, und entsprechend überreagiert. Daraus resultieren ein übersteigertes Nationalgefühl, chronischer Argwohn und eine kategorische Abwehrhaltung gegenüber allem Fremden. Darin, meine

Herrschaften, liegt das fatale Paradox des russischen Volkes, das nun ein Volk der Arche geworden ist. Denn gerettet haben wir uns zusammen mit Reptilien, Hühnern und sonstigem Getier ...«
»Mit Meerschweinchen zum Beispiel«, ergänzte Iwan mit beißender Ironie.
»Mit denen auch«, pflichtete der Oberführer bei.
»Sag mal, Ober, wie kommt es eigentlich, dass du so klug bist?«, fragte Iwan.
»Das willst du wirklich wissen?«
Der Skinhead setzte sich auf. Iwan bemerkte zu spät, welche Steilvorlage er ihm mit seiner Frage geliefert hatte.
»Ich kann mich natürlich nicht mehr an alles erinnern«, sagte der Skinhead, lehnte sich wieder zurück und schob die Hände unter den Kopf. »Doch wie es sich gehört, beginne ich einfach mal ganz von vorn. Geboren wurde ich als Sohn ehrbarer Eltern in einem abgeschiedenen und idyllischen Landgut des Gouvernements N...«
»Bring ihn doch bitte einer zum Schweigen«, bat Wodjanik entnervt.
»... und starb in meiner fernen Kindheit«, endete der Oberführer und grinste. »Aber eigentlich wollte ich darauf hinaus, dass mir so einiges wieder eingefallen ist, während wir am *Proswet* in der Scheiße saßen. Iwan, du hattest mich doch gefragt, wie es mich nach Neuvenedig verschlagen hat.«
Iwan horchte auf.
»Ja, das habe ich in der Tat.«
»Meine Erinnerung daran ist immer noch lückenhaft. Leider. Es beginnt mit dem Kampf um die *Wosstanija*. Dann folgt eine Gedächtnislücke, und als Nächstes befinde ich mich bereits in der Hand der Moskowiter. Und bei denen war es überhaupt nicht lustig.«
»Sie haben dich gefoltert«, sagte Iwan.
Der Oberführer betrachtete seine verstümmelten Fingerspitzen.

»Sieht so aus. Danach laufe ich durch irgendeinen Tunnel, zusammen mit einigen anderen Leuten, vermutlich auch Gefangene. Es muss eine verzweifelte Flucht gewesen sein. Wie sie endet, weiß ich nicht mehr. Das Nächste, woran ich mich erinnere, ist dann schon Neuvenedig, wo ich irgendwelches Zeug getrunken habe, das fürchterlich nach Aceton stank. Und dann kommt schon der rasante Krimi mit dir in der Hauptrolle. Wie findest du übrigens die Handlung? Spannend, oder?«

Iwan winkte ab.

»Woran kannst du dich noch erinnern?«

»An mein nepalesisches Khukuri-Messer. Besser gesagt daran, wo es abgeblieben ist. Bei den Moskowitern war so ein Typ ...« Der Oberführer grinste schief, legte sich bäuchlings auf die Pritsche und bettete den Kopf auf den Unterarmen. »Egal, das ist eine persönliche Angelegenheit. Weckt mich auf, wenn es mit dem Kastrieren losgeht, okay?«

»Geht klar«, erwiderte der Digger.

Als Iwan gerade dabei war, einzunicken, öffnete sich die Tür. Auf der Schwelle stand ein hoch aufgeschossener Mensch. Ein Kastrat, präzisierte Iwan in Gedanken, so als würde dies die menschliche Natur des Ankömmlings infrage stellen. Er hatte feine Gesichtszüge und eine sehr glatte, blasse Haut. Seine Augen waren knallgrün. Iwan konnte sich nicht erinnern, jemals einen Menschen mit so grünen Augen gesehen zu haben.

»Iwan Sergejewitsch?«, sprach der Kastrat ihn an.

Seine hohe und auf eigenartige Weise entrückt wirkende Stimme ließ Iwan zusammenzucken.

»Ja, das bin ich.«

»Mein Name ist Mario Lanza«, sagte der Kastrat. »Ich muss mit Ihnen reden.«

»Worüber?« Iwan stand auf und streckte den Rücken durch.

»Über Ihren Vater, Iwan Sergejewitsch. Über Ihren richtigen Vater.«

Lanza und der Digger begaben sich in die Bahnsteighalle. War hier etwa ein Fest im Gange? Die Kastraten liefen geschäftig durcheinander und es herrschte ein Lärm wie an der *Sadowaja-Sennaja*, obwohl dort zehnmal so viele Menschen lebten.

Der Oberführer hat schon recht, dachte Iwan, sie benehmen sich wie Weiber.

Lanza führte den Digger in ein Dienstzimmer an der Stirnseite des Bahnsteigs. Der Raum war sauber und aufgeräumt, die Wände mit einer gedeckten Pastellfarbe gestrichen.

»Ich muss Sie einige Dinge fragen«, sagte Lanza, nachdem sie sich gesetzt hatten.

Iwan musterte den Kastraten. Wie ein Geheimdienstler sah Lanza nicht gerade aus.

»Weshalb?«

»Das hat mit meinem außergewöhnlichen Gedächtnis zu tun«, erläuterte Lanza. »Vielleicht haben Sie schon mal davon gehört, dass es Leute gibt, die sich an ihre Geburt erinnern können. Der Schriftsteller Lew Tolstoi – wenn Ihnen der Name etwas sagt – erinnerte sich zum Beispiel bis ins Detail an seine Taufe. Bei mir ist das noch wesentlich extremer. Ich kann mich auch an alles davor und danach erinnern. Mein Gehirn ist so strukturiert. Während Sie sich gewisse Dinge nicht merken können, ist es bei mir gerade umgekehrt: Ich kann nichts vergessen. Nicht einmal die grauenvollsten Einzelheiten. Ich bin sozusagen das wandelnde Gedächtnis meiner Generation, wenn Sie mir den etwas hochtrabenden Ausdruck erlauben. Und wie es der Zufall will, bin ich auch noch kastriert, was nach Meinung unserer Vorfahren meine Objektivität garantiert.«

»Sie sind tatsächlich objektiv?«, fragte Iwan.

Lanza schmunzelte.

»Nicht wirklich. Noch vor der Katastrophe äußerte jemand die Theorie, dass das menschliche Gedächtnis nur in Verbindung mit Emotionen funktioniert. Vielleicht ist das so. Ich persönlich bin jedenfalls ein durchaus emotionaler Mensch. Zu Ihrem Glück.«

Das muss sich erst noch erweisen, argwöhnte Iwan.

»Und aus diesem Grund sprechen Sie mit mir?«
»Der Rat hat mich gebeten, herauszufinden, ob Sie tatsächlich derjenige sind, für den Sie sich ausgeben.«
»Warum gerade Sie?«
»Erstens wegen meines außergewöhnlichen Gedächtnisses.«
»Und zweitens?«
Lanzas schmale Lippen formten ein Lächeln.
»Und zweitens, weil ich Saddam den Großen persönlich kannte.«
Iwan legte die Stirn in Falten.
»Na und? Was haben wir denn mit Saddam zu schaffen?«
Schweigen.
In der Ecke summte eine Fliege, setzte sich an die Wand und flog wieder auf.
»Wir vermuten, dass einer von Ihnen Saddams Sohn ist.«
Iwan blickte sich um. Außer ihm, Lanza und der Fliege war niemand im Raum.
»Also ich?«
»Durchaus möglich.«
Iwan versuchte sich darüber klar zu werden, was diese plötzlich gewonnene Berühmtheit für ihn bedeutete.
»Und was weiter? Werde ich jetzt ... kastriert?«
Mario Lanza grinste.
»Wollen Sie das denn?«
Iwan überlief ein Schauer.
»Ehrlich gesagt nicht«, erwiderte Iwan. »Die Rolle als Mann ist mir – na ja – vertrauter. Aber Sie werden sich gewiss an ihm rächen wollen?«
»An Saddam dem Großen?« Lanzas dünne Augenbrauen wölbten sich weit in die Stirn. »Warum sollten wir? Ich glaube, Sie haben völlig falsche Vorstellungen, Iwan. Wir sind Saddam im Gegenteil sehr dankbar.«
Iwan kratzte sich das unrasierte Kinn.
»Meinen Sie das im Ernst?«
»Absolut.«

Plötzlich ertönte lautes, aber melodisches Glockengeläut. Lanza erhob sich.

»Kommen Sie, gleich beginnt das Fest.«

Ein bemerkenswert breitschultriger, hünenhafter Kastrat mit Händen wie Baggerschaufeln trat in die Mitte des Bahnsteigs und begann zu singen. Er war geschminkt und trug ein Abendkleid. Seine kräftige Frauenstimme schwang sich in immer neue Höhen und manche Töne hielt er eine Ewigkeit. Iwan fragte sich, wo er die Luft dazu hernahm.

»Eine Arie aus der Oper ›Tosca‹ von Puccini«, flüsterte Lanza.

»Was du nicht sagst«, kommentierte der Oberführer und gähnte zum wiederholten Mal.

Wenn er so weitermacht, wird er sich noch den Kiefer ausrenken, dachte Iwan.

Lanza grinste hinter vorgehaltener Hand.

Das Fest ging unterdessen weiter.

Die extrem hohen, durch Mark und Bein dringenden Stimmen der Sänger bereiteten Iwan schon nach zehn Minuten heftige Kopfschmerzen. Eine Stunde später hielt er dem Konzert nur noch mit eiserner Willenskraft stand. Man musste schon ein passionierter Opernliebhaber sein, um hier leben zu können. Die Station der Engel – nun gut. Trotzdem wäre es Iwan lieber gewesen, wenn die Engel geschwiegen hätten.

Im Anschluss traten die Ältesten der Kastraten auf. Doch auch diese Folter ging schließlich zu Ende.

»Kommen Sie mit«, flüsterte Lanza und fasste Iwan an der Schulter.

Sie standen auf und begaben sich zum Tisch der Ältesten.

»Iwan Gorelow, Saddams Sohn«, stellte Mario Lanza ihn vor.

»Guten Tag«, sagte Iwan und nickte verlegen.

Der Ältestenrat bestand aus fünf Kastraten. So richtig alt waren sie allerdings nicht, höchstens im Vergleich zu Mischa Kusnezow.

Iwan schätzte sie auf Anfang zwanzig. In ihrer Mitte saß ein fülliger, stark geschminkter Kastrat, offenbar der Oberste des Rats. Er trug ein weites Gewand, das eine Schulter freiließ. Im Vergleich zu dem strammen Lanza sah er extrem weiblich aus. Auch der Oberste hatte zuvor eine Arie zum Besten gegeben, doch Iwan konnte sich beim besten Willen nicht erinnern, welche.

»Sie sehen Ihrem Vater ähnlich«, sagte der Oberste.

»Vielen Dank«, erwiderte Iwan.

»Wir haben Ihrem Vater viel zu verdanken. Sicher gibt es Leute, die erpicht darauf wären, an Saddams Sohn Rache zu nehmen. Aber zu diesen Leuten gehören wir nicht. Wir feiern mit diesem Fest unsere Freiheit.«

»Wie darf ich das verstehen?«

Die Ältesten sahen einander an.

»Saddam hat uns zu dem gemacht, was wir sind«, antwortete schließlich der Oberste. »Zu freien Menschen, die nicht Sklaven einer zügellosen, animalischen Lust sind. Verstehen Sie? Wir sind dadurch bessere Menschen geworden. Wir hegen keinerlei Rachegedanken, im Gegenteil, Sie haben unseren Respekt und unsere Hochachtung.«

»Ich muss nach Hause«, sagte Iwan mit Nachdruck. »Unbedingt.«

»Das verstehe ich«, sagte der Oberste. »Wir hätten es begrüßt, Sie länger hierzubehalten, doch wir respektieren selbstverständlich den Wunsch von Saddams Sohn.«

»Vielen Dank«, sagte Iwan. »Das hier war …« Er stockte und suchte nach dem richtigen Wort. »Es war großartig.«

Der Oberste nickte zufrieden. Offenbar hatte Iwan den richtigen Ton getroffen. Lanza fasste ihn am Ellenbogen und führte ihn zurück zu den Zuschauerreihen.

»Was war das?«, fragte Iwan.

»Großmut.« Lanza wurde auf einmal ernst. »Sie haben uns die Möglichkeit gegeben, Großmut zu zeigen, Iwan. Manchmal genügt das. Aber jetzt geht unser Fest weiter!«

Iwan seufzte innerlich.

»Warum haben Sie so einen seltsamen Namen?«, fragte Iwan.

»Er ist nicht seltsam. Es ist der Name eines berühmten Tenors, der vor der Katastrophe Karriere machte. Wir haben hier zum Beispiel auch einen Caruso, einen Pavarotti, einen Robertino Loretti und sogar einen Muslim Magomajew – obwohl das für meinen Geschmack etwas unpassend ist, denn er war schließlich ein Bariton. Als wir unsere Gemeinschaft hier gründeten, durfte sich jeder den Namen eines berühmten Sängers der Vergangenheit aussuchen.«

Lanza musterte Iwan, und um seine Mundwinkel spielte ein souveränes Lächeln.

Der weiß Bescheid, ahnte Iwan. Er vergisst nichts und hat ein fotografisches Gedächtnis.

»Ich bin nicht Saddams Sohn«, sagte Iwan. »Und Sie wussten das von Anfang an, nicht wahr?«

Der Kastrat nickte.

»Natürlich wusste ich es.« Seine hohe, kristallklare Stimme klang eigenartig – ihr Timbre lag irgendwo in der Mitte zwischen einer Frauen- und einer Kinderstimme. »Aber Sie wären ... sagen wir, ein passender Kandidat für diese Rolle gewesen. Außerdem fürchte ich, dass Sie selbst über einiges nicht im Bilde sind. Als ich Sie damals traf, waren Sie ein kleiner Junge. Ich war sechs und Sie ein bisschen älter, vielleicht sieben oder acht. Vielleicht kannte ich auch Ihren Vater. Da Sie damals dort waren, gehörte sicher auch Ihr Vater zum engeren Bekanntenkreis von Saddam dem Großen.«

Iwan sah auf.

»Wie hieß er? Ich meine ...« Der Digger zögerte und sprach es dennoch aus. »Mein Vater.«

»Ich weiß nicht, wer von diesen Leuten Ihr Vater war«, antwortete Lanza. »Es tut mir leid.«

»Tja ...« Iwan rang sich ein Lächeln ab. »Da kann man nichts machen.«

373

Wozu brauche ich überhaupt diesen Vater?

Iwan fuhr sich mit den Fingern durchs Haar.

Da lebst du sechsundzwanzig Jahre, machst dir keinen Kopf, und dann kommt plötzlich einer daher und stößt dich mit der Nase drauf.

Lanza brachte sie durch den Kontrollposten der *Pionerskaja*. Die beiden Kastraten, die dort Wache schoben, waren ebenso groß und breitschultrig wie er. Man hätte sie für normale Männer halten können, wären da nicht diese weiblichen Gesichtszüge gewesen und diese etwas gezierte Art, sich zu bewegen.

Ihr Äußeres hat etwas Widernatürliches, dachte Iwan. Irgendetwas daran stimmt nicht.

Zum Abschied überreichte ihnen Lanza einen Helm mit Stirnlampe. Zu der Lampe gehörte ein alter Akku, den man am Gürtel befestigen konnte.

»An dieser Stelle trennen sich unsere Wege«, sagte Lanza. »Hier sind eure Sachen. Mit Waffen sieht es leider nicht so gut aus.« Er nahm die Kalaschnikow von der Schulter, die sie bei den Blinden erbeutet hatten, und gab sie Iwan zurück. »Es sind nur achtzehn Patronen, mehr konnte ich nicht auftreiben.«

»Macht nichts«, erwiderte Iwan. »Wir schlagen uns schon irgendwie durch. Wir sind Mangel gewohnt.«

»Ich weiß nicht, wie lange der Akku halten wird«, sagte Lanza. »Ich habe zwar ein paar Bücher über Elektrotechnik in meinem Gedächtnis liegen, aber das Problem ist, dass ich sie noch nicht gelesen habe.«

Iwan schmunzelte.

Der Oberführer kam herbei, um sich zu verabschieden. Es war nicht zu übersehen, welche Überwindung ihn das kostete. Seine Gesichtsmuskeln zuckten.

»Auf Wiedersehen, Oberführer«, flötete Lanza mit seiner Engelsstimme und reichte dem Skinhead die Hand.

»Hm«, brummte der Oberführer ungnädig und ergriff die Hand des Kastraten – ganz vorsichtig, als hätte er Angst, sie zu zerquetschen.

Dann drückte er zu. Lanza lächelte ungerührt. Der Skinhead drückte fester zu. Und noch fester. An seinem Hals traten bereits die Adern hervor. Lanza verzog keine Miene.

»Sie ... äh ... du ... bist also doch ein Mann«, stotterte der Oberführer, gab endlich auf und schüttelte seine gerötete Hand aus. »Respekt. Vielen Dank für alles.«

Das war's. Leb wohl, Station der Engel.

»Äh ...« Der Skinhead rang mit sich und wandte sich noch einmal zu Lanza um. »Könntest du uns zum Abschied nicht etwas singen? Aber irgendwas ... du weißt schon, irgendwas Normales.«

Die Opernarien hatte offenbar nicht nur Iwan als schwer verdaulich empfunden.

Der Kastrat lächelte verlegen. »Warum nicht.«

»Im jungen Frühlingsmond April«, sang Lanza, »da taut im alten Park der Schnee ...«

Das fröhliche Kinderlied schallte durch den Tunnel. Man hatte den Eindruck, dass eine Frau und ein Kind gleichzeitig sangen und ihnen das Echo eines Kinderchors antwortete.

»Die geflü-hügelte Schaukel ... sie fliegt und fliegt und fliegt ...«

Sie folgten dem Tunnel in Richtung *Tschornaja retschka* und lauschten dem Gesang des Kastraten mit dem phänomenalen Gedächtnis.

Lanzas Stimme klang kraftvoll und kristallklar.

In großer Entfernung vom Ort des Geschehens hört der Dämon diese Stimme und hebt den Kopf.

Der graue Dämon tritt nervös auf der Stelle und runzelt die Stirn – das Höchstmaß an Emotionalität, zu der er fähig ist. Diese hochfrequente Vibration – nein, so hohe Töne gefallen ihm nicht. Sie verzerren sein Bild von der Welt und trüben seinen Blick. Das Netzwerk der Tunnel, sein Blutkreislauf, verschwimmt vor seinen Augen.

Der graue Dämon saugt Luft in seinen Körper. Die Menschen würden sich wundern, wenn sie wüssten, wie viel Luft er auf einmal einatmen kann. Dabei kann er genauso gut auch gar nicht atmen.

Er ist die perfekte Überlebensmaschine.

Etwas kitzelt in der Nase. Gerüche. Doch das ist nicht so wichtig. Der Dämon nimmt die Welt ganz anders wahr. Über die allgegenwärtigen Radiowellen. Jeder Mensch, jedes Lebewesen überhaupt, ist eine Sendestation mit einer eigenen Frequenz.

Gerüche.

Eine leuchtende, knisternde Welt.

Der Dämon spürt schwache Anklänge von Angst. Störungen. Derjenige, den er verfolgt, hat ein gutes Gespür und argwöhnt, dass etwas nicht stimmt.

Der Dämon hat eine Vorahnung von der Wichtigkeit des Augenblicks, in dem er mit demjenigen, den er verfolgt, zusammentreffen wird. Es wird wie ein Blitzschlag sein. Ein blauer Lichtschein und der Geruch von Ozon.

Ein besseres Mahl kann es nicht geben auf der Welt.

13
DIE HEXE

Der Riss fraß sich durch das Rohr und spaltete die rostigen Schuppen, die vom Metall abblätterten.

So ist es immer. Irgendwann stößt jeder an die Grenzen seiner Belastbarkeit. Du kannst noch so stählern sein – irgendwann findet sich auch bei dir der wunde Punkt, an dem die Kräfte der Zerstörung ansetzen können. Reine Physik.

Iwan schwenkte den Lichtstrahl von dem kaputten Rohr weg und drehte sich um. Im Schein der Lampe blinzelte Wodjanik, der hinter ihm ging. Die korpulente Gestalt des Professors wirkte ausgezehrt. Der blaue Overall hing schlaff an ihm herab wie an einem Kleiderständer, und an den Knien bauschte sich der Stoff zu dicken Wulsten. Der struppige Bart des Professors hatte sich endgültig zu einer filzigen Matte verklebt. Falten gruben sich wie Canyons in seine Stirn. Seine Haut war nun nicht mehr blass, sondern grau wie krümeliger Beton. Unter seinen Augen hingen dicke Tränensäcke.

»Wir sind bald da«, sagte Iwan aufmunternd.

Wodjanik nickte apathisch. Das letzte Wegstück hatte ihm arg zugesetzt. Es war nicht einfach, das Tempo eines Diggers zu halten. Da konnten auch trainierte Leute ihre Probleme bekommen. Ganz zu schweigen von einem Wissenschaftler, der seine Zeit vorwiegend im Sitzen verbracht und die Station so gut wie nie verlassen hatte. Seit Iwan an der *Wassileostrowskaja* lebte, war der Professor stets dort gewesen.

Wie lange ist das her? Wann bin ich zur Station gekommen? Vor sechs Jahren? Oder vor sieben? Egal. Als Fremdling gelte ich so oder so.

Iwan spuckte aus.

Wenn Kossolapy mich nicht in seine Einheit aufgenommen hätte, wäre ich an der *Wassileostrowskaja* nie heimisch geworden. Was will man schon mit einem Digger? Als Digger stehst du sowieso immer mit einem Bein im Grab. Du bist nur ein halber Mensch, der in der Welt der Lebenden nie so richtig dazugehört. Und jetzt bin ich endgültig im Reich der Toten angekommen. Sasonow und Memow sei Dank.

Was habe ich nur falsch gemacht? Wann habe ich Sasonow aus den Augen verloren?

Gedankenversunken bahnte sich Iwan seinen Weg durch die Finsternis. Im Lichtschein der Lampe erschienen Tunnelsegmente, rostige Gleise und durchhängende Kabel, von denen der Dreck der Jahrzehnte fransig herabhing.

Wie konnte es passieren, dass ich den Verrat nicht bemerkt habe?

Ich habe mich geirrt. Auch damals schon, als ich dachte, dass Sasonow sich an der *Gostinka* eine Freundin angelacht hat. Von wegen Freundin.

Iwan schüttelte den Kopf.

Er hat dort Bericht erstattet. Aber wem? Wahrscheinlich Orlow, diesem glatzköpfigen Schwein mit der hohen Stimme.

Vielleicht sollte ich Orlow als Ersten erledigen?

Sie näherten sich der Station *Tschornaja retschka*, wo Iwan beim letzten Mal zusammen mit Violator die Zigeuner getroffen hatte. Jetzt war auch klar, von welchen »Engeln« der Zigeunerhäuptling damals gesprochen hatte.

Schräge Typen, diese Engel, dachte Iwan. Ganz abgesehen davon, dass ihnen ein paar männliche Accessoires fehlen. Allein schon die Tatsache, dass sie Saddams Sohn begnadigt haben, ist doch nicht ganz normal. Was hätte ich denn gemacht? Ich an ihrer Stelle hätte Saddams Sohn kastriert. Mindestens. Vergeltung zu üben – das ist männlich. Oder besser gesagt: menschlich.

Hinter dem Professor gingen der Oberführer, Mischa und Mandela. An der Station *Newski prospekt* würden sie sich wohl trennen. Der Schwarze musste zurück zur *Technoloschka*, der Oberführer seine Skinheads suchen. Und Kusnezow und den Professor wollte Iwan ohnehin nicht in diese Angelegenheit hineinziehen.

Plötzlich wurde Iwan schwarz vor Augen. In seinem Hinterkopf hämmerte wieder dieser Schmerz, als hätte jemand flüssiges Blei hineingegossen. Er stolperte, ließ die Lampe fallen und umfasste mit beiden Händen seinen Schädel. Verdammt!

Der Bleipfropfen pulsierte.

»Was ist los, Iwan?«

Die anderen kamen ihm zu Hilfe.

Iwan schob Mischa zurück und stützte sich an der Wand ab. Seine Hand griff in feuchten Dreck.

Der Schmerz ließ etwas nach, doch er sah immer noch alles doppelt.

So etwas war ihm schon einmal passiert.

Mühsam richtete Iwan sich auf.

»Wir werden von jemandem verfolgt. Er ist riesig ... und grauenvoll.«

Die Dunkelheit war beklemmend.

Wir laufen in das Große Nichts.

»Schneller!« Iwan wusste nicht, warum er seine Begleiter zur Eile trieb. Doch der bleierne Pfropfen in seinem Hinterkopf pulsierte noch immer. »Los, Leute! Legt einen Zahn zu!«

Da ist jemand ganz in der Nähe. Ich spüre es.

Iwan duckte sich, schloss für einen Moment die Augen und machte sie wieder auf.

»Schneller!«

Sie rannten.

Ich spüre, dass er da ist. Er verfolgt uns. Jetzt ... gleich ...
»Auf elf Uhr!«, schrie Iwan.
Der Skinhead schwenkte das Gewehr. Stille. Bewegung. Ein Piepsen.
»Riesig und grauenvoll, allerdings«, kommentierte der Oberführer spöttisch.
Im Lichtkreis der Lampe erschien eine große, graue Ratte, ließ sich in aller Ruhe auf einer Gleisschwelle nieder und sah die Menschen voller Verachtung an.

Sie waren bereits eine gefühlte Ewigkeit unterwegs, doch der Tunnel schien kein Ende zu nehmen.
»Ich kann es auch einfacher erklären.« Der Professor wiegte den Kopf und zupfte an seinem Bart. »Ratten sind ein gutes Beispiel. Fällt mir gerade ein, weil wir vorhin eine gesehen haben.«
»Was haben die denn damit zu tun?« Iwan, der gerade vorausging, schob seinen Helm in den Nacken und wischte sich den Schweiß von der Stirn. In einem unbekannten Tunnel musste man stets auf der Hut sein. Er rückte den Helm wieder zurecht und ging weiter. Mit gleichmäßigen Kopfbewegungen leuchtete er den Tunnel aus.
»Eine Ratte stirbt niemals an Altersschwäche«, erklärte Wodjanik. »Können Sie sich das vorstellen, Iwan? Eine Ratte, die ewig lebt. Ein irrer Gedanke, aber theoretisch absolut möglich. Es ist beinahe beängstigend, mit welcher Zählebigkeit die Natur diese Nager ausgestattet hat.«
»Aber Ratten leben doch nicht ewig«, warf der Oberführer ein.
»Nein, natürlich nicht.«
»Früher oder später krepieren sie.«
»Richtig, aber wissen Sie, woran?«
Iwan seufzte. Mit seinen epochalen Erkenntnissen über den Weltenlauf ging ihm der Professor mitunter etwas auf die Nerven. Trotzdem fragte er pflichtbewusst: »Woran denn?«

»An Krebs.«
Iwan stutzte.
»Tatsächlich? An Krebs?«
»Genau. Alle Ratten gehen früher oder später an Krebsgeschwüren zugrunde. Andernfalls würden sie ewig leben und sich explosionsartig ausbreiten wie eine Heuschreckenplage. Sie würden die Erde kahl fressen bis auf den nackten Stein. Und anschließend würden sie sich gegenseitig auffressen, bis nur noch eine einzige riesige Ratte übrig wäre, die alle anderen aufgefressen hat.«

Iwan stellte sich diese fette Monsterratte vor, wie sie auf dem kahlen Erdball saß und mit ihren Knopfaugen in die Leere des Alls blinzelte. Um ihren Hals hing eine Kette mit Rattenschädeln.

»Ein anderes Ökosystem?«, fragte Iwan.

»Ich würde eher von einem Plan B der Natur sprechen.«

Wodjanik kam allmählich außer Atem. Aufgrund seiner beachtlichen Leibesfülle wurde er auch bei normalem Gehtempo rasch müde. Iwan gab das Zeichen zur Rast.

»Uff! Danke, Wanja.« Der Professor ließ sich direkt auf dem Gleis nieder und atmete durch. »Interessanterweise war zu meiner Zeit die Strahlentherapie eines der effektivsten Mittel bei der Behandlung von Krebs.«

Iwan dachte nach.

»Das würde ja bedeuten, dass Ratten, die in verstrahlten Gebieten an der Oberfläche herumlaufen, automatisch ihre Krebsgeschwüre loswerden.«

»Genau das will ich damit sagen. Im Prinzip hindert sie jetzt nichts mehr daran, ewig zu leben. Wir wissen generell sehr wenig darüber, welche Lösungen die Natur für den Notfall bereithält. Die Ratten sind zum Beispiel ein idealer Plan B für den Fall einer Atomkatastrophe. Oder für den Fall eines Meteoriteneinschlags – denken wir nur an die Tunguska-Explosion. Auch dabei wird Radioaktivität freigesetzt. Dasselbe gilt übrigens für verheerende Vulkanausbrüche, bei denen sich die Erde in einen stockfinsteren

Planeten verwandelt, der durch die Kälte des Weltalls fliegt. Verstrahlte Gegenden sind ein idealer Lebensraum für Ratten. Sie leben länger, sterben nicht mehr so häufig an Krebs und breiten sich über die Erde aus. Wunderbare Tiere!«

Iwan warf einen Seitenblick auf den Professor. Sein Gesichtsausdruck ließ darauf schließen, dass er das vollkommen ernst meinte.

»Ich kann mir gut vorstellen, dass die Zunahme der Krebserkrankungen vor der Katastrophe mit der wachsenden Überbevölkerung zusammenhing. Die Natur musste sich eben etwas ausdenken, um die menschliche Population zu begrenzen. Die Krankheit Krebs ist nichts anderes als ein Mittel der Natur zur Populationskontrolle. Und bei katastrophalen Veränderungen wird dieser Kontrollmechanismus eben außer Kraft gesetzt.«

»*Who wants to live forever*«, sang der Oberführer. »Unsterbliche Ratten in Schottenröcken bekämpfen sich mit Schwertern. Highlander – es kann nur einen geben!«

Der Professor schmunzelte.

»Es ist komisch, aber letztlich läuft es genau darauf hinaus. Nur einer darf übrig bleiben.«

Einige Zeit später erreichten sie endlich die *Tschornaja retschka*. Iwan blieb mit offenem Mund stehen, als er den ersten Blick auf den Bahnsteig erhaschte. Die Station war nicht wiederzuerkennen. Beim letzten Mal war sie dunkel und verlassen gewesen, abgesehen von den paar Zigeunern, die sich um ein einsames Feuer versammelt hatten. Doch jetzt …

Iwan stieß einen Pfiff aus. Nicht ohne!

»Seht ihr dasselbe wie ich?«, fragte der Oberführer, der die Station offenbar auch von früher kannte. »Oder träume ich?«

»Nein, alles echt«, sagte Iwan. »Außer wir sind tot und im Paradies gelandet.«

Auf der vormals menschenleeren Station brannte ein buntes Lichtermeer und die Kuppeln riesiger Zelte ragten fast bis zur Decke empor. Der Zirkus war zurückgekehrt.

Wie nicht anders zu erwarten, gab der Professor umgehend sein Wissen zum Besten. Demnach war der Zirkus der Gegenwart nicht mehr ganz dasselbe wie in den Zeiten vor der Katastrophe. Genauer gesagt: In der Metro war man zu einer ursprünglicheren Form des Zirkus zurückgekehrt, für die der Begriff Karneval wohl zutreffender gewesen wäre. Ein von Ort zu Ort ziehendes Fest mit einem äußerst vielfältigen Unterhaltungsangebot: klassische Zirkusnummern, sportliche Wettbewerbe, Wahrsagerei, Zauberkunststücke, Fahrgeschäfte, Spiele um Geld und Preise (das, was man früher Kasino nannte), Dichtung, Musik, Gesang, Tanz und Theater. Und selbstverständlich auch käufliche Liebe.

»Ein Buffet der Künste«, sagte der Professor ironisch, doch Iwan verstand nicht, was er damit meinte.

Wie auch immer. Zirkus ist und bleibt nun mal Zirkus.

Nach den Akrobaten traten die Kraftmenschen auf.

Und nach den Kraftmenschen die Clowns.

Dann wurde eine Frau zersägt. Weitere Zauberkunststücke folgten. Halb nackte Mädchen führten einen Tanz auf.

Kurzum, es war für jeden etwas dabei.

Als Iwan von der Toilette zurückkam, begann gerade die nächste Vorstellung.

Iwan ließ sich in den vorderen Reihen nieder. Die Zuschauer saßen mit untergeschlagenen Beinen oder im Schneidersitz direkt auf dem Bahnsteig. Manche hatten eine Isomatte dabei. Warmduscher, dachte Iwan neidisch und erinnerte sich wehmütig an seine eigene Matte, die er an der *Ploschtschad Wosstanija* zurückgelassen hatte. Er hätte lieber zu den Warmduschern gehört, anstatt sich auf dem nackten Granit einen kalten Hintern zu holen.

»Und nun folgt der Auftritt von ...« Der Conférencier machte eine dramaturgische Pause. »Ihr kennt und liebt sie alle – unsere wunderbare Isubra!«

Applaus brandete auf. Auch Iwan klatschte, obwohl er keine Ahnung hatte, was ihn erwartete. Vielleicht eine Zauberin? Er liebte Zauberkunststücke.

»Isubra, hurra!«, riefen einige aus der Menge.

Als die Angekündigte erschien, machte Iwan große Augen. Dem Namen nach hätte er eine ... hm, etwas größere Künstlerin erwartet.

Die Bühne betrat eine klein gewachsene junge Frau, die aussah wie ein Schuljunge, und machte eine ungelenke Verbeugung. Sie wirkte schüchtern, um nicht zu sagen: verunsichert. Iwan fiel ein, was ihm Eleonora, das Mädchen auf der Kugel, gesagt hatte: Die wenigsten guten Künstler sind wirklich selbstbewusst.

Dann wollen wir doch mal sehen, was diese kleine Isubra so draufhat, dachte Iwan.

»Ich möchte euch zuerst einmal ... willkommen heißen. Schön, dass ihr alle gekommen seid. Heute werde ich Gedichte vortragen. Alle möglichen, gute und vielleicht auch nicht ganz so gute. Solltet ihr ein ganz bestimmtes hören wollen ...«

»Mama ist auf der Datsche und der Schlüssel liegt am Tisch!«, rief ein Zuschauer.

Die junge Frau sah auf und lächelte.

»Aber ... Aber wir sind doch noch gar nicht am Schluss. Oder habt ihr schon genug von mir? Das ist ein Gedicht, das man vorträgt, bevor man sich voneinander verabschiedet. Fangen wir lieber mit etwas anderem an.«

»Das mit der Schildkröte!«

Die junge Frau nickte, ihre blassen Wangen röteten sich.

»Das mit der Schildkröte? Also gut.«

Iwan fand die junge Frau sehr sympathisch. Ihre schüchterne Art hatte etwas Gewinnendes.

Abwarten, sagte er zu sich selbst. Es wäre ja nicht das erste Mal, dass du dich in jemandem täuschst.

Sei verflucht, Sasonow!
»Gut, dann fange ich jetzt an.« Die junge Frau holte tief Luft. Ringsum wurde es still. Iwan hatte den Eindruck, dass sogar der Atemrhythmus der Zuschauer sich synchronisierte. »Das Gedicht heißt ›Die Welt, erschaffen von …‹ – ich weiß nicht, von wem. Oder einfach ›Die Schildkröte‹.«
Ihre leise, anfangs etwas nervöse Stimme wurde während des Vortrags fester.

»Dieses Märchen ist so einfach wie das Leben banal.
Im glitzernden Meer schwimmt ein blauer Wal.
Auf dem Wal eine Schildkröte – die größte von allen.
Auf ihrem Panzer die Erde, auf der Erde ein Berg.
Ich sitze am Gipfel, wo die Sonne mich wärmt,
mit dir auf den Armen und lass dich nicht fallen.«

Iwan hörte zu. Isubras schlichte Verse nahmen ihn sofort gefangen. Sie erschienen ihm bedeutsam, treffend und wahr. Als hätte ein anderer Mensch das gefunden, wonach er ein halbes Leben vergeblich gesucht hatte.

»Doch taucht der Wal, sinkt alles ins Meer.
Die Schildkröte trollt sich, was soll sie noch hier?
Dass die Erde herabfällt, geht ihr am Panzer vorbei.
Der Berg bröckelt, der Erde ist's einerlei.
Erst wenn du den Tod spürst, wirst du das Leben begreifen.
Das Gras verdorrt, doch es wächst wieder nach.
Und aus dem Frühlingssand sprießen grüne Streifen.
Doch versagt mir die Hand, ist's auch dein Ungemach.

So schwimmt der Wal, die Schildkröte schlummert.
Du aber träumst von einem riesigen Wal.
Von der Erde und dem Berg, wo die Sonne flimmert.
Vom Frühlingssand und glitzernden Tropfen im Gras.

*Vom durchsichtigen Meer, das salzig schimmert.
Von mir träumst du nicht. Es gibt Wichtigeres als das.«*

Als die junge Frau geendet hatte, trat für längere Zeit Stille ein, und Iwan fiel auf, dass sich die Gesichter der Zuhörer verändert hatten.
Dann klatschten sie.

Nach Isubra traten Akrobaten auf. Iwan begann sich zu langweilen. Wo waren die anderen abgeblieben?
Er blickte sich um. Im ersten Moment glaubte er, sich geirrt zu haben, doch ein zweiter Blick verschaffte ihm Gewissheit.
Sie saß in der letzten Reihe, genauer gesagt, sogar noch ein Stück dahinter. In ihrer feingliedrigen Hand qualmte eine langstielige Pfeife, deren Mundstück zwischen ihren dunkelroten Lippen steckte. Das bunte Zigeunergewand stand ihr überhaupt nicht. Jedenfalls stand es dem Mädchen auf der Kugel nicht, als das Iwan sie kennengelernt hatte.
Der Digger tippte seinem Nachbarn auf die Schulter.
»Wer ist das?«, fragte er im Flüsterton und zeigte mit dem Finger in die Richtung.
Sein Nebenmann schaute kurz, zeigte sich jedoch wenig auskunftsfreudig. Iwan half ihm mit einem eisernen Schultergriff auf die Sprünge.
»Eine Hexe«, presste der Nachbar hervor. »Lass los, das tut weh.«
Sie war nun also eine andere. Eine Hexe.
Iwan stand auf und ging zu ihr – mitten durch die Reihen der Sitzenden hindurch, deren schiefe Blicke er ignorierte. In diesem Augenblick strahlte er etwas aus, das die Leute veranlasste, ihm anstandslos Platz zu machen.
Auf dem Kopf trug sie einen langen braunen Schal, der wie ein Turban gewickelt war. Ihr entstelltes Gesicht verbarg er allerdings

nicht. Wie auch, dazu hätte es schon einer Burka bedurft. Doch die Offenheit oder – genauer gesagt – Gleichgültigkeit, mit der sie ihre Hässlichkeit zur Schau stellte, versetzte Iwan einen Stich.
»Hallo, Lera«, sagte Iwan.
Er stand über ihr und schaute zu ihr herab. Die Hexe sah auf. Für einen kurzen Moment glaubte Iwan in diesem Blick die frühere Eleonora von Waiskaize zu erkennen, das Mädchen auf der Kugel. Aber nur für einen kurzen Moment ...
Sie erkannte ihn nicht.
»Ich heiße Lachesis«, erwiderte sie und blies einen dünnen Strahl Rauch aus ihrem entstellten Mund. »Wahrsagen macht eine Patrone, ein Zauberspruch drei, ein Fluch fünf und Sex als Dreingabe zwanzig Patronen.«
»Ich bin es, Lera, Iwan. Von der *Wassileostrowskaja*.«
Ihr einziges Auge musterte ihn wie einen Wildfremden.
»Iwan? Na schön. Du hast zwei Möglichkeiten, Iwan. Löhnen oder wieder abziehen. Was willst du? Deine Zukunft wissen? Dir jemanden anlachen? Jemanden verwünschen? Oder ...« Sie lächelte apathisch und bei diesem Lächeln lief es Iwan kalt den Rücken herunter. »Oder willst du mich?«
Unwillkürlich stellte sich Iwan vor, wie der Körper des Mädchens auf der Kugel sich an ihn schmiegte – nackt und in lustvoller Hingabe.
»Sag mir die Zukunft voraus, Lera ... Lachesis«, erwiderte der Digger.

Auf dem Spirituskocher stand eine Blechtasse. Der rote Fleck auf ihrem Boden begann zu brodeln, und im Zelt breitete sich stechender Eisengeruch aus.
Lera-Lachesis schaute in die Tasse und schnalzte mit der Zunge.
»Auf dir liegt der Schatten eines Toten«, sagte sie zu ihm. »Du läufst vor deinem Schicksal davon, während du selbst der Meinung bist, dass du dich deinem Ziel näherst. Doch dem ist

nicht so. Das Schicksal hat einen anderen Weg für dich vorgesehen.«

»Womöglich über das AKW?, dachte Iwan sarkastisch. Der alte Enigma würde sich freuen. Aber was soll's, das erzählt sie wahrscheinlich jedem.

Iwan rieb sich das Handgelenk. Seine Hand schmerzte immer noch. Er hatte nicht gewusst, dass hier zum Wahrsagen das Blut des Ratsuchenden befragt wurde.

»Und noch etwas ...« Sie starrte in die Tasse. »Hier sehe ich ein böses Zeichen. Ich wollte es dir nicht sagen ...«

»Raus damit«, verlangte Iwan mit Nachdruck.

»Du wirst deinen eigenen Vater töten.«

Dazu müsste ich erst mal wissen, wer es überhaupt ist.

»Durchaus möglich, dass es so weit kommt«, entgegnete Iwan ruhig.

Die Hexe schaute ihn an. Abermals erschütterte Iwan der Anblick der grauenvoll konturlosen Fleischmasse, die ihre gesamte rechte Gesichtshälfte überzog. Mein Gott, was war sie für eine wunderschöne Frau gewesen.

»Die Götter schätzen nicht denjenigen, der sich klaglos in sein Schicksal ergibt«, sagte die Hexe. »Sondern den, der sich dagegen auflehnt.«

Nach einer halben Stunde kehrte er zu ihrem Zelt zurück, trat ein und streckte ihr die Hand hin. Die Hexe schaute sie aufmerksam an und griff dann wieder zu ihrer Pfeife. Sie zog daran und blies den graublauen, bitterwürzigen Rauch in die Luft.

»Ich werde nicht mit dir schlafen«, sagte sie ohne Umschweife.

Iwan wurde verlegen.

In seiner Hand lag ein Häufchen Patronen. Die Hülsen glänzten. »Wieso?«

»Gute Frage für jemanden, der seinen Vater töten wird. Weil du mir gefällst.« Die Hexe sah ihn an. Ihr Auge funkelte. »Und um mit jemandem zu schlafen, der einem gefällt, muss man sich auch selbst gefallen – zumindest ein bisschen. Das ist bei mir nicht der Fall. Ich hasse mich.«

Im Zorn war sie abartig schön.

In diesem Augenblick verstand Iwan, wie Lalis Bruder Artjom sich in die verunstaltete Hexe hatte verlieben können.

»Ich habe die Patronen eigentlich nicht deshalb mitgebracht«, erwiderte Iwan.

Lachesis sah ihn an, als könnte sie in seine Seele blicken, und grinste triumphierend.

»Aber du hast daran gedacht, nicht wahr? Geh, Iwan, geh. Vielleicht sehen wir uns irgendwann wieder.«

Iwan zog die Hand mit den Patronen zurück.

»Hast du deinen *Parnas* gefunden? Dein Künstlerparadies?«, fragte Iwan.

Lachesis brach in schauderhaftes, krächzendes Gelächter aus.

»Schau mich an, Iwan. Was siehst du? Das habe ich dem *Parnas* zu verdanken.«

Iwan stutzte.

»Wie das?«

»Man hatte uns erzählt, dass der *Parnas* für Vagabunden wie uns Zirkusleute das reinste Paradies sei. Dass er die Station der Maler, Dichter, Musiker und Schauspieler sei.« Sie zog an ihrer Pfeife und blies den Rauch durch den Mundwinkel. Bläuliche Wolken schwebten durchs Halbdunkel des Zelts. »Anfangs wurden diese Versprechungen wahr. Als wir dort ankamen, waren wir begeistert. Von dem schönen Ambiente und den hübschen, geistreichen Menschen dort. Alles Friede, Freude, Eierkuchen … Bis die Illusion eines schönen Tages zerplatzte wie eine Seifenblase.«

»Und was hast du dann gesehen?«

Die Hexe grinste bitter.

»Es kann brutal sein, aus einem Traum gerissen zu werden, habe ich recht? Nichts als Ruinen dort. Eine heruntergekommene, verwunschene Station. Zerbrochene Fenster, die nach draußen führen. Und dann diese Gewächse. Alles war mit schwarzen Lia-

nen überwuchert. Diese Lianen begannen sich plötzlich zu bewegen. Ein Menschenfresser. Ein Menschenfresser treibt dort sein Unwesen, Iwan. Er hat Maxim aufgefressen und den Zauberer Antonelli. Er hat uns alle aufgefressen.«
»Dich auch?«
»Wie du siehst, hat er sich alle Mühe gegeben.« Die Hexe brach abermals in ihr schauderhaftes, heiseres Gelächter aus. »Doch er hat es nur zur Hälfte geschafft. Und jetzt geh, Iwan. Gott verhüte, dass auch deine Träume vom Paradies in einer Begegnung mit dem Menschenfresser enden.«
Wovon spricht sie?, fragte sich Iwan. Von der *Wassileostrowskaja*?
»Leb wohl, Lera«, sagte er.
»Leb wohl, Iwan.«

»Sonnentau«, erläuterte der Professor. »Eine fleischfressende Pflanze, die es bereits vor der Katastrophe gab. Einfach faszinierend. Sie lockte mit einem klebrigen Sekret Fliegen an und fraß sie dann auf.«
Sie folgten nun derselben Route, die Iwan schon einmal gegangen war. An der *Petrogradskaja* mit ihren seltsamen Bewohnern legten sie einen Zwischenstopp ein, um Lebensmittel einzukaufen und sich ein wenig auszuruhen. Doch schon bald fühlten sie sich dort äußerst unwohl. Selbst der Oberführer, den sonst nichts aus der Ruhe bringen konnte, wurde nervös und blickte sich ständig argwöhnisch um. Sein Bauchgefühl sagte Iwan, dass die *Petrogradskaja* kein guter Ort war, obwohl es keine offensichtlichen Anzeichen für Gefahr gab. Die ganze Atmosphäre hier hatte etwas Bedrückendes.
Die ursprünglich weiße Wandverkleidung aus Keramik war inzwischen vergilbt. Darüber verlief eine gelbe Metallblende, hinter der sich die Beleuchtung befand. Iwan ließ den Blick schweifen, und ihm wurde ganz anders zumute.
Es handelte sich um eine Station geschlossenen Typs, wie die *Wassileostrowskaja*. Doch während dort die nächtens geschlosse-

nen Stahltüren ein Gefühl von Sicherheit vermittelten, hatte man hier eher den Eindruck, eingesperrt zu sein. Iwan hatte zuletzt mehr als genug Zeit hinter verschlossenen Türen verbracht und war nicht erpicht darauf, diese Erfahrung noch zu vertiefen.

Oder lag es an diesen überdimensionalen Gesichtern an der Stirnwand der Station?

Ein Mann und eine Frau schauten nach links. Sie wirkten martialisch und freudlos.

Nein, das ist es nicht, dachte Iwan, während er an einem Hartkeks knabberte. Es ist irgendetwas anderes. Etwas ...

Iwan blickte zur gewölbten Decke der Station. Gelbliche Wasserflecken. Genau in der Mitte fraß sich ein Riss durch den Putz. Iwan folgte ihm mit den Augen, bis er sich verlor, und sah dann wieder gerade nach oben. Das war es. Derjenige, dessen Anwesenheit diese Beklemmung auslöste, befand sich über der Station.

An der Oberfläche.

Iwan stand auf und sah sich um.

Die Bewohner der *Petrogradskaja* waren ruhig und höflich. Fast ein bisschen zu ruhig und höflich.

»Machen wir uns vom Acker«, schlug Iwan vor. »Wir haben keine Zeit, hier ewig herumzusitzen.«

Die anderen erklärten sich sofort einverstanden. Sogar Mandela und der Oberführer pflichteten unisono bei. Iwan staunte. Dass die beiden einer Meinung waren, hätte man sich eigentlich in den Kalender schreiben müssen.

Sie verließen die *Petrogradskaja* sichtlich erleichtert.

Als Iwan die ersten Schritte im Gleistunnel tat, fiel die Anspannung wie ein riesiger Felsblock von ihm ab.

Nichts wie weg von hier, dachte er. Das ist gesünder.

Neuvenedig.

Diesmal waren sie gewarnt, als sie die Stadt auf dem Wasser betraten, und ließen entsprechende Vorsicht walten. Wie an einer

feindlichen Station. Es war völlig klar, dass die Blinden beim letzten Mal mit dem stillen Einverständnis der örtlichen Administration gehandelt hatten. Doch wie hätte man das beweisen sollen? Schweren Herzens verzichtete Iwan darauf, Lali zu besuchen. Natürlich hätte er sie gern gesehen oder wenigstens kurz Hallo gesagt. Doch er hatte Wichtigeres zu tun.
Tanja.
Sie passierten Neuvenedig ohne Zwischenfälle.

Der trockene Tunnel. Die letzte Rast vor dem *Newski prospekt*. Und Zeit, Abschied zu nehmen.
Iwan nahm Mandela beiseite und setzte sich mit ihm aufs Gleis. Im Hintergrund führten Wodjanik und der Oberführer wieder einmal eine erregte Debatte und der Professor beklagte sich über die »nicht stichhaltigen Argumente« des Skinheads.
»Willst du mir nicht erzählen, was du bei den Blinden gemacht hast?«, fragte Iwan.
Der Schwarze musterte den Digger mit seinen dunklen Augen und antwortete nicht. Verschwiegenheit gehörte an der *Technoloschka* offenbar zum guten Ton.
»Ich habe nach Beweisen gesucht«, antwortete Mandela schließlich doch. »Ein Freund hatte mich darum gebeten. Er wollte selbst hinfahren, aber sie haben ihn nicht weggelassen.«
»Beweise wofür?«
Nicht dass es mich etwas angeht, dachte Iwan, aber trotzdem ...
Der Schwarze zögerte.
»Beweise dafür, dass das Atomkraftwerk immer noch läuft.«
»Was?« Iwan klappte der Mund auf. »Und, hast du welche gefunden?«
Mandela zuckte mit den Achseln.
»Wie soll ich sagen? Mein Freund ist Wissenschaftler. Er recherchiert, wann und wo die Zentralbeleuchtung abgeschaltet wurde.«

»Dann bist du also auch Wissenschaftler?«

»Schön wär's.« Mandela seufzte. »Ich bin der Sohn eines Studenten aus Kenia. Ich weiß nicht, was man tun muss, um als Sohn eines afrikanischen Studenten für voll genommen zu werden. Jedenfalls bin ich nur ein einfacher Techniker. Gib her, hol dies und das, räum hier auf, wirf das weg – so geht das die ganze Zeit. Das ist schon fast so eine Art Lebensmotto für mich.« Er lächelte verbittert. »Mein Freund, ja – der ist Wissenschaftler.«

Iwan wusste nicht, was er sagen sollte. Jeder hat eben seinen wunden Punkt.

»Und was ist nun mit der Stromversorgung?«, fragte Iwan, um aufs Thema zurückzukommen.

Mandela besann sich und sah auf.

»Ach so, ja. Es heißt, unter Saddam hätte es an allen Stationen eine zentrale Stromversorgung gegeben. Und jetzt nur an dreien. Warum ist das so? Man sollte doch meinen, dass es kein Problem wäre, einfach Kabel zu verlegen und die übrige Metro anzuschließen. Aber das Problem ist eben, dass es ein bestimmtes Verbrauchslimit gibt. Stell dir einen Stromzähler vor. Einen ganz einfachen, der die Kilowattstunden zählt. Dieser Zähler läuft und läuft, und wenn er einen bestimmten Wert erreicht hat, macht es klick und das Licht geht aus. Wobei es überhaupt keine Rolle spielt, wofür du den Strom verbrauchst, egal ob für Spielautomaten oder für Kinderchirurgie. Egal, wie viele aufgeschnittene Kinder du gerade im OP liegen hast, dem Zähler ist das egal. Wenn dein Limit erreicht ist, schaltet er dich ab. So ist das. Deshalb gibt es an der *Technoloschka* ein strenges Verbrauchslimit. Und dann heißt es wieder, wir seien habgierig. So, so. Ja, es stimmt schon ...« Mandela schmunzelte. »Früher ist es mal vorgekommen, dass unsere Apparatschiks Strom an die Nachbarstationen verkauft haben. Doch bei der nächsten Prüfung hat man diese Herrschaften durchfallen lassen. Das wird also so schnell nicht mehr vorkommen.«

»Bei der Prüfung?« Iwan verstand kein Wort.

Mandela erklärte es ihm. Die *Technoloschka* wurde von einem Wissenschaftsrat regiert, der sich aus gewählten, verdienten Wissenschaftlern zusammensetzte. Einmal im Jahr fanden Wahlen statt, bei denen der Rektor, Projektleiter, Dekane und sonstige Amtsträger gewählt wurden. Jeder Amtsträger musste ein Programm vorlegen und vor einer Prüfungskommission des Rats verteidigen. Entschieden wurde dann per Abstimmung. Die Kandidaten versuchten zu tricksen. Zum Beispiel war jeder darauf aus, bei den Prüfungen eher am Ende an die Reihe zu kommen. Wieso? Ganz einfach. Es war traditionell üblich, dass die Kandidaten für die Prüfungskommission ein Buffet organisierten, natürlich auch mit alkoholischen Getränken. Und Wissenschaftler sind bekanntlich keine Kinder von Traurigkeit. Je später man also an der Reihe war, umso größer die Chance, dass die Prüfer des Wissenschaftsrats bereits milde gestimmt waren. Man konnte jedoch auch übers Ziel hinausschießen, denn wenn man als einer der Allerletzten dran war, konnte es passieren, dass die Prüfungskommission bereits beschlussunfähig unter dem Tisch lag.

An der *Technoloschka* ging es überhaupt völlig normal zu. Man schmiedete Intrigen und die Jüngeren wurden gnadenlos untergebuttert. Jedenfalls behauptete das Mandela.

»Kannst du dir vorstellen, wie lange mein Freund gebraucht hat, bis er die Kilowattstunden für seine Versuche genehmigt bekam? Eine schier endlose Geschichte.«

»Verstehe, wegen des Verbrauchslimits.« Iwan wusste jetzt, was der Knackpunkt in Mandelas Erzählung war. »Dann wird die zentrale Stromversorgung also von Akkumulatoren gespeist?«

Der Schwarze zuckte mit den Achseln.

»Möglich. Oder von einem unterirdischen Kraftwerk mit Dieselgeneratoren und einem gigantischen Kraftstoffvorrat. Daran haben wir auch schon gedacht. Aber kannst du dir vorstellen, welche Unmengen von Abgasen ein solches Kraftwerk produzieren würde?«

Iwan nickte.

Die Rauchsäule hätte man von jedem Punkt in Sankt Petersburg sehen müssen. Diese Möglichkeit konnte man ausschließen. Also doch das Leningrader AKW? Vielleicht hatte der Alte ja doch recht gehabt und tatsächlich einen Anruf von dort erhalten?
»Das Atomkraftwerk?«, fragte Iwan.
»Kann schon sein«, erwiderte Mandela wenig überzeugt. »Da musst du dich mit meinem Freund unterhalten, ich kenne mich damit zu wenig aus.«
Nun stand die alles entscheidende Frage an. Andernfalls blieb alles nur Theorie.
»Wie könnte man die Zentralbeleuchtung an den übrigen Metrostationen wieder in Gang setzen?«
Mandela überlegte.
»Wie gesagt, da musst du dich mit meinem Freund unterhalten. Aber im Prinzip war unser Gedanke, dass es über das AKW eigentlich funktionieren müsste.«
Tam-tara-tam. Bato-ontschiki.
Dann hätte der Blinde recht gehabt und das AKW wäre in der Tat eine Aufgabe von globaler Bedeutung.
Eine Chance für die Menschheit.
Iwan nickte.
»Vielen Dank, Jura.«

Mandela war schon vorausgegangen. Der Einfachheit halber. So würde es weniger Fragen geben.
Iwan blieb stehen. Es waren nur noch dreihundert Meter bis zur Station *Newski prospekt*. Zeit, sich zu verabschieden. Todgeweihte Digger gehen ihre eigenen Wege.
»Ihr müsst jetzt allein weitergehen«, sagte Iwan. »Ich warte, bis es Nacht wird.«
»Wie bitte?« Der Professor stutzte. »Was soll das bedeuten, Wanja?«
»Das Problem ist, dass ihr zurückkehren könnt, aber ich nicht.«
Schweigen. Langes Schweigen. Verständnislosigkeit.

»Kannst du das mal genauer erklären?«, bat der Oberführer. »Ich meine, im Klartext.«

»Ich kann nicht zurückkehren«, wiederholte Iwan. Verdammt, wie soll ich euch das nur …

»Wieso nicht?« Mischas verdutzter Blick wanderte von Iwan zum Professor und wieder zurück. »Also hört mal, ich bin kein kleines Kind mehr, erklärt mir gefälligst, was los ist.«

»Michail hat vollkommen recht«, sagte der Professor. »Wir erwarten eine Erklärung.«

»Also gut.« Iwan seufzte. »Ich fürchte, da muss ich etwas weiter ausholen.«

Iwan erzählte ihnen die ganze Geschichte. Von Sasonows Mord an Jefiminjuk, von Memows Verschwörung, von Zar Achmet dem Zweiten, von Illjusa, vom gescheiterten Versuch, den General zu stoppen, und von Sasonows finalem Schuss, der in dieser Geschichte ein dickes Komma setzte, obwohl eigentlich ein Punkt geplant war.

Nur von der fixen Idee des Blinden erzählte Iwan nichts.

Als er seinen Bericht beendet hatte, verharrten seine Zuhörer in Schweigen. Die Karbidlampe verströmte warmes, gelbes Licht. Es fiel auf Gesichter, die Iwan sehr vertraut geworden waren: Professor Wodjanik, Mischa, der Oberführer.

»Und was gedenken Sie zu tun, Wanja?«, fragte schließlich der Professor.

Sasonow, Memow, Orlow.

Egal in welcher Reihenfolge.

Rechtfertigst du deine persönlichen Rachegelüste mit höheren Zielen, Iwan?

Und wenn.

Das Böse muss bestraft werden.

»Ich werde kämpfen.« Er stand auf. »Ich erkläre euch, was das bedeutet. Ich bin ein Outlaw. Faktisch existiere ich überhaupt nicht mehr. Ich bin tot und vergessen. Deshalb denke ich überhaupt nicht daran, euch zu überreden, mit mir zu kommen. Im Gegenteil, ich sage euch: Geht nach Hause zu euren Freunden und Verwandten. Ich an eurer Stelle würde dasselbe tun: all das hinter mir lassen und ein normales Leben führen. Denn wenn ihr mit mir kommt, könnt ihr ein normales Leben vergessen. Also entscheidet euch.«

Hinter der zerfurchten Stirn des Oberführers arbeitete es.
»Weiß du was?«, sagte er dann. »Ich riskiere es. Ob meine Jungs sich anschließen oder nicht, sollen sie selbst entscheiden. Aber ich komme mit.«

Iwan nickte. Was hätte er sagen sollen: Danke? Mit Worten lässt sich so etwas nicht ausdrücken. Deshalb einfach nur ein Kopfnicken, so als wäre ein Putsch das Normalste auf der Welt. Eine harmlose Veranstaltung, zu der man seine Freunde einlädt wie zu einem samstäglichen Besäufnis.

Wodjanik dachte nach und Kusnezow blickte sich Hilfe suchend um. Das Gesicht des jungen Milizionärs verriet tiefe Ratlosigkeit.

Willst du immer noch so wie ich sein, Mischa? Ich würde es dir nicht raten.

»Professor, Mischa«, sagte Iwan. »Vielen Dank, dass ihr mir geholfen habt. Ihr habt euer eigenes Leben.«

»Habe ich irgendwas gesagt?«, erwiderte Wodjanik entrüstet.
»Michail, wie entscheiden Sie sich?«

Kusnezow erhob sich. »Ich komme mit.«

»Aber ...« Iwan kam nicht dazu, auszureden.

»Wofür halten Sie uns, Wanja?« Der Professor schaute Iwan streng in die Augen. »Wir sind zwar im Unterschied zu euch Diggern Waisenknaben, aber glauben Sie mir, Iwan, wir haben in unserer Kindheit wenigstens die richtigen Bücher gelesen.«

14
DIE BLOCKADE

»Wer lacht, kriegt was auf die Mütze«, warnte Iwan und musterte seine Mitstreiter streng. Der Oberführer, Mischa und selbst der Professor konnten sich nur mit Mühe ein Grinsen verkneifen. »Glaubt ihr im Ernst, dass sich ein Idiot findet, der darauf hereinfällt?«

»Warum nicht?«, entgegneten die anderen.

»Jaja. Hauptsache, ihr habt euren Spaß«, murrte Iwan.

»Ist die Bluse nicht zu eng?«, erkundigte sich der Oberführer mitfühlend.

Unter Iwans getuschten Wimpern schoss ein vernichtender Blick hervor. Die obere Augenpartie zierte blauer Lidschatten, die Wangen dezentes Rouge, und die Kanten seines Diggergesichts waren mit einer fingerdicken Schicht Puder übertüncht. Eine Händlerin, der sie im Tunnel begegnet waren, hatte beim Schminken und bei der Auswahl der passenden Kleidung geholfen.

Iwan kam sich vor wie ein Zombel, der sich seine dreckige Visage mit einer Mischung aus Rost und Rattenfett aufpoliert hatte, um sich am *Newski prospekt* unters Volk zu mischen.

Ärgerlich nestelte der Digger an seiner Bluse, um die falschen Brüste wenigstens auf gleiche Höhe zu bringen. Der Oberführer prustete los – Iwans hilflose Bemühungen um den richtigen Sitz seines »Busens« waren einfach zu komisch.

Der hat gut lachen, dachte Iwan. Was für eine Schnapsidee, sich als Frau zu verkleiden. Ich sehe aus wie ein Kastrat von der *Pio-*

nerskaja. Jeder Trottel sieht doch auf den ersten Blick, dass ich keine Frau bin.

»Nein, sie passt perfekt!«, verkündete Iwan trotzig. »Gehen wir endlich. Wenn wir noch länger hier rumstehen, hält man mich noch für eine Hure.«

Angeführt von der »Hure« setzte sich die Gruppe in Bewegung.

»Und möglichst nicht die Stirn runzeln«, empfahl der Professor von hinten.

Iwan kochte.

Die Station *Newski prospekt* hatte sich verändert. Nicht extrem, aber doch so sehr, dass Iwan ein Anflug von Nostalgie überkam. Vor allem die Spuren des Krieges waren verschwunden: Von dem Lazarett mit seinem Geruch nach Blut und Eiter war nichts mehr zu sehen, keine Soldaten schliefen mehr auf dem Boden, und auch die Feldküche, deren Gestank nach verbranntem Fett sich damals über die ganze Station verteilt hatte, war inzwischen abgebaut worden. Dafür hing nun in der Mitte des Bahnsteigs am Übergang zur *Gostinka* eine riesige Flagge der Allianz mit der geballten Faust auf graugrünem Grund. Ganz nach dem Motto des Generals: In der Einheit liegt die Kraft. Und wer nicht mitzieht, wird erschossen. Ganz einfach.

Iwan wurde jäh aus seinen Gedanken gerissen – jemand hatte ihn in den Hintern gezwickt. Das ging ja gut los. Er fuhr herum mit dem festen Vorsatz, dem dreisten Übeltäter mit dem Ellenbogen die Zähne einzuschlagen. Doch im letzten Moment hielt er inne. Hinter ihm stand der Oberführer und machte ein warnendes Gesicht. Iwan spähte vorsichtig nach rechts und links.

Scheiße.

Eine Patrouille von Admiralzen marschierte an den Verkaufsständen auf der anderen Seite entlang. Zwei Soldaten und ein Sergeant in grauer Uniform. Und dahinter ... Iwan blinzelte ungläubig. Dann wandte er sich ab und verdeckte sein Gesicht mit dem Kopftuch.

Sein Herz fing so heftig zu schlagen an, dass man es am anderen Ende der Station hören musste.

Hinter der Patrouille ging ein mittelgroßer Mann mit schütterem Haar und einem viel zu dünnen Hals, der aus einem viel zu weiten Jackenkragen herausragte. Der Geheimdienstchef der *Admiraltejskaja*.

Orlow höchstpersönlich.

Was für ein Zufall.

Auf ein Zeichen des Oberführers gingen sie langsam weiter. Wodjanik und Kusnezow hielten sich links von Iwan, um ihn vor Blicken von der anderen Seite zu schützen. Rechter Hand befanden sich Verkaufsstände mit Schmuck und Kosmetikartikeln, die für Iwan aussahen wie Artefakte von einem fremden Stern.

Orlow blieb plötzlich hinter der Patrouille zurück, rief seinen Leuten etwas zu, wandte sich nach links und steuerte geradewegs auf die Kosmetikstände zu. Iwan blieb stehen. Was tun? Ihm direkt in die Arme zu laufen, schien wenig ratsam. Orlow war ein Profi. Aus der Nähe würde er Iwan mit Sicherheit erkennen.

Orlow blieb bei den Verkaufsständen stehen und begutachtete die ausgelegte Ware. Die Haarspangen hatten es ihm offenbar besonders angetan. Was wollte er damit? Hatte er womöglich eine Geliebte hier?

Frauenklunker.

Davon verstand Iwan nichts. Er hatte zwar des Öfteren solche Sachen von der Oberfläche geholt, doch dort oben war es einfach. Man stopfte das Zeug schnell in einen Sack und machte sich aus dem Staub, bevor einen irgendein Ungeheuer auffraß.

Orlow wandte sich langsam in seine Richtung, so als hätte er Iwans Blick gespürt.

Der Digger überwand seinen Widerwillen und trat an die Auslage heran. Der Händler, ein glatzköpfiger Greis mit tiefen Augenringen und gefurchter Stirn, lächelte ihm freundlich zu. Er öffnete den Mund, um die »Kundin« mit wohlfeilen Sprüchen zum Kauf zu animieren, und ... hielt plötzlich inne. In den Augen des Mannes las Iwan sein eigenes Todesurteil. Er hatte doch gleich gewusst, dass diese Maskerade auffliegen würde. Nun stellte sich auch der Oberführer neben ihn. Aus seinem kurzen, angespannten Kopfnicken las Iwan heraus, dass die Patrouille immer noch in der Nähe war. Es gibt Tage, da geht einfach alles schief. Warum interessierten sich diese Typen ausgerechnet für eine Frau mit der Statur eines Soldaten?

Iwan beobachtete den Händler. Der öffnete abermals den Mund und schielte zur Seite. Iwan überlegte kühl, was nun passieren würde.

Der Typ ruft die Patrouille, wir leisten Widerstand – und damit sind all unsere Pläne beerdigt. Denn von der Station komme ich so oder so nicht mehr weg.

Iwan lüftete das Kopftuch, mit dem er sein Gesicht verbarg, und fixierte den Händler mit einem hypnotischen Blick.

Nur einen Mucks, warnte er in Gedanken, dann schlägt dein Schädel in deiner hübschen Auslage ein. Na? Riskierst du das?

Was hatte Kossolapy über Telepathie gesagt? Jetzt werden wir gleich sehen, ob es funktioniert.

Der Händler erstarrte.

Iwan streckte die Hand aus und griff nach dem erstbesten Artikel.

»Wie viel?«, fragte er mit dünner Stimme.

Die Soldaten der Patrouille, die sich nun ebenfalls links von Iwan befanden, lachten aus irgendeinem Grund. Professor Wodjanik stellte sich neben ihn, um ihn abzuschirmen. Orlow befand sich immer noch am Nachbarstand und diskutierte mit dem Verkäufer. Im nächsten Moment drängte sich auch noch Mischa Kusnezow dazwischen.

Na toll, dachte Iwan. Das sieht jetzt eher nach einem Überfall am helllichten Tag aus als nach einer verdeckten Aktion.

Die Soldaten der Patrouille verstummten plötzlich.

Einer von ihnen, ein baumlanger Kerl, kam auf den Verkaufsstand zu, vor dem Iwan stand. Aus dem Augenwinkel sah Iwan das rötliche Haar, das unter seiner grauen Schirmmütze hervorlugte. Er kam Schritt für Schritt näher.

»Wie viel?«, presste Iwan zwischen den Zähnen hervor.

Der Händler stand mit offenem Mund da wie gelähmt. »Töten Sie mich nicht«, stammelte er. »Ich gebe Ihnen alles, was Sie wollen.«

Das fehlte noch. Der Oberführer löste sich aus der Gruppe und ging ein Stück zur Seite, um die anderen Soldaten im Auge zu behalten.

»Was soll das, du Idiot?«, zischte Iwan. »Wie viel kostet das verdammte Teil? Ich will sonst überhaupt nichts von dir.«

Im nächsten Moment schob der Soldat ungeniert den Professor beiseite und stellte sich neben Iwan. Wodjanik protestierte zwar halbherzig, doch das half nichts. Der Soldat musterte Iwan von oben bis unten. Er war mindestens einen Kopf größer als der Digger und hatte einen »Bastard« umhängen.

Ausgezeichnet, dachte Iwan in einem Anflug von Sarkasmus, genau so ein Ding brauche ich.

Iwan nahm eine Handvoll Patronen aus dem Ledersäckchen, warf sie auf den Ladentisch, steckte seinen Einkauf ein und wandte sich zum Gehen. Vielleicht würde er damit ja durchkommen.

»Junge Frau, warten Sie doch!«

Mist.

Der Blick des Soldaten schwenkte vom Händler zu Iwan und verharrte dann mit unverhohlenem Interesse auf seinem künstlichen Vorbau.

»Wohin denn so eilig?«

Nichts wie weg, was denn sonst, dachte Iwan zerknirscht. Verdammt, der Typ ist locker dreißig Kilo schwerer als ich. Das wird nicht einfach, diesen Gorilla umzuhauen. Am ehesten noch mit einem gezielten Ellenbogenschlag in den Solarplexus.

Der Soldat wandte sich plötzlich an den Händler.

»Na, Opa, nimmst du hier die Leute aus, oder wie? So was macht man doch nicht, haha! Gib der Dame brav ihr Wechselgeld, sonst nehme ich dir die Lizenz ab, gell? Hallo, junge Frau, laufen Sie nicht weg!«

Iwan blieb stehen. Verdammt hartnäckig, der Typ.

Der Soldat kam näher und sah ihn unverwandt an. Nur nicht die Stirn runzeln, erinnerte sich Iwan. Er wagte kaum zu atmen.

»Sie bekommen noch Wechselgeld«, sagte der Soldat und lächelte gönnerhaft. »Und du, Opa, lässt jetzt schön brav die Patrönchen rüberwachsen.«

Mit äußerst gemischten Gefühlen streckte Iwan den Arm aus. In seiner Hand landeten zwei Makarow-Patronen. Das Wechselgeld. Der Händler machte ein ziemlich langes Gesicht.

»Aber ...«, stammelte er.

»Klappe halten, Opa!«, fuhr ihn der Soldat an.

Der Händler verstummte und sein Gesicht wurde noch länger.

»Alles in Ordnung?«, flötete der Soldat mit zuckersüßem Lächeln und zwinkerte Iwan auch noch unverfroren zu.

Der Typ ist ja blind wie ein Maulwurf, dachte Iwan. Der bräuchte dringend eine Brille, aber das ist ihm wahrscheinlich zu teuer. Anscheinend orientiert er sich nur an der Größe von Objekten. Und was das betrifft, gebe ich doch ein ganz ordentliches Weibsbild ab. Da hat sich doch tatsächlich ein Idiot gefunden, der darauf reinfällt.

»Danke«, sagte Iwan leise und drehte sich um.

Während er davoneilte, spürte er, wie der Blick des Soldaten auf seinem Hintern lastete.

Schwein gehabt.

Aus dem Augenwinkel sah Iwan, dass auch Orlow bereits zahlte, und legte noch einen Zahn zu.

Erst später begutachtete Iwan seinen Einkauf, der ihn so viele Nerven gekostet hatte. Es war ein knallroter Lippenstift in einer noblen Metallhülse.

»Der ist ja edel«, sagte Schakilows Frau Nastja vergnügt, als sie das Geschenk entgegennahm. »Tausend Dank! Lass dir ein Küsschen geben.«

Geschmeichelt hielt Iwan ihr die Wange hin. Im Unterschied zu dem hünenhaften Schakilow war Nastja einen halben Kopf kleiner als er. Eine zierliche Brünette. Ihre Lippen fühlten sich weich an.

Nastja streichelte mit dem Handrücken über die gepuderte Wange des Diggers.

»Also wirklich, Wanja, wie hübsch du bist.«

Iwan hüstelte. Der Oberführer begann zu kichern.

Im Raum duftete es nach Essen.

Schakilow wohnte mit seiner Frau und seinem eineinhalbjährigen Sohn in einer der unzähligen Sperrholzbaracken an der Stirnseite des *Newski prospekt*. Der kleine Witalik krabbelte am Boden und spielte mit einem bunten Gummifisch. Er steckte ihn in den Mund, sabberte ihn ordentlich ein und ließ ihn dann über den Boden »schwimmen«. Das alles tat er mit todernster Miene.

»Wo ist Sascha?«, fragte Iwan.

»Irgendwas erledigen. Aber er kommt bald zurück. Willst du dich nicht umziehen?«

Iwan sah an sich herab. Gelbe Bluse, grauer Rock, violette Strumpfhose mit Rautenmuster. Und dann noch die Kriegsbemalung. Ein Schreckgespenst für jeden Feind. Allein Iwans Anblick in dieser Montur sollte genügen, um Memow zur Strecke zu bringen.

»Ist das denn nötig?«, fragte Iwan.

Schakilow betrachtete Iwan von oben bis unten und machte ein Gesicht, als hätte er einen Neandertaler in Anzug und Krawatte vor sich.

»Ich fass es nicht«, sagte er wahrheitsgemäß.

»Geht mir ähnlich«, erwiderte Iwan und grinste schief.

»Du lebst!«

Im nächsten Moment wurde Iwan von Schakilows mächtigen Armen umfasst und in die Höhe gestemmt.

»Du erdrückst mich ja, Sascha«, röchelte Iwan. »Lass mich wieder runter, du altes Monster.«

Als er wieder auf dem Boden stand, sah er den Digger vom *Newski prospekt* prüfend an. Der bärenstarke Schakilow sah blass und abgemagert aus. Der Tag, an dem er verwundet worden war, lag beinahe einen Monat zurück, doch er wirkte immer noch angeschlagen.

»Was macht deine Verletzung?«

»Alles im Lot«, antwortete Schakilow mit einer wegwerfenden Handbewegung, doch Iwan wusste sofort, dass das nur die halbe Wahrheit war.

Sie setzten sich zum Tee.

»Was gibt's Neues?«, erkundigte sich Iwan.

Die Neuigkeiten waren nicht allzu erfreulich, aber auch nicht niederschmetternd schlecht. Nach dem Ende des Kriegs hatte die Allianz sich wie erwartet die Stationen *Majakowskaja* und *Ploschtschad Wosstanija* einverleibt. Seit Kurzem ging das Gerücht, Memow wolle Zar Achmet als Verwaltungschef der *Ploschtschad Wosstanija* einsetzen – als handzahme Marionette zur Wahrung des Scheins für die Moskowiter.

An der *Wassileostrowskaja* war nach wie vor Postyschew Kommandant. Für einige Stunden pro Tag bezog die Station Strom von der *Admiraltejskaja*. Zu diesem Zweck hatte man eigens ein Starkstromkabel verlegt. Die befristeten Stromlieferungen waren ein probates Mittel, um die Bewohner der *Wassileostrowskaja* an der kurzen Leine zu halten.

»Hast du irgendwas von meinen Jungs gehört?«, warf der Oberführer ein. »Wo stecken sie?«

Schakilow blickte den Skinhead überrascht an.

»Du weißt von nichts?«

»Woher denn?«

»Tja. Das ist eine schlimme Geschichte. Äh … also …« Schakilow wusste nicht recht, wie er es dem Skinhead beibringen sollte. »Nach den Massakern an der *Wosstanija* hatte Memow Ärger mit dem Friedensrat bekommen, du weißt schon, mit diesen Schwätzern in den feinen Klamotten. Von wegen völkerrechtswidriger Überfall und so weiter und so fort. Jedenfalls musste man denen irgendeinen Knochen hinwerfen, um ihnen das Maul zu stopfen. Und das hat Memow getan. Er hat sich darauf herausgeredet, dass es Einzeltaten von Kriegsverbrechern waren. Dazu musste er dem Friedensrat natürlich ein paar Schuldige präsentieren.«

Schakilow sprach nicht weiter.

Der Oberführer sackte in sich zusammen.

»Und da hat er sich ausgerechnet meine Jungs ausgesucht?«, fragte er leise.

»Ja«, bestätigte Schakilow. »Die Skinheads sind nun mal ziemlich auffällig. Man hat sie wegen Kriegsverbrechen verurteilt. Mord, Plünderung, Vergewaltigung. Du weißt schon, was das bedeutet. Ihre Leichen hingen drei Tage im Gleistunnel, wie das nach den Gesetzen des *Newski prospekts* und der *Gostinka* vorgesehen ist. Soweit ich gehört habe, konnte jedoch einer von ihnen entkommen. Nach dem suchen sie immer noch.«

»Wer?« Aus den Augen des Oberführers war jedes Leben gewichen.

»So ein Älterer. Ich weiß nicht mehr, wie er heißt.«

»Der Graue«, sagte der Oberführer.

»Ja, genau. So nannte er sich.« Schakilow sah dem Skinhead in die Augen. »Tut mir leid, mein Freund.«

Der Oberführer stand auf.

»Ober, warte!«, rief Iwan.

Doch der Skinhead winkte ab und ging hinaus. Schakilow machte ein schuldbewusstes Gesicht.

In der Antike wurden die Überbringer schlechter Nachrichten geköpft, dachte Iwan. Dann stellte er endlich die Frage, die ihm schon von Anfang an unter den Nägeln gebrannt hatte.

»Weißt du was von Tanja?«
»Sie trauert.«
»Verstehe.«
Sie schwiegen. Im Prinzip war auch alles gesagt. Nun galt es, zu handeln.
»Ach übrigens …« Schakilow kratzte sich am Hinterkopf. »Neulich habe ich Ramil getroffen. Diesen Moskowiter, erinnerst du dich? Achmets Leibwächter. Stell dir vor, der spaziert hier über den *Newski*, als wäre er der Chef. Am liebsten hätte ich ihm die Fresse poliert.«
»Sascha!«, schimpfte Nastja, die gerade mit dem Geschirr vorbeilief.
»Wieso, das hätte ihm gutgetan«, rechtfertigte sich Schakilow, doch Nastja war schon wieder hinausgegangen.
»Und wieso hast du es nicht gemacht?«, fragte Iwan und musterte seinen Freund.
Schakilow hatte sich tatsächlich verändert, zwar nicht augenfällig, aber eben doch.
»Wanja!«, intervenierte abermals Nastja.
»Ich weiß auch nicht recht«, antwortete Schakilow nachdenklich. »Du kannst dir gar nicht vorstellen, wie vorsichtig wir geworden sind, seit … äh …«
»Seit meinem Tod? Wolltest du das sagen?« Iwan zog die Augenbrauen hoch. »Kann ich verstehen.«
»Sascha, Witalik quengelt, ich kann gerade nicht!«, rief Nastja.
Nachdem Schakilow hinausgegangen war, um nach seinem Sohn zu sehen, erschien seine Frau in der Tür und sah Iwan angriffslustig an.
»Wanja, kann ich dich mal kurz sprechen?«
Iwan ging hinaus und folgte ihr in den schmalen Gang zwischen den Baracken, wo es nach Waschküche roch. Eine junge Frau mit einem Zuber nasser Wäsche zwängte sich an ihnen vorbei.
»Ist irgendwas passiert, Nastja?«

Der Blick, mit dem sie ihn fixierte, war sehr ernst. Iwan wusste sofort, dass sie ihm gleich die Meinung geigen würde.

»Wanja, ich mag dich wirklich gern. Aber bitte lass Sascha aus dem Spiel. Er wäre schon beim letzten Mal beinahe umgekommen. Wegen dir«, fügte sie in typisch weiblicher Unverblümtheit hinzu.

Iwan überlegte kurz und nickte.

»Ist gut, Nastja. Ich habe verstanden.«

Der Digger ging ins Zimmer zurück und quetschte sich wieder an seinen Platz am Tisch. Schakilow hatte seinen Sohn auf den Schoß genommen und spielte »Hoppe, hoppe, Reiter« mit ihm. Iwan zwinkerte dem Dreikäsehoch zu. Schakilow schmunzelte. Der kleine Witalik dagegen schaute ganz ernst und zog seine dünnen Augenbrauen zusammen. Vermutlich wusste er besser als alle anderen, worauf die Sache hinauslief.

»Wir machen Folgendes«, sagte Iwan. »Du, Sascha, bleibst im Hintergrund. Du bist unsere Absicherung für den Fall, dass etwas schiefgeht.«

»Aber wieso?«, protestierte Schakilow. »Ich …«

»Keine Widerrede!«, versetzte Iwan und winkte ab. »Sag mir lieber, was es damit auf sich hat, dass Orlow hier an den Ständen Kosmetikkram kauft. Ich frage mich die ganze Zeit, wozu er das Zeug braucht. Was will er denn mit einer Haarspange? Er ist doch nicht verheiratet und Kinder hat er auch keine. Hat er eine Freundin?«

Schakilow wandte sich an seine Frau: »Nastja?«

Die Frau des Diggers prustete herablassend.

»Na klar, er hat eine Geliebte an der *Gostinka*. Das weiß doch die ganze Allianz. Und die überschüttet er mit Geschenken. Die Modeschmuckläden am *Newski* sind schon halb leergekauft.«

Iwan dachte nach.

»Und kommt diese Geliebte auch zu ihm?«

Schakilow sah Iwan neugierig an.
»Was hast du schon wieder ausgeheckt, Wanja?«

»Ich habe schon auf dich gewartet ...« Orlow öffnete die Tür und erschrak. Was hatte denn diese Schreckschraube hier verloren?
»Hallo, Süßer«, flötete die Frau mit schmachtender Stimme und klimperte mit den getuschten Wimpern.
Habe ich diese Augen nicht schon mal gesehen?! Verdammt! Das ist doch ...
Orlow stürzte zurück ins Zimmer. In der oberen Schublade seines Schreibtischs bewahrte er eine Pistole auf – eine schöne italienische Beretta. Aber er war zu langsam. Die »Frau« holte ihn ein, riss ihn herum und schlug ihn nieder. Der Geheimdienstchef fiel auf die Seite und stöhnte vor Schmerz. Er drehte sich auf den Bauch, doch als er versuchte wegzurobben, wurde er an den Beinen gepackt. Vergeblich versuchte er, sich an einem Stuhlbein festzuhalten. Der Stuhl fiel einfach um.
Schreien!, durchfuhr es Orlow, doch im nächsten Moment stopfte man ihm einen schmutzigen Lumpen in den Mund. Während sein Schrei in einem Röcheln erstickte, bohrten sich harte Knie in den Rücken des Geheimdienstchefs.
»So ist's brav«, sagte eine Männerstimme. »Und jetzt gib schön die Patschhändchen.«
Klebeband raschelte.
In seiner Ohnmacht ließ Orlow alles widerstandslos über sich ergehen.
Ich verdammter Idiot, dachte er. Wie konnte ich mich so übertölpeln lassen. An allem sind nur die verdammten Weiber schuld. Und wieso ist dieser Iwan eigentlich noch am Leben, zum Henker?
Kurz darauf saß Orlow gefesselt und geknebelt mit dem Rücken zur Wand am Boden und musste dabei zusehen, wie die »Frau«

sich wieder in einen Mann verwandelte. Iwan warf die Frauenkleider in eine Ecke und schlüpfte in seine Armeeklamotten. Dann nahm er ein Taschentuch und schminkte sich säuberlich ab. Dabei schnitt er abenteuerliche Grimassen und fluchte vor sich hin. Das war's, dachte Orlow. Jetzt bin ich verratzt.

Nachdem er sich umgezogen hatte, ging Iwan zum Telefon und nahm den Hörer ab. Er zögerte kurz. Nach diesem Anruf würde es kein Zurück mehr geben.
Iwan wählte: Null-Drei. Früher war das die Nummer für den Notarzt gewesen, hatte der Professor erzählt.
Ärzte werden wir gewiss brauchen können, dachte Iwan.
Er legte den Hörer ans Ohr. Der Freiton.
Iwan wartete.
Endlich nahm am anderen Ende der Leitung jemand ab.
»Am Apparat«, sagte eine ferne Stimme.
Iwan sah den Oberführer an, dann Wodjanik und Mischa.
»Wir haben letztes Mal nicht zu Ende gesprochen, General.«

Auf dem Tisch stand eine ganze Herde Porzellanelefanten – angefangen von einem winzigen Exemplar in Fingerhutgröße bis hin zu einem gewaltigen Bullen mit langen, gebogenen Stoßzähnen, kräftigem Rüssel und klugen Augen. Auf dem Kopf des Bullen lag eine violette, mit goldenen Quasten verzierte Decke. Memow betrachtete die Figur. Der Blick des Bullen strahlte eine unerschütterliche Elefantenruhe aus.
Den größten Teil der Sammlung hatte Memow geschenkt bekommen und einige wenige Stücke selbst bei Diggern erstanden. Das Faible des Generals für Porzellanelefanten galt bei seinen Untergebenen als legendär.
Gut so, dachte Memow. Sobald ich mein Ziel erreicht habe, wird die ganze Metro von meinen Elefanten sprechen. Doch noch ist es nicht so weit. Ruhm will hart erarbeitet sein.

Sasonow trat an den Tisch, nahm eine der Figuren und drehte sie in den Händen hin und her.

In Memow wallte Empörung auf.

»Was spricht Postyschew?«, fragte er.

Der Kommandant der *Wassileostrowskaja* war immer noch derselbe Querulant wie zuvor. Aus dem Verlust des Dieselgenerators schien er nicht das Geringste gelernt zu haben.

»Er ist ein sturer, alter Idiot«, sagte Sasonow. »Er will einfach nicht wahrhaben, dass seine Zeit vorbei ist. Die *Waska* ist nun mal nicht mehr unabhängig. Postyschew bittet um Aufstockung der Stromlieferungen – zwölf Stunden anstelle von sechs. Andernfalls würden seine Setzlinge eingehen, behauptet er.« Der jetzige Kommandeur der Digger der *Wassileostrowskaja* schmunzelte. »Er ist einfach ein Hallodri.«

»Wie bitte?« Der General glaubte, sich verhört zu haben.

»Ich meine, er spielt einfach auf Zeit«, korrigierte sich Sasonow.

»Und was schlägst du vor?«

Auf Sasonows Gesicht erschien ein eiskaltes Lächeln.

»Ich denke, wir brauchen einen neuen Kommandanten.«

Memow musterte ihn streng.

»Bist du dir da ganz sicher?«

Am Ende stellte Sasonow den Elefanten auf den Tisch zurück und ging.

Memow atmete auf.

Ein gefährlicher Typ, dieser Sasonow, dachte er. Wenn das so weitergeht, werde ich mir eine Lösung für ihn ausdenken müssen. Äußerst bedauerlich, dass er und nicht Merkulow an meiner Seite steht. Merkulow war ein schwerer Verlust. Jetzt muss ich mich mit einem Mörder abgeben, der seinen besten Freund und seine Station verraten hat.

Doch vorläufig brauche ich Sasonow noch. Er ist nützlich.

Memow ging zum Tisch und stellte die Figur an ihren angestammten Platz zurück.
Vielleicht ist es kindisch, dass ich mich über so etwas aufrege, dachte er. Es ist ja nur ein Porzellanelefant. Aber trotzdem: Es ist mein Elefant. Und er hat an dem Platz zu stehen, den ich ihm zugedacht habe.
Seit sechs Jahren baute Memow an seinem Imperium.
Wenn du über fünfzig bist, wird dir klar, wie wenig Zeit du hast. In deinem Umfeld gibt es nur Feinde und Untergebene. Die Feinde sind noch das geringste Problem, denen kannst du auf Augenhöhe begegnen. Aber gegenüber deinen Untergebenen brauchst du die Wachsamkeit und Explosivität eines Geparden, der eine Antilope innerhalb von elf Sekunden tötet. Es gab mal solche Raubtiere vor der Katastrophe – die schnellsten der Welt. Wer erinnert sich heute noch an sie?
Memow schüttelte den Kopf und rückte einen Elefanten zurecht, dessen Flanken mit einem blauen Muster verziert waren. Dann betrachtete er abermals seinen Lieblingselefanten, den großen Bullen.
Er hat einen Nachfolger, dem er sein Elefantenreich vererben wird. Daraus bezieht er seinen Seelenfrieden. Aber was ist mit mir? Das größte Imperium ist nichts wert, wenn man niemanden hat, an den man es weitergeben kann. Zumal wenn man bedenkt, was demnächst bevorsteht … Wenn die Geheimdienst-Informationen stimmen, haben wir nur noch wenig Zeit.
Der General seufzte und ging zu seinem Schreibtisch zurück, auf dem sich Berge von Unterlagen stapelten.
Ich brauche einen Nachfolger. Einen Erben. Was ist, wenn mir etwas passiert? Dann geht alles, wofür ich all die Jahre gekämpft habe, den Bach hinunter.
Dann wäre alles zu Ende. Für immer.
Das Telefon klingelte. Wer mochte das sein? Memow schaute auf das Display der Telefonanlage. »Newsk.« leuchtete auf. Der *Newski prospekt.* Also Orlow.

Immer noch gedankenverloren nahm Memow den Hörer ab und legte ihn ans Ohr.

»Am Apparat.«

Als der General die Stimme seines Gesprächspartners hörte, zuckte er wie vom Blitz getroffen zusammen. Die Stimme gehörte jemandem, der schon längst hätte tot sein müssen.

»Wir haben letztes Mal nicht zu Ende gesprochen, General«, sagte die tiefe, leise, etwas heisere Stimme.

Hektisch winkte Memow seinen Adjutanten herbei.

»Iwan«, sagte der General. »Es wird dich vielleicht überraschen, aber ich freue mich, deine Stimme zu hören.«

»Ach was?«, erwiderte der Digger mit beißendem Spott. »Es kommt nicht oft vor, dass man aus dem Jenseits angerufen wird, nicht wahr, General?«

Der Adjutant kam herbeigelaufen, reckte dienstfertig das Kinn in die Luft und sah Memow an wie ein Hund. Wer züchtet nur all dieses kriecherische Gesocks, dachte der General genervt und gab dem Adjutanten mit einer Geste zu verstehen, dass er ihm etwas zum Schreiben bringen soll.

»Allerdings«, pflichtete Memow bei. »Ist Orlow bei dir?«

»Ja. Er kann nur gerade nicht ans Telefon gehen. Sie müssen ihn entschuldigen, General.«

»Ist er am Leben?«

Das war wichtig. Falls Iwan den Geheimdienstchef getötet hatte, war er gewiss nicht auf Verhandlungen aus. Falls Orlow noch am Leben war, gab es möglicherweise noch Handlungsspielraum.

Die Antwort ließ quälend lange auf sich warten.

»Er ist quicklebendig. Für wen halten Sie mich, General? Für einen Typen wie Sie?« Pause. »Oder wie Sasonow?«

Memows Miene verfinsterte sich. Der Giftpfeil des Diggers hatte genau ins Ziel getroffen.

Die Entscheidung, Iwan zu beseitigen, war ein Fehler. Und ein noch größerer Fehler war, die Sache nicht zu Ende zu bringen.

Dafür wird jemand geradestehen müssen. Und ich weiß auch schon, wer.

Endlich brachte der nichtsnutzige Adjutant einen Zettel und einen Filzstift. Memow bedeutete ihm, das Papier festzuhalten, zog mit den Zähnen die Kappe des Filzstifts ab und begann zu schreiben. »M…« Die grüne Farbe versiegte und der Filzstift schabte trocken über das Papier. Zornig warf Memow den Stift in die Ecke. Der Adjutant fuhr vor Schreck zusammen. Dieser Idiot. Der General zeigte zum Schreibtisch. Den Bleistift, aber dalli!

»Ich halte dich für niemand anderen als für dich selbst«, entgegnete Memow souverän. »Was gedenkst du zu tun?«

Der Adjutant brachte den Bleistift. Endlich.

Ich schmeiß ihn raus, diesen Lahmarsch. Oder ich lasse ihn tagelang Klos putzen.

Memow schrieb: »Merkulow ist am *Newski*. Er hat Orlow in seiner Gewalt. Station abriegeln und auf meine Befehle warten. Geheim.«

Dann drückte er dem Adjutanten den Zettel in die Hand, wies ihm mit einem Wink die Tür und drohte ihm zusätzlich mit der Faust, um ihm Beine zu machen. Der Adjutant erblasste und rannte los.

»Ich höre, Iwan«, sagte Memow, während er den Rücken des Adjutanten in der Tür verschwinden sah.

»Gut so«, erwiderte der Digger. »Sie' haben sicher schon Leute zum *Newski* geschickt. Aber bis die hier sind, haben wir locker zehn Minuten Zeit und können uns in aller Ruhe unterhalten.«

Ganz schön kaltschnäuzig, dachte Memow zähneknirschend. Warum bist du nicht auf meiner Seite, Iwan? Warum? Zusammen könnten wir Berge versetzen.

Nachdem Sasonow das Büro des Generals verlassen hatte, blieb er draußen an der Wand stehen, zog aus der Innentasche seines Mantels ein Federmäppchen hervor, öffnete es und nahm eine selbst gedrehte Zigarette heraus. Es war die drittletzte. Bald würde er wieder Farid anhauen müssen, auch wenn ihm das nicht schmeckte.

Seine Finger zitterten, als er sich die Zigarette zwischen die Lippen klemmte. Nervös klopfte er seine Taschen ab, bis er endlich das Feuerzeug fand. Ein Feuerzeug aus einer Patronenhülse. Sasonow grinste.

Dieses Feuerzeug hat einmal dir gehört, Iwan. Alles, was einmal dir gehört hat, gehört jetzt mir. Oder es wird mir gehören – früher oder später.

Das Zündrädchen knirschte. Einmal. Zweimal. Funken sprühten. Endlich stach die Flamme hervor.

Gierig zündete Sasonow die Zigarette an. Er war so hektisch, dass er sich dabei die Finger verbrannte und die Zigarette beinahe geknickt hätte. Seine Nerven lagen blank. Er musste sich wieder unter Kontrolle bekommen.

Als der warme, blaue Dunst endlich in seine Lungen strömte, entflammte in seinem Kopf das feurige Rot einer aufblühenden Blume. Sasonow behielt den Rauch in den Lungen. Die Blume in seinem Kopf öffnete ihre fleischigen Blütenblätter. Die Anspannung ließ nach und in seinem Körper breitete sich wohlige Leichtigkeit aus.

Jetzt fühlte sich Sasonow wieder im Lot. Als wäre er zuvor ein halber Mensch gewesen und seine zweite Hälfte mit dem ersten Zug von der Zigarette wieder an ihren Platz zurückgekehrt.

Innerer Friede.

Sasonow steckte das Federmäppchen in den Mantel zurück. Demnächst musste er Farid beauftragen, Nachschub von dem veganischen Gras zu besorgen. Diese Veganer waren offenbar gar nicht so dumm.

Sasonows Gedanken flossen wieder klar und entspannt. Zuvor, im Gespräch mit Memow, hatte er noch das Gefühl gehabt, als würde dicker Nebel in seinem Kopf ihm die Sinne trüben. Einmal hatte er sogar kompletten Unsinn geredet und den verwunderten Blick des Generals auf sich gezogen. Jetzt, nach der Zigarette, war er wieder völlig klar im Kopf.

Eine gute Gelegenheit nachzudenken und Entscheidungen zu treffen.

Für Postyschew muss ich mir noch was ausdenken, aber das dürfte nicht schwierig sein. Und dann Tanja.

Sasonow grinste diabolisch.

Nicht, dass sie mich als Frau sonderlich anmachen würde. Aber sie war immerhin mal Iwans Braut. Und das ändert die Dinge natürlich grundlegend. Alles, was einmal Dummwan gehört hat, ist prinzipiell interessant.

Sasonow inhalierte noch einmal tief und ließ den Rauch langsam aus den Lungen strömen. Das blaue Wölkchen bildete skurrile Formen und schwebte erhaben davon.

Natürlich ist es leichtsinnig, mit Gras in der Tasche im Hauptquartier des Generals aufzukreuzen. Aber heute war ein schwerer Tag. Wird schon alles werden.

Er warf die Kippe weg und trat sie mit dem Absatz aus.

Spuren. Na und? Scheiß drauf.

Als Sasonow sich auf den Weg machen wollte, lief ihm Memows Adjutant in die Arme, der gerade aus dem Büro des Generals gekommen war.

»Lassen Sie mich durch!«

»Was ist passiert?«, fragte der Digger.

Der Adjutant versuchte, an ihm vorbeizugehen, doch Sasonow stellte sich ihm geschickt in den Weg. Der Adjutant war noch jung und völlig grün hinter den Ohren. Gegen den abgebrühten Digger hatte dieser Frischling nicht die geringste Chance.

»Ich … muss hier durch.«

»Ich kann dir doch helfen«, entgegnete Sasonow und grinste wie ein Läufer, der eine hilflose Pawlowsche Welpe aufgestöbert hat.

Sein sechster Sinn für menschliche Schwächen trog Sasonow nur selten, doch in diesem Augenblick ging er auch ein erhebliches Risiko ein. Er spürte, dass etwas Wichtiges im Busch war.

Vielleicht seine Chance. Falls er sich aber täuschte, drohte ihm gewaltiger Ärger. Der General würde den Vorfall niemals auf sich beruhen lassen.

Immer wieder versuchte der Adjutant, sich an Sasonow vorbeizuzwängen, doch der versperrte ihm den Weg wie eine bewegliche Mauer.

»Es ist dringend!«

»Das verstehe ich doch«, beschwichtigte Sasonow, dessen Augen in der Dunkelheit funkelten. »Was hat dir der General denn aufgetragen?«

Der Adjutant blickte sich verzweifelt um, doch er fand keinen Ausweg.

»Ich muss einen Zettel überbringen.«

»Was für einen Zettel?«

»Lassen Sie mich durch! Ich darf das nicht …«

»Du hast ihn aber verloren«, sagte Sasonow. »Schau doch nur, du Dummerchen, du hast nichts in der Hand.«

Der Adjutant geriet ins Grübeln und öffnete seine linke Hand.

Der Moment der Wahrheit.

In seiner Hand lag der Zettel. Eine blitzartige Bewegung. Im nächsten Augenblick schloss der Adjutant die Hand wieder. So schnell er konnte. Doch er griff ins Leere.

Sasonow hielt triumphierend den Zettel in der Hand und las begierig die Notiz. Einmal, zweimal, dann ließ er den Zettel einfach fallen.

Das Papier schwebte langsam zu Boden. Der Adjutant fing es auf und rannte davon, den Tränen nahe. Er hatte sich austricksen lassen.

Schnell muss man sein, dachte Sasonow.

Eine halbe Minute später hatte er bereits einen Plan gefasst. Er blieb kurz stehen und spielte ihn noch einmal durch. Es musste funktionieren.

Sein sechster Sinn hatte ihn auch diesmal nicht im Stich gelassen. Es hatte sich gelohnt, das Risiko einzugehen.

Im Sturmschritt verließ Sasonow den Ort des Geschehens.
Iwan lebte.
Und er hielt sich am *Newski* auf.
Tralala, Bato-ontschiki.
Rasch überquerte Sasonow den Bahnsteig und sprang aufs Gleis hinunter. In einem Kabuff unterhalb des Bahnsteigs der *Admiraltejskaja* hatten die Digger ihr provisorisches Hauptquartier eingerichtet. Als Sasonow die Tür aufstieß, schlug ihm der Gestank billigen Fusels und ungewaschener Körper entgegen. Angewidert verzog er das Gesicht. Dann ging er hinein und trat mit dem Fuß gegen einen unförmigen Klumpen, der unter einer dreckigen Decke lag und nach Alkohol stank.

»Leck mich ...«, brummte der Klumpen und drehte sich auf den Rücken. Unter der Decke lugte Gladyschews unrasierte Visage heraus. »Was willst du?«

Sasonow lächelte.

»Genug geschlafen, Jegor! Es gibt was zu tun!«

Der Oberführer zeigte auf die große weiße Uhr mit den schwarzen Ziffern.

»Zehn Minuten«, formte er mit den Lippen.

Iwan nickte, legte den Hörer ans andere Ohr und klemmte ihn mit der Schulter ein. Dann schrieb er auf einen Zettel: »M. wird schon nervös« und zeigte ihn dem Skinhead.

»Na, General, wollen wir ein bisschen plaudern?«

»Was willst du, Iwan?«

»Sie schulden mir noch eine präzise Antwort. Wenn Sie nichts dagegen haben, General, würde ich die jetzt gern von Ihnen hören.«

»Frag, was du willst. Ich antworte dir gern.«

Er spielt auf Zeit, dachte Iwan. Aber damit haben wir gerechnet.

»Ich möchte wissen, wozu das alles nötig war. Dieser Diebstahl. Dieser Mord. Dieser Krieg.«

Der General ließ sich Zeit mit seiner Antwort.

»Wenn ich nur wüsste, wie ich dich überzeugen kann, Iwan«, erwiderte er schließlich. »Egal, was ich jetzt sage, du wirst es vermutlich doch nicht glauben. Aber eines musst du wissen: Ich habe getan, was ich für nötig hielt. Von der Menschheit ist zu wenig übrig, als dass wir uns diese egoistische Grüppchenbildung leisten könnten. Ja, du hast recht, meine Methoden sind radikal. Diebstahl, Mord und Krieg sind für mich Mittel zum Zweck. Aber ich kann es niemandem erlauben – weder den Moskowitern noch der *Wassileostrowskaja*, noch sonst jemandem –, sein eigenes Süppchen zu kochen, während alle Übrigen für unsere Zukunft kämpfen. Wir müssen an einem Strang ziehen, verstehst du das?«

»In der Einheit liegt die Kraft, nicht wahr, General?«, stichelte Iwan. »Oder haben Sie sich in der Zwischenzeit eine neue Losung ausgedacht, von der ich noch nichts weiß?«

Memow seufzte.

»Du begreifst nicht, worum es hier geht. Wir stehen an der Schwelle eines großen Kriegs.«

Iwan schmunzelte.

»Was Sie nicht sagen.«

»Ob du es glaubst oder nicht. Es ist Fakt. Was weißt du über das Imperium der Veganer?«

Sofort schossen Iwan die Bilder aus der Vergangenheit durch den Kopf. Die grauen Bartstoppeln am Hals des Arztes. Und wie er elend langsam zu Boden stürzte.

Iwan blinzelte und wandte sich ab, damit die anderen sein Gesicht nicht sehen können.

»Darüber weiß ich mehr als genug.«

»Einen Dreck weißt du. Ich habe zuverlässige Informationen darüber, dass die Veganer die Eroberung fremden Territoriums in der Metro planen. Sie brauchen mehr Lebensraum. Und nicht nur das ...«

»Dann sind Sie neuerdings also ein Freiheitskämpfer, General? Hochinteressant.«

»Halt den Mund und hör mir zu. Ich vertraue dir jetzt an, was nur ganz wenige Menschen wissen. In der Metro steht eine Umverteilung der Einflusssphären bevor. Die Veganer sind keine Menschen. Obwohl sie so aussehen wie wir. Es geht also nicht um einen Unabhängigkeitskampf, sondern um das Überleben der Menschheit. Wir haben nicht mehr viel Zeit. Vielleicht ein Jahr. Vielleicht ein paar Monate. Vielleicht weniger. Ich weiß es nicht. Dann bricht hier die Hölle los. Sie werden uns in Reservate pferchen und zu Dünger verarbeiten. Möchtest du das?«

Iwan schwieg. Was der General sagte, klang im Prinzip überzeugend, und doch ...

»Ich muss Ihnen in einem entscheidenden Punkt widersprechen, General. Ich hatte das zweifelhafte Vergnügen, die Veganer aus der Nähe kennenzulernen. Und ich kann Ihnen versichern, dass es sich um Menschen handelt. Gewiss, ihr Verhalten ist befremdlich: Sie essen nur Pflanzen und düngen ihre Plantagen mit Gefangenen. Doch all das liegt durchaus im Bereich dessen, wozu Menschen fähig sind. Ich darf Sie nur an die Ereignisse an der *Wosstanija* erinnern. Sie wissen, was ich meine?«

Memow seufzte tief auf.

»Du glaubst mir nicht. Aber wir haben die Leichen von Veganern seziert. Komm her, ich zeige dir, was dabei herausgekommen ist. Dann wirst du verstehen, wovon ich spreche. Sie sind keine Menschen, glaub mir, Iwan. Ich weiß nicht, wann es damit angefangen hat, aber jetzt gleichen sie eher Pflanzen als ...«

»Worauf wollen Sie eigentlich hinaus, General?«, unterbrach Iwan. »Etwa darauf, dass der Zweck die Mittel heiligt?«

Pause.

»Genau so ist es«, bestätigte Memow. »Wenn das Ziel es wert ist, heiligt es die Mittel. Hier geht es ums Überleben der Menschheit.«

Der Oberführer wedelte nervös mit der Hand, um Iwan zur Eile zu mahnen. Der Digger nickte.

»Wir müssen Schluss machen, General. Es ist Zeit für mich.«
»Warte!«, schrie Memow. »Ich bin noch nicht fertig! Ich weiß, dass ich mich dir gegenüber schuldig gemacht habe. Aber töte Orlow nicht! Ich bitte dich, hör auf mich und ...«
Iwan legte auf. Der Oberführer zwinkerte ihm zuversichtlich zu, schulterte sein Gewehr und schlüpfte zur Tür hinaus.
Iwan betrachtete den gefesselten Geheimdienstchef der *Admiraltejskaja*.
Er hob die Pistole und spannte mit dem Daumen den Hahn.
Abermals flammte die Erinnerung auf: das ohrenbetäubende Krachen von Schüssen. Feuerblitze. Zuckende Körper, die langsam zu Boden sinken.
Wie hatte der General sich ausgedrückt?
»Sie gleichen eher Pflanzen als ...« Als was? Als Menschen?
Iwan zielte auf Orlows Schläfe.
Das Böse muss bestraft werden.
Nicht wahr?

Ein Schuss.
Sasonow und Gladyschew tauschten Blicke. Dann näherten sie sich von zwei Seiten vorsichtig der Eingangstür von Orlows Büro.
»Immer Tuchfühlung zum Partner halten«, hatte Iwan immer gepredigt. Sasonow schmunzelte, als er sich daran erinnerte. Er und Gladyschew harmonierten wie ein perfekt eingespieltes Team. Bis jetzt jedenfalls.
Die Tür stand halb offen. Sasonow spähte hinein.
Ein dumpfes Stöhnen. Ein mit Klebeband umwickeltes Etwas rollte durch den Raum.
Mit vorgehaltenem Revolver schlüpfte Sasonow hinein.
Er sah Orlows weißes Gesicht und seine Augen, die irre in den Höhlen rollten. Auf dem Boden überall Blut. Sasonow steckte den Revolver ins Halfter zurück. Er bückte sich und riss dem Geheimdienstchef das Klebeband vom Mund. Orlow spuckte den

Knebel aus und begann zu schreien. Der Digger hatte das Gefühl, dass ihm gleich die Ohren abfallen würden.

»A-aah!«, brüllte Orlow. »Mein Knie!«

Warum hatte Iwan ihn nicht getötet? Sasonow nahm Orlows Pistole, die auf dem Tisch lag.

Rätselhaft. Wieso hat er ihn am Leben gelassen? Was hätte ich an seiner Stelle gemacht? Klarer Fall, ich hätte die Sache zu Ende gebracht.

Sasonow grinste.

Aus Iwans Sicht wäre das nur folgerichtig gewesen. Aber macht nichts. Das lässt sich ja korrigieren.

Orlow brüllte weiter.

Sasonow spannte den Hahn der Beretta.

Dann bückte er sich und pappte Orlows Mund wieder zu. Stille. Na ja, relative Stille: Der Geheimdienstchef stöhnte dumpf unter dem Klebeband. Die Augen in seinem von Angst verzerrten Gesicht traten aus den Höhlen.

Sasonow hob die Pistole und ging ein Stück zurück. Blutspritzer auf seinem Mantel konnte er nicht brauchen. Er zielte, dann drückte er ab.

Tschock. Aus Orlows Glatze sickerte Blut.

Sasonow setzte sich auf einen Stuhl und warf die Pistole auf den Tisch.

»Wie kann man nur so herumschreien«, sagte er. »Wie ein Mädchen.«

Sie verließen Orlows Büro, das sich ganz am Ende des Bahnsteigs befand. Über der Tür stand die Aufschrift »W2-PIIA«. Früher einmal waren in solchen Räumen die Utensilien der Putzfrauen aufbewahrt worden – das hatte man Iwan erzählt. Jetzt befanden sich die Büros hoher Tiere darin. Wie sich die Zeiten ändern.

Iwan sah sich um.

Der helle Marmor. Die hohe Decke. Der *Newski prospekt* gehörte zweifellos zu Iwans Lieblingsstationen. Doch nun war es höchste Zeit, von hier zu verschwinden.

Memows Worte hatten den Digger nicht kaltgelassen. Was, wenn der General die Wahrheit gesagt hatte und die Veganer tatsächlich einen Kriegszug vorbereiteten? Dann drohte ein totales Desaster.

Sie kämpften sich durch das Gewühl am Bahnsteig. Diesmal ohne Verkleidung. Die Zeit des Versteckspiels war vorbei.

Plötzlich bemerkte Iwan, dass der Oberführer zurückgeblieben war. Er wandte sich um. Der Skinhead stand wie angewurzelt da und hatte den Übergang zur *Gostinka* ins Visier genommen. Iwan schaute angestrengt, konnte jedoch keine bekannten Gesichter erkennen.

»Ober?«, rief er ihm zu.

Der Skinhead reagierte nicht. Seine Miene war versteinert.

»Ober!«

Endlich drehte er den Kopf, aber so langsam, als wäre sein Hals eingerostet. Seine blauen Augen wirkten eisig wie dampfendes Trockeneis. Aus ihnen flutete Hass. Iwan erschrak regelrecht bei diesem Anblick.

»Was ist passiert?«

Das Gesicht des Skinheads entspannte sich und zeigte sogar einen Anflug von Lächeln. Er nahm das Gewehr von der Schulter und reichte es Iwan.

»Geh schon mal voraus«, sagte der Oberführer.

Iwan sah ihn verständnislos an. Eigentlich hatten sie geplant, gemeinsam durch den Tunnel zur *Sennaja* zu gehen. Der Professor und Kusnezow waren bereits dorthin aufgebrochen. Wen oder was hatte der Oberführer gesehen?

»Geh schon«, wiederholte der Skinhead. »Ich komme nach.«

Mit federnden Knien landete der Oberführer auf dem Betonboden und richtete sich auf.

»Hallo, Ramil. Kennst du mich noch?«

Zar Achmets Leibwächter sah auf. Und grinste. Natürlich kannte er den Skinhead noch. Sofort schob er Achmetsjanow zur Seite. Dieser wollte protestieren, doch Ramil wimmelte ihn ab. Nicht jetzt.

Angriffslustig trat er dem Skinhead entgegen.

»Der hat damit nichts zu tun«, sagte Ramil.

»Richtig. Das ist eine Sache zwischen uns beiden«, bestätigte der Oberführer.

Er ließ lässig die Arme baumeln und schüttelte die Faust, in der er das Messer hielt. Lockerungsübungen. Der Skinhead war nackt bis zum Gürtel. Sein mit blauen Flecken und Narben übersäter Körper bot einen martialischen Anblick. Am Unterarm prangten Hammer und Sichel. Eine sowjetische Kampfmaschine in voller Pracht.

Achmet der Zweite ging einige Schritte zur Seite und blieb dann stehen. Seine schwarze Lederjacke glänzte in der Dunkelheit. Seine Augen glänzten auch. Er wusste nicht recht, wie er sich verhalten sollte.

»Geh weg!«, befahl Ramil, ohne sich nach seinem Boss umzublicken.

Achmet trollte sich. Der Leibwächter legte seine Jacke ab und hängte sie an einen Stahlstift, der aus der Wand ragte. Dann krempelte er sorgfältig die Ärmel auf und entblößte dabei seine dicht behaarten Unterarme. Zuletzt zog er sein Messer.

»Fertig?«, fragte der Oberführer, der noch immer mit seinem Messer herumspielte.

Ramil nickte.

»Du mieses Schwein«, stachelte der Oberführer sich an. »Du hast doch gar keine Ahnung, mit wem du dich eingelassen hast. Du hast es mit Skins zu tun, kapiert?«

»Welchen Tunnel soll ich übernehmen?«, fragte Gladyschew mit heiserer, brechender Stimme. Er räusperte sich und spuckte einen

Schleimbatzen aus. Der Digger sah heruntergekommen aus, wie ein Zombel.»Scheiße. Den linken oder den rechten?«

Sasonow sah sich um.

»Den linken«, antwortete er.

»Echt?«

»Ja, den linken«, wiederholte Sasonow mechanisch, doch dann wurde ihm der ironische Unterton in Gladyschews Stimme bewusst.»Was soll die blöde Frage? Geht's dir noch gut?«

»Bestens. Wieso?«

Was erlaubte sich der? Sasonow richtete sich zu voller Größe auf. Solcherlei Aufsässigkeit musste man im Keim ersticken.

»Pass auf, was du sagst«, warnte er.»Oder willst du eine aufs Maul?«

Schweigen.

»Jegor?!«

»Jaja«, entgegnete Gladyschew gedehnt. Sein aufgedunsenes, zerfurchtes Gesicht wirkte in diesem Augenblick erstaunlich ruhig.»Du bist zwar Kommandeur, aber geh mir nicht auf den Sack, okay? Glaubst du etwa, ich wüsste nicht, warum Wanja aus dem Jenseits zurückgekehrt ist? Wegen dir!«

»Wegen dir etwa nicht?«

»Wegen mir auch, natürlich«, pflichtete der alte Digger grinsend bei und bleckte die verfaulten Zahnstumpen.»Weil Blut an meinen Händen klebt. Viel Blut. Aber du hast ihn getötet. Denkst du, ich wüsste das nicht? Du bist ihm hinterhergerannt wie ein Weib. Du bist ihm in den Arsch gekrochen. Und dann, als er beschlossen hatte, zu heiraten, hast du ihn umgelegt. Und jetzt befummelst du seine Sachen wie irgend so ein Weib. Und das *bist* du ja auch: ein Weib. Aber jetzt ist er wieder da, verstehst du? Na, wie gefällt dir das? Hast du die Hosen voll?«

Sasonow traute seinen Ohren nicht.

»Jegor, bist du besoffen? Wie sprichst du eigentlich mit mir?«

»So, wie es mir passt.«

Sasonow packte den alten Digger am Kragen seiner speckigen Jacke und zog ihn zu sich heran.

»Ich bin dein Kommandeur, kapiert?!«

Gladyschew fletschte die Zähne.

»Ein Dreck bist du. Ich hatte zwei Kommandeure. Kossolapy und Iwan. Einen dritten wird es nicht geben.«

»Und ich?«

Sasonow war so entgeistert, dass er sogar seinen Zorn fast vergaß. Was erlaubte sich dieser lächerliche Trottel?

»Und du? Du bist der Teufel, Wadim«, sagte Gladyschew ernst. »Ein Satan. Nimm die Pfoten weg, sonst breche ich dir jeden Finger einzeln.«

Er riss sich los, drehte sich um und ging in den Tunnel. In den linken, wie ihm befohlen worden war. Der neue Kommandeur der Digger pumpte sich auf.

»Bleib stehen, Jegor, oder ich schieße!«

Gladyschew blieb stehen und blickte sich um.

»Leck mich am Arsch!«, blaffte er und ging ungerührt weiter.

Plötzlich hatte Sasonow seinen Python in der Hand. So schnell, dass es ihn beinahe selbst überraschte. Die Kühle des Metalls fühlte sich vertraut an.

Er hob langsam den Arm und zielte. Kimme und Korn schwenkten über die gebeugte Gestalt des alten Diggers.

Schieß schon, sagte Sasonow zu sich selbst. Sonst verschwindet Gladyschew aus der beleuchteten Zone. Und was dann?

Der Kommandeur zielte weiter und legte den Finger an den Abzug. Dieser Revolver war wie für ihn gemacht.

Na los, schieß schon!

Im nächsten Augenblick verschwand Gladyschews Rücken in der Dunkelheit.

Sasonow ließ den Revolver sinken und grinste.

Nein. Zuerst ist Iwan an der Reihe. Um Gladyschew kann ich mich auch später kümmern.

»Wozu brauchst du mein Messer, Ramil? Na, sag schon, Freundchen, wozu?«

Der Oberführer ging auf den Leibwächter los. Die Klinge seines Messers blitzte mal in seiner Linken und mal in seiner Rechten auf, mal schnellte sie nach vorn, mal verschwand sie unter seinem Handgelenk.

Ramil wartete und rührte sich nicht. Sein Gesichtsausdruck blieb ruhig.

»Ich kann ja noch verstehen, dass du mir die Fingernägel ausgerissen hast, aber warum hast du mein Messer gestohlen?«

Ramil schwieg stoisch.

Der Oberführer bewegte sich fast tänzelnd über den Boden und setzte aus einer geschmeidigen Bewegung heraus die erste ernsthafte Attacke. Er hatte ein schlichtes, chinesisches Viking-Messer aus grauem Stahl, mit einer Riffelung auf der Rückseite der Klinge. Im letzten Moment reagierte Ramil. Die Klingen kreuzten sich und trennten sich wieder.

Der Oberführer sprang zurück und ging in die Hocke. Funkelndes Metall. Er blinzelte.

Ramil starrte ihn an wie ein steinerner Götze.

Über der linken Augenbraue des Oberführers leuchtete ein schmaler roter Schnitt. Blut quoll hervor, ein Tropfen löste sich und rann in seine Augenbraue. Der Skinhead fasste sich an die Stirn und befühlte den Schnitt. Überrascht betrachtete er seinen blutigen Finger. Dann hob er den Blick auf den Leibwächter.

Ramil zuckte mit den Schultern.

»Nicht schlecht«, sagte der Oberführer anerkennend.

Mit einer raschen Bewegung verschmierte er das Blut auf seiner Stirn. Jetzt sah er aus wie ein Indianer mit Kriegsbemalung.

Er fasste das Messer mit der Linken und preschte vor. Ramil trat ihm entschlossen entgegen. Abermals prallten die Klingen aufeinander. Dann machte der Leibwächter einen Ausfallschritt und stach zu. Der Oberführer wich aus und sprang zurück. Pause. Seine linke Schulter hatte einen kleinen Kratzer abbekommen.

Um die beiden Kampfhähne herum bildete sich eine Menschentraube, aus der sensationslüsternes Gemurmel drang. Es war nur eine Frage der Zeit, wann eine Patrouille auftauchen würde.

Der Oberführer begann plötzlich zu lachen.

»Bestimmt hat Achmet mein Messer, stimmt's? Du hast es für ihn geklaut, oder? Wie lebt es sich denn so als Kindermädchen, Ramil?«

Die Miene des Leibwächters verfinsterte sich. Seine Wangen pulsierten.

»Geht dich nichts an«, versetzte er gallig.

Es war das erst Mal, dass er während des Kampfes überhaupt etwas gesagt hatte, und der Oberführer wusste sofort, dass seine Provokation ins Schwarze getroffen hatte.

Jetzt muss ich ihn fertigmachen, dachte er, sonst macht er Hackfleisch aus mir.

»Wie oft wechselst du Achmet die Windeln, hm?«

Der Leibwächter schnaubte vor Wut.

»Und Frauen besorgst du auch nur für ihn, was?«, spottete der Skinhead weiter. »Ich sehe schon, du tust wirklich alles für ihn, Ramil. Und die Fingernägel hast du mir auch nur ausgerissen, um ihm zu gefallen, nicht wahr? Oder doch zu deinem eigenen Vergnügen? Na, sag schon. Enttäusch mich nicht.«

»Ich werde dich töten«, drohte Ramil. »Dein Spiel ist aus.«

Erneut gingen die beiden Kontrahenten aufeinander los. Arme fuchtelten, Messer klirrten. Plötzlich sank Ramil auf die Knie – die Beine trugen den mächtigen Körper nicht mehr. Er versuchte noch einmal aufzustehen, dann fiel er rücklings auf den Boden.

Der Skinhead richtete sich auf. Die Klinge in seiner Hand war blutüberströmt.

»Und krepieren wirst du auch für ihn, nicht wahr, Ramil?«, sagte er zu dem Sterbenden, drehte sich um und sprang aufs Gleis hinunter. Der Kampf war zu Ende. Zeit, sich aus dem Staub zu machen.

Ein Schuss.

Der Skinhead blieb kurz stehen und hob den Kopf. Der Knall kam aus der Richtung, wo sie Orlow zurückgelassen hatten. Die Menge oben auf dem Bahnsteig raunte.

Und wieder im Tunnel. Die Geschichte wiederholt sich.
Iwan, dachte Sasonow. Iwan, Diwan, Dummwan. Da bist du ja endlich.
Er hob seinen Python und zielte.
Ein Duell macht eigentlich mehr Spaß. Aber da es sich hier um unseren guten alten Freund Iwan handelt, sollten wir vielleicht besser kein Risiko eingehen. Obwohl ... Warum eigentlich nicht?
Sasonow grinste, ließ den Revolver sinken und steckte ihn ins Gürtelhalfter.
Für Dummwan lohnt sich das Risiko.
Er nahm die Lampe in die rechte Hand, streckte den Arm weit zur Seite und nahm die Verfolgung auf.
Wenn Iwan auf das Licht schießt, wird er sein blaues Wunder erleben. Ich schieße schneller als er.

Wenn ich nur wüsste, wo Sasonow steckt. Der Kerl schießt schneller als ich. Was für ein unsägliches Katz-und-Maus-Spiel.
Iwan schüttelte den Kopf und leuchtete mit der Lampe die Wand aus.
Im Lichtkreis erschienen Tunnelsegmente und rostige Kabelhalterungen. Alle leer. Aus diesem Tunnel hatte man alles Verwertbare längst herausgeholt. Kabel konnte man immer brauchen, sogar die Ratten waren durchnummeriert. Doch selbst in dieser ausgeschlachteten Röhre zwischen *Newski prospekt* und *Sennaja ploschtschad* verschwanden hin und wieder Leute.
Das wird mir wohl eher nicht blühen, dachte Iwan schmunzelnd, schulterte den »Bastard«, den ihm Schakilow gegeben hatte, und setzte seinen Weg in flottem Marschtempo fort.

Seit der Trupp der Admiralzen den *Newski prospekt* erreicht hatte, waren zwei Minuten vergangen. Es würde nicht mehr lange dauern, bis sie auch hier im Tunnel auftauchten.

Aber bis dahin sind wir hoffentlich schon an der *Sennaja*, dachte Iwan. So Gott will.

Er schaltete seine Lampe aus und schaute zurück, um zu kontrollieren, ob ihn jemand verfolgte.

Er blinzelte.

In der Ferne brannte ein Licht.

Entweder war das ein einsamer Passant, der friedlich zum Markt ging, oder ...

Iwan nahm das Gewehr von der Schulter.

Oder es war Sasonow.

Das Licht vor ihm erlosch.

So, so, Dummwan.

Hast du Schiss?

Auf das Licht wirst du ja doch nicht schießen.

Sasonow grinste.

Denn du weißt ja nicht, wer da hinter dir herläuft. Und einen Unbeteiligten zu erschießen ist nicht dein Stil.

Sasonow beschleunigte seinen Schritt.

Ich weiß noch genau, wie du dich verhalten hast, als ich als Neuer zu Kossolapys Einheit kam. Du warst nicht wie die anderen, hast mich ernst genommen, dich nicht über mich lustig gemacht. Du hast nicht auf mich herabgeschaut wie auf einen Volltrottel. Dabei war ich damals tatsächlich ein Dilettant, der nichts auf dem Kasten hatte.

Du hast mich als Menschen respektiert.

Vielleicht ist das auch der Grund dafür, dass ich dich hasse.

Ich bin über alle hinausgewachsen. Gladyschew, der mich immer gnadenlos verarscht hat, muss sich jetzt schön brav unterordnen. Er untersteht *mir*, nicht dir, Iwan. Der kleine Aufstand von vorhin bedeutet gar nichts. Gladyschew ist ein Schwächling. Früher oder später wird er reumütig zu mir zurückkommen.

Alles, was einmal dir gehörte, gehört jetzt mir. Oder es *wird* mir gehören.

Wir hassen nicht diejenigen, die über uns stehen und auf uns herabsehen, sondern diejenigen, die über uns stehen und uns als ihresgleichen behandeln.

Das entspricht der Natur des Menschen.

Sasonow zog seinen Revolver aus dem Halfter. Das Licht vorne im Tunnel ging wieder an und begann sich zu entfernen. Im Laufschritt nahm Sasonow die Verfolgung auf.

Das Licht in der Ferne begann auf und ab zu hüpfen. Der Träger der Lampe bewegte sich augenscheinlich im Laufschritt.

Hast du solche Sehnsucht nach mir, Wadim?

Iwan stellte sich mit gespreizten Beinen hin und legte das Gewehr an. Der Lichtfleck hüpfte immer noch auf und ab. Sein Verfolger lief.

Iwan schmiegte die Wange ans kühle, glatte Holz des Gewehrschafts.

»Meine Lieblingsbonbons«, sagte er tonlos und legte den Finger auf den Abzug.

Ach, Wadim, Wadim.

»Bato-ontschiki«, hauchte Iwan und drückte ab.

Das Gewehr hämmerte los und Feuerblitze zerrissen die Finsternis. Eins, zwei, zählte Iwan und ließ den Abzug los.

Die Lampe, in deren Richtung er geschossen hatte, fiel auf den Boden, rollte weg und blieb so liegen, dass ihr Lichtschein auf die Tunnelwand fiel.

Iwan machte einen Satz nach links, kniete sich hin und zielte erneut.

Dunkelheit.

Seine Schulter schmerzte und vor seinen Augen tanzten blaue Lichtflecke.
Die Lampe lag immer noch an Ort und Stelle.
Getroffen oder nicht?
Ein Stöhnen.

Sasonow lief leichtfüßig und entspannt. Vor dem Einstieg in den Tunnel hatte er seine letzte Selbstgedrehte geraucht. Nun blühte wieder die feuerrote Blume in seinem Kopf. Er war ruhig.
Die Lampe hielt er jetzt in der zur Seite gestreckten linken Hand. Die rechte mit dem Revolver ließ er locker herabhängen.
Los, Dummwan, fall schon rein auf meinen kleinen Trick. Je einfacher, desto besser, nicht wahr?
Schieß. Ich werde dir antworten. Blitzschnell.
Sasonow lief. In der hallenden Leere des Tunnels vervielfachte sich das Geräusch seiner Schritte. So als würde ein ganzer Trupp Sasonows den todgeweihten Digger Iwan verfolgen.
Was hatte Gladyschew zu mir gesagt? Du bist ein Teufel.
Genau.
Ein Schuss.
Sasonow duckte sich.
Offenbar hat Iwan die Nerven verloren. Ei-ei-ei. Wo bleiben deine berühmten Batontschiki?
Im kurzen Feuerblitz sah Sasonow einen Mann, der den ausgestreckten Arm auf ihn gerichtet hatte.
Im nächsten Augenblick riss er den Revolver hoch und schoss.
Zweimal.
Peng. Peng.
Der Mann stürzte zu Boden.

Iwan schaltete die Lampe unter dem Vorderschaft ein und beugte sich über den reglosen Körper. Den Finger ließ er sicherheitshalber am Abzug.

Wo das Licht hinfällt, fliegt auch die Kugel hin. Ganz simpel. Fast wie bei einem Laserzielgerät.

Der Mann lag auf der Seite. Den linken Arm hatte er übel verrenkt untergeklemmt. Schwarze Kleidung. Neben ihm eine Kalaschnikow. Iwan leuchtete dem Mann ins Gesicht.

Verdammt.

Es war nicht Sasonow.

Der Mann bewegte sich und stöhnte.

»Hallo, Jegor«, sagte Iwan. »Wie geht's?«

Ich habe ihn erwischt. Natürlich habe ich ihn erwischt.

Sasonow beugte sich über den Leichnam und leuchtete ihm ins Gesicht.

Scheiße!

Auf dem rostigen Gleis lag ein wildfremder Mensch. Unter seiner Mütze lugte blondes Haar hervor. Seine Augen waren weit aufgerissen. Neben ihm lag eine einschüssige abgesägte Flinte.

Sasonow runzelte die Stirn.

Dann hab ich also einen harmlosen Passanten abgeknallt? Witzig.

Sasonow stand auf und leuchtete mit der Lampe umher. Im nächsten Augenblick erschrak er so, dass er sie beinahe hätte fallen lassen. Irgendwo in der Ferne krachten Schüsse.

Sasonow fluchte. Er hatte den falschen Tunnel erwischt.

Fehler über Fehler.

Dafür war auf der Liste von Merkulows Verbrechen noch ein grundloser Mord hinzugekommen.

Höchste Zeit umzukehren und dem General Bericht zu erstatten.

»Wanja ...« Gladyschews Lippen bewegten sich und formten ein Grinsen. »Chef. Ich ...«

»Ruhig«, flüsterte Iwan. »Nicht sprechen.«

»Der falsche ...«

»Was?« Iwan beugte sich zu Gladyschew herab. »Was sagst du?«

»Der falsche Tunnel«, sagte Gladyschew und bleckte die Überreste seiner Zähne. »Komme ich jetzt in die Hölle?«

Iwan schüttelte den Kopf. Nein. Gladyschew war ein Mörder und Fanatiker. Doch selbst Mördern und Fanatikern kann ein Funken Hoffnung nicht schaden.

»Gut«, sagte der alte Digger und erstarrte.

Sein flaches, von Falten zerfurchtes Gesicht erlosch.

Iwan stand auf und blickte sich um. In der Ferne spukten die Lichter mehrerer Lampen durch die Finsternis. Die Patrouillen der Allianz würden nicht mehr lange auf sich warten lassen.

Höchste Zeit, sich zur *Sennaja* abzusetzen.

»Er hat sich abgesetzt«, sagte Memow und fuhr sich mit dem Finger über die Lippen. Sie waren trocken und aufgesprungen. Die Nerven. »Der Dreckskerl. Hat Orlow erschossen und sich aus dem Staub gemacht. Wo mag er jetzt stecken? An der *Sadowaja-Sennaja*?«

»Vermutlich.«

Sasonow ging wieder zum Tisch mit den Elefanten. Memow hätte ihn am liebsten zurückgepfiffen.

»Wir müssen herausfinden, was er vorhat.«

»Ich glaube, dass er zur *Waska* will.«

Memow nickte.

»Wenn er dort ankommt, haben wir einen kleinen Bürgerkrieg am Hals. Die Bewohner der *Wassileostrowskaja* lechzen nach Unabhängigkeit. Ein von den Toten auferstandener Held käme ihnen da gerade recht.«

»Stimmt«, pflichtete Sasonow bei.

Der Digger nahm einen der Elefanten und ließ ihn albern durch die Luft hüpfen.

Idiot, dachte der General gereizt.

Sasonow ignorierte seinen zornigen Blick. Der Elefant hüpfte weiter.

»Lass das Spielzeug in Ruhe und hör mir zu!«, bellte Memow.

Sasonow salutierte ironisch und stellte den Elefanten auf den Tisch zurück.

Memow trottete durch das Büro und blieb vor der Pinnwand stehen, die Iwan seinerzeit gesehen hatte: der Plan der Metro, die Allianz, das Imperium der Veganer, bunte Reißzwecken. Und eine düstere Zukunft.

Dabei habe ich ihm doch die Wahrheit gesagt, dachte der General. Aber Iwan hat mir nicht geglaubt.

Und wenn er mir doch noch glaubt, wird es zu spät sein. Der Krieg wartet nicht.

»Wir sperren alle Stationen der Allianz und setzen Iwan mit einem Kopfgeld auf die Fahndungsliste. Wenn wir ihn als Kriegsverbrecher hinhängen, werden sogar die Arschlöcher vom Friedensrat nach ihm suchen. Das hat früher auch immer funktioniert. Hauptsache, Iwan kommt nicht zur *Wassileostrowskaja* durch. Ich habe angeordnet, die Bewachung der Station zu verstärken.«

»Die Patrouillen werden nicht ausreichen«, sagte Sasonow.

»Was meinst du damit?«

Sasonow schüttelte lächelnd den Kopf.

Worüber freut er sich eigentlich so?, fragte sich Memow verärgert. Vier Leichen an einem Tag, davon ein unbeteiligter Zivilist. Und er freut sich.

»Er könnte auf einem anderen Weg zur *Waska* gelangen. Ich habe mit ihm zusammengearbeitet. Vergessen Sie das nicht, General. Iwan ist ein gewiefter Digger.«

Memow verschränkte die Hände hinter dem Rücken und wippte mit den Füßen auf und ab. Schließlich hob er den Kopf und schaute Sasonow streng an.

»Was schlägst du vor?«
Sasonow grinste triumphierend.

»Los, los, vorwärts! Immer feste kurbeln!«, trieb der Hauptmann die Soldaten an.

Der lange Kurbelgriff sauste auf und ab. Das riesige quadratische Stahltor setzte sich majestätisch in Bewegung und begann sich langsam, Millimeter für Millimeter, zu schließen.

»Das muss schneller gehen, Fentschenko!«, rief der Hauptmann einem der Soldaten zu. »Stell dir vor, es droht eine Überflutung. Denkst du, das Wasser wartet auf dich? Ein bisschen flotter, wenn ich bitten darf! Hau ruck! Hau ruck! Das kennst du doch, oder? Trainierst du doch jede Nacht!«

Die Soldaten lachten. Langsam und unerbittlich schwenkte das Stahltor ein, mit dem der Tunnel hermetisch abgeriegelt wurde.

»Was soll das, junger Mann? Was ist denn hier los?«

Eine Händlerin, die mit ihrem Mann und einer Ladung Stoffe auf dem Weg zur *Wassileostrowskaja* war, näherte sich aufgeregt dem Hauptmann.

»Kein Durchgang«, beschied der »junge Mann«, der auch schon über vierzig war. »Gehen Sie zur *Admiraltejskaja* zurück, Madame. Hier wird dichtgemacht. Überflutungsgefahr, klar?«

Der Hauptmann wandte sich wieder den Soldaten zu, die immer noch kurbelten, was das Zeug hielt. Der letzte Spalt im Tunnel schloss sich.

»Wir werden die Leute an der *Waska* aushungern«, sagte er zu einem Sergeanten, und als ihm klar wurde, was das eigentlich bedeutete, fügte er nachdenklich hinzu: »Die spinnen doch, unsere Bosse. Was können denn die Kinder dafür?«

Die Nachricht von der Abriegelung der *Wassileostrowskaja* erreichte Iwan am nächsten Tag. Zu diesem Zeitpunkt saßen die

Verschwörer an der *Sennaja* zusammen – in einem Gästeraum, den sie gemietet hatten. Die vorübergehende Unterkunft war nicht billig, aber dafür sicher. Der Stationsknoten *Sadowaja – Sennaja – Spasskaja* lieferte keine Verbrecher an die Allianz aus. Gegen eine gewisse Gebühr gab man Verbrechern sogar die Gelegenheit, einen Anruf zu tätigen.
»Am Apparat.«
»Was soll das bedeuten, General?«, fragte Iwan.
»Ich hatte dich gebeten, Orlow nicht zu töten«, erwiderte Memow. Seine Stimme klang müde. »Warum hast du das getan?«
»Was?«
Iwan stutzte. So lief also der Hase.
»Diesen Anruf hättest du dir sparen können, Iwan. Du bist jetzt ein Mörder und Terrorist. Und mit Mördern und Terroristen verhandeln wir nicht. Um ehrlich zu sein …« Der General überlegte kurz. »Ich bin sehr enttäuscht von dir, Iwan.«

»Ohne Nachschub von außen kann die *Wassileostrowskaja* ungefähr einen Monat durchhalten«, erläuterte der Professor. »Die Lebensmittelvorräte reichen für ein bis eineinhalb Monate, das ist der Standard. Es gibt einen Notvorrat an Konserven für den Fall einer Tunnelüberflutung. Karbid und Trockenspiritus für die Lampen und zum Kochen dürften auch für eine Weile reichen. Allerdings ist schwer abzuschätzen, inwieweit diese Vorräte während des Kriegs mit der *Wosstanija* bereits angegriffen wurden. Ansonsten? Trinkwasser ist vorhanden – in großen Tanks. Das Hauptproblem dürfte die Stromversorgung sein. Ohne elektrisches Licht gehen die Pflanzen in den Plantagen ein. Das bedeutet verminderte Lebensmittelrationen, Blutarmut, Skorbut. Jedenfalls eine äußerst kritische Situation.«
»Tja«, seufzte der Oberführer und kratzte sich am Hinterkopf. Mischa starrte ratlos vor sich hin.
Tanja, dachte Iwan.

Tanja.

Ich habe alles vermasselt.

»Scheiße!«

Iwan ballte die Fäuste und begann im Raum auf und ab zu tigern. Die anderen gingen vorsichtshalber auf Abstand zu ihm. Nach einer Weile blieb der Digger plötzlich stehen und schlug mit voller Wucht die Faust auf den Tisch. Die anderen fuhren zusammen.

Iwans Fingerknochen brannten. Die Schmerzen waren heftig, doch sie hatten auch eine reinigende Wirkung. Wie ein Eimer kaltes Wasser. Der Kopf wurde plötzlich klarer.

»Was ist, Iwan?«

»Nichts, nichts«, murmelte er und setzte sich aufs Bett. »Alles in Ordnung.«

Jammern hilft nichts, dachte er. Lass dir lieber was einfallen!

Er legte sich hin und drehte das Gesicht zur Wand.

Denk nach, Iwan. Denk nach! Die *Wassileostrowskaja* braucht Licht.

Aber woher den Strom nehmen?

Woher, verdammt noch mal, soll ich den Strom bekommen?

Um Patronen zu sparen, waren Iwan und seine Begleiter in eine Billigabsteige an der *Sadowaja* umgezogen. Hier gab es keine richtigen Zimmer, sondern nur Schlafstellen, die durch beigefarbene Vorhänge voneinander abgetrennt waren. Erstaunlicherweise wurden diese Vorhänge sogar hin und wieder gewaschen.

Iwan lag auf seinem Feldbett und studierte die Gewebestruktur der Vorhänge. Faden für Faden. Stunde um Stunde. Er stand nur auf, um seine Notdurft zu verrichten und Wasser zu trinken. Er aß fast nichts. Seine Freunde versuchten, ihn aus seiner Lethargie zu reißen, doch sie stießen jedes Mal auf eine Mauer des Schweigens.

»Das Schicksal hat einen anderen Weg für dich vorgesehen.« Lachesis.

»Wenn du es dir anders überlegst – und ich bin sicher, dass das früher oder später passieren wird ...« Enigma.

Ein Tag verging. Und ein weiterer.

Am dritten Tag erschien Iwan frisch rasiert und sorgfältig angezogen zum Frühstück. Der Oberführer und Mischa sahen ihn entgeistert an. Der Professor verschluckte sich sogar an seinem Tee.

»Ist Ihnen eine gute Idee gekommen, Wanja?«, fragte Wodjanik, nachdem er ausgehustet hatte.

Iwan nickte.

Die Chance ist minimal. Tendiert vielleicht gegen null. Aber es ist eine Chance.

»Ich habe erst einmal Hunger«, sagte Iwan und schöpfte sich Suppe in den Teller. »Übrigens, Prof. Was wissen Sie über Atomkraftwerke?«

DRITTER TEIL

RADIOACTIVE BLUES

Seit Freitag klimper ich diesen Blues,
mal sauf ich, mal nicht, völlig abstrus.
Seit Jahren renn ich mit dem Kopf gegen die Wand,
sie schmeckt schon ganz salzig, wie meine Hand.

Jeder Barmann weiß, wovon ich sing,
kaum gehst du vor die Tür, sind drei Tage hin.
Warum bin ich Pinocchio und nicht d'Artagnan?
Und was fang ich mit dem albernen Schlagring an?

D. SERGEJEW,
frei nach dem Song »Fumblin' with the blues«
von Tom Waits

15
DIE *TECHNOLOSCHKA*

Am letzten Ufer.

Gischtschäumend rollten die Wellen über den Sand und zogen sich leise plätschernd wieder zurück. Eine nach der anderen. Aus dem Sand ragte eine halb vergrabene Gasmaske mit Atemschlauch. Wenn man näher heranging, konnte man den Rand einer Kapuze sehen, die über die Gasmaske gezogen war. Brauner Gummi. Kreisrunde Okulare. Dahinter – alles schwarz.

In den Okularen spiegelten sich das verwaiste Ufer und der graue, wolkenverhangene Himmel, der zwischen Tag und Nacht keinen großen Unterschied machte. Der radioaktive Himmel nach einem Atomkrieg. Die Wellen kamen und gingen. Die Maske blieb. Ein Symbol der Hoffnung. Der Mann hatte gehofft zu überleben.

In seinen gummierten Schutzmantel gehüllt war er ans Ufer gekommen. Die Kapuze hatte er über die Gasmaske gestülpt und mit der Schnur festgezogen.

Jetzt lag er hier in der friedlichen Brandung. Um ihn herum lachten die Tage und die Jahre. Die tote Gasmaske schaute sich das alles an und schwieg. Der Tod ereilt uns ohnehin, früher oder später.

Fjodor wollte gar nicht wissen, wie der Mann gestorben war. Er nahm eine kurze Schaufel aus dem Rucksack und kniete neben dem Toten nieder. Eine Welle rollte heran und brachte einen kühlen Luftzug mit. Der Schrei einer Möwe – gellend und schrill. Nein, keine Möwe. Die neuen Herrscher der Welt.

Fjodor legte die Schaufel neben dem Toten ab. Dann griff er mit seinen zweifingrigen Gummihandschuhen direkt neben der Gasmaske in den Sand, etwa in Höhe der Ohren. Auf geht's, Junge. Der dichte, nasse Sand wurde weiß, als das Wasser daraus entwich.

»Hallo, Soldat«, sagte Fjodor.

Im Rauschen und Plätschern der Wellen klang seine Stimme, als käme sie aus einer anderen Welt. Was im Grunde auch stimmte. Die Menschen hatten hier nichts mehr zu melden.

Doch darum ging es auch gar nicht. Der alte Mann sah auf und schaute aufs Meer hinaus. Ein sich kräuselnder grauer Spiegel. Am Horizont ein rosa Nebelstreifen. Fjodor schüttelte den Kopf und blinzelte. Die Atemschutzmaske, die er trug, war für ihn so normal wie für andere Leute eine Brille. Er hatte sie ständig auf. Außer zu Hause natürlich. Drinnen.

Die Sonne ging langsam auf. Durch das Haar des alten Mannes strich eine sanfte Brise. Früher, kurz nach dem Krieg, hätte ein solcher Wind den Tod bedeutet, denn er hätte radioaktiven Staub und eine satte Dosis Röntgen pro Stunde im Gepäck gehabt. Nun aber wehte er die Frische der neuen Welt herbei.

Nichts hat jemals ein Ende. Träge stieg die Sonne über den Horizont. Wie ein Atompilz in Zeitlupe. Die Sonnenuntergänge hatten jetzt nichts Besonderes mehr. Damals, kurz nach dem Krieg, waren sie unfassbar schön gewesen. Wegen der Unmengen an Ruß und Staub, die bei den Kernexplosionen in die Atmosphäre gelangt waren.

Der alte Mann schüttelte den Kopf und schaute. Seine Augen schmerzten bereits, doch er hielt durch. Als die Sonne den Horizont in Blut tauchte und sich die Hände im Meerwasser wusch, senkte Fjodor den Blick. Die nächste Welle rollte heran. Seine Hände steckten zur Hälfte im Sand. Allmählich presste er sie fester hinein. Der Sand wurde zusammengedrückt und saugte sich dann wieder mit Wasser voll. Fjodor krümmte die Finger und stieß auf etwas Hartes, Gummiartiges. Endlich. Er atmete durch und begann zu ziehen.

Er schaffte es nicht. Die Gasmaske bewegte sich höchstens um einen Zentimeter. Weiter ging es nicht. Er musste graben.

Wer warst du?, fragte sich der alte Mann. Was soll ich auf dein Grab schreiben?

Fjodor hoffte, unter der Schutzkleidung des Toten Papiere zu finden. Vielleicht einen Brief. Ein Brief wäre ideal.

Doch die Wahrscheinlichkeit, einen zu finden, war gering. In den letzten Jahren vor der Katastrophe hatten die Leute nicht viele Briefe geschrieben. Jedenfalls nicht auf Papier. Er auch nicht. Wenn man weiß, dass man nicht sterben wird, genügt auch eine E-Mail. »Komme bald. F.« Unter der Maske des alten Mannes versteckte sich ein bitteres Lächeln. Wenn er gekonnt hätte, hätte er geweint. Gewissensbisse sind die schlimmste Strafe. Wenn er gekonnt hätte, hätte er etwas anderes geschrieben. Ein idiotisches Gefühl. Was hätte es geändert, wenn er geschrieben hätte: »Ich liebe dich sehr. Gib Andrjuschka einen Kuss von mir.« Was hätte es geändert, wenn sie das gelesen hätte, bevor die Bomben auf die Stadt fielen?

Ironie des Schicksals: Er hatte überlebt, weil er im Reaktorkern eingesperrt war. Wem würde so was auch nur im Traum einfallen?

Der alte Mann setzte die Schaufel an. Die nächste Welle rollte heran.

Lass die idiotischen Gedanken und mach deine Arbeit, sagte sich Fjodor und rammte die Schaufel in den Sand.

Hätte ich nur ihr Gesicht sehen können, als sie meine Nachricht erhielt. Oder ...

Fjodor hielt inne.

Wahrscheinlich hätte ein »Ich liebe dich sehr« sie nur erschreckt. Frauen sind ja generell sensibler als Männer.

Fjodor hatte seine Frau vor Augen, wie sie mit ihrer bunten Schürze in der Küche stand, wie sich ihre Miene verdüsterte und wie ein Schatten auf ihr Gesicht fiel. Der Schatten eines Atompilzes.

Der alte Mann schauderte.

Nein, nein, er hatte es schon richtig gemacht. »Komme bald. F.« war in jenem Moment genau das Richtige gewesen. Alles wie immer. Hoffentlich hatte sie gar nicht mitbekommen, dass damals alles zu Ende ging.

Nun war alles zu Ende. Sie und sein Sohn waren tot, und er grub hier Leichen aus.

Er stieß die Schaufel bis zur Hinterkante in den Sand, löste einen wässrigen Klumpen daraus und schippte ihn beiseite. Wasser tropfte von der Schaufel, während er sie erneut ansetzte.

Eine stupide Beschäftigung. Er grub und schaufelte wie ein Roboter. Auch die Bedienung des Reaktors war inzwischen zur reinen Routine geworden. Die Wellen strichen den aufgeschütteten Sand glatt. In die Grube um den Kopf des Gasmaskenträgers flutete Wasser und verwischte die scharfen Spuren der Schaufel. Die Gasmaske beobachtete das Treiben des alten Mannes durch die runden Okulare.

Gleich, Junge. Noch einen Augenblick Geduld.

Der Gasmaskenträger hatte jede Menge Geduld. In den Okularen spiegelte sich nichts. Guter Junge. Abermals bohrte sich das Schaufelblatt in den Sand. Das Geräusch, das dabei entstand, erinnerte an das Signal einer ankommenden E-Mail. Oder einer gelöschten? Der alte Mann erinnerte sich nicht mehr. Jedenfalls hatte es etwas mit E-Mails zu tun.

Wenn ich gekonnt hätte, hätte ich damals auf Papier geschrieben.

Und sie hätte mir zurückgeschrieben.

Fjodor schloss die Augen und sah den Kühlschrank in der Küche vor sich. Es war ein alter Kühlschrank. Sie hatte sich immer einen neuen gewünscht, doch er war dagegen gewesen. Er hatte überhaupt eine Abneigung gegenüber Veränderungen in seinem Leben. Manchmal nachts hatte die Kiste gerüttelt und gepoltert wie ein Flugzeug bei der Landung. Aber selbst das hatte ihn nicht weiter gestört. Der Alte sah den Kühlschrank vor sich. An der Tür alle möglichen Zettel, mit Souvenirmagneten befestigt. Rhodos, Kreta – und eine lächelnde Pflaume. Als wären sie im Land der lächelnden Pflaumen gewesen. Auch eine Kinderzeichnung hatte dort gehangen. Doch daran wollte er sich lieber nicht erinnern.

Während der alte Mann weiterschaufelte, färbte sich der Sand vor ihm zuerst rosa und dann rot.

Was es wohl mit der verdorrten Vegetation auf sich hatte? Vielleicht lag es daran, dass sich das Ozonloch über die ganze Erde ausgebreitet hatte? Jedes Mal, wenn Fjodor den Kopf hob und die nächste Portion Sand wegschippte, fiel sein Blick auf den abgestorbenen Wald. Schwarze Stämme, knorrige tote Äste. Ein Teil der Bäume war bereits umgefallen, doch sie verrotteten nicht. Seltsam.

Ach was, seltsam. Ganz normal.

Wenn ich Biologe wäre, würde ich eine ganze Doktorarbeit darüber schreiben, dachte der alte Mann. Einen ganzen Stapel Doktorarbeiten.

Schaufel für Schaufel grub Fjodor den Toten aus.

Was den Mann wohl dazu bewogen hatte, ans Ufer zu kommen? Wollte er zum letzten Mal einen Sonnenaufgang bewundern? Quatsch, Sonnenaufgang. Nach einem Atomkrieg. Einen Monat oder noch länger hatte damals die Sonne nicht geschienen. Eine eisige Kälte brach herein, und der Wind vom Meer war so stark, dass er Bäume entwurzelte. Richtige Orkane waren das.

Doch anstelle des atomaren Winters haben wir dann weiß der Henker was bekommen.

Die, die überlebt haben, natürlich.

Inzwischen lag das ganze Ufer in blutrotem Licht. Der alte Mann hielt inne, um zu verschnaufen. Sein Rücken schmerzte, als hätte man ihm ein Stahlrohr ins Kreuz gerammt. Macht nichts.

Richtige Orkane. Und dann diese Kälte.

Obwohl eigentlich Sommer war. Damals hatte er das Reaktorgebäude verlassen, um sich draußen umzusehen. Die Absperrung des Kontrollbereichs war zum Glück nur vorübergehend gewesen, sonst wäre er dort nie wieder rausgekommen. Nach der Auslösung des Alarms waren die sensiblen Bereiche des Reaktors automatisch abgeriegelt worden. Schließlich hatte man jederzeit damit rechnen müssen, dass dem Bedienpersonal etwas zustößt und im Reaktor nach dem Aufbrauchen des Kühlwassers eine Kernschmelze einsetzt. Deshalb die automatische Abriegelung. Das automatische Schutzsystem hatte ihn im Kontrollbereich eingeschlossen, direkt in der Reaktorhalle. Verkehrte Welt: Der Schutzmechanismus, der eigentlich dazu da war, den Austritt von Strahlung in die Umwelt zu verhindern, hatte in diesem Fall eine Verstrahlung des Reaktors von außen verhindert.

Der alte Mann beendete seine Arbeit. Der Gasmaskenträger in seinem braunen Schutzmantel lag fertig ausgegraben vor ihm. Seine Füße steckten in gummierten Überschuhen. Die Arme waren ausgestreckt. Die Okulare blickten stoisch. Er war schon seit über zwanzig Jahren tot.

Jetzt musste er beerdigt werden.

Fjodor steckte die Schaufel in den Sand und packte den Toten an seinem Mantel. Hau ruck!

Komm schon, Junge. Wir suchen ein hübsches Plätzchen für dich.

»Mein Plan ist folgender«, begann Iwan. »Ich muss an die Oberfläche und irgendwie zum Leningrader Atomkraftwerk kommen. Und ich muss von dort wieder zurückkehren.« Pause. »Ich muss unbedingt wieder zurückkehren. Kannst du mir dabei helfen?«

Mandela sah ihn schief an.

»Darf ich ehrlich sein?«

»Ja.«

»Ihr seid doch nicht mehr ganz dicht.«

Du bist so gut wie tot. Was du jetzt wahrnimmst, ist das Absterben deiner Gehirnzellen.
»Mag sein«, erwiderte Iwan. »Aber das ist keine Antwort auf meine Frage.«
Mandela trat von einem Bein auf das andere.
»Na ja, wenn es euch hilft ... Ich habe hier an der *Technoloschka* einen Freund«, erklärte Mandela. »Weißt du noch, ich hatte dir von ihm erzählt?«
»Ja. Was ist mit ihm?«
»Er ist Astronom. Besser gesagt, Astrophysiker.«
»Und wie heißt dein Astrophysiker?«
»Sterndeuter.«
Iwan zog die Augenbrauen hoch.
Der Oberführer sah den Schwarzen misstrauisch an.
»Willst du uns verarschen?«, fragte er.

Die Doppelstation *Technoloschka* bestand aus den beiden Stationen *Technologitscheski institut 1* und *Technologitscheski institut 2*. Hier herrschte ein Gewimmel wie in einem Ameisenhaufen. Oder wie in einem Rattennest, in das man eine Brandbombe geworfen hatte. Die Station qualmte, zischte und sprühte Funken, dass einem Hören und Sehen verging. Die Ratten machten jedoch keinerlei Anstalten, das Weite zu suchen – schließlich waren sie Wissenschaftler. Vom anderen Ende der Station wehte der Gestank von Lötblei und heißem Metall herüber.

Die *Technoloschka* nahm innerhalb der Metro eine Sonderstellung ein. Ursprünglich hatten sich an den beiden Stationen die Studenten und Lehrkräfte des in unmittelbarer Nähe gelegenen und namengebenden Technologischen Instituts angesiedelt (interessanterweise überwiegend Chemiker). Doch im Laufe der Zeit waren auch Menschen aus anderen Gegenden zur Station gestoßen: Technikfreaks aller Art und fast jeder, der irgendetwas mit Wissenschaft und Lehre am Hut hatte. Der Tätigkeitsschwerpunkt an der *Technoloschka* lag naturgemäß im technischen Bereich. So produzierte man hier Batterien, Akkus, chemische Grundstoffe für Nahrungsmittel und viele andere Dinge, deren Namen man an anderen Stationen längst vergessen hatte.

Doch die mit Abstand wichtigste Aufgabe der *Technoloschka* war die Instandhaltung der altersschwachen technischen Anlagen der Metro. Immer dann, wenn Entwässerungsstationen, Beleuchtungs- oder Belüftungsanlagen ausfielen, waren die Experten der Station gefragt – die Masuten, wie man sie in der Metro nannte.

Im Übrigen fühlten sich die Bewohner der *Technoloschka* dazu berufen, der Menschheit ein halbwegs akzeptables intellektuelles Niveau zu erhalten. Ein durchaus löblicher Vorsatz, denn in dieser Hinsicht war es in den Jahren nach der Katastrophe zu einem rapiden Verfall gekommen.

Wodjaniks Ausführungen im Hinterkopf, sah Iwan sich um. Die Vorabinformationen des Professors waren gewiss nützlich, doch es konnte nicht schaden, sich ein eigenes Bild zu machen. Die Station war in der Tat bemerkenswert. Grauer Marmor, rechteckige Säulen, diskrete Beleuchtung. Obwohl ausnahmslos alle Lampen funktionierten, war das Licht hier wesentlich angenehmer als zum Beispiel an der *Majakowskaja*.

Mandela ging voraus. Über eine Treppe gelangten sie in den schmalen, mit hellen Kacheln ausgekleideten Durchgang zur Station *Technologitscheski institut 1*. Nachdem sie diesen passiert hatten, stiegen sie über eine Treppe mit gelben Marmorsäulen in den sogenannten »runden Saal« hinunter. Iwan legte den Kopf in den Nacken und pfiff durch die Zähne. Hier war er zum ersten Mal. Im ersten Moment hatte er den Eindruck, als würde das runde Fenster in der Decke an die Oberfläche führen. Als trennte sie nur dieses bunte Glas von der verstrahlten Stadt. Doch das konnte natürlich nicht sein. Von hier bis zur Oberfläche waren es über fünfzig Meter. Der Effekt war dennoch beeindruckend. Und ein wenig beängstigend. Iwan senkte den Kopf und schüttelte sich.

Mandela wartete unten am Ausgang zum rechten Flügel der Bahnsteighalle. Im linken Flügel liefen – dem Lärm nach zu urteilen – irgendwelche Maschinen. Es roch nach Maschinenöl und Schweiß. Die Menschen in ihren ölverschmierten Arbeitsanzügen wuselten geschäftig herum, als wollten sie ewig leben.

Im rechten Flügel drängte sich die intellektuelle Elite der Metro. So viele Brillen auf einmal hatte Iwan noch nie gesehen. Als hätten sich diese Leute darauf spezialisiert, Optik-Geschäfte zu plündern.

Die Brillenträger lauschten einem Vortrag. Soweit Iwan das mitbekam, sprach der Redner über die zweite Ableitung einer Konstante. Oder über die Ableitung der zweiten Konstante ...

»Die wissenschaftliche Konferenz ›Weiße Nächte‹«, erläuterte der Schwarze. »Wartet hier auf mich, ich komme gleich zurück.«

Mandela verschwand in der intellektuellen Menge.

Der Konferenzleiter, ein glatzköpfiges Männchen mit einem abgewetzten grünen Sakko, erklomm das Rednerpult. Bedächtig ließ er seine Augen schweifen, dann begann er mit weihevoll gedehnter und etwas näselnder Stimme:

»Als Nächstes folgt ein Vortrag der sehr verehrten Herren Dekan Chwostikow und Professor Meyberg mit dem Titel ›Perspektiven des Einsatzes sogenannter Reliktechsen in der Landwirtschaft auf sanierten Agrarflächen‹. Im Anschluss daran wird der Kandidat der technischen Wissenschaften Alexej Alexejewitsch Jegorow Auszüge aus seinem Artikel ›Das letzte Vermächtnis der Natur: funktionale Besonderheiten beim Einsatz des achten Beinpaares‹ vortragen. Dann ...«

Iwan hörte nicht länger zu.

»Was sind denn Reliktechsen?«, fragte er Wodjanik leise.

Der Professor schnaubte verächtlich.

»Das ist kompletter Unsinn. Ich habe von dieser Theorie gehört. Angeblich wurden infolge der Katastrophe genetische Reserven, die in alten Bodenschichten lagerten, aufgeschlossen und damit gewissermaßen eine Notfallwiederherstellung des Systems in Gang gesetzt. Das, was wir in den Straßen Sankt Petersburgs sehen, wäre demnach der Urzustand eines Computers mit Namen Erde. So eine Art Zeitalter der Dinosaurier. In der Bibliothek an der *Waska* haben wir ein Kinderbuch über urzeitliche Echsen. Triceratops, Brontosaurus, Iguanodon und wie sie alle heißen. Erinnerst du dich?«

Iwan nickte.

»Das hier geht in die gleiche Richtung. Man kann in der Tat nicht ausschließen, dass in der Natur so etwas wie Black Boxes existieren, zum Beispiel für den Fall eines Meteoriteneinschlags. Was wissen wir schon über die Notfallmechanismen der Natur? Nichts. Allerdings gibt es mit diesen Black Boxes ein Problem ...« Der Professor atmete durch. »Wenn sie tatsächlich existieren, dann tritt ein zusätzliches Wesen auf den Plan, das es nach dem Prinzip von Ockhams Rasiermesser nicht geben dürfte und das aus der Gleichung auszuschließen wäre.«

»Was für ein Wesen?«

Der Professor wühlte zerstreut in seinem Bart und schwieg.

»Prof?«

»Ja?« Wodjanik stutzte, als hätte man ihn gerade eben aufgeweckt.

»Welches Wesen, das es Ihrer Meinung nach nicht geben dürfte, tritt auf den Plan?«

»Gott«, sagte Wodjanik.

»Na großartig«, warf der Oberführer ein und schüttelte spöttisch seinen schon wieder etwas stoppeligen Kopf. »Bei denen ist sogar Gott überflüssig!«

»Sparen Sie sich Ihren Kommentar, junger Mann«, versetzte der Professor beleidigt.

Iwan wandte sich um. Neben ihnen stand der Schwarze mit einem der Masuten.

Mandelas Freund war ein groß gewachsener Mann. Er stand mit leicht gekrümmtem Rücken da und betrachtete die An-

kömmlinge mit ungespieltem Interesse. Schwarzer Haarschopf, Brille.
»Das ist Sterndeuter«, stellte der Schwarze ihn vor. »Sterndeuter, das sind ...«
Iwan nickte flüchtig.
»... die Irren, von denen ich dir erzählt hatte«, fügte Mandela hinzu.
Sterndeuters Brille glänzte. Der junge Wissenschaftler gab Iwan die Hand und deutete dann mit einer Kopfbewegung zum Rednerpult.
»Das ist Doktor Reisman. Es lohnt sich, ihm zuzuhören.«
Reisman war ein kleiner, stark behaarter Mann, der unter seiner Weste einen beigen Wollpullover trug. Er ging zum Rednerpult, breitete seine Unterlagen vor sich aus, rückte seine dicke Brille zurecht und wartete, bis das Gemurmel in der Menge verstummte. Dann begann er mit unerwartet kraftvoller Stimme zu sprechen, ohne dabei in sein Manuskript zu blicken.
»Der berühmte Physiker Stephen Hawking war eine anerkannte Autorität auf dem Gebiet der Kosmologie, als es noch Sinn machte, sich damit zu befassen. Dieser Stephen Hawking hat einmal gesagt: Ich blicke optimistisch in die Zukunft. Das war ungefähr zwei Jahre vor der Katastrophe. Hawking hatte zwei Söhne und eine Tochter. Er selbst war vollständig gelähmt und konnte nur einen Finger der linken Hand bewegen. Mithilfe dieses Fingers diktierte er seine Bücher und hinterließ der Nachwelt eben jenen Ausspruch über die Zukunft. Das nenne ich Weitblick.
Im Vergleich zu dem Leben, das er führen musste, erscheint selbst ein Atomkrieg als das geringere Übel. Aber wer weiß, vielleicht hat Professor Hawking seine Bemerkung gar nicht ironisch gemeint, sondern tatsächlich so gedacht. Was wissen wir schon von einem Geist, der in einer toten Körperhülle eingesperrt ist, die es ihm nicht einmal ermöglicht, SOS zu signalisieren? Wer war jener Assistent, der die Zeichen seines beinahe toten Fingers interpretierte? Können wir ihm vertrauen? Er hätte sich auch

irren oder die Zeichen des Meisters mit Absicht falsch wiedergeben können. Vielleicht war er auch einfach nur faul oder müde. Ich weiß es nicht. Doch eines ist gewiss: Schon damals, als die Katastrophe noch bevorstand, hatte Professor Hawking bereits seine eigene, persönliche Metro.

Sie fragen sich vielleicht, warum ich von Professor Hawking erzähle? Nun, das ist ganz einfach. Ich möchte Ihnen an diesem Beispiel klarmachen, dass die Erde – die frühere Erde – der Körper der Menschheit war. Und nun ist dieser Körper so gut wie tot. Das, was wir außerhalb der Metro sehen, oben an der Oberfläche, gibt uns keinerlei Hinweise darauf, dass dieser Körper jemals wieder gesund wird. Im Gegenteil, es deutet eher darauf hin, dass die Grabwürmer tadellos ihr Werk verrichten. Es wird nicht mehr lange dauern, bis sie die letzten organischen Reste dort oben aufgefressen haben. Und dann kommt das Gehirn an die Reihe. Also wir. Der Mensch gilt schließlich immer noch als vernunftbegabtes Wesen ... *or not?*

Die Würmer vermehren sich. Sie haben sich schon vermehrt. Was werden sie wohl tun, wenn nur noch die Metro übrig ist?

Die Reste der Menschheit aus der harten Schale herauspulen und auffressen. Logisch.

Ich blicke optimistisch in die Zukunft, genau wie der selige Professor Hawking.

In eine Zukunft, in der es uns nicht mehr geben wird.«

Doktor Reisman legte eine dramaturgische Pause ein und ließ den Blick über die Zuhörer schweifen.

»Vielen Dank für die Aufmerksamkeit. Wenn es Fragen gibt – bitte sehr.«

Stille. Die Zuhörer standen da wie paralysiert.

»Ich denke, es gibt keine Fragen«, sagte der Konferenzleiter. »Kommen wir zum nächsten Vortrag.«

Doktor Reisman nickte kurz und stieg vom Rednerpult herab. Es hagelte erboste Rufe, sogar Drohungen. Doch der kleine Mann mit dem räudigen Pullover und der dicken Brille ließ sich von den Pöbeleien nicht im Geringsten beirren und ging mit stoischer Miene auf seinen Platz zurück.

»Ein bemerkenswerter Mann«, kommentierte Sterndeuter anerkennend. »Er sagt einfach, was er denkt. Viele hier mögen ihn deshalb nicht. Es gibt sogar Gerüchte, dass man ihn aus dem Wissenschaftsbetrieb ausschließen oder gar von der Station jagen will. Idioten. Wo man hinschaut, alles Idioten.«

»Er ist nicht gerade optimistisch«, sagte Iwan.

»Allerdings. Nun, ich denke, unsere internen Angelegenheiten werden euch nicht sonderlich interessieren.« Sterndeuter musterte Iwan und seine Begleiter. »Jura hat mir kurz erzählt, worum es euch geht. Folgt mir. Es gibt einiges zu besprechen.«

Sterndeuter brachte sie in einen mit zerschlissenen Sperrholzwänden abgetrennten Raum, der offenbar als Klassenzimmer genutzt wurde. Die Ausstattung bestand aus mehreren Stuhlreihen, einer Tafel und einem großen Schreibtisch. Die Holzstühle befanden sich in beklagenswertem Zustand, und auch der Schreibtisch hätte nur noch auf dem Sperrmüll eine gute Figur gemacht. Dafür war die Tafel weiß und glänzte wie neu.

Womit man darauf wohl schreibt?, fragte sich Iwan. Doch wohl kaum mit Kreide?

Dann hörte er wieder zu.

Sterndeuter hatte eine eigenartige Stimme. Mal klang sie tief und dann auf einmal wieder ganz hoch, wie ein kaputter Plattenspieler.

»Sie kamen zwar dort an, aber zu spät«, erzählte er. »Das hermetische Tor hatte sich ja automatisch geschlossen. Jedenfalls schafften sie es nicht rechtzeitig.«

»Und was haben sie dann gemacht?«, fragte Iwan.

Sterndeuter drehte den Kopf. Er saß auf der Schreibtischkante. Wie ein zerstreuter Lehrer, der vom Stoff abschweift und den Kindern eine Geschichte aus seinem Leben erzählt.

»Die Militärs sind durchgedreht«, antwortete er. »Ein Major hat seinen Panzer in das oberirdische Vestibül gesteuert – keine Ahnung, wie er das gemacht hat – und dann auf das hermetische Tor geschossen.«

»Und, hat er damit etwas erreicht?«

»Fast. Das Loch war ungefähr so.« Sterndeuter deutete mit den Händen die Größe an. »Das Geschoss hat das Tor durchschlagen und ist dann explodiert. Der Major hat das nicht sehr klug angestellt. Statt panzerbrechender Munition hätte er eine Sprenggranate verwenden müssen. So aber hat er fast alle Menschen in der Station umgebracht, ohne seinen eigenen Leuten zu helfen.«

Iwan stellte sich vor, wie der Panzer brüllend in das oberirdische Vestibül hineingefahren war, sich zu den Rolltreppen durchgetankt, die Haubitze abgesenkt und nach unten gefeuert hatte.

»Und wo war das, sagst du?«, fragte der Digger.

»An der *Ladoschskaja*«, erwiderte Sterndeuter und rückte seine Brille zurecht.

»Das ist doch alles Quatsch«, warf Professor Wodjanik ein. »Das kann überhaupt nicht sein.«

»Und wieso nicht?«, entrüstete sich Sterndeuter.

»Wie groß ist der maximale Neigungswinkel einer T-90-Kanone? Wisst ihr das? Ich weiß es jedenfalls.«

Na klar, solche Details gehörten zum Grundwissen des Professors.

»Der maximale Neigungswinkel nach unten beträgt fünfzehn Grad zur Horizontalen«, führte Wodjanik fort. »Und was schließen wir daraus? Die Panzerfahrer hätten das Tor nicht einmal theoretisch treffen können.«

»Na wunderbar«, warf Iwan ein. »Dann hätten wir das mit den Panzern ja geklärt. Könnten wir dann wieder zum Thema kommen? Ich meine zum Leningrader AKW?«

»Hm«, brummte Sterndeuter. »Natürlich.«

Er stand auf, ging zur Tafel und zog einen dicken, schwarzen Filzstift aus der Brusttasche.

Aha. Damit schreibt man hier also, dachte Iwan.

»PETERSBURG – LAES«, schrieb Sterndeuter groß und schwungvoll an die Tafel. Er zog Kreise um die beiden Worte und malte einen Verbindungsstrich dazwischen.

»Erste Möglichkeit: zu Fuß gehen«, sagte er.

Der Oberführer räusperte sich geräuschvoll.

»Fällt aus«, kommentierte Iwan und massierte sich die Stirn. »Bei Expeditionen an die Oberfläche gilt eine Distanz von einem Kilometer bereits als extrem. Nur wenige Digger gehen so ein Risiko ein. Aber zu Fuß bis nach Sosnowy Bor – sorry, so verrückt bin nicht mal ich.«

Sterndeuter nickte. »Verstehe. Die Alternative ...« Er hielt plötzlich inne und sah Iwan an. »Glaubst du wirklich, dass dort noch irgendwas läuft? Im Leningrader AKW?«

»Und du?«, fragte Iwan seinerseits und sah dem Wissenschaftler direkt in die Augen.

Der seufzte. »Ich würde es gern glauben, aber ...«

»Aber was?«

»Ich habe da so meine Zweifel. Du hast sicher selbst schon jede Menge verrottete und heruntergefallene Stromleitungen gesehen. Nüchtern betrachtet ist es unwahrscheinlich, dass dort noch irgendwas intakt ist. Nach so langer Zeit. Technische Anlagen müssen regelmäßig gewartet werden, sonst gehen sie kaputt und verrosten. Schau dich doch in der Metro um. Hier gibt es auch überall Stromleitungen, aber die Kabel sind längst verrottet. Wir flicken sie notdürftig wieder zusammen, aber auf Dauer ...?«

»Ich würde trotzdem nicht ausschließen, dass dort noch irgendwas ist«, beharrte Iwan. »Der Strom für die Zentralbeleuchtung der Metro muss schließlich irgendwo herkommen. Oder wisst ihr es hier an der *Technoloschka* vielleicht und sagt es uns bloß nicht?«

»Nein, wir haben auch keine Ahnung.« Sterndeuter seufzte abermals und sah auf. »Na gut. Dann denken wir mal über Alternativen nach. Viele Möglichkeiten gibt es ja nicht. Fliegen?«

Stille. Wodjanik schwieg. Der denkt wahrscheinlich immer noch über die Reliktechsen nach, mutmaßte Iwan.

»Warum fahren wir nicht mit dem Auto hin?«, warf Kusnezow ein. »Es sind doch nur achtzig Kilometer, habt ihr gesagt.«

»Aha«, sagte Sterndeuter und rückte seine Brille zurecht. »Angenommen, du findest ein fahrtüchtiges Auto. Was machst du dann?«

Kusnezow freute sich, dass man ihn in das ernsthafte Gespräch einbezog.

»Ich setze mich rein und fahre los.«

»So, so. Du würdest nicht mal den Motor zum Laufen kriegen. Eine Autobatterie entlädt sich innerhalb von spätestens eineinhalb Monaten. Mit einer Handkurbel starten? Das geht nur bei Oldtimern. Aber selbst wenn wir davon ausgehen, dass du den Motor starten kannst. Was ist mit Benzin?«

»Äh ... Benzin?«

Kusnezow kratzte sich am Kopf. Darüber hatte er anscheinend gar nicht nachgedacht.

»Laut Armeenorm ist Benzin fünf Jahre lang haltbar«, mischte sich plötzlich der Oberführer ein. »Danach sinkt die Oktanzahl ab, und es bildet sich ein Bodensatz. Kannste vergessen.«

»Am Ende wird es dickflüssig«, ergänzte Professor Wodjanik. »Selbst in geschlossenen Tanks gelagerten Treibstoff müsste man zumindest filtern, wenn nicht sogar destillieren, um ihn zu reinigen. Benzinreste in Autotanks dürften inzwischen eine geleeartige Konsistenz haben. Deswegen sind die Dieselgeneratoren der Sowjetarmee auch so unersetzlich. Die funktionieren nämlich auch noch mit dem miesesten Kraftstoff – und wo willst du heutzutage hochwertigen hernehmen? Die Dinger halten ewig und lassen sich mit primitivsten Mitteln reparieren. Versuch mal, kaputte Japaner wieder zum Laufen zu bringen. Zum Beispiel Generatoren von Honda. Eigentlich eine feine Sache: Du schüttest fünfzehn Liter Benzin rein und hast dreizehn Stunden am Stück Strom für die Beleuchtung. Super, oder?« Wodjanik grinste verschmitzt und zupfte an seinem Bart. »Das Problem ist nur: Du musst gutes Benzin reinschütten.«

So ausgelassen hatte Iwan den Oberführer schon lange nicht mehr erlebt. Er strahlte über das ganze Gesicht.
»Schau mal, Wanja, wen ich hier getroffen habe!«
Iwan drehte sich um. Der ältere Mann kam ihm bekannt vor. Nur seine Wangen waren befremdlich eingefallen. Hm. Wenn man ihn sich mit Glatze und etwas besser genährt vorstellte, dann war das doch …
»Der Graue?«
Der alte Skinhead lächelte.
»Stimmt.«

»Das Hauptproblem haben wir immer noch nicht gelöst«, sagte Iwan und sah seine Leute an. »Wie kommen wir nach Sosnowy Bor? Sterndeuter?«
Der Wissenschaftler schüttelte den Kopf.
»Im Moment ist mir noch völlig schleierhaft, wie das gehen soll. Ich werde darüber nachdenken.«
»Ich habe eine Idee«, sagte Professor Wodjanik.

16
DIE ARGONAUTEN

»Wissen Sie, die alte Dampflok ist zwar einerseits eine Legende«, sagte Wodjanik. »Aber andererseits ist sie immer noch Realität.«
»Wovon sprechen Sie, Prof?«, fragte Iwan. »Von einem mythischen Geisterzug, der von nirgendwoher nach nirgendwohin fährt? In dem noch Licht brennt und Leute sitzen? Davon habe ich schon mal gehört.«
Der Professor runzelte die Stirn.
»Nein, das ist eine andere Legende. Kein Wunder, die Metro versinkt in Legenden. ›Die Mythen des alten Griechenland‹, Verlag *Sowjetskaja Literatura*, 1969, herausgegeben von Sokolowitsch ...«
Iwan schüttelte den Kopf. Manchmal sprudelte das Wissen aus Wodjanik heraus wie aus einem undichten Schlauch. *Sowjetskaja Literatura*? 1969?
»Prof«, sagte er. »Bitte fassen Sie sich kurz.«
»Selbstverständlich. Ich beginne mit einem Exkurs in die Geschichte ...«
Mist. Iwan gab es auf. Der Professor war einfach unverbesserlich.
»Die Sowjetunion bereitete sich ernsthaft auf einen Atomkrieg vor«, schwadronierte Wodjanik. »Und generell auf einen Krieg. Eine der Folgen eines Kriegs sind Ausfälle bei der Stromversorgung. Durch den elektromagnetischen Impuls, der bei einer Kernexplosion entsteht, gehen elektrische Anlagen kaputt. Zur Ausschaltung der gegnerischen Stromversorgung gibt es übrigens spezielle Waffen, sogenannte Grafitbomben ...«

»Prof!«

»Jaja, schon gut. Für einen solchen Fall wurde seinerzeit angeordnet, in jedem Eisenbahndepot eine Dampflok bereitzuhalten. Eine richtige, mit Kohle befeuerte Dampflok. Stellt euch mal vor: Ein Atomkrieg. Die Stromversorgung ist lahmgelegt. Treibstoff für Dieselloks – Fehlanzeige. Wir nehmen Holz oder Kohle, tanken Wasser und tuckern mit einer Lokomotive aus dem Zweiten Weltkrieg los. In Europa bricht alles zusammen, wenn irgendwas nicht funktioniert. Wir dagegen wissen uns zu helfen. Mit den T-34-Panzern, die fast in jeder Stadt bei irgendwelchen Kriegsdenkmälern stehen, verhält es sich übrigens ähnlich. Sie wurden stillgelegt und konserviert, funktionieren aber immer noch. Die alten Vehikel sind noch aus eigener Kraft auf die Ausstellungsrampen gefahren. Dann hat man den Treibstoff abgelassen und die Motoren- und Getriebeteile mit Öl konserviert. Ich habe mehrfach gelesen, dass solche Panzer viele Jahre später wieder selbst von den Rampen herunterfuhren, wenn die Denkmäler restauriert werden mussten. Könnt ihr euch das vorstellen? Außerdem weiß ich von einem Fall, da haben irgendwelche Idioten versucht, so einen T-34 zu klauen. Angeblich haben sie ihn mit Diesel betankt und sind tatsächlich zweihundert Meter weit gekommen, bevor der Motor abstarb. Zweihundert Meter! Ohne fachmännische Entkonservierung. Er ist einfach angesprungen und losgefahren. Fünfzig Jahre, nachdem man ihn als Denkmal aufgestellt hatte.«

»Cool«, sagte Iwan und fragte sich, ob es wohl tatsächlich eine Option wäre, mit einem Panzer zu fahren. Eine abenteuerliche Vorstellung. »Was ist nun mit dem Baltischen Bahnhof?«

»Dort müsste es eigentlich eine Dampflok geben«, erwiderte der Professor. »Und es kann gut sein, dass sie noch in gutem Zustand ist. Zu Sowjetzeiten wurden Fahrzeuge noch anständig konserviert. An Öl haben sie damals bestimmt nicht gespart.«

Sterndeuter kam zurück. Auf den Zehen wippend betrachtete er das Kabuff, das mit allem möglichen Gerümpel vollgestopft war. An einem winzigen Tischchen saßen der Oberführer und der Graue. Die beiden Skinheads brachten gerade ihre Waffen in Ordnung. Fluchend sägte der Oberführer an der Sicherungsvorrichtung seiner Ischewsker Doppelflinte. Wenn es hart auf hart ging, konnte man es sich nicht leisten, nach dem Nachladen wertvolle Sekunden fürs Entsichern zu vergeuden.

Der Professor baute unterdessen aus mehreren unbrauchbaren Dosimetern einen brauchbaren zusammen.

Es roch nach geschmolzenem Metall, Waffenöl und Eisenspänen.

»Wie ich sehe, seid ihr alle sehr beschäftigt«, sagte Sterndeuter mit seiner leiernden Stimme. »Es gibt Neuigkeiten.«

Iwan lächelte. »Bekommen wir grünes Licht?«

»Nicht nur das. Wir werden auch ausgerüstet. Und mit dem Kommandanten der *Baltiskaja* haben wir uns auch geeinigt. Er hat zugesichert, dass wir von dort aus zum Bahnhof hinaufdürfen und man uns nach unserer Rückkehr auch wieder hineinlässt – was ja auch nicht ganz unwichtig ist. Das ist die gute Nachricht.«

Der Oberführer stand auf und wischte sich die Hände an einem Lappen ab. Iwan kam ihm zuvor.

»Und die schlechte?«, fragte er.

Sterndeuter seufzte. »Man will mich hier nicht weglassen. Ich werde euch aber trotzdem begleiten.«

»Warst du denn schon mal an der Oberfläche?«, erkundigte sich Iwan.

»Das ist ja das Problem. War ich nicht. Aber ich bin gut vorbereitet. Ich habe Meistergrade in Aikido und Sambo. Ihr werdet es nicht bereuen, wenn ihr mich mitnehmt.«

Es wäre sicher ganz interessant gewesen zu sehen, wie sich ein Astrophysiker gegen einen Blokadnik schlägt. So einen seltsamen Diggertrupp hatte Iwan noch nie um sich geschart.

»Kommt überhaupt nicht infrage«, sagte er. »Hinterher reißt man uns an der *Technoloschka* den Kopf ab, wenn du die Expedition nicht überlebst. Es ist besser, wenn du ...«

Sterndeuter grinste so provokant, dass Iwan mitten im Satz innehielt.

»Was?«

»Ich habe euch etwas anzubieten, das ihr nicht ablehnen könnt.« Der Oberführer trat hinzu und kommentierte: »Du klingst ja wie Don Vito Corleone.«

Iwan blickte von einem zum anderen.

»Wovon redet ihr überhaupt?«

Sterndeuter kramte geheimnistuerisch in seiner Tasche und zog mit triumphierender Miene etwas heraus.

»Allez hopp!«

Iwan war konsterniert. Unfassbar. Verdammter Erpresser.

»Na gut. Überredet. Aber unter einer Bedingung: Du tust in jedem Fall, was ich dir sage. Und zwar ohne Widerrede. Haben wir uns verstanden?«

»Okay«, sagte Sterndeuter.

In seiner Hand hielt er ein funktionstüchtiges Wärmebildgerät.

Sie saßen erneut in dem Klassenzimmer zusammen, in dem sie die Planung der Expedition begonnen hatten. Doch diesmal stand nicht Sterndeuter an der Tafel, sondern Iwan.

»Noch ein paar Bemerkungen zu den Kreaturen, die uns an der Oberfläche über den Weg laufen könnten«, sagte der Digger. »Erstens: die Pawlowschen Hunde. Von denen habt ihr ja alle schon gehört. Auf sie stößt man ziemlich oft. Gefährlich sind sie vor allem im Rudel. Und wenn sie in der Paarungszeit sind.

Zweitens: der Konduktor. Er ist ziemlich selten. Am besten, man geht ihm aus dem Weg. Er interessiert sich zwar nicht besonders für Menschen, aber es ist trotzdem besser, wenn man eine Begegnung vermeidet.

Drittens: der Hungrige Soldat. Normalerweise treibt er sich in militärischen Objekten wie ehemaligen Kasernen, Lagern und sonstigen Einrichtungen der Armee herum. In Ausnahmefällen auch woanders. In Kirchen und Theatern hat man jedenfalls noch keine gesehen. Keine Ahnung, warum. Im Falle einer unmittelbaren Konfrontation ist er sehr gefährlich. Aber in der Regel gelingt es, ihn abzulenken. Wenn das Objekt bekannt ist, kann man im Vorfeld den ›Uhu‹ machen, also das Objekt von einem erhöhten Punkt ausspähen und dann einen Köder deponieren, zum Beispiel alte Fleischkonserven. Man kann ruhig abgelaufene nehmen, eine drohende Lebensmittelvergiftung schreckt ihn offenbar nicht ab. Das beste Lockmittel sind übrigens Zigaretten. Wenn er sich dann blindlings auf den Köder stürzt, ist man ihn für mindestens eine halbe Stunde los. Außerhalb von Objekten trifft man so gut wie nie auf einen Hungrigen Soldaten.«

»Und Blokadniks?«, erkundigte sich Sterndeuter.

Die Frage brachte Bewegung in die Klasse. Gemurmel setzte ein.

Iwan besann sich. Seinerzeit hatte er Kossolapy Löcher in den Bauch gefragt, um etwas über diese Ungeheuer zu erfahren.

Hallo, Iwan. Eine Stimme, von der man Gänsehaut bekommt.

»Die Blokadniks sind eine Digger-Mär«, sagte Iwan. Das Gemurmel verstummte. »Niemand hat sie jemals gesehen. Und wer sie gesehen hat, konnte nichts über sie erzählen. Weil er nicht zurückgekommen ist. Irgendwie so. Noch Fragen?«

Sterndeuter zog eine Augenbraue in die Stirn: »Aber es gibt sie, oder nicht?«

»Vielleicht.« Iwan zuckte mit den Achseln. »Angeblich lagen sie vor der Katastrophe jahrtausendelang unter der Erde. In irgendwelchen tiefen Erdschichten. Durch die Katastrophe sind sie möglicherweise aufgewacht. Und herausgekommen. Angeblich wurde auch in der Metro schon ein Blokadnik gesichtet. Aber das sind keine verlässlichen Informationen. Nach dem Motto: Ich habe gehört, dass jemand gehört hat, dass sein Bekannter jemanden kennt, der erzählt hat … und so weiter. Jedenfalls sollten wir uns über die Blokadniks nicht den Kopf zerbrechen. Ich glaube nicht, dass sie unser Hauptproblem sein werden. Jedenfalls hoffe ich es.«

Hallo, Iwan. Diese knarrende Stimme, die einem durch Mark und Bein geht.

Iwan nahm einen Lappen und wischte die Namen, die er an die Tafel geschrieben hatte, sorgfältig ab.

Ich warte schon lange auf dich.

Hau ab, Mistkerl, dachte Iwan. Du bist eine Mär. Verstanden?

Am nächsten Tag kamen Iwan und seine Begleiter an der *Baltiskaja* an. Die Station empfing sie mit geschäftigem Lärm. Vor der Katastrophe hatte sich hier die Verwaltung der Metropolizei befunden. In der Bahnsteighalle wimmelte es von Menschen in alten grauen Uniformen.

Eine ganze Station voller Aristokraten, dachte Iwan überrascht. Sachen gibt's.

Am Zugang zum Verwaltungsbereich zeigte Sterndeuter das Empfehlungsschreiben vor, das der Rektor der *Technoloschka* unterzeichnet hatte. Die hiesigen Ordnungshüter nickten respektvoll, als sie Sätze lasen wie »Wir bitten um Unterstützung der Delegation«. Es erwies sich als überaus hilfreich, Abgesandte einer mächtigen, hoch angesehenen Station zu sein. Erst drinnen gab es Komplikationen.

Ein Wachmann tippte Mandela angewidert auf die Brust. »Wo will der denn hin? Das ist nicht gestattet.«

Der Schwarze war so überrascht, dass er zurückwich.

Iwan wollte eingreifen, doch Sterndeuter kam ihm zuvor: »Hände weg!«

Mit einer geschickten Schulterbewegung streifte Sterndeuter seine Tasche ab. Sie fiel polternd zu Boden. Der junge Wissenschaftler sah dem Wachmann herausfordernd in die Augen. Der wurde verlegen und gab klein bei.

»Ihr könnt weitergehen«, sagte er und blickte beflissen zur Seite. Iwan sah Sterndeuter beeindruckt an. Gut gemacht. Er hatte nicht einmal mit der Wimper gezuckt. Dabei hieß es, gestandene Wissenschaftler seien ausgestorben. Platon höchstpersönlich zum Beispiel war ein Champion im Faustkampf gewesen, der in der philosophiefreien Zeit angeblich seine Mitmenschen vermöbelte. Jedenfalls hatte das Wodjanik erzählt.

Die »Delegation« von der *Technoloschka* erhielt eine komfortable Unterkunft mit einem Schlafraum und einem separaten Raum für die Ausrüstung. Verköstigt wurden die Gäste in der Gemeinschaftskantine der hiesigen Obrigkeit.

»Wann gehen wir nach oben?«, erkundigte sich Sterndeuter.

Iwans Augen verengten sich zu schmalen Schlitzen.

»Morgen.«

Sie saßen auf Holzbänken vor der Schleuse.

»Gasmasken aufsetzen«, kommandierte Iwan. Jetzt wurde es ernst.

Sterndeuter sah sich verwundert um und nahm seine Brille ab. Er hielt sie unschlüssig in der Hand. Offenbar wusste er nicht, wohin damit.

»Setz sie doch über der Gasmaske auf«, empfahl der Oberführer und bleckte grinsend die Zähne. »Sonst siehst du nichts draußen.«

»Sehr witzig.« Sterndeuter schaute in seine Tasche und kramte in den Innenfächern. »Wo habe ich es nur hingeräumt? Ah!« Sein Gesicht hellte sich auf. »Da ist es ja.«

Er nahm ein gelbes Brillenetui aus Kunststoff aus der Tasche, klappte seine Brille zusammen, legte sie sorgfältig hinein und schloss das Etui.

»Beeilung«, sagte Iwan. »Die Zeit drängt.«

»Einen Moment. One minute. Una minuta, per favore.«

Unbeholfen und hektisch zog Sterndeuter die Bänder seiner Gasmaske um den Hinterkopf. Iwan beobachtete ihn kopfschüttelnd.

Oh Mann, dachte er. Das muss normalerweise wie im Schlaf funktionieren.

Sterndeuter hatte eine modische Gasmaske mit einer Panoramasichtscheibe aus Kunststoff ... Und mit knallgrünen Anschlussstücken. Damit würde man ihn schon aus zweihundert Metern Entfernung bemerken.

Geht nicht, dachte Iwan. Er stand auf, trat zu Sterndeuter und musterte ihn eine Weile.

»Gib mir deinen Marker«, sagte er schließlich. »Bitte.«

»Wozu?«, fragte Sterndeuter verwundert.

»Gib her. Ich werde ihn schon nicht aufessen.«

Aus einer Tasche am Knie zog Sterndeuter seinen legendären Marker heraus. Iwan nahm ihn und zog die Kappe ab. Schwarz. Genau richtig. Ausgezeichnet. Ob der wohl auch auf Kunststoff schrieb?

Mit der linken Hand fasste Iwan Sterndeuter an der Maske. Der zuckte zusammen.

»Ruhig halten«, befahl Iwan.

Der Digger begann, die grünen Ränder der Anschlussstücke mit Schwarz zu übermalen.

»Picasso auf der Höhe seines Schaffens«, kommentierte der Oberführer Iwans Bemühungen.

Nachdem er fertig war, begutachtete Iwan sein Werk. Keine knallgrünen Stellen mehr. Alles tiefschwarz.

»So ist es besser.«

Iwan händigte dem entgeisterten Sterndeuter den Marker aus, ging an seinen Platz zurück und zog seine eigene Gasmaske an, eine isolierende IP-2M mit Trinkventil. Sie lag dicht am Gesicht an. Iwan tat einige tiefe Atemzüge. Der Atembeutel zog sich zusammen und blähte sich wieder auf. Die Regenerierpatrone funktionierte. Alles so, wie es sein soll.

»Fertig?«

Iwan schlüpfte in die Gummihandschuhe. Diese hatten jeweils einen einzelnen Zeigefinger zur Betätigung des Gewehrabzugs.

Armeeausrüstung. An der *Technoloschka* herrschte kein Mangel an solchen Schätzen.

»Fast«, antwortete der Oberführer und riss eine Rolle Klebeband auf.

»Helft euch gegenseitig«, befahl Iwan. Unter der Maske klang seine Stimme dumpf und wie von Ferne.

Zu guter Letzt mussten sie noch die Nähte und Übergänge in der Kleidung abdecken. Klebeband konnte man wirklich für alles brauchen.

»Das wär's«, sagte Iwan, nachdem die Verpackungsprozedur beendet war.

Der Digger ließ den Blick über seine Begleiter schweifen. Jeder ging auf seine Weise mit der Anspannung um. Kusnezow, der darauf bestanden hatte, mitzukommen, saß mit blassem Gesicht da und versuchte, seine Nervosität zu verbergen. Seine Finger zitterten, und sein rechter Fuß klopfte fieberhaft auf den Boden. Das war in Ordnung. Fürs erste Mal sowieso. Selbst beim zehnten Mal wäre es völlig normal gewesen.

Sterndeuter verhielt sich ziemlich unaufgeregt. Der Oberführer fletschte die Zähne und lachte wiehernd. Aber das machte er eigentlich immer. Der Graue wirkte gleichmütig, fast ein wenig lethargisch. Wodjanik versuchte wie immer, sein Wissen unters Volk zu bringen, doch im Augenblick hörte ihm niemand zu. Mandela stand unentwegt auf und setzte sich wieder hin, als hätte er Federn in den Beinen.

Iwan atmete durch. Schloss die Augen. Zählte bis fünf. Und öffnete sie wieder.

»Gehen wir!«

Sie betraten die Schleuse – eine dunkle, kleine, leere Kammer –, dann verriegelten die Männer von der *Baltiskaja* hinter ihnen die Tür. Iwan hörte, wie das Schloss einrastete und sich die Mechanismen der hermetischen Tür in Bewegung setzten. Das Licht der Lampen fiel auf die Gesichter gegenüber und wurde von den Sichtscheiben der Gasmasken reflektiert. Iwan ging in die Hocke und legte das Gewehr auf seine Knie. Jetzt mussten sie fünf bis zehn Minuten warten, bis die innere Tür hermetisch abgedichtet war. Dann weitere zehn Minuten, in denen durch Luftzufuhr ein Überdruck in der Schleuse erzeugt wurde. Erst danach konnten sie die äußere Tür öffnen.

Nanu. Was sollte das denn werden? Sterndeuter machte sich bereits am Hebel der äußeren Tür zu schaffen.

»Stopp!«, befahl Iwan, stand auf, trat zwei Schritte vor und legte dem Wissenschaftler die Hand auf die Schulter. »Ohne meinen Befehl wird hier gar nichts gemacht, klar? Darauf hatten wir uns geeinigt, oder?«

Sterndeuter drehte sich um. Er blinzelte, da ihn Iwans Lampe blendete. Mit verständnisloser Miene linste er durch die Sichtscheibe der Gasmaske.

Tja. Das wird nicht leicht werden, dachte Iwan. Die Truppe ist überhaupt nicht aufeinander eingespielt. Wer weiß, was die Jungs unterwegs alles anrichten.

»Die Tür da ist noch nicht dicht«, erläuterte Iwan und zeigte auf die innere Tür.

»Ach so!« Sterndeuter hatte es endlich kapiert. »Tut mir leid.«

»Gehandelt wird nur auf meinen Befehl«, sagte Iwan und wiederholte damit, was er während der Vorbereitung auf die Expedition schon hundertmal gepredigt hatte. »Wir warten noch.«

Die nächsten zehn Minuten zogen sich länger hin als die vergangenen beiden Tage.

Warum tu ich mir das eigentlich an?, fragte sich Iwan mit einem Mal. Diesen ganzen Ärger?

Er schaute auf die Uhr. Die Zeiger phosphoreszierten grün. Es war so weit.

»Mach auf«, befahl er dem Grauen. Der nickte.

Iwan spürte, wie sein Herz die Schlagzahl erhöhte und wie das Adrenalin in seine Adern schoss. Die Dinge in der Umgebung wurden voluminöser, ihre Konturen schärfer.

Gehen wir's an.
Mit bedrohlichem Knarzen öffnete sich die äußere Tür.

Das graue, wuchtige Bahnhofsgebäude baute sich vor ihnen auf wie ein sprungbereites Monster. Normalerweise mied Iwan voluminöse Bauten, die innen viel leeren Raum boten. Einerseits hatte dies zwar den Vorteil, dass man genug Platz für Manöver in der Gruppe hatte, aber andererseits befanden sich in solchen Gebäuden oft Nester. Und mit den Vögelchen, die darin hockten, war meist nicht gut Kirschen essen.

BALTISCHER BAHN OF, las Iwan über dem Eingang. Das H war heruntergefallen.

Sie stiegen die Treppe hinauf – in Gefechtsordnung: Einer lief, der andere gab Deckung. Am oberen Treppenabsatz sammelten sie sich.

Undurchdringliche, gummiartige Stille.

»Wir gehen rein«, bedeutete Iwan mit Gesten. »Haltet die Augen auf.«

Die Bahnhofshalle war riesig. Argwöhnisch spähte Iwan umher. Rechts befanden sich die Reihen der Kioske. Die gegenüberliegende Stirnwand war früher fast vollständig verglast gewesen. Heute glich sie eher einem überdimensionalen Tor. Das Tor zur Eisenbahn-Ewigkeit. An den Stahlstreben, die es vergitterten, rankten dünne Lianen.

Hinter der rückseitigen Front befanden sich die Bahnsteige. Iwan sah einen grünen, rostigen Zug, der auf einem der Gleise stand.

Der trübe Himmel erzeugte nur schwache Schatten. Trotzdem stieg der Digger reflexartig über die dunklen Linien, die das Stahlgitter auf den Boden warf.

»Schau.« Jemand tippte ihm auf die Schulter.

Iwan wandte sich um. Am Auskunftsschalter verharrte eine Familie von Skeletten. Papa, Mama und zwei Kinder. Nackte Ge-

beine, an denen Kleidungsfetzen hingen. Neben den Toten lag ihr Gepäck. Jemand hatte die Koffer ausgeweidet. Die Innereien lagen noch immer auf dem Boden verstreut: Kleidung, vergilbt, verstaubt und versteinert. Die Familie war auf dem Weg in den Urlaub gewesen. Oder zur Oma. Oder weiß der Henker wohin.
Vorwärts!
Die Digger durchquerten den Wartesaal und liefen etappenweise zu den Gleisen.
»Nach rechts«, bedeutete Iwan den anderen.
Dort, ein Stück weiter die Gleise entlang, hatte sich früher das Eisenbahndepot befunden.

Rostige Züge. Sie standen schon so lange herum, dass sie vergessen hatten, was Menschen waren. Riesenhafte Eisentiere, die ihre schweren Körper hier versammelt hatten, um gemeinsam zu sterben. Doch nicht alle waren gestorben ...
Die Dampflok sah genau so aus, wie der Professor sie beschrieben hatte.
»Wunderbar!«, rief Iwan. »Prof?«
»Oje, nein. Das hat keinen Zweck«, erwiderte Wodjanik kopfschüttelnd.
»Wieso, Prof? Hier steht sie doch, Ihre Dampflok, schauen Sie!«
Ein schwarzes, massives Ungetüm. Hier und da abgeblätterter Lack und Rostflecken, doch alles in allem sah sie wesentlich besser aus als ihre moderneren Schwestern. Iwan war begeistert. Eine unverwüstliche Maschine.
»Das Gleis«, sagte Wodjanik.
»Was ist mit dem Gleis?«, fragte Iwan. Er verstand nicht, worauf der Professor hinauswollte. »Sie steht doch auf einem Gleis, da, sehen Sie?«
»Ja, aber das Gleis ist total zugestellt.« In Wodjaniks Stimme schwang tiefe Resignation. »Sehen Sie den Zug hinter der Lok? Der nimmt überhaupt kein Ende.«

Iwan überlegte. Die Waggons vom Gleis zu kippen, war illusorisch.

»Können wir den nicht wegschieben?«

»Dazu reicht die Leistung der Dampflok nicht«, erläuterte Wodjanik. »Zu den Zeiten dieses schwarzen Juwels waren die Züge noch viel kürzer. Der Zug hier besteht aus mindestens sechzehn Waggons. Und eine Rangierlok, mit der wir sie auf ein Abstellgleis ziehen könnten, haben wir nicht. Ich hatte gehofft, dass ...« Er seufzte tief und winkte ab. »Ihr Sosnowy Bor können Sie abschreiben, Iwan.«

Der Professor war völlig geknickt.

Es gab ja auch allen Grund, geknickt zu sein. Iwans Wange zuckte.

Im selben Augenblick hörte er wieder dieses Geräusch, das gedämpfte Knarzen von Metall, das sich unter einer schweren Last biegt. Es hatte schon seinen Grund, dass er solche Gebäude nicht mochte.

»Alle zurück«, kommandierte Iwan. »Schnell! Weg hier.«

Zu spät.

Sterndeuter riss sein Gewehr von der Schulter und zielte.

Das Krachen der Schüsse hallte durch die Leere des Bahnhofs.

Die Bestie sprang von einem Stahlträger herab auf den Boden. Iwan winkte in Richtung Ausgang: »Zurückziehen!« Dann lief er selbst los, die Waffe im Anschlag.

Das verdammte Vieh bewegte sich blitzschnell.

Mit dem Feuer aus zwei Gewehrläufen konnten sie es vertreiben – vorübergehend. Das Tier kletterte an der Wand des Bahnhofsgebäudes hinauf, krallte sich an einem Träger fest und verschwand.

Verteufelt flink, das Drecksvieh, dachte Iwan. Er hatte es nicht einmal richtig erkennen können.

Sie kehrten zum Eingangsvestibül der *Baltiskaja* zurück. Iwan ließ die anderen an sich vorbei. Sterndeuter kam als Letzter angerannt.

»Beeil dich!«

Der Wissenschaftler blieb vor Iwan stehen. Hinter der Kunststoffscheibe seiner Gasmaske grinste ein zufriedenes Gesicht.
»Hast du gesehen, wie ich der Bestie eingeheizt habe?«
»Ja, ich hab's gesehen«, erwiderte Iwan. »Los jetzt, machen wir, dass wir reinkommen.«
Der Digger ging voraus und öffnete die Tür. Ein seltsames Geräusch ließ ihn innehalten. Er drehte sich noch einmal um.
»Sterndeuter«, rief Iwan. »He, Sterndeuter, das ist nicht der richtige Augenblick für dumme Scherze.«
Der Wissenschaftler war verschwunden.
Auf dem rissigen Asphalt lag ein gelbes Brillenetui.

Die Tür quietschte. Iwan drehte sich nicht einmal um. Er blieb auf seinem Feldbett liegen und starrte auf ein Loch in der Wand. Mit dem Fingernagel konnte man Betonkrümel herauspulen.
Schritte. Gleich würde das spöttische Gekrächze des Oberführers ertönen. Oder Kusnezows brüchige Stimme.
Der Professor war es gewiss nicht. Der hob die Beine nicht richtig beim Gehen. Dabei entstand ein schlurfendes Geräusch, das den Trupp verriet …
»Entschuldigen Sie«, sagte eine tiefe Stimme hinter ihm.
Das waren weder der Oberführer noch Kusnezow. Iwan drehte sich herum. Vor ihm stand ein groß gewachsener, breitschultriger Mann, der einen schwarzen Marinemantel trug. Er hatte fast weißes Haar, litt also offenbar an Melaninmangel. Mächtige Kiefer, dunkle, glänzende Augen. Irgendetwas am Äußeren des Gastes kam Iwan seltsam vor. Eine gewisse Schlaffheit vielleicht? Diese gerötete Nase. Der Herr Seemann griff wohl bisweilen zur Flasche? Zum Beispiel zu der, die in der Brusttasche seines Mantels steckte …
Der schwarze Armeemantel. Deswegen habe ich ihn nicht sofort wieder weggeschickt, dachte Iwan. Kmiziz hatte so einen getragen. Wie nennt man dieses Gefühl? Nostalgie?

»Ein einziger anständiger Mensch an der ganzen *Admiraltejskaja*, und der ...«
War tot.
»Sind Sie Iwan?«, erkundigte sich der Seemann. »Ich bin Ilja Petrowitsch Krassin. Ich habe Ihnen ein Angebot zu machen.«
Schon wieder diggen? Bloß nicht.
»Ich mache nichts mehr in der Richtung«, sagte Iwan. »Sie verschwenden nur Ihre Zeit. Wenn Sie möchten, sage ich Ihnen Auf Wiedersehen. Ich habe heute meinen höflichen Tag.«
Krassin schien überrascht.
»Aber Sie sind doch ein Digger.«
»Na und?« Iwans höflicher Tag war zu Ende.
»Sagen Sie, waren Sie schon mal an der Leutnant-Schmidt-Uferstraße?«, fragte Krassin, der sich seltsamerweise überhaupt nicht aus der Ruhe bringen ließ.
»Na klar.« Iwan zuckte mit den Achseln. »Ich bin fast die gesamte Wassiljewski-Insel abgelaufen. Aber was macht das für einen Unterschied? Wie gesagt, ich habe nicht vor, mich als Digger zu betätigen.«
Iwan legte sich wieder hin.
»Sie waren also dort?« Krassin nickte. »Vortrefflich. Und ist das Boot noch dort? An der Uferstraße?«
Iwan stutzte und setzte sich auf. Verdammt, in der Tat ...
»Was für ein Boot?«
Krassin lächelte und sein Lächeln geriet überraschend charmant.
»Ein U-Boot.«

Mit all ihren Tunnelsegmenten krallte sich die Metro in den sumpfigen Sankt Petersburger Untergrund, durch den sich schon die Grenadiere Peters des Großen gekämpft hatten.
Eine Stadt, in der die Zeit verschwindet.
»Und jetzt erklären Sie mir bitte, wie man mit einem U-Boot zum Leningrader AKW fahren kann«, sagte Iwan.

»Ganz einfach«, erwiderte Krassin. »Man läuft von Gawan in den Finnischen Meerbusen aus und fährt dann immer der Küste entlang. Bis Sosnowy Bor. Das sind neunzig Kilometer. Ein bisschen weiter als mit der Bahn. Das AKW befindet sich unmittelbar an der Küste. Es wird mit Wasser aus dem Finnischen Meerbusen gekühlt. Auch die Generatoren laufen mit diesem Wasser.«

Iwan nickte. Das klang eigentlich ganz vernünftig.

Wodjanik kraulte seinen schwarzen, mit grauen Strähnen durchsetzten Bart und zerrte daran, als wollte er ihn ausreißen.

»Ich fasse noch einmal zusammen«, sagte der Professor. »Wir müssen von der *Technoloschka* zur Englischen Uferstraße gehen und dann über die Brücke zur Leutnant-Schmidt-Uferstraße. Dort soll sich das alte U-Boot befinden. Und ich hoffe sehr, dass es uns gelingt, es in Gang zu setzen. Wenn nicht – nun gut ... Dann müssen wir uns eben einen anderen Weg ausdenken, wie wir zum Leningrader AKW gelangen. Das wär's von meiner Seite. Iwan? Kann ich dann gehen, um mich fertig zu machen?«

»Seien Sie mir nicht böse, Professor«, entgegnete Iwan, »aber diesmal müssen Sie hierbleiben. Sie würden das körperlich nicht schaffen, verstehen Sie? Wir werden sehr schnell laufen und sehr schnell schießen müssen. Geschwindigkeit wird das A und O sein.«

Der Professor warf zornig den Kopf in den Nacken.

»Aha, dann bin ich also innerhalb von zwei Tagen ein anderer Mensch geworden«, giftete er. »Vorgestern war ich noch gut genug für eine Expedition und heute nicht mehr. Wie das?«

So wütend sah Iwan den Professor zum ersten Mal. Es wurde ihm direkt ein wenig mulmig dabei. Doch auf gekränkte Eitelkeit konnte er jetzt keine Rücksicht nehmen.

»Gut, ich erkläre es Ihnen. Sie sind durchaus kein anderer Mensch geworden, Professor. Sie sind immer noch derselbe ziemlich schwergewichtige Mann um die fünfzig, der eher geistige Anstrengungen als körperliche gewohnt ist. Die Umstände haben sich jedoch grundlegend geändert. Dreihundert Meter bis zu einer Dampflok zurückzulegen, das ist eine Sache. Etwas völlig anderes ist es, drei Kilometer durch eine Stadt zu laufen, in der es von Bestien nur so wimmelt, und dabei ständig um sich zu schießen. Und wohlgemerkt, Professor, das alles in voller ABC-Schutzmontur. Sie müssen doch zugeben, dass das ein Unterschied ist.«

Der Professor stand da wie ein begossener Pudel und schwieg. Keine Chance, dachte Iwan. Ich werde hart bleiben.

»Aber Iwan ...«, presste schließlich Wodjanik hervor.

»Keine Diskussion.«

Der Professor ließ den Kopf hängen. Mit noch stärker schlurfenden Schritten als sonst verließ er den Raum. Iwan schaute ihm hinterher und fühlte sich richtig mies. Als hätte er ein Kind zur Schnecke gemacht.

»Ich komme mit euch«, sagte Mandela, der die Szene mit finsterer Miene verfolgt hatte.

Iwan schüttelte den Kopf. Diesmal hatte er nicht die Absicht, Freiwillige mitzunehmen. Schluss mit den Spielchen.

»Red keinen Unsinn. Es reicht schon, dass ich Sterndeuter auf dem Gewissen habe.«

»Ich komme mit«, beharrte Mandela stur. Sein Blick glühte weiß wie ein Wolframdraht. »Punktum.«

Nachdem der Schwarze gegangen war, sagte der Oberführer: »Der Junge ist zwar ein Neger, aber er hat Charakter.«

Iwan musste sich darauf einstellen, die Expedition mit einer völlig unerprobten Mannschaft zu bestreiten, die vom Diggen im Grunde keine Ahnung hatte.

Kusnezow strahlte übers ganze Gesicht. Wenigstens an Enthusiasmus mangelte es den Amateurdiggern nicht.

»Denkt immer an das Wichtigste.« Iwan blickte vom einen zum anderen, lud sein Gewehr durch und sicherte es. »Ihr dürft niemals stehen bleiben. Unter keinerlei Umständen. Habt ihr euch das alle hinter die Ohren geschrieben? Wir feuern kurze Salven und bleiben dabei stets in Bewegung. Wenn wir stehen bleiben, treiben sie uns in die Enge und fressen uns auf. Klar? Ober?«

Der drahtige Skinhead nickte mit einem Gesichtsausdruck, der sagte: »Na logo, ich bin doch nicht doof.« Selbst mit Gasmaske sah er wie ein Arier aus. Sein Maschinengewehr (ein RPD und eine Kiste Patronen dazu) hatte er auf die Knie gelegt. Der Graue war mit einer Saiga-Selbstladeflinte bewaffnet, Mischa hatte eine AK-103 mit Kunststoffschaft und Mandela eine Doppelflinte. Damit waren für den Fall der Fälle so ziemlich alle Distanzen abgedeckt.

»Mandela?«, fragte Iwan. »Niemals stehen blieben, klar?«
»Klar.«
»Mischa?«
»Ja. Verstanden.«
»Krassin?«

Der Seemann nickte. Seinen Marinemantel trug er über dem ABC-Schutzanzug. Was soll's, dachte Iwan, jeder hat eben seine Marotten.

»Grauer, Ober?« Iwan nickte jedem der beiden Skinheads einzeln zu. »Vor dem Aufbruch setzen wir uns kurz.«

Iwan betrachtete seine Männer. Die ersten beiden waren Glatzen, der Dritte ein Jungspund, der Vierte schwarz wie Schuhcreme und der Fünfte ein Säufer.

Ein bunter Haufen, dachte Iwan. Aber nachher, mit den Gasmasken auf dem Kopf, werden wir uns gleichen wie ein Ei dem anderen. Das ist es doch, was die Menschen nach der Katastrophe verbindet: die Gasmaske und der ABC-Schutzanzug.

Die einzigen Expeditionsteilnehmer, die schon Erfahrung an der Oberfläche hatten, waren Iwan selbst und die beiden Skins. Langweilig würde es jedenfalls nicht werden.

»Gehen wir's an. Gasmasken aufsetzen.«

Ein Gefühl wie unter Wasser. In den Ohren gurgelte es. Einatmen, ausatmen. Einatmen, ausatmen.

477

»Viel Glück«, sagte Wodjanik. Seine Stimme klang so fern, als befände er sich im Nebenraum.
»Können wir brauchen.« Iwan stand auf und holte tief Luft.
»Bato-ontschiki!«

Petersburg, mein Schmerz.
Die halb zerstörte Isaaks-Kathedrale. An den Granitsäulen, die sogar der Druckwelle widerstanden hatten, rankten graublaue Lianen empor. Vielleicht waren sie giftig, mit Sicherheit radioaktiv. Iwan schob sich das Wärmebildgerät vor die Augen. Die Lianen leuchteten tatsächlich. Durch das Gerät betrachtet waren sie blau mit grünlichem Schimmer. Und hinterließen eine unscheinbare, nebelhafte Spur, als Iwan den Kopf wegdrehte ...
Da gehen wir lieber nicht hin.
Iwan hatte schon lange mit dem Gedanken gespielt, wenigstens einmal ins Innere der Kathedrale vorzudringen. Alte Leute hatten ihm vorgeschwärmt, wie fantastisch es dort sei. Doch bislang hatte es sich nie ergeben.
»Wanja!«
Iwan drehte sich um und vergaß dabei, die Okulare des Wärmebildgeräts wieder hochzuschieben. Im ersten Moment hatte er den Eindruck, eine Atomexplosion zu sehen. Im Sichtfeld des Geräts erschien ein Armageddon-Mensch, der in einem gelb-rot-grünen Spektrum leuchtete. Iwan schob das Gerät in die Stirn. Die Helligkeitseinstellung dieser Infrarotdetektoren war gewöhnungsbedürftig. Seine Augen brannten.
Anstelle des Armageddon-Menschen sah Iwan nun den Oberführer.
»Was ist?«
»Ich glaube, da geht jemand hinter uns her. Spürst du es auch?«
Sie hatten Glück mit dem Wetter und mit der Jahreszeit. In Sankt Petersburg herrschten gerade die berühmten Weißen Nächte, wenn der Kalender des Professors denn einigermaßen stimmte,

was wahrscheinlich war, denn auch Sterndeuters Kalender wich nur um wenige Tage von diesem ab.

»Die beste Zeit, um bis zum frühen Morgen auszugehen und sich an den Brücken fotografieren zu lassen«, hatte der Professor gesagt. Das mit dem frühen Morgen konnten sie knicken. Die an das Kunstlicht der Metro gewohnten Augen hielten das Tageslicht nicht mal ein paar Minuten aus. Ein schummriges Dämmerlicht dagegen wie jetzt war zum Diggen geradezu ideal. Es sorgte für ausreichende Helligkeit und blendete nicht. Eine geniale Erfindung, so ein Wärmebildgerät. Es registriert Unterschiede in der Körpertemperatur von bis zu einem zehntel Grad. Einen Menschen konnte man damit problemlos aufspüren, egal, wie gut er sich versteckte. Das galt natürlich auch für Bestien, sie mussten nur ein bisschen warmblütig sein.

Weder Nebel noch Rauch noch Lichtmangel beeinträchtigen die Funktion eines Wärmebildgeräts. Mit einem solchen Wunderding konnte man sogar völlig ohne Lampe einen Metrotunnel begehen. Mit einem Nachtsichtgerät wäre das nicht möglich gewesen, da es zumindest Restlicht benötigt. Doch den größten Nutzen für einen Digger brachte das Wärmebildgerät oben in der Stadt. Selbst an schwaches Licht gewöhnte Augen waren nicht in der Lage, eine Bestie in einem Kilometer Entfernung auszumachen. Das Wärmebildgerät schaffte das hingegen ohne Weiteres.

Apropos Bestien.

Iwan drehte den Kopf und spähte durch die Okulare. Tatsächlich.

»Was ist dort?«, erkundigte sich der Oberführer, dem bereits klar war, dass es Ärger geben würde.

»Pawlowsche Hunde«, antwortete Iwan. »Wenn uns die bemerken, sind wir erledigt. Keine Bewegung jetzt und keinen Mucks. Sonst fressen sie uns mit Haut und Haaren. Ich will kein Gewehr klicken und keine Eier klappern hören.« Das hatte Kossolapy in solchen Situationen immer gesagt. »Die Biester reagieren vor allem auf Geräusche.«

Das Warten war eine echte Geduldsprobe.

Das riesige Hunderudel floss als grün-rot-gelbe Masse über die Schlossbrücke, teilte sich in schmale, bunte Streifen und flutete auf die Uferstraße.

Es war das U-Boot mit der Bezeichnung S-189 auf dem Turm. Der einst hellgraue Rumpf war mit der Zeit dunkler geworden und hatte Rost angesetzt. Vor vielen Jahren hatte man das U-Boot aus einem Hafenbecken für ausrangierte Schiffe gehoben, es wieder instand gesetzt, zur Leutnant-Schmidt-Uferstraße überführt und ein Museum daraus gemacht.

»Und was sollen wir mit einem Museums-Boot?«, hatte Iwan Krassin bei ihrem ersten Gespräch gefragt.

»Keine Sorge, die Innereien des Schiffs – der Schiffsdiesel, die Geräte und so weiter – wurden komplett konserviert. Es ist durchaus realistisch, dass sie noch intakt sind. Möglicherweise ist es das einzige fahrtüchtige Schiff in ganz Sankt Petersburg.«

Fahrtüchtig ... Iwan schüttelte den Kopf. Das werden wir ja sehen.

Er zog das Wärmebildgerät vor die Augen und beobachtete. Es war etwas mühsam, mit diesem Ding auf dem Kopf herumzulaufen, dafür machte es umso mehr Spaß, damit ein Ziel aufzuspüren und es ins Visier zu nehmen.

Die grün-rot-gelb leuchtende Masse der Pawlowschen Hunde hatte die Schlossbrücke inzwischen verlassen und streunte weiter die Schloss-Uferstraße entlang, vorbei an der Eremitage. Wie viele Hunde es waren? Schwer zu sagen. Im Sichtfeld des Wärmebildgeräts verschmolzen sie zu einem einzigen Organismus, der aussah wie eine Qualle mit langen, dünnen Tentakeln. Die ersten Ausläufer dieser wandelnden Biomasse hatten bereits die Troizki-Brücke erreicht.

»Vorwärts!«, kommandierte Iwan. »Schnell!«

Sie rannten los. Stiefelgetrommel auf dem Bürgersteig. Klatschende Pfützen. Von den leeren Häusern schallte ein nasses Echo zurück. Die Digger liefen jetzt die Englische Uferstraße entlang. Wären sie hier nicht zur Brücke abgebogen, sondern geradeaus weitergelaufen, wären sie nach kurzer Strecke an drei Geisterschiffen vorbeigekommen. Das erste war ein schwarzer, halb versunkener Fischkutter, der nur aus stumpfen Winkeln bestand, das zweite irgendein Versuchsschiff – Iwan hatte beim letzten Mal die Aufschriften gesehen –, das eher wie ein Marineschnellboot aussah, und das dritte ein blau-gelbes Miniaturschiff mit rostigen Kranauslegern. Iwan erinnerte sich nicht mehr, wie es hieß. Toni oder Tom? Egal. Heute wollten sie sowieso woandershin.

Jetzt so schnell wie möglich über die Brücke!

Als Iwan um die Ecke biegen wollte, rutschte er auf einer nassen Stufe aus und fiel.

Mist! Mit so einem Wärmebildgerät sieht man aber auch gar nichts.

Im letzten Moment fing er sich mit den Armen ab – seine Hände klatschten auf das Granitpflaster der Uferstraße. Klonk! Das Wärmebildgerät stieß gegen die Brüstung und fiel zu Boden. Die morschen Befestigungsbänder waren gerissen.

Iwan rappelte sich auf. Um ihn herum war alles grau. Großartig, verdammt. Der Oberführer stand bereits neben ihm und gab ihm Deckung. Die anderen Digger kamen keuchend herbeigelaufen und blieben stehen.

»Alles klar, Mann?«, erkundigte sich der Oberführer.

»Ja.«

Iwan bückte sich und hob das Gerät auf. Die Okulare waren gesprungen. Er hielt es vor die Sichtscheiben seiner Gasmaske. Alles dunkel. Scheiße. Dann legte er es auf der Brüstung ab.

Das Wärmebildgerät hatte schon wieder ausgedient. Iwan seufzte. Blieb nichts übrig, als sich wieder konservativer Methoden zu bedienen.

Die Brücke überquerten sie unfallfrei und bogen dann in die Leutnant-Schmidt-Uferstraße ein. Direkt am Ufer dümpelte ein rostiger Lastkahn. Der Schriftzug an der Bordwand lautete ... Iwan strengte die Augen an ... »Kossino«. Hinter dem Kahn befand sich noch ein zweiter, von dem aber nur noch ein Heckaufbau aus dem schwarzen Wasser der Newa ragte.

Das U-Boot hatte Iwan beim letzten Mal ein Stück weiter hinten gesehen, Richtung Meer. Schwimmend und äußerlich weitgehend unversehrt – daran erinnerte er sich noch.

Das Wasser der Newa plätscherte friedlich in der zähen, grauen Dunkelheit. Iwan beugte sich über die Granitbrüstung und schaute zum Kai hinunter. In den Fugen zwischen den gesprungenen Granitplatten spross nicht ein einziger Grashalm.

Träge schwappte das Wasser gegen den Stein. Der schwarze, von innen mit Hass eingefärbte Spiegel der Newa. An den Brücken und ausgestorbenen Uferpromenaden vorbei trug sie ihre Wasser zum Meer.

Ein leiser, schneidender Ruf, der vom Finnischen Meerbusen herüberdrang. Dieser Ruf ließ einem das Blut in den Adern gefrieren. Iwan schauderte. Der Schrei einer Möwe. Nur, dass es inzwischen keine Möwen mehr gab, sondern nur noch irgendwelche fliegenden Krokodile. Ein schauriger Anblick.

Iwan legte den Kopf zurück. Abermals zuckte ein Schrei aus dem Himmel und bohrte sich in seine Magengrube.

Das Geräusch war fast noch schlimmer als der Anblick.

Angestrengt spähte der Digger umher. Jetzt die Lampe einschalten? Das wäre einer Einladung an die Bestien gleichgekommen. Zu einem fünfgängigen Menü mit Nachtisch. Einen billigen Rausch inklusive, dachte Iwan und warf einen Blick zu Krassin hinüber. Doch ohne Lampe sah man nicht viel in der Dunkelheit, besonders bei so dichtem Nebel.

Weiter jetzt. Mit Gesten gab Iwan zu verstehen: »Nach links und dann runter.«

Die Digger gingen an der Granitbrüstung vorbei, bogen zur Treppe ab und stiegen die Stufen hinunter, die auf den nassen Uferweg führten. Jetzt standen sie fast auf gleicher Höhe mit dem Kai. In der grauen, feuchten Düsternis erkannte Iwan die Überreste der weißen Beschriftungen, die früher hier angebracht gewesen waren. Der einst grüne Bodenbelag vor dem Eingang zum Passagierterminal war inzwischen fast schwarz.

Die Fenster des Terminals waren ausgeschlagen.

»Schau«, rief der Oberführer mit befremdlich brüchiger Stimme.

Iwan drehte sich um, folgte dem ausgestreckten Arm des Skinheads und zuckte überrascht zusammen. Dabei hatte er eigentlich gewusst, was es dort zu sehen gab.

Es war ein eigenartiges Gefühl.

Entlang des Kais erstreckte sich die graufleckige, mit Rostfetzen behangene Haut des U-Boots. Der Stahlbarrakuda lag in einem spitzen Winkel zum Ufer. Sein Bug war ein wenig eingetaucht.

»Ein kleiner Fehler in der Trimmlage«, erläuterte Krassin. »Wenn man die Trimmtanks im Heck befüllt, gleicht sich das wieder aus. Allerdings wurden alle Trimmtanks der S-189 nach der letzten Instandsetzung zugeschweißt ...«

Ab diesem Punkt hörte Iwan nicht mehr zu.

Der Turm mit der Kennung. Die Aufschrift leuchtete in der fahlen Sankt Petersburger Dämmerung. S-18... Die letzte Ziffer konnte man nicht erkennen. Der Rumpf des U-Boots war mit großen weißen Flecken übersät. Der Kot von Flugechsen.

»Ein schwimmendes Museum«, sagte der Oberführer, an niemanden gewandt. Dann drehte er den Kopf zu Krassin. »Und, kriegen wir das hin, Mann?«

Pause.

Während Krassin überlegte, betrachtete Iwan das U-Boot. Gut, dass gerade Weiße Nächte waren, man musste die Lampe nicht einschalten.

»Leutnant!«, rief er Krassin zu. Der stand reglos da und glotzte das Boot an. Sein großer Kopf mit der braunen Gasmaske ragte aus dem Kragen des schwarzen Marinemantels. »Es wird Zeit.«

Krassin wachte gleichsam auf. »Ja, natürlich.« Mit einer umständlichen Bewegung, die ihn nicht gerade als Waffenexperten auswies, hängte er sich seine Simonow SKS um die Schulter. »Packen wir's an.«

Sie traten an den Rand des Kais. Das kalte Plätschern der Newa, deren Wasser träge zwischen Kaimauer und Bootsrumpf schwappte, erinnerte Iwan an Kossolapys letzten Streifzug. Wie ein Wochenschaubericht lief die absurde Todesszene vor Iwans Augen ab. Das schwarze, brodelnde Wasser. Die steinernen Stufen. Kossolapy, wie er lächelnd aus dem Wasser herauskam ...

Dann plötzlich dieser Schatten. Ein roter und ein schwarzer Strich. Der stürzende Kossolapy. Als wäre sein Lächeln bleiern geworden und zöge ihn hinab. Klatsch. Und schließlich der tote Digger auf dem kalten, nassen Granit. Es war ein Herbsttag gewesen.

»Los«, kommandierte Iwan. »Und bleibt zusammen.«

Ein Irrsinn.

Ein Museums-U-Boot, das noch fährt. Aber sonst geht's Ihnen gut, Herr Leutnant?

Wenn es mit modernen Schiffen nicht funktioniert, warum dann nicht mal was anderes probieren?

Iwan legte den Schaft seines Gewehrs an der Schulter an und schloss das linke Auge. Durch die Zielvorrichtung betrachtete er das Boot. Ausgezeichnet.

Iwan stieg in den Bauch des Boots hinunter. Der Lichtkegel der Lampe tanzte über Schotten, Hähne und Rohre. An manchen Wänden hingen gerahmte Fotos: Marinesoldaten, die vor dem U-Boot posierten, das Boot im Einsatz, Begegnung am Hafen.

Freudestrahlende Gesichter, weiße Schirmmützen, schwarze Matrosenanzüge.

Iwan tastete sich voran. Dabei stapfte er durch knöcheltiefen, öligen Schlamm, der im Lauf von zwei Jahrzehnten dickflüssig geworden war. Als er den Kopf zur Wand drehte, schälte der Lichtstrahl der Lampe lächelnde Gesichter aus der Dunkelheit. Sie gehörten Menschen, die vor vielen Jahren gestorben waren. Jetzt sahen sie Iwan an.

Das Boot war in einem guten Zustand. Man konnte sehen, dass vor der Katastrophe alles frisch gestrichen und aufgeräumt worden war. Jeder Gegenstand befand sich an seinem Platz. Wie es sich eben für ein Museums-Schiff gehörte.

»Der Besitzer war angeblich selbst U-Boot-Offizier.«

Iwan erschrak.

»Wo sind Sie?«

Im nächsten Augenblick tauchte Krassin auf, der von unten sein Gesicht anleuchtete. Brrr. Eine schaurige, grobschlächtige Fratze.

»Ich war im Dieselraum«, sagte er.

»Und?«

»Ich kann Sie beruhigen«, erwiderte Krassin. Er grinste und fasste mit der Hand an die Stelle seines Mantels, wo in der Innentasche seine Kognakflasche steckte. »Möchten Sie einen Schluck?«

»Danke, nein. Was ist mit dem Dieselmotor?«

»Er ist konserviert.«

Iwan atmete auf. Glück gehabt.

»Und das sehr gründlich«, führte Krassin fort. »Es dürfte sogar noch Dieselkraftstoff in den Tanks sein. Die Akkus sehen allerdings nicht so gut aus. Bestimmt sind sie während der langen Zeit völlig ausgetrocknet. Die Elektromotoren nützen uns also nichts.«

»Und, wo ist das Problem?« Iwan schwenkte den Lichtstrahl weiter nach links, um Krassins gespenstisches Gesicht nicht mehr zu sehen. »Dann fahren wir eben mit dem Dieselmotor, oder?«

»Guter Plan ... Wir müssen ihn nur irgendwie in Gang bekommen.«

Iwan leuchtete horizontal am Schott entlang und dann etwas höher. Er erschrak so heftig, dass ihm beinahe die Lampe aus der Hand gefallen wäre. Im ersten Moment hatte er den Eindruck, ein Gespenst zu sehen. Ein grimmiger, grauhaariger Mann mit einem schwarzen Schiffchen auf dem Kopf. Iwan fluchte leise. Der Geist eines Kronstädter Matrosen?

An der Wand hing ein Porträt. »Kommandant der S-189, Fregattenkapitän Gawrilin D. Sch.«, stand auf dem Rahmen.

»Was machen wir jetzt?«, fragte Krassin.

Iwan drehte sich zu dem Seemann um.

»Wie können wir den Dieselmotor starten?«

Krassin zuckte mit den Achseln. Für diese Geste hätte ihn Iwan am liebsten umgebracht. Was sollte das heißen? Etwa, dass er es nicht wusste? Wozu waren sie dann überhaupt hergekommen?

»Ehrlich gesagt, kenne ich mich damit nur theoretisch aus«, sagte Krassin. »Ich bin schließlich Navigationsoffizier und kein Schiffsingenieur. Außerdem, nach zwanzig Jahren ohne Praxis ... Da hat man nicht mehr alles so präsent. Aber im Prinzip gibt es zwei Möglichkeiten, den Dieselmotor in Gang zu bringen: mit Druckluft oder mit dem Elektroanlasser.«

Plötzlich machte sich oben Unruhe breit, dann tat es einen heftigen Schlag. Dröhnender Lärm rollte die Außenwand entlang, als hätte man oben einen schweren eisernen Gegenstand fallen lassen und zerrte ihn jetzt herum. Das Boot schwankte.

»Alarm!«, schrie jemand oben.

Iwan fuhr herum und eilte zum Einstieg. In der Pfütze unter der Leiter schimmerte es hell.

Kusnezow stürmte die Leiter herab und landete platschend mitten in dem Lichtfleck. In seinen Augen stand blankes Entsetzen.

»Dort ... Dort oben!«

»Verstehe«, sagte Iwan. »Alle nach unten und Luken dichtmachen!«

Bumm. Klonk. Stille. Dann wieder: Klonk.

»Hören Sie das?«, fragte Kusnezow. »Das sind diese Vögel. Diese verdammten Pterodaktylen. Drei Stück. Sie haben sich da oben niedergelassen, als wäre das ihr Nest. Was machen wir jetzt, Chef?«

Iwan blickte sich um. Die Gummischnauzen seiner Freunde, die Sichtscheiben der Gasmasken. Überall Gerätschaften, deren Funktion er nicht kannte.

Der Schein der Lampe irrte durch den Bauch des Boots und spiegelte sich in der schwarzen Pampe auf dem Boden.

»Arbeiten«, sagte Iwan.

Im U-Boot erlaubte Iwan seiner Mannschaft, die Gasmasken abzunehmen. Beim Arbeiten wären sie sehr hinderlich gewesen. Während und nach der Katastrophe war das U-Boot verschlossen gewesen. Eine Kontamination mit radioaktivem Staub war deshalb eher nicht zu befürchten. Iwans Dosimeter zeigte entsprechend akzeptable Werte an.

Alle warteten auf einen Geistesblitz des einzigen Seemanns unter ihnen. Der brütete endlos vor sich hin. Dann schlug er sich mit der Hand an die Stirn. »Natürlich! Wir müssen es mit dem Schwungrad versuchen. In der Konservierungsanleitung stand, dass man den Dieselmotor damit aus Versehen starten kann. Und wenn es aus Versehen geht, dann geht es auch mit Absicht. Ich fürchte nur, dass es nicht funktioniert, solange er kalt ist.«

Endlich. Das war immerhin ein Lichtblick.

»Wenn's weiter nichts ist.« Diesmal zuckte Iwan mit den Achseln. »Dann wärmen wir ihn eben auf. Ist eine Karbidlampe okay?«

Mit der Acetylenflamme beheizten sie den Motor: die Öl- und Kraftstoffleitungen, die Zylinder.

»Versuchen wir's.« Krassin hob die Hand. »Eins, zwei, los!«

Iwan drehte mit aller Kraft am Schwungrad. Na komm schon, rühr dich. Es ging schwer, aber es drehte sich. Für den Anfang musste das dickflüssige Öl durch die Venen und Arterien des Motors gepumpt werden, damit die beweglichen Teile ordentlich geschmiert wurden. Krassin rechnete damit, dass sich auch in den Zylindern noch Öl befand. Jedenfalls, wenn man den Motor langfristig konserviert hatte. War dies nur für den Winter geschehen, würden sie es leichter haben.

Der Dieselmotor ächzte und ruckelte. Angetrieben vom Schwungrad, begann sich die Kurbelwelle zu drehen und setzte ihrerseits die Kolben in Bewegung. Nach und nach pressten sie das eingedickte Öl aus den Zylindern. Jetzt noch mal. Und noch mal. Er zündete nicht. Iwan drehte das Schwungrad. Na mach schon!

Der Kampf mit dem Dieselmotor war eine langwierige, äußerst mühselige Angelegenheit. Hin und wieder beschlich Iwan der frustrierende Gedanke, dass ihre ganzen Bemühungen umsonst sein würden.

Den Kühlwasserkreislauf hatten sie schon zuvor durchgespült, um die Reste des Konservierungsöls zu beseitigen. Ein größeres Problem war der überständige Diesel in den Tanks, in denen sich ein dicker Satz gebildet hatte, denn sie hatten keine Möglichkeit, den Kraftstoff zu filtern.

Die rettende Idee hatte Kusnezow, und Iwan staunte nicht schlecht über die einfache Lösung: Die leichteren Fraktionen des Diesels befanden sich oben, während der ganze Dreck auf den Boden gesunken war. Sie brauchten also nur einen Gummischlauch zu nehmen und ihn oben in den Tank zu hängen. Den Schlauch verbanden sie mit der Kraftstoffleitung und pumpten den Diesel mit einer Handpumpe hinein. Genauso machten sie es mit dem Öl. Weiß der Geier, ob es noch brauchbar war … Sie hatten ohnehin keine Wahl.

Der Dieselmotor ächzte.

Mist. Noch mal, dachte Iwan.

Mach schon!

Kusnezow lief der Schweiß über die ölverschmierte Stirn und rann ihm in die Augen. Alle Beteiligten im Dieselraum waren über und über mit Öl besudelt.

Noch mal.

Er zündete nicht ...

»Auf mein Kommando«, sagte Krassin. Der ehemalige Navigationsoffizier war wie ausgewechselt. Anstelle eines Säufers stand nun ein gestandener Kommandant vor ihnen.

»Okay, auf Kommando«, erwiderte Iwan.

Krassin atmete tief ein und langsam wieder aus. Seine Augen glänzten vor Anspannung.

Komm schon, alter Seebär, rette uns.

»Los!«, rief Krassin und gab das Signal.

Iwan drehte. Kusnezow drehte. Der Dieselmotor ruckte, ächzte und plötzlich – zündete er! Das Ungetüm wand sich wie in Krämpfen. Es folgten einige unregelmäßige Stöße ... Iwan blieb fast das Herz stehen. Er wagte kaum zu atmen ... Na komm schon, Kleiner, bitte spring an!

Rumm-rumm-rumm-rummm.

Ein geiles Geräusch! Iwan atmete auf.

Es hatte geklappt.

Iwan spürte das Vibrieren des Bootsrumpfs in den Beinen und konnte sein Glück kaum fassen. Sie hatten es geschafft. Nach zwanzig Jahren im Tiefschlaf lief das U-Boot zu seinem letzten Einsatz aus. Scheiß drauf, dass die Trimmtanks zugeschweißt waren und die Hälfte der Geräte nicht funktionierte.

Wir tauchen ab
in neutrale Gewässer
und pfeifen aufs Wetter
fürs nächste Jahr.

Krassin sah den Digger an und lächelte.

»Geben Sie Ihre Befehle, Genosse Kommandant«, sagte Iwan.

»Leutnant Krassin übernimmt das Kommando«, erwiderte der Seemann. »Alle Mann auf ihre Posten. Anker lichten. Segel setzen. Volle Kraft voraus.«

»Volle Kraft voraus!«, bestätigte der Oberführer.

»Jemand muss nach oben ...« Krassin besann sich. »Ach, das geht ja nicht. Wenn das Boot aufgetaucht ist, benutzt man normalerweise die offene Brücke zur Orientierung. Wie wir sonst aus dem Flussdelta rauskommen sollen, weiß ich jetzt auch nicht.«

»Gibt es denn keine andere Möglichkeit?«, erkundigte sich Iwan.

»Vielleicht doch«, sagte Krassin nach einigem Überlegen. »Aber das wird eine Zirkusnummer. Was soll's. Unter den Blinden ist der Einäugige König.«

»Wie meinen Sie das?«

Krassin zeigte mit dem Finger auf ein gelb-grau gestrichenes Metallrohr.

»Wir tun so, als wären wir untergetaucht, und versuchen's mit dem Periskop. Das Problem ist nur, dass wir es nicht ausrichten können, weil die Hydraulik noch nicht funktioniert.«

»Oho.« Iwan zog eine skeptische Miene. »Und was sehen wir, wenn wir da durchschauen?«

»Keine Ahnung«, antwortete Krassin ehrlich und trat ans Periskop. »Das wird sich zeigen.«

Etwas Scharfes kratzte am Bootsrumpf. Krallen? Iwan rieb sich das Kinn. Die Motivation, zur Brücke hinaufzusteigen, sank endgültig auf null.

»Riskieren wir's?«

»Die Akkumulatoren sind ausgetrocknet. Wir haben keinen Strom. Das Periskop lässt sich von Hand nicht bedienen. Draußen ist Nacht. Immerhin eine Weiße Nacht. Aber was haben wir schon zu verlieren?« Krassin dachte nach. »Schlimmstenfalls stranden wir oder rammen einen gesunkenen Lastkahn. So was kommt vor im Krieg. Fahren wir. Hey, Junge.« Er legte Kusnezow die Hand auf die Schulter. »Du übernimmst das Steuer.«

Iwan sah den Seemann an und grinste. So gefiel er ihm.

Apropos ...

Iwan ging an den verglasten Wandschränken entlang und fand schließlich, was er suchte. Die Schranktür ließ sich nicht öffnen. Er zerrte am Schloss. Kracks. Das brüchige Holz zersplitterte sofort. Er nahm etwas aus dem Schrank und ging zu Krassin zurück.

»Da.« Er überreichte dem Seemann ein schwarzes Schiffchen. Dem Schildchen im Schrank nach zu schließen, hatte es früher dem ersten Stellvertreter des Kommandanten der S-189 gehört. Der Kommandant selbst hatte sicher auch so eines gehabt.

Krassin betrachtete das Schiffchen eine Weile und drehte es hin und her. Dann strich er es sorgfältig glatt und setzte es auf. Die Kokarde glänzte.

Der Kommandant machte den Rücken gerade: »Genosse Expeditionsleiter«, sagte er zackig. Seine Stimme klang vor Aufregung heiser. »Melde gehorsamst: Das Unterseeboot S-189, die Argo ...« – er schmunzelte –, »ist bereit zum Auslaufen. Erwarte Ihre Anweisungen.« Er salutierte mit der flachen rechten Hand. »Kommandant Leutnant Krassin.«

Unwillkürlich standen alle stramm. Kusnezow strahlte wie ein Bräutigam.

Feierliche Pause.

»Wir nehmen Kurs auf Sosnowy Bor«, sagte Iwan.

17
DER PASSAGIER

»Wir passieren den Petersburger Damm«, sagte Krassin und sah kurz von seinem Periskop auf.
»Und?«
»Vor uns liegt das offene Meer. Rechts von uns Kronstadt.«
Iwan nickte. Soweit er sich an die Skizze des Professors erinnerte, lief alles nach Plan. Und es lief gut. Aber bloß nichts verschreien ...
Die Nacht schien tatsächlich unter einem guten Stern zu stehen. In Millimeterarbeit hatten sie es geschafft, sich zwischen dem Kai und einem verrotteten Lastkahn hindurchzuzwängen. Die harte Stahlhülle hatte zweimal jämmerlich geknarzt, als das Boot an Hindernissen entlanggeschrammt war. Krassin hatte buchstäblich am Periskop geklebt, als er fluchend seine Kommandos erteilte: »Mehr steuerbord, mehr backbord ... noch weiter backbord, verdammt ... Halbe Kraft voraus!«
Iwan war an der Luke der Kommandozentrale gestanden, um die Befehle an den Oberführer und den Grauen weiterzuleiten. Die beiden Skinheads waren für den Dieselmotor zuständig. Einmal hatten sie es tatsächlich fertiggebracht, ihn abzuwürgen, und das Boot war antriebslos in der Newa gedümpelt. Iwan hatte schon gedacht, dass der Motor nicht wieder anspringen würde. Doch offenbar waren ihnen die höheren Mächte heute gewogen. Vielleicht sogar der Herr der Tunnel selbst. Jedenfalls hatten sie den Dieselmotor nach kurzer Zeit wieder in Gang gebracht.

Inzwischen waren einige Gerätschaften des Boots zu neuem Leben erwacht. Das Periskop ließ sich nun endlich bewegen und in der Kommandozentrale leuchteten einige Messgeräte und LEDs. Eine unschlüssige Lampe im Akkumulatorenraum, die mal aufleuchtete und mal wieder verlosch, warf einen blinkenden Lichtschein in die Kommandozentrale. Dieser spiegelte sich im schwarzen Wasser, das im gesamten Boot knöcheltief stand. Krassin hoffte, dass es später gelingen würde, die Elektropumpen anzuwerfen, um die Räume trocken zu bekommen.

Aber selbst wenn nicht, dachte Iwan, es gibt weiß Gott Schlimmeres als ein bisschen Wasser im Boot. Wenn die Fahrt so gut weiterläuft wie bisher, erreichen wir in drei Stunden das Leningrader AKW.

Bumm. Bumm. Dumpfe Schläge gegen den Rumpf.

Mist. Jetzt hatte er es doch verschrien.

»Iwan.« Der Kopf des Oberführers erschien in der Luke des Akkumulatorenraums. »Irgendwas trampelt da oben herum. Direkt über uns. Also über dem Dieselraum, du weißt schon. Vielleicht sollte man da mal nachsehen? Was meinst du?«

Aha. Iwan nickte.

Ein blinder Passagier. Den sehen wir uns doch mal genauer an.

Vorsichtig spähte Iwan aus dem Bootsturm, dessen Tür er einen Spaltbreit geöffnet hatte. Keine Pterodaktylen. Die waren weggeflogen, als das Boot in die Newabucht hinausfuhr. Als Souvenir hatten sie ein paar große Kotflecken auf dem Deck zurückgelassen. Mistviecher.

Er hob das Gewehr und lauschte. Nichts zu hören. Nur das Fahrtgeräusch und das sanfte Wummern des Dieselmotors durchbrachen die Stille. Mit dem Fuß drückte er die Tür auf. Qui-ietsch. Iwan trat aufs Deck hinaus und kauerte sich auf einem Knie nieder. Schaute nach links, nach rechts …

Iwan schwindelte leicht. Sie befanden sich auf dem offenen Meer. Über der riesigen Wasserfläche lag der fahle, dunstige Schein der

Weißen Nacht. Das Boot unter seinen Füßen vibrierte und schaukelte sanft in den Wellen. Am Bug quollen weiße Gischtkämme auf, huschten vorbei und verschwanden achtern. Linker Hand erstreckte sich die dunkle Küstenlinie.

Rechter Hand ... Iwan spürte plötzlich wieder diesen Druck im Hinterkopf. Was war das denn! Er drehte sich zum Heck um und erstarrte. Er hatte es tatsächlich verschrien.

Grüße aus den Tiefen der Newabucht.

Iwan kniff das linke Auge zu und schwenkte langsam den Lauf des Gewehrs. Im Visier erschien ein undeutlicher grauer Fleck, der etwas heller war als die umgebende Dunkelheit. Was, zum Henker, war das?! Langsam atmete Iwan aus. Der Fleck wurde allmählich größer.

Scheißvieh. Mein ganzes Leben habe ich gefürchtet, auf eine Kreatur zu treffen, die mich tötet, noch bevor ich sie richtig erkennen kann. Jetzt ist sie da. Ich sehe sie, soweit das in dieser Düsternis möglich ist. Aber ich habe nicht die geringste Lust zu sterben.

Iwan legte den Finger auf den Abzug. Ein leichter Druck genügte ... Der Schiffsrumpf unter ihm vibrierte. Leise plätscherten die Wellen. Und dort der graue Fleck. Jetzt dehnte er sich nach oben aus, als stünde ein Mensch auf.

Ein Mensch. Vielleicht. Aber dann einer, den ein Kind gemalt hat. Ohne auf Größe und Proportionen zu achten. Denn selbst wenn dort hinten auf dem Heck der größte Mensch der Metro stünde, dürfte er von hier aus höchstens halb so groß erscheinen wie *dieser*.

Die graue Kreatur richtete sich auf. Iwan schwankte. Das Visier wanderte über den grauen Fleck. Nach oben, nach unten, zur Seite. Die Kreatur richtete sich auf und drehte sich um – so sah es jedenfalls aus.

»Allem, was für uns ungewohnt, fremd und unverständlich ist, dichten wir unbewusst anthropomorphe Eigenschaften an«, hatte Wodjanik gesagt. Wenn auch in einem anderen Zusammenhang.

»Und was heißt das?«, hatte Iwan seinerzeit gefragt.
»Wir bilden uns ein, dass wir es mit einem Menschen zu tun haben. Und im Nachhinein stellt sich heraus, dass er – oder es – mit einem Menschen nicht das Geringste gemein hat. Es ist dumm, jemandem nur aufgrund einer äußerlichen Ähnlichkeit menschliche Absichten, Wünsche und Ängste zuzuschreiben. Besonders dann ...« – an dieser Stelle hatte der Professor eine effektvolle Pause gemacht –, »... wenn selbst die äußerliche Ähnlichkeit nur auf Einbildung beruht.«

Der graue Mensch wandte Iwan sein Gesicht zu. Oder was war das, was auf seinem Hals saß? Es war rund und im Vergleich zum übrigen Körper klein. Es leuchtete in der Dunkelheit. Zwei Augen – zwei runde Löcher. Das konnte alles Mögliche sein, vielleicht sogar ein Hintern, jedenfalls schaute die graue Kreatur damit zu Iwan. Und sie sah ihn. Iwan schauderte. Der Anblick an sich hatte nichts Grauenhaftes. Da stand ein riesiger Mensch und schaute. Doch Iwan bekam weiche Knie. Als wäre mit einem Mal alles Blut aus seinem Körper entwichen.

Der »Passagier« bewegte sich nicht. Er sagte nichts. Er schaukelte nur leicht auf und ab, mit der Bewegung des Boots.

Wir bilden uns ein, schon alles gesehen zu haben. Aber irgendwann sehen wir mehr. Und dann stellt sich heraus, dass unser Verstand an einem seidenen Faden hängt. Und schon der leiseste Windhauch genügt, um diesen Faden zum Reißen zu bringen.

Iwan starb tausend Tode.

Im nächsten Moment fuhr er herum und stürzte zurück in den Turm. Dort sank er auf den Boden und lehnte sich gegen die rostige Wand. Kälte kroch ihm in Rücken und Nacken. Iwan versuchte, die Panikattacke irgendwie unter Kontrolle zu halten. Sein Verstand, seine gesamte Persönlichkeit schwebte in diesem Augenblick über seinem Körper. Iwan sah sich von der Seite, wie einen Fremden. Wer war dieser lächerliche, ausgebrannte Typ mit den eingefallenen Augen? Dann hob der Über-Iwan den Kopf und spürte selbst durch die Stahlwand des Turms, dass der graue »Passagier« ihn anstarrte. Er stand einfach auf dem Heck des U-Boots, schaukelte leicht auf und ab und starrte ihn an.

Auf einen Schlag gewann Iwan sein Körpergefühl zurück.

Pause. Die Kühle im Nacken, das Vibrieren des Schiffsrumpfs, das leise Wummern des Dieselmotors. Das Rauschen von Wasser, das durch ein Speigatt abgelassen wurde.

Iwan nahm all seine Kraft zusammen, rappelte sich auf und schlug die Tür zu. Dang! Dann legte er den Schließhebel um, der quietschend und quälend langsam einrastete.

Iwan atmete durch, wandte sich von der Tür ab und hob sein Gewehr auf. Mit dem Fuß ertastete er den runden, vorgewölbten Lukendeckel. Das war der Fluchtweg nach unten, in den sicheren Bauch des U-Boots.

Das Gefühl, neben sich zu stehen, war vergangen.

Iwan fröstelte. Sein Rücken war klatschnass.

Mit zittrigen Händen öffnete er die Luke, ließ sich hinab und schloss sie wieder. Mit letzter Kraft riss er sich die Gasmaske vom Kopf. Beinahe hätte er sie fallen lassen. Er blieb noch ein paar Sekunden auf der Leiter stehen und lauschte.

Nichts.

Der »Passagier« verhielt sich außergewöhnlich still.

Ob das so bleiben würde?

Der Rumpf des U-Boots pflügte durch die Fluten.

Iwan sprang von der Leiter und landete bis zu den Knien im Wasser. Verdammt!

Das Wasser war eindeutig gestiegen. Sank das Boot?

»Was ist das für ein Scheiß?!«, brüllte Iwan.

Er versuchte den Lärm des Dieselmotors zu überschreien. Rumm-rumm-rumm. Das Aggregat lief auf vollen Touren. Iwan hörte bedenkliche Geräusche. Mit seinem sensiblen Gehör bemerkte er sofort, dass der Motor nicht ganz rund lief.

Krassin reagierte nicht.

Der Kommandant klebte hinter dem Periskop und drehte an den Griffen. Iwan fluchte still in sich hinein. Die direkt an den Generator angeschlossenen Pumpen taten ihr Bestes, doch offensichtlich drang mehr Wasser ins Boot ein, als sie hinauspumpten. Iwan sah sich um. Der Rumpf des U-Boots war nicht dicht. Der buglastige Trimm hatte sich auch verstärkt. Bald würde die Schiffsschraube aus dem Wasser ragen. Und dann gute Nacht.

»Kann mir einer vielleicht mal sagen, was los ist?!«, schrie Iwan.

Der Kommandant lehnte sich zu Iwan zurück.

»Wir gehen unter«, sagte er lapidar. Iwan schluckte. Krassin grinste blass. »Na, oder wir tauchen. Wir sind schließlich nicht irgendwelche Nullachtfünfzehn-Seeleute, sondern U-Boot-Fahrer.«

Die S-189 fuhr mit Höchstgeschwindigkeit. Der Rumpf vibrierte. Die Glasscheiben in den Schaukästen klirrten. Das Auf und Ab in den Wellen wurde immer heftiger.

»Was sollen wir tun?«

»Nach backbord!«, kommandierte Krassin. »Auf Kurs zwo-eins-zwo gehen.«

»Zu Befehl!«

Kusnezow drehte souverän am Steuerrad, als hätte er nie etwas anderes gemacht. Der Zeiger des Anzeigegeräts vor ihm zuckte und bewegte sich auf der Metallskala nach oben.

»Ich richte das Boot senkrecht zu den Wellen aus«, erläuterte Krassin. »In einem Winkel von achtzig Grad zum Ufer. Für einen so starken Wellengang ist die S-189 nicht ausgelegt. Wenn wir parallel zu den Wellen fahren, könnten wir ohne Weiteres kentern.«

»Wirklich?«

Krassin nickte.

Iwan legte die Hände an die Periskopgriffe und beugte sich zu den Okularen vor. Der alte Gummi war hart und scharfkantig wie geschreddertes Metall. Er bohrte sich in die Stirn, in die Wangen und in die Nase.

Durch die trübe Scheibe sah Iwan den langgestreckten, nebelverhangenen Küstenstreifen. Wie kleine Inseln schwammen versprengte Baumkronen darin. Rechter Hand waren einige verschwommene Gebäude zu sehen, die gespensterhaft aus dem Nebel ragten. Eine Sinnestäuschung?

Iwan sah vieles, aber nicht das, was er sehen wollte.

»Weit und breit kein Uferkai.« Iwan rückte vom Periskop ab. »Wie sollen wir da festmachen?«

»Richtig.« Krassin lächelte plötzlich. »*Schluss mit dem Elend, die Torpedos – einerlei! Uns zieht es zum Uferkai.* Wyssozki, ›Rettet unsere Seelen‹. Eines meiner Lieblingslieder. In der Tat, anlegen können wir dort nirgends. Wir werden uns also einfach ans Ufer werfen wie ein lebensmüder Wal. Einen anderen Ausweg sehe ich nicht. Das Boot läuft zu schnell voll.«

Iwan schwieg. Kusnezow stand totenbleich hinter dem Steuerrad. Doch er hielt sich tapfer. Im grünlichen Wasser, das ihm fast bis zur Hüfte reichte, schimmerte der Widerschein der Zifferblätter. Man konnte buchstäblich dabei zuschauen, wie das Wasser stieg. Und es war saukalt. Scheiße.

Kusnezow behielt die Ruhe. Der Junge wird erwachsen, dachte Iwan und wandte sich ab.

Trotz des ohrenbetäubenden Dröhnens hörte Iwan im Dieselraum den Oberführer fluchen. Wenn auch nur einzelne Wortfetzen: »… am Arsch!«

Und dann noch dieser »Passagier«. Der Teufel soll ihn holen.

»Fertigmachen zum Ausstieg. An der Leiter sammeln. Dieselraum!« Krassin griff zum Mikrofon. »Hört ihr? Maximale Kraft voraus und dann raus hier.«

Der Rumpf des U-Boots vibrierte. Die Schläge der Wellen klangen dumpfer.

»Fertigmachen zum Ausstieg«, wiederholte Krassin. »Na los, worauf wartet ihr noch? Vorwärts, Matrose!«

Der Kommandant verscheuchte Kusnezow und nahm selbst den Platz am Steuerrad ein.

»Und du kommst sofort nach!«, rief Iwan.

Krassin nickte, ohne sich umzudrehen.

Einer nach dem anderen kletterten sie die Leiter hinauf. Iwan griff in die Sprossen und leuchtete mit der Lampe nach oben. Tja. Er schaute direkt auf das Hinterteil des Oberführers, das in der Gummihose des ABC-Schutzanzugs steckte. Weißliche Schmutzflecken auf grauem Grund.

Was für ein Leben, dachte Iwan verdrießlich, wenn du ständig das Gefühl hast: Gleich bist du am Arsch.

»Gasmasken aufsetzen«, kommandierte der Digger. »Wir steigen in die große weite Welt hinaus.«

»Auf mein Kommando!«, schrie Krassin von unten herauf. »Drei! Zwo!«

Iwan atmete durch und prüfte seine Pistole. Kontrolle schadet nie. Die Waffe war in Ordnung. Hinter ihm kletterte Kusnezow. Danach folgte Mandela. Den Schluss machte der Graue. Er stand noch unten am Absatz, bis zu den Knien in der öligen Brühe.

Es roch nach Feuchtigkeit, Dieselruß und fauligem Wasser.

»Eins! Null! Los!«, kommandierte Krassin.

Knarzen. Dann ein Gepolter, als hätte man etwas Schweres umgeworfen. Das Licht blendete Iwan im ersten Moment, doch er verharrte nur kurz und stieg weiter hinauf. Ungewohnte Helligkeit flutete in die Augen. Unter den Handschuhen schmatzte feuchter Rost und abgeblätterter Lack rieselte herab.

Als Iwan sich bereits am Lukenrand festhielt, packten ihn die anderen an den Handgelenken und zogen ihn hinauf.

Das Licht fiel auf verrostete Nieten. Sie befanden sich im Turm, jetzt mussten sie auf die offene Brücke hinaus. Am Turm schrammte etwas Metallisches entlang, ein Schlag. Noch ein Schlag. Als würde ein Brecheisen gegen die Wand hämmern.

Unten begann Krassin zu singen:

Rettet unsere Seelen,
lasst nicht Atemnot uns quälen.

Seine Stimme hallte im Bauch des U-Boots wider, als würde nicht einer singen, sondern viele. Als würden sämtliche toten Matrosen der S-189 in den Gesang des jetzigen Kommandanten einstimmen.

Rettet unsere Seelen,
eilt zu uns!
Ihr am Festland, hört uns bald,
unser SOS verhallt.
Unser eignes Angstgeschrei
reißt uns das Herz entzwei!

Mit angelegten Gewehren stürmten sie aus dem Turm.
　Iwan atmete auf. Der nächtliche »Passagier« am Heck war verschwunden. Als wäre er nie da gewesen.
　Dann schaute Iwan zur anderen Seite.
　Der ganze vordere Teil des Rumpfs war mit Kot verschmutzt. Am Bug spritzte Gischt. Das U-Boot pflügte mit voller Fahrt durchs Wasser.
　Iwan hob den Blick zum Horizont. In der Dunkelheit näherte sich der schwarze Uferstreifen. Man konnte nur ein paar verkohlte Baumgerippe erkennen. Etwas weiter rechts stand das Gebäude des Atomkraftwerks. Die Silhouetten der Schornsteine ragten gespenstisch aus dem Nebel.
　»Gleich laufen wir auf Grund!«, schrie der Oberführer. »Haltet euch fest!«
　Iwan kehrte zum Turm zurück, kletterte die rostige Leiter hinauf und bereitete sich auf eine unsanfte Landung vor.

Ein heftiger Aufprall erschütterte das Boot. Durch die Fliehkraft wurde Iwan nach vorn gerissen und konnte sich nur mit Mühe am rostigen Geländer festhalten. Kracks! Das Geländer brach durch. Scheiße. Im nächsten Moment segelte Iwan über den rostiggrauen, stromlinienförmigen Rumpf der S-189 hinweg. Eine gewaltige Woge aus Wasser und Sand stieg auf und schwappte über den Rumpf des Boots. Wamm. Knirsch. Steine prasselten gegen den Turm.

Iwan flog. Langsam drehte er den Kopf und sah das Ufer näher kommen. Während sich der Bug der S-189 in den Grund bohrte, stieg ihr Heck aus dem Wasser, als wollte sie einen Überschlag machen, verharrte sekundenlang in einem Schwebezustand und fiel dann wie in Zeitlupe wieder herab. Platsch. Schaumige Wasserfontänen spritzten empor.

Iwan flog unterdessen weiter und verlor an Höhe. Die graue, mit schwarzen Algenfetzen durchsetzte Meeresoberfläche raste unerbittlich auf ihn zu ...

Wamm! Im ersten Augenblick fühlte sich das Wasser hart wie Asphalt an, dann wechselte es plötzlich seinen Aggregatzustand, gab nach und verschluckte Iwan. Augen zu, sagte er sich in dem Sekundenbruchteil, der ihm blieb. Er schloss die Augen.

Und machte sie wieder auf.

Iwan war unter Wasser. Ein ungeheuerlicher Druck schien seinen Brustkorb zu sprengen. Die Luft schoss so heftig aus seinen Lungen, dass es ihm den Kopf nach oben riss. Iwan versuchte sich zu orientieren. Der Boden befand sich gut zwei Meter unter ihm. Grauer Sand, verstreute Gesteinsbrocken. Schwarzbraune Algen. Durchs trübe Wasser beobachtete jemand Iwan.

Erstarrung.

In den Ohren – dröhnendes Gurgeln. Durch die wogenden Wassermassen, die ans Ufer rollten und Steine mit sich rissen, schaute Iwan nach vorn.

Die S-189 hinter ihm schaukelte immer noch und warf sanfte Wellen, die Iwan in seinem Rücken spürte. Der grau-grün gestrichene Rumpf des U-Boots war an der Aufprallstelle eingedrückt. Aus der beschädigten Hülle strömten Fontänen von Luftblasen und stiegen an die Oberfläche empor. Blubbernd drang Wasser in das U-Boot ein und presste die Luft aus seinen Hohlräumen heraus. Irgendwo dort, in der Kommandozentrale, brannten noch ein paar einsame Lämpchen und ein altes Sonar sandte seine hallenden Töne ins Nichts. Bumm. Letzte Zuckungen des Schiffsrumpfs im Todeskampf.

Kommandant Krassin stand bis zur Hüfte im Wasser, schweigend, die Hände in den Taschen des schwarzen Mantels. Seelenruhig sah er dabei zu, wie die schäumenden Fluten durch die Luke strömten und der Wasserspiegel in den Bootsräumen immer weiter stieg. Puff. Wieder platzte ein Lämpchen, Funken sprühten. Krassin schaute und schwieg. Er blieb an Bord seines sinkenden Schiffs, wie es sich für den letzten Kommandanten der Baltischen Flotte gehörte. Wir sind Kronstädter Matrosen. Blubb, blubb, blubb.

Die Hände in den Manteltaschen. Auf dem Kopf das schwarze Schiffchen.

Krassin lächelte.

Ein Mensch – wie geschaffen für Putzeimer und Schrubber.

Er wusste nicht mehr, wann er zu trinken begonnen hatte. Entweder am Ende der Schulzeit oder zu Beginn der Seefahrtausbildung. Egal. Jedenfalls war das Trinken die einzige Beschäftigung, die ihm wenigstens kleine Erfolgserlebnisse bescherte.

Manchmal möchte man vor Selbstmitleid vergehen. Sich neben sein Feldbett im Wohnblock der *Technoloschka* setzen, den Oberkörper hin und her wiegen und still vor sich hin winseln.

Ein ganz besonderes Hochgefühl.

Leutnant Krassin hob den Kopf und betrachtete sein Schiff.

In der Kommandozentrale brannten noch einige Kontrolllampen. Oben am Turm schepperte Metall. Unten rauschte das Wasser, das durch den Bugraum eindrang. Nach allen Regeln der Schiffssicherung hätte er ihn dicht machen müssen.

Um Krassin herum schwamm weißer Schaum. Das Wasser reichte ihm bereits bis zur Hüfte.

Aber was spielte das schon für eine Rolle?
In ein paar Minuten würde alles vorbei sein.
Krassin trug keine Gasmaske und atmete leicht. Obwohl die Luft vom Gestank des öligen Wassers getränkt war.
Doch für den Seemann war das ein köstlicher Geruch. Der Geruch von Freiheit und Meer. Sogar besser als das Aroma des Kognaks in seinem Flachmann.
Er legte die Hände aufs Steuerrad. Das kalte Metall fühlte sich ein wenig rau an. Hinter Krassin rumorte der Dieselmotor. Seltsam, dass er immer noch lief. Hätte doch längst absaufen müssen. Krassin wartete. Der Kognak im Flachmann lief ja nicht davon.

Was machst du, wenn du alles verlierst? Gehst du ins Wasser? Schwache Menschen tun das. Und starke auch. Solche wie du, die weder das eine noch das andere, sondern Mittelmaß sind, fangen zu trinken an.

Doch, er hatte schon in den letzten Schuljahren damit begonnen. Damals traf sich die Clique im zehnten oder elften Stock eines Betonklotzes. Sie saßen im Treppenhaus. Die Stufen waren mit den Ascheflecken ausgedrückter Zigaretten übersät, die nackten Wände mit Karikaturen und idiotischen Sprüchen verschmiert. Dort tranken sie, lachten und unterhielten sich. Besser gesagt: Die anderen unterhielten sich. Er selbst hatte sich schon früh aufs Trinken beschränkt. Es erschien ihm unnötig, die Zeit mit Geschwätz zu verplempern, wo es doch letztlich nur darum ging, sich den Wodka einzuflößen, der die Kehle hinunterrann wie Öl.

Nach einiger Zeit war ihm aufgefallen, dass er sich öfter alleine betrank als in Gesellschaft – schweigend und systematisch.

Die Freunde waren überflüssig geworden.

Damals trank er einfach so lange, bis er das Bewusstsein verlor. Manchmal direkt an Ort und Stelle, wo er gerade war. Wenn es dazu nicht reichte, besorgte er sich Nachschub und gab sich dann zu Hause den Rest, am Treppenabsatz oberhalb des Stockwerks, wo er wohnte.

Mehrmals hatten ihn die Nachbarn von oben nach Hause gebracht. Manchmal waren sie auch einfach hinuntergegangen, um seine Eltern zu rufen.

Krassin nickte sich selbst zu.

Als Alkoholiker kennst du keine Scham. Und du hast kein Gewissen mehr. Du hast gar nichts mehr.

Das Einzige, was dich noch interessiert, ist die alkoholhaltige Flüssigkeit, die in deine Kehle rinnt. Wenn der erste Schluck im Magen landet, ist das wie eine Explosion. Die Welt tut sich auf und wird riesig. Nur dafür lebst du. Nur für diesen unaussprechlichen und unermesslichen Glücksmoment, der alles in den Schatten stellt. Für dieses Glücksgefühl würdest du so ziemlich alles tun.

Der Durst und das Meer.

Seine beiden Leidenschaften.

Gewiss, man hatte versucht, ihn vom Suff abzubringen. Doch das Einzige, was ihn wirklich hätte heilen können, wäre das Meer gewesen. Es hatte nicht sein sollen.

Der Krassin aus der jüngeren Vergangenheit steht auf und macht sich fertig. Er zieht seinen an den Knien durchgewetzten Arbeitsoverall an und einen vor Dreck strotzenden Pullover. Das Haar kämmt er sich mit den Fingern. Dann betrachtet er sich im Bruchstück eines Spiegels.

Dunkles Haar. Dunkle Augen.

Er setzt sich auf den Boden. Der Vorrat an Selbstmitleid ist noch lange nicht aufgebraucht. Der Geruch von Kreosot aus den Tunneln steigt ihm in die Nase. Und der Geruch heißen Metalls. Jetzt wird er sich noch eine Weile leidtun, dann wird er aufstehen und die Schächte neben der Schlosserwerkstatt fegen …

Vor langer Zeit hätte man ihm beinahe ein Kriegsschiff anvertraut.

Jetzt gibt man ihm selbst einen Besen nur ungern in die Hand.

Er erinnerte sich noch genau an den Tag, als man ihm eröffnete, dass er genommen worden sei. In der Marineakademie. Fachgebiet Navigation. Er hatte sich unter vierzig Bewerbern auf einen Studienplatz durchgesetzt. Er würde Steuermann werden. Oder sogar Kommandant.

Zu jener Zeit hatte er ein halbes Jahr nicht getrunken. Er hatte damit aufgehört und sich ganz aufs Studium konzentriert. Mathematik und Englisch, Physik und Sport, Dozenten und Bücher. Im März, als die Vorprüfungen begannen, war er einer der Besten gewesen und hatte das auch selbst gewusst. Die Aufnahme in die Akademie war sein sehnlichster Wunsch gewesen.

Die Dozenten spürten seinen unbedingten Willen.
Die Kommilitonen spürten seinen unbedingten Willen.
Sogar er selbst spürte diesen unbedingten Willen.

Du hast es selbst verbockt, sagt der Krassin aus der jüngeren Vergangenheit zu seinem Spiegelbild. Dann steht er auf und räumt das Spiegelfragment in den Blechspind. Darin liegen Lehrbücher und Lexika über Navigation und was er sonst in den zwanzig Jahren seit der Katastrophe zusammengetragen hat.

Bücher sind billig. Denn niemand außer einem versoffenen Tunnelkehrer interessiert sich dafür.

Im Spind hängt auch der schwarze Marinemantel mit den Schulterstücken eines Leutnants.

Er hat nicht das Recht, ihn zu tragen. Doch er hängt im Spind, geheimnisvoll und düster, und wartet darauf, dass seine Stunde kommt. Selbst in den schlimmsten Zeiten des Suffs hat er sich nicht von ihm getrennt.

Der Krassin aus der jüngeren Vergangenheit weiß nicht so genau, warum er den Mantel eigentlich aufhebt.

Der Krassin, der jetzt lächelnd im U-Boot stand, die Hände eingetascht und das schwarze Schiffchen auf dem Kopf, wusste es dagegen umso besser.

Damit zwanzig Jahre nach der Katastrophe ein nicht ausgelernter Marineoffizier hineinschlüpfen und mit einem verrosteten Museums-Boot in See stechen konnte.

Das hatte schon alles seine Ordnung.

Die Kontrolllampen an den Tableaus leuchteten immer noch. Das Wasser stand Krassin inzwischen fast bis zum Bauchnabel. Der Flachmann mit dem Kognak steckte immer noch in der Innentasche.

Ein besonderer Kognak. Für einen besonderen Anlass.

Puff. Diesmal hatte es eine Lampe im Akkumulatorenraum zerrissen.

Krassin lächelte.

Als er von der verrückten Diggertruppe hörte, die zum Leningrader AKW wollte, war ihm sofort klar gewesen, dass dies seine Chance war.

Und er hatte sie beim Schopf gepackt.

So war er doch noch zu seiner ersten und einzigen Mission auf hoher See aufgebrochen. Wer konnte das nach der Katastrophe schon von sich behaupten?

Als Krassin im Halbdunkel der überfluteten Kommandozentrale die riesenhafte graue Gestalt gegenübertrat, grinste er nur. Soll ich jetzt etwa erschrecken? Pah. Als ich auf Entzug war, hab ich Dinge gesehen, dagegen ist dieses graue Monster ein nettes Haustier.

Eine Art Schiffskätzchen.

Der graue Gigant schaute ihn an und schwieg. Sein winziges Kindergesicht legte sich in Falten.

Krassin nickte: Du hast recht, es ist Zeit.

Er nahm seinen Flachmann aus der Innentasche und schraubte säuberlich den Deckel ab. Er hielt sich die Öffnung an die Nase und sog das Aroma ein.

Na dann.

Man musste kein Prophet sein, um vorauszusagen, dass dies das letzte Schiff und der letzte Kognak in seinem Leben sein würden.

Krassin lächelte und setzte den Flachmann an. Seine Lippen berührten den metallischen Flaschenhals. Der ganze Körper jubelte in freudiger Erwartung …

Pause.

Krassin setzte den Flachmann wieder ab, betrachtete ihn, warf einen Blick auf die graue Gestalt und neigte dann langsam das Fläschchen. Die kostbare braune Flüssigkeit ergoss sich in die schwarze, schäumende Brühe und löste sich darin auf.

»Nein!«, schrie sein Körper.

Oder sogar: »NEIN!!! Alles, nur das nicht!«

Krassin öffnete die Hand und ließ die Flasche los. Sie fiel ins Wasser. Plopp.

Das war's.

Er nahm Haltung an und salutierte.

»Genosse Expeditionsleiter. Melde gehorsamst: Das Unterseeboot S-189 hat seine Mission erfüllt. Kommandant Leutnant Krassin.«

Als ihm im nächsten Augenblick eine mächtige Pranke den Brustkorb zertrümmerte, dachte er noch: Ich habe gesiegt.

Iwan schaute nach vorn.

Jemand beobachtete ihn. Wenn man diesen Jemand größenmäßig mit der S-189 verglich, dann ... Iwan schwieg. Derjenige, der den Digger beobachtete, wirkte völlig teilnahmslos. Er hatte etwas Unmenschliches. Iwan sah nur seine Augen. Dieser Jemand war größer als das U-Boot. Iwan konnte ihn mit dem Verstand nicht begreifen, deshalb wartete er einfach ab. Die restliche Luft in seinen Lungen verbrannte zu einem ätzenden, bitteren Saft. Iwan schwebte.

Und sie sahen einander an. Dann bewegte sich dieser Jemand plötzlich, drehte sich langsam um – Tentakel huschten durchs Bild – und verschwand allmählich in der Ferne.

Erst jetzt, da Iwan ihm hinterherschaute, packte ihn verspätetes Entsetzen.

Eisiges Wasser. Iwan spürte, wie man ihn zog und an ihm zerrte. Dabei wollte er nur in Ruhe gelassen werden. Zu Atem kommen.

Ein bisschen schlafen ... Wasser klatschte gegen die Sichtscheiben der Gasmaske. Die Beine schleiften über etwas Federndes und gleichzeitig Weiches. Schlurf. Sand. Bonk. Steine.
 Kälte.
 Kälte beißt dir in die Knie. Du willst nur noch die Augen zumachen und schlafen. Die Füße – Eisklumpen.

An dem grauen Himmel über ihm ballte sich weißes und gewitterträchtiges Gewölk. Iwan lag auf dem Rücken, die Arme zur Seite gestreckt. Auf den Sichtscheiben hafteten Tropfen.
 Durch die Tropfen hindurch betrachtete er den turbulenten Sommerhimmel. Jetzt abheben und in die Wolken fliegen, dachte er. Oder irgendwo anders hin, nur nicht zu dem Monster, das im Wasser saß.
 Im Blickfeld erschien der Kopf des Oberführers. Mit Gasmaske. In den Okularen konnte er sein Spiegelbild erkennen.
 »Ein Glück, dass du eine Isoliermaske aufgesetzt hast«, sagte der Oberführer. »Sonst wärst du jämmerlich ersoffen. Aber das Teil, was du da hast, funktioniert auch im Wasser. Wie die Tauchretter in einem U-Boot: Sauerstoffflasche, Atembeutel, alles da.«
 Iwan stand auf. Abermals spukte der schauderhafte Anblick des Monsters durch seinen Kopf. Das Geplapper des Oberführers half ihm dabei, den Horror abzuschütteln.
 »Wie hoch ist die Strahlendosis hier?«, fragte er, um wenigstens irgendwas zu sagen.
 »Normal.« Der Oberführer winkte ab. »Setz dich wieder hin. Fünf Röntgen pro Stunde.«
 »Meine Fresse.« Iwan besann sich. »Was ist mit Krassin?«
 Der Oberführer senkte den Blick.
 »Krassin ist nicht mehr. Ewiges Gedenken ... und so fort.«
 Iwan wandte sich zum Meer. Er schwankte, ging zwei Schritte und blieb stehen. Weiter kam er nicht.
 Wie damals in der Höhle, mit dem Maschinengewehr.

Er wollte nicht.

Die Wellen rollten auf den grauen Sand und zogen sich schäumend wieder zurück. Als Mitbringsel ließen sie dunkle Tangfetzen zurück. Die leblosen schwarzen Fluten erstreckten sich bis zum Horizont, wo sie in einem grauen Nebelschleier verschwammen. Iwan drehte den Kopf. Ein Stück weiter am Ufer erblickte er die halb versunkene Silhouette des U-Boots. Leb wohl, S-189. Leb wohl, Leutnant Krassin ...

Unermüdlich spülte das Meer graue Wellen an den Strand. Iwan schaute ihnen eine Weile zu und wandte sich dann den anderen zu.

»Habt ihr gar nichts bemerkt?« Seine Wange zuckte. »Ich meine, etwas Ungewöhnliches? Dort, im Wasser?«

Der Oberführer sah Iwan schweigend an.

»Na, was ist?«, bohrte der Digger nach. »Hat's euch die Sprache verschlagen?«

»Dort ... Ich wollte eigentlich nichts sagen. Als ich zurückgegangen bin, um deine Sachen zu holen ... äh ... dort am Ufer ...«

»Sag schon!«

»Da waren Spuren«, sagte der Oberführer.

»Also Folgendes«, sprang ihm der Graue bei. »Du hattest doch von einem ›Passagier‹ erzählt. Weißt du noch? Der von Anfang an dabei war. Wir glauben, dass der keineswegs verschwunden ist.«

»Aha«, erwiderte Iwan. Das hatte noch gefehlt. »Ihr glaubt also, dass ...«

»Wir glauben, dass dieser ›Passagier‹ der Meinung ist, dass er ein Ticket für die Hin- und Rückfahrt hat.«

»Das Lagerfeuer ist ein Geschenk der Götter.« Der Oberführer wärmte sich die Hände an der Flamme der Karbidlampe. »Schade, dass das nicht jeder versteht.«

Iwan erinnerte sich an die Station *Tschornaja retschka* und an die Zigeuner ... An das lodernde Feuer, um das sich die Männer mit den bärtigen, finsteren Gesichtern versammelt hatten.

»Allerdings.«

Die gelbe Flamme der Karbidlampe beleuchtete den Keller, in den sich Iwan und seine Männer verkrochen hatten. Hier war es so gemütlich, dass sie am liebsten länger geblieben wären. Warum auch nicht? Sollte man etwa sein ganzes Leben in der Metro zubringen?

Tja. Leider überlebten Menschen an der Oberfläche nicht. Jedenfalls nicht lange.

In dem Keller konnten sie zumindest die Gasmasken abnehmen und sich ein wenig erholen.

»Weißt du, was mir schon vor langer Zeit aufgefallen ist?«, sagte der Oberführer zu Iwan. »Du wirkst gar nicht wie ein echter Petersburger.«

»Echt?« Der Digger zog verwundert die Augenbrauen hoch. »Wie kommst du darauf?«

»Dir fehlt diese typisch europäische intellektuelle Schwermut. Diese lethargische Schwermut, die vom Nichtstun kommt. Die Engländer nennen das Spleen. Wir nennen es Weltschmerz.«

Iwan musterte den wackeren Skinhead.

»Ich bin aber trotzdem ein echter Leningrader. Du bist doch derjenige, der nicht aus Petersburg kommt, wenn ich das richtig im Kopf habe. Und auch nicht aus Moskau.«

»Stimmt.« Der Oberführer schmunzelte. »Ich komme überhaupt aus der hinterletzten Provinz. Aus Jakutsk, stell dir vor. Das war schon vor der Katastrophe am Arsch der Welt, jetzt liegt es in einem anderen Sonnensystem. Zig Lichtjahre entfernt. Es gab mal die Republik Sacha. Jetzt ist es die Republik Mond.«

Iwan kratzte sich am Ohr. »Und wie hat es dich hierherverschlagen?«

»Ganz einfach, Watson.«

»Wer?«

»Vergessen Sie's, Sir. Ich bin nach Moskau gekommen, um meinen Junggesellenabschied zu feiern – sozusagen. Meine Frau war nämlich im siebten Monat schwanger. Aber was willst du in Jakutsk schon groß machen. Deshalb habe ich mir drei Wochen freigenommen und bin losgedüst. Freunde, Partys, Frauen ... Noch ein letztes Mal die Freiheit genießen. Chorowod mit Orchester und so. Und als der Urlaub schon fast zu Ende war, sagt ein Freund zu mir: Komm, lass uns noch für ein, zwei Tage nach Piter fahren.« Der Oberführer hielt kurz inne. »Und das haben wir dann auch gemacht. Tja. Und dort bin ich dann hängen geblieben.«

Schweigen. Mandela trat hinzu und hielt seine Hände über die Karbidlampe. Eine ganze Weile schaute er auf seine Finger, zwischen denen mildes rosabraunes Licht hindurchschimmerte.

»Das heißt also ...«, der Schwarze schaute den Skinhead an, »... dass du in Jakutsk Frau und Kind hattest, als es passierte?«

»Eine schwangere Frau«, präzisierte der Oberführer gereizt. »Das Kind sollte in drei Monaten auf die Welt kommen.«

»Ein Junge oder ein Mädchen«, erkundigte sich Iwan und stockte. Was machte das schon für einen Unterschied?

»Ein Mädchen«, antwortete der Skinhead.

So hatte Iwan den Oberführer noch nie erlebt. Zum ersten Mal sah er tatsächlich wie über vierzig aus. Ach was, vierzig. Wie neunzig.

»Glaubst du, sie haben überlebt?«

Der Skinhead drehte den Kopf und warf Kusnezow einen kalten, erloschenen Blick zu. »Na, was meinst du, Mann?«

Kusnezow schwieg betreten. Er spielte mit einem alten Metallkompass herum – ein Ausstellungsstück aus dem Museums-Boot.

»Ich weiß es nicht«, sagte schließlich der Oberführer. »Eine Metro gibt es in Jakutsk nicht. Dafür Fröste bis minus fünfzig Grad. Und jetzt ist es wahrscheinlich noch kälter.«

»Eine Atombombe hat man dort wohl eher nicht abgeworfen«, warf Mandela ein. »Jedenfalls wäre das verwunderlich. Was gibt es dort schon, was strategisch bedeutsam wäre? Mal abgesehen von den Diamanten. Vielleicht sind sie tatsächlich noch am Leben?«

»Lass ihn in Ruhe«, unterbrach Iwan und fasste den Schwarzen an der Schulter.

»Schon in Ordnung!«, versetzte der Oberführer. »Ich bin schließlich nicht der Einzige, dem so was passiert ist. Es ist doch bei allen in der Metro die gleiche Scheiße. Toll habe ich gefeiert, verdammt! Wäre ich in Jakutsk geblieben, wäre ich jetzt bei ihnen. Unter der Erde vielleicht, aber immerhin bei ihnen. Oder was meinst du, Kämpfer gegen die weltweite Apartheid?«

Sie rüsteten zum Aufbruch und zogen die Gasmasken wieder an. Bald würden sie die Filter wechseln müssen. Iwan zog seinen Rucksack zu, prüfte, ob nichts locker war, und schlüpfte in die Trageriemen. Nun konnte es losgehen. Als er zu seinem Sturmgewehr griff, kam plötzlich Kusnezow auf ihn zu.

Der junge Milizionär schob seine Gasmaske ganz dicht an die des Diggers heran. Entweder, damit Iwan ihn besser verstehen konnte. Oder, damit kein anderer mithörte.

»Was macht einen guten Digger aus?«, fragte er. Also damit keiner mithören konnte. »Ich weiß, Chef, das ist eine dumme Frage, aber ...«

Iwan überlegte und musterte Kusnezow. Offenbar hatte sich Mischa tatsächlich vorgenommen, Mitglied seiner Truppe zu werden. Der Junge meinte es ernst. Nur einen zweiten Sasonow konnte er nicht brauchen ...

Beim Gedanken an den ehemaligen Freund stieg neuerlich ein Schwall von Wut in ihm auf.

Stopp.

Ruhig bleiben. Der Junge konnte schließlich nichts dafür. Das war allein sein Problem.

»Was einen guten Digger ausmacht?«, erwiderte Iwan. »Das kann ich dir sagen. Ein guter Digger muss drei Regeln beachten. Erstens: Ein Digger ist mutig, aber nicht tollkühn. Zweitens: Ein echter Digger hält immer sein Wort. Und drittens: Den Körper eines gefallenen Kameraden überlässt ein Digger niemals den Bestien zum Fraß.«

»Digger lassen ihre Kameraden nicht im Stich«, sagte Kusnezow. Die Augen des jungen Milizionärs leuchteten sogar durch die Sichtscheiben der Gasmaske hindurch.

»Genau.«

»Aber ... wie stellt man das an?«

»So.« Iwan nahm eine Handgranate und tat so, als würde er den Splint ziehen und gleichzeitig den Bügel festhalten. »Und dann schiebst du die Granate dem Toten so unter die Achsel, dass der Bügel festgeklemmt bleibt.« Iwan klemmte sich die Granate unter den Arm. »Eine hübsche Überraschung für die Bestie. Wenn sie den Toten auch nur anrührt, reißt es ihr den Kiefer weg. Klar?«

Kusnezow nickte begeistert. Mann, was für ein Frischling.

Iwan ließ den Blick über seine Männer schweifen.

»Vorwärts. Gehen wir mit Gott.«

Bleib nachts im Warmen, denn am Morgen kommt die Kälte.

Nieselregen tropfte auf die Schultern und pochte leise gegen den Gummi der Gasmaske. Die Sichtscheiben begannen zu beschlagen. Iwan blickte sich um. Die Truppe folgte ihm. Der tote Wald – womöglich jener legendäre Kiefernwald, von dem der Name der Stadt herrührte – lag bereits hinter ihnen. Bald mussten sie das Gelände des Atomkraftwerks erreichen.

Hinter einem grauen Dunstschleier erkannte Iwan die Umrisse der gewaltigen Gebäude. Riesige Schornsteine ragten empor und verloren sich im Nebel. An einem windschiefen Pfosten hing ein erstes Warnschild: »Durchgang verboten. Überwachtes Territorium.« Der abgeblätterte Lack hing in Fetzen vom rostigen Blech.

Mehrmals stiegen sie über Reste von Stacheldraht, die wie Stolperfallen auf dem Boden lagen. An manchen Stellen zeigte sich spärliche Vegetation. Äußerlich ganz gewöhnliches Gras, doch Iwan zog es vor, den grünen Inseln auszuweichen.

In der Ferne wiegte sich graues Strauchwerk im Wind.

»Gut möglich, dass wir durch das Leben im Untergrund die Fähigkeit des Farbensehens verlieren«, hatte Wodjanik vor ihrem Aufbruch gesagt. »So wie einst die Wölfe, die vorwiegend nachts und in der Dämmerung jagen. Schon jetzt kommt in der Metro ein Teil der Kinder farbenblind zur Welt. Möglicherweise hat das auch mit der erhöhten Strahlung zu tun, aber das halte ich für unwahrscheinlich. Wir verändern uns. Wir passen uns an. Jede neue Generation unterscheidet sich von der vorherigen. Derzeit weisen Neugeborene eine erhöhte Eigenstrahlung auf, aber gleichzeitig scheint sich auch eine Art Immunität gegen Radioaktivität auszubilden. Die Natur arrangiert sich, sogar mit so undankbaren Objekten wie dem Menschen. Allerdings würde ich das, was an der Oberfläche geschieht, nicht zur evolutionären Entwicklung des Menschen rechnen. Gut möglich, dass so etwas wie eine Systemrückstellung im Gange ist. Aber genauso gut könnte es sein – und das wäre wesentlich schlimmer –, dass die Natur einen Plan B umsetzt, indem sie ein Ökosystem aufbaut, das auf anderen Prinzipien beruht. Und dann hat die Menschheit keine Chance. Leider.«

Iwan stieg über eine kleine Grube, in der sich eine Wasserpfütze gebildet hatte. Für einen Augenblick tauchte seine Silhouette in dem schmutzigen Spiegel auf, der von Regentropfen zerbrochen wurde.

Nach einer halben Stunde Marsch erreichten sie das Gelände des Atomkraftwerks. Wie verstümmelte Wachposten standen verrostete, teils geknickte Masten an der Grenze des ehedem überwachten Territoriums. Das windschiefe Häuschen eines Kontrollpunkts stand einsam im Regen. Hinter der Schranke, von der der Lack abgeblättert war und deren eines Ende auf den Boden herabhing, befand sich eine relativ gut erhaltene Asphaltstraße.

Das nächstgelegene Gebäude des Atomkraftwerks sah völlig intakt aus. Als wäre hier niemals eine Katastrophe passiert. Andererseits: Was konnten äußerliche Einflüsse dem Betonmantel eines AKWs schon anhaben? Es fehlten nur die Menschen. Aber sonst? Iwan stieg über die Schranke und blieb stehen, um auf die anderen zu warten. Ein ebenes, abgegrenztes Gelände. Entlang der Gehwege schnurgerade Reihen nackter, abgestorbener Sträucher. Der Oberführer kam hinzu. Regentropfen klatschten auf seinen Schutzanzug und auf die Gummischnauze seiner Gasmaske. Die beiden runden Sichtscheiben drehten sich zu Iwan und der Oberführer tippte mit dem Finger gegen das Filtergehäuse. Iwan nickte und sah auf die Uhr. Richtig. Höchste Zeit.

Er winkte die anderen herbei. »Fertigmachen zum Filterwechsel.« Seine hohle Gasmaskenstimme klang durch die feuchte Luft noch zusätzlich gedämpft.

Plötzlich wurde das monotone Prasseln des Regens von einem fernen, sehnsuchtsvollen Schrei durchbrochen.

Iwan zuckte zusammen.

Aus irgendeinem Grund dachte er sofort an den grauen Riesen, der am Heck des U-Boots gestanden hatte.

Ach was. Das konnte nicht sein.

»Kommando zurück«, zeigte Iwan mit Gesten an. »Mir nach. Im Laufschritt!«

Stiefelgetrappel auf dem nassen, rissigen Asphalt. Links von ihnen erhob sich ein Kraftwerksblock. Wegen des Nebels konnte man seinen oberen Teil nicht sehen und hatte den Eindruck, er würde endlos in den Himmel ragen, mindestens so hoch wie das Ochta-Center. Der mächtige Bau schwebte so langsam an ihnen vorbei, dass sie das Gefühl hatten, überhaupt nicht vorwärtszukommen.

Urplötzlich hörte der Regen auf. Als hätte jemand einen Hahn zugedreht.

Stille.

Abermals ein Schrei in der Ferne.

Dann rollte ein Widerhall des Schreis über das Gelände, als würde er von den grauen Wänden des AKWs zurückgeworfen.

Wegen des starken Nebels konnte Iwan nicht feststellen, von woher genau er gekommen war. Jedenfalls schien es ratsam, nicht nur das Wechseln der Filter auf später zu verschieben.

»Achtung!«, zeigte er mit einer Handbewegung an. »Mir nach.« Iwan legte das Gewehr an und gab dem Oberführer zu verstehen: »Vorwärts, ich gebe dir Deckung.« Ab jetzt war Gefechtsordnung angesagt. Ein gemütlicher Spaziergang würde das hier gewiss nicht werden.

Der Oberführer nickte zweimal und lief los. Ein kurzer Sprint, dann ließ er sich auf einem Knie nieder und gab das Handzeichen: »Der Nächste.« Kusnezow rannte los.

Das beklemmende Gefühl im Hinterkopf ließ nicht nach. Erst jetzt wurde Iwan klar, dass er es schon die ganze Zeit gespürt hatte. Schon von Anfang an, als sie mit dem rostigen U-Boot in See gestochen waren. Doch damals hatte er es auf die Umstände geschoben. Die Pawlowschen Hunde. Die erste U-Boot-Fahrt. Und so weiter.

Aber ganz offensichtlich drohte eine wesentlich ernstere Gefahr. Die Eingebung war unmissverständlich, und es wäre fahrlässig gewesen, ihr nicht zu folgen.

Im Umgang mit Menschen kann man sich nicht immer auf sein Gespür verlassen. Leider. Aber bei einer solchen Expedition ...

Kusnezow folgte dem Oberführer. Er lief ein wenig unrhythmisch, aber federnd und stramm.

Vielleicht wird ja doch noch ein Digger aus ihm, dachte Iwan. Ein begnadetes Talent ist er nicht unbedingt. Aber er hat auch Qualitäten. Seine Beharrlichkeit zum Beispiel.

Kusnezows Rucksack pendelte beim Laufen hin und her, als wollte er seinen Träger umreißen. Der junge Milizionär erreichte den Zielpunkt, blieb stehen und ließ sich auf ein Knie herab. Er hob das Gewehr und sondierte die Lage. Erst links, dann rechts.

Gut gemacht, dachte Iwan. Der Nächste ...

In diesem Augenblick rutschte der Kompass aus Kusnezows Rucksack. Iwan sah sofort (verdammte Reaktionsschnelligkeit), wie der alte Metallkompass auf den Asphalt fiel. Boing. Klirr. Die Scheibe zerbrach.

Und nicht nur die Scheibe. Auch die Stille ringsum.

Verdammt, dachte Iwan.

Im Augenwinkel bemerkte er einen sich bewegenden Schatten und drehte sich um. Blick durch die Zielvorrichtung. Nichts. Nur grauer Nebel.

Hat sich dort was bewegt? Dort hat sich was bewegt. Irgendwas Großes. Zwischen den Gebäudeblöcken.

Und dieser Strauch dort drüben gefällt mir auch nicht. Überhaupt nicht. Oder bin ich übervorsichtig? Der Druck im Hinterkopf wird unerträglich. Na los. Triff eine Entscheidung.

Iwan sprang auf. Mit heftigen Gesten zeigte er an: »Vorwärts! Im Laufschritt!«

Der Oberführer nickte und rannte los. Mischa blickte sich Hilfe suchend zu Iwan um. Selbst seine Gasmaske wirkte irgendwie schuldbewusst. »Vorwärts!«, winkte Iwan.

Endlich begriff Kusnezow, sprang auf und folgte dem Skinhead. Mandela reihte sich hinter ihnen ein. Iwan wartete auf den Grauen und lief dann auf gleicher Höhe mit ihm.

Wieder ein Schatten im Augenwinkel. Iwan drehte den Kopf. Die vermaledeite Gasmaske schränkte das Sichtfeld ein.

Für einen Augenblick hatte er den Eindruck, als ob eine gigantische Gestalt durch den Nebel schritt. Langsam, fast schwebend. Wie im Traum.

Dann rannte er weiter. Sein Atem strömte röchelnd durch den Filter.

Als der Oberführer die Gebäudekante erreicht hatte, blieb er stehen und blickte sich um. Wohin jetzt? Iwan schloss kurz die Augen und rief sich den Grundriss des AKWs ins Gedächtnis. Also. Dort ging's zu den Wohngebäuden. Hier zum Sanitätszentrum. Und dort drüben zum dritten RBMK-Block. »Du musst in Block drei«, hatte Enigma gesagt.

Blieb nur zu hoffen, dass der alte Digger keinen Unsinn erzählt hatte.

»Dort lang.« Iwan zeigte mit dem Arm die Richtung an.

Sie liefen weiter. Der Druck im Hinterkopf ließ für einige Sekunden nach, wurde dann aber sofort wieder stärker. Was, zum Henker, war da los?

Die Stiefelabsätze hämmerten über den Asphalt. Bald würde es hell werden, verdammt.

Schneller!

Endlich erspähte Iwan den Eingang zu Block 3. Ein riesiges graues Gebäude, an dessen Fassade das Atomsymbol prangte. Links vom Eingang befand sich ein Becken aus Stein, aus dem Granitblöcke ragten wie abgebrochene Zähne. Nicht besonders einladend.

Türen aus Metall. Mit intakter Verglasung. Bemerkenswert. Nur einige Scheiben waren durch Sperrholzplatten ersetzt worden. Ein hoher, rot-grau quergestreifter Schornstein, dessen Spitze in den Nebel tauchte.

Das Atmen durch die Gasmaske wurde zur Qual. Die Sichtscheiben beschlugen. Durch das getrübte Glas sah Iwan den schwankenden Boden, das Becken und die Granitbrüstung. Man hätte meinen können, dass dieses verdammte Becken zahnlückig herübergrinste. Über dem grauen Gebäude waberte dichter Nebel.

In der Ferne schimmerten die verschwommenen Silhouetten gigantischer dicker Rohre, die wie die kurzen Beine eines monströsen Tieres aussahen. Wegen des Nebels hatte man den Eindruck, als stünde über dem AKW ein grauer Elefant, dessen Kopf und Rumpf von den tief hängenden Wolken verdeckt waren.

»Schneller!«

Der Druck im Hinterkopf wurde unerträglich. Als würde jemand seinen Finger hineinbohren, um Iwan mit aller Macht voranzutreiben. Nur weg von diesem Unbekannten, der sie im feuchten Dunstschleier wie ein Schatten verfolgte. Oder umgekehrt hin zu demjenigen, der sie in Block 3 des AKWs erwartete?

Iwan hörte schwere Schritte hinter sich. Plötzlich begann der Graue, sich argwöhnisch umzusehen, als hätte auch er etwas bemerkt. Kein Wunder.

Iwan legte noch einen Zahn zu. Wer auch immer sie verfolgte, er war bereits ganz nah.

Ob es jener graue Riese war?

Mit hämmernden Stiefeln rannten sie die Stufen hinauf.

Iwan riss an der Tür. Verschlossen! Scheiße. Er stürzte zur nächsten. Der Oberführer trat mit dem Fuß dagegen. Die Aluminiumtür erzitterte, doch sie hielt stand. Die gesprungene Scheibe klirrte.

Der Graue kniete sich hin und legte seine Saiga an. Seine Möchtegernkalaschnikow.

Der Oberführer trat noch einmal zu. Wamm!

Irgendwie muss man da doch reinkommen, verflucht!

Iwan schlug mit dem Gewehrschaft die Scheibe ein und griff mit der Hand hindurch. Er tastete nach einem Griff. Nichts. Wo war das blöde Ding? Seine Finger stießen auf etwas Rundes und Kaltes, das in etwas anderes Rundes und Kaltes überging. Eine Kette – begriff Iwan.

Plötzlich kam Kusnezow angerannt und trommelte gegen die Tür.

»Hilfe«, schrie er, doch durch die Gasmaske drang nur ein dumpfes »Hi-e, hi-e«.

Was machte er denn da?

Der Oberführer drehte sich um. Er deutete hinter Iwans Schulter und dann auf seine Augen: »Ziel im Visier.« Iwan nickte.

Das war's dann wohl. Genug gerannt für heute. Iwan legte sein Gewehr an und stellte es auf Einzelfeuer ein. Er spähte angestrengt umher. In der Ferne huschte ein Schatten vorbei und verschwand.

Wo bist du, du Hurensohn, zeig dich!

Plötzlich schepperte eine Kette und die Tür flog auf. Reflexartig drehte Iwan sich um. Ein Hinterhalt, verdammt ...

»Hier rein!«, schrie jemand von drinnen. »Los! Macht schon!«

18
LAES

»Wir sind aus Kronstadt«, sagte der Oberführer.
Iwan schüttelte den Kopf – schon wieder so ein unverständlicher Scherz.
»Willkommen«, erwiderte der Alte. Er trug keine spezielle Gasmaske, sondern nur eine einfache, weiße Atemschutzmaske, die auf einer Seite offen war und nur an einem Riemen hing.
»Ich habe schon lange auf euch gewartet.«
Iwan zog die Augenbrauen hoch.
»Auf uns?« Er blickte sich um. Mandela, der Oberführer, Kusnezow, der Graue, Iwan selbst. In der Tat. Auf wen hätte er sonst auch warten sollen? »Tja, wenn das so ist, dann sind wir jetzt da.«
Der Alte nickte. Er führte sie ins Gebäude hinein und dann in einen mit hellem Blech ausgekleideten Raum. Schon bevor er die nächste Tür öffnete, ahnte Iwan, was sich dahinter verbarg. Und er täuschte sich nicht. Ein riesiger Duschraum. Größer als alle, die Iwan bis jetzt gesehen hatte. Die Stimmen der Digger hallten von den blassgelben Kacheln wider, die in grauen Putz eingelassen waren. Ein hallendes, feuchtes Echo.
Der Alte zeigte ihnen, wie man das Wasser aufdrehen konnte. Warm, fast heiß strömte es aus den verrosteten Duschköpfen. Iwan stellte sich mitsamt der Gasmaske unter die Dusche. Mit ohrenbetäubendem Lärm prasselte das Wasser auf Kopf, Schultern und Rücken. Bäche rannen über die Sichtscheiben.
Die Digger spülten den radioaktiven Staub von ihrer Kleidung. Dekontamination nennt man das. Iwan erinnerte sich daran, wie

er beim letzten Mal seine Sachen zu Katja in die Sanitätsstation der *Wassileostrowskaja* gebracht hatte. Das war vor hundert Jahren gewesen. Mindestens.

Durch einen Schleusenraum gelangten sie in die Umkleide. Die triefenden Gummiklamotten quietschten beim Gehen. In der Umkleide standen graugrün lackierte Blechspinde. Einer davon stand offen. Darin hing ein altes Handtuch.

»Die Gasmasken könnt ihr abnehmen«, sagte der Alte. »Hier ist es steril.«

Nachdem sie sich umgezogen hatten, wandte sich Iwan an den alten Mann.

»Wer sind Sie?«

»Ich heiße Fjodor Bachmetjew und bin – wenn Sie so wollen – der Chauffeur dieses Reaktors.« Auf dem Gesicht des Alten erschien ein völlig aufrichtiges Lächeln, das dennoch ein wenig gequält wirkte, als hätten seine Gesichtsmuskeln es verlernt.

Vor der Katastrophe hatte Fjodor Bachmetjew als leitender Ingenieur im AKW gearbeitet und war für die Beschickung und den Betrieb des Kernreaktors zuständig gewesen. Am Tag der Katastrophe war er in die Halle über dem Reaktorkern zurückgekehrt, weil er dort seinen Hausschlüssel vergessen hatte. (»Ironie des Schicksals«, sagte der Alte.) Genau in diesem Moment wurden die automatischen Sicherungssysteme ausgelöst, und er fand sich hinter verschlossenen Türen wieder.

»Das hätte jedem passieren können«, erzählte der Alte. »Ich hatte eben Glück. Tja.«

Dabei hatte er anfangs, als die Türen hermetisch verriegelt wurden, noch gedacht, sein Ende sei gekommen. Später stellte sich dann heraus, dass es seine Rettung gewesen war.

»Ich möchte nicht im Detail erzählen, wie es mir danach ergangen ist«, sagte Fjodor. »Das ist eine lange und nicht sehr unterhaltsame Geschichte. Entscheidend ist, dass ich überlebt habe. Und wieder an die Arbeit gegangen bin. In meinem Beruf, hehe. Ich arbeite auch jetzt noch. So ein Reaktor ist ein ziemlich sensibles Gebilde. Aber wenn man ihn anständig pflegt, funktioniert er wie geschmiert. Dank des Reaktors habe ich Strom, heißes Wasser, Heizung, Licht, Musik, Kino ...«

»Einen hübschen Ofen haben Sie sich da zugelegt«, kommentierte der Oberführer beeindruckt.

»Früher kamen noch Menschen zum Kraftwerk«, erzählte Fjodor. »Aber sie haben nicht lange gelebt. Das können Sie sich ja denken. Sie waren so furchtbar verstrahlt, dass man sich besser nicht in ihre Nähe wagte. Einmal kam eine schwangere Frau ...« Der Alte wischte sich über die Stirn – die Erinnerung machte ihm sichtlich zu schaffen. »Sie hieß Marina. Ich habe sie hinter dem Kraftwerk begraben. Sie und ihr Baby.« Er hielt inne. »Verzeihen Sie.«

Schweigen. Was sollte man dazu auch sagen? Jede Geschichte ist einzigartig, und doch sind sie alle irgendwie gleich. Die Katastrophe war erbarmungslos.

»Das Erstaunlichste ist natürlich, dass das Kraftwerk nicht zerstört wurde«, fuhr Fjodor fort. »Manchmal kann ich es selbst nicht glauben.«

Iwan nickte. Etwas Ähnliches hatte auch Wodjanik geäußert.

»Ich habe gehört, dass Sosnowy Bor für den Fall eines Atomkriegs als prioritäres Ziel galt.«

Der Alte seufzte.

»Ich fürchte, das war gar kein Atomkrieg. Und wenn es einer war, dann haben sich die Wissenschaftler bei der Einschätzung der Folgen fürchterlich geirrt. Oder glauben Sie, dass sie mit solchen Folgen gerechnet haben?« Sein ausgestreckter Arm schwenkte über die tote Landschaft vor dem Fenster, aus der nur ein paar Baumleichen ragten.

»Wir haben Wasser rauschen gehört«, sagte Iwan. »Ist das hier am Kraftwerk? Ist etwa die Kanalisation noch intakt?«

»Nein.« Fjodor schüttelte den Kopf. »Das sind die Wasserpumpen des Reaktors. Das Kraftwerk wird mit Meerwasser gekühlt und das verbrauchte Wasser wieder zurück in den Finnischen Meerbusen gepumpt. Ein Beitrag zur hiesigen radioaktiven Belastung. Allerdings ein sehr kleiner angesichts der schon vorhandenen Verstrahlung.«

»Mit anderen Worten …« Iwan zögerte. »Sie wollen damit sagen, dass der Reaktor noch läuft?«

Fjodor sah Iwan und seine Digger-Truppe verständnislos an. »Selbstverständlich läuft er noch. Deswegen sind Sie doch hier, oder nicht?«

»Wissen Sie, ein Atomkraftwerk ist ein geschlossenes System, das sich selbst reguliert. Wenn sämtliches Betriebspersonal auf einmal das Kraftwerk verlässt, passiert überhaupt nichts. Alle Systeme laufen dann im Automatikbetrieb weiter – zumindest theoretisch. Ein einziger Satz Brennelemente reicht für viele Jahre Betrieb. Es hat sich so ergeben, dass der Block 3 – mein Block – zur Instandsetzung und Modernisierung für längere Zeit abgeschaltet war und erst unmittelbar vor der Katastrophe wieder mit Kernbrennstoff beschickt wurde. Im regulären Betrieb, also bei hundert Prozent Leistung, würde er mit diesem Vorrat über fünf Jahre laufen. Wenn man die Leistung halbiert, was ich gemacht habe, verlängert sich die Betriebszeit entsprechend.«

»Und warum laufen die anderen Reaktorblöcke nicht mehr?«, erkundigte sich Iwan. »Oder sind die etwa auch noch in Betrieb?«

Fjodor lächelte.

»Nein. Sie laufen nicht mehr.«

»Warum?«

»Ich habe sie abgeschaltet. Sonst wäre es zu einer Kernschmelze gekommen. Das ist das Problem am automatischen Betrieb. Der Reaktor verbraucht das Kühlwasser und der Kern beginnt zu schmelzen. Der Super-GAU. Deshalb habe ich sie heruntergefahren. Das war allerdings nicht ganz leicht. Ich habe zwar ein gutes Gespür für einen Reaktor, wie ein Autofahrer für seinen Wagen, aber es handelt sich schließlich um Reaktoren, mit denen ich nicht vertraut war. Das ist, wie wenn man plötzlich eine andere Automarke fährt. Der vierte Block war zur Instandsetzung abgeschaltet, deshalb musste ich nur zwei Reaktoren herunterfahren. Block 1 und Block 2. Bei Block 2 ging es relativ schnell und problemlos. Bei Block 1 hatte ich so meine Schwierigkeiten. Wie mit einem Auto bei Glatteis. Aber das wird Ihnen nicht viel sagen.«

»Mir schon«, erwiderte der Oberführer.

Der Skinhead schien buchstäblich aufgewacht. Iwan hatte seine Anwesenheit schon beinahe verdrängt, da er an diesem Tag sehr schweigsam gewesen war.

»Dann wissen Sie ja, was ich meine. Ein paarmal bin ich ganz schön ins Schleudern gekommen. Es hat nicht viel gefehlt, dann hätte es hier ein zweites Tschernobyl gegeben.«

»Die ganze Welt war doch ...« Der Oberführer hielt inne und kratzte sich am Hinterkopf.

»Richtig.«

»Soll ich mal einen Witz erzählen?«, fragte der Oberführer grinsend und begann, ohne eine Antwort abzuwarten, mit zwei Stimmen zu sprechen: »Hey, Tschuktsche, wo fährst du hin? Nach Tschernobyl. Spinnst du? Das ist doch verstrahlt. Sagt der Tschuktsche: In Moskau sind es zwanzig Röntgen pro Stunde, in Sankt Petersburg zehn Röntgen pro Stunde und in Tschernobyl fünf Röntgen pro Stunde. Da fahre ich mit der ganzen Familie zum Sonnenbaden hin!«

Der Skinhead schaute vom einen zum anderen und wartete auf eine Reaktion. Alle schwiegen.

»Nicht so besonders witzig«, befand schließlich Kusnezow.

Iwan nickte. Kommt schon mal vor, dass auch gute Witzerzähler einen schlechten Witz zum Besten geben.

Plötzlich brach Mandela in schallendes Gelächter aus.

»Haha! Ich lach mich schlapp! Zum Braunwerden ... Hahaha!« Er schlug sich mit den Händen auf die Schenkel und schüttelte sich vor Lachen. »Ich pack's nicht. Hahaha!«

Schweigend beobachtete der Oberführer den bizarren Auftritt des Schwarzen. Das Gesicht des Skinheads wirkte wie aus Stein gemeißelt, seine Nasenflügel bronzefarben wie beim Ross des Ehernen Reiters.

»Hör mal, Mandela«, sagte schließlich der Oberführer. »Kann es sein, dass du ein Rassist bist?«

»Ich?« Dem Schwarzen blieb das Lachen im Halse stecken.

»Anscheinend hat er was gegen Tschuktschen.« Die Augen des Oberführers verengten sich zu schmalen Schlitzen. »Sag bloß nichts gegen die Tschuktschen, sonst gibt's was auf die Mütze, klar?«

»Was ist denn an Tschuktschen besser als an Schwarzen?«, fragte Mandela empört.

»Sie sind weit weg.«

»Ihr meint, wegen der zentralen Beleuchtung?«, fragte der Alte.

»Ja, wir glauben, dass die Metro von hier, vom Leningrader AKW, gespeist wird«, erwiderte Mandela.

»Gut möglich«, bestätigte Fjodor. »Vielleicht über unterirdische Stromtrassen. Vor der Katastrophe wurden solche Netze als Reserveleitungen verlegt. Möglicherweise sind nicht nur wir an diese Reserveleitungen angeschlossen. Im Fachchinesisch nennt man so was mehrfache Redundanz. Würde mich nicht überraschen, wenn die Metro selbst dann noch Strom hätte, wenn das Leningrader AKW seinen letzten Brennstoff verbraucht hat. Allerdings werde ich das nicht mehr erleben – er wird länger reichen als meine Lebenszeit.« Der Alte hielt inne und musterte die Digger. »Kommt, ich zeige euch, wo ihr schlafen werdet.«

Iwan nickte dankbar. Die Ereignisse dieses Tages waren über sie hereingebrochen wie ein Tunneleinsturz. Außerdem: Nach einer halben Nacht mit Gasmaske ist jeder kaputt. Die Digger hielten sich kaum noch auf den Beinen.

Während Iwan dem Alten durch einen Korridor folgte, ging ihm alles Mögliche durch den Kopf.

Das Atomkraftwerk.
Nicht zu fassen.
Das Ding gibt es wirklich noch. Und es funktioniert.
Der Alte führte sie durch ein Labyrinth von Gängen. Iwan kam aus dem Staunen nicht heraus. In den Deckenleuchten brannten Tageslichtlampen. Die Wände waren vertäfelt (waren das etwa Holzplatten?) und mit Plakaten behangen, auf denen so seltsame Dinge standen wie: »Liebe Mitarbeiter. Denkt stets an die Strahlengefahr! Das Schicksal der nachwachsenden Generation liegt in eurer Hand.« Fjodor erklärte, dass das wohl eher als ironischer Scherz gemeint war. Die Mitarbeiter des Leningrader AKWs hatten sich auf einen feierlichen Anlass vorbereitet.

In den Gängen gab es sogar Ruhesofas und vertrocknete Pflanzen in riesigen Kübeln. Das Halbdunkel verbarg die Spuren der vergangenen Jahre.

Schade, dass Sterndeuter das nicht sehen kann, dachte Iwan. Und Professor Wodjanik.

Ob ich wohl einschlafen kann, ohne eine meterdicke Erdschicht über mir zu wissen, die vor Bestien und Strahlung schützt? Gewöhnungsbedürftig.

Obwohl. Wahrscheinlich bin ich auf der Stelle weg, wenn ich ein Kissen unter meinem Kopf spüre. So fertig, wie ich bin.

»Was ist das denn?«
Iwan sah sich um. Eine riesige, grell beleuchtete Halle. Nackte, weiße Wände, die das blendende Licht Dutzender Tageslichtlampen reflektierten. Ein glatter Boden. In der Mitte der Halle befand sich eine kreisförmige Fläche, die aus Hunderten bunter Quadrate bestand. Einige wenige Quadrate fehlten, dort gähnten Löcher.

Unterhalb der Decke verliefen Eisenleitern und mächtige Führungsschienen. In der Ecke erhob sich der lange Zylinder eines gewaltigen Krans, dessen graue Gestelle bis zur Decke reichten.

»Wo sind wir hier?«, erkundigte sich Iwan.

»In der Reaktorhalle«, antwortete Fjodor. »Der Reaktor befindet sich praktisch direkt unter unseren Füßen. Diese Kreisfläche hier mit den bunten Quadraten ist der Bereich, von dem aus die Brennelemente in den Reaktor eingefahren werden.«

»Äh ... und warum sind wir ausgerechnet hierhergekommen?«

»Weil es hier am sichersten ist. Ich schlafe hier.«

»Was, direkt über dem Reaktor?«, fragte der Oberführer verblüfft.

Der Alte schmunzelte.

»Wieso ›direkt‹? Dort drüben, in der Ecke.«

Iwan blickte sich um. Tatsächlich. Hinter einem Stahlregal, in dem alle möglichen Gerätschaften und Bauteile lagerten, lugte eine gestreifte Matratze hervor. Der alte Mann war wirklich hart im Nehmen.

»Es ist absurd«, kommentierte Fjodor. »Ich hätte mir nie träumen lassen, dass ich mal in einer Reaktorhalle schlafe, um mich vor radioaktiver Strahlung von außen zu schützen. Aber hier ist es wirklich am sichersten. Unter uns befindet sich eine mehrere Meter dicke Strahlenschutzplatte – wir nennen sie ›Jelena‹ – und über euren Köpfen eine Betonkappe, die theoretisch den Absturz eines Düsenjets aushalten würde.«

»Der Hammer«, kommentierte der Oberführer und blickte beeindruckt zum Hallendach.

»Es ist der sicherste Ort im ganzen Kraftwerk. Glauben Sie einem alten Mann.«

»Du hast doch von Blues keine Ahnung«, lästerte der Oberführer. »Mal ehrlich: Kannst du Chicago Blues von Texas Blues unterscheiden?«

»Ach, lass mich doch in Ruhe«, entgegnete Mandela, rollte beleidigt seine Matratze zusammen und verzog sich in eine andere Ecke zum Schlafen.

Demonstrativ.
Wenn eine Tür da gewesen wäre, hätte er sie zugeknallt.
»Musst du ihm eigentlich ständig eins reinwürgen, Ober?«, fragte Iwan. »Er ist doch ganz in Ordnung.«
»Absolut«, pflichtete der Skinhead bei, ließ sich aufs Kissen zurücksinken und legte die Hände unter den Kopf. »Denkst du, das merke ich nicht? Es macht mir einfach Spaß, ihn zu ärgern, verstehst du? Und überhaupt, überleg doch mal. Ich bin ein Skinhead, oder nicht?«
Iwan betrachtete den frisch rasierten Schädel des Oberführers und grinste.
»Also, ehrlich gesagt ...«
»Labere keinen Müll«, versetzte der Oberführer milde. »Ich bin ein Skin und er ist ein Neger. Das ist doch die klassische Voraussetzung für einen Image-Konflikt.«
»Hä? Kapier ich nicht.« Iwan runzelte die Stirn. »Wovon redest du?«
»Ganz einfach. Ich bin eine Glatze. Was macht eine Glatze, wenn sie einen Schwarzen sieht? Richtig. Sie tritt ihm in seinen schwarzen Hintern. Logisch, oder? Logisch. Und wenn so ein glatzköpfiger Skinhead nur dasteht und dem Schwarzen nicht in den Hintern tritt, was bedeutet das dann? Dass er Schiss hat. Dass er keine Eier hat. Also ist das schon richtig so, *you understand*? Und wenn so ein Neger nicht merkt, dass er es mit einem potenziellen Rassisten zu tun hat, und ihn nicht in seinen arischen Hintern tritt, was ist er dann? Eben. Also misch dich nicht in unsere Angelegenheiten ein, Iwan. Mandela und ich machen das unter uns aus. Das ist eine Frage der Dominanz.«
»Hattest du nicht von Image gesprochen?«, fragte Iwan.
»Ach, hör auf«, winkte der Oberführer ab. »Soll ich dir sagen, warum ich ihn dauernd provoziere?«
»Lass hören.«
»Nicht weil er schwarz ist, sondern weil er schwach ist. Verstehst du? Er ist schwach. Er wehrt sich nicht. Ab dem Tag, an

dem er mir zum ersten Mal anständig die Fresse poliert, wird er seine Ruhe vor mir haben. Vorher, sorry, hat er es nicht verdient. So ist das, Mann.«

»Aha«, sagte Iwan.

Am Oberführer war offenbar ein Erzieher verloren gegangen. Wer hätte gedacht, dass er eine pädagogische Ader hatte? Der Skinhead streckte sich und gähnte so breit, dass man sich um die Verankerung seines Unterkiefers sorgen musste.

»Lass uns schlafen, okay?«, brummte er.

Iwan nickte, legte sich hin und zog sich die Decke bis zum Kopf. Wie sollte er in dieser gigantischen Halle nur einschlafen? Alles war ungewohnt. Der offene Raum, die hohe Decke. Und dann auch noch ein Boden aus Blei oder woraus auch immer.

Aber immerhin hatten sie ihr Ziel erreicht.

Iwan fühlte sich unwohl und konnte nicht einschlafen. Es fiel ihm ein, was Wodjanik über Peter den Großen, den Gründer Sankt Petersburgs, erzählt hatte. Der konnte in Räumen mit hoher Decke auch nicht schlafen, weshalb man immer ein Tuch über seinem Bett aufspannte, als zweite Decke sozusagen. Außerdem hatte er Angst vor Kakerlaken.

Iwan gähnte. Wann hatte er zum letzten Mal eine Kakerlake gesehen? Er wusste schon gar nicht mehr, wie sie aussahen.

Iwan schloss die Augen. So lag er eine Weile da. Und noch eine Weile.

Verdammt, das gibt's doch nicht! Da bist du todmüde und kannst ums Verrecken nicht einschlafen.

Er stand auf. Alle anderen schliefen. Kusnezow atmete unrhythmisch, stoßweise. Wahrscheinlich träumte er schlecht.

Am Boden fand Iwan eine zusammengerollte Stoffplane. Damit ließ sich ein ordentliches Zwischendach bauen. Möglichst leise, um die anderen nicht zu wecken, rollte er die Plane aus, zog ein Ende über das Regal und fixierte sie mit einem schweren Teil, das aussah wie das Schwungrad eines Dieselmotors, nur mit Löchern an der Außenseite. Dann spannte er die Plane über die Schlafenden und warf das andere Ende über ein Gestell. Fertig. Iwan trat einige Schritte zurück und betrachtete sein Werk. Nicht schlecht. Fast ein richtiges Zelt. Darunter ließ sich's schon eher aushalten.

Lautlos wie ein Digger, der durch die Sankt Petersburger Straßen schleicht, kehrte er zu seinem Feldbett zurück und legte sich wieder hin. Die Decke fühlte sich immer noch warm an. Jetzt schlafen. Nur noch schlafen.

»Chef?«, rief jemand.

»Mischa?« Iwan schlug die Augen auf. »Was ist los?«

Kusnezows Augen glänzten in der Dunkelheit. Er hatte sich auf den Ellenbogen gestützt und sah Iwan an.

»Ich habe nachgedacht ... Es ist doch toll, dass wir es bis zum AKW geschafft haben, nicht wahr, Chef?«

In diesem Augenblick schoss Iwan Enigmas Spruch durch den Kopf: Der direkteste Weg ist nicht immer der kürzeste.

»Allerdings, Mischa. Gute Nacht. Träum was Schönes.«

»Es ist angenehm, wieder einmal in menschliche Gesichter zu blicken.« Fjodor räusperte sich. »Pardon. Ich lebe ja hier wie ein Einsiedler. Wissen Sie, in den Zeiten vor der Katastrophe gab es einen Beruf, der mich schon immer fasziniert hat: Leuchtturmwärter. Du sitzt das ganze Jahr in einem Turm auf einer winzigen Insel, hörst das Rauschen der Wellen und weist den Schiffen den Weg. Ein genialer Beruf. Tja, aus mir ist leider nur ein Reaktorwärter geworden. Das klingt weniger romantisch, aber ich will nicht klagen. Nur manchmal überkommt einen eben das Bedürfnis, wenigstens ein paar Worte mit jemandem zu wechseln. Übrigens, ich muss Sie etwas fragen ...« Er zögerte und knetete seine Lippen, als überlegte er, ob er die Frage tatsächlich stellen sollte. »Sagt Ihnen der Name Enigma etwas?«

Iwan hätte sich beinahe an seinem Tee verschluckt.

»Woher kennen Sie ihn?«

»Aha.« Das Gesicht des Alten hellte sich auf. »Dann werde ich also doch nicht verrückt. Wie geht es ihm?«

»Gut. Abgesehen davon, dass er blind ist.«

»Ich weiß«, erwiderte Fjodor.

»Sie wissen davon?«

»Natürlich. Ich habe mich lange mit ihm am Telefon unterhalten. Zufällig, sozusagen. Damals hat er mir von seiner Verwundung erzählt. Eine Mikrowellenkanone war schuld.«

Iwan stellte seine Tasse auf dem Tisch ab. Dann hatte Enigma dieses Gespräch also nicht erfunden? Was für eine erfreuliche Neuigkeit.

»Er war also nicht von Geburt an blind?«

»Nein. Aber das wissen Sie doch selbst, nicht wahr?«

Iwan nickte. »Ja. Er war früher ein Digger.«

»Ein was?«

»Na ja, so jemand wie wir.« Iwan deutete auf seine Begleiter, die vor dem Fernseher saßen. Das bläuliche Licht des Bildschirms schälte ihre Silhouetten aus der Dunkelheit: Kusnezow, der Graue, Mandela, der Oberführer. »Eine Art Aufklärer. Nur älter und abgebrühter als wir.«

Fjodor nickte. Die Runzeln auf seiner Stirn glätteten sich. »Aha. Verstehe. Anscheinend passiert auch einem abgebrühten Aufklärer mal ein Missgeschick. Er hat mir erzählt, dass es passierte, als er ein geheimes Objekt auskundschaften wollte. Oder ein Labor? Ich weiß nicht mehr genau. Jedenfalls ist ihm dabei diese ... äh ... dieses Malheur widerfahren.«

Iwan verzog das Gesicht. »Malheur ist noch ein gelinder Ausdruck dafür.«

Eine der bläulich schimmernden Silhouetten stand auf und trat an den Tisch, an dem Iwan und der Alte saßen.

Aus der Nähe entpuppte sich die Silhouette als Mandela. In der Hand hielt er eine Tasse mit Untersetzer.

»Könnte ich noch etwas Tee bekommen?«, fragte er höflich. »Wenn es keine Umstände macht.«

»Aber gern, Sir.«

Der Alte lächelte und schenkte dem Schwarzen aus der Kanne nach. Aromatischer Dampf stieg auf. Iwan hielt für einen Augenblick den Atem an. Genau. Es war das Aroma von echtem Tee. Kein Vergleich mit dem Gebräu in der Metro.

»Verbindlichsten Dank, Sir«, sagte Mandela.

Der Schwarze deutete eine Verbeugung an und drehte sich dann um, um wieder zum Fernseher zu gehen.

»Was ist eine Mikrowellenkanone?«, erkundigte sich Iwan.

Mandelas Rücken verharrte plötzlich. Iwan sah es im Augenwinkel.

»Wissen Sie, was ein Mikrowellenherd ist?«, fragte der Alte. »So ein kleiner Ofen zum Aufwärmen von Speisen?«

»Äh ... nein.«

»Normalerweise sind die Dinger etwa so groß.« Fjodor deutete mit den Händen die Größe einer Mikrowelle an. »Darin kocht man Essen ... sagen wir mal so: mithilfe von Wellen, die die Wassermoleküle in Schwingung versetzen, bis das Wasser zu kochen beginnt.«

Iwan versuchte, sich vorzustellen, wie das funktioniert, und schüttelte den Kopf.

»Und wie ist das mit Enigma zugegangen?«

»Er versuchte, eine Tür zu öffnen, die offenbar automatisch gesichert war. Zum Glück bemerkte er rechtzeitig, dass er den Mechanismus ausgelöst hatte, und konnte sich retten. Aber ein kurzer Mikrowellenimpuls hat ihn trotzdem gestreift, und das hat gereicht.«

»Wie gereicht?«

»Nun, vereinfacht gesagt, seine Augen wurden gekocht.«

So, so, dachte Iwan. Sein Gehirn wurde nicht zufällig mitgegart? Das hätte sein absonderliches Verhalten erklärt.

»Und wo stand diese ... äh ... Kanone?«

Fjodor zuckte mit den Achseln.

»Irgendwo in der Nähe der Station *Newski prospekt*. Oder war es *Gostiny dwor*? Jedenfalls irgendwo dort. Ein geheimes Objekt. Mehr weiß ich auch nicht.«

Iwan erinnerte sich an den letzten Streifzug, den er mit Schakilow unternommen hatte. Das war in der Nähe eben jener Stationen gewesen. Dieser Lauf an der Decke, der auf die Steine zielte – und nichts passierte. Ein automatisches Maschinengewehr? Vielleicht auch nicht.

Vielleicht war Iwan nur einen halben Schritt davon entfernt gewesen, bei lebendigem Leibe gekocht zu werden?

Mandela stand immer noch wie angewurzelt da, als hätte er vergessen, weswegen er gekommen war.

»Was guckt ihr denn dort?«, erkundigte sich Iwan.

Vom Fernseher drangen nur Fragmente von Liedern und theatralische Rufe herüber: »Keine Sorge, ich halte sie auf«, »Verteidigen Sie sich, meine Herren«, »Kanaille!« und so weiter.

Mandela hob die Schultern. »Der Film heißt ›Die drei Musketiere‹. Ganz passabler Streifen, nur ein wenig unverständlich.«

Der Alte schmunzelte.

»Mir gefällt der Film ›Zwei Kämpfer‹«, sagte Iwan und wandte sich an Fjodor. »Den haben Sie nicht zufällig da?«

»Hier ist noch jemand«, sagte der Graue.

Iwan fuhr sich mit der Zunge über die trockenen, aufgesprungenen Lippen. Dem alten Skinhead glaubte er sofort.

»Wie meinst du das?«

»Der Alte wohnt nicht allein hier. Dafür verwette ich meinen Kopf.«

»Vielleicht versteckt er seine Frau vor uns?«, mutmaßte Iwan. »Würde ich wahrscheinlich genauso machen. So abgerissen, wie wir aussehen.«

Der Graue wiegte skeptisch den Kopf.

»Keine Ahnung. Vielleicht eine Frau, vielleicht auch nicht. Aber irgendjemanden versteckt er vor uns.«

»Leben Sie wirklich allein?« Iwan schaute dem Alten scharf in die Augen. »Wir glauben, dass hier noch jemand ist. Warum bekommen wir sie oder ihn nicht zu Gesicht?«

Fjodor antwortete nicht sofort. Iwan sah, wie er nervös mit den dürren Fingern spielte. Sein Hände umspannte runzelige, von knorrigen Adern durchzogene Haut. An den Innenseiten hatte er seltsame Schwielen.

»Hier ist niemand«, sagte Fjodor schließlich. »Entschuldigen Sie mich, ich möchte jetzt allein sein.«

Mit diesen Worten verschwand er. Iwan schaute ihm hinterher. Wovon man wohl solche Schwielen bekam? Der Digger betrachtete seine Hände. Klarer Fall.

Vom Griff einer Schaufel.

Bei nächster Gelegenheit sprach Iwan den Alten auf seine schwieligen Hände an. Der antwortete zunächst nicht, doch nach einer Weile forderte er den Digger auf, sich für einen Ausflug ins Freie fertigzumachen.

Jetzt wird's spannend, dachte Iwan.

Vor dem Gebäude des Atomkraftwerks erstreckte sich ein ebenes Feld.

»Früher war das mal eine Rasenfläche«, erläuterte Fjodor dumpf durch die Gasmaske hindurch.

»Und jetzt?«, fragte Iwan, obwohl er sich die Antwort schon denken konnte.

In der Erde steckten aus Stahlrohren zusammengeschweißte Kreuze. Mehrere Dutzend. Einige beschriftet. Manche sogar mit Grabeinfriedungen.

»Jetzt ist es ein Friedhof«, erwiderte Fjodor.

Über dem Atomkraftwerk lag dichter Nebel. Die gigantischen Schornsteine sahen aus wie die Beine eines Monsters, das in dem trüben Schleier stecken geblieben war.

Iwan trat an eines der Gräber, bückte sich und las:

»Marina K. geb. 1993.«

Auf dem kleinen Grabhügel lagen Zweige einer braunen Pflanze mit lanzettförmigen Blättern und kleinen, weißen Blüten. Von der Tradition, Gräber mit Blumen zu schmücken, hatte Iwan gehört, doch mit eigenen Augen sah er so etwas zum ersten Mal. Wer war diese Frau?, fragte er sich. Seine Frau? Wer auch immer, es geht mich nichts an.

»Gehen wir zurück«, sagte der Alte.

Iwan nickte. Bevor sie sich zurückzogen, blieben sie noch kurz stehen, um sich von den Toten zu verabschieden.

Eine Schweigeminute zum Gedenken an die Gefallenen. Jetzt. Iwan neigte den Kopf.

»Ich finde sie überall und beerdige sie hier«, erläuterte Fjodor. »Damit es menschenwürdig ist. Verstehen Sie, Iwan?«

»Ja. Ich verstehe Sie.«

»Petersburg ist eine engelische Stadt«, sagte Fjodor.

»Eine Engelsstadt?«

Der Alte schmunzelte.

»Eine englische, meinte ich.«

Er lehnte sich zurück und begann zu lesen. Leise, ein wenig entrückt und mit Pausen an den richtigen Stellen.

Sie ist schön und grimmig wie ein Pavian, der mit englischer
  Pfeife und Schirm promeniert,
der karierten, schottischen Plaid trägt und sich dicke Schals um
  den Hals drapiert.

Er spricht mit allen auf Russisch, präzise, sauber, bedächtig,
ist von altem Leningrader Blute und auch anderer Zungen mächtig.

Stoisch und für alle ein Rätsel, öffnet er nächtens die weiten
  Brücken,

lässt sich mit Wanten und Galoschen, Brötchen und Rinnsteinen schmücken.

Die Pfeife hat er heut nicht dabei und das Saxofon zu Haus vergessen.
Stolz ist er, stolz. Und das Saxofon spielt wie besessen.

»Ein Puschkinscher Backenbart würde diesem Pavian auch gut zu Gesicht stehen«, kommentierte die Stimme des Oberführers.

Iwan hatte gar nicht mitbekommen, dass er in die Bibliothek gekommen war, und drehte sich nach ihm um. Der frisch geschorene Skinhead stützte sich mit seinen sehnigen Händen auf eine Stuhllehne. Unter dem Ärmel seines T-Shirts lugte das Hammer-und-Sichel-Tattoo hervor. Auf seinem kantigen Gesicht mit den eingefallenen Wangen spielte der Lichtschein der züngelnden Flamme. Das Gesicht des Oberführers war schön und gespenstisch wie ein Sonnenuntergang in der postatomaren Welt.

Fjodor sah den Skinhead überrascht an.

»Stimmt«, pflichtete er bei. »Sie haben ein gutes Gespür für Poesie, Ober…«

»Andrej«, sagte der Oberführer.

Es war an der Zeit, zur Sache zu kommen. Schließlich hatten sie das Himmelfahrtskommando zum Leningrader AKW nicht zum Vergnügen unternommen.

»Meiner Heimatstation steht eine Katastrophe bevor«, berichtete Iwan. »Sie wurde abgeriegelt und von der Stromversorgung abgeschnitten. Wir sind hier, damit an der *Wassileostrowskaja* die Lichter wieder angehen. Können Sie uns dabei helfen?«

Fjodor zog seine buschigen Augenbrauen zusammen und sah Iwan nachdenklich an.

»Glauben Sie im Ernst, ich könnte das Licht an Ihrer Station wieder einschalten?«, fragte er. »Von hier aus?«

In der Tat. Das hatte der Digger gehofft.

»Ist es denn nicht möglich?«

»Leider nein. Enigma hat Ihnen offenbar nicht alles erzählt.« Fjodor schien verwundert. »Es ist unmöglich, von hier aus den Strom einzuschalten, Iwan. Das Leningrader AKW ist nur eine Energiequelle, kein Schalter. Wie die Batterie in einer Taschenlampe. Genauer gesagt, ausschalten könnte ich den Strom schon. Aber nicht einschalten.«

Diese Erkenntnis war ein Schlag ins Genick.

Schlimmer noch. Ein totales Desaster.

»Der Verteilerkasten – der Schalter, vereinfacht gesagt – befindet sich ... na, was glauben Sie, wo?«

Iwan überlegte. Gab es also doch noch eine Chance?

»In der Metro?«, mutmaßte er tonlos.

»Genau.«

»Dann können wir einpacken«, resümierte der Digger. »Wir müssen nach Hause. Hier haben wir nichts mehr verloren.«

»Warum denn gleich aufgeben?« Fjodor schüttelte den Kopf. »Schon damals, als ich mit Enigma telefonierte, hatte ich mir Gedanken darüber gemacht. Und Unterlagen studiert. Es gibt durchaus eine Möglichkeit.«

»Und wie sieht die aus?«, fragte Iwan ohne große Hoffnung.

Sie hatten schon genug Zeit völlig sinnlos verschwendet. Nichts wie zurück zur *Wassileostrowskaja*! Memow hatte recht gehabt. Iwan grinste bitter. Die Geschichte wurde nicht in Atomkraftwerken geschrieben. Und auch nicht mit absurden Himmelfahrtskommandos. Sondern in den Tunneln der Metro.

»Hören Sie mir zu?«

»Ja, natürlich.«

»Im Prinzip müssen Sie nur den Schalter umlegen, Iwan.«

Sekundenlang sah Iwan Fjodor streng in die Augen. Sollte das ein Witz sein?

»Wie soll ich das verstehen?«

»Die Notstromversorgung der Metro wurde nicht von heute auf morgen installiert. Im Sankt Petersburger Untergrund befand sich ja schon lange vor der Katastrophe eine Vielzahl geheimer Objekte – militärische Einrichtungen und Regierungsbunker zum Beispiel. Also hat man dieses System natürlich mit Blick auf einen möglichen Ernstfall angelegt.«

»Was bedeutet das konkret?«

»Man kann den Strom direkt vor Ort einschalten.«

»Wie bitte?«

»In der Metro selbst. Schauen Sie. Von meinem ... äh ... Hobby habe ich Ihnen ja erzählt.«

»Sie meinen Ihre Tätigkeit als Bestatter?«

»Genau. Als Erste habe ich diejenigen begraben, die im AKW selbst ums Leben gekommen waren. Und jetzt hören Sie gut zu, Iwan: Wenige Tage vor der Katastrophe ist hier am Kraftwerk eine Kommission aufgetaucht. Lauter hochrangige Beamte: Geheimdienstler, Militärs, MTschS-Leute. Ich bin mir sicher, dass es schon damals um die Stromversorgung unterirdischer Einrichtungen ging. Diese Leute waren zur Kontrolle hier. Es war auch ein interessanter Typ dabei, der keinen bestimmten Titel hatte. Sie nannten ihn einfach ›Inspektor‹. Als ich ihn begrub, habe ich das hier bei ihm gefunden.«

Fjodor drückte dem Digger ein rotes Büchlein in die Hand. Es war ein Mitarbeiterausweis.

Vom Foto blickte Iwan ein strenges Gesicht entgegen. Armeeuniform. Hohe Schirmmütze.

»Makarow Wjatscheslaw Igorewitsch, GUSP«, las Iwan und sah auf. »Untergrundeinheiten?«

»Ja. Wenn ich es richtig verstehe, war er mit der Bewachung geheimer unterirdischer Anlagen befasst. Und er hatte das hier bei sich.«

Fjodor reichte Iwan ein kleines Plastikkärtchen. Ein simples Ding, dunkelgrau, ohne Emblem. In der Ecke ein silbrig schimmernder Chip und eine Reihe schwarzer Ziffern. Was sollte er damit?

»Was ist das?«

Fjodor setzte eine wichtige Miene auf. »Wahrscheinlich Ihre Eintrittskarte zu einem geheimen Objekt«, sagte er. »Und zwar zu genau jenem Objekt, zu dem schon Enigma vergeblich vorzudringen versuchte.«

»Die Leitstelle der Metro?«

»Ich glaube, ja.«

Iwan drehte die Karte in der Hand hin und her. Sie war leicht. Sehr leicht. So wenig wog also das Überleben einer ganzen Station?

Iwan öffnete die Tür und trat in den Gang hinaus.

So sieht also ein Morgen aus, dachte der Digger. Verdammt.

Fjodor hatte behauptet, heute sei ein trüber Tag, deshalb hatte Iwan sich aufgerafft. Doch das Licht, das durchs Fenster flutete, war trotz Sonnenbrille unerträglich grell und bohrte sich wie ein Messer in Iwans Augen. Er blinzelte. Unter seinen Lidern brannte es. Mit vorgehaltener Hand tastete er sich fast blind bis zum Fenster vor und lehnte das Gesicht gegen die dunkle Wand. Die Kunststoffbrille klapperte. Eine Weile blieb der Digger so stehen. Tränen liefen ihm über die Wangen.

Iwan griff mit den Fingern unter die Brille und drückte gegen die Augäpfel, um sicherzugehen, dass sie noch da waren. Vorsichtig schlug er die Lider hoch.

Licht.

Er blinzelte. Seine Wimpern waren völlig verklebt.

Endlich konnte Iwan wieder etwas sehen. Ein Gang, der entlang der Außenwand des Reaktorgebäudes verlief. Alle paar Meter ein Fenster. Rechts ein staubiges Sofa, darüber ein Bild an der Wand – irgendwas Grünes. Neben dem Sofa ein vertrocknetes Bäumchen in einem riesigen Plastikkübel. Das grelle Sonnenlicht erzeugte einen sonderbaren Schwarz-Weiß-Effekt. In der Luft schwebten glimmernde Staubkörnchen. Das Licht füllte den Raum bis zur Decke. Es wirkte irgendwie stofflich, als könnte man es berühren und hinunterschlucken wie Wasser. Ein fantastisches Gefühl.

Lange konnte man sich hier jedoch nicht aufhalten. Iwan rannte zur Tür zurück, riss sie auf und schlug sie hinter sich zu. Das Halbdunkel war eine Wohltat.

So was, dachte Iwan.

Die grelle Silhouette des Fensters verblasste langsam vor seinen Augen.

Plötzlich hörte der Digger Schritte. Sie kamen näher. Iwan drückte sich in die Türnische und spähte um die Ecke. Durch einen Seitengang huschte ein Schatten. Fjodor? Warum hatte er es so eilig?

Iwan lief ihm nach. Der Seitengang befand sich im Inneren des Gebäudes. Grelles Sonnenlicht hatte er hier nicht zu befürchten. Als er um die Ecke bog, sah er ihn. Ein dunkler, gekrümmter Rücken. Fjodor lief und schien etwas zu tragen.

Aber was?

Iwan sah sich um. Dann machte er einen Schritt vorwärts und bückte sich.

Auf dem Boden lag ein Verbandpäckchen. Noch ungeöffnet. Iwan hob es auf, betrachtete es und grinste.

So, so. Der Graue hat also recht gehabt. Der Alte versteckt jemanden. Und dieser Jemand ist offenbar verletzt.

Hinter der gelben Sperrholztür waren zwei Stimmen zu hören.

Der Alte war nicht allein. Und dem Zweiten ging es offenbar nicht besonders gut. Fjodor hatte das Verbandzeug bestimmt nicht zum Vergnügen durch die Gegend geschleppt.

Iwan trat näher und lauschte an der Tür. Die zweite Stimme war tiefer und leiser. Außerdem klang sie äußerst befremdlich. Iwan wusste selbst nicht, woran das lag. Jedenfalls sprach diese zweite Person so schnell und undeutlich, dass er kein Wort verstand. Der Tonfall war eher klagend, manchmal jammernd, wie vor Schmerz.

Der Unbekannte war also draußen gewesen und dort auf eine Bestie gestoßen, schlussfolgerte Iwan. Aber warum versteckte der Alte ihn vor den Diggern?

Das würde sich gleich herausstellen.

Iwan öffnete die Tür, trat ein und – erstarrte.

Der Anblick schockierte den Digger.

Endlich treffen wir uns mal, verdammt!

Im nächsten Augenblick legte Iwan das Gewehr an. Sein Herz hämmerte. Vor ihm stand eine fast drei Meter große, grässliche Kreatur. Sie hatte ein menschliches Gesicht, das in ein Geflecht von Ästen gepresst war, lange Beine, die aussahen wie Wurzeln, und unterschiedlich lange, ebenfalls umflochtene Arme, die in Lianen ausliefen. Eine Mischung aus Mensch und Pflanze. Die Kreatur schwankte und trat von einem Bein auf das andere wie auf Stelzen. Ein Arm – der längere – und die Hüfte waren verbunden. Durch den dicken Mullverband sickerte Blut. Rotgrünes Blut.

Das Monster öffnete die Augen. Sie sahen Iwan an. Grau und ausdruckslos.

»Ich ... Ich u...« Seine Lippen bewegten sich. Die Stimme dieses Wesens klang tief und alles andere als menschlich.

Iwan atmete durch und legte den Finger auf den Abzug.

Blitzschnell stellte sich Fjodor in die Schusslinie und breitete die Arme aus. Hinter ihm erhob sich das riesige, ungelenke Monster, das halb Mensch, halb Pflanze war.

»Geh aus dem Weg, Alter, verdammt!«, schrie Iwan.

»Nein«, entgegnete Fjodor.

»Geh weg, du Idiot. Sonst frisst es dich auf!«

»Er heißt Laes.«

»Was?« Iwan traute seinen Ohren nicht. »Das ist doch ... kein Mensch.«

Fjodor schwieg. Seine Greisenaugen fixierten Iwan trotzig.

»Was auch immer er ist«, entgegnete er schließlich. »Er ist und bleibt mein Sohn.«

Was hatte der Alte da gesagt? Sein Sohn?

»Und seine Mutter?«

»Können Sie sich an das eine Grab erinnern?«, fragte der Alte. »Marina. Sie war seine Mutter. Kurz nach der Geburt ist sie gestorben. Sie konnte kaum mehr sehen, als das Kind zu schreien begann. Es war von Anfang an … bizarr. Ein Geflecht aus Mensch und Pflanze. Schrecklich. Unmittelbar nach der Geburt sind Säuglinge ja nie besonders hübsch, aber das war einfach zu viel. Als ich ihn gesehen habe, wollte ich ihn sofort töten. Ich hatte sogar schon ein Skalpell geholt. Aber dann hörte Marina ihn schreien, hob den Kopf und fragte: Was ist es? Ein Junge, antwortete ich. Und? Gesund?« Fjodor hielt inne. Sein Kinn zitterte. »Sie fragte, ob das Kind gesund sei, und ich stand da mit dem Messer in der Hand, um das kleine Monster umzubringen. Noch mal fragte Marina: Ist er gesund? Sie war so besorgt. Ja, sagte ich zu ihr. Ein kerngesunder Junge. Keine Sorge, er wird groß und stark werden. Dann fing Marina an zu weinen – vor Glück. Stellen Sie sich das vor. Von der Strahlung war sie blind geworden, die Haare waren ihr ausgefallen und ihr ganzer Körper von Geschwüren zerfressen. Aber sie weinte vor Glück. Ich habe es nicht fertiggebracht, das Kind zu töten. Sie lehnte sich zurück und sagte: Gib ihn mir. Du bist zu schwach, sagte ich, aber sie bestand darauf: Gib ihn mir. Er ist mein Junge. Bitte! Mein Junge. Da habe ich ihn ihr auf die Brust gelegt. Du bist so hungrig, hat sie noch gesagt. Und dann nichts mehr. Ich habe gar nicht gleich mitbekommen, dass sie gestorben ist.«

In den Augen des Alten standen Tränen.

Iwan ließ das Gewehr sinken.

»Ich glaube, wir sollten uns alle mal an einen Tisch setzen und ein paar Dinge klären«, sagte er.

Der graue Dämon steht im Regen und betrachtet das Leningrader Atomkraftwerk.

Regentropfen prasseln auf seine graue, glatte Haut und sammeln sich in den tiefen Risswunden, die der Baummensch ihm zugefügt hat. Ist ein Hohlraum gefüllt, überwindet das Wasser die Oberflächenspannung und fließt von den glatten Schultern des Riesen herab.

Die blauen Flecken von den Schlägen sind fast schwarz. Wie die Flüssigkeit, die in seinem Körper zirkuliert. Ein Teil dieser Flüssigkeit quillt aus einer tiefen Wunde am Rücken des Dämons und versickert in der Erde.

Der graue Dämon empfängt Radiowellen.

Er betrachtet das Gebäude. Hier und da gibt es elektrische Entladungen.

Der Wind rauscht und die kosmischen Ströme der Radiowellen heulen.

Am interessantesten ist das Gebäude.

Dort befindet sich derjenige, den er verfolgt. Doch in letzter Zeit hat der Dämon seine Zweifel. Sein potenzielles Opfer hat einen ganz charakteristischen Gehirnabdruck. Der Dämon sieht ihn in diesem Augenblick vor sich. Ein verzweigtes rot-gelbes Netzwerk, das ins Rückenmark übergeht. Da ist es. Der Dämon dreht langsam den Kopf.

Dieser Abdruck passt nicht hundertprozentig.

Als wäre derjenige, den er verfolgt, der Richtige und gleichzeitig doch der Falsche.

Oder sogar zwei Menschen in einem. Gibt es so was?

Der graue Dämon schaut.

Ein feiner Regenschleier trübt die Sicht auf das Gebäude und stört den Empfang der Signale. Deshalb kann der Dämon nicht genau erkennen, wo sich die Menschen gerade aufhalten. In diesem Gebäude gibt es viele Störquellen, die den Äther mit Fremdstrahlung verunreinigen. Und außerdem ...

Der Dämon hebt den Kopf.

Dort drin befindet sich ein riesiges, rotes Herz. Es verfügt über gigantische Kraft. Wenn der Dämon zu Gefühlen fähig wäre, würde er Ehrfurcht empfinden. Aber so steht er nur da und schaut.

Das rote Herz ist in Wallung und brennt.

Und es strahlt. Ach, wie es strahlt.

Die Wunden schmerzen.

Der Baummensch hat sich als gefährlich erwiesen. Der Dämon ist erstaunt. Der Baummensch hat sich auf einen Kampf mit ihm eingelassen. Mehr noch, er war ein ebenbürtiger Gegner. Die Wunden schmerzen, aber der Dämon empfindet dies nicht als Schmerz, sondern eher als eine lästige Störung. Der Signalempfang ist beeinträchtigt.

Aber das wird vorübergehen.

Der graue Dämon holt Luft. Unter der grauen Haut, die wegen der Kälte und wegen des Blutverlusts zu zittern beginnt, kollert die Lunge. Er muss jetzt tief atmen, damit er wieder zu Kräften kommt.

Mit dem Baummenschen wird er sich besser nicht mehr einlassen.

Der graue Dämon steht reglos da. Er hat Zeit. Er kann warten, bis die Menschen die Jagdgründe des Baummenschen verlassen.

Und dann wird er zur Stelle sein. Früher oder später.

Die Veganer sind keine Menschen, hat der General gesagt. Ich habe ihm nicht geglaubt. Und jetzt sehe ich dieses Zwitterwesen vor mir, das der Alte seinen Sohn nennt. Da kann man schon ins Grübeln kommen. Was, wenn der General recht hat und die Veganer schon lang keine Menschen mehr sind? Wozu sie imstande sind, davon kann ich ja selbst ein Lied singen.

Im Konferenzsaal hatten sich alle Teilnehmer der Expedition versammelt. Auch Fjodor mit seinem Sohn war anwesend. Die Deckenleuchten brannten und auf dem lackierten Tisch spiegelten sich ihre langgezogenen Silhouetten.

Friedensverhandlungen, verdammt. Die Digger schielten argwöhnisch zu dem Baummenschen hinüber und hielten ihre Waffen griffbereit. Der Oberführer hatte sogar sein Maschinengewehr mitgeschleppt.

»Was ist ihm zugestoßen?«, fragte Iwan und deutete mit dem Kopf auf den verbundenen Rumpf des Baummenschen.

»Er sagt, er sei einem unbekannten räuberischen Wesen begegnet«, erwiderte Fjodor kopfschüttelnd. »Es war grau und riesig.«

Iwan und der Oberführer tauschten Blicke. Klarer Fall: Der »Passagier« war zurückgekehrt.

»Ihr wisst, wer oder was das war, stimmt's?«, fragte Fjodor. Sein Blick wanderte von Iwan zum Oberführer und wieder zurück. In seinen geröteten Augen standen Tränen. »Sagt schon!«

Iwan seufzte und erwiderte: »Leider wissen wir auch nicht, um was für ein Wesen es sich handelt. Wir nennen es ›Passagier‹. Er hat uns auf dem U-Boot begleitet. Genauer gesagt, waren wir im U-Boot und er draußen an Deck. Als wir hier ankamen, war er plötzlich verschwunden. Aber wir haben am Strand seine Spuren gesehen.«

Schweigen.

»Ihr habt diese Bestie hierhergebracht«, sagte Fjodor leise und vorwurfsvoll. »Und sie hat meinen Sohn verwundet. Meinen Sohn!«

»Von wegen Sohn!«, entgegnete der Oberführer schroff. Der Skinhead war jederzeit bereit, dem angeblichen Sohn mit dem Maschinengewehr einzuheizen. »Diese Kreatur wird uns noch alle überleben. Ihr werdet schon sehen.«

»Laes«, sagte der Alte entrüstet. »Keine Kreatur, sondern Laes. Merkt euch das. Er heißt Laes.«

Er wandte sich ab und ging zu dem Verwundeten. Der Baummensch stöhnte dumpf und jämmerlich. Iwan erschrak. Der Alte legte dem Monster beschwichtigend die Hand auf die Brust. »Ruhig, ruhig.«

»Laes. Der Name könnte aus einer griechischen Sage stammen«, sagte Fjodor gedankenverloren. »Ein Name für einen jungen und schönen Gott.«

Hinter dem Rücken des Alten ließ der Oberführer den Finger um die Schläfe kreisen. Iwan zeigte ihm unbemerkt die Faust.

»Dann bist du also auch noch xenophob?«, stichelte Mandela, als sie den Konferenzsaal verließen.

»Was du für Wörter weißt ...«, entgegnete der Oberführer. »Du bist ein Idiot, Mandela. Mir tut es nur für den Alten leid. Der ist ein herzensguter Mann. Womit hat er das verdient?«

»Ein fremdes Wesen«, sinnierte Iwan. »Und dennoch sein Sohn. Ich glaube, wir sind hier überflüssig.«

»Zeit, Abschied zu nehmen«, sagte der Alte mit bebenden Lippen.

Iwan betrachtete seine runzeligen Hände. Sie zitterten.

»Ja. Heute Abend brechen wir auf.« Iwan besann sich. »Fragt sich nur, wie wir nach Piter zurückkommen ...«

»Nach Hause«, wollte er schon hinzufügen, sprach es jedoch nicht aus. Mit der Zeit wird man abergläubisch. Nicht wahr, Iwan?

»Ich kann euch helfen«, sagte Fjodor.

Eine tragbare Draisine. Früher waren diese Gefährte vor allem von Reparaturbrigaden benutzt worden. Man konnte sie von den Gleisen heben und an anderer Stelle wieder aufsetzen.

Keine schlechte Lösung. Der einzige Nachteil: Sie bot keinerlei Schutz vor Bestien.

Andererseits hatten sie auch gar keine Wahl.

Sie luden ihre Sachen auf.

»*Leningradisch bis ins Mark, diese Stadt*«, rezitierte Fjodor zerstreut, als die Digger auf die Draisine kletterten. »Danke für euren Besuch. Kommt doch wieder mal vorbei. Laes und ich würden uns freuen.«

Leise fiel perlender Regen, sinnierte Iwan plötzlich im Versmaß. Fjodor Bachmetjew blieb am Gleis stehen. Nachdem die Motordraisine sich in Bewegung gesetzt hatte, schaute Iwan dem Alten noch lange nach. Seine hagere Gestalt stand reglos im Nieselregen. Gebeugt und einsam. Als man ihn nur noch ganz klein in der Ferne sah, trat eine große, überlebensgroße Gestalt zu ihm. Sie kam aus dem Wald oder zwischen den Containern hervor. Oder aus dem Nichts. Sie beugte sich tief zu ihm herab, also wollte sie ihm etwas sagen.

Kurz bevor die beiden aus dem Blickfeld verschwanden, sah Iwan noch, dass der Alte die Hand hob und sie der riesenhaften Gestalt auf die Schulter legte. Oder hatte er sich das nur eingebildet?

19
DIE RÜCKKEHR

Die schwarze Silhouette liegt unruhig in der Luft. Sie befindet sich im Sinkflug über dem Fluss. Die Newa ist Iwan noch nie ganz geheuer gewesen. Man muss nur mal darauf achten, wie sie unter den Brücken hindurchfließt. An den Pfeilern bildet sie krause Wirbel und schiebt sich lautlos, höchstens leise schluchzend, an der Wassiljewski-Insel vorbei. Die Gefahr lauert in ihren schwarzen Wassern.

Womöglich ist dieser Fluss schon damals gefährlich gewesen, als die Katastrophe noch in ferner Zukunft lag.

Iwan folgt dem Flug der schwarzen Silhouette mit den Augen. Ein gellender Schrei überrascht den Digger und bohrt sich in sein Rückgrat. Rostig, spitz. Und unendlich.

Die fliegende Bestie geht tiefer.

Und krallt sich an einem Mast fest.

Die Aurora hat Schlagseite nach steuerbord. An ihren grauen, verrosteten Bordwänden schlängeln sich weißliche Triebe zum Wasser hinab. Im Inneren des Schiffs haust etwas Unheilvolles. Iwan ist sich nicht sicher, doch es gibt durchaus Gründe für diesen Verdacht.

Ein schwarzer Fleck auf dem Schornstein der Aurora. Die Bestie hat es sich dort oben gemütlich gemacht.

Plötzlich geraten die dünnen weißlichen Lianen in Bewegung und ... die Falle schnappt zu. Blitzartig schlingen sich die weißen Fäden um die schwarze Bestie. Sie schreit. Iwan zuckt zusammen. Der Schrei dringt ihm bis ins Mark.

Sie kann sich nicht losreißen.
Langsam ziehen die weißlichen Lianen die zappelnde Bestie in den Schornstein. Und weg ist sie.
Eine Zeit lang hört Iwan noch ihre Schreie. Es fühlt sich an, als würde man seine Nerven mit einer rostigen Säge traktieren. Dann kehrt Stille ein.
Ende.
Eine ruhige Petersburger Nacht.

Iwan wachte auf, als er spürte, dass die Draisine langsamer wurde. Die Intervalle zwischen dem Klopfen der Räder wurden länger. Das Geräusch klang immer noch metallisch und nervtötend, aber nicht mehr so schroff. Nicht mehr wie b-bamm, sondern eher wie ba-bam.
Und die Draisine schaukelte nicht mehr so heftig hin und her.
Der Digger öffnete die Augen. Durch die Sichtscheiben der Gasmaske sah er dunkelbraunen, nassen Erdboden vorbeiziehen. Ab und zu tauchten Grasflächen auf, so glatt und dicht, als wären sie aus Ton modelliert. Das Gras war öde rostbraun und bog sich widerwillig im Wind. Obwohl, eigentlich sah es so aus, als würde dieses wogende Gras die Luft in Bewegung versetzen und nicht umgekehrt.
Eine Zeit lang starrte Iwan gedankenlos vor sich hin. Hier und da war die Bahnlinie von Spuren der untergegangenen Zivilisation gesäumt. Umgefallene, verrostete Strommasten. Herumliegende Leitungen. Ein zur Hälfte im Morast versunkener Traktor, an dessen Karosserie noch Reste von blauem Lack hafteten. An einem Bahnübergang ein Wärterhäuschen aus Holz. So windschief, als hätte ein Riese mit dem Fuß dagegengetreten.
Eine heruntergefallene Schranke. Davor zwei Autos. Ein weißes, das sich schon weitgehend aufgelöst hatte, und ein dunkelblaues, das noch wesentlich intakter aussah. Eine große Limousine mit rechteckigen Scheinwerfern. Der Rost fraß sich sehr diskret

durch sein Blech, gleichsam von innen, wie ein Bild, das beim Entwickeln auf Fotopapier entsteht. In einem Labor an der *Wassileostrowskaja* hatte Iwan einmal dabei zugesehen: Das leere, dunkelblaue Papier liegt in der Schale ... Und schon bekommt es lauter Flecken, die sich ausdehnen und allmählich Konturen gewinnen.

Iwan wandte sich vom Fenster ab. Wurden sie nun langsamer oder nicht?

Er hatte keine Lust, sich zu bewegen. Wollte einfach immer nur weiterfahren.

Was haben wir nur aus der Erde gemacht?

Überall Verwüstung.

Ödnis.

In der umgebenden Stille das ohrenbetäubende Klopfen der Draisinenräder. Ba-bam, ba-bam, ba-bam.

»Chef, da vorne ist ein Zug.« Kusnezows Stimme. »Chef?«

Iwan seufzte. Unter der Maske war es stickig. Sein Gesicht schwitzte. Die Sichtscheiben waren am Rand beschlagen. Auf seiner Zunge klebte ein säuerlicher, widerlicher Geschmack. Der Nachgeschmack von Albträumen. Es war wohl an der Zeit, den Filter zu wechseln.

»Was für ein Zug denn?«

Iwan setzte sich auf. Nach dem kurzen Nickerchen fühlte er sich wie gerädert.

»Was?« Kusnezow hatte ihn nicht verstanden.

»Was für ein verdammter Zug?!«

Die Draisine rollte langsam weiter. Das gleichmäßige Dröhnen des Motors hatte sich in ein abgehacktes Knattern verwandelt. Das alte Vehikel zog Schwaden von Auspuffgasen hinter sich her.

Der Oberführer, dessen Platz ganz vorne war, hatte sich erhoben und fluchte leise vor sich hin. Iwan sah das Rückenteil seines Schutzanzugs. Plötzlich drehte der Skinhead sich um. Iwan fuhr zusammen. Im ersten Moment war ihm, als starrte ihn ein Affengesicht aus Gummi an.

Der Schrecken verflog rasch wieder. Nur das heftige Herzklopfen blieb.

»Endstation«, rief der Oberführer, wieder ganz er selbst. »Alles aussteigen, werte Angehörige der Intelligenz, Ihre Fahrt mit dem Panzerzug ist vorbei.«

Iwan stand auf, machte einen langen Hals und spähte nach vorn.

Mist.

Auf dem Gleis stand ein alter, rostiger Zug und versperrte der Draisine den Weg. Doch das Schlimmste war, dass auf dem Nebengleis der Gegenzug stand. Noch dämlicher hätten sie nicht stehen bleiben können, dachte Iwan. Mannomann.

Da hatten sich zwei einsame Herzen gefunden.

Als Fjodor ihnen die Draisine zeigte, hatte er erklärt, dass man sie im Bedarfsfall vom Gleis heben und ein Stück weit tragen konnte. Iwan hatte zustimmend genickt. Kleinigkeit. Was waren schon dreihundert Kilo für fünf erwachsene Männer?

Wie sich herausstellte: ganz schön viel. Zumindest, wenn man die Kiste über fünfzehn Waggonlängen durch ein Schotterbett schleppen musste. Nicht zu vergessen das Gewicht ihrer eigenen Sachen.

Die Digger verzichteten darauf, die Lampen einzuschalten. Im klaren Dämmerlicht (Weiße Nächte, ha!) sahen sie auch so genug. Es war hier draußen sogar heller als in der Metro, nur dass das Licht nicht gebündelt war, sondern gleichsam verwaschen, als käme es von überallher und von nirgendwo.

»Wollen wir sie nicht einfach – dings und zu Fuß weitergehen?«, schlug der Oberführer vor. »Es sind doch höchstens noch …«

»Über *Awtowo*? Spinnst du, Ober?«, wunderte sich Iwan.

»Oh, Scheiße.« Gewohnheitsmäßig wollte sich der Skinhead am Hinterkopf kratzen und nahm die Hand wieder weg, als er in den Gummi griff. »Du hast recht. Daran hatte ich gar nicht gedacht.«

Gerüchten zufolge trieben an der Station *Awtowo* äußerst bizarre Geschöpfe ihr Unwesen. Äußerlich glichen sie Menschen, waren aber keine. Und sie hinterließen angeblich vertrocknete Leichen. Iwan hatte keine Lust, den Wahrheitsgehalt dieser Gerüchte persönlich zu überprüfen. Dann schon lieber die vertrauten Pawlowschen Hunde oder mal ein Hungriger Soldat. Pterodaktylen – meinetwegen.

Ein bekanntes Übel ist schließlich besser als ein unbekanntes, oder?

Und selbst, wenn sie durch *Awtowo* heil durchkommen würden – was erwartete sie dann? Die Schwachköpfe vom *Kirowski Sawod* und die Paranoiker von der *Narwskaja*? Tolle Kombination. Dann fehlte nur noch ihr legendärer Pilot, der romantische Mörder in der Fliegerjacke …

Nein danke. Dann schon lieber die Draisine schleppen. Schön langsam.

»Hau ruck!«

Sie hoben die Draisine vom Gleis und trugen sie. Schon nach kurzer Zeit hatte Iwan das Gefühl, dass ihm gleich die Arme abfallen. Und sinnlos am Rahmen der Draisine hängen bleiben. Wie der Arm der Puppe am Newski-Prospekt.

Das Laufen im Schotter war äußerst mühselig, da die lockeren Steine unter den Stiefeln nachgaben.

»Rauchpause«, rief der Oberführer ächzend. »Runter mit dem Ding!«

Sie stellten die Draisine auf den Boden und machten Rast.

Iwan hockte sich hin und legte den Kopf zur Seite.

Nach dem Getöse der Draisine und dem Knirschen der Stiefel wirkte die plötzliche Stille zauberhaft. Iwan konnte sogar hören, wie der Wind sanft über das Gras strich. Oder war es doch das Gras, das die Luft verwirbelte? Wer weiß?

Wie relativ doch alles ist in dieser Welt ohne Menschen.

Als wäre mit ihnen jeglicher Bezugspunkt verloren gegangen. Wenn wir die Möglichkeit gehabt hätten, wären wir mit dem U-Boot nach Hause zurückgekehrt. In festlicher Montur, direkt zur *Wassileostrowskaja*. Wir wären an der Uferstraße ausgestiegen und zu Fuß weitergegangen. Krassin, Krassin. Ach Gott ...
Sie saßen neben dem Waggon mit der Nummer zwölf. Seine Fenster waren fast alle noch heil. Durch das schmutzige Glas konnte man drinnen nichts erkennen.
Der Oberführer stand auf und ging zum Waggon. Was will er da?, fragte sich Iwan beiläufig, vergaß den Skinhead aber sofort und lauschte wieder der Stille.
Aus dem Augenwinkel sah er, wie der Oberführer seine Doppelflinte auf den Rücken schob (das war seine Reservewaffe, sein RPD-Maschinengewehr lag auf der Draisine), sich mit der Hand am Fensterrahmen festhielt, den Fuß auf ein rostiges Rad stützte und sich hochzog.
»Wasch mich«, schrieb er mit dem Finger auf das schmutzige Fenster.
Dann sprang er wieder hinunter, ging ein Stück zurück und betrachtete sein Werk.
Und dann passierte etwas. Iwan spürte das sofort. Als hätte die Luft sich verdichtet. Als hätte sich ein rätselhafter schwarzer Schatten über den kleinen Diggertrupp gelegt. Äußerlich war alles unverändert. Derselbe Ort. Derselbe Personenzug neben ihnen. Dieselben rostigen Haltestangen und Einstiegstreppen. Dasselbe braune Gras, das zwischen den Schwellen spross. Aber es hatte sich etwas verändert. Und zwar eindeutig nicht zum Besseren. Iwan wurde plötzlich klar, dass er den Druck im Hinterkopf schon länger gespürt hatte – als hätte er die Bänder der Gasmaske wieder nicht richtig eingestellt.
Dieser Druck war ihm schon so zur Gewohnheit geworden, dass er ihn manchmal gar nicht mehr wahrnahm.
»Wozu das?«, erkundigte sich Iwan, nachdem der Skinhead wieder zurückgekommen war.

»Was bleibt uns denn, außer Galgenhumor?«, fragte der Oberführer. »Verstehst du, Junge? In der Not flüchtet sich der Mensch in den Galgenhumor.«

»Das verstehe ich nicht«, sagte Mandela.

»Was?« Der Skinhead wandte sich um.

»Das verstehe ich nicht«, wiederholte der Schwarze. Mit der Gasmaske sah er aus wie alle. »Warum ist alles so, wie es ist? Warum muss es so sein? Womit haben wir das verdient? Womit sie?« Er sprang plötzlich auf und zeigte mit dem Handschuh auf den toten Zug. »Womit haben sie das verdient? Sie waren auf dem Heimweg. Haben sie irgendjemandem was getan? Waren sie irgendjemandem im Weg? Warum, verdammt, muss auf der Welt immer irgendeine Scheiße passieren? Und warum müssen es immer die ausbaden, die auf den billigsten Plätzen fahren? Warum muss ich an toten Kindern vorbeigehen? Habe ich mich aufgedrängt? Wieso, zum Henker, bin ich überhaupt in der Metro gelandet? Wozu? Habe ich etwa darum gebeten? Habe ich das?«

Mandela ging auf den Oberführer zu. Der wich unwillkürlich zurück.

»Was willst du?«

»Ich? Gar nichts. Hast du in diesen Waggon hineingeschaut?«

»Ich?«

Der Schwarze holte plötzlich aus.

»Nein!«, brüllte Iwan.

Der Oberführer sprang auf und versuchte, Mandelas Arm abzufangen. Dann stöhnte er und sank auf den Boden. Mandela, der mit dem Knie zugetreten hatte, zog sich schnell ein paar Schritte zurück und nahm sofort wieder Kampfhaltung an.

War das etwa auch Sambo?, fragte sich Iwan. Wie bei Sterndeuter?

Im nächsten Moment sprang er. Mandela packte ihn im Flug an der Hand und wich selbst geschickt aus. Iwan bekam einen Schlag an den Kopf, flog ins Leere und rollte reflexartig ab. Verflucht! Er versuchte aufzustehen. Die Erde und der rostiggrüne

Waggon verschwammen vor seinen Augen. Der Digger drehte sich um.

Mandela betrachtete seinen Kontrahenten durch die stoische Gasmaske.

Dann lockerte er die Schnur und zog seine Kapuze zurück.

Er griff an seine Maske …

Nicht!, dachte Iwan.

… und riss sie sich vom Gesicht, als würde er sich die Haut abziehen.

Unter dem grauen Gummi kam seine dunkelhäutige, verschwitzte Physiognomie zum Vorschein. Breite Nase, schwarze Pupillen, das Weiße im Auge, das im Halbdunkel leuchtete.

Mandela atmete tief ein. Seine Nasenflügel blähten sich.

Der Oberführer rappelte sich auf, schob seine Gasmaske hoch, spuckte Blut und zog sie wieder herab. Er streckte den Rücken durch.

Mit verblüfften Mienen verfolgten der Graue und Kusnezow das Geschehen.

»Von einem Neger hättest du das nicht erwartet, was?«, fragte Mandela. »Wenn du wüsstest, wie leicht mir jetzt das Atmen fällt, Ober. Herrlich. Einfach herrlich.«

»Idiot.« Der Oberführer ging einen Schritt auf ihn zu. »Zieh die Maske an. Bitte.«

»In dieser Welt muss sich etwas ändern«, sagte Mandela. »Denn so, wie sie jetzt ist, ist das kein Leben. Es ist nur ein Dahinvegetieren.«

»Na und?«, erwiderte der Oberführer. »Meinst du, dass irgendwas besser wird, wenn du dich mit der radioaktiven Scheiße vollpumpst? Das ist Selbstmord, Mann. Nicht besonders heldenhaft, finde ich. Fang nur noch zu heulen an, damit ich Mitleid bekomme.«

»Aber gern«, versprach Mandela. »Auf Wunsch der Fernsehzuschauer …«

»Jura«, rief Iwan leise.

Er hatte gesehen, wo die Gasmaske des Schwarzen gelandet war, und versuchte, sich langsam und möglichst unbemerkt in diese Richtung zu bewegen. Das Gehen fiel ihm schwer. Sein Kopf dröhnte. Mandela hatte ihn mit einem heftigen Faustschlag niedergestreckt.

»Was ist los, Iwan?« Der Schwarze stand halb seitlich zu ihm. »Fühlst du dich nicht gut? Sorry, dass ich dir eine verpasst habe. Lass mich einfach in Ruhe. Haben wir uns verstanden?«

Iwan blieb stehen und hob beschwichtigend die Hände. Wenn der jetzt noch zur Waffe griff ...

»Okay, Jura.«

»Mandela«, rief der Oberführer und ging langsam auf ihn zu.

Der Schwarze riss plötzlich sein Gewehr hoch. Klack. Entsichert. Der Oberführer erstarrte.

Iwan fluchte still in sich hinein. Die Sache wurde allmählich ernst. Verdammt ernst.

»Versucht nicht, mich aufzuhalten«, warnte Mandela. »Bitte. Ihr seid meine Freunde. Ich habe nicht vor, auf euch zu schießen.« Sein trotziger Blick wanderte von einem zum anderen. »Aber ich werde es tun, wenn es nötig ist.«

»Du schwarzer Bastard, du krepierst doch gleich!«, explodierte der Skinhead. »Zieh gefälligst die Maske wieder an! Oder ich stopfe sie dir in den Hintern!«

Eine kurze Salve zerriss die Stille.

Verdammter Mist, das fehlte noch, dachte Iwan. Eigentlich müssten wir jetzt so schnell wie möglich von hier verschwinden.

Die Schmerzen im Hinterkopf des Diggers verhießen nichts Gutes.

»Mandela, ohne dich schaffen wir es nicht, die Draisine zu tragen!«, rief Kusnezow.

Kluger Junge!

Der Schwarze grinste.

»Ein gutes Argument«, entgegnete er. »Aber leider kommt es zu spät. Lebt wohl, Freunde. Wir treffen uns im nächsten Leben.

Oder überhaupt nicht mehr. Und noch was. Geht mir nicht nach. Das bringt nichts.«

Mit dem Gewehr im Anschlag zog er sich langsam zurück.

»Warum?«, fragte Iwan, um Zeit zu gewinnen.

»Warum ich das tue?« Mandela blieb stehen und schüttelte den Kopf. »Als wir dorthin unterwegs waren, zum AKW, da dachte ich noch, dass wir dort vielleicht irgendwas finden, woraus wir Hoffnung schöpfen können. Für uns. Für die Menschheit. Irgendwas. Ich weiß nicht, was! Aber dann hat sich herausgestellt, dass dort nur ein alter Trottel haust, der seinen Tee auf einem Kernreaktor kocht. Findet ihr nicht, dass das eine Metapher ist, die auf die gesamte Menschheit passt? Wir Menschen haben es schon immer so gemacht. Da gibt es nichts zu beschönigen.«

»Und sein Sohn?«, warf der Graue leise ein.

Mandela fuhr zusammen. Dann schüttelte er heftig den Kopf, als wollte er unangenehme Gedanken verscheuchen.

»Sein Sohn – das ist eine Chance.« Er grinste. »Aber nicht für uns, nicht für die Menschheit.«

»Und für wen dann?«

»Für solche Kreaturen wie ihn. Versteht ihr?«

Iwan richtete sich auf. »Ein anderes Ökosystem«, sagte er. »Er gehört zu einem anderen Ökosystem.«

»Ganz genau«, pflichtete Mandela bei. Der Wind zerzauste sein widerspenstiges schwarzes Haar. »Er ist ein Parasit. Wir haben nur nicht gleich bemerkt, dass dieser sogenannte Sohn ein Parasit ist. Aber darauf läuft es hinaus. Am Ende werden wir alle zu Wirten dieser Kreaturen. Das will ich nicht erleben. Auf keinen Fall.«

Schweigen. Das Rauschen des Windes.

»Aber ...« Iwan wollte etwas entgegnen, doch Mandela ließ ihn nicht zu Wort kommen.

»Glaubt ihr im Ernst, dass der Alte die Leichen ausbuddelt, um sie zu bestatten?« Der Schwarze fletschte die Zähne. Ein weißer Halbmond auf schwarzem Grund. »Pustekuchen. Er füttert seinen feinen Sohn damit. Und um sein Gewissen zu beruhigen, stellt er auf den leeren Gräbern Kreuze auf.«

»Unsinn«, kommentierte der Oberführer, doch besonders überzeugt klang sein Widerspruch nicht.

»Lebt wohl«, sagte Mandela.

Iwan blinzelte. Der Schwarze hob die Hand und winkte ihnen. Dann drehte er sich um und ging an den Waggons entlang davon. Iwan beobachtete, wie er an der Diesellok vorbeimarschierte. Der rostige, blaurote Gigant stand reglos auf dem Gleis und wirkte ratlos, als hätte ihn die Entwicklung der Ereignisse überrascht. Vermutlich war er zum ersten Mal seit zwanzig Jahren mit Menschen konfrontiert. Dabei hatte sich nichts verändert. Die Menschen stritten. Wie immer.

»So ein Idiot«, sagte der Oberführer ratlos.

Iwan wandte sich ruckartig zu ihm um, holte aus und ... zack.

Der Skinhead schlug auf dem Schotter hin. Völlig perplex hob er den Blick zu Iwan.

»Spinnst du?«

Iwan beugte sich über ihn und setzte ihm die Faust an die Brust.

»Du bist ein verdammter Faschist und außerdem ein Trottel, verstanden? Und jetzt steh auf! Wir müssen weiter.«

»Eins, zwei, hau-ruck!«, kommandierte Iwan.

Der scharfkantige Rahmen schnitt in die Finger ein. Die Draisine war noch schwerer als zuvor. Kein Wunder, nun waren sie ja auch einer weniger.

In der Ferne gellte plötzlich ein markerschütternder Schrei. Dann auf einmal Schüsse. Schmerzensschreie. Getrampel.

Eine Gewehrsalve. Noch eine.

Mandela!

»Abstellen!«, befahl Iwan. Mit Getöse plumpste die Draisine in den Schotter. Die Finger waren taub und schmerzten. »Schnell!«

Iwan zog sein Gewehr von der Draisine und rannte hinter dem Oberführer her.

Als sie bei der Diesellok ankamen, war bereits alles vorüber. Die Kadaver zweier Bestien lagen von Kugeln zerfetzt auf dem Schotter. Ein Gemetzel. Aus den Löchern im kurzhaarigen Fell suppte eine dunkle, wässrige Flüssigkeit, die nicht wie Blut aussah. Eher wie Schleim. Die Pfoten einer der Bestien zuckten noch.

Kurze, fast runde Schnauzen. Ein riesiger Rachenspalt, als hätte man den Kopf geöffnet wie eine Tasche mit Reißverschluss. Hunderte kleiner, bräunlicher Zähne.

Der Schwarze saß auf dem Boden, mit dem Rücken ans Räumblech der Lok gelehnt. Der rote Lack war von Rost zerfressen und blätterte ab. Mandelas Blutspritzer wirkten darauf schwarz. In der einen Hand hielt er sein Gewehr, die andere hatte er gegen seinen Bauch gepresst. Zwischen seinen Fingern quoll stoßweise Blut hervor.

Der Mensch und die Lok.

Die Krone der Schöpfung und ihr Werk. Selbst dieses rostige Eisenmonster war dem Menschen näher als jene Kreaturen, die zu Mandelas Füßen lagen.

Als der Skinhead und Iwan angelaufen kamen, sah Mandela auf. Lächelnd.

Er atmete flach, gurgelnd und zischend.

»Ich ... Ich bin nicht weit gekommen, was?«

»Durchhalten, Bruder«, munterte ihn der Oberführer auf. »Wir werden dich verbinden.«

Mandela hob mühsam den Kopf und sah den Skinhead an. Das Weiße der Augen. Vom Schmerz verengte Pupillen.

»Bruder?«

»Bruder«, bestätigte der Oberführer.

»Ich bin doch ein Schwarzer. Hast du das vergessen?«

Mandela versuchte sich vorzubeugen. Der Skinhead drückte ihn sanft wieder zurück.

»Ein Schwarzer? Ach was!« Der Oberführer winkte ab. Aus seiner Tasche nahm er Mullbinde und Gummischlauch. »Du bist doch kein Schwarzer.«

»Ach?«, wunderte sich Mandela. »Was denn dann?«

»Nur gut gebräunt ... verdammt. Aber sonst ein Mensch wie jeder andere. Kein Vergleich mit den Veganern.«

»So, so.« Mandela lächelte dünn. Sein Gesicht wurde leichenblass. »Du bist ein komischer Kauz, Ober. Du ...« Er schluckte krampfhaft. »Du weißt auch nicht, was du willst ...«

Seine Augen erloschen. Langsam sank sein Kopf auf die Brust herab.

Der Oberführer schleuderte den Verband weg und fluchte.

Iwan ging zu der halb toten Bestie und zielte mit dem Gewehr auf ihren Kopf. Ein zuckender Fleischklumpen. Ihre Augen schienen zu sagen: »Was habt ihr hier verloren? Das hier ist jetzt unser Reich.«

Iwan drückte ab. Ein Feuerblitz sprengte die Dunkelheit. Der Schuss knallte. Wie das Schlagen der Waggonräder am Stoß zweier Gleise.

Iwan sah auf.

»Gehen wir«, sagte er zum Oberführer. »Wir müssen hier weg.«

Der graue Dämon beobachtet, wie die vier Menschen sich entfernen. Auf einem eigenartigen Ding, das einen Höllenlärm macht und hin und her schaukelt. Er hätte sie leicht einholen können, wenn er denn gewollt hätte. Aber nicht jetzt. Nach dem Kampf mit dem Baummenschen fühlt er sich geschwächt.

Der graue Dämon stellt sich auf seine langen, schlanken Beine. Er schwankt.

Zeit für einen großen Ruf.

Eine halbe Stunde später passierten die Digger den Bahnhof *Uniwersitetskaja*. Das metallische Klopfen der Räder war ihr ständiger Begleiter. B-bang, b-bang, b-bang. Die Draisine fuhr an verlassenen Bahnsteigen und Siedlungen vorbei. An eingestürzten Häusern, die in graubrauner Vegetation versanken. An aufgegebenen Fabriken und Inseln aus verrosteten Autos.

Zerstörung überall.

Hin und wieder tauchten geflügelte Silhouetten am heller werdenden Himmel auf. Es waren höchstens noch zwei Stunden bis zur Morgendämmerung. Immer wenn die Bestien der Lüfte ihre Schreie ausstießen, lief es den Diggern kalt den Rücken herunter.

Einmal setzte einer dieser »Vögel« zum Tiefflug an. Direkt über der Draisine. Sie reagierten rechtzeitig, rollten die Böschung hinunter und gingen in Deckung. Der Oberführer legte sich auf den Rücken und richtete den Lauf seines Maschinengewehrs gen Himmel.

Die Sache ging glimpflich aus. Die hässliche Flugechse, oder was immer das für eine Kreatur war, flog in etwa fünfzig Metern Höhe über sie hinweg, schlug ein paarmal kräftig mit ihren Hautflügeln und gewann allmählich wieder an Höhe. Sie flog mit der Eleganz eines Ziegelsteins, aber sie flog.

Bald würde es endgültig hell werden. Iwan überlegte. Wenn sie es nicht bis zur Station *Baltiskaja* schafften, mussten sie sich irgendein Versteck suchen. Die Stationen *Awtowo*, *Kirowski Sawod* und *Narwskaja* waren für sie tabu. Und die Bahnlinie endete am Baltischen Bahnhof.

Sie fuhren durch einen Wald, der sich in einen Sumpf verwandelt hatte. Die Baumstämme ragten aus einem blubbernden, Blasen werfenden Morast. An einer Stelle war das Gleisbett so unterspült, dass die Schienen sich verzogen hatten und etwa eine halbe Handbreit auseinandergedriftet waren. Die Draisine fuhr mit Volldampf durch diese heikle Passage. Dabei schwänzelte sie so heftig hin und her, dass man das Gefühl hatte, sie könnte jeden Moment aus dem Gleis springen und in den Sumpf stürzen.

Nachdem sie den Wald durchquert hatten, wurde die Fahrt ruhiger. Rechter Hand tauchten wieder Häuser auf. Diesmal eine eher städtische Siedlung. Fünf- und siebenstöckige Wohngebäude. Lange, graue Betonklötze, fast ohne Fenster.

Seltsamerweise fand Iwan das gewohnte Stadtbild beruhigend. Dabei konnte sich hier alles mögliche Getier herumtreiben. Mehr als im Wald.

B-bamm, b-bamm. Sonst Totenstille.

Ab und zu hörten sie in der Ferne das Gebell Pawlowscher Hunde. Immer wieder huschten vor der Draisine graue Schatten über das Gleis. Einige Male sahen sie auch größere Tiere. Irgendein Monster, das in einiger Entfernung gemächlich umherstreifte. Dabei hörte man es rascheln und knacken. Als trampelte die Bestie ohne Rücksicht auf Verluste quer durch Gebüsch, alte Gebäude, Ruinen und junge Vegetation.

»Sieh mal.«

Der Oberführer gab Iwan das Fernglas. Der hielt es sich an die Sichtscheibe der Gasmaske. Zuerst sah er alles doppelt. Er richtete die Okulare aus und stellte die Schärfe nach. Tja. Sauber ...

In der Ferne wateten in einem größeren Gewässer (einem See?) seltsame Kreaturen umher. Wobei man sagen muss, dass das Marine-Fernglas mit seiner 20-fachen Vergrößerung die Szenerie bedrohlich nahe heranrückte. Die Bestien standen auf langen, staksigen Beinen und hatten Knie, die wie beim Menschen nach vorne gerichtet waren. An allen vier Beinen. Das sah äußerst bizarr aus – wie eine Parodie auf zwei hintereinandergehende Menschen. In der Mitte des Teichs befand sich ein gelbliches, rundes Gebäude mit einer Kuppel.

»Was ist das?«

»Peterhof«, antwortete der Oberführer und winkte ab.

Der Graue nickte: »Früher gab es hier einen wunderschönen Park. Vor allem im Herbst war er zauberhaft. Jetzt ist er zu einem Reservat für diese Monster verkommen.«

»Und das hier?« Iwan deutete mit dem Kopf auf einen breiten Vegetationsstreifen, der sich links von der Bahnlinie erstreckte.

Zuerst hatte er gedacht, dass es sich um einen gewöhnlichen abgestorbenen Wald handelte. Doch dann fiel ihm auf, dass die Äste der riesigen Bäume mit Lianen umflochten und die Bäume untereinander wie mit Seilen zusammengebunden waren. Dadurch entstand der Eindruck eines einzigen, zusammengehörenden Organismus. Und Iwan war, als würde sie dieser Organismus aufmerksam beobachten.

Ach, Unsinn, dachte Iwan. Aber trotzdem, betreten würde ich einen solchen Wald nicht.

»Komisches Gemüse«, sagte der Oberführer.

B-bamm, b-bamm, b-bamm. Das Dröhnen des Motors.

Der sinnlose Tod von Jura Mandela ... Aber warum eigentlich sinnlos?

Iwan spürte erneut diesen Quecksilberklumpen in seinem Hinterkopf und schüttelte sich. Der Druck ließ wieder nach. Als hätte er zufällig jemandes bösen Blick aufgefangen. Und als wäre dieser Jemand sehr darauf bedacht, sich nicht zu verraten.

»Wir sind fast da«, sagte der Oberführer.

Vor ihnen kamen die Häuserblöcke der Stadt ins Bild.

Die Bahnlinie verlief zwischen Industrie- und Wohngebäuden, die alle verkommen und leer waren. Erstaunlicherweise wirkten die riesigen Werkhallen lebendiger als die Wohnhäuser. Ein grotesker Anblick.

Hinter der Betoneinfriedung eines Fabrikgeländes fielen Iwan graue, rundliche Gebilde auf. Sie erinnerten an Wespennester, wie er sie aus Kinderbüchern kannte. Nur waren sie viel größer. Bestimmt fünf oder sechs Meter hoch. Solche Wespen sollte man lieber nicht reizen, dachte Iwan und wandte den Blick ab. Nach dem Motto: Wenn ich nicht hinschaue, bemerken sie mich auch nicht.

Kurz darauf fuhr die Draisine zwischen Wohnblöcken hindurch. Links und rechts erstreckten sich windschiefe Betonzäune, in denen stellenweise Löcher gähnten.

Kusnezow bemerkte sie als Erster.

»Dort! Dort!«, rief er und deutete nach rechts.

Iwan wandte sich um. Von einem weiter entfernten, fünfstöckigen Wohnhaus trabten drei, nein, vier Pawlowsche Hunde in ihre Richtung. Im Gleichschritt, als wären sie auf eine gemeinsame Wellenlänge gepolt.

Die Draisine klopfte und quietschte. Der Motor dröhnte. Angesichts des Lärms, den sie veranstalteten, war es eigentlich erstaunlich, dass sie erst jetzt die ersten Bestien aufgescheucht hatten. Jedoch war die Draisine ziemlich flott unterwegs. Die Chancen, die Hunde abzuhängen, standen nicht schlecht.

Iwan klopfte dem Grauen auf die Schulter: »Können wir noch einen Zahn zulegen?«

Der alte Skinhead nickte und betätigte den Gashebel. Der Motor heulte auf und die Draisine beschleunigte. Ein metallisches Krachen im Getriebe – der Graue hatte einen höheren Gang eingelegt. Das Kreischen der Räder auf den rostigen Schienen wurde unerträglich laut. Iwan biss die Zähne zusammen. Die Hunde – inzwischen waren es über zehn – fielen langsam zurück.

Die hätten wir abgehängt, dachte Iwan erleichtert. Bis zur *Baltiskaja* ist es nicht mehr weit. Noch ein Wohnblock, vielleicht …

»Stopp! Anhalten!«, schrie plötzlich der Oberführer. »Bremsen!«

Der Graue zog den Hebel. Die Bremsklötze quietschten jämmerlich und Funken sprühten.

Die Draisine wurde so ruckartig abgebremst, dass Iwan beinahe einen filmreifen Abflug hingelegt hätte. Im letzten Moment konnte er sich an einer Stange festhalten.

»Was ist los?«, brüllte er.

Der Oberführer machte einen langen Hals, legte die flache Hand an die Stirn und spähte nach vorn. Es wurde bereits hell. Das Licht begann zu blenden.

Der Skinhead pfiff durch die Zähne.

Auch Iwan hatte sich aufgerichtet und sah die Bescherung. Auf die Draisine rollte eine purpurgraue Welle zu. Eine Welle aus Leibern. Die Bestien bewegten sich in beinahe militärischer Ordnung, obwohl sie in Größe und Verhalten völlig verschieden waren. Pawlowsche Hunde, graue Läufer sowie einige von diesen Neuen, deren Mäuler bis zum Hinterkopf reichten. Ganz rechts außen stakste sogar ein großer Hungriger Soldat.

Nun ja, so viele sind es nun auch wieder nicht, dachte Iwan. Seltsam nur, dass sie so einmütig angreifen. Wie auf Kommando. Normalerweise vertragen sich diese Biester überhaupt nicht untereinander. Mist. Wie ist so etwas möglich? Zum Glück ist wenigstens kein Konduktor dabei. Und kein Powar. Sonst würde es verdammt eng werden für uns.

Kusnezow drehte sich Hilfe suchend nach Iwan um. Selbst seine Gasmaske sah erschrocken aus.

»Was sollen wir tun, Chef?«

Iwan sondierte die Lage. Sie mussten es irgendwie bis zu den Häusern schaffen. Dort konnten sie sich verbarrikadieren.

»Jetzt geht's uns an den Kragen, meine Lieben«, sagte der Oberführer nachdenklich. Er stellte den Lauf des Maschinengewehrs auf das Zweibein, öffnete das Verschlussgehäuse, legte sorgfältig den Gurt ein und schloss es wieder. »Ich wollte immer schon mal Schwarzenegger sein.«

Er zog den Verschlusshebel und ließ ihn wieder los. Ratsch. Klack.

Fertig.

»Wer?«, fragte Iwan.

»Es gab mal so einen berühmten Actionhelden. Schon als Kind habe ich von ihm geschwärmt und wollte immer so sein wie er. Richte mir noch einen Gurt her«, bat er den Grauen. Der nickte.

Der Oberführer legte sich auf den Boden, spreizte die Beine, stützte sich mit den Stiefelspitzen ab und beugte sich über das Maschinengewehr.

»Na, dann legen wir mal los«, sagte er wie beiläufig.

Iwan winkte Kusnezow zu sich. Sie würden sich um die Hunde kümmern, die von hinten angriffen.

»Fertig?«, fragte Iwan.

Er konnte nicht sehen, was in seinem Rücken geschah. Der Oberführer und der Graue werden es schon schaffen, dachte er. Sie müssen es schaffen. Und wenn nicht? Dann wäre unsere Expedition zu Ende. Und Krassin und Sterndeuter wären umsonst gestorben.

Nie im Leben! Noch haben wir nicht ins Gras gebissen.

Iwan kniete sich hin und legte die Kalaschnikow an. Neben ihm machte sich Kusnezow feuerbereit.

Quälendes Warten.

Dann viel Glück. Iwan zielte auf den Pawlowschen Hund, der sich am nächsten herangetraut hatte.

»Feuer!«, kommandierte er.

Hinter ihm knatterte die Degtjarjow los.

Den ersten Ansturm schlugen die Digger erfolgreich zurück.

Iwan drehte sich um. Rechts von ihnen befand sich ein fünfstöckiges Haus.

»Da lang, im Laufschritt«, befahl er. »Bevor sie zurückkommen.«

Kusnezow lief voraus. Er näherte sich bereits dem Gebäude. Nur noch ein paar Schritte ...

Plötzlich tauchte im Hauseingang ein Schatten auf und stürzte sich auf den jungen Milizionär. Kusnezow riss sein Gewehr hoch.

Ta-ta-ta-ta. Die Schüsse landeten im Himmel über Sankt Petersburg. Kusnezow stürzte zu Boden. Langsam – wie im Traum.

Im nächsten Moment sah Iwan, dass Kusnezow auf dem Rücken lag. Über ihm eine dürre schwarze Bestie, die sich nicht entscheiden konnte, ob sie ein Hund oder eine Ratte sein wollte.

Der Oberführer feuerte eine Salve aus der Hüfte ab. Die Bestie zuckte und wurde von ihrem Opfer weggerissen. Gellendes Quieken. Durch den Rückstoß landete der Skinhead auf dem Hosenboden und fluchte.

Der Graue kam herbeigelaufen und gab der Bestie mit einem gezielten Schuss den Rest. Das Quieken brach ab.

Iwan und der Graue packten Kusnezow unter den Achseln und trugen ihn in den Hauseingang. Nach oben, deutete Iwan mit einer Kopfbewegung an. Je weiter hinauf, desto besser. Während sie Kusnezow die Treppe hinaufschleppten, polterten seine Stiefel über die Stufen. Dabei hüpften sie immer wieder unkoordiniert in die Höhe. Das sah beinahe komisch aus.

Im zweiten Stock sah Iwan eine Tür aus Holz und trat mit dem Fuß dagegen. Splitternd flog sie auf. Sie trugen Kusnezow in die Wohnung und lehnten ihn in der Küche gegen die Wand. Als Iwan zurücktrat, bemerkte er, dass sein Handschuh blutverschmiert war.

Mischa.

Iwan beugte sich herab und zog ihm die Gasmaske vom Kopf. Das war jetzt auch schon egal.

»So ein Drecksvieh«, stammelte Kusnezow konsterniert.

Aus einer tiefen Risswunde an seinem Kopf rann Blut über sein verschwitztes Gesicht. Er griff nach seinem Gewehr und zog es ungeschickt zu sich heran.

»Macht nichts. Ich ... Ich bleibe hier ein wenig sitzen, Chef. Okay?«

Iwan warf die Gasmaske in die Ecke und ging in die Hocke.

»Wie fühlst du dich?«, fragte er.

Kusnezow versuchte zu lächeln. Seine Lippen verblassten. Sein Gesicht war weiß.

»Nicht so gut, Chef. Die Bestie ... hat mich erwischt. Wie konnte das passieren? Ich war zu langsam. Ich bin doch ein Digger. Ich bin ein Di...« Er holte Luft und verharrte dann mitten im Atemzug. Als hätte man ihn ausgeschaltet.

Sein Kopf sank auf die Brust herab.
Er starb mit dem Gewehr im Arm.
»Du bist ein Digger, Mischa. Ein echter Digger.«
Iwan stand auf. Zeit, nach den Bestien zu sehen. Nein, stopp.
Iwan bückte sich noch einmal herab, entwand Kusnezows leblosen Armen das Gewehr und nahm die Magazine aus seiner Weste.
Kusnezow saß teilnahmslos da. Seine erloschenen grauen Augen schauten an Iwan vorbei.
Der Digger nahm eine Granate, zog den Splint und schob sie unter Kusnezows Arm. Die dritte Regel: Den Körper eines gefallenen Kameraden überlässt man niemals den Bestien zum Fraß.
Tut mir leid, Mischa, aber mehr kann ich nicht für dich tun.

Nachdem der Oberführer das Maschinengewehr auf dem Fenstersims in Stellung gebracht hatte, betrachtete er nachdenklich den letzten verbliebenen Patronengurt.
»Mit Munition sieht's düster aus. In einem früheren Leben nannte man so was wohl Finanzkrise.«
Iwan wechselte das Magazin. Was auch immer der Skinhead mit der Finanzkrise gemeint hatte, die Patronenvorräte waren in der Tat knapp. Der Lärm draußen vor dem Haus schwoll immer mehr an: Knurren, Geheule, Stöhnen und Getrampel.
Wie viele Bestien das wohl inzwischen sein mochten?
»Ich hoffe nur, dass denen dort unten die Monster rechtzeitig ausgehen«, sagte der Oberführer und eröffnete das Feuer.

Mit kurzen Sprints von einer Deckung zur nächsten arbeiteten sie sich noch einen halben Häuserblock voran. Sie waren schon fast am Baltischen Bahnhof, als plötzlich ein Läufer auftauchte und den Grauen zu Boden riss. Noch bevor sie ihn mit Kugeln durchsieben konnten, schlug er seine Krallen in den Oberschenkel des Skinheads. Oder seine Stacheln. Iwan hatte nicht genau erkennen können, was das Monster an seinen Klauen hatte.

Verflucht!

Wieder mussten sie in eine Wohnung flüchten. Wieder das Geheul der Bestien vor dem Haus. Mit dem Verwundeten im Schlepptau kamen sie von hier nicht weg. Der alte Skinhead wusste das ebenso wie seine Kameraden.

Der Graue stieß den Oberführer zurück und stand auf. Seine Hose war blutgetränkt.

»Dima«, protestierte der Oberführer.

»Hau ab. Wo ist mein Gewehr?«

»Hier.« Iwan drückte dem Grauen die abgenutzte Saiga in die Hand.

»Ich werde sie aufhalten, keine Sorge«, sagte der alte Skinhead und lächelte. »Seit meiner Kindheit habe ich davon geträumt, das einmal zu sagen: Leben Sie wohl, meine Herren Musketiere. Ich hoffe, beim nächsten Mal treffen wir uns unter glücklicheren Umständen.«

»Dima!« Der Oberführer sprang auf. Hilfe suchend wandte er sich an Iwan. »Sag doch was!«

»Lass gut sein«, sagte der Graue gelassen. »Ober, verdirb mir meine Abschiedsrede nicht. Patronen, d'Artagnan!«

Wortlos gab ihm Iwan zwei mit Isolierband umwickelte Magazine.

»Eine Granate.«

Iwan reichte ihm eine.

»Messer, Brille«, schloss der Graue seine Bestellung ab. »Und jetzt macht, dass ihr wegkommt.«

Der alte Skinhead wandte sich ab. In aller Ruhe legte er Waffen und Munition auf dem Fensterbrett zurecht.

Sachen gibt's, dachte Iwan, während er den Rücken des Schwerverletzten betrachtete. Ob er nun ein Faschist ist oder nicht. Mangelnde Tapferkeit kann man ihm jedenfalls nicht nachsagen.

»Ich werde sie aufhalten, keine Sorge.«

Zwei Häuser weiter wurde Iwan und dem Oberführer klar, dass sie die Bestien nicht abschütteln konnten.

In der Ferne knallte es. Sie blieben für einen Moment stehen und tauschten Blicke. Die runden Sichtscheiben der billigen GP-4 schimmerten im Morgenlicht.

Mit Gesten gab Iwan zu verstehen: »Vorwärts.« Und: »Ohren auf.«

Der Oberführer nickte.

Sie rannten über einen Hof. Hinter sich hörten sie das wütende Geheul der Bestien. Sie blieben kurz stehen, um zu verschnaufen. Der Skinhead griff in seine Tasche.

»Die Drecksau«, schimpfte er plötzlich.

»Wieso? Was ist?«

»Das Aas von einem Händler hat mir doch tatsächlich eine Granate ohne Zünder angedreht.« Er zeigte Iwan die Stielhandgranate RKG-3 und das mit Blei ausgegossene Zündröhrchen.

»Schöne Scheiße«, pflichtete Iwan bei. »Na, was ist? Wollen wir hier festwachsen?«

Sie rannten in den nächsten Hauseingang und verschanzten sich in einer Wohnung im Erdgeschoss. Der Oberführer zog sich die Gasmaske vom Kopf. Sein verschwitztes Gesicht glänzte.

»Was machst du denn da?«, frage Iwan.

»Mir ist heiß«, erwiderte der Skinhead. »Und überhaupt, Junge. Ich habe keine Lust mehr, mit Gasmaske herumzulaufen. Mandela ... Jura hat recht. In dieser Welt muss sich was ändern.«

Iwan runzelte die Stirn.

Genau der richtige Zeitpunkt, über das Schicksal der Menschheit zu philosophieren. Wenn keine Patronen mehr übrig sind.

Die Bestien verfolgten sie mit zermürbender Hartnäckigkeit. Und einige Male war es Iwan, als hätte er in der Ferne die hoch aufgeschossene Gestalt des »Passagiers« gesehen. Oder hatte er sich das nur eingebildet?

Nein. Iwan schüttelte den Kopf. Er hatte es sich nicht eingebildet.

Und wenn mich nicht alles täuscht, dachte der Digger, dann ist unser »Passagier« niemand anders als der legendäre Blokadnik. Nur werde ich das niemandem erzählen können.

»Kommst du auf meine Hochzeit?«

Der Oberführer wandte sich vom Fenster ab und sah Iwan an.

»Lädst du mich denn ein?«

»Ja.«

»Einen verdammten Faschisten und Trottel?«

Iwan schmunzelte.

»Nein, Andrej. Einen Kameraden und ... Digger. Na, was ist? Kommst du?«

Der Oberführer neigte das kahle Haupt, auf dem bereits wieder harte, graue Stoppeln sprossen, und musterte Iwan mit seinen listigen blauen Augen.

»Und wenn ich tatsächlich komme?« Der Oberführer zog den Spannhebel. Ratsch! Der Hebel federte zurück. Fertig. »Würdest du es dann nicht bereuen?«

»Doch, natürlich würde ich es bereuen, aber ich erwarte dich trotzdem«, sagte Iwan.

Der Digger öffnete den Verschluss der Kalaschnikow. Keine Patrone mehr drin. So ist es immer. Er griff zum Ersatzmagazin und leerte es in seine Hand: nur noch zwei Patronen übrig. Er steckte sie ins Magazin zurück. Dann schaute er den Oberführer an. »Was ist? Singen wir?«

»Wozu?«

Der Oberführer legte das Maschinengewehr aufs Fensterbrett. Die Patronen waren zu Ende. Draußen, hinter der Hauswand, hörte Iwan das Getrappel der aufgekratzten Bestien und den schweren, albtraumhaft widerhallenden Schritt des Blokadniks.

»Nur so.« Iwan lächelte. Er zog eine Granate aus der Jackentasche und legte sie rechts vor sich ab. Das Messer links. »Ich habe da so einen Film gesehen. Da gehen zwei Freunden die Patronen

aus und einer sagt zum anderen: Wenn wir ein Lied singen, bekommt der Feind einen Schrecken. Und zieht sich zurück.«
Der Oberführer seufzte. Er nahm seine Doppelflinte und legte die letzte Patrone ein. Die Hähne klickten.
»Glaubst du, der Feind hält sich daran und bekommt wirklich einen Schrecken?«, fragte der Skinhead. »Ich habe diesen Film auch gesehen.«
»Nicht wirklich. Aber versuchen könnten wir es doch?«
Stille.
»*Lass uns singen, Kampfgenosse ... zum Ruhme Leningrads*«, sang der Oberführer leise, fast mehr gesprochen als gesungen.
»*Die Kunde von der Heldenstadt ...*«, stimmte Iwan ein.
»*... geht um die ganze Welt.*«
»*Die Väter standen für sie ein, es krachten die Kanonen ...*«
»Auf drei«, flüstert Iwan.
Der Oberführer nickte flüchtig und sang weiter.
»*Und stets trotzte jedem Feind ...*«
Iwan lehnte sich aus dem Fenster und warf die letzte Granate mitten in die Meute der Monster.
»*... unser ewiges Leningrad.*«
Wumm!
Der Oberführer drehte den Kopf zu Iwan. Der nickte: Raus hier!
»*Die heilige Stadt, sie lebe hoch! Die ewige Stadt, sie lebe hoch!*«
Den Refrain auf den Lippen, stürmten sie aus dem Hauseingang. Iwan jagte seine letzten Patronen einem Läufer in den Kopf. Die Bestie taumelte. Iwan stürzte hinzu und hieb mit dem Schaft der Kalaschnikow auf sie ein. Immer wieder. Es spritzte wässriges, fremdartiges Blut.
Hinter dem Digger ein Knall. Der letzte Schuss aus der Doppelflinte. Vulgäre Flüche des Oberführers und dumpfe Schläge eines harten Gegenstands, der auf weiches Fleisch traf.
Iwan drehte sich um. Der Oberführer warf die verbogene Doppelflinte weg und nickte ihm zu.

Sie liefen weiter.

Mit Genugtuung blickten die Gemäuer der heiligen Stadt auf die Nachfahren der alten Helden herab.

»Geh jetzt«, sagte der Oberführer und zog seine Granate aus dem Gürtel.

Direkt gegenüber dem Skinhead hatte sich ein monströser Schäferhund aufgebaut. Seine Augen waren trüb, wie von einem Nebelschleier verhangen. Er knurrte.

»Und du?«, fragte Iwan.

In seiner Kalaschnikow waren auch keine Patronen mehr.

»Ich kümmere mich um meine Angelegenheiten und du dich um deine. Geh zu deiner Braut. Geh schon. Ich komme nach.« Der Oberführer winkte ihm zum Abschied mit der freien Hand. »Viel Glück.«

Der Schäferhund fletschte die Zähne und sprang. Der Oberführer holte aus.

Zack. Gewinsel.

Der Skinhead fasste die Stielgranate wie einen Baseballschläger und prügelte auf den am Boden liegenden Hund ein, bis der keinen Mucks mehr tat. Über und über mit Blut bespritzt ließ er schließlich ab.

Er atmete tief durch. Hier oben atmete es sich so leicht. Einfach fantastisch.

»Der Mensch ist der Gipfel der Evolution!«, schrie der Oberführer. »Habt ihr das etwa nicht gewusst, ihr gottverdammten Bestien? *Vom Amur bis fern zum Donaustrande ... von der Taiga bis zum Kaukasus, schreitet froh der Mensch in unsrem Lande ...*« Der rote Skinhead schritt befreit aus. »*... ward das Leben Wohlstand und Genuss.*«

In seinem Rücken hallten plötzlich Schritte, und er roch stinkenden Atem, der kollernd aus monströsen Lungen strömte.

Der Oberführer blieb stehen und neigte argwöhnisch den Kopf.

Das Leben ist doch immer wieder für Überraschungen gut. Kaum hat man sich dazu gratuliert, an der Spitze der Nahrungskette zu stehen, schon taucht jemand auf, der das anders sieht.

Der Oberführer drehte sich um. Mit der blutverschmierten Stielgranate in der Hand marschierte er auf die Bestie zu.

Jetzt wird's lustig.

»Du verdammtes Scheißvieh!«, feuerte er sich an. »Du hast doch überhaupt keine Ahnung, mit wem du dich eingelassen hast. Na, was ist, du Missgeburt, hast du Schiss? Du hast es mit Skins zu tun, kapiert?!«

Das graue Monster atmete langsam aus. Und drehte langsam den Kopf.

»Du tust mir sogar leid«, sagte der Oberführer. »Ehrlich.«

20
BLUTIGE HOCHZEIT

Das Klopfen der Draisinenräder. Das Dröhnen des Motors. Gleich taucht eine graue Stadt aus dem Nebel.
Piter.
Land kalten Wassers.
Und kalter Erde.
Kalter Erde.
Kalter Erde.

»Sie behaupten also nach wie vor, dass Sie im Leningrader Atomkraftwerk waren?«

Das blendende Licht drang in die Augen, die mit einer transparenten Folie überklebt waren. Iwan drehte den Kopf weg, doch vor diesem Licht gab es kein Entrinnen.

»Ja.«

»Und Sie behaupten, dass an der Oberfläche Leben möglich ist?«, fuhr dieselbe Stimme fort.

Das Licht war eine Qual. Iwan begann zu zappeln. Die Fesseln ließen ihm keinen Spielraum. Nein, keine Fesseln. Klebeband.

Er riss abermals daran. Keine Chance. Klebeband lässt sich nicht dehnen.

Feine Sache, so ein Klebeband, nicht wahr?

»Nein. Das behaupte ich nicht.«

»Aber im Leningrader AKW leben Menschen?«

Fjodor Bachmetjew: Er ist und bleibt mein Sohn.

»Ja.«

Einige Tage später antwortete Iwan auf die Frage »Waren Sie im Leningrader AKW?« mit Nein und man ließ ihn frei.

Man gab ihm sogar Papiere, Kleidung und Patronen für die erste Zeit.

Iwan stand am Bahnsteig und wusste nicht, wie es weitergehen sollte. Er hörte Maschinenlärm. Leute liefen geschäftig umher. Es roch nach heißem Blech. Erst jetzt wurde ihm klar: Er befand sich an der *Technoloschka*.

»Wanja?«, sprach ihn jemand von hinten an. »Wie geht es Ihnen?« Iwan wandte sich um. Vor ihm stand Professor Wodjanik. Höchstpersönlich.

Der Professor nahm ihn mit in seine Unterkunft und gab ihm zu essen.

»Und jetzt erzählen Sie mal«, sagte er.

Iwan zuckte mit den Achseln. Und dann erzählte er ihm alles. Die trockenen Fakten. Wer. Wo. Was. Warum.

»Die Zeiten sind so«, kommentierte der Professor nachdenklich, nachdem er die Geschichte von Krassins Tod gehört hatte. »Wir können selbst entscheiden, wer wir sein wollen. Nur in der Metro ist es möglich, dass sich ein Studienabbrecher als Professor, Doktor oder meinetwegen als Koryphäe der Wissenschaft bezeichnet. Und man ihm das auch noch glaubt.«

»Wovon sprechen Sie, Prof?«, fragte Iwan befremdet. »Was meinen Sie damit?«

»Nur hier, in der Metro, kann ein Versager, der schon im ersten Studienjahr wegen Trunkenheit und ungenügender Leistungen aus der Marineschule geflogen ist, ein U-Boot kommandieren. Kompetent, wohlgemerkt. Und dann auf seinem Posten sterben, wie ein richtiger Schiffskommandant. Die Metro ist ein gutes Pflaster für Versager. Für heroische Versager.«

Iwan dachte nach.

»Vielleicht haben Sie recht, Prof. Vielleicht.«

Der Digger musterte Wodjanik. Seit ihrem Aufbruch zum Leningrader AKW war der Professor merklich gealtert. In seinem dichten, schwarzen Bart machten sich weiße Flecken breit. Die Schläfen waren grau meliert. Das Gesicht schmal und eingefallen.

»Kehren Sie mit mir zur *Waska* zurück?«, fragte Iwan.

»Äh ... nein«, erwiderte der Professor mit schuldbewusster Miene. »Man hat mir hier einen Platz angeboten. Hier an der *Technoloschka*. Wissen Sie, Wanja ... Ich ... Davon habe ich schon immer geträumt.«

»Kann ich verstehen«, sagte Iwan.

»Ewiges Gedenken ...«, stammelte Wodjanik und hielt inne. Seine Augen wurden feucht. In seinem Bart glitzerten ein paar Tränchen.

»Ja.« Iwan reichte ihm die Hand. »Leben Sie wohl, Professor. Vielleicht sehen wir uns ja mal wieder.«

Die Gedenkmauer war mit Metallschildern gepflastert, auf denen die Namen der Verstorbenen und Gefallenen standen.

Am Boden unter der Mauer standen Gläser und Krüge mit Fusel. Sie waren mit Hartkeksen abgedeckt. Ein paar Kerzen brannten. Sie verströmten warmes Licht und den Geruch heißen Paraffins.

»Sie wird heiraten«, sagte Sonis.

Iwan stand in einigem Abstand zu ihm, als würden sie sich nicht kennen. Hier, auf dem Territorium der Allianz, wollte er lieber unerkannt bleiben.

Seit ihrem letzten Zusammentreffen hatte Sonis sich überhaupt nicht verändert. Er war immer noch klein, dreist und geschwätzig. Die innere Härte hatte er schon immer gehabt, sonst wäre auch nie ein Digger aus ihm geworden.

Im Hintergrund lärmte der *Newski prospekt*. Iwans Wange zuckte. Diese Nachricht war ja zu erwarten gewesen.

»Was sollte ich noch wissen?«

Sonis hob die Schultern. Unter seinem roten, lockigen Haarschopf spähten listige Augen hervor. Scharfschützenaugen.

»Die *Majakowskaja* wird nach wie vor von der Allianz kontrolliert, die *Ploschtschad Wosstanija* dagegen soll in Kürze unabhängig werden. Es heißt sogar, dass Achmet wieder den Thron besteigen wird. Allerdings als konstitutioneller Monarch. Wundert dich das? Mich nicht. Nein, wenn du mich fragst ...«

»Was gibt's sonst Neues?«, unterbrach ihn Iwan.

»Die *Wassileostrowskaja* hat jetzt dauerhaft Strom. Und zwar ohne jede Beschränkung. Kuriose Geschichte. Angeblich hat sie das dem neuen Kommandanten zu verdanken. Ich weiß es nicht genau.«

»Und wer ist das?«, fragte Iwan. »Der neue Kommandant?«

»Dein alter Freund Sasonow. Der macht sich, nicht wahr?«

Iwan sah Sonis prüfend in die Augen.

»Besonders begeistert klingst du aber nicht.«

»Ich habe Sasonow noch nie gemocht«, gab Sonis zu. »Ich weiß nicht, warum. Ich kann ihn einfach nicht leiden.«

Iwan deutete mit einer Kopfbewegung zur Mauer.

»Und er?«

»Ihm ist das alles längst egal«, erwiderte Sonis und ging davon. Raschelnder Stoff.

Als der Digger gegangen war, sah Iwan auf. An der Mauer hing ein kleines weißes Schild mit der Aufschrift: »Alexander Schakilow«. Ewiges Gedenken, mein Freund.

Iwan unternahm einen Rundgang über die Station.

»Lust auf einen Animationsfilm?«, fragte ein kleines Männchen mit dünner Stimme.

»Auf was, bitte?« Iwan verstand nicht sofort.

»Auf einen Animationsfilm. Es gibt da was Neues. Nur für gute Kunden. Violetter Staub. Nicht ganz billig. Aber das Zeug ist es wert. Kommt von der *Waska*. Das wird der beste Trip deines Lebens, kannste mir glauben.«

»Von der *Waska*. Iwan versteinerte. Seine Fäuste ballten sich ganz von selbst.

Violetter Staub. So lief also der Hase.

»Von woher, sagtest du?«, fragte er den Mann und packte ihn am Kragen.

Er sah die Angst in seinen Augen und holte aus.

Iwan! Nicht!

Zu dritt zogen sie ihn von dem *dur*-Händler weg. Dann schlugen sie ihn zusammen. Iwan spürte, wie auf seiner rechten Seite Rippen brachen. Man führte ihn in einen Raum und warf ihn auf eine Pritsche. Er streckte sich aus und drehte sich zur Wand.

Ich bin tot, dachte Iwan.

Der Skinhead nimmt das Gerät in die Hand und schaut aufs Display.

»Tom Waits«, liest der Oberführer laut. »Stimmt, den gab es ja auch mal.«

»Blues«, sagt Kossolapy. Es ist sein CD-Player.

»Ja, Blues.«

Der Oberführer und Kossolapy nicken einander einmütig zu.

Ich wusste, dass sie gut miteinander klarkommen würden, denkt Iwan versonnen. Schade, dass sie sich nie getroffen haben.

Kossolapy nimmt das weiße Kästchen und drückt auf einen Knopf. Musik setzt ein. Die vertraute Reibeisenstimme singt über eine Samstagnacht und über das warme Licht in einem Straßencafé. Und über eine hübsche Bedienung, wegen der allein es sich gelohnt hat, in dem verwunschenen Nest zu bleiben. Tschüss, Zeit zum Bus zu gehen.

»In Piter leben und keinen Blues hören, das wäre gerade so, als würde man in Tula leben und keine Lebkuchen essen. Oder ...«

Kossolapy denkt nach. »Als würde man in Tula leben und keinen Samowar besitzen.«

»Genau. Oder als würde man in Iwanowo leben und keine Jungfrau sein. Also deine Vergleiche ... alles was recht ist ...«

»Oder als würde man in Tula leben und hätte keine Kalaschnikow im Schrank.«

»Lebkuchen ist doch was für Weicheier!«, sagt der Oberführer.

»Und eine Kalaschnikow ist was für Pseudomachos!« Kossolapy überlegt und schnippt mit den Fingern. »Wer ist Präsident? Putin natürlich!«

»Banal«, erwidert der Oberführer stirnrunzelnd. »Dem kräht doch in Piter kein Hahn mehr nach.«

»Ihr nervt, Freunde«, sagt Iwan. »Lasst mich endlich schlafen.«

Er schlägt mit den Fäusten aufs Kissen und vergräbt das Gesicht darin. Plötzlich überläuft ihn ein eiskalter Schauer. Was, wenn ich jetzt aufwache und die beiden nicht mehr da sind? Doch Iwan bleibt trotzig liegen. Das Kissen fühlt sich rau an und riecht nach altem Schweiß.

»Was hat er denn?«, fragt der Oberführer.

»Ach, der war schon immer so.« Kossolapy gähnt herzhaft. »Achte nicht auf ihn. Hast du das schon gehört?«

»Cooler Song«, sagt die Stimme des Oberführers.

»Da. Hör dir mal das Nächste an ...«

Fanatiker, verdammt, denkt Iwan und muss unwillkürlich schmunzeln. Das Kissen ist inzwischen nass. Es riecht nach Feuchte und Behaglichkeit.

»Kannst du mir eine Waffe besorgen?«, fragte Iwan.

Sonis grinste.

»Logisch. Was hätten wir denn gern?«

Am Wartungsstützpunkt herrschte immer noch jene feuchte Finsternis, in die sich das gelbe Licht der Karbidlampe zwängte. An der rostigen Fahnenstange hing immer noch der weiße Lappen. Trotzdem hatte sich etwas verändert.
Iwan hatte sich verändert.
Als Onkel Jewpat seine Schritte hörte, sah er von seinem Buch auf. Die Brille glänzte.
»Wieder zurück?«, fragte er lapidar, als wäre Iwan nur ein paar Minuten spazieren gewesen.
Mit seinem hohlwangigen, runzeligen Gesicht sah Onkel Jewpat steinalt aus.
»Ja. Hallo, Onkel. Wie geht's?«
Iwan setzte sich.
»Das mit Tanja habe ich gehört«, sagte Jewpat. »Glaubst du, man hat dich verraten?«
»Niemand hat irgendwen verraten«, entgegnete Iwan. »Ich bin einfach zu spät zurückgekommen.«

Niemand hat irgendwen verraten, dachte Tanja.
Es hat sich so ergeben. Die Männer sind fortgegangen.
Das Meerschweinchen fiept, wenn es Hunger hat. Oder wenn es Aufmerksamkeit möchte. Männer sind so primitive Geschöpfe. Dafür haben sie starke Arme. Männerarme. Erstaunlich.
Tanja hatte Lust, sich hinzusetzen und sich an diesem Paradox zu ergötzen, dass Männer – sieh mal einer an – Männerarme haben. Sie sah sie sogar vor sich: starke, dunkel behaarte Arme. Sie sind nicht glatt, sondern wie aus rohem Stahl gegossen, mit hervortretenden Adern am Handgelenk. Iwan hatte solche Arme gehabt.
Erst, wenn er dich in den Arm nimmt, merkst du, wie stark er ist. Unglaublich stark. Der Stoffwechsel, oder so. Eine Frau ist nicht viel kleiner von Wuchs, doch von solcher Kraft kann sie nur träumen …

Vor allem, wenn sie diese Kraft dringend bräuchte.

Tanjas Körper überlief ein Schauer. Gerade war Sasonow gegangen.

Iwan hatte zwei Freunde gehabt. Zwei beste Freunde. Der eine war jetzt ein Krüppel, der andere ein Dieb.

Pascha war von Anfang an in sie verliebt gewesen, das hatte sie gespürt. Aber sie hatte sich nie den Kopf darüber zerbrochen. Der Gedanke daran wohnte irgendwo auf dem Speicher, in einer vergessenen Rumpelkammer, in die nie jemand hineinschaute. Pascha war in sie verliebt gewesen, aber mehr auch nicht. Er war Iwans Freund gewesen, als der noch lebte. Und als er noch ihr Iwan war.

Und nicht dieser halblegendäre Held, Mörder und Psychopath.

Sie drehte den Kopf und schaute zum Gittertor.

Bald würden der Riegel scheppern und die ungeölten Angeln quietschen. Pascha würde hereinkommen. Mit summenden Rädern. Summ, summ, summ.

Als er nach den Ereignissen an der *Wosstanija* zurückkehrte, hatte sie ihn kaum wiedererkannt. Pascha hatte sich verändert. Er war neuerdings verschlossen, gehässig und böse. Benahm sich grob und wurde manchmal sogar ausfallend, als wollte er sie verletzen. Als wäre es ihre Schuld, dass Iwan nicht mehr lebte und Pascha zwar noch lebte, aber nicht mehr laufen konnte. Er war an jenem Tag verwundet worden und saß seither im Rollstuhl. Und strafte sich (und sie!) dafür, dass er damals nicht an Iwans Seite gewesen war.

Tanja hätte sich gewünscht, dass sie wieder Freunde sein könnten. Sich normal unterhalten. Einfach zusammensitzen. Aber das klappte nicht mehr. Er warf ihr regelmäßig Grobheiten an den Kopf und dann stritten sie wieder. Tanja seufzte.

»Was hat dieser ...« – Pascha nannte Sasonow niemals beim Namen – »... dieser Typ hier eigentlich verloren?« Tanja zuckte mit den Schultern. Sie konnte es ihm ja schlecht verbieten herzukommen. Zumal jetzt, da die Hochzeit unmittelbar bevorstand.

Sie wusste in der Tat nicht, wie sie Sasonow loswerden sollte, wenigstens für eine gewisse Zeit. Er schüchterte sie ein. Denn aus Sasonows eisgrauen Augen blickte sie eine hungrige Bestie an.

In der Glaskugel tanzten Fitzelchen aus glitzernder Folie. Langsam und anmutig rieselten die Schneeflocken herab. Sie fielen auf die verschneite Lichtung, auf die winzigen Tannen und auf das weiße, von Schneewehen bedeckte Dach des Häuschens. Abermals schüttelte Sasonow die Kugel, und es schneite aufs Neue. Die Schneekugel hätte Iwans Hochzeitsgeschenk für seine Braut werden sollen. Wurde sie aber nicht.
Weil ich mich eingemischt habe, dachte Sasonow.
Das war ganz einfach.
Ich habe seinen Diggertrupp übernommen.
Sein Leben und seine Station.
Selbst diese alberne Kugel habe ich ihm abgeknöpft.
Und jetzt nehme ich ihm die Frau ab.
Wie gefällt dir das, Iwan?
Alles, was einmal dir gehörte, gehört jetzt mir.
Oder es wird mir gehören, früher oder später.

Natürlich hatte sie immer damit rechnen müssen, dass Iwan eines Tages nicht zurückkehren würde. Bei einem Digger weiß man nie. Die leere Stadt dort oben war seine Geliebte gewesen. Es klingt absurd, aber Tanja war tatsächlich eifersüchtig gewesen auf die frostigen Uferstraßen, auf die steinernen Brüstungen und die Granitlöwen, die sie nur von Bildern kannte. Die Gefahr an der Oberfläche war stets Tanjas Rivalin gewesen. Eine Rivalin, die älter und klüger war als sie. Die es nicht nötig hatte, Iwan zu umgarnen oder zu locken. Er kehrte so oder so stets zu ihr zurück.
Iwan, Iwan ...

Jetzt würde er nicht mehr hier vorbeikommen und sich an die Käfige lehnen, in denen die Meerschweinchen wuselten und fiepten. Nie mehr würde er Boris fragen: »Na, alter Fresssack, bist du immer noch nicht krepiert?«

Der Fresssack hatte sich für immer erledigt.

Sie betrachtete die weiße Plastikschachtel mit der Aufschrift »Quartz grill«. Boris schnaufte pfeifend und wühlte in den Sägespänen. Als die Blockade verhängt wurde, wäre er beinahe in der Pfanne gelandet, doch sie hatte das verhindert.

Sie hatte für sein Recht gekämpft, der Letzte zu sein.

Ihr habt mir alles genommen, lasst mir wenigstens ihn.

Tanja ging zwischen den Käfigreihen hindurch, in der Hand einen Topf mit Restefutter: Putzabfälle, Pilze, Stängel und Tang. Eine dampfende Brühe. Mit der Blockade war alles viel schwieriger geworden.

Iwan war umgekommen.

Krepiert.

In gewisser Weise hatte sie sich an den Gedanken schon gewöhnt. Warum nicht, schließlich war sie eisern. Hart wie Stahl.

Der Herr der Tunnel hatte beharrlich in der Finsternis geschwiegen und seinen Rohrbaum mit der verrosteten Krone bereitgehalten. Bereit für neue Opfer.

Und die bunten Bänder hatten im Wind geraschelt.

»Er wird nicht zurückkehren. Niemals.«

Doch dann hatte sie erfahren, dass Iwan noch am Leben war. Dass er am *Newski* irgendwen umbringen wollte, warum auch immer. Dass er ein Mörder und Besessener war, den man nur aus Achtung vor den Gefallenen nicht als Mörder und Besessenen bezeichnet hatte. Dass er wieder auferstanden war und nun mit aller Härte für seine Verbrechen bestraft wurde.

Toll, nicht wahr?

Tanja hatte das seltsame Gefühl, sie bräuchte sich nur umzudrehen, und sie würde ihn im Gang erblicken, an die Käfige gelehnt, mit seinem spöttischen Grinsen im Gesicht.

Aufgesprungene Lippen. Kräftige Arme.
Und Ruhe ausstrahlend. Gleich würde sie sich umdrehen und ihn sehen.
Warum bist du nicht gekommen?, fragte Tanja in Gedanken. Was hat dich daran gehindert?
Liebst du mich nicht mehr?
Hat deine Geliebte da oben in ihrer toten, winddurchtosten Steinwüste nichts Besseres zu tun, als dich wieder zu sich zu holen?
Eine Schneekönigin. Das ist sie.
Das feuchte Land an der Newa.
Eine kalte, eifersüchtige Hündin.

Sasonow hielt die Kugel in der Hand. Das Licht der Lampe spiegelte sich darin. Auf dem Glas hafteten seine fettigen Fingerabdrücke.
Was Iwan-Dummwan wohl an diesem Spielzeug fand?
Sasonow holte aus und warf die Kugel in die Ecke. Klirr! Sie zersprang in tausend Scherben. Die silbrigen Fitzelchen schwammen in einer Pfütze.
Dasselbe wird ihr auch passieren. Deiner Tanja, Iwan.
Sasonow stand auf. Höchste Zeit, sich umzuziehen. Die Zeremonie stand unmittelbar bevor. Bald würde Memow eintreffen, der alte Bastard. Sasonow grinste schief. Den wollte er nicht verpassen.

»Wer ist mein Vater?«, fragt Iwan. »Ich habe nie danach gefragt, aber ...«
Jewpat schaut auf.
»Es hat dir also niemand erzählt? Es ist General Memow.«
Du wirst deinen eigenen Vater töten. Lachesis.
Iwan nickt: Verstehe. Der zu erwartende Gefühlsausbruch bleibt aus. Er fühlt nur innere Leere.

»Nachdem deine Mutter mit dir fortgegangen war, hat er dich gesucht«, erzählt Jewpat. »Doch er hat dich nicht gefunden, weil deine Mutter das nicht wollte. Ich habe ihr geholfen. Ich war euer Leibwächter, aber du hast immer Onkel zu mir gesagt.«

»Ja, früher. Aber jetzt?«, fragt Iwan. »Warum bist du immer noch bei mir?«

»Gut möglich, dass ich in Wirklichkeit gar nicht da bin.« Onkel Jewpat mustert Iwan. »Gut möglich, dass nicht ich mich mit dir unterhalte, sondern dein Gehirntumor. Oder, sagen wir, ein altes Hämatom. Du wurdest in deiner Kindheit geschlagen, erinnerst du dich? Das Blutgerinnsel in deinem Kopf hat sich nicht aufgelöst, falls es dich interessiert … Du hast überhaupt ziemlich oft eins auf die Rübe gekriegt.«

»Was soll ich tun?«, fragt Iwan.

»Weißt du noch, du bist seinerzeit zu mir gekommen und hast mich gefragt, ob du heiraten sollst?«

»Ja. Und du hast mir geantwortet: Heirate.«

»Genau.« Onkel Jewpat schaut Iwan wehmütig an. »Und wenn ich gesagt hätte, dass du es nicht tun sollst? Was hättest du dann gemacht?«

»Ich hätte trotzdem geheiratet.«

»Wieso das?« Jewpat gibt sich überrascht. »Habe ich dir denn jemals schlechte Ratschläge gegeben?«

»Nein, nur gute«, erwidert Iwan.

»Warum hättest du diesen dann nicht befolgt?«

Iwan schließt die Augen und öffnet sie wieder.

»Weil ich diese Entscheidung allein treffen wollte. Es ist meine Entscheidung.«

Onkel Jewpat sieht ihm streng in die Augen.

»Und du bist bereit, die Konsequenzen dieser Entscheidung zu tragen?«

»Ja«, antwortet Iwan nach kurzem Zögern.

»Alle Konsequenzen ohne Wenn und Aber?«

Pause. Lange Pause.

»Ja.«
»Du bist erwachsen geworden.« Onkel Jewpat lächelt auf einmal. »Du hast viel dazugelernt, seit wir uns das letzte Mal gesehen haben. Jetzt bist du ein Mann. Ein Krieger. Ich hatte deiner Mutter versprochen, mich um dich zu kümmern, aber ich bin umgekommen. Vielleicht war es nicht die beste Möglichkeit ... auf diese Weise zurückzukommen. Sicherlich nicht. Trotzdem bin ich all die Jahre immer bei dir gewesen. Ich habe mitverfolgt, wie du vom Kind zum jungen Mann herangewachsen bist. Ich habe deinen Gram und deine Tränen gesehen, deine Siege und Niederlagen. Jetzt hast du verstanden, was Freiheit bedeutet. Wahrscheinlich ist das die letzte Lektion, die ich dir erteilt habe. Du hast sie verinnerlicht.«

»Die Verantwortung für das Leben eines anderen – ist das die Freiheit?«

Iwan schaut seinem Onkel in die Augen.

»Richtig«, erwidert Jewpat. »Freiheit ist nicht die Wahl zwischen Kalaschnikow und Flinte. Freiheit ist auch nicht die Entscheidung, ob du das Gewehr in die Linke oder in die Rechte nimmst. Das sind alles Nebensächlichkeiten, die keine Beachtung verdienen. Die eigentliche Freiheit manifestiert sich dann, wenn du auf einen Menschen zielst und entscheidest, ob er weiterleben oder sterben wird.«

Onkel Jewpat überlegt.

»Manchmal bedeutet Freiheit nichts weiter als das Recht, sich eine Kugel in den Kopf zu schießen.«

Aus dem Tunnel stieg Iwan zum Bahnsteig der *Wassileostrowskaja* hinauf. Dann ging er an den festlich gedeckten Tischen entlang. Vorbei an fröhlichen Gesichtern, die eines nach dem anderen versteinerten, als sie ihn erblickten. Bleierne Stille machte sich breit.

»Iwan«, tuschelte jemand hinter ihm. »Merkulow ist zurück.«

Unter den Gästen erhob sich Gemurmel. Und verstummte sofort wieder, als Iwan die Flinte von der Schulter nahm ...

Der Digger ließ den Blick über die Runde schweifen. Braut und Bräutigam saßen in der Mitte, wie es sich gehörte. Rechts von der Braut saß Pascha, links von ihr Katja. Die Trauzeugen.

General Memow gab den Ehrengast. Er schaute grimmig und konzentriert.

Tanja saß totenbleich am Tisch. Sasonow erinnerte an eine weiße Statue im schwarzen Anzug.

Sasonow stand auf. Er öffnete den Mund, als wollte er etwas sagen.

Iwan legte die Doppelflinte an und spannte die Hähne. Memows Leibwächter wollten schon aufspringen, doch der General stoppte sie mit einer Handbewegung.

»Was soll das?«

»Ich beschuldige diesen Mann schwerer Verbrechen«, sagte Iwan laut, sodass alle es hören konnten.

»Was konkret wirfst du ihm vor?« Memow erhob sich von seinem Platz.

»Den Diebstahl des Dieselgenerators und zwei Morde«, erwiderte Iwan. »Reicht das?«

»Wen soll er denn getötet haben?«

»Jefiminjuk. Und nach allem, was ich weiß, auch Orlow.«

Memow wurde blass im Gesicht und begann sich langsam umzudrehen.

Plötzlich stieg Sasonow auf den Tisch und marschierte über das weiße Tischtuch hinweg auf Iwan zu. Klirrend gingen Teller und Gläser zu Bruch. Unmittelbar vor Iwan sprang er wieder auf den Boden herab. Selbst zur Hochzeit hatte er seinen beigen Mantel an. Und sein Revolver steckte im Schulterhalfter.

Pause.

»Weißt du, was mir ohne dich gefehlt hat?«, fragte Sasonow.

Iwan beobachtete aufmerksam seine Hand. Noch zuckte sie nicht, doch Sasonow konnte jederzeit zum Revolver greifen. Diesen Moment durfte Iwan auf keinen Fall verpassen.

»Nein«, erwiderte er.

»Die Ruhe hat mir gefehlt. Denkst du, ich hätte auf dich geschossen?«

»Etwa nicht?« Iwan zog die Augenbrauen hoch. Die Läufe der Doppelflinte zielten auf den Brustkorb seines ehemaligen Freundes.

»Das hatte ich auch gedacht. Nein, Iwan ...« Sasonow hielt inne. Auf was wartest du noch, dachte Iwan. Nun zieh schon deinen verdammten Revolver. »Du hattest recht mit dem, was du über mein Gewissen sagtest ...«

»Ach wirklich?« Wann zieht er endlich, verflucht?!

»Du glaubst mir nicht.« Sasonow schüttelte langsam den Kopf. »Das macht nichts. Es ist nicht mehr so wichtig, ob du mir glaubst oder nicht. Ich musste es dir sagen. Tut mir leid.«

Iwan schwieg. Aus dem Augenwinkel sah er Pascha und Tanja am Tisch. Doch jetzt war ihm alles egal.

»Ich hätte gern ... verstehst du ...« Sasonow sah Iwan seltsam fragend an. »Dass alles seine Ordnung hat.«

Freiheit, das ist nicht die Wahl zwischen Kalaschnikow und Flinte.

»Ein ehrliches Duell?«, fragte Iwan und ließ die Waffe sinken.

»Ja.« In Sasonows Gesicht erschien plötzlich sein unnachahmliches schiefes Grinsen. Auf einmal wirkte er wieder wie er selbst – selbstsicher und ruhig. »Ein ehrliches Duell.«

»An der *Primorskaja*?«

»Genau.« Sasonow nestelte an seinem Mantel, zog das Schulterhalfter zurecht und drückte den Rücken durch. »Dort, wo ich diesen verdammten Generator zertrümmert habe. Das wäre eine saubere Sache. Du könntest sogar dein berühmtes Bato-on...«

In diesem Augenblick zuckte Sasonows Hand.

Iwan riss die Flinte hoch und schoss, ohne groß zu zielen. Bamm. Der Rückstoß hämmerte gegen seine Schulter. Sasonow wurde zurückgeschleudert und taumelte gegen den Tisch. Geschirr klirrte. Die Leute schrien. Bumm! Der Schuss aus dem zweiten Lauf. Blut. Wie in Zeitlupe stürzte Sasonow rücklings auf den Tisch. Die Augen weit aufgerissen, befremdet. Das Gesicht wohlgeformt. Makellos. Und äußerst erstaunt.

Sasonow spuckte Blut.

»Was war das? ...« Er begann zu husten. »Ich bin doch ... schnell ...«

Auf dem beigen Mantel bildete sich langsam ein roter Fleck.

Iwan ließ die Flinte sinken. Aus den Läufen quoll Rauch. Er warf einen Blick auf die schweigende Menge der Versammelten und trat zu dem Toten, der einmal sein Freund gewesen war.

»Wadim ...«, sagte Iwan und drückte dem Toten die Augen zu.

Damals, an der *Sennaja*, nach der Schlägerei mit dem *dur*-Händler, und nachdem er von Kossolapy und dem Oberführer geträumt hatte, war er stundenlang reglos dagelegen und hatte die Wand angestarrt. So war die Nacht vorübergegangen.

Am Morgen stand er auf, wusch sich, rasierte sich und wusch sogar seine Kleidung durch. Während seine Sachen trockneten, legte er sich einen Plan für das weitere Vorgehen zurecht. Ein paar Stunden später zog er das Matrosenhemd, die Hose und die Jacke an. Die Klamotten waren noch ein wenig feucht, doch der Digger war nun bereit und wollte nicht länger warten.

Er bezahlte die Übernachtung (drei Patronen) und bat um ein Frühstück. Der Brei schmeckte nach nichts, aber er aß ihn bis zum letzten Löffel auf. Dann schlenderte er über den Bahnsteig. Iwan war auf der Suche nach bestimmten Leuten. Oder sagen wir so: nach ganz speziellen Leuten.

Der Stationsknoten *Sadowaja–Sennaja–Spasskaja* war ein Schmelztiegel verschiedener Sprachen und Nationalitäten. Das Babylon der Metro.

Als er einen Zigeunerjungen entdeckte, winkte er ihn zu sich und drückte ihm eine Patrone in die Hand. Dafür musste der Junge ihn zum Chef der Zigeuner führen.

»Wieso sollten wir dir helfen?«, fragte der, nachdem er Iwan angehört hatte.

»Weil die Engel euch darum bitten.« Der Baron zuckte zusammen. »Mario Lanza«, fügte Iwan hinzu. Der Anführer der Zigeuner sah Iwan prüfend an und zwirbelte seinen grauen Schnurrbart. »Sagen Sie ihm, dass Iwan Gorelow hier war. Er weiß Bescheid.«

Wenige Stunden später war Iwan bereits am *Newski prospekt*. In dem bunten Zigeunergewand war der Digger kaum wiederzuerkennen.

Dort besprach er sich auch mit Sonis, erfuhr von der bevorstehenden Hochzeit und von Schakilows Tod.

Iwan wartete einen passenden Moment ab, dann schlüpfte er in den Schacht, der in einer Luke im Durchgangstunnel zwischen *Newski* und *Gostinka* mündete. Während junge Zigeuner vor dem Schlupfloch Wache standen, arbeitete sich Iwan durch den langen Betonschacht zu einer grauen Metalltür vor.

Ein Geheimobjekt, sagen Sie? So, so.

Seit dem letzten Mal hatte sich hier nichts verändert. Selbst die Steine, die Iwan damals geworfen hatte, lagen noch an ihrem Platz. Das runde, schwarze Auge des Maschinengewehrs an der Decke beobachtete ihn. Iwan seufzte. Nun kam der entscheidende Moment. Wie durch ein Wunder war der Digger immer noch im Besitz der Plastikkarte. Eine Art sechster Sinn hatte ihn veranlasst, sie auf dem Weg von der *Baltiskaja* in Richtung Zentrum zu verstecken, bevor die Männer von der *Technoloschka* ihn aufgriffen und verhörten.

Er hatte es irgendwie im Gefühl gehabt.

In gewisser Weise konnte Iwan die Masuten verstehen. Sterndeuter war tot und seine verrückte Theorie vom Leningrader AKW interessierte keinen. Warum auch, sie hatten ja Strom.

Die *Technoloschka* wollte keine Veränderungen.

Wenn man es sich genau überlegt: Niemand will Veränderungen.

Was nun? Iwan nahm all seinen Mut zusammen und ging auf die Metalltür zu. Der Lauf des Maschinengewehrs setzte sich in Bewegung ... Iwan hielt sich die Plastikkarte wie einen Schutzschild über den Kopf. Er hatte keinen blassen Schimmer, wie das Bewachungssystem solcher Objekte funktionierte.

Eine Mikrowellenkanone, sagen Sie?

Iwan fragte sich, in welchem Moment sie wohl gefeuert und den abgebrühten Digger Enigma in einen blinden, versponnenen Greis verwandelt hatte. Drei Schritte vor der Tür? Oder zwei?

Iwan ging weiter und blieb unmittelbar vor der Tür stehen. Der rote Lack war von einer Staubschicht bedeckt. Die Aufschrift »Unbefugten Zutritt verb.« konnte man kaum lesen. Iwan spürte, wie es in seinem Hinterkopf kribbelte. Das »Maschinengewehr« beobachtete den Digger von oben. Iwan wartete. Nichts geschah.

Iwan sah sich die Tür genauer an. Sein Herz schlug so heftig, dass man es gewiss noch an der Oberfläche hörte. Egal. Moment mal ...

Bei genauerem Hinsehen fiel ihm eine kleine Metallscheibe auf, die sich farblich kaum von der Tür abhob. Iwan zögerte kurz, dann hielt er die Plastikkarte an die Scheibe.

Bumm, bumm, bumm. Das Herz.

In dem endlos währenden Moment, bevor im Hintergrund ein Signal ertönte und an der Tür eine grüne Diode aufleuchtete, liefen vor Iwans innerem Auge noch einmal sämtliche Ereignisse ab: der Krieg, der Raub des Generators, der Sturmangriff auf die *Majak*, der Verrat, der Mord, die langwierige Rückkehr, das AKW, die Angriffe der Bestien.

Gesichter tauchten auf. Der Oberführer mit seiner verbeulten Visage und seinen abartig blauen Augen. Mischa, aus dem doch noch ein Digger geworden war. Mandela, der oben keine Gas-

maske mehr wollte. Sterndeuter. Schakilow. Der Graue. Lali. Mario. Alle …
 Tanja, dachte Iwan. Jetzt ist alles vorbei. Jetzt werde ich gegrillt.
 Und dann ging plötzlich das grüne Lämpchen an.
 Piep. Der Signalton. Klack. Langsam öffnete sich die Tür.

 Iwan drückte dem Toten die Augen zu und richtete sich auf. Sein Blick schweifte über die Festgemeinde. Totenstille. Tanja war aufgesprungen, ihr Gesicht kreidebleich.
 Der General sah ihn konsterniert an. »Du bist wirklich ein erstaunlicher Mensch. Warum bist du nicht auf meiner Seite, Iwan?«
 Er schüttelte den Kopf. »Aber jetzt ist es schon zu spät. Leider.«
 Er wandte sich an seine Leute. »Nehmt ihn fest.«
 Die grau gekleideten Bodyguards richteten ihre Gewehre auf Iwan und kamen von zwei Seiten auf ihn zu. Sieht schlecht aus, dachte der Digger und ließ die Flinte sinken. Zum Nachladen blieb ihm keine Zeit.
 »Du wusstest doch, dass es Selbstmord ist, hier aufzukreuzen«, sagte der General. »Oder nicht?«
 »Natürlich wusste ich das«, antwortete Iwan.
 »Warum bist du dann gekommen?«
 Manchmal bedeutet Freiheit nichts weiter als das Recht, sich eine Kugel in den Kopf zu schießen.
 »Ich bin es leid, wegzulaufen. Das Böse muss bestraft werden, General. Das ist meine Meinung.«
 Iwan stellte sich kerzengerade hin. Die Admiralzen waren nur noch wenige Schritte von ihm entfernt. Den mit der dicken Warze im Gesicht kannte er schon von der *Wosstanija*. Iwan grinste. Was für ein nettes Wiedersehen.
 »Wirf die Waffe weg, du Idiot«, befahl der Warzige barsch.
 Er hielt eine Kalaschnikow in den Händen.
 »Muss das denn sein?«, fragte Iwan.

Aus dem Augenwinkel sah er, wie sich Pascha in seinem Rollstuhl in Bewegung setzte. Summ, summ, summ.

»Wegwerfen, hab ich gesagt!«

Iwan zuckte mit den Achseln. Wenn's denn sein muss. Er öffnete die rechte Hand. Der Schaft schwenkte herab und schlug gegen den Granitboden. Er öffnete die linke Hand. Klonk. Jetzt lag die Flinte auf dem Boden. Schade. Das gute Stück.

Die Admiralzen traten dicht an ihn heran.

»Meine Lieblingsbonbons«, sagte Iwan und hob den Kopf. »Hast du gehört, du Missgeburt? Bato-on...«

»Nein!«, schrie der General. »Nicht ...«

Selenzew bückte sich und trat in den Schacht. Seine Schultern schleiften an der bröckeligen Betonwand. Im Lichtschein der Lampe lag ein langer Gang, der ... tja, wohin er wohl führte? Selenzew wusste es nicht, und das wurmte ihn. Bislang kannte er nur die Route seines Kontrollgangs und ein paar Abzweigungen.

Erst vor Kurzem war er aus dem Wartungsbetrieb des Objekts 30 in den Wachdienst der GUSP versetzt worden. Zu den Untergrundeinheiten. Das bedeutete eine gehörige Umstellung für ihn. Obwohl er bei den Vorbereitungstests eine hohe psychische Belastbarkeit und gute Selbstkontrolle bewiesen hatte, machte ihm dieses Labyrinth aus Beton arg zu schaffen. In der Kälte, die von den Wänden abstrahlte, und in dem elektrischen, filtrierten, geschmacklosen Licht bekam Selenzew keine Luft. Und überhaupt, die Luft hier unten hatte ihren Namen nicht verdient. Ein sauerstoffhaltiges Gemisch war das, aber keine richtige Luft.

Selenzew setzte seinen Kontrollgang fort. Als er an einer Wand den Spruch »Enigma ist ein guter Mensch TM« entdeckte, schüttelte er den Kopf. Mit dem Humor der Bewohner des Untergrunds konnte er nichts anfangen. Für ihn war das auch gar kein Humor, sondern eher die Manifestation eines Rückfalls in alte Verhaltensmuster. Als würde ein Affe, der sich aus einem Menschen in einen Affen zurückentwickelt hat, vor einem kaputten Fernseher sitzen und auf der Fernbedienung herumdrücken.

Unter der Erde war alles anders.

Unter der Erde konnte Selenzew nicht schlafen. Im Dienst kämpfte er zwar ständig gegen bleierne Müdigkeit und konnte kaum die Augen offen halten, doch war es damit schlagartig vorbei, sobald er sich seinem Bett auch nur näherte. Dann standen ihm qualvolle Stunden der Schlaflosigkeit bevor. Und diese Stunden wollten kein Ende nehmen.

Unter der Erde ... Selenzew seufzte. Interessanterweise befand sich der Hauptbunker in größerer Tiefe, während er seinen Dienst im oberen Bereich versah, der sich unmittelbar an die übrige Metro anschloss. Dort unten gab es Gärten, Gewächshäuser und sogar eine Menagerie. Dazu mehrgeschossige Wohnanlagen, Swimmingpools und Fitnessräume für seinen Chef und die anderen hohen Tiere. Es gab alles, was das Herz begehrte. Und auch für den Service war dort gesorgt. Die Chefs ließen es sich gut gehen, und Männer wie Selenzew bedienten sie.

Selenzew war der geborene Diener.

Gleich würde er wieder in die Leitstelle zurückkommen und dort seinen Platz hinter den Monitoren einnehmen. Es bereitete Selenzew ein bizarres Vergnügen, zu beobachten, wie die Wilden »dort draußen« ihr Dasein fristeten. Die Szenen auf den Bildschirmen offenbarten den gewaltigen Unterschied zwischen dem Leben hier, wo sie nur wenige, gleichsam Auserwählte waren, und dem Leben dort, wo die Wilden auf engstem Raum hausten und sich für ein Stück Rattenfleisch oder eine Patrone gegenseitig umbrachten. »Wir sind die Eloi«, hatte einer der Chefs einmal gesagt. »Und die sind die Morlocks. Untergrundbestien. Menschenfresser.«

Als Selenzew das Warnsignal hörte – der Bewegungsmelder im Durchgangsraum hatte es ausgelöst –, beschleunigte er seinen Schritt.

Er musste seinen Kontrollgang beenden und in die Leitstelle zurückkehren. Das war sein Job. Zumindest bis sein Chef sich einfallen ließ, ihn zu befördern oder auch zu degradieren.

Am Ziel angekommen, blieb Selenzew wie vom Donner gerührt stehen. Vor ihm stand einer dieser Wilden.

Schmutzig, aggressiv und gefährlich.

Der Wilde zielte mit einer Doppelflinte auf Selenzew. Im Übrigen hatte der Wachmann keinen Zweifel daran, dass der Eindringling ihn auch mit bloßen Händen in Stücke reißen konnte.

»Wie schaltet man den Strom an der *Wassileostrowskaja* ein?«, fragte der Wilde mit heiserer Stimme. »Raus mit der Sprache.«

»Wie sind Sie hier reingekommen?«, fragte Selenzew zurück.

»Das spielt keine Rolle. Los, du gehst voraus. Wo sind hier die Schaltpulte für den Strom?«

Was für ein gebildeter Wilder, wunderte sich Selenzew. Ihm blieb nichts anderes übrig, als ihn in die Leitstelle zu führen. Neugierig inspizierte der Eindringling die Monitore und dann den Metroplan, auf dem alle Stationen und Bunker eingezeichnet waren.

»Hier sieht's aus wie in der Schaltzentrale eines Atomkraftwerks«, sagte der Wilde.

Selenzew fielen beinahe die Augen heraus. In der Tat, ein bemerkenswert gebildeter Wilder. Doch der ließ ihm keine Zeit zum Staunen.

»Die *Wassileostrowskaja*?«

Wortlos zeigte Selenzew auf einen Kippschalter mit der Aufschrift »Wass.«.

»Einschalten.«

»Sie verstehen das nicht. Das ist die Stromzufuhr zum Verteilerkasten …«

»Wir kriegen das schon hin«, entgegnete der Wilde. »Schalt ein.«

Klick. Ein grünes Lämpchen leuchtete auf.

»Das war's schon?«, fragte der ungebetene Gast.

»Ja.«

»Und nun gib fein acht«, sagte der Wilde grinsend und in einem Ton, dass es dem Wachmann kalt den Rücken herunterlief. »Sollte dieses Lämpchen ausgehen, komme ich zurück.« Er musterte Selenzew von oben bis unten. »Und mache euch alle kalt.«

Nachdem der Eindringling gegangen war, saß Selenzew lange vor dem Schaltpult und betrachtete die Reihen der Leuchtdioden, die für die Linien und Stationen der Metro standen. Er kämpfte mit sich.

Langsam streckte er die Hand aus, um den Strom wieder abzuschalten ... Andernfalls würde sein Chef ihn in der Luft zerreißen.

Doch dann fiel ihm der Blick des Wilden wieder ein. Nein, lieber nicht. Er zog die Hand wieder zurück und starrte auf das grüne Lämpchen neben dem Schalter »Wass.«. Ohnmächtig sank Selenzew in seinen Stuhl zurück.

Lassen wir es doch noch ein bisschen brennen. Ist besser so ... Nicht dass dieser Wilde zurückkommt und uns alle kaltmacht.

»Nein!«, schrie Memow und trat einen Schritt vor.

Iwan sah das konsternierte Gesicht des Generals.

Die Admiralzen sind zu acht, dachte er. Da bin ich sowieso ein toter Mann. Lassen wir es wenigstens noch ein bisschen krachen.

Im nächsten Moment schob er die Fußspitze unter den Schaft der am Boden liegenden Flinte. Ein Ruck nach oben. Wie in Zeitlupe flog die Waffe durch die Luft. Ungläubiges Staunen im Gesicht des Warzigen. Der Digger fing die Flinte mit beiden Händen und hielt sie fest. Ein schwerer Schießprügel. Genau das Richtige.

Ein blitzartiger Stoß nach rechts. Da! Mit dem Schaft riss Iwan dem Warzigen das halbe Gesicht weg. Der taumelte zurück und fiel um.

Iwan riss die Flinte auf die andere Seite. Zack. Kracks. Der Doppellauf bohrte sich in den Schädel des zweiten Admiralzen. Blut spritzte. Der Mann sank zu Boden.
Zwei sind erledigt. Bleiben noch sechs.
Im nächsten Augenblick duckte sich Iwan, um den Schüssen auszuweichen ...

Iwans größtes Problem hatte darin bestanden, vom *Gostiny dwor* zur *Wassileostrowskaja* zu gelangen. Zwar war die Blockade inzwischen aufgehoben worden, doch an den Kontrollposten im Tunnel wäre der Digger nicht vorbeigekommen.

Der Preis für die Aufhebung der Blockade waren Postyschews Rücktritt und die Einsetzung eines neuen Kommandanten gewesen. Sasonow hatte sich genau den richtigen Zeitpunkt ausgesucht. Mit Licht und Frieden im Gepäck war er wie ein Heilsbringer in die Station eingezogen.

Außerdem brauchte der neue Kommandant eine Frau.

Warum hatte sie zugestimmt?, fragte sich Iwan.

Darum.

Er zog sich die Gasmaske über und machte einige Atemzüge. Passt.

Um an die Oberfläche zu gelangen, benutzte Iwan jenen Tunnel mit der horizontalen Rolltreppe, der unter der Newa hindurch direkt zur Wassiljewski-Insel führte. Von hier musste er bis zum Lüftungsschacht an der *Primorskaja* weitergehen. Das war zwar wesentlich weiter als bis zur *Wassileostrowskaja*, aber auch wesentlich sicherer. Sofern bei einem Streifzug durch die tote Stadt von Sicherheit überhaupt die Rede sein konnte.

Iwan kämpfte sich durch den verschütteten Ausgang, kniete sich hin und sondierte die Lage.

Die Zeit der Weißen Nächte war vorbei. Eine ganz normale Sommernacht. Über der Lutheranischen Kirche kreisten geflügelte Bestien am finsteren Himmel.

Doch, doch, die haben hier irgendwo ein Nest, dachte Iwan. Ein Schrei. So schrill und beklemmend, dass der Digger eine Gänsehaut bekam.

Iwan duckte sich, um nicht getroffen zu werden. Plötzlich wurde es unerträglich hell.

Der verlassene Bunker an der *Primorskaja*. Iwan hatte ihn sofort wiedererkannt, obwohl er schon sehr lange nicht mehr hier gewesen war. Das Wasser stand bis zu den Knien. Der Lichtkegel der Lampe wanderte über marode Wände. Die giftgrüne Farbe hing in durchweichten Fetzen bis zum Boden herab. Die Luft träge, abgestanden. Flatsch, flatsch. Hier ging man nicht, hier watete man. Iwan schwenkte die Doppelflinte. Die Lampe hatte er am Vorderschaft befestigt.

Nachdem er einen »sauberen« Vorraum und einen Ruheraum durchquert hatte, stand er vor der Tür des Lagers. Mit dem Fuß stieß er sie auf und trat ein. Der Lichtkreis der Lampe tanzte auf dem trüben, grünlichen Wasser.

Iwan blieb stehen.

Im ersten Moment blieb dem Digger die Luft weg. Dann schwindelte ihm – wie von einer Überdosis Sauerstoff.

Was für ein Hohn. Als spielte sich vor seinen Augen etwas Ungeheuerliches ab, das er ohnmächtig mit ansehen musste.

Im Wasser stand der alte Dieselgenerator der *Wassileostrowskaja*, den die Moskowiter »gestohlen« hatten. Zerstört und verrostet.

Und dafür haben wir Menschen getötet, dachte Iwan.

Alles spielte sich ab wie im Traum.

Iwan kniete sich hin und fasste die Flinte am Vorderschaft. Jetzt musste er die Läufe abklappen und neue Patronen einsetzen ...

Aus dem Augenwinkel sah er, wie ein Admiralze die Kalaschnikow hochriss.
Den Hebel umlegen. Ratsch.
Eine Salve pfiff über Iwans Kopf hinweg.
Die Läufe abklappen.
Die Hülsenböden glänzten. Mit drei Fingern zog Iwan die erste der qualmenden Hülsen heraus. Er stöhnte vor Schmerz. Dann entnahm er die zweite.
Und plötzlich wurde es unerträglich hell.
Für einen Moment kam es Iwan so vor, als würde er abermals versuchen, aus dem Fenster des Kraftwerkgebäudes zu schauen. Am helllichten Tag. Ein trüber Tag, hatte Fjodor gesagt. Der musste es ja wissen. Für Iwan hatte es sich jedoch so angefühlt, als tauchte er in ein Meer erbarmungslos blendenden Lichts.
Im nächsten Augenblick spürte Iwan einen heftigen Stoß an der Schulter. Er fiel um. Scheiße. Er schlug rücklings auf dem Bahnsteig auf, doch die Flinte ließ er nicht los.
Und dann kam der Schmerz.
Erst jetzt wurde ihm klar, dass er getroffen worden war. Wie das?
Es wird nie ein Ende haben.
Die Macht ist ein Monster mit tausend durchsichtigen Tentakeln und einem rosa Nervenknoten anstelle des Gehirns.
Warum müssen wir für irgendwelche Ideale kämpfen und sterben?
Memow beugte sich über den Digger.
»Bleib ruhig liegen, Iwan. Wir holen gleich einen Arzt.«
Jemand nahm dem Digger die Waffe aus der Hand. Iwan lag reglos da und spürte, wie das Leben allmählich aus ihm hinaussickerte. Wie aus einer gesprungenen Feldflasche. Irgendwo in der Ferne hörte er Tanja schreien. »Lasst mich! Lasst mich durch!« Empörtes Raunen. Doch offensichtlich schaffte es der General, einen Tumult zu verhindern.
Der Tyrann. Alt, aber stark. Dem kann ich nicht das Wasser reichen.

»Das mit dem Licht haben wir dir zu verdanken, nicht wahr?«, fragte Memow und sah sich um. »Ein bisschen spät natürlich, aber beeindruckend. Ich habe immer an dich geglaubt.«

»Du bist ein mieses Schwein, General«, sagte Iwan. »Schlimmer noch. Du bist ein Politiker.«

Das Gesicht des General verfinsterte sich.

Was ist, passt dir was nicht?

»Wir werden dich gleich verbinden«, wiederholte Memow. »Es tut mir leid, Iwan. Ich hatte gehofft, dass du mich verstehen würdest. Als wir noch auf derselben Seite kämpften, hatte ich sogar gehofft, dass du mein Werk fortsetzen würdest. Dass du die Menschen einen würdest. Jeder, der ein Imperium errichtet, braucht einen würdigen Nachfolger, verstehst du?«

»Ein Imperium? Ist es das, wovon du träumst, General?«

»Ja. Eine geeinte Menschheit. Die gebündelte Kraft ihres Zorns. – Verdammt, verbinde ihn doch endlich jemand!«

Man kam nicht mehr dazu, Iwan zu verbinden. In die Stille, die sich über die Station gelegt hatte, platzte das satte Gehämmer eines Maschinengewehrs. Und brach alsbald wieder ab. Jemand schrie. Und noch jemand.

Der General stand auf.

»Was ist das ...« Er verstummte.

Stille.

Plötzlich war es so still, dass Iwan die Glühwendeln in den Lampen knistern hörte. Die Bahnsteighalle war hell erleuchtet. Die Leute standen oder saßen und wussten noch nicht, was diese Geräusche zu bedeuten hatten. Und diese Schreie.

Jemand hat den Kontrollposten überrannt, schlussfolgerte Iwan nüchtern.

Mit einem Ruck drehte sich der Digger auf die Seite. Dabei wurde ihm schwarz vor Augen, und er hätte beinahe das Bewusstsein verloren. Als er endlich wieder etwas sehen konnte, traute er seinen Augen nicht.

Vom anderen Ende der Station kam der »Passagier« auf sie zu. Der Blokadnik.

Langsam schritt die riesige graue Gestalt über den Bahnsteig der *Wassileostrowskaja*.

Schreie. Das Poltern eines umgeworfenen Tischs.

Auf seinem Weg kam dem »Passagier« einer der Admiralzen in die Quere. Der Mann legte sein Gewehr an ...

Hau lieber ab, dachte Iwan.

Die Salve krachte.

Plötzlich machte die Bestie einen Satz, packte den Admiralzen, hob ihn hoch und zerquetschte ihn. In den Händen des Monsters wirkte er wie eine zerknüllte Stoffpuppe.

Blut floss in Strömen auf den Granitboden. Wie aus einer Saftpresse.

Dann ließ die Bestie los und der Mann fiel zu Boden. Achtlos stieg der »Passagier« über den entstellten Leichnam und marschierte auf die Menge zu. Ohne Eile und mit leicht hinkendem Gang.

Wieder wunderte sich Iwan über den unproportional kleinen Kopf des riesigen, mehr als drei Meter großen Monsters. Eine flache Scheibe mit zwei Löchern anstelle der Augen. Nicht größer als ein Kindergesicht. Und ohne Mund. Das heißt ...

Irgendwie musste es ja fressen, oder?

Memow richtete sich auf und sah sich um.

»Bringt die Kinder in Sicherheit«, brüllte der General. »Schnell! Und die Männer zu mir.«

Panik. Durcheinanderlaufende Menschen. Geschrei.

Auf einmal beugte sich Oleg Kulagin zu Iwan herab.

»Wanja ... du ... Was sollen wir tun?«

»Iwan«, ging Memow dazwischen. »Das ist nicht der rechte Zeitpunkt für Kompetenzstreitigkeiten.«

»Tut, was der General sagt«, presste der Digger hervor und drehte sich auf den Rücken zurück. Er war am Ende mit seinen Kräften.

Kulagin überlegte kurz und nickte.

Ein roter Schleier vor den Augen. Verdammt. Jemand packte Iwan unter den Achseln. Der Digger beobachtete verwundert, wie seine Stiefel auf und ab hüpften, während man ihn über den Bahnsteig schleifte. Auf dem Granit blieb eine dicke Blutspur zurück.

Schließlich lehnte man ihn mit dem Rücken gegen die Platte eines zur Seite gekippten Tischs.

»Stellung beziehen«, kommandierte Memow.

Am Südende der *Wassileostrowskaja* wurden die Durchgänge geöffnet, um die Frauen und Kinder aus der Gefahrenzone zu bringen. Geschrei und Gejammer drangen von dort herüber. Beeilung.

Die Kämpfer in ihren besten Gewändern, allesamt akkurat gekämmt und rasiert, formierten sich vor einer improvisierten Barrikade.

Recht so, dachte Iwan. Es gehört sich, sauber in den Kampf zu ziehen.

Schusswaffen hatten nur einige wenige, die Übrigen bewaffneten sich mit allem, was gerade greifbar war: Stuhlbeine, Stöcke … Manch einer ballte einfach die Fäuste.

Die Bewohner der *Wassileostrowskaja* und die Admiralzen standen Schulter an Schulter.

Das ist es, was die Menschen verbindet, dachte Iwan. Nicht der Tod. Sondern der Hass.

Vielleicht ist Xenophobie gar nicht so übel?

Der General stand am Rand der Formation.

»Fertig machen«, befahl er. Seine Stimme war heiser und belegt, strahlte aber trotzdem die Ruhe des besonnenen Anführers aus. Er hob seine Pistole und zielte auf den Blokadnik. »Erst schießen, wenn ich das Kommando gebe.«

Der »Passagier« kam langsam näher. Es schien fast, als schwebte er über den Bahnsteig, so schwerelos war sein Gang.

Die schwarzen Augenlöcher waren auf die Menschen gerichtet.

»Feuer!«, kommandierte der General.

Die Sturmgewehre, Flinten und Pistolen krachten. Feuerblitze zuckten.

Die Waffen reichen hinten und vorne nicht, haderte Iwan in Gedanken. Die meisten lagen in der Waffenkammer am anderen Ende des Bahnsteigs verwahrt. Der General hatte auf diese Weise mögliche Meutereien vorbeugen wollen und damit dem Blokadnik unfreiwillig in die Karten gespielt. Memow wusste das auch in diesem Moment. Er versuchte zu retten, was zu retten war.

Doch offenbar war es schon zu spät.

Abermals Feuerblitze. Die Bestie zuckte.

Im nächsten Augenblick brach der Blokadnik in die Stellung der Verteidiger ein. Er schleuderte die Kämpfer umher wie Spielzeugsoldaten. Seine langen Arme bewegten sich so blitzartig, dass man sie nur noch verschwommen sah. Schmerzensschreie und Schüsse hallten durch die Bahnsteighalle.

Kurz darauf bemerkte Iwan, dass das runde Gesicht des »Passagiers« bedrohlich auf ihn zukam.

»Hallo, Iwan.«

Jetzt ist alles aus, dachte der Digger und versuchte verzweifelt, zu entkommen.

»Obergeil. Ohne Scheiß!«, rief jemand.

Summ, summ, summ!

Es war Pascha, der dem »Passagier« mit Anlauf in die Beine fuhr. Rumms. Knirsch.

Das graue Gesicht auf dem dicken Hals verzog sich zu einer grotesken Fratze. Gleichsam überrascht sah die Bestie auf das lästige Männchen im Rollstuhl herab, das ihn da gerade gerammt hatte.

Summ, summ, summ.
Pascha rollte zurück und nahm einen neuen Anlauf. Rumms. Knirsch.
Nun hatte der Blokadnik genug. Er fuhr seine lange Pranke aus und schlug zu. Wie ein Geschoss schlitterte Pascha über den Bahnsteig, mitsamt seinem Rollstuhl, der sich mehrfach überschlug.
»Nein«, stammelte Iwan.
Mühsam drehte der Digger seinen kraftlosen Körper auf die rechte Seite.
Aufstehen, befahl er sich selbst. Es muss sein.
Pascha war aus dem Rollstuhl gefallen, hatte sich auf den Bauch gedreht und robbte nun auf den Blokadnik zu, indem er sich mit den Armen vorwärtszog. Iwan sah seine schweißgebadete, von trotzigen Furchen durchzogene Stirn. Seine Beine zog Pascha wie schlaffe Gummischlangen hinter sich her.
Was hatte dieser Dickschädel eigentlich vor? Was, zum Henker, wollte er gegen diese monströse Kampfmaschine ausrichten?
Wir Menschen sind so stur.
Abermals fuhr die Bestie ihre knochige Pranke aus. Wie ein Fallbeil sauste sie auf ihr wehrloses Opfer herab. Pascha wurde buchstäblich zerquetscht. Das Feuer in seinen Augen erlosch und sein Kopf sank auf den Boden herab.
Was meinst du, wird es ihr gefallen?
Sei mir nicht böse, aber du kannst manchmal idiotische Fragen stellen.
Das ist ein geniales Geschenk!

Iwan erfasste ohnmächtige Wut.
»Wo ist mein Gewehr?«
Plötzlich tauchte der General neben dem Digger auf. Die Deckenlampen beleuchteten sein kantiges Profil.
Die Bestie blieb unschlüssig stehen.
Der kalte Blick ihrer schwarzen Augenlöcher wanderte von Iwan zu Memow. Und wieder zurück. Und dann noch einmal

dasselbe Spiel. Als könnte sie sich nicht für einen der beiden entscheiden.

Iwan fiel auf, dass der »Passagier« doch einiges abbekommen hatte. Seine graue, glatte Haut war am ganzen Körper von Einschusslöchern durchsiebt, aus denen eine schwarze, ölige Flüssigkeit quoll. Blut? Eines seiner Beine war abenteuerlich verrenkt, als hätte jemand mit einem schweren Gegenstand dagegengedroschen. Voller Zorn.

Du hast es mit Skins zu tun, kapiert?!

Die Bestie drehte den Kopf. Ihr mächtiger Körper bekam sichtlich Schlagseite. Langsam floss die schwarze Flüssigkeit auf den Granitboden.

Sieh mal einer an, dachte Iwan. Sieht ganz so aus, als wäre ich hier nicht der Einzige, der aus dem letzten Loch pfeift.

»Worauf wartest du noch?«, fragte Memow, an die Bestie gewandt.

Der General stellte sich zwischen Iwan und den »Passagier«. Er hob seine Pistole und zielte auf das kleine, runde Kindergesicht.

»Mag sein, dass ich ein mieses Schwein bin, Iwan«, sagte der General leise, ohne sich umzublicken. »Aber ich bin kein Politiker. Wenn ich zwischen einer Bestie und einem Menschen wählen muss, entscheide ich mich immer noch für den Menschen.«

Ein Schuss. Ein Feuerblitz.

Das Gesicht der Bestie zuckte.

»Nein«, sagte Iwan tonlos.

Im nächsten Augenblick traf den General ein verheerender Schlag. Memow flog bis unter die Decke und stürzte dann zu Boden. Dort blieb er reglos liegen. Ein formloser Klumpen mit zermalmten Knochen im Leib.

Du wirst deinen eigenen Vater töten.

Der Blokadnik nahm nun wieder Iwan ins Visier.

Plötzlich zuckten Feuerblitze. Peng. Peng. Peng.

Neben den Augen der Bestie tauchten neue schwarze Punkte auf.

Iwan wandte sich um.

Neben ihm stand Tanja im weißen, blutbespritzten Hochzeitskleid. In den Händen hielt sie Sasonows Revolver. Aus dem Lauf des Python quoll Rauch.

Langsam wie ein gefällter Baumriese kippte der Blokadnik zur Seite und fiel um. Iwan spürte, wie der Bahnsteig unter seinen Füßen vibrierte. Das Ende. Die sterbende graue Bestie streckte ihre Pranke nach Iwan aus … Und erstarrte.

Aus ihren runden, abgrundtiefen Augenhöhlen starrte den Digger ein anderes Ökosystem an. Ein Plan B der Natur, in dem für den Menschen einfach kein Platz war.

Wir sind Dinosaurier, dachte Iwan.

Triceratops, Brontosaurus, Iguanodon. Der Mensch.

»Schert euch zum Teufel«, sagte Iwan zu dem Blokadnik. »Wir machen euch sowieso alle kalt. Wenn nötig, werden wir euch mit bloßen Händen erwürgen. Ihr wisst ja überhaupt nicht, mit wem ihr euch da eingelassen habt! Ihr habt es mit Menschen zu tun, kapiert?!«

Der Blokadnik schaute.

In diesem Moment gingen Iwan die Augen auf.

Mein »Montagepunkt«.

Der alte Enigma hat recht. Es gibt höherstehende Ziele. Es geht nicht um Einzelschicksale, sondern um die Rettung der Menschheit.

Auch der General hat recht. Man muss den Veganern Einhalt gebieten.

Selbst, wenn sie Menschen sind.

Nicht seine physische Natur macht den Menschen aus, sondern etwas anderes. Der Sohn des alten Reaktorwärters hat mehr von einem Menschen als Sasonow oder eben jene Veganer.

Iwan biss die Zähne aufeinander und stöhnte.

Alles verloren. Die Bestie war gar nicht hinter mir her. Sondern hinter Memow. Als die Fremden – womöglich die Veganer –

bemerkten, dass der General gefährlich ist, haben sie ihm den Blokadnik auf den Hals gehetzt. Und der Blokadnik hat mich mit ihm verwechselt, weil wir nahe Verwandte sind. Keine Ahnung, was wir gemeinsam haben. Den Geruch? Das Blut? Die Hirnströme? Jedenfalls verfolgte die Bestie mich, obwohl sie eigentlich auf Memow angesetzt war. Ein Irrtum. Zuerst ist sie mir durch die Metro gefolgt – daher ständig die bleierne Schwere im Hinterkopf. Und dann bis zum Atomkraftwerk und wieder zurück.

Letztlich habe ich den Blokadnik selbst zu Memow geführt.

Jetzt ist jegliche Hoffnung versiegt. Ich habe mich in allem geirrt und alles falsch gemacht. Ich bin ein Versager. Ich habe die Bestie zu meinem eigenen Vater geführt. Ich habe das Geschäft der Veganer betrieben. Es wird Krieg geben.

Der General war noch am Leben.

Mein Vater. Schnell, dachte Iwan. Ich muss ihm etwas sagen ... Wenigstens noch das Wichtigste.

Auf die Unterarme gestützt, robbte der Digger zu seinem Vater. Seine Fingernägel schabten über den Granit.

»General!«

Memows rollte mit den Augen. Mit letzter Kraft richtete er den Blick auf Iwan.

»Iwan ... Ich habe einen ... Elefanten ...« Memows Blick erlosch.

Iwan schluchzte leise.

»Ich bin dein Sohn. Hast du gehört, du alter Tyrann! Ich bin dein verdammter Sohn. Du hast einen Erben.«

Das hätte er ihm sagen wollen. Doch es war schon zu spät. In Memow toten Augen spiegelte sich die wasserfleckige Decke der *Wassileostrowskaja*.

Entkräftet ließ sich Iwan auf den Rücken sinken. Nun war alles vorbei.

Ein heldenhafter Versager. Das bist du, Iwan. Ein großartiger Held, verdammt ...

»Iwan, du darfst nicht sterben ...«

Macht nichts, ein paar Patronen sind noch übrig, dachte Iwan. Noch haben wir nicht ins Gras gebissen ... Nur an den Beinen ist mir so kalt. Aber sonst ... Einfach nur ein bisschen ausruhen, dann stehe ich wieder auf.

»Iwan!«

Jemand rüttelte ihn. Er verzog das Gesicht, ohne die Augen zu öffnen.

Was soll das denn! Nicht mal fünf Minuten Ruhe werden einem gegönnt.

»Iwan, verdammter Hundesohn!« Das war Tanjas Stimme. »Wo hast du dich herumgetrieben, du Nichtsnutz, du Dreckskerl?! Lass dir bloß nicht einfallen zu krepieren, sonst kannst du was erleben! Hast du gehört?!«

Das weiße Kleid, sinnierte Iwan. Wo habe ich sie in diesem Kleid gesehen? Ach ja, an jenem Abend, als ich in den Krieg zog. Natürlich.

Abermals spürte Iwan, wie sich sein Arm um ihre Taille schlang. Wieder spürte er das Muster des Stoffs unter seinen Fingern. Und wieder spürte er, wie kalt ihre Hände waren.

»Hast du gehört?!«

Er öffnete die Augen und sah ihr Gesicht. Endlich.

»Hallo, Tanja.« Die Schmerzen lagen wie ein roter Schleier vor seinen Augen. Doch durch diesen Schleier hindurch lächelte er. Der Bahnsteig unter ihm gab nach und schwankte nach allen Seiten. Und das war gut so. »Ich bin wieder zu Hause.«

EPILOG

Wo man hinschaut – Schnee. Viel, viel Schnee. Iwan hört, wie er unter seinen Schritten knirscht. Trockener, harschiger Schnee. In der Ferne – ein Haus. Auf dem Dach weiße Mützen. Auf den Zaun fallen dicke Schneeflocken. An die Fensterscheiben hat der Frost ein eisiges Muster gezaubert.
Hinter den Fenstern ist Licht.
Der Zaun ist aus Holz. Die Bretter sind schlampig gestrichen. Hier und da fehlt Farbe. Aus einem der Bretter ragt windschief ein Nagel, sein Kopf ist weiß gestrichen. Er wirft einen winzigen, bläulichen Schatten. Iwan sieht das so klar vor sich, als stünde er schon unmittelbar vor dem Zaun.
In Wirklichkeit hat er noch zehn Minuten zu gehen.
Der Schnee gibt nicht sehr stark nach, aber er gibt nach. Jeder Schritt hinterlässt einen Abdruck in der Schneekruste.

Iwan bleibt für ein paar Sekunden stehen und schaut von oben auf das Haus herab. Dann macht er sich auf den Weg nach unten.
Er wird bereits sehnsüchtig erwartet.

ANMERKUNGEN

Seite 13: »GLÜCK FÜR ALLE, UMSONST, ...«
Zitat aus dem berühmten Roman »Picknick am Wegesrand« von Arkadi und Boris Strugatzki.

Seite 20: AKSU
Eigentlich AKS-74U, eine »gekürzte« Kalaschnikow.

Seite 22: GP-9
Russische Atemschutzmaske. »GP« steht für »Graschdanski Protiwogas«, zu Deutsch: »Zivile Gasmaske«.

Seite 23: DUR
Das russische Wort *dur* bedeutet »Spinnerei, Idiotie, Dummheit« und bezeichnet wohl ungefähr den Zustand, den der Konsum dieses Rauschgifts hervorruft.

Seite 38: NSW
Von den Konstrukteuren **N**ikitin, **S**okolow und **W**olkow entwickeltes, schweres 12,7-mm-Maschinengewehr, das seit 1972 in der Sowjetunion gebaut wurde.

Seite 39: METROSTATION GESCHLOSSENEN TYPS
Station, bei der Bahnsteig und Gleisbereich baulich voneinander getrennt sind. Die Nischen in den Trennwänden sind durch Bahnsteigtüren verschlossen, die sich nach

Ankunft des Zuges automatisch öffnen und vor dessen Abfahrt wieder schließen. Solchermaßen gestaltete Stationen werden auch »Horizontaler Aufzug« genannt.

Seite 39: PLOSCHTSCHAD WOSSTANIJA
Der Name dieser Metrostation bedeutet »Platz des Aufstandes« und erinnert an die Volksproteste, die sich auf dem gleichnamigen Platz während der Februarrevolution 1917 ereigneten.

Seite 40: MASUT
Spitzname der Ingenieure von der Station *Technologitscheski institut*. Das russische Wort »Masut« bezeichnet eigentlich einen Destillationsrückstand von Erdöl.

Seite 41: NEWSKI-PROSPEKT
Berühmte Prachtstraße im historischen Zentrum von St. Petersburg, nach der auch eine Metrostation benannt ist.

Seite 78: PYTHON
6-schüssiger Revolver im Kaliber .357 Magnum.

Seite 78: KRÜCKE
»Krücke« (russisch: »kostyl«) ist ein Jargon-Wort für alle Kalaschnikows mit abklappbarer Schulterstütze.

Seite 78: SAIGA
Russische Selbstladeflinte, die in den 1970er-Jahren zu Jagdzwecken entwickelt wurde. Den Namen Saiga verdankt sie einer in eurasischen Steppen verbreiteten Huftierart.

Seite 79: NAGANT
Von dem Belgier Henri-Léon Nagant entwickelter Revolver, der in der Sowjetunion sehr verbreitet war.

Seite 90: MARJUSCHKA
»Warum nur, Marjuschka, hast du dich nicht in den Fluss gestürzt ...« – sind die ersten Worte des Liedes »Marjuschka«, das der berühmte russische Liedermacher Wladimir Wyssozki (1938–1980) schrieb. Das Lied handelt von einer Braut, deren Liebster in den Krieg gezogen ist.

Seite 91: »NUR ALTE MÄNNER ZIEHEN IN DEN KAMPF«
Titel eines sowjetischen Kriegsfilms von 1973, der den Alltag von Kampfpiloten im Zweiten Weltkrieg thematisiert. »Alte Männer« ist hier bitter-ironisch gemeint, denn es handelt sich um Soldaten, die zwar schon Kampfeinsätze geflogen sind, aber dennoch blutjung sind.

Seite 91: »MORDWINISCHE HELDEN«
Ironische Anspielung auf die sowjetische Heldenverehrung, infolge derer fast niemand vom Heldenstatus verschont blieb, nicht einmal die Mordwinen. Die Mordwinen sind ein kleines Volk, das der finno-ugrischen Sprachgruppe angehört. Die Republik Mordwinien liegt im europäischen Teil Russlands.

Seite 94: »HAB ACHT, BOURGEOIS ...«
Der »Marsch der vierten Kompanie« aus dem sowjetischen Musical »Bumbarasch« (1971).

Seite 95: WWW.LENINGRADSPB.RU
Homepage der russischen Skacore-Kultband »Leningrad«. Der von Gladyschew angestimmte Song trägt den Titel »WWW«; Leningrad ist der alte Name von Sankt Petersburg (SPB).

Seite 97: Linie 3
Metrolinie zwischen den Stationen *Primorskaja* und *Rybazkoje*. Auch Newsko-Wassileostrowskaja-Linie genannt.

Seite 99: Kord
Schweres russisches Maschinengewehr vom Kaliber 12,7 mm. Nachfolger des NSW.

Seite 99: AK74 und AK103
»AK« steht für »Awtomat Kalaschnikowa«. Das 1974 eingeführte Sturmgewehr AK74 war die Standard-Kalaschnikow in der sowjetischen und russischen Armee (Kaliber 5,45 x 39 mm). Das 1994 entwickelte Sturmgewehr AK103 ist für das Kaliber 7,62 x 39 mm ausgelegt.

Seite 104: Linie 5
Metrolinie zwischen den Stationen *Komendantski prospekt* und *Obwodny kanal*. Auch Frunsensko-Primorskaja-Linie genannt.

Seite 106: Elch-Insel
Der finnische Name der Wassiljewski-Insel (»Hirvisaari«) bedeutet »Elch-Insel«.

Seite 111: Schawarma
Die arabische Ausgabe des Döner Kebab, die vor allem im Nahen Osten verbreitet ist.

Seite 111: Asu
Tatarisches Fleischragout.

Seite 118: Chlopin-Radiuminstitut
Witali Grigorjewitsch Chlopin (1890–1950) war ein russischer und sowjetischer Radiochemiker. Das nach ihm

benannte Radiuminstitut wurde 1922 im damaligen Petrograd (heute Sankt Petersburg) gegründet und spielte u. a. bei der Entwicklung der sowjetischen Atombombe eine Rolle.

Seite 121: »ZWEI KÄMPFER« (RUSSISCH: »DWA BOIZA«)
Sowjetischer Kriegsfilm aus dem Jahre 1943.

Seite 123: SUSSANIN-SYNDROM
Sussanin ist ein russischer Nationalheld. Der Legende nach wurde der einfache Bauer im Jahre 1612/13 von polnisch-litauischen Truppen angeheuert, um ihnen den Weg ins Dorf Domnino zu zeigen, wo sich angeblich der russische Thronfolger Michail Romanow aufhielt. Sussanin führte die feindlichen Truppen daraufhin in einen sumpfigen Wald, aus dem sie nie wieder herausfanden.

Seite 125: »DIE BÜRDE DES WEISSEN MANNES«
Titel eines Gedichts des britischen Schriftstellers Rudyard Kipling (1865–1936), der vor allem als Autor des »Dschungelbuchs« bekannt wurde. Das Gedicht (1899) thematisiert die Rolle der Kolonialmächte vor dem Hintergrund des Spanisch-Amerikanischen Kriegs.

Seite 125: ADMIRALITÄT
Architekturdenkmal Sankt Petersburgs. Das Schiff auf der Spitze des Gebäudes ist eines der Wahrzeichen der Stadt.

Seite 130: »WAS? WO? WANN?«
Bekannte russische TV-Quizshow (seit 1975), von der es auch eine »Sportversion« gibt, die in Klubs betrieben wird.

Seite 134: METRO-2 BZW. D6
Angebliche, in der Stalinzeit erbaute, geheime Metro in Moskau, die beim KGB unter dem Codenamen D6 geführt wurde. Um ihre Existenz ranken sich viele Gerüchte, aber kaum gesicherte Erkenntnisse.

Seite 152: »STUNDE DES STIERS«
Gemäß altem russischen Volksglauben gilt die »Stunde des Stiers« in der ausgehenden Nacht als die Zeit der finsteren Mächte. »Die Stunde des Stiers« ist außerdem der Titel eines 1970 erschienenen, russischen Science-Fiction-Romans von Iwan Jefremow.

Seite 152: MONTER
Der Begriff leitet sich vom deutsch wie russisch verwendeten Wort »Monteur« ab und bezeichnet im russischen Digger-Slang Personen, die legal an oder in einem unterirdischen Objekt arbeiten, etwa als Bauarbeiter, Techniker, Wachmann etc. Als solche sind die Monter quasi die natürlichen Gegenspieler der Digger.

Seite 153: OMON
Spezialeinheit der russischen Polizei.

Seite 156: SIMONOW SKS
Sowjetisches Selbstladegewehr, Kaliber 7,62 in der Grundversion. Ab 1949 in der sowjetischen Armee eingesetzt.

Seite 157: MTSCHS
Russisches Ministerium für Zivilverteidigung, Notstandssituationen und die Beseitigung der Folgen von Naturkatastrophen.

Seite 173: TÜBBING
Vorgefertigtes Ring- oder Bogensegment der Innenverschalung eines Tunnels.

Seite 174: PELMENI
Mit Fleisch gefüllte Teigtaschen, ein russisches Nationalgericht.

Seite 176: SSO GUSP
Die Abkürzung SSO bedeutet »Abteilung für Sonderobjekte« (russisch: »Sluschba spezialnych objektow«). Der Betrieb der sagenumwobenen »Metro-2« in Moskau fällt angeblich in die Zuständigkeit der SSO. Die Abteilung gehört zur GUSP, der »Hauptverwaltung für Sonderprogramme des Präsidenten der Russischen Föderation« (russisch: »Glawnoje uprawlenije spezialnych programm presidenta Rossijskoj Federazii«). Die GUSP ist ein dem Präsidenten unterstelltes Exekutivorgan der Russischen Föderation.

Seite 182: MONTAGEPUNKT
Der Begriff geht auf die »Lehren des Don Juan« zurück, einem Buch des amerikanischen Schriftstellers Carlos Castaneda, dessen Werke vor allem in den 1970er- und 1980er-Jahren international sehr populär waren. Der Montagepunkt (im Original: »assemblage point«) ist im weitesten Sinne das Zentrum der Wahrnehmung des Menschen, in dem sämtliche Energiefasern, die ihn durchlaufen, gebündelt sind.

Seite 183: US DATSCHNIK
Unterirdisches Militärobjekt in Sankt Petersburg. Nähere Auskünfte wurden uns mit Hinweis auf die militärische Geheimhaltung verweigert.

Seite 190: TSCHECHOWS SCHAUSPIELTECHNIK
Michail Tschechow (1891–1955), Neffe des berühmten russischen Schriftstellers Anton Tschechow, war Schauspieler, Regisseur und Autor. Er entwickelte eine eigene Schauspieltechnik, die von bekannten Schauspielern wie Clint Eastwood angewendet wurde und wird.

Seite 231: GLOCK
Die Glock GmbH ist ein österreichischer Waffenhersteller, der vor allem für seine Pistolen bekannt ist.

Seite 253: EHERNER REITER
Berühmtes Reiterstandbild von Zar Peter dem Großen am Senatsplatz in Sankt Petersburg.

Seite 255: ISCH-43K
Doppelläufiges Jagdgewehr, Kaliber 12. Ein Erzeugnis der Ischewsker Mechanischen Fabrik, die sich in der russischen Stadt Ischewsk befindet.

Seite 262: SOSNOWY BOR
Russische Stadt ca. 80 km westlich von Sankt Petersburg, deren Name »Kiefernwald« bedeutet.

Seite 282: GP-4, IP-2M
Sowjetische Gasmasken. »GP« steht für »Graschdanski Protiwogas«, zu Deutsch: »Zivile Gasmaske«. »IP« steht für »Isolirujuschtschi Protiwogas«, also: »Isolierende Gasmaske«.

Seite 294: ABAKAN
Nikonow AN-94, ein russisches Sturmgewehr im Kaliber 5,45 x 39 mm.

Seite 318: »DIESE STADT. IHR KERN IST VERFAULT ...«
Die ersten Zeilen eines Gedichts der Sankt Petersburger Dichterin Alina Kudrjaschewa (geb. 1987).

Seite 322: CAVER
Entspricht hier nicht dem englischen Begriff für »Höhlenwanderer«, sondern resultiert aus dem russischen Kunstbegriff »kawesy«, der sich aus der Bezeichnung des gleichnamigen »Digger-Forums« caves.ru ableitet.

Seite 333: PROSPEKT PROSWESCHTSCHENIJA
Der Name dieser Station bedeutet »Prospekt der Aufklärung«. Gemeint ist hier aber nicht die gleichnamige historische Epoche, sondern die Volksbildung in der Sowjetunion.

Seite 355: KUTUSOW, MICHAIL ILLARIONOWITSCH
(1745–1813)
Generalfeldmarschall der russischen Armee, der während des Russisch-Türkischen Kriegs infolge einer Schussverletzung sein rechtes Auge verlor.

Seite 357: SABANTUI
Volksfest, das im Frühsommer in vielen Gegenden der Wolgaregion und des Südural gefeiert wird.

Seite 367: GOUVERNEMENT N
Die »Stadt N« oder die »Kreisstadt N« ist ein in der russischen Literatur häufig gebrauchter Begriff für ein Provinznest, einen Krähwinkel.

Seite 383: ISUBRA
Im Fernen Osten heimische Hirschart.

Seite 385: »Die Welt, erschaffen von …«
Auszüge aus einem Gedicht der St. Petersburger Dichterin Alina Kudrjaschewa (geb. 1987).

Seite 416: Läufer
Hundeähnliches Monster.

Seite 450: Runder Saal
Die in die Decke des »runden Saals« eingelassene Verglasung imitiert ein Fenster zur Oberfläche.

Seite 456: T-90
Moderner russischer Kampfpanzer.

Seite 461: T-34
Sowjetischer, vor allem im Zweiten Weltkrieg eingesetzter Panzer.

Seite 461: Baltischer Bahnhof
1857 eröffneter Personenbahnhof in Sankt Petersburg. Direkt neben einem Seitenflügel des Bahnhofs befindet sich das Eingangsvestibül der Metrostation *Baltiskaja*.

Seite 462: Sambo
Russisch-Sowjetische Kampfsportart. Der Begriff Sambo setzt sich aus den Worten **sam**ooborona **b**es **o**ruschija zusammen und bedeutet »Selbstverteidigung ohne Waffe«.

Seite 475: Gawan
Bezeichnung des westlichen Teils der Wassiljewski-Insel.

Seite 477: RPD
Rutschnoj **P**ulemjot **D**egtjarjowa (deutsch: »Degtjarjows Hand-Maschinengewehr«), 1944 nach einem Entwurf von

Wassili Degtjarjow entwickeltes, leichtes sowjetisches Maschinengewehr im Kaliber 7,62 x 39 mm.

Seite 480: S-189
U-Boot der sowjetischen U-Boot-Klasse Projekt 613 (bei der NATO »Whiskey-Klasse« genannt). Die S-189 wurde restauriert und ist seit 2010 in Sankt Petersburg als Museumsschiff ausgestellt.

Seite 489: Wir tauchen ab ...
Beginn des Songs »Rettet unsere Seelen« (1967) von Wladimir Wyssozki.

Seite 511: Chorowod
Ostslawischer Kreistanz mit Chorgesang.

Seite 520: LAES
LAES (»Leningradskaja atomnaja energostanzija«) ist die russische Abkürzung für »Leningrader Atomkraftwerk«.

Seite 548: Aurora
Russisches Kriegsschiff. Der Kreuzer wurde 1903 in der ehemaligen Kaiserlich Russischen Marine in Dienst gestellt und sank 1941 im damaligen Leningrad auf Grund. Seit 1956 dient er im heutigen Sankt Petersburg als Museumsschiff.

Seite 562: Peterhof
Stadt an der Newabucht, ca. 30 km westlich von Sankt Petersburg. Die Stadt ist vor allem durch die dort befindliche Palastanlage Schloss Peterhof bekannt, die ursprünglich von Peter dem Großen errichtet wurde und als »russisches Versailles« gilt.

Seite 573: »Vom Amur bis fern zum Donaustrande ...«
Strophe aus dem »Lied vom Vaterland«, das Wassili Lebedew-Kumatsch und Isaak Dunajewski für den sowjetischen Kinofilm »Zirkus« (1936) schrieben. Das bis heute populäre Lied war Anfang der Neunzigerjahre sogar als russische Nationalhymne im Gespräch. Die deutsche Nachdichtung stammt von Erich Weinert.

Seite 579: Tula
Die ca. 200 km südlich von Moskau gelegene Stadt Tula beherbergt ein Waffenmuseum, ein Lebkuchenmuseum und ein Samowarmuseum. In der berühmten Tulaer Waffenfabrik wird bis heute u. a. die Kalaschnikow AKS-74U gebaut.

Seite 580: Iwanowo
Die ca. 250 km nordöstlich von Moskau gelegene Stadt Iwanowo gilt im russischen Volksmund als »Stadt der Bräute«. Iwanowo war seit jeher ein Zentrum der Textilindustrie, und in deren Blütezeit bedingte dies einen beträchtlichen Frauenüberschuss in der Bevölkerung der Stadt.